Das Phantom

Susan Kay

Das Phantom

Die bisher ungeschriebene
Lebensgeschichte des
«Phantoms der Oper»

Ein
biographischer
Roman

Scherz

Ich danke Judy Burns Jacobson
für das Aufspüren wichtigen Materials
über den Bau der Pariser Oper und dafür,
daß sie mir beim Schreiben dieses Buches
so großzügig mit ihrer Zeit
und Einsicht zur Seite stand.

Erste Auflage 1991
Titel der Originalausgabe: «Phantom»
Einzig berechtigte Übersetzung aus dem Englischen
von Elke vom Scheidt.
Schutzumschlag von Manfred Waller.

MADELEINE

1831–40

1. Kapitel

Es war eine Steißgeburt. Aber ich hatte sie fast schon hinter mir und gehorchte den wenig zimperlichen Anfeuerungen der Hebamme:

«Nur noch der Kopf. Nun pressen Sie doch, Madame! Helfen Sie Ihrem kleinen Sohn, endlich das Licht der Welt zu erblicken!»

Ich tat mein Bestes. Dann folgte ein schmerzhaftes Gefühl von Reißen und Platzen, danach Friede und Stille – atemlose, bestürzte Fassungslosigkeit. Ich öffnete die Augen und sah das Gesicht der Hebamme, soeben noch vor Anstrengung gerötet, langsam erbleichen. Mein Hausmädchen Simonette wich vom Bett zurück, eine Hand vor den Mund gepreßt.

Ich weiß noch, daß ich dachte: Mein Gott, es ist tot. Doch zugleich spürte ich, daß es schlimmer war als das – viel schlimmer.

Ich versuchte, mich in den schweißnassen Kissen aufzurichten, schaute auf das blutige Laken unter mir und sah, was die anderen schon gesehen hatten.

Ich schrie nicht. Keine von uns schrie. Nicht einmal, als wir sahen, daß es sich schwach bewegte, also nicht tot war. Der Anblick dieses Dings, das da lag, war so unglaublich, daß unsere Stimmbänder versagten.

Die Hebamme war die erste, die sich von ihrer Lähmung erholte. Sie beugte sich vor und durchtrennte die Nabelschnur; dabei zitterte ihre Hand so stark, daß sie kaum die Schere halten konnte.

«Herr, erbarme dich unser», murmelte sie und bekreuzigte sich instinktiv. «Christus, erbarme dich unser!»

Mit betäubter Ruhe sah ich zu, wie sie die Kreatur in ein Tuch wickelte und in die Wiege legte, die neben dem Bett stand.

«Lauf und hole Vater Mansart», sagte sie mit zitternder Stimme zu Simonette. «Er soll sofort herkommen.»

Simonette riß die Tür auf und hastete die unbeleuchtete Treppe hinunter, ohne sich noch einmal umzusehen. Sie war die letzte Bedienstete, die unter meinem Dach leben sollte. Nach dieser schrecklichen Nacht sah ich sie nie wieder, denn sie kehrte nicht einmal zurück, um ihre Habseligkeiten aus dem Dachbodenzimmer zu holen.

Die Hebamme erwartete Vater Mansart an der Tür. Sie hatte alles getan, wozu sie verpflichtet war. Nun trieb es sie fort; sie wollte die Rolle vergessen, die sie in diesem bösen Traum gespielt hatte. Teilnahmslos bemerkte ich, daß sie in ihrer Hast sogar vergaß, ihre Bezahlung zu verlangen.

«Wo ist das Mädchen?» fragte sie den Priester ärgerlich. «Ist Simonette nicht mitgekommen?»

Vater Mansart schüttelte den grauen Kopf.

«Die kleine Demoiselle hat sich geweigert, mich zu begleiten. Sie war so außer sich vor Schrecken, daß ich sie nicht dazu überreden konnte.»

«Nun, das überrascht mich nicht», sagte die Hebamme düster. «Hat sie Ihnen erzählt, daß das Kind ein Monster ist? In all den Jahren habe ich so etwas noch nicht erlebt, und ich habe allerhand gesehen, Vater. Aber es wirkt nicht sehr kräftig, das ist in diesem Fall ein Segen.»

Achselzuckend legte die Hebamme ihr Schultertuch um und

nahm ihren Korb auf. Vater Mansart schloß die Tür hinter ihr, stellte seine Laterne auf die Kommode und hängte seinen nassen Umhang zum Trocknen über einen Stuhl.

Er hatte ein behagliches, behäbiges Gesicht, gebräunt und gegerbt von seinen Wegen bei jedem Wetter. Ich nehme an, er war erst um die Fünfzig. Ich wußte, daß er in seinen langen Amtsjahren viele schreckliche Dinge gesehen haben mußte; trotzdem bemerkte ich, daß er unwillkürlich schockiert zurückprallte, als er in die Wiege schaute. Eine Hand krampfte sich um das Kruzifix, das er am Hals trug, während die andere hastig ein Kreuz schlug. Er kniete einen Augenblick zum Gebet nieder, ehe er an mein Bett trat.

«Mein liebes Kind!» sagte er mitleidig. «Lassen Sie sich nicht zu dem Irrtum verleiten, Gott habe Sie verlassen. Solche Tragödien übersteigen jedes menschliche Verständnis, aber ich bitte Sie, denken Sie daran, daß der Herr nichts ohne Zweck erschafft.»

Ich erschauerte. «Es ... lebt also noch ... ja?»

Er nickte, biß sich auf die Unterlippe und blickte traurig zur Wiege.

«Vater ...» Ängstlich zögerte ich, bemühte mich, all meinen Mut zusammenzufassen, um weiterzusprechen. «Wenn ich es nun nicht anrühre ... es nicht nähre ...?»

Er schüttelte grimmig den Kopf. «Die Haltung unserer Kirche ist in diesen Fragen ganz eindeutig, Madeleine. Was Sie da vorschlagen, ist Mord.»

«Aber in diesem Fall wäre es doch sicherlich eine Wohltat ...»

«Es wäre eine Sünde», sagte er streng, «eine Todsünde! Sie müssen dieses Kind ebenso nähren und pflegen wie jedes norm ... wie jedes andere.»

Ich wandte den Kopf ab.

Tränen der Erschöpfung und Verzweiflung liefen über mein Gesicht, während ich die gestreifte Tapete vor meinen Augen anstarrte. Drei Monate lang hatte ich mich durch endlose Tragödien gekämpft, dem einzigen Lichtschein folgend, der mich aufrecht hielt – dem kleinen, flackernden Hoffnungsschimmer, der im Versprechen neuen Lebens enthalten war.

Nun war die Kerze erloschen, und es gab nur noch Dunkelheit – den bodenlosen, finsteren Abgrund des tiefsten Höllenschlundes.

«Ich glaube, es wäre gut, das Kind sofort zu taufen», sagte Vater Mansart düster. «Vielleicht möchten Sie mir einen Namen nennen.»

Ich sah zu, wie der Priester, ein riesenhafter schwarzer Schatten, sich langsam durch den Raum bewegte, meine porzellanene Waschschüssel nahm und das Wasser darin segnete. Ich hatte das Kind, wenn es ein Sohn war, Charles nennen wollen, nach meinem verstorbenen Mann, aber das war jetzt unmöglich. Allein der Gedanke daran war empörend.

Ein Name... Ich muß mich für einen Namen entscheiden!

Wieder hatte sich ein Gefühl der Betäubung über mich gesenkt, eine gedankenlose Starre, die mein Gehirn zu lähmen schien. Ich konnte an nichts denken, und schließlich bat ich den Priester verzweifelt, das Kind auf seinen eigenen Vornamen zu taufen. Er sah mich einen langen Augenblick an, protestierte aber nicht, als er es aus der Wiege hob.

«Ich taufe dich auf den Namen Erik», sagte er leise. «Im Namen des Vaters und des Sohnes und des Heiligen Geistes.»

Dann beugte er sich vor und legte das eingewickelte Bündel mit einer Entschiedenheit in meine Arme, gegen die ich mich nicht zu sträuben wagte.

«Das ist Ihr Sohn», sagte er schlicht. «Lernen Sie, ihn zu lieben, wie Gott ihn liebt.»

Er nahm seine Laterne und seinen Umhang, wandte sich ab, und gleich darauf hörte ich die Treppe unter seinen schweren Schritten knarren und die Haustür hinter ihm zufallen.

Ich war allein mit dem Monster, das Charles und ich aus Liebe gezeugt hatten.

Noch nie in meinem Leben hatte ich solche Furcht empfunden, noch nie so abgrundtiefes Elend wie in diesem ersten Augenblick, als ich meinen Sohn in den Armen hielt. Ich wußte, daß dieses Geschöpf – dieses *Ding!* – vollkommen von mir abhängig war. Ließe ich es verhungern oder erfrieren, so würde meine Seele in alle Ewigkeit brennen. Ich war praktizierende Katholikin und glaubte nur zu sehr an die Existenz der Höllenflammen.

Ängstlich, mit zitternder Hand, teilte ich das Tuch, das das Gesicht des Kindes bedeckte. Ich hatte schon früher Mißbildungen gesehen – wer hätte das nicht? –, aber noch nie von dieser Art. Die ganze Schädeldecke lag offen unter einer dünnen, durchsichtigen Membrane, die grotesk durchsetzt war von kleinen, pulsierenden blauen Adern. Eingesunkene, ungleiche Augen, grob mißgestaltete Lippen und ein schreckliches, gähnendes Loch, wo die Nase hätte sein sollen.

Es sah aus wie etwas, das schon lange tot ist. Ich wollte nichts weiter, als es begraben und fortlaufen.

Bei allem Ekel und Entsetzen bildete ich mir ein, daß es mich beobachtete. Seine ungleichen Augen, intensiv und verwundert in meine starrend, wirkten merkwürdig empfindsam und schienen mich mitleidig zu betrachten, fast als kenne und verstehe es meinen Schrecken. Noch nie hatte ich in den Augen eines neugeborenen Kindes ein so starkes Bewußtsein gesehen. Ich ertappte mich dabei, daß ich sein Starren erwiderte, düster fasziniert wie das von der Klapperschlange hypnotisierte Opfer.

Und dann schrie er!

Mir fehlen die Worte, um den ersten Laut seiner Stimme und die ungewöhnliche Reaktion zu beschreiben, die sie in mir hervorrief. Stets hatte ich das Weinen des Neugeborenen als völlig geschlechtslos empfunden ... durchdringend, aufreizend, merkwürdig wenig anziehend. Aber diese Stimme war eine seltsame Musik, die mir Tränen in die Augen trieb, meinen Körper erregte, so daß meine Brüste schmerzten von dem unnatürlichen und doch überwältigenden Drang, dieses Wesen an mich zu drücken. Ich hatte nicht die Kraft, seinem instinktiven Flehen um Überleben zu widerstehen.

Doch in dem Augenblick, in dem sein Fleisch meines berührte und Stille eintrat, war der Zauber gebrochen. Wieder ergriffen mich Panik und Widerwille.

Ich riß den Sohn von meiner Brust, als sei er ein ekelerregendes Insekt, das mein Blut saugte; ich schleuderte ihn von mir, ohne darauf zu achten, wohin er fiel, und floh in die entfernteste Ecke des Zimmers. Dort kauerte ich wie ein gejagtes Tier, das Kinn fest an die Knie gepreßt, den Kopf in den Armen verborgen.

Ich wollte sterben.

Ich wollte, daß wir beide sterben.

Wenn er in diesem Augenblick noch einmal geschrien hätte, hätte ich ihn getötet, das weiß ich – zuerst ihn und dann mich.

Aber er blieb stumm.

Vielleicht war er schon tot.

Tiefer und tiefer sank ich in mir zusammen, wiegte mich vor und zurück wie ein armes, bewußtloses Geschöpf in einer Irrenanstalt, verkroch mich vor einer Bürde, die zu tragen mir zu schwer, mir nicht zumutbar erschien.

Das Leben war so schön gewesen bis zum letzten Sommer; zu leicht, zu voll von Freuden. Nichts in dieser kurzen, köstlichen Zeitspanne hatte mich auf die Tragödien vorbereitet, die seit meiner Heirat mit Charles unablässig über mich hereingebrochen waren.

Nichts hatte mich auf Erik vorbereitet!

2. Kapitel

Als einziges Kind ältlicher, wohlhabender Eltern war ich wie eine kleine Prinzessin aufgewachsen, Mittelpunkt jeder Gesellschaft, auf der ich erschien. Mein Vater war Architekt in Rouen, ein erfolgreicher, aber recht verschrobener Mann, der Musik liebte und über die Begabung, die ich für diese Kunst zeigte, entzückt war. Von Kindheit an wurde ich regelmäßig bei Soireen und in Salons vorgeführt, um meine Stimme und meine bescheidenen Fertigkeiten auf Violine und Klavier zu zeigen. Zwar schickte Mama mich zum Wohl meiner Seele in die Klosterschule der Ursulinerinnen, doch Papas Bestrebungen richteten sich auf weltliche Ziele. Zum Entsetzen der Nonnen, denen die Ausbildung einer Mädchenstimme als sündhafte Eitelkeit und Ziererei galt, erhielt ich Gesangstunden. Jede Woche eilte ich zu dem Professor, der angewiesen worden war, mich auf die Pariser Oper vorzubereiten. Ich hatte eine schöne Stimme, aber ich war mir nicht sicher, ob ich wirklich das Talent oder die Selbstdisziplin besaß, Paris zu erobern. Als ich siebzehn war, begleitete ich meinen Vater zu einer Baustelle in der Rue de Lecat und lernte dort Charles kennen; im gleichen

Augenblick gab ich jeden Gedanken an eine ruhmreiche Bühnenkarriere auf.

Charles, fünfzehn Jahre älter als ich, war ein Steinmetz, dessen Arbeit mein Vater aufrichtig bewunderte. Papa sagte immer, es sei eine Freude, Pläne in die Hände eines Mannes zu legen, der ein so tiefes, instinktives Gefühl für die Baukunst besaß und sich nie mit dem Zweitbesten zufriedengab. Neben Charles und meinem Vater hatte der durchschnittliche Kunde, der auf Sparsamkeit bedacht war, einen schweren Stand. Vielleicht lag es an ihrer vollkommenen beruflichen Übereinstimmung, daß Papa Charles ganz natürlich in der Familie willkommen hieß, sobald ich meine Neigung kundgetan hatte. Falls er enttäuscht war über meinen Entschluß, eine vielversprechende Zukunft als Primadonna aufzugeben, so äußerte er das nicht. Und was Mama betrifft – sie war eine Engländerin, mit allen Merkmalen, die dieses Wort beinhaltet. Ich glaube, sie sah mich lieber achtbar – wenn auch wenig glanzvoll – verheiratet als auf irgendeiner Pariser Bühne.

Charles und ich reisten auf Papas Kosten nach London, um dort die Flitterwochen zu verbringen, versehen mit einer Liste architektonischer Sehenswürdigkeiten, die wir «auf keinen Fall versäumen» durften. Viel sahen wir nicht. Es war November, der trübste aller englischen Monate, und während unseres dreiwöchigen Aufenthaltes war die Stadt fast ständig in dicken gelblichen Nebel gehüllt. Das war eine gute Entschuldigung, um im Haus zu bleiben und in unserem sauberen, diskreten Hotelzimmer in Kensington die Wunder der menschlichen Architektur zu erforschen.

Am letzten Tag unseres Besuches glänzte die Sonne mitleidlos durch einen Spalt zwischen den schweren Vorhängen und lockte uns schuldbewußt aus den Laken. Wir konnten nicht nach Hause fahren, ohne wenigstens Hampton Court gesehen zu haben... Papa würde uns das nie verzeihen!

Es war früher Abend, als der Landauer uns danach vor dem Hoteleingang wieder absetzte. Während Charles sich mit den fremden Münzen und einem wenig hilfreichen Kutscher abmühte, ging ich in die Hotelhalle, um unseren Schlüssel zu holen.

«Ein Brief für Sie, Madam», sagte der Hotelpage, und gedankenlos nahm ich den Umschlag und steckte ihn in meinen Muff, während ich mich nach Charles umsah, der das Foyer betrat.

Noch immer verschlug mir sein Anblick den Atem wie am ersten Tag in Rouen; er war so groß und sah so unerhört gut aus. Als er den Schlüssel in meiner Hand sah, spiegelte sein Lächeln meine Gedanken wider.

Zwei Stunden später, als ich wie eine zufriedene, träge Katze in Charles' Armen lag, fiel mir plötzlich der Brief in meinem Muff ein...

Erst nach unserer überhasteten Rückkehr nach Frankreich wurde mir klar, daß ich mein erstes Kind in derselben Woche empfangen hatte, in der meine beiden Eltern an Cholera gestorben waren.

Es gab keine allgemeine Epidemie. Ein alter Bekannter meines Vaters, der aus Paris zu Besuch gekommen war, erkrankte im Laufe eines gastlichen Abends im Haus meiner Eltern. Papa wollte nichts davon hören, seinen Freund, einen Junggesellen, nach Hause zurückkehren zu lassen, damit er von Dienstboten gepflegt würde; und diese seine natürliche, großzügige Gastfreundschaft kostete alle Mitglieder des Haushalts das Leben.

Nach der Tragödie mochte ich nicht mehr in Rouen leben. Die Stadt war für mich zum Mausoleum meiner verwöhnten, glücklichen Kindheit geworden. Ich konnte nicht länger in einer Stadt wohnen, in der jede Straßenecke und jedes schöne alte Gebäude schmerzliche Erinnerungen wachrief.

Natürlich erbte ich alles: das schöne alte Haus aus dem siebzehnten Jahrhundert in der Rue St. Patrice und das Einkommen aus den zahlreichen geschickten Investitionen meines Vaters.

«Du bist eine Frau mit unbeschränkten Mitteln», sagte Charles nachdenklich zu mir, und ich spürte sein vages Unbehagen bei diesem Gedanken. Er wollte nicht, daß jemand sagte, er habe mich nur meines Geldes wegen geheiratet. Zum ersten Mal wurden mir die inneren Konflikte bewußt, vor denen jeder Mann steht, wenn er über seinem Stand heiratet. Ich wurde immer sicherer, daß wir Rouen verlassen und anderswo ganz neu beginnen sollten.

Ich ging durch Papas Haus und benannte systematisch die sentimentalen Überreste meiner Kindheit, von denen ich mich nicht würde trennen können – Mamas Schmuck, die Architekturbücher und -aufzeichnungen meines Vaters, die kleine Geige, auf der ich meine ersten Tonleitern gekratzt hatte. Die ganze Zeit trafen gestelzte Beileidsschreiben ein, in denen angemessenes oder übertriebenes Bedauern geäußert wurde. Dann öffnete ich eines Morgens einen Brief von Marie...

Marie Perrault, Gefährtin meiner mühseligen Gefangenschaft in der Klosterschule, war meine Brautjungfer gewesen – wahrscheinlich die unscheinbarste Brautjungfer, die es je gegeben hat. In ihrem Aussehen hatte Marie gewiß nichts, das sie empfahl. Sie war geradezu unansehnlich, mit einem käsigen, verkniffenen Gesicht unter einer Mähne karottenroter Haare, und sie hatte die schüchterne Art, die automatisch alle Rohlinge aus der Nachbarschaft anzieht. Sie muß etwa zehn gewesen sein, als ich sie unter meinen Schutz nahm. Ich gestattete Marie, mir nachzulaufen wie ein treuer Spaniel, und sagte den anderen, ich fände sie nützlich – was zwar stimmte, aber nicht die ganze Wahrheit war. Ich war das hübscheste Mädchen in der Klosterschule und auch bei weitem das einflußreichste. Und Marie blieb meine Freundin, als alle anderen schon lange irgendwo in der Normandie verheiratet waren und zu schreiben aufgehört hatten.

Der Brief, den ich jetzt öffnete, war typisch für Marie – voller Fehler und verschwommener Gefühle, die wohl aus dem Herzen kamen, aber besser ungesagt geblieben wären. Sie schlug uns vor, einige Zeit bei ihrer Familie in Saint-Martin-de-Boscherville zu verbringen. Als ich den Brief über den Tisch zu Charles schob, hörte ich ihn stöhnen. Ich warf ihm einen Blick zu, und er fügte sich und schwieg. Am Ende der Woche fuhren wir nach Boscherville.

Charles ertrug die überwältigende Gastfreundschaft der Perraults zwei Tage lang; dann entschied er, ein Auftrag erfordere dringend seine Anwesenheit in Rouen. Am gleichen Nachmittag, an dem er abgereist war, entdeckten Marie und ich, daß ein einsam gelegenes, steinummauertes Haus am Rand des Dorfes zu verkaufen war.

Es war von Efeu umrankt, geräumig, aber düster, und sein Garten und Gemüsegarten waren von dem bisherigen Bewohner vollkommen vernachlässigt worden. Aber ich verliebte mich auf der Stelle in das Haus.

«Es ist zu weit weg von Rouen», sagte Charles entsetzt, als er zurückkehrte.

«Es ist wunderschön», murmelte ich.

«Es erfordert viel Arbeit, um es herzurichten.»

«Das ist mir gleich. Oh, Charles, ich möchte das Haus so gern haben! Es ist so... so romantisch!»

Er seufzte, und ich sah, wie die Sonne auf den ersten silbernen Fäden glänzte, die sich in seinem pechschwarzen Haar bemerkbar machten.

«Nun gut», sagte er mit der vertrauten, resignierten Duldsamkeit. «Wenn es gar so romantisch ist, dann werden wir es wohl nehmen müssen.»

Und so kamen wir in das verschlafene Dorf Boscherville.

Im Mai war das alte Haus völlig renoviert und im neuesten Pariser Stil möbliert.

Es war ein vollkommenes kleines Schlößchen, das die Ankunft meines vollkommenen kleinen Prinzen erwartete.

Der 3. Mai 1831 ist ein Tag, den ich nie vergessen werde. Es war heiß, unzeitgemäß heiß für Anfang Mai, und ich lag auf dem Sofa wie ein gestrandeter Walfisch, fächelte mir Luft zu und ließ mir vom Hausmädchen Limonade bringen.

Ich war müde und mißgelaunt. Meine zweijährige Spanielhündin Sally tobte im Salon herum, ließ immer wieder neben meiner Couch ihren Ball fallen und wedelte erwartungsvoll mit dem Schwanz.

«Es ist zu heiß, um in den Garten zu gehen», brummte ich. «Du wirst mit Simonette vorlieb nehmen müssen.» Und ich rief nach ihr.

Simonette erschien in der Tür, hastig ihre Schürze glättend.

«Ja, Madame?»

«Bring diesen Quälgeist von einem Hund nach draußen.»

Bei dem nun folgenden wilden Aufbruch fiel meine neue Tischlampe zu Boden, der weiße Glasschirm zerbrach, und Petroleum floß auf den Teppich. Mein Wutschrei trieb Hund und Mädchen aus dem Zimmer. Auf Händen und Knien wischte ich ungeschickt und erfolglos an dem Fleck herum, als Marie erschien.

«Er ist ruiniert!» schluchzte ich zornig. «Mein schöner neuer Teppich ist verdorben!»

«Nein, das ist er nicht», sagte Marie in ihrer aufreizend vernünftigen Art. «Es ist wirklich nur ein Fleck. Wenn wir diese kleine Brücke darüberlegen, sieht ihn niemand.»

«Ich will hier keine Brücke!» sagte ich kindisch. «Sie verdirbt das ganze Gleichgewicht des Interieurs. Ich werde einen neuen Teppich kaufen müssen.»

Sie hockte sich in ihrem einfachen Musselinkleid auf ihre Fersen und betrachtete mich nachdenklich.

«Weißt du, Madeleine, das ist nicht nötig. Wenn ich du wäre, würde ich es lassen, wie es ist. Niemand will in einem Haus leben, das absolut perfekt ist, am wenigsten ein kleines Kind.»

Ich starrte sie an. Gerade wollte ich ihr sagen, *mein* Kind würde nicht im Traum daran denken, durch mein schönes Haus zu toben und Dinge auf meinen besten Teppich zu verschütten, als das Baby unter meinem Herzen mich so heftig trat, daß ich erschrocken den Atem anhielt.

«Niemand hat dich um deine Meinung gefragt, du kleines Biest!» murmelte ich, halb ärgerlich, halb amüsiert über diese unsanfte Erinnerung an seine unsichtbare Gegenwart.

Aber Marie lächelte nicht, wie ich erwartet hatte. Statt dessen wandte sie sich ab und wirkte höchst unangenehm berührt.

«Ich glaube, so etwas solltest du nicht sagen, Madeleine. Mama sagt, daß es schreckliches Unglück bringe, etwas gegen das Ungeborene zu sagen.»

«Ach, sei keine solche Gans!» gab ich zurück. «Es kann mich doch nicht hören.»

«Nein», sagte sie verlegen, «aber Gott kann es.»

Ich lachte sie aus. Ihr absurder Aberglaube gab mir plötzlich die gute Laune wieder.

«Gott hat Besseres zu tun, als seine Gläubigen zu belauschen», behauptete ich zuversichtlich. «Denk an all die wirklich bösen Menschen auf der Welt, all die Mörder und Dirnen und Heiden ...»

Das Gespräch kam auf andere Dinge, und als Marie ging, hatte ich meinen Zorn ganz vergessen. Charles würde nichts dagegen haben, daß ich einen neuen Teppich kaufte. «Tu, was immer du willst, Liebling», würde er sagen, wenn ich ihn fragte. Und bei all meiner unbequemen Körperfülle würde ich es wahrscheinlich schaffen, vor der Niederkunft noch einmal nach Rouen zu fahren.

Es wurde jetzt kühler, ein frischer Wind wehte durch die offenen Fenster. Sally durfte wieder ins Zimmer, und müde von ihrem Spaziergang schlief sie auf dem ein, was von meinem Schoß übrig war. Ich sah zu, wie ihr Kopf von den kräftigen Tritten des Babys gleichmäßig vibrierte ... Er ist unruhig heute, dachte ich nachsichtig. Wir nannten das zukünftige Baby immer «er». Charles hatte meinen Ehering an einem Faden über meinem Bauch pendeln lassen und behauptete, es könne nur ein Junge sein.

Ich wußte, wie sehr er sich einen Sohn wünschte; einen Sohn, der ihm in seinem Kunsthandwerk nachfolgte ...

Durch die halbgeöffnete Tür lauschte ich dösend den Geräuschen, mit denen Simonette das Abendessen bereitete. Ich wußte, daß Charles spät nach Hause kommen würde. Er hatte einen lukrativen Auftrag für ein großes Landhaus am Rande von Rouen angenommen, und seine Leute nutzten die hellen Abende aus. Ich erwartete ihn nicht vor Einbruch der Dunkelheit.

Die Standuhr in der Diele schlug gerade sechs; durch die Fenster strömte noch immer die Sonne und malte ein Gittermuster auf den Teppich, den ich auswechseln wollte, als sie ihn auf einer Bahre nach Hause brachten ...

Es hatte einen Unfall auf der Baustelle gegeben – ein Quaderstein war heruntergestürzt. Sie versicherten immer wieder, niemand habe Schuld daran, man könne keinen verantwortlich machen, als erwarteten sie, das sei ein Trost.

Der Arzt kam und kurz darauf der Priester.

Plötzlich war mein Haus voller Leute, die irgendwelche Platitüden über das Kind murmelten, das Kind, das ich bekommen und das mich über meinen großen Verlust hinwegtrösten würde.

Am Abend des Tages, an dem wir Charles begruben, lag ich allein in unserem herrlichen Bett, das ein Hochzeitsgeschenk meiner Eltern gewesen war, und spürte, wie das neue Leben unter der geschwollenen Trommel meines Bauches pulsierte.

Ich erinnere mich, daß ich um einen Sohn betete, einen Sohn, der mich stets an Charles erinnern würde.

Nun, jetzt hatte ich einen ...

Stunden waren vergangen seit seiner Geburt; allmählich wurde mir bewußt, daß vor dem Fenster ein neuer Tag dämmerte. Und mit dem ersten Tageslicht hörte ich wieder die klagenden Laute dieses sirenenhaften Weinens, das sich wie die geflüsterten Zärtlichkeiten eines Geliebten um mein Gehirn legte. Ich drückte die Hände auf die Ohren, aber ich konnte es nicht aussperren; ich wußte, auch wenn ich in die fernste Ecke der Welt liefe, ich würde ihm nicht entkommen. Dieser Laut würde immer in meinem Kopf sein und mich verrückt machen vor Kummer.

Mit müder Resignation ging ich zurück zum Bett und bedeckte das gräßliche kleine Gesicht mit einem Taschentuch. Wenn ich es nicht mehr sah, konnte ich meinen Widerwillen vielleicht soweit beherrschen, daß es mir nichts ausmachte, ihm die Flasche zu geben.

Ich schleppte mich nach unten, fand in der Küche etwas Milch und wärmte sie.

Später, als er in der Sommersonne schlief, setzte ich mich in einen Sessel und nähte fieberhaft das erste Kleidungsstück, das er brauchte.

Eine Maske …

3. Kapitel

Wenn ich zurückschaue, weiß ich nicht, wie ich es ohne Marie und Vater Mansart geschafft hätte. Ich lernte schnell, wie flüchtig und vergänglich Beliebtheit ist.

Meine Stellung im Dorf war über Nacht dahin. Niemand kam in die Nähe meines Hauses. Es war, als hätten sie ein blutrotes Kreuz an meine Tür gemalt, wie es in alter Zeit üblich war, um Passanten und Besucher vor der Pest zu warnen. Selbst in diesem aufgeklärten neuen Jahrhundert, wo die Wissenschaft mit jedem Jahr neue Entdeckungen macht, werden die meisten kleinen, ländlichen Gemeinden wie Boscherville noch immer von abergläubigen Ängsten regiert, und Geschichten vom Hörensagen nehmen leicht maßlosen Umfang an, aber in diesem Falle hätten sich Phantasie und

Bosheit schwergetan, die gespenstische Wahrheit noch auszuschmücken. Als ich mich schließlich ins Dorf wagte, wurde ich gemieden wie eine Aussätzige. Die Leute kehrten um, wenn sie mich näherkommen sahen, und wenn ich vorüberging, war ich mir des Flüsterns und grausamen Klatsches bewußt, der mir auf den Fersen folgte. Vater Mansart riet mir, das Kind nicht auf die Straße mitzunehmen; und obwohl er es nicht sagte, wußte ich, daß er um unsere Sicherheit fürchtete. Ich hatte allerdings gar nicht vor, ihn der Öffentlichkeit zu zeigen.

Marie kam täglich, trotz des Unmuts ihrer Eltern und der Sticheleien des ganzen Dorfes. Sie überwand um meinetwillen ihr eigenes Entsetzen und ihre Ängstlichkeit und lehrte mich die wahre Bedeutung von Freundschaft. Was Gesellschaft und Trost betraf, war ich nun ganz auf sie angewiesen.

Die teure Wiege stand verloren in einem Zimmer im Dachgeschoß, wohin ich sie rasch verbannt hatte; meist herrschte darin gnädige Stille. Er weinte nie, sofern er nicht hungrig war, und das war er, Gott sei Dank, nicht sehr oft. Es war, als halte ihn ein tief verwurzelter Selbsterhaltungstrieb davon ab, auf sich aufmerksam zu machen.

Ich nehme an, mein Widerwille, ihn zu berühren, muß sich ihm von den frühesten Tagen an mitgeteilt haben. Tatsächlich machte er mir in diesen ersten Monaten so wenig Schwierigkeiten, daß ich ihn oft stundenlang aus meinem Gedächtnis ausschließen konnte. Ich ging nur dann zu ihm, wenn es sein mußte; niemals lächelte ich ihn an oder spielte mit ihm. Wozu auch? Ich war überzeugt, er werde zu einem Idioten heranwachsen.

Es war Marie, die eine Schnur mit kleinen Glocken über seine Wiege spannte – aus Mitleid. Eines Morgens schleppte sie mich gegen meinen Willen nach oben und hieß mich vor der offenen Tür stehenbleiben.

«Hör zu!» sagte sie.

Ich hörte das leise Klingen der Glocken und die einsamen Laute eines alleingelassenen, vernachlässigten Babys, das sich mit sich selbst unterhält; ich hatte sie schon oft zuvor gehört und wandte mich in schuldbewußter Hast ab.

«Ich backe gerade», klagte ich verlegen, «der Kuchen brennt mir an.»

«Laß ihn anbrennen», sagte sie ziemlich kurz angebunden. «Ich möchte, daß du etwas hörst. Paß genau auf!»

Überrascht über ihren Ton tat ich, was sie verlangte, und während ich lauschte, merkte ich, daß die Glocken nicht wahllos durcheinander erklangen, sondern in einer bestimmten Reihenfolge und Wiederholung, die eine kurze Melodie ergab.

Es mußte ein Zufall sein, ein merkwürdiges Zusammentreffen. Doch noch während ich mir das sagte, veränderte sich die Melodie; es war eine deutliche Variation des ersten Themas.

«Das ist kein gewöhnliches Kind», sagte Marie ruhig. «Was glaubst du, wie lange du noch so tun kannst, als existiere er überhaupt nicht?»

Ich wandte mich um, floh nach unten und schlug die Küchentür zu vor dem Geräusch der Glocken, das mich zu verfolgen schien. Mein Kind war ein gräßliches Ungeheuer, und irgendwie erfüllte mich die Vorstellung, es könne noch auf andere Art außergewöhnlich sein, mit Entsetzen. Wenn Marie recht hatte, dann würde meine Lage noch schlimmer werden, das wußte ich. Es würde nicht möglich sein, den monströsen Geist zu ignorieren, der sich hinter der kleinen weißen Kindermaske rasch entwickelte.

Eines Abends, ungefähr sechs Monate nach seiner Geburt, gab es ein schreckliches Gewitter. Der Wind ließ die Scheiben klirren und heulte im Kamin. Der Regen trommelte aufs Dach, direkt über uns grollte der Donner, und jeder Blitz erleuchtete das Zimmer für den Bruchteil einer Sekunde taghell.

Ich haßte es, bei Gewitter allein zu sein. Ich hielt Ausschau nach Sally, die ebenfalls Angst vor Gewitter hatte und normalerweise längst unter meinen Röcken gekauert hätte, aber sie war nicht da. Die Tür zur Diele stand offen, und ich nahm an, sie sei nach oben gelaufen, um sich unter dem Bett zu verkriechen.

Plötzlich hörte ich ein lautes Krachen aus dem Schlafzimmer im Dachgeschoß, das Geräusch von etwas Schwerem, das zu Boden fiel. Erschrocken rannte ich die Treppe hinauf.

Von der Tür zu Eriks Zimmer aus konnte ich die leere Wiege auf der Seite liegen sehen, und in der Mitte des Raumes, in einiger Entfernung, machte sich der Hund an einem kleinen, weißen Bündel zu schaffen.

«Hör auf, Sally!» schrie ich. «Weg, Sally, oder es setzt Prügel!»

Erstaunt und erleichtert sah ich, daß der Hund gehorsam zu mir getrottet kam, sich setzte und mit dem haarigen Schwanz über die nackten Bodendielen wedelte.

Ich wagte kaum, das kleine Bündel anzusehen, das noch immer auf dem Boden lag. Als ich mich aufraffte, hinzugehen und es aufzuheben, erkannte ich schockiert, daß das nicht nötig war.

Es kam zu mir!

Instinktiv wich ich bis zum Treppenabsatz zurück, aber ich konnte die Augen nicht von den rudernden, rutschenden Bewegungen wenden, mit denen Erik sich durch das Zimmer schob. Und dann erkannte ich ebenso entsetzt, daß er nicht auf mich zukam, sondern auf den Hund.

Sally beobachtete ihn aufmerksam, den Kopf zur Seite gelegt, die Ohren neugierig hochgestellt. Als er seine dürren Fingerchen auf eine ihrer Pfoten legte, knurrte sie tief in der Kehle, bleckte aber nicht die Zähne.

Ich stand wie angewurzelt. Mit erstarrter Faszination sah ich zu, wie er sich in eine sitzende Stellung hochzog, wobei er sich an dem Hund festhielt, und dann eine Hand ausstreckte, um nach ihrer Schnauze zu greifen.

«Sally», sagte er, sehr langsam und deutlich. «Sally!»

Ich mußte mich auf das Treppengeländer stützen. Das konnte doch nur ein Traum sein!

«Sally, Sally!» wiederholte er immer wieder.

Der Hund stieß mit der Schnauze nach dem kleinen maskierten Gesicht, und ich hörte den dumpfen Aufprall auf den nackten Dielen, als das Baby das Gleichgewicht verlor. Ich schrie auf, aber ich konnte mich noch nicht bewegen.

Ich sah, wie der Hund ihn sanft mit der Pfote berührte.

Und dann, zum ersten Mal, hörte ich Erik lachen.

Drei Monate später konnte er laufen und sprach meine Worte nach wie ein Papagei.

Jetzt war es unmöglich, seine Anwesenheit zu ignorieren – seine Stimme und seine tastenden Hände schienen überall zu sein. Die einzigen Ruhepausen waren die wenigen Stunden, wenn er in Sallys Korb kletterte und zusammengerollt neben ihr schlief. Er nannte mich Mama (Gott weiß warum, ich hatte es ihm gewiß nicht beigebracht!), aber ich fürchte, daß er in dieser ersten Zeit glaubte, der Hund sei seine Mutter. Sally schien ihn gut leiden zu können und behandelte ihn mit einer Art ungeschickter Zuneigung, die sie vielleicht einem fremden Hundebaby erwiesen hätte. Marie sagte mir, ich solle das nicht dulden; sie sagte, es sei nicht richtig, daß ich Erik in dem Glauben aufwachsen ließe, er sei ein Tier.

«Es hält ihn für ein paar Stunden ruhig», erwiderte ich müde. «Wenn du glaubst, du könntest es besser machen, dann nimm ihn nach Hause zu deiner Mutter mit!»

Das war das Ende dieses Gesprächs.

Ich bemühte mich sehr, mich mit der Situation abzufinden. Ich vermochte dem Kind zwar keine körperliche Zuneigung entgegenzubringen, aber ich war entschlossen, mir die Befriedigung seiner Erziehung zu gönnen.

Seine abnorm beschleunigte Entwicklung schien sich nicht zu verlangsamen. Im Alter von vier Jahren konnte er die Bibel lesen und meisterte Übungen auf Geige und Klavier, die ich erst mit acht Jahren versucht hatte. Er kletterte wie ein Affe, und es gab nichts, was ich der Reichweite seiner entschlossenen Hände entziehen konnte. Wiederholt nahm er meine Uhren auseinander und bekam die verblüffendsten Wutanfälle, wenn er sie nicht wieder zusammensetzen konnte. Er ertrug es nicht, von unbelebten Gegenständen besiegt zu werden.

Bald machten mir seine staunenswerten Fortschritte ein wenig angst. Ich war für ein Mädchen ungewöhnlich gebildet, Papa selbst hatte mir genügend Geometrie beigebracht, um die Wissenschaft zu begreifen, auf der alle Architektur beruht. Aber allmählich merkte ich, daß Erik mich bald überholen würde. Zahlen faszinierten ihn; und nach den Grundprinzipien, die ich ihn gelehrt hatte, stellte er Berechnungen an, denen ich nicht folgen konnte, so geduldig er sie mir auch erklärte. Er hatte die Architekturbibliothek meines Vaters entdeckt, verbrachte viele Stunden mit der Betrachtung der Zeichnungen und zeichnete unablässig auf alle Flächen, die er fand. Wenn ich ihn nicht ständig mit Papier versorgte, fand ich seine Zeichnungen auf den Deckblättern von Vaters Büchern, auf den Rückseiten seiner Pläne, sogar auf der Tapete.

Als eine Stickschere aus meinem Handarbeitskorb verschwunden war, dachte ich mir nichts dabei, bis ich in die polierte Mahagoniplatte meines Eßtisches die liebevolle Zeichnung einer komplizierten Schloßanlage eingekratzt fand. Diese Schere richtete noch unglaublich viele geschmackvolle Schäden an. Obwohl ich das ganze Haus auf den Kopf stellte und Erik in meiner Wut erbarmungslos schlug, konnte ich niemals herausfinden, wo er sie versteckte.

Doch es gab merkwürdige und unerklärliche Lücken in seinen Begabungen. Er schien unfähig, richtig von falsch zu unterscheiden, und obwohl er zeichnen konnte wie ein reifer Künstler, konnte – oder wollte – er nicht schreiben lernen. Wenn ich ihm eine Feder in die Hand gab und ihn anwies, Buchstaben zu kopieren, wurde er sofort verdrießlich und ging an diese einfache Aufgabe so ungelenk und dumm heran wie ein zurückgebliebenes Kind. Ich konnte ihn nicht einmal zum Schreiben prügeln, obwohl ich zu meiner Schande gestehen muß, daß ich es oft versuchte. Er hatte einen eisernen Willen, den ich nicht zu beugen vermochte. Erschöpfung und die Angst, ihn ernstlich zu verletzen, bewogen mich, das Schönschreiben als Strafe vorzubehalten, die ihm bei gutem Benehmen erlassen werden konnte.

Die Musik schien die Hauptquelle seiner außergewöhnlichen Talente zu sein. Musik stieg aus seinem Inneren wie aus einem Brunnen auf. Buchstäblich jeden Gegenstand, der in seine erfinderischen Hände fiel, machte er zum Instrument. Er konnte nicht an einem Tisch sitzen, ohne unbewußt mit den Absätzen einen Rhythmus gegen die Stuhlbeine zu klopfen oder mit dem Messer auf seinem Teller einen Takt zu schlagen. Eine Ohrfeige ließ ihn vorübergehend innehalten, doch nach einer Minute begannen seine Augen wieder zu glänzen, wenn er in seine geheime innere Welt der Töne zurückglitt. So oft ich Opernarien sang, um mir die einsamen Stunden zu vertreiben, ließ er alles stehen und liegen, was er gerade tat, und verharrte in schweigendem Staunen. Kurz vor seinem fünften Geburtstag erlaubte ich ihm, mich am Klavier zu begleiten, und wenn mir ein schwieriger Ton nicht gelang, hörte er zu spielen auf, zeigte auf die Note und sang sie mir mit der verwirrenden Reinheit seiner makellosen, hellen Stimme fehlerlos vor.

Doch immer, wenn er am Klavier saß und mit einer Geläufigkeit spielte, die seine Jahre weit übertraf, befürchtete ich, daß sein unglaublich fruchtbarer Geist währenddessen erschreckendes Unheil ausheckte, das ich mir nicht vorzustellen wagte.

4. Kapitel

«Wo gehst du hin, Mama?»

Ich hörte auf, meinen Umhang zuzuhaken, drehte mich um und sah ihn in der Tür stehen.

«Du weißt genau, wohin ich jeden Sonntag gehe, Erik. Ich gehe mit Mademoiselle Perrault zur Messe, und du mußt hierbleiben, bis ich wiederkomme.»

Er umschlang mit den Fingern den Türknopf.

«Warum muß ich immer hierbleiben?» fragte er plötzlich. «Warum kann ich nicht mit dir kommen und die Orgel und den Chor hören?»

«Weil es nicht geht!» sagte ich scharf. Ich wünschte schon seit Tagen, Vater Mansart hätte Erik nie von der Orgel und dem Chor erzählt. «Du mußt hier im Haus bleiben, wo du in Sicherheit bist», fügte ich hinzu.

«In Sicherheit vor was?» forderte er mich unerwartet heraus.

«In Sicherheit vor ... vor ... Ach, hör mit diesen albernen Fragen auf, ja? Tu, was ich dir gesagt habe, und bleib hier. Es wird nicht allzu lange dauern.»

Ich verließ mein Schlafzimmer, schob ihn mit der behandschuhten Hand vor mir her und schloß die Tür ab, wie ich es immer tat, wenn ich ihn allein ließ. Mein Schlafzimmer war der einzige Raum im Haus, der einen Spiegel enthielt, und es war Erik verboten, ihn zu betreten; aber ich vertraute nicht auf seinen Gehorsam, wenn ich außer Sicht war. Er war unersättlich neugierig.

Er folgte mir die Treppe hinunter, setzte sich verloren auf die unterste Stufe und beobachtete mich durch die Maske.

«Wie ist es im Dorf?» fragte er sehnsüchtig. «Ist die Kirche sehr schön?»

«Nein», log ich hastig. «Sie ist ganz gewöhnlich, eigentlich eher häßlich. Sie würde dich überhaupt nicht interessieren. Und das Dorf ist voller Leute, die dich erschrecken würden.»

«Darf ich mitkommen, wenn ich dir verspreche, nicht vor ihnen zu erschrecken?»

«Nein!»

Ich drehte ihm den Rücken zu, um meine Besorgnis zu verbergen. Ich war beunruhigt, seine zwanghafte Musikliebe könne jetzt stark genug sein, um eine Angst zu überwinden, die ich ständig genährt hatte. Mein Instinkt hieß mich, ihn vor einer Welt zu beschützen, die unweigerlich versuchen würde, ihm Schaden zuzufügen. Selbst Marie und Vater Mansart stimmten darin überein, ich müsse ihn von Menschen fernhalten.

Ich wußte, Unwissenheit und Aberglaube würden ihn zerstören. So sorgfältig ich auch vermieden hatte, Erik zur Schau zu stellen, meine Fenster wurden noch immer eingeworfen, mehr als ein gemeiner Brief war unter unserer Haustür durchgeschoben worden und hatte mir angeraten, Boscherville zu verlassen und «das Monster» mitzunehmen. Es kostete mich ungeheuren Mut, mich jeden Sonntag dem grimmigen, ablehnenden Schweigen der Gemeinde zu stellen, mit Marie in der hintersten Bank zu sitzen und erhobenen Hauptes die primitive Feindseligkeit ringsum zu ignorieren. Niemand wollte mich hier, aber meine Anwesenheit zeigte meinen Trotz und war ein Symbol meiner Weigerung, mich aus meinem Heim vertreiben und davonjagen zu lassen.

Mein Haus – dieses malerische, hübsche Haus, auf das ich einst so stolz gewesen – war für mich jetzt nur noch ein Kerker in der Bastille. Wenn ich aus der Kirche zurückkam, genügte der Anblick seiner efeubewachsenen Mauern, um mir das Herz schwerzumachen; doch der Gedanke an das Kind hinter den sorgfältig verschlossenen Türen, das geduldig und vertrauensvoll auf meine Rückkehr wartete, zwang meine zögernden Schritte stets auf den Pfad zum Haus. In letzter Zeit hatte ich, wenn ich näherkam, immer die weiße Maske hinter dem Fenster des Schlafzimmers im Dachgeschoß gesehen und Eriks wachsende Angst gespürt, eines Tages würde ich nicht wiederkommen.

«Sitz nicht auf der Treppe!» sagte ich streng. «Geh und lern deinen Text für heute.»

«Ich mag nicht.»

«Es interessiert mich nicht, was du magst!» antwortete ich kalt. «Ich werde dich abfragen, wenn ich wiederkomme.»

Er schwieg. Ich griff nach meiner Handtasche; plötzlich verkündete er entschlossen: «Ich werde ihn so verschwinden lassen, daß du ihn nicht wiederfindest... genau wie die Schere. Ich kann alles verschwinden lassen, wenn ich will, Mama – sogar das Haus!»

Er sprang von der Treppe und rannte an mir vorbei in den Salon, als erwarte er, geschlagen zu werden. Als er fort war, lehnte ich mich zitternd vor Angst an die Wand. Ich versuchte mir einzureden, daß das nur eine alberne, kindische Drohung sei. Aber ich hatte jetzt Angst wegzugehen und ihn seinen seltsamen, unkindlichen Erfindungen zu überlassen. Ich wagte mir nicht vorzustellen, welche schrecklichen Mittel er sich ausdenken würde, um das Haus verschwinden zu lassen.

Als ich mich wieder gefaßt hatte, nahm ich den Umhang ab und ging in den Salon. Ich fand ihn mit Sally auf dem Teppich vor dem Feuer sitzend; er starrte reglos in die flackernden Flammen.

«Ich habe mich entschlossen, heute nicht zur Messe zu gehen», sagte ich unsicher.

Er drehte sich um, sah mich an und klatschte mit unverhohlener Befriedigung in die Hände.

«Ich habe gewußt, daß du nicht gehen würdest», sagte er.

Erst war ich sein Kerkermeister gewesen; jetzt war er meiner. Ich fühlte mich, als sei ich in ein Grabmal eingeschlossen, um die Mumie eines kindlichen Pharaos zu bedienen. Wild lehnte ich mich gegen diese Gefangenschaft auf, Liebe, Haß, Mitleid und Angst umflatterten mich wie Aaskrähen und ließen mich von einem Gefühl ins andere taumeln, bis ich mich selbst kaum noch erkannte, wenn ich in den Spiegel blickte, der mein Schlafzimmer schmückte. Ich war dünn und abgehärmt, meine Augen schauten seltsam wild, und obwohl die Umrisse meiner Schönheit geblieben waren, sah ich zehn, fünfzehn Jahre älter aus als meine dreiundzwanzig Sommer. Es war, als würden alle Härte und Grausamkeit, zu denen es mich Erik gegenüber trieb, sich Falte um Falte in mein

Gesicht eingraben, grimmiges Zeugnis des endlosen Zirkels von Gewalt, der unser gemeinsames Leben kennzeichnete.

Im Laufe dieses Jahres begann er, die geheimnisvolle Macht seiner Stimme zu erforschen. Manchmal, fast ohne daß ich es merkte, begann er leise zu singen, und die hypnotische Süße lockte mich von meinen Aufgaben fort und zog mich zu ihm wie eine unsichtbare Kette. Es war ein Spiel, das er spielte, und allmählich fürchtete ich es mehr als jede andere Ausdrucksform seines unheimlichen Genies. Ich räumte die Opernpartituren fort, die wir zusammen studiert hatten, und weigerte mich, ihm mehr beizubringen, denn ich hatte angefangen, mich davor zu fürchten, wie seine Stimme mich hypnotisierte. Es erschien irgendwie böse, fast... *inzestuös*.

Vater Mansart kam jetzt regelmäßig, um in meinem Salon die Messe zu lesen und mir die Qual zu ersparen, jeden Sonntag in der Kirche zu erscheinen. Als er das Kind zum ersten Mal singen hörte, sah ich, daß seine Augen sich mit Tränen füllten.

«Wenn es nicht Blasphemie wäre, so etwas zu denken», murmelte er, «hätte ich gesagt, ich hätte in diesem Raum soeben die Stimme Gottes gehört.»

In der angespannten, widerhallenden Stille, die sich nun herabsenkte, spürte ich meinen eigenen Herzschlag in der Kehle klopfen. Ich sah, daß die Augen hinter der Maske sich mit meinen trafen, und ihr Blick war triumphierend, fast herrisch. Er hatte es gehört, und, was schlimmer war, er hatte es begriffen. Ich wagte nicht daran zu denken, was er mit diesem Wissen anfangen würde.

Ich erschauerte, als Vater Mansart ihn zu sich winkte und ihm feierlich erklärte, er besitze eine seltene und wundervolle Gabe. Ich wollte schreien, aber ich blieb stumm. Ich wußte, daß der Schaden bereits angerichtet war.

Zusammen gingen sie ans Klavier. Die Hand des Priesters lag auf der knochigen Schulter des Kindes.

«Ich würde dich gern das *Kyrie* singen hören, Erik. Ich glaube, du kennst den Text.»

«Ja, Vater.»

Wie bescheiden er klang, wie unschuldig und verwundbar er neben dem stämmigen Priester aussah! Einen Augenblick lang zweifelte ich an meinen eigenen Sinnen. Ich fragte mich, ob ich mir nicht vielleicht aufgrund meiner drückenden Einsamkeit etwas einbildete.

Warum fürchtete ich die glockenhelle Reinheit seines kindlichen Soprans?

«Kyrie eleison ... Christe eleison.»

Dreimal sang er die Anrufung des Himmels, und mit jedem Takt wich mein Unwille weiter zurück, bevor eine Welle schmerzlicher Sehnsucht mich erfaßte, die Hand auszustrecken und ihn zu berühren. Welche spirituelle Ekstase Vater Mansart auch immer aus diesen frommen Klängen bezog, meine Reaktion war deutlich physischer Art.

Die Worte richteten sich an Gott; aber die Stimme, die unwiderstehliche Stimme war für mich bestimmt und zog wie ein Magnet an einer tiefen, unsichtbaren Stelle meines Körpers.

Bevor Erik die nächste Strophe begann, hatte ich den Deckel des Klaviers so heftig zugeschlagen, daß ich beinahe die Finger des Priesters eingeklemmt hätte. Die plötzliche Stille wurde nur durch mein hysterisches Schluchzen unterbrochen. Vater Mansart sah mich erstaunt an, aber in Eriks Augen erkannte ich Angst und großen Kummer.

«Sie sind überanstrengt», sagte der Priester verständnisvoll, als er mich in einen Sessel drückte. «Große Schönheit wird von den menschlichen Sinnen oft als Schmerz wahrgenommen.»

Ich zuckte zusammen. «Er soll nicht singen, Vater ... ich werde das nicht gestatten.»

«Mein liebes Kind, ich kann mir nicht vorstellen, daß Sie das ernst meinen. Einer solchen Gabe den Ausdruck zu verbieten, wäre wirklich ein Frevel.»

Ich saß aufrecht im Sessel und starrte über den Priester hinweg das Kind an, das neben dem Klavier still weinte.

«Seine Stimme ist eine Sünde», sagte ich grimmig. «Eine Todsünde. Keine Frau, die sie hört, wird jemals im Zustand der Gnade sterben.»

Vater Mansart wich entsetzt vor mir zurück, mit einer Hand instinktiv sein Kreuz berührend, während er mit der anderen Erik zuwinkte, den Raum zu verlassen. Als wir allein waren, sah er mit einer merkwürdigen Mischung aus Mitleid und Zorn auf mich herab.

«Ich glaube, Sie waren zuviel allein mit Ihrer Bürde», sagte er ruhig.

Ich biß mir auf die Lippen und wich seinem Blick aus.

«Sie glauben wohl, ich sei verrückt.»

«Keineswegs», antwortete er hastig, «aber es sieht so aus, als sei Ihre Urteilskraft durch die Last Ihrer Einsamkeit angegriffen. Was immer Sie zu hören glauben, ist nur die Stimme Ihrer eigenen Verwirrung. Sie müssen daran denken, es ist ja nur ein Kind – *ihr* Kind!»

Ich stand auf und ging an den Sekretär, der in einer Ecke des Raumes stand. Ein Wust von Papier fiel mir entgegen, als ich die Tür öffnete. Aus dem Papierstoß zu meinen Füßen nahm ich eine Handvoll Notenblätter und Architekturzeichnungen und drückte sie dem Priester in die Hand.

«Ist das das Werk eines Kindes?» fragte ich kalt.

Er trug die Papiere ans Licht und untersuchte sie sorgfältig.

«Ich hätte nicht für möglich gehalten, daß ein Kind seines Alters mit solcher Genauigkeit kopieren kann», sagte er nach einer Weile.

«Das sind keine Kopien», sagte ich langsam. «Es sind Originale.»

Er wandte sich um, wollte ungläubig protestieren, doch mein Gesichtsausdruck brachte ihn zum Schweigen. Er legte die Papiere auf den Tisch, setzte sich auf einen Stuhl und starrte mich ehrfürchtig an, während ich mit den Händen meine Arme umklammerte, um dem Zittern Einhalt zu gebieten.

«Es erschreckt mich», flüsterte ich. «Das ist nicht normal. Ich kann nicht glauben, daß solche Gaben vom Himmel kommen.»

Der Priester schüttelte ernst den Kopf.

«Zweifel ist das Instrument des Teufels, Madeleine. Sie müssen Ihren Geist davor verschließen und um die Kraft beten, die Seele des Kindes zu Gott zu führen.»

Als er sich vorbeugte, um meine Hand zu nehmen, merkte ich, daß auch er zitterte.

«Ich bin hier meiner Berufung nicht gerecht geworden», sagte er fieberhaft. «Ich werde kommen, sooft es meine Pflichten erlauben, um ihn in der Lehre unserer Kirche zu unterrichten. Der Junge muß sehr schnell lernen, den Willen Gottes ohne Fragen zu akzeptieren. Das ist außerordentlich wichtig. Ein Genie seiner Größe darf niemals von den Lehren unseres Herrn abweichen.»

Ich sagte nichts. Die Gewissensnot des Priesters war nur ein düsteres Echo meiner eigenen wachsenden Gewißheit, daß die Kräfte des Bösen sich immer dichter um mein unglückliches Kind legten.

«Sagen Sie mir, was ich tun soll», sagte ich verzweifelt. «Zeigen Sie mir, wie ich ihn vor dem Bösen bewahren kann.»

Das Feuer im Kamin sank zu Asche zusammen, doch wir sprachen weiter bis tief in die Nacht. Der Priester warnte mich immer wieder vor jedem Versuch, Eriks einzigartige Talente zu knebeln.

«Ein Vulkan muß ein natürliches Ventil haben», sagte er geheimnisvoll. «Er darf nicht auf sich selbst beschränkt sein. Wenn Sie das Gefühl haben, daß Sie seine Stimme nicht weiter ausbilden können, dann müssen Sie mir gestatten, es zu tun. Lassen Sie mich ihn unterrichten, als wäre er einer der Sänger in meinem Chor. Ich werde ihn in die Musik Gottes und die Wege des Herrn einweisen, und mit der Zeit wird der Himmel dafür sorgen, daß Ihnen nichts als Freude aus seiner Stimme erwächst.»

Ich starrte in die traurigen grauen Überreste des erloschenen Feuers.

Wie konnte ich ihm sagen, daß es gerade diese Freude war, die ich fürchtete?

5. Kapitel

Er war fünf, als wir unsere Auseinandersetzung über die Maske hatten. Bis zu diesem schrecklichen Sommerabend trug er sie mit fraglosem Gehorsam, nahm sie nur zum Schlafen ab und setzte ohne sie keinen Fuß aus seinem Zimmer unter dem Dach. Meine Einstellung dazu war so streng und unbeugsam, daß er ohne sie genausowenig erschien, wie er sich nackt gezeigt hätte ... Zumindest dachte ich das bis zu diesem Abend.

Es war sein fünfter Geburtstag, und ich erwartete Marie zum Abendessen. Ich hatte sie nicht eingeladen. Mit ihrer wohlmeinenden Hartnäckigkeit hatte sie mir ein Ultimatum gestellt und darauf bestanden, daß ich ein Ereignis feierte, das ich bislang ignoriert hatte.

«Du kannst das Datum nicht weiterhin übergehen», sagte sie mit einer Entschiedenheit, die keinen Widerstand duldete. «Ich werde ihm ein Geschenk mitbringen, und wir werden miteinander festlich zu Abend essen.»

Ich verbrachte den Tag in der Küche, bei geschlossener Tür, und machte mir dort zu schaffen, damit ich nicht an den Grund für diese Farce erinnert wurde. Es war, als bereitete ich mich darauf vor, das ganze Dorf zu füttern. In verrückter Folge verließen Blech um Blech mit Kuchen und Torten meinen Ofen, aber ich rührte und mischte in der erstickenden Hitze weiter wie eine Besessene. Die ganze Zeit war mir bewußt, daß im Salon leise Klavier gespielt wurde. Erik kam nicht wie ein normales Kind in die Küche, um einen Löffel abzulecken oder ein Törtchen zu stehlen. Seine völlige Gleichgültigkeit in bezug auf seine Ernährung war eine weitere Konfliktquelle zwischen uns.

Als ich schließlich zu ihm ging und ihm sagte, er solle nach oben gehen und seine besten Kleider anziehen, drehte er sich auf dem Klavierhocker um und sah mich überrascht an.

«Heute ist doch nicht Sonntag. Kommt Vater Mansart, um die Messe zu lesen?»

«Nein», antwortete ich und wischte mir die Hände an der Schürze ab, ohne ihn direkt anzusehen. «Heute ist dein Geburtstag.»

Er starrte mich verständnislos an, und ich spürte Gereiztheit in mir aufsteigen angesichts der beschämenden Notwendigkeit, diese grundlegende Tatsache erklären zu müssen.

«Der Jahrestag deiner Geburt», sagte ich kurz. «Heute vor fünf Jahren bist du zur Welt gekommen, und das Ereignis sollte gefeiert werden.»

«Wie ein Requiem?»

Eine Sekunde lang dachte ich, er mache sich über mich lustig, aber die Augen, die in meine schauten, waren vollkommen unschuldig und verwirrt.

«Nicht ganz», sagte ich mühsam. «Aber es gibt ein besonderes Abendessen.»

Ich sah, wie sein Interesse erlosch und sein Blick sich wieder den Noten zuwandte.

«Und du bekommst ein Geschenk», fügte ich widerwillig hinzu. «Mademoiselle Perrault bringt dir ein Geschenk mit. Ich erwarte von dir, daß du an deine Manieren denkst und dich artig bedankst.»

Er drehte sich um, sah mich neugierig an, und einen schrecklichen Augenblick lang dachte ich, ich müsse ihm auch das erklären.

Während ich ein Tischtuch aus der Schublade nahm, wandte er sich wieder mir zu.

«Mama?»

«Was gibt es denn noch?» fragte ich enerviert.

«Wirst du mir auch ein Geschenk geben?»

Mit zitternder Hand legte ich die Servietten auf den Tisch.

«Natürlich», antwortete ich mechanisch. «Hast du einen bestimmten Wunsch?»

Er kam und stellte sich neben mich, und etwas an seinem angespannten Schweigen verursachte mir plötzlich großes Unbehagen. Zweifellos würde das, was er sich wünschte, etwas Außergewöhnliches und sehr teuer sein.

«Kann ich haben, was ich will?» fragte er unsicher.

«Innerhalb vernünftiger Grenzen.»

«Kann ich auch zwei haben?»

«Wozu brauchst du zwei?» fragte ich müde.

«Damit ich eins aufheben kann, wenn das andere verbraucht ist.»

Ich begann mich zu entspannen. Das klang nicht sehr alarmierend. So, wie es sich anhörte, war es nicht extravaganter als ein guter Zeichenblock.

«Was wünschst du dir denn?» fragte ich mit plötzlicher Zuversicht.

Schweigen.

Ich sah zu, wie er mit den Servietten spielte.

«Erik, ich habe jetzt genug von diesem albernen Spiel. Wenn du mir jetzt nicht sofort sagst, was du haben willst, bekommst du überhaupt nichts.»

Bei der Schärfe meines Tons fuhr er zusammen und begann, eine Serviette zwischen den Händen zu drehen.

«Ich möchte ... ich möchte zwei ...» Er hielt inne und legte die Hände auf den Tisch, als müsse er sich stützen.

«Um Himmels willen», versetzte ich. «Zwei was?»

Er schaute zu mir auf.

«Küsse», flüsterte er zitternd. «Einen jetzt und einen später.»

Ich starrte ihn an, entsetzt. Unvermittelt brach ich in krampfhaftes Weinen aus und sank auf einen Stuhl.

«Das darfst du nicht verlangen», schluchzte ich. «Das darfst du nie, nie wieder verlangen! Verstehst du mich, Erik? *Nie wieder!*»

Entsetzt wich er vor meiner unverständlichen Weigerung zurück und ging zur Tür.

«Warum weinst du?» stammelte er.

Ich bemühte mich sehr, mich wieder zu fassen.

«Ich ... weine ja gar nicht», keuchte ich.

«Doch, das tust du!» schrie er plötzlich mit vor Wut schriller Stimme. «Du weinst, und du willst mir kein Geburtstagsgeschenk geben. Du wolltest, daß ich einen Wunsch nenne, und jetzt sagst du nein. Dann will ich gar nichts. Ich mag keinen Geburtstag ... Ich hasse ihn!»

Die Tür schlug hinter ihm zu, und einen Moment später hörte ich auch oben die Tür zuschlagen.

Ich saß da und starrte auf die Serviette, die er zu Boden geworfen hatte.

Als ich mich endlich wieder aufraffte, sah ich Marie zielsicher den Gartenweg entlangkommen. Sie trug ein Päckchen unter dem Arm.

Ich saß mit Marie allein am festlich gedeckten Tisch.

«Wo ist er?» fragte sie und brachte damit das Thema auf, das seit ihrer Ankunft zwischen uns gestanden hatte.

«In seinem Zimmer», sagte ich grimmig. «Er will nicht herauskommen . Ich habe ihn mehrmals gerufen, aber du weißt ja, wie er ist. Wenn er einen seiner Wutanfälle hat, ist nichts mit ihm anzufangen.»

Marie sah nach dem Päckchen, das sie auf die Anrichte gelegt hatte.

«Weiß er, daß er Geburtstag hat?»

«Natürlich weiß er das!» erwiderte ich ärgerlich.

Ich nahm den Deckel von der Terrine und begann etwas heftig, Suppe in Maries Teller zu löffeln; verzweifelt versuchte ich, die entschlossene Geschäftigkeit wiederzuerlangen, die mir die schrecklichen Gedanken ferngehalten hatte. Solange meine Hände sich bewegten, war mein Geist gnädig betäubt, und ich konnte der Tatsache ausweichen, daß ich als Mutter abermals versagte. Ich war eine Mutter, die sich nicht überwinden konnte, ihr einziges Kind zu küssen; nicht einmal an seinem Geburtstag; nicht einmal, als es darum bat. Die tragische Würde seiner Bitte hatte mich derart aus der Fassung gebracht, daß meine Hände noch immer zitterten. Ich verschüttete Suppe auf die cremefarbene Spitze der Tischdecke und wischte mit einem gedämpften Fluch über den Fleck.

Die Tür hinter mir öffnete sich. Ich stand wie angewachsen da und sah, wie Maries Gesicht weiß wurde und sie instinktiv die Hand vor den Mund hielt. Das Entsetzen in ihren Augen währte nur eine Sekunde, ehe sie sich soweit in der Gewalt hatte, daß sie ihre Lippen zu einem gequälten Lächeln zwingen konnte.

«Guten Abend, Erik, mein Lieber. Wie hübsch du in diesem Anzug aussiehst. Komm, setz dich neben mich und iß. Danach packen wir dann dein Geschenk aus.»

Als ich mich umdrehte und ihn in der offenen Tür stehen sah, ohne seine Maske, schien mein Herz stillzustehen. Das hatte er mit Absicht getan; er hatte es getan, um mich zu bestrafen und zu demütigen.

«Wie kannst du es wagen?» fuhr ich ihn an. «Wie kannst du es wagen, du böses Kind!»

«Madeleine...» Marie erhob sich halb von ihrem Stuhl und streckte nervös eine Hand nach mir aus. «Es macht wirklich nichts.»

«Sei still!» versetzte ich. «Damit werde ich allein fertig. Erik! Geh zurück in dein Zimmer und setze die Maske auf. Wenn du mich jemals wieder so erschreckst, werde ich dich dafür auspeitschen.»

Er erschauerte, und die grotesk mißgebildeten Lippen verzogen sich, als wolle er weinen, aber noch immer stand er da, störrisch, beide Hände trotzig zu Fäusten geballt.

«Ich mag die Maske nicht», murmelte er. «Sie macht so heiß, und sie tut mir weh. Sie macht wunde Stellen.»

Ich konnte die Stellen jetzt sehen. Unter den Augenhöhlen war das Fleisch, das so dünn war wie Pergament, wundgerieben vom ständigen Druck der Maske, die offensichtlich zu eng war. Weil ich ihn nie genauer anschaute als unbedingt nötig, hatte ich nicht bemerkt, wie sehr er gewachsen war.

«Geh in dein Zimmer», wiederholte ich unsicher. «Nach dem Essen bekommst du eine neue Maske, und du kommst nie wieder herunter, ohne sie zu tragen. Hörst du, Erik? Nie wieder!»

«Warum?» fragte er mürrisch. «Warum muß ich immer eine Maske tragen? Es trägt doch sonst niemand eine!»

Ein Nebel roter Wut stieg vor meinen Augen auf, und Zorn ließ mich jede Selbstkontrolle vergessen. Ich packte ihn und schüttelte ihn so wild, daß ich seine Zähne klappern hörte.

«Madeleine!» schluchzte Marie hilflos. «Madeleine, um Gottes willen!»

«Er will wissen, warum!» schrie ich sie an. «Also soll er es erfahren. Bei Gott, er soll es erfahren!»

Ich grub die Nägel in den dünnen Stoff seines Hemdes und schleifte ihn aus dem Zimmer, die Treppe hinauf und vor den einzigen Spiegel des Hauses.

«Schau dich an!» schrie ich. «Schau dich im Spiegel an und sieh, warum du eine Maske tragen mußt! *Schau dich an!*»

Er starrte mit so panischem Entsetzen in den Spiegel, daß meine Wut erstarb. Und dann schrie er. Ehe ich ihn daran hindern konnte, schlug er mit den geballten Fäusten wild gegen das Glas.

Der Spiegel zerbrach. Scherben flogen in alle Richtungen und schnitten in seine Finger und Handgelenke, so daß er aus einem Dutzend Wunden blutete. Doch er schrie weiter und schlug mit blutigen Händen um sich. Als ich sie festzuhalten versuchte, biß er mich ... er biß mich wie ein wildes Tier, das vor Angst von Sinnen war.

Maries Stimme, eigenartig kalt und entschlossen, sagte, ich solle nach unten gehen und Verbandszeug holen. Als ich wiederkam, hatte sie Erik von dem zerbrochenen Spiegel weggezogen und entfernte mit einer Pinzette Splitter aus seinen Fingern. Ich konnte nicht zusehen ...

Ich wartete im Wohnzimmer auf sie, aber sie kam nicht wieder herunter. Ich nahm an, daß sie ihn zu Bett gebracht hatte und bei ihm saß; ich wagte nicht, nach oben zu gehen und nachzusehen. Ich drückte mich tief in die hinterste Ecke des Sofas und verbrachte den Rest der Nacht damit, eine neue Maske zu nähen und in den leeren Kamin zu starren.

Kurz vor der Morgendämmerung kam Marie ins Zimmer, eine Kerze in der Hand. Sie sah grau und erschöpft aus ... und zornig.

«Er verlangt nach dir», sagte sie grimmig. «Gott weiß, warum, aber er will dich sehen. Geh nach oben und tröste ihn.»

Sie stand vor mir wie ein Racheengel, und ich wich zurück vor ihrer beinahe gespenstischen Gestalt.

«Ich kann nicht», flüsterte ich. «Ich kann nicht zu ihm gehen.»

Unvermittelt beugte sie sich vor und gab mir einen klatschenden Schlag auf die Wange.

«Steh auf!» herrschte sie mich an. «Steh auf, du nichtsnutziges Balg! Dein ganzes Leben lang bist du verwöhnt worden ... von deinen Eltern, von Charles, von mir ... alle haben Madeleine verhätschelt, die süße, hübsche Madeleine. Nein, es genügt nicht, hübsch zu sein, Madeleine. Das entbindet dich nicht von allen menschlichen Verpflichtungen. Es erlaubt dir nicht, den Geist eines Kindes zu vergiften und seine Seele zu verkrüppeln. Hängen solltest du für das, was du ihm angetan hast, seit er geboren wurde ... Brennen solltest du dafür!»

Sie schlug mich noch einmal, wandte sich dann ab, hoffnungslos schluchzend, und sank in den Sessel neben dem Kamin. So erschrocken ich auch war, ich mußte unwillkürlich an den Tag denken, als ich sie im Schlafsaal der Klosterschule auf dem Bett stehend angetroffen hatte, um einer großen Spinne auszuweichen, die friedlich über den Boden zur Tür lief.

«Schaff sie weg, aber tu ihr nichts!» hatte sie mich mit bleichem Gesicht angefleht. «Sie kann ja nichts dafür, daß sie so häßlich ist.»

In meiner raschen, herzlosen Art hatte ich ein Buch nach der Spinne geworfen und sie zerquetscht. Marie hatte danach tagelang nicht mit mir gesprochen.

Dieses Bild ging mir nicht aus dem Sinn, während ich mich die Treppe hochschleppte und eine Hand auf meine brennende Wange drückte. Ich konnte diese zerdrückte Spinne nicht vergessen ...

Die Bodendielen knarrten unter meinen Füßen, und ich hörte Erik weinen.

«Mama? Mama?»

«Pssst», murmelte ich. «Ich bin's, Erik. Pst! Ist ja schon gut.»

Ich hörte ihn erleichtert aufseufzen, als ich das Zimmer betrat. Eine kleine, bandagierte Hand streckte sich kurz nach mir aus und fiel dann erschöpft auf die Bettdecke zurück.

«Es tut weh», klagte er.

«Ich weiß.» Steif setzte ich mich auf den Bettrand und dachte, wie klein er aussah in dem großen Bett, klein und hilflos. «Es tut mir schrecklich leid. Schlaf jetzt wieder, dann geht es dir morgen früh besser.»

Er klammerte sich ängstlich an der Decke fest.

«Ich will nicht schlafen», stöhnte er. «Wenn ich schlafe, kommt es zurück ... das Gesicht! Das Gesicht kommt dann zu mir zurück!»

Ich schloß die Augen und schluckte schwer an dem Kloß in meiner Kehle.

«Erik», sagte ich hilflos. «Du mußte jetzt versuchen, das Gesicht zu vergessen.»

«Ich kann es nicht vergessen. Es war da im Spiegel, und es hat mir Angst gemacht. Hast du es auch gesehen, Mama? Ich will nicht, daß es wiederkommt!» schluchzte er. «Ich will, daß du machst, daß es für immer weggeht.»

Ich atmete tief ein und sah auf den kleinen Totenschädel nieder. Die tiefliegenden Augen starrten verzweifelt in meine und suchten den Trost, den sie von mir erwarteten. Und ich wußte, daß er trotz seines frühreifen Genies noch zu jung war, um die Realität seiner Bürde zu tragen.

«Die Maske wird das Gesicht verschwinden lassen», sagte ich, so sanft ich konnte. «Solange du sie trägst, wirst du das Gesicht nie wieder sehen.»

«Ist die Maske wie ein Zauber?» fragte er mit plötzlichem Interesse.

«Ja.» Ich wandte den Kopf ab, um seine Augen nicht mehr zu sehen. «Ich habe sie verzaubert, damit du in Sicherheit bist. Die Maske ist dein Freund, Erik. Solange du sie trägst, kann dir kein Spiegel mehr dieses Gesicht zeigen.»

Jetzt schwieg er, und als ich ihm die neue Maske hinhielt, akzeptierte er sie, ohne zu fragen, und zog sie mit seinen unbeholfenen, verbundenen Fingern rasch über. Doch als ich aufstand, um zu gehen, reagierte er mit Panik und klammerte sich an mein Kleid.

«Geh nicht weg! Laß mich nicht allein im Dunkeln!»

«Du bist nicht im Dunkeln», sagte ich sanft. «Schau, ich habe dir die Kerze dagelassen.»

Doch als ich ihn ansah, wußte ich, daß fünfzig Kerzen nicht genügt hätten. Die Dunkelheit, vor der er sich fürchtete, war in seinem eigenen Geist, und kein Licht auf der Welt war stark genug, um ihn aus dieser Finsternis zu befreien.

Mit einem Seufzer setzte ich mich wieder auf den Bettrand und begann leise zu singen. Noch ehe ich die erste Strophe beendet hatte, war er eingeschlafen. Die Verbände um seine Hände und Handgelenke wirkten im Kerzenlicht weiß und geisterhaft. Ich löste seine Finger von meinem Rock.

Ich wußte, daß Marie recht hatte.

Geistig und körperlich hatte ich ihn für sein ganzes Leben verwundet.

6. Kapitel

Für den schwierigen Umgang mit Eriks Gemüt und Intellekt verließ ich mich ganz auf Vater Mansart. Als er vorschlug, einige der Zeichnungen des Kindes an die Pariser Kunstakademie zu schikken, protestierte ich nicht. Ich wußte, daß er dort einen alten Bekannten hatte, der Architektur lehrte. Wenn Professor Guizot überzeugt werden könnte, sich für das Kind zu interessieren, dann war ich willens, jeden Rat und jede Hilfe anzunehmen, die er zu geben bereit wäre. Erik langweilte sich immer öfter, dann benahm er sich unerträglich schlecht und neigte zu gefährlichen Missetaten. Man konnte ihn unmöglich zur Schule schicken, und ich hatte kaum eine Chance, einen Lehrer zu engagieren, der seinen ungewöhnlichen Bedürfnissen entsprach. Professor Guizot schien meine einzige Hoffnung. Ich erwartete seinen Besuch mit wachsender Verzweiflung.

Er beeilte sich nicht, nach Boscherville zu kommen. Als er schließlich eintraf, spürte ich, daß er überaus skeptisch war. Wie Vater Mansart war er schon in mittleren Jahren, behäbig und von etwas pompösem Gebaren. Trotz seiner ausgesuchten Höflichkeit war es offensichtlich, daß er meinte, man habe ihn umsonst aus Paris kommen lassen. Ich glaube, er war nur seinem alten Freund zuliebe erschienen und entschlossen, den Anlaß als kurzen Urlaub zu betrachten. Er nutzte die Gelegenheit, ausführlich die Möglichkeiten der Entenjagd im Nachbardorf Duclair zu besprechen, doch schließlich machte ich ohne weitere Rücksichten den Vorschlag, er möge sich nun mit Erik unterhalten.

«Ach ja», sagte er, und seine Stimme klang plötzlich unverkennbar kühl, «das Wunderkind. Bitte, bringen Sie ihn herein, Madame. Ich bin sicher, ich werde den jungen Künstler nicht allzu lange beanspruchen.»

Als Erik das Zimmer betrat, sah ich die Überraschung des Professors über die Maske, aber er sagte nichts dazu. Er reichte dem Jungen die Hand und wartete geduldig, bis er sich auf einen Stuhl am Eßzimmertisch gesetzt hatte. Dann legte er ein Blatt Papier vor ihn hin und forderte ihn auf, zu benennen, was er darauf sah.

«Das ist ein Bogen», sagte Erik höflich. «Ein Stichbogen.»

«Richtig.» Ich hörte mildes Erstaunen in der Stimme des Professors. «Vielleicht zeigst du mir auch den Gewölbescheitel.»

Erik zeigte darauf.

«Strebepfeiler und Impost?»

Erik zeigte wieder das Gewünschte, und ich sah, daß der Professor die Stirn runzelte.

«Mitte, lichte Weite, Schenkel und Krone», bellte er in kurzen Abständen. «Gewölbesteine … Bogenrücken.»

Eriks Finger bewegte sich sicher über das Blatt, und ich hörte ihn leise aufseufzen angesichts dieser langweiligen Übung.

Der Professor nahm ein Taschentuch und wischte sich damit über die fleckige Stirn. Er sah plötzlich erhitzt aus.

«Was ist die Kämpferlinie?» fragte er mit abrupter Aggression.

«Die Ebene, auf der ein Bogen aus seiner Stütze entspringt», antwortete Erik geduldig.

Der Professor sank auf einen Stuhl und starrte das Kind an. «Zeichne mir zehn verschiedene Arten von Bögen und benenne sie», befahl er.

Erik schaute enttäuscht zu mir herüber. Ich wußte, daß ihn die Einfachheit der Aufgabe kränkte, aber als ich ihn ermunternd ansah, nahm er seinen Bleistift zur Hand und begann, rasch zu zeichnen.

An dieser Stelle zog ich mich zurück und ließ die beiden allein im Zimmer. Drei Stunden später, als der Professor zu mir in den Salon kam, war er in Hemdsärmeln. Er sah zerzaust und erschöpft aus, ganz und gar nicht mehr der gewandte, ziemlich arrogante Herr, der kurz nach Mittag mit solchem Aplomb mein Haus betreten hatte.

«Madame», sagte er feierlich. «ich muß Ihnen danken. Sie haben mir die bemerkenswerteste Erfahrung meiner ganzen akademischen Karriere beschert.»

Ich war klug genug zu schweigen, denn ich spürte, daß er etwas Schwieriges zu sagen hatte und nicht der Mann war, dem eine Entschuldigung glatt von den Lippen geht.

«Ich muß gestehen, daß ich einen ziemlich schlauen Fälscher erwartete, als ich heute herkam», sagte er verlegen. «Als ich in Paris diese Zeichnungen erhielt, war mein erster Gedanke, daß jemand meinem Freund Mansart einen Streich gespielt und sein Vertrauen mißbraucht hatte. Ich fürchte, daß ich Sie, Madame, verdächtigt habe, einen freundlichen und höchst leichtgläubigen Menschen für Ihre eigenen Zwecke mißbraucht zu haben.»

Ich starrte ihn wortlos an, und er breitete mit einer Geste der Entschuldigung seine dicken Hände aus.

«Was soll ich Ihnen sagen, Madame? Sie werden nur zu gut wissen, daß die Frühreife Ihres Sohnes an ein Wunder grenzt.»

Erleichtert reichte ich ihm die Hand.

«Sie geben also zu, daß er genial ist?»

Er schüttelte den Kopf. «Genie ist eine menschliche Eigenschaft. Was ich heute gesehen habe, läßt sich nicht mit irgendeinem mir bekannten Wort definieren. Eriks Fertigkeiten sind ganz unglaublich. Madame, es würde mir außerordentlich schwerfallen, auf die Formung einer so exorbitanten Begabung zu verzichten.»

Ich schloß kurz die Augen und hatte das Gefühl, ein großes

Gewicht werde mir von den Schultern genommen. Der Professor verstummte für einen Augenblick und befingerte die Jacke, die er sich über einen Arm gehängt hatte.

«Wie ich Vater Mansarts Brief entnehme, verhindert seine schwerwiegende körperliche Mißbildung, daß er irgendeine unserer ausgezeichneten Lehranstalten besucht.»

«Das ist richtig», sagte ich schwach und war mir bewußt, wie meine Hoffnung wieder sank.

«Verzeihen Sie, Madame, aber wäre es ... unangebracht, wenn ich frage ...?»

«Die Maske?» Ich biß mir auf die Lippen. «Sie wollen den Grund für die Maske wissen.»

«Ich muß gestehen, daß ich sie etwas exzentrisch, ja unpassend finde. In unserem aufgeklärten Zeitalter rechnet man kaum damit, daß ein Kind auf diese Weise – wie soll ich sagen? – gebrandmarkt wird. Kein Mißgeschick der Geburt, wie schwerwiegend auch immer, vermag eine so primitive Maßnahme zu rechtfertigen.»

Bei dieser ignoranten Kritik fuhr mein Kopf hoch.

«Möchten Sie ihn ohne Maske sehen?» fragte ich kalt. «Sind Sie bereit, keinen Widerwillen zu zeigen ... keine Abscheu, die ihn bekümmern würde?»

Er lächelte schwach. «Ich denke, Sie werden feststellen, daß ich ein Mann von Welt bin», behauptete er mit verächtlicher Selbstgewißheit.

«Und Sie werden nicht zulassen, daß das, was Sie sehen, Ihr vorheriges Urteil beeinträchtigt?»

Jetzt war er gar beleidigt.

«Madame, wir leben nicht mehr im sechzehnten Jahrhundert! Wir leben in einer Zeit empirischer und rationaler Urteile!»

«Das glauben Sie!» sagte ich.

Mit einem Achselzucken ging ich zur Tür, rief Erik herein und nahm ihm die Maske ab.

Ich muß zugeben, daß Professor Guizot sein Wort hielt. Er verlor zwar seine portweinrote Gesichtsfarbe, doch kein Flattern seiner Lider und kein Zucken seiner weißen Lippen verriet, was er empfinden mußte, als er das Totengesicht des Kindes erblickte.

Als wir wieder allein waren, wies ich auf einen Sessel beim Feuer. «Nehmen Sie Platz, wenn Sie möchten, Monsieur.»

«Danke.» Er sank in den Sessel am Kamin und ordnete mit einer flüchtigen Geste nervöser Erschütterung die Jacke auf seinen Knien. «Dürfte ich Sie vielleicht um ein Glas Wasser bitten?» fragte er heiser.

Ich brachte ihm statt dessen einen Cognac. Er nahm ihn wortlos an, goß die braune Flüssigkeit rasch hinunter und stellte mit zitternder Hand das Glas auf dem kleinen runden Tisch neben sich ab.

«Ich denke, Sie stimmen jetzt der Notwendigkeit einer Maske zu», sagte ich ruhig.

«Ja», antwortete er aus tiefstem Herzen. «Ja, ich fürchte, es geht nicht ohne sie.»

«Und?» drängte ich unerbittlich.

Er schaute ostentativ auf sein leeres Cognacglas, aber ich bot ihm nichts mehr an. Schreckliche Angst und Wut sammelten sich in mir.

«Ich hatte die Absicht, Ihr Einverständnis vorausgesetzt, den Jungen in meinen eigenen Haushalt aufzunehmen, wo ich ihn in meiner freien Zeit hätte unterrichten und dafür sorgen können, daß er sein Baccalauréat ablegt. Aber jetzt sehe ich, daß ein solches Arrangement unmöglich wäre. Meine Frau, verstehen Sie, ist von nervöser Gemütsart, und wir haben neugierige Nachbarn ... Nein, ich fürchte, das ist ganz undenkbar. Ich muß Rücksicht nehmen auf meine gesellschaftliche Stellung.»

Ich ballte die Fäuste. «Sie wollen ihn also nicht unterrichten.»

«Madame ...» protestierte er hilflos.

«Ich wußte es! Ich wußte, daß Sie es ablehnen würden, wenn Sie ihn gesehen hätten!»

«Madame, ich flehe Sie an, seien Sie vernünftig. Dieses Kind ...»

«... ist ein monströses Ungeheuer!»

«Das habe ich nicht gesagt», erwiderte er würdevoll, «und ich muß Sie bitten, mir nicht solche Worte in den Mund zu legen. Ich habe nach wie vor die Absicht, ihn zu unterrichten, das versichere ich Ihnen, aber es kann nicht in Paris geschehen, wo ich allzusehr im Licht der Öffentlichkeit stehe.»

«Wie dann?» flüsterte ich.

Er stand aus seinem Sessel auf und legte mir mit einer väterlichen Geste eine Hand auf den Arm.

«Ich denke nicht, daß er dieselbe ständige Anleitung braucht wie die meisten Studenten. Es wird darum gehen, ihm interessante Aufgaben zu stellen und Anregungen zu geben. Dieser Fall ist eine Herausforderung, Madame, eine Prüfung meines beruflichen Einfallsreichtums. Sie dürfen versichert sein, daß ich für ein Studium sorgen werde, welches den ziemlich einzigartigen Umständen, in denen wir uns befinden, vollkommen gerecht wird.»

Ich spürte Tränen der Dankbarkeit in meinen Augen aufsteigen und drehte mich hastig um.

«Sie sind sehr freundlich», murmelte ich.

«Meine liebe Dame», seufzte er, «ich bin nicht freundlich ... ich bin fasziniert.»

Es war gut, daß Charles' Tod mich wohlhabend zurückgelassen hatte; andernfalls hätten die Kosten für Eriks einzigartige Erziehung uns ruiniert. Ich war gezwungen, das Haus meines Vaters in Rouen zu verpachten, um ihm die Mittel zum Studium zu verschaffen, aber ich grollte ihm deswegen nicht. Es war das einzige Glück, das ich ihm bereiten konnte. Vater Mansart stattete zwei Räume im Haus mit Bücherregalen aus, und Monat um Monat kamen Unmengen von schweren Bänden aus Paris – einige davon waren seltene Ausgaben –, begleitet von Kommentaren und Anweisungen des Professors. In regelmäßigen Abständen kam er selbst, um einen ganzen Tag eingeschlossen mit seinem lernbegierigen Schüler zu verbringen.

«Eines Tages», vertraute er mir mit kaum verhohlener Erregung an, «wird dieser Junge die Welt in Erstaunen setzen.»

Als Guizot vom Grand Prix de Rome und seiner Entschlossenheit sprach, Erik solle der jüngste Bewerber um diesen begehrten Preis sein, äußerte ich mich nicht dazu. Ich widersprach auch dem Jungen nicht, wenn er darüber redete, er werde als Stipendiat der Villa Medici in Rom studieren. Weder ich noch der Professor waren bereit zuzugeben, daß Luftschlösser das einzige waren, was Erik jemals bauen würde. Wie zwei Strauße vergruben wir die Köpfe im Sand und weigerten uns, die häßliche Wirklichkeit zu sehen.

Ich wagte nicht an das Leben zu denken, das Erik jenseits des Schutzes meiner Haustür erwartete, in einer Welt, die nichts anderes zu tun haben würde, als über seine groteske Erscheinung zu spotten. Ich wagte nicht, mir diese Zukunft vorzustellen.

Doch ich konnte ihm seine Träume nicht verweigern. Denn ich wußte, daß Träume alles waren, was er jemals haben würde.

7. Kapitel

Einige Monate nach Beginn seines Architekturstudiums bei Professor Guizot bat Erik mich um einen Spiegel.

Das überraschte mich so, daß ich nicht wußte, was ich ihm antworten sollte. Mein erster Impuls war Ablehnung, aber da meine instinktiven Reaktionen in bezug auf Erik gewöhnlich falsch waren, beschloß ich, seiner gefährlichen Bitte zu entsprechen. Ich holte einen kleinen Handspiegel aus der Schublade in meinem Schlafzimmer, in der ich ihn sorgfältig versteckt hielt, und händigte ihn Erik widerwillig aus. Er sprach nie über «das Gesicht», aber da ich weiterhin regelmäßig von den nächtlichen Entsetzensschreien aus seinem Zimmer erwachte, nahm ich an, daß die Erinnerung ihn noch immer verstörte.

Mit übertriebener Vorsicht nahm er den Spiegel in Empfang, als sei er eine giftige Schlange, die vielleicht beißen würde, und legte ihn mit der spiegelnden Seite nach unten auf den Tisch. Er keuchte ein wenig, als sei er schnell gelaufen. Ich spürte seine Angst so stark, daß ich versucht war, ihm den Spiegel wieder zu entreißen. Aber ich widerstand dem Drang und wartete.

«Wenn ich nur die Rückseite anschaue», begann er zögernd, «würde ich dann immer noch ... Dinge sehen?»

«Nein», sagte ich ruhig, «die Rückseite eines Spiegels gibt kein Bild wieder. Du würdest überhaupt nichts sehen.»

Sein erleichterter Seufzer wirkte dennoch schmerzhaft.

«Dann hat er also eine ungefährliche Seite», murmelte er vor sich hin, «das ist gut.» Unsicher sah er zu mir auf. «Darf ich hineinsehen, Mama?»

«Wenn du willst.»

Ich sah zu, wie er die Rückseite des Spiegels betrachtete und mit geschickten Fingern eine lose Ecke der Metallfolie anhob.

«Es ist ja nur Glas drunter!» rief er erstaunt. «Es ist nur Glas und ein Stück Metall! Wie kam dann das Gesicht da hinein?»

Mir war kalt vor Elend, als er zu mir aufsah. Bei all seiner geistigen Brillanz und Gelehrsamkeit entging ihm hier die schlichte Wahrheit.

«Das Gesicht war nicht innen, Erik, es war draußen. Ein Spiegel gibt nur das Bild jedes Gegenstands wieder, den man ihm vorhält.»

«Und wie verwandeln sich die Bilder dann in Ungeheuer?» fragte er ernsthaft. «Ist das Zauberei? Wirst du mir zeigen, wie es funktioniert?»

Ich spürte Tränen aufsteigen, und als ich den Spiegel aufnahm und hineinschaute, merkte ich, daß er mir über die Schulter sah. Ich veränderte den Winkel des Spiegels, so daß er mein Bild sehen konnte, und er schrie entzückt auf: «Schau, du bist zweimal da! Der Spiegel kann also auch etwas Schönes zaubern.»

«Erik, das ist kein Zauber. Immer, wenn jemand in den Spiegel schaut, sieht er ein Bild seiner selbst ... nichts weiter. Ein Spiegel hat nicht die Macht, etwas zu zeigen, was nicht da ist.»

«Aber ich habe ein Ungeheuer gesehen», beharrte er ärgerlich. «Ich *habe* eines gesehen!»

Ich legte den Spiegel mit der spiegelnden Seite nach unten vor ihn auf den Tisch.

«Ja», sagte ich leise, «ich weiß, was du gesehen hast.»

Dann ließ ich ihn allein, ging ins Nebenzimmer und wartete auf einen Schrei des Entsetzens. Aber er kam nicht. Als ich hineinschaute, sah ich, daß er mit dem Spiegel spielte, ihn vorsichtig an einer Ecke hielt und in einem Winkel, der ihm sein Gesicht nicht zeigte. Bald darauf hörte ich ihn nach oben gehen. Ich betrat das Zimmer und wollte den Spiegel vom Tisch nehmen, aber er war nicht mehr da.

Erik kam zum Abendessen nach unten, scheinbar vollkommen ruhig, und fragte, ob er den Spiegel behalten dürfe. Überrascht und erleichtert gestattete ich ihm das, ohne weiter zu fragen. Ich hoffte, das Akzeptieren des Schrecklichen läge nun hinter uns.

Doch am nächsten Tag fand ich den Spiegel in ein Dutzend

Stücke zerbrochen; alle Stücke lagen sorgfältig mit der spiegelnden Seite nach unten auf der Kommode in seinem Zimmer. Als ich unwillig fragte, warum er das getan habe, erklärte er geduldig, auf diese Weise könne er besser zaubern. Und dann legte er die Spiegelstücke in so seltsamen Winkeln auf eine Zeichnung, daß sie grotesk verzerrte Bilder wiedergaben.

«Siehst du, Mama, du hast dich geirrt», sagte er triumphierend. «man kann mit einem Spiegel alle möglichen Zauberkunststücke machen. Ich frage mich, was sich zeigen würde, wenn man die Spiegelscherben biegen könnte. Glaubst du, daß sie weich genug zum Biegen werden, wenn ich sie in Feuer lege?»

«Ich habe keine Ahnung», sagte ich entsetzt. «Versuch nur nicht, etwas so Dummes zu tun! Du würdest es nur schaffen, dich zu verbrennen. Erik, hörst du mir überhaupt zu?»

«Ja, Mama», sagte er unschuldig. Aber er sah mich nicht an, während er das sagte, und diese bereitwillige Zustimmung machte mich mißtrauisch. Normalerweise gab er nicht so leicht nach.

Ich hätte ihm die Glasstücke auf der Stelle wegnehmen müssen, aber ich zögerte, um nicht einen seiner schrecklichen Wutanfälle auszulösen. Vielleicht sollte ich froh sein, daß er sein Entsetzen vor einem so simplen, alltäglichen Gegenstand verloren hatte. Und wenn er sich verbrannte... Nun, das würde er dann kein zweites Mal tun. Ich beschloß, die Sache auf sich beruhen zu lassen.

«Madeleine!» – Marie kam in die Küche, und als sie mit einer behutsamen Geste die Tür hinter sich geschlossen hatte, merkte ich, daß ihr Gesicht angstverzerrt war.

«Ich denke, du solltest wissen», erklärte sie flüsternd, «daß Erik mich gebeten hat, ihm etwas Glas und Metall zu kaufen... und einen Glasschneider. Er hat mir Geld gegeben und mich gebeten, dir nichts davon zu sagen.»

Sie streckte die Hand aus und zeigte mir eine Hundert-Franc-Note. Ich runzelte die Stirn.

«*Er* hat also das Geld genommen! Und was hast du ihm geantwortet?

Sie seufzte. «Nun, ich wußte natürlich, daß es nicht sein Geld sein konnte. Ich sagte ihm, es sei unrecht zu stehlen. Doch er sah mich bloß an, als verstünde er kein Wort von dem, was ich sagte.»

Ich nickte grimmig. «Er versteht nur, was er verstehen will. Alles, was ihn im Augenblick interessiert, ist die Befriedigung seiner morbiden Besessenheit von Illusion und Zauber. Und er weiß, wie ärgerlich mich das macht. Ich habe ihm vorige Woche gesagt, ich würde ihm das Glas und all die Sachen dazu nicht kaufen.»

«Wozu in aller Welt will er sie denn haben?»

«Er möchte Spiegel herstellen – Zauberspiegel, die ihm nur das zeigen, was er sehen will. Hunderte von Jahren haben die Venetianer das Geheimnis ihrer Kunst vor dem Rest der Welt verborgen, und jetzt denkt dieses Kind ... dieses verrückte Kind! ..., es könne in seinem Schlafzimmer auf dem Dachboden Spiegel herstellen. Gott sei Dank habe ich ihm nie von dem Quecksilber erzählt, sonst hätte er das wahrscheinlich auch verlangt! Warum in Gottes Namen verhält er sich so?»

Marie legte das Geld auf den Tisch und sah mich nachdenklich an.

«Ich denke, du solltest ihm das Glas geben, wenn es ihm so wichtig ist», sagte sie nach einem Augenblick.

«Ach, wirklich!» erwiderte ich. «Vielleicht meinst du auch, ich sollte ihm Quecksilber besorgen, damit er uns alle vergiften kann, wenn ihm das einfällt.»

Sie zuckte die Achseln. «Madeleine, wenn du ihm dieses Glas nicht gibst, wird er bestimmt einen Weg finden, es sich zu verschaffen. Willst du vielleicht, daß er anfängt, Fenster zu zerschlagen?»

Ich starrte sie entsetzt an. «Glaubst du, daß er zu solchen Freveltaten fähig ist?»

Sie schüttelte langsam den Kopf.

«Ich glaube nicht, daß er es als etwas Böses betrachten würde, Madeleine. Es ist einfach der logische nächste Schritt zu seinem Ziel.»

«Der Zweck rechtfertigt die Mittel», sagte ich leise sinnend. «Das ist die Lehre des Teufels.»

Sie schwieg und schaute zu Boden, und ich wußte, daß sie mir innerlich recht gab.

Am Ende der Woche, als ich ihm das Glas und die Metallfolie brachte, wurde ich mit einem Jubelschrei belohnt. Er verschwand für den Rest des Tages in seinem Zimmer, und abends fand ich ihn starr vor Wut über seinen Mißerfolg.

«Es muß eine bessere Methode geben», murmelte er. «Ich werde Professor Guizot fragen, wenn er morgen kommt.»

«Spiegel?» wiederholte der Professor vage, als Erik ihn am nächsten Tag schon an der Haustür damit überfiel. «Nun ja, man hat bislang immer Metall und Quecksilber für die Rückseite verwendet.»

«Quecksilber!» Ich sah, daß Erik sich über seine eigene Unwissenheit ärgerte. «Von Quecksilber habe ich nichts gewußt!»

«Das spielt keine große Rolle», fuhr der Professor leutselig fort. «Keiner wird sich mehr lange mit dieser mühsamen Methode aufhalten. Ich glaube, in Deutschland ist kürzlich ein neues Verfahren entdeckt worden, das sich Versilberung nennt.»

«Deutschland», wiederholte Erik feierlich. «Wie weit ist das entfernt?»

Die Eßzimmertür schloß sich hinter ihnen, und ich hörte nichts mehr.

Von diesem Tag an sorgte ich dafür, daß Erik alles Material erhielt, das er verlangte, ganz gleich, wie seltsam seine Bitten erscheinen mochten. Glas, Metall, Nieten, Bolzen und Kupferdraht. Es waren Bastelsachen, die ich ihm nicht länger verweigerte, aus dem einfachen Grunde, weil ich nicht den Mut dazu hatte.

Ich begann zu verstehen, wie gefährlich es ist, wenn man versucht, das natürliche Ventil eines aktiven Vulkans zu verstopfen.

Ich begann auch zu verstehen, warum Vater Mansart sich mehr und mehr Sorgen um Eriks Seele machte.

8. Kapitel

Seit er laufen konnte, hatte ich Erik nachts vorsichtshalber in seinem Zimmer eingeschlossen, teilweise zu seinem Schutz, hauptsächlich aber meines eigenen Seelenfriedens wegen. Er war acht, als ich die Entdeckung machte, daß vergitterte Fenster und eine verschlossene Tür nicht mehr ausreichten, um seinen Einfallsreichtum zu bändigen.

Eines Morgens kam Vater Mansart in beträchtlicher Aufregung zu mir und sagte, im Dorf herrsche große Unruhe; ich müsse mehr darauf achten, Erik nachts im Hause zu halten.

«Ich verstehe Sie nicht», sagte ich stirnrunzelnd. «Sie wissen genau, daß er nie weiter gehen darf als bis zum Gartentor.»

Der Priester schüttelte den Kopf. «Madeleine, mehrere Personen haben ihn auf dem Gelände der Kirche gesehen. Und letzte Nacht wollen mehrere Zeugen um Mitternacht die Orgel spielen gehört haben.»

«Aber das ist unmöglich, Vater», protestierte ich. «Ich selbst habe ihn um acht Uhr in seinem Zimmer eingeschlossen.»

«Haben Sie den Schlüssel im Schloß steckenlassen?»

«Ja. Aber genau da habe ich ihn heute morgen auch gefunden. Selbst wenn es ihm gelungen wäre, den Schlüssel aus dem Schloß zu stoßen und unter der Tür durchzuziehen, hätte er sich ja kaum von außen wieder einschließen können.»

«Ich fürchte, bei Erik ist alles möglich», sagte der Priester ernst. «Ich glaube, ich muß mit ihm reden.»

Zu meinem größten Entsetzen machte Erik keinen Versuch, seinen Ausbruch zu leugnen; er gestand ihn freimütig ein und neigte nur den Kopf, als Vater Mansart ihn wegen der Sünde der Täuschung rügte.

«Ich habe keinen Schaden angerichtet», protestierte er und sah mich ängstlich an, als erwarte er, ich werde ihn in Gegenwart des Priesters schlagen.

«Aber was hast du denn eigentlich gemacht?» schrie ich.

«Im Wald sind Füchse», sagte er ruhig. «Ich beobachte gern, wie ihre Jungen im Mondschein spielen. Letztes Frühjahr haben sie...»

Er hielt inne, erschrocken über meinen Ausdruck. Ich konnte nicht glauben, daß er mehr als einmal bis zum Wald von Roumare gekommen war, ohne daß ich etwas gemerkt hatte. Ich mußte erkennen, daß sein allmählich steigendes Selbstvertrauen ihn verleitet hatte, tiefer und tiefer ins Dorf vorzudringen, wo ihn besonders die schöne romanische Kirche anzog.

«Wie kommst du aus deinem Zimmer heraus?» fragte ich.

«Oh, das ist einfach», gestand er. «Ich schraube einfach die Gitter vor dem Fenster ab und springe auf den Baum, der draußen steht.»

Entsetzt schloß ich die Augen. Sein Zimmer lag mindestens zwanzig Fuß über dem Boden, und der Baum, den er meinte, war weit genug vom Fenster entfernt, um den Sprung für jeden außer einer Katze zu einem selbstmörderischen Unterfangen zu machen. Ich hielt mich nicht mit der Frage auf, wie er es schaffte, wieder in sein Zimmer zu gelangen... Zweifellos mit einer ebenso verrückten Methode.

«Du dummer Junge! Du hättest dich zu Tode stürzen können!»

Er sah zu Boden. «Nachts ist alles so schön, und niemand stört mich», murmelte er.

«Nun, letzte Nacht hat man dich nicht nur gesehen, sondern auch gehört!» versetzte ich. «Inzwischen weiß das ganze Dorf, daß du in der Kirche die Orgel gespielt hast.»

«Ich dachte, wenn es jemand hörte, würde er denken, es sei ein Geist.»

«Erik», sagte Vater Mansart, der sich hastig einschaltete, als er sah, wie ich die Fäuste ballte, «was du getan hast, ist sehr töricht und bringt sowohl dich als auch deine Mutter in Gefahr. Es darf nicht wieder vorkommen. Wenn du weiterhin das Dorf auf diese Weise beunruhigst, könnte es zu unangenehmen... Vergeltungsmaßnahmen kommen.»

Erik machte instinktiv eine Bewegung in meine Richtung und erstarrte dann.

«Du verstehst doch, was ich mit Vergeltungsmaßnahmen meine, nicht wahr, mein Kind?»

«Ja», flüsterte Erik erschrocken. «Aber warum... warum würden sie mir etwas tun? Ich habe doch keinen Schaden angerichtet. Warum hassen mich denn alle?»

Der Priester breitete verlegen die Hände aus.

«Menschen hassen die Dinge, die sie fürchten – und sie fürchten die Dinge, die sie nicht verstehen.»

Erik berührte zögernd seine Maske. «Mein Gesicht...», sagte er unsicher. «Hassen Sie mich wegen meines Gesichts?»

Vater Mansart ergriff seinen Arm. «Komm, mein Kind, wir wollen beten. Wir wollen Gott bitten, dir Geduld und Verständnis zu schenken.»

«Nein!» Erik riß sich abrupt von ihm los. «Ich werde nicht mehr beten! Warum sollte ich? Gott hört ja nicht auf mich.»

«Erik», keuchte ich, «du wirst dich sofort bei Vater Mansart entschuldigen und Gott wegen dieser schrecklichen Lästerung um Vergebung bitten.»

Er schwieg verstockt.

«Geh in dein Zimmer», sagte ich eisig. «Wir werden uns später mit deinem Ungehorsam befassen.»

Als er uns verlassen hatte, herrschte erschrockenes Schweigen. Ich sank in den Sessel am Kamin und starrte den Priester an.

«Was können wir tun?» hauchte ich.

«Er darf das Haus nicht mehr verlassen», sagte Vater Mansart nach einem Augenblick. «Ich komme später zurück, vernagele sein Fenster und schraube einen Riegel an seine Tür.»

«Sein Fenster vernageln ...» wiederholte ich unglücklich. «Muß ich ihn jetzt in einem Zimmer ohne Tageslicht einsperren?»

«Ich fürchte, es gibt keine andere Möglichkeit, ihn zu beschützen», sagte der Priester traurig.

An diesem Abend herrschte auf der Straße vor dem Haus großer Aufruhr. Eine Horde von Dorfjungen warf mit Steinen und grölte gemeine Beschimpfungen. Ich war so wütend, daß ich trotz der Warnungen des Priesters mein Schlafzimmerfenster aufriß.

«Verschwindet!» schrie ich. «Geht weg und laßt mich und meinen Sohn in Frieden!»

«Bringen Sie das Monster nach draußen!» antworteten sie darauf rüde. «Bringen Sie das Monster nach draußen, damit wir es uns ansehen können.»

Ein Klumpen Erde traf meine Wange. Ich hörte, daß im Untergeschoß eine Fensterscheibe zerbrach und hielt entsetzt den Atem an, als jemand gegen die Haustür zu treten begann.

«Fort mit euch!» ertönte aus einiger Entfernung auf der Straße Vater Mansarts Stimme. «Ihr jungen Teufel! Ich verspreche euch, dieser Abend wird euch genug Bußgebete einbringen, um euch einen Monat lang auf den Knien zu halten! Ja, ich weiß, wer ihr seid. Ich kenne jeden einzelnen! Fort mit euch, sage ich!»

Die Stimmen wurden schwächer, und ihre Besitzer stahlen sich in der sinkenden Dämmerung davon.

Ich rannte die schmale Treppe hinunter, riß die Haustür auf und vergrub mein Gesicht im Gewand des Priesters.

«O Vater! Ich dachte, sie würden ins Haus eindringen und ihn holen!»

«Ich glaube nicht, daß sie es wagen würden, soweit zu gehen, meine Liebe, aber ich kann mich nicht für das verbürgen, was sie tun würden, wenn sie ihn allein draußen erwischten. Ist er in seinem Zimmer?»

Ich nickte.

«Gut. Ich werde die Scheibe aus dem Fenster nehmen und seine Tür oben und unten mit einem Riegel versehen. Ich glaube, das wird ihn zurückhalten. Es könnte sein, daß er nach dem heutigen Abend zu erschrocken ist, um noch einmal einen Ausbruch zu versuchen.»

«Was soll nur aus ihm werden?» flüsterte ich verzweifelt. «Was, in Gottes Namen, soll nur aus ihm werden?»

«Es ist nicht an uns, die Zukunft vorherzusehen», antwortete der Priester ausweichend. «Ich werde jetzt zu ihm gehen. Ich denke, inzwischen wird er bereit sein, wieder zu beten.»

Ich versuchte ein schwaches Lächeln. «Sie haben ihm also seine Blasphemie verziehen?»

Er machte eine philosophische Geste.

«Wenn das alles ist, was der Himmel ihm jemals verzeihen muß, dann haben wir großes Glück», sagte er ruhig.

Am Sonntag ging ich mit Marie ins Dorf hinunter, um die Eltern unserer Plagegeister zu beschämen. Es war nun schon einige Jahre her, seit ich nicht mehr die Messe in unserer schönen Abtei besucht hatte. Ich hatte mich damit begnügt, sie wie eine Invalide in der Abgeschiedenheit meines Hauses zu hören, und mich mehr und mehr an die Zurückgezogenheit gewöhnt. Nun begriff ich allmählich, daß die allgemeine Annahme, eine Verrückte und ein Ungeheuer bewohnten das entlegene Haus am Rand des Dorfes, vielleicht nicht ganz unberechtigt war. Ich durfte mich nicht weiter wie ein Maulwurf in seinem Bau verstecken; ich mußte zeigen, daß ich bereit war, für unser Recht auf Frieden zu kämpfen.

Während des ganzen Gottesdienstes war mir bewußt, daß man verstohlen die Köpfe in meine Richtung drehte. Ein unterdrücktes

Flüstern hielt auch während der Predigt an, und selbst der strenge Blick des Priesters reichte nicht aus, um es zum Verstummen zu bringen. Meine Entschlossenheit wankte, und ich hatte den starken Drang, aus der Kirche davonzulaufen. Aber ich blieb steif sitzen, die behandschuhten Hände über meinem Gebetbuch gefaltet, und wünschte mir nur, die Messe sei endlich vorbei.

«Ite missa est», sagte Vater Mansart schließlich gnädig, und als die Gemeinde aufstand, wich ich den allgemeinen Blicken aus, indem ich fest auf die Engelsfiguren starrte, mit denen das Querschiff verziert war. Ich folgte Marie durch den Mittelgang, und in meiner Aufregung ließ ich mein Gebetbuch fallen. Der widerhallende Aufprall erzeugte unter der gewölbten Kuppel ein seltsames Echo. Unwillkürlich richtete sich mein Blick zur Galerie hoch, und im dämmrigen Licht, das durch das Fenster des Hauptschiffs fiel, sah ich die Gestalt eines jungen Mannes, der nachdenklich auf mich herabsah.

Er machte eine förmliche kleine Verbeugung, als er merkte, daß ich ihn gesehen hatte, und die ungewohnte Höflichkeit seiner Geste verwirrte mich. Ich hatte in meinen Jahren der Einsamkeit vergessen, wie man auf solche Gesten antwortet, hatte vergessen, wie man die Kokette spielt. Ich war über alle Maßen verlegen, und doch war es sehr schwer, diesen kurzen Augenkontakt einfach abzubrechen.

«Wer ist dieser Mann?» fragte ich Marie, als wir in das helle Sonnenlicht hinaustraten.

«Das ist der neue Arzt, Monsieur Baryé.»

«Wie lange ist er schon in Boscherville?»

«Etwa zwei Monate. Er sagt aber, er werde nicht bleiben. Ich glaube, er hat sehr wenige Patienten, weil viele noch immer lieber Doktor Gautier kommen lassen.»

«Wie dumm!» sagte ich schärfer als beabsichtigt. «Doktor Gautier war schon vor zehn Jahren senil. Er muß etwa achtzig sein.»

Marie zuckte die Achseln. «Ach, du weißt ja, wie man im Dorf ist. Mama sagt, sie würde nicht im Traum daran denken, sich von einem so jungen Mann untersuchen zu lassen, und sie würde schon gar nicht gestatten, daß er mich behandelt.»

«Und was soll der junge Mann nach Meinung deiner Mama in der Zwischenzeit tun? Soll er hungern, bis sein Bart grau wird?»

«Pssst!» sagte Marie dringlich. «Er kommt heraus.»

Gegen alle Gebote guter Erziehung drehte ich mich um und traf wieder den Blick des jungen Mannes, der mich fixierte. Erneut machte er die elegante kleine Verbeugung und wünschte uns guten Morgen, ehe er mit auffallend langsamen Schritten weiterging.

Plötzlich mußte ich kichern wie das alberne, frivole Geschöpf, das ich einst gewesen war; auf einmal war ich wieder in der Klosterschule und verleugnete nur halbherzig mein Interesse an einem hübschen Gesangslehrer.

«Aber natürlich liegt mir nichts an ihm, gar nichts, gar nichts...»

Ich war damals siebzehn Jahre alt, ein naseweiser kleiner Schmetterling, der nach den Jahren der einengenden Verpuppung einer streng katholischen Erziehung seine Flügel erprobt – siebzehn und bereit, mit einem einzigen, gierigen Schluck das Leben zu verschlingen.

Dann sah ich plötzlich wieder die staubige Straße vor mir, und der Sonnenschein spiegelte sich in der neuen Scheibe, die Erik in das Eßzimmerfenster eingesetzt hatte. Er war erst acht Jahre alt, und doch schon imstande, einfache Aufgaben so rasch und gekonnt zu erledigen wie der beste Handwerker des Dorfes.

Warum hatte ich auf einmal das schuldbewußte Gefühl, ich sei im Begriff, sein Vertrauen aufs schlimmste zu verraten?

9. Kapitel

Etienne Baryé! Wie rasch es geschah! Wie schnell er sich aus dem fremden jungen Doktor, der mich mit so ausgesuchter Höflichkeit jeden Sonntag nach der Messe begrüßte, in den hellsten Stern an meinem dunklen und leeren Himmel verwandelte! Bald kam es mir so vor, als dächte ich an nichts anderes mehr als an ihn. Ich maß die Zeit an der grausamen Länge der Stunden, die unsere geheimen Verabredungen voneinander trennten. Acht Jahre lang hatte ich wie eine Nonne gelebt; vielleicht war es unvermeidlich, daß ich mich nun in den ersten gutaussehenden Mann verliebte, der mich wieder mit Verlangen betrachtete.

Natürlich kannte er meine Geschichte. Nur zu viele waren eifrig darauf bedacht, ihm die schauerlichen Einzelheiten mitzuteilen. Trotzig ignorierte er die Unheilwarnungen und fuhr fort, jeden Sonntag an das Ende meiner Kirchenbank zu treten. Ich legte dann meine Hand auf seinen Arm und ging mit ihm das Kirchenschiff entlang; denjenigen, die mißbilligend zusahen, trotzte ich mit gleichgültigem Hochmut.

Er war jünger als ich und hatte ein gutgeschnittenes Gesicht. Seine Augen neigten dazu, Leute, die er verachtete, mit Geringschätzung anzusehen, und er tat den größten Teil der Einwohner von Boscherville als provinziell und bigott ab. Selbst die wenigen Patienten, die anfangs zu ihm gekommen waren, zeigten sich nach kurzer Zeit irritiert von seiner scheinbar arroganten Art, und auch seine Verbindung mit mir sorgte dafür, daß seine Praxis nicht weiter wuchs. Ich selbst lernte schnell, mich seinen Ansichten zu fügen, da mir unsere gemeinsamen Stunden zu kostbar waren, um sie mit Streitereien zu vergeuden. Ich lebte in ständiger Angst, er werde das aufgeben, was er als sein schweres Los in dem kleinen, rückständigen Ort bezeichnete, und nach Paris zurückkehren, um sich der Forschung zu widmen. Seine rastlose Intelligenz und seine intolerante Ungeduld paßten sehr viel besser in ein Laboratorium als in die Schlafkammer eines jammernden Patienten. Es war nur eine Frage der Zeit, bis er das selbst einsehen würde.

In bezug auf Erik war er unersättlich neugierig. Er stellte mir eingehende, bohrende Fragen und notierte sich oft meine Antworten. Sein Interesse, so versicherte er mir, sei rein wissenschaftlich; er wolle eine Fallstudie erstellen. Wiederholt bat er, das Kind zu sehen, doch aus vielen Gründen wollte ich das nicht zulassen. Im Hinterkopf wurde ich das unbehagliche Gefühl nicht los, er werde nicht zögern, Erik auf einen Seziertisch zu schnallen, um seine Neugier zu befriedigen.

«Madeleine», neckte er mich liebevoll, als ich mich seinen beharrlichen Fragen immer mehr entzog, «Sie dürfen dem Geist der Wissenschaft gegenüber nicht so argwöhnisch sein. Ich dachte, Sie hätten Vertrauen zu mir.»

Ich wandte den Blick ab. Den Mann begann ich allmählich zu lieben, aber dem Wissenschaftler traute ich nicht; ich fürchtete den Wissensdurst, der wie ein reißender Wolf in seinen kühlen blauen Augen lauerte.

Ich stand von seinem Sofa auf, ging zum Fenster und starrte hinaus in das Grün des Dorfes und auf die alte Kirche, in der wir uns zum ersten Mal begegnet waren.

«Sie stellen zu viele Fragen», murmelte ich.

«Natürlich!» Er schob das Notizbuch weg und trat neben mich. «Unersättliche Neugier ist keine sehr attraktive Eigenschaft, fürchte ich. Verzeihen Sie mir, Madeleine.»

Seine Hand lag beharrlich auf meinem Arm, aber ich wandte nicht den Kopf, um ihn anzusehen.

«Manchmal denke ich, alles, was Sie von mir wollen, sind Auskünfte über Erik», seufzte ich.

Er drehte mich langsam zu sich, bis ich ihn ansah.

«Nicht alles», sagte er.

Und küßte mich.

«Wer ist der Mann?» fragte Erik abrupt.

Er wartete im Flur auf mich, als ich das Haus betrat. Seine Augen starrten mich mit anklagendem Blick an.

«Wer ist der Mann?» wiederholte er unbewegt, als ich keine Antwort gab. «Warum geht er mit dir spazieren?»

Es waren schon fast vier Monate vergangen, seit ich Etienne kennengelernt hatte, aber ich hatte sehr darauf geachtet, daß Erik uns nicht zusammen sah. Offensichtlich war ich an diesem Abend nicht vorsichtig genug gewesen.

«Wenn ich mich entschlossen habe, mit einem Herrn spazierenzugehen, so geht dich das nichts an!» erwiderte ich ärgerlich.

Ich hängte meinen Mantel auf und wollte an ihm vorbeigehen, aber er versperrte mir den Weg ins Wohnzimmer. Plötzlich verspürte ich Angst. Erik reichte mir jetzt bis zur Schulter und war trotz seines zerbrechlichen Körperbaus erstaunlich stark.

«Wer ist er, *Mutter*?»

Es war das erste Mal, daß er mich mit diesem Wort anredete, und die Verachtung in seiner Stimme war erschreckend.

«Er heißt Etienne», antwortete ich scheinbar obenhin. «Etienne

Baryé ... er ist Arzt. Und nun laß mich vorbei, Erik. Ich lasse mich nicht auf diese impertinente Art befragen. Ich ...»

Meine Stimme schwankte und verklang, als er mich weiterhin kalt anstarrte.

«Er ist ein Freund», stammelte ich. «Du mußt einsehen, Erik, das ich das gleiche Recht auf Freunde habe wie jedermann im Dorf.»

Er machte eine Bewegung in meine Richtung, und instinktiv wich ich abwehrend einen Schritt zurück.

«Ich wünsche nicht, daß diese Freundschaft weitergeht», sagte er unerbittlich.

Die Augen hinter der Maske hatten einen bohrenden Blick; so hatte er mich noch nie angesehen. Ich ging rückwärts durch den Flur zurück, bis ich mit dem Rücken an der Haustür stand, aber noch immer kam er mit merkwürdigem, unkindlichem Drohgebaren auf mich zu. In plötzlicher Angst schlug ich nach ihm, und nach diesem ersten zögernden Streich wurde die Wut stärker als meine Furcht vor der Bedrohung.

«Du!» schrie ich. «Du *wünschst* das nicht? Wie kannst du es wagen, so mit mir zu reden! Du hast mein Leben ruiniert an dem Tag, an dem du geboren wurdest – *ruiniert*! Ich hasse dich deswegen, ich hasse deinen Anblick und deine Stimme ... dein Teufelsgesicht und deine Engelsstimme! Es gibt viele bösartige Engel in der Hölle, weißt du das? Ich wünschte zu Gott, du wärst bei ihnen, dort, wo du hingehörst. Ich wünschte, du wärest tot, hörst du? *Ich wünschte, du wärest tot!*»

Er schien zusammenzuschrumpfen, vor meinen Augen deutlich kleiner zu werden. Was immer er ein paar Sekunden zuvor gewesen sein mochte, jetzt war er nur noch ein Kind, das sich entsetzt duckte angesichts einer Strafe, die seine schlimmsten Befürchtungen übertraf. Es war, als seien all die häßlichen Gefühle, die seit seiner Geburt zwischen uns gestanden hatten, nun plötzlich und endgültig zum Ausbruch gekommen und hätten uns beide in ihrem Gift ertränkt. Und als ich sah, wie zerschmettert und elend er war, wußte ich, daß er diese Worte bis zu seinem Tode nicht vergessen würde. Nichts, was ich je sagen oder tun würde, könnte ihre ätzende Wirkung auf seine Seele aufheben.

Als ich neben ihm niederkauerte, unfähig, meinen Kummer und meine Reue zu äußern, nahm er plötzlich die Hände von seinem

Gesicht und starrte mich mit einer Verzweiflung an, die jenseits aller Tränen war.

«Ich hasse dich auch», sagte er mit langsamer, gequälter Überraschung, als sei das etwas, das ihm erst jetzt bewußt geworden war. «Ich hasse dich auch.»

Er wandte sich von mir ab und tappte langsam, wie ein blindes Kind, die Treppe hinauf.

Erik sprach nie wieder von *dem Mann*. Von nun an zeigte er völlige Gleichgültigkeit gegen meine immer häufigere Abwesenheit und machte sich nicht einmal die Mühe aufzublicken, wenn ich nach Hause zurückkehrte. Er hüllte sich in einen Mantel undurchdringlichen Schweigens und verbrachte den größten Teil seiner Zeit allein in seinem Zimmer. Nur der Spaniel leistete ihm Gesellschaft.

Der Hund wurde allmählich alt und übergewichtig und trat in jene Periode raschen Verfalls ein, die viele Hunde in ihrem zehnten Jahr erreichen. Erik trug Sally geduldig die steile Treppe hinauf und hinunter, die sie jetzt nicht mehr bewältigen konnte, badete ihre triefenden Augen und saß manchmal eine Stunde lang bei ihr, um sie mit der Hand zu füttern. Aber ich war nicht sicher, ob er wußte, daß der unvermeidliche Augenblick des Abschieds nahte. Und da dies kein Thema war, das ich mit ihm besprechen konnte, bat ich Vater Mansart, mit ihm darüber zu reden.

Im Nebenzimmer, wo ich mit einer Näharbeit saß, konnte ich ihre ruhigen Stimmen kaum hören. Ja, sagte Erik ruhig, er wisse, daß Sally alt sei und nicht ewig leben könne, vielleicht nur noch ein Jahr oder so. Aber er verstehe, daß Gott sie zu sich in den Himmel nehmen und er daher nicht auf ewig von ihr getrennt sein würde.

Ich spürte das schwere Einatmen des Priesters mehr, als daß ich es hörte, das Einatmen, mit dem er sich anschickte, den kindlichen, aber unannehmbaren Irrtum seines Schülers in bezug auf die kirchliche Lehre zu korrigieren. Er sagte, Erik möge verstehen, daß Gott zwar mit allen seinen Geschöpfen Mitgefühl habe, aber nur dem Menschen ein Leben nach dem Tod gewähre. Tiere, sagte Vater Mansart feierlich, hätten keine Seele...

Einen Augenblick lang herrschte Schweigen. Dann, ohne Vorwarnung, ertönte ein Schrei unbeschreiblichen Kummers und Zorns, der mir beinahe das Herz zerriß. Ich eilte ins Wohnzimmer und sah gerade noch, daß Erik die Uhr packte, die auf dem Kaminsims stand, und sie ins Feuer schleuderte. Darauf nahm er zu meinem größten Entsetzen die Kohlenzange und schlug nach dem Priester, schreckliche Obszönitäten kreischend, Worte, von denen ich nicht einmal ahnte, daß er sie kannte. Als ich versuchte, mich zwischen die beiden zu werfen, traf mich die Zange mit voller Kraft an der Schulter und schnitt durch den Samt in mein Fleisch.

Der Priester riß mich zurück, aus der Reichweite der wild geschwungenen Waffe, die wahllos auf alles eindrosch, was ihr in den Weg kam.

«Mein Gott!» keuchte ich. «Er wird die ganze Einrichtung zertrümmern! Lassen Sie mich ihn aufhalten.»

Vater Mansarts Antwort bestand darin, daß er mich durch die Tür zerrte und sie hastig hinter sich schloß. Ein wilder Hagel von Schlägen traf das Türblatt hinter uns, und das Holz begann zu splittern. Doch als ich nach der Klinke griff, packte der Priester meine Hand.

«Sie dürfen sich ihm nicht nähern ... Er erkennt Sie nicht.»

Ich starrte ihn ungläubig an. Im Nebenzimmer gingen die Geräusche wilder Zerstörung unvermindert weiter. Das Gesicht des Priesters war leichenblaß, seine Lippen in Schmerz und Kummer zusammengepreßt.

«Ich habe versagt», murmelte er erschöpft. «Ich habe vor ihm und vor Gott versagt.»

«Ich verstehe Sie nicht», keuchte ich. «Wollen Sie damit sagen, daß er verrückt ist?»

Der Priester schüttelte grimmig den Kopf. «Es ist nicht Wahnsinn, mein Kind, es ist Besessenheit! Wenn Sie jetzt zu ihm hineingingen, würde er Sie womöglich umbringen. Wir müssen warten, bis der Dämon, der ihn in seiner Gewalt hat, müde wird und von ihm weicht.»

Ich schaute auf das Blut, das stetig in meinen Ärmel floß.

«Wird das ... wird das wieder passieren?» stammelte ich unsicher.

Der Priester seufzte. «Wenn die Mächte der Finsternis einmal einen passenden Wirt finden ...» Er breitete hilflos die Hände aus, ehe er weitersprach.

«Morgen werde ich eine Teufelsaustreibung vornehmen», sagte er unglücklich.

Teufelsaustreibung!

Schwärze hüllte mich ein, und Vater Mansart fing mich auf, als meine Sinne schwanden.

«Exorzismus!» sagte Etienne angewidert. «Dieser Priester ist ein törichter Hinterwäldler, der ins Mittelalter gehört. Das ist kein Fall für die Kirche, sondern für eine medizinische Institution.»

«Eine Anstalt?» murmelte ich. «Du meinst eine Irrenanstalt!»

Etienne seufzte. «Ich wünschte, du würdest nicht so gefühlsbeladene Begriffe gebrauchen. Das Kind scheint unter einer Geistesstörung zu leiden, die ich unter den gegebenen Umständen fast erwartet hatte. Es gibt kaum etwas Gefährlicheres für den menschlichen Geist als die Art von abwegigem Genie, die du mir beschrieben hast.» Er legte eine Hand auf meinen Arm, ehe er ruhig hinzufügte: «Mein Liebling, du mußt wirklich anfangen, eine Anstalt ernstlich ins Auge zu fassen.»

«Aber ... Anstalten sind doch etwas Schreckliches, nicht wahr? Man hört so furchtbare Berichte über die Grausamkeiten dort.»

«Keineswegs», erwiderte Etienne ruhig. «Einige sind besser als andere, das will ich gar nicht leugnen, aber ich kenne zufällig eine ausgezeichnete Einrichtung, wo er in Sicherheit wäre und ihm nichts geschehen würde. Er könnte seine Bücher und seine Musik behalten. Er könnte dort ganz glücklich sein ... oder zumindest so glücklich, wie er auf dieser Erde überhaupt jemals sein kann.»

Etienne betrachtete aus halbgeschlossenen Augen die vorbeifließende Seine. Er hatte eine rasche, kompromißlose Art, mit Gefühlen umzugehen, eine Art, die sowohl Leidenschaft als auch Sentiment verleugnete. Sein grenzenloser Optimismus vermochte selbst den unangenehmsten Dingen eine respektable, annehmbare Form zu geben. Eine Unterschrift auf den Einweisungspapieren, und all meine Probleme wären gelöst. Bei ihm klang das so einfach und so richtig.

Er beugte sich über mich, drückte mich zurück in das buschige Gras, und ich überließ mich seinen begehrlichen Lippen. Es bedeutete, daß ich nicht denken, nicht mit mir selbst reden mußte. Ein paar selige Minuten lang gab es nur physische Wonne und Befreiung vom Geist. Ich zog Etienne noch näher an mich und fürchtete den Augenblick, wo er sich von mir wieder lösen würde.

Ich glaube nicht, daß ich ihn zehn Jahre zuvor geliebt hätte, denn vor zehn Jahren hätte ich es nicht ertragen, daß man mir auf so herrische Weise sagte, was ich zu denken und zu tun hatte. Jetzt gab es nichts, was ich mir mehr wünschte, als in seinen Armen geborgen zu liegen und vor der Häßlichkeit der Realität beschützt zu sein. Wir waren Liebende, aber nicht im vollsten Sinne des Wortes, denn er war zu logisch, zu rational, zu vernünftig, um das Risiko einzugehen, sich zu ruinieren. Er sehnte sich nach einer respektablen Existenz, die der Würde seines Berufes entsprach, und ich wußte, daß solche heimlichen Verbindungen wie unsere mit der Zeit ihre Anziehungskraft verlieren. Vernünftigerweise wünschte er sich etwas Zukunftverheißendes. Doch welche Zukunft konnte es für uns geben, wenn ich es nicht einmal wagte, ihn zum Abendessen einzuladen aus Angst, bei Erik heftige Wut auszulösen?

Ich wußte, daß dieser Zustand nicht endlos andauern konnte; und doch gab es in meinem Hinterkopf einen frechen Eindringling, der mir entschlossen einflüsterte, was ich vom ersten Augenblick im Kirchenschiff an zu wissen geglaubt hatte:

Dieser Mann würde dich heiraten, wenn du frei wärest.

Wenn ich frei wäre von meinem schrecklichen Kind. *Wenn* ich es in eine Anstalt für gewalttätige Wahnsinnige stecken würde ...

Ich war sehr still, als wir am Flußufer entlang zurückgingen, und noch bevor das Dorf wieder in Sicht kam, schlug ich vor, es sei besser, wenn ich allein weiterginge.

«Die Leute reden schon über uns. In deiner Position kannst du dir keinen Skandal leisten.»

Er legte einen Arm um meine Schulter und hob mein Gesicht zu seinem.

«Madeleine», sagte er sanft, «es braucht keinen Skandal zu geben, und du weißt das. Alles, was ich verlange, ist, daß du mich den Jungen untersuchen läßt, damit ich ein professionelles Urteil über seinen Geisteszustand abgeben kann.»

Aber ich wußte, dieses Urteil stand bereits fest, und trotz all meiner Verzweiflung war ich noch nicht bereit, den Judas zu spielen.

«Wirst du über das nachdenken, was ich gesagt habe?» beharrte Etienne.

«Ja», sagte ich langsam, «ich werde darüber nachdenken.»

Aber ich wußte, daß ich es nicht tun würde.

10. Kapitel

Was die «Teufelsaustreibung» betraf, so hatte Etienne recht. Ich hätte das nie zulassen dürfen. Wenn Erik vor der Zeremonie noch nicht besessen gewesen wäre, so benahm er sich hinterher jedenfalls so, als wäre er es.

Sein Vertrauen in Vater Mansart war endgültig verschwunden. Er weigerte sich, die Stimmausbildung fortzusetzen, die sie beide so entzückt hatte. Aber, was schlimmer war, er weigerte sich auch, die Messe zu hören oder ein Kruzifix in seinem Zimmer zu dulden. Ich wagte nicht, darauf zu bestehen, denn er hatte angefangen, sich so seltsam zu benehmen, daß ich allmählich wirklich Angst vor ihm empfand. Wenn er in der Nähe war, begannen im Haus eigenartige Dinge zu geschehen. Gegenstände gingen fast unter meinen Augen verloren, und sobald ich aufgehört hatte, nach ihnen zu suchen, tauchten sie wieder auf. Ich wußte, daß er dafür verantwortlich war, aber wenn ich ihn darauf ansprach, zuckte er nur die Achseln und lachte und sagte, wir müßten einen Geist im Haus haben.

Als eines Tages eine Tasse von ihrer Untertasse sprang und am Kamingitter zerschellte, entdeckte ich einen dünnen Faden, der um den zerbrochenen Henkel gebunden war, und wandte mich zornig an Erik. «Das warst du, nicht wahr? *Du* hast das getan!»

«Nein!» Ängstlich wich er vor mir zurück. «Wie hätte ich das tun können ... ich war ja nicht einmal in der Nähe. Es war der Geist!»

«Es gibt hier keinen Geist!» schrie ich. «Es gibt keinen Geist – nur dich mit deinen höllischen Bindfäden. Aber diesmal warst du nicht schlau genug. Diesen Trick durchschaue sogar ich!»

Er schwieg, starrte auf den Faden und sah aus, als ärgere er sich über sein eigenes Versagen. Ich konnte beinahe seine wütende Entschlossenheit hören, sich beim nächsten Mal nicht zu verraten.

«Es wird kein nächstes Mal geben», sagte ich ruhig und sah, wie er ruckartig den Kopf hob, weil ich so mühelos seine Gedanken gelesen hatte. «Diese Bosheiten haben jetzt ein Ende, hast du mich verstanden?»

«Das bin nicht ich», wiederholte er mit kindlichem Trotz. «Es ist der Geist. Der Geist, den Vater Mansart zu vertreiben versucht hat.»

Ich rüttelte wild an seinen Schultern, bis die Maske sich löste und zwischen uns zu Boden fiel.

«Hör auf mit diesem Wahnsinn!» kreischte ich. «Hör sofort auf damit! Sonst werde ich tun, was Doktor Baryé rät, und dich wegschicken, in eine schreckliche Anstalt für Verrückte. Ja! Das macht dir angst, nicht wahr? Nun, mich freut es. Ich freue mich, daß es dir angst macht, weil es dafür sorgen wird, daß du mit diesem verrückten Benehmen aufhörst. Ich verspreche dir, Erik, wenn ich dich in eine Anstalt schicke, wirst du nie mehr zurückkommen ... nie mehr! Sie werden dir die Hände hinter dem Rükken fesseln und dich in einen dunklen Raum sperren, bis du stirbst, und du wirst mich nie, nie wiedersehen! Willst du also jetzt aufhören? Ja?»

Abrupt ließ ich ihn los und wich zurück, nach Luft ringend, während er auf dem Teppich zu meinen Füßen kniete und mit zitternden Händen die Maske wieder anlegte. Ich konnte sein Entsetzen spüren, aber diesmal empfand ich keine Reue wegen meiner Härte. Wir beide näherten uns einem gefährlichen Abgrund, und ich wußte, wenn ich ihn jetzt nicht in meine Gewalt bekam, würden wir beide in einer Anstalt enden.

«Was würdest du tun», flüsterte er leise, ohne mich anzusehen, «wenn ich nicht mehr hier wäre?»

«Ich würde Dr. Baryé heiraten», sagte ich, von schierer Verzweiflung zur Lüge getrieben. «Er hat mich schon gefragt, und du bist das einzige, was verhindert, daß diese Hochzeit stattfindet. Du siehst also, du solltest besser vorsichtig sein und tun, was ich sage. Sieh mich an! Sieh mich an und versprich mir, daß es keine solchen Vorfälle mehr geben wird.»

Er kniete weiter auf dem Boden und wickelte den Bindfaden so fest um einen seiner mageren Finger, daß die Fingerspitze blau wurde. Dann sprang er flink wie ein Grashüpfer auf und rannte zur Tür, wo er stehenblieb und mich herausfordernd ansah.

«Es gibt einen Geist», sagte er drohend. «Es gibt hier einen Geist, Mutter. Und er wird bei dir bleiben, für alle Zeit!»

Ich stand da und sah ihm nach, eine Hand an der Kehle, die andere in einer hoffnungslos flehenden Geste nach ihm ausgestreckt.

Mir war plötzlich sehr kalt.

11. Kapitel

Ich ging nicht mehr zur Messe und weigerte mich, Vater Mansart zu empfangen, wenn er ins Haus kam. Als Etienne eine Bemerkung über meine Blässe und Zerstreutheit machte, gerieten wir in einen heftigen Streit.

Eines nach dem anderen schloß ich die Fenster, die auf die Welt jenseits meines Gefängnisses hinausgingen.

Die Tage verflossen in ruhigem Gleichmaß. Erik saß da und arbeitete an einer Reihe von Entwürfen für ein Gebäude, wie ich es noch nie gesehen hatte. Es war ein so ungewöhnlicher und bizarrer Bau, daß ich ihn nur an seinen Außenmauern – Vorderfront, Seiten- und Rückfront – als solchen erkannte. Der Junge wurde angetrieben von einem wilden, elementaren Schaffensdrang, den ich nicht zu stören wagte. Wiederholt zerknitterte er Papierbögen und warf sie in wütender Enttäuschung ins Feuer. Als Sally aufmerksamkeitsheischend winselte und mit der Pfote nach seiner Hand tappte, hob er sie auf, trug sie hinaus in den finsteren Garten und sperrte sie aus.

Diese Tat war so untypisch für ihn, daß sie die lähmende Lethargie durchbrach, die mich ergriffen hatte. In diesem Augenblick sah ich ihn plötzlich als den erwachsenen Mann, der er werden würde – völlig verzehrt von seinem besessenen Streben nach Vollkommenheit, großartig und erschreckend in seinem skrupellosen Schaffenstrieb. Wie Vater Mansart vorhergesehen hatte, würde eine Zeit kommen, wo er die Schranken nicht mehr akzeptierte, die die menschliche Rasse in ihre Grenzen weisen. Er würde nach seinem eigenen Gesetz leben, unbeirrt von lästigen Fragen nach Recht und Unrecht: *eine für Gott gänzlich verlorene Seele.*

Als er endlich mit einem Seufzer der Erschöpfung seinen Bleistift hinlegte, sah ich ihn suchend zum Feuer blicken und überrascht aufschauen.

«Wo ist Sally?» fragte er besorgt.

«Im Garten», antwortete ich stirnrunzelnd. «Erinnerst du dich nicht? Sie hat dich gestört, und ...»

«Du solltest sie nicht abends in den Garten lassen, Mutter. Es ist dort nachts zu kalt für sie, jetzt, wo sie alt ist.»

Ich saß in meinem Sessel, geprüft und verdammt von seiner unerschütterlichen Bosheit, vage verwirrt über die Möglichkeit einer Gedächtnislücke in seinem armen Schädel.

Würde er immer die Taten vergessen, an die er sich nicht erinnern wollte?

Ehe ich mich genügend sammeln konnte, um auf seine Anschuldigung zu antworten, wurde das eintönige Winseln vor der Haustür zu einem hektischen Bellen, als Sally ihre geduldige Wache auf den Türstufen aufgab und zum Gartentor rannte.

«Schaut mal!» schrie eine Stimme auf der Straße. «Da ist der Hund des Ungeheuers!»

Durch das Fenster sah ich den Schein von Laternen, und einen Augenblick später prasselte ein Hagel von Steinen in Richtung Gartentor. Als Sally schmerzvoll aufjaulte, sprang Erik auf die Füße und eilte zur Tür, doch ich erreichte sie zuerst.

«Bleib!» schrie ich. «Siehst du nicht, daß sie versuchen, dich nach draußen zu locken? Sie werden dich umbringen, wenn du zu ihnen hinausgehst.»

Die Augen hinter der Maske glommen in irrer Wut. Als er mich mit einer Gewalt zur Seite schleuderte, die mir den Atem nahm, stieß ich mit dem Kopf gegen den Geländerpfosten am Fuß der Treppe. Ein paar Augenblicke lang war ich benommen; ich konnte nur auf dem Boden kauern und mit ungläubigem Entsetzen den häßlichen Stimmen des Pöbels und Eriks fürchterlicher Wut lauschen.

Lachen und Gebrüll... der schrille Schmerzensschrei eines Menschen. Sallys hektisches Bellen, das zunächst immer lauter wurde und dann in einem langen, jämmerlichen Jaulen endete.

Gleich darauf Eriks gellendes, wahnsinniges Wutgeheul.

«Ich bringe euch um! Ich bringe euch alle um!»

Benommen rappelte ich mich auf und taumelte zur offenen Haustür, doch die Laternen schwankten und tanzten bereits ein Stück die Straße hinunter, vertrieben von der dämonischen Wut eines außer sich geratenen Kindes. Als Erik den plattenbelegten Weg heraufkam, Sally in den Armen, sah ich am unnatürlichen Herunterhängen ihres Kopfes sofort, daß ein harter Schlag ihr das Genick gebrochen hatte.

Ich streckte die Hand nach Erik aus, aber er ging an mir vorbei, als existiere ich nicht. Wie betäubt folgte ich ihm in die Küche, wo ich ihn neben dem blutigen Fellbündel kniend fand, die mageren Schultern von schrecklichem Schluchzen geschüttelt.

Im Licht der Öllampe konnte ich erkennen, daß ihm beim Kampf die Maske abgerissen worden und sein gelbes Fleisch an mehreren Stellen aufgerissen war. Blut rann ihm in die Augen, und als er eine Hand hob, um es abzuwischen, hielt ich plötzlich den Atem an. Das Blut auf seinem Hemd stammte nicht von Sally, wie ich zuerst gedacht hatte. Der Blutfleck wuchs, dehnte sich aus.

Eisige Kälte ergriff mich, als ich eine zitternde Hand auf seinen Ärmel legte.

«Komm jetzt», flüsterte ich, «du mußt verarztet werden. Für Sally kannst du ohnehin nichts mehr tun.»

«Ich muß sie begraben», sagte er in dumpfer Verzweiflung. «Ich muß sie begraben und ihr ein Requiem singen.»

«Das kannst du nicht tun!» keuchte ich entsetzt.

«Sie wird ihr Requiem bekommen!» schluchzte er. «Ein Requiem, das ihre Seele zu Gott trägt.»

«Ja», sagte ich hastig und betete im stillen, die Duldung dieser Blasphemie möge mir vergeben werden. «Aber nicht heute abend. Du bist verletzt, Erik, merkst du das nicht? Du mußt dich ausruhen, während ich die Wunde verbinde.»

«Ich muß sie begraben», wiederholte er, als habe er meine Worte nicht gehört. Er stand auf, und obwohl der rote Fleck auf seinem Hemd besorgniserregend weiterwuchs, wußte ich, daß ich ihn nicht aufhalten konnte. Er war zwar verwundet und gebrochen vor Kummer, aber noch immer stärker als ich, noch immer fähig, mich durch den Raum zu schleudern, wenn ich mich seiner wilden Entschlossenheit widersetzt hätte. Also nahm ich eine Laterne und leuchtete ihm auf dem Weg in den Gemüsegarten hinter dem Haus.

Ich weinte, während ich zusah, wie er sich abmühte, in dem steinharten Boden ein Grab auszuheben. Er erlaubte nicht, daß ich ihm half.

Als es getan war, stolperte Erik ins Haus zurück und brach auf dem Sofa im Wohnzimmer zusammen. Ich riß das durchweichte Hemd auf, aber er blutete so stark, daß ich nicht gleich die Wunde fand und spürte, wie ich in Panik geriet.

«Madeleine!»

Ich drehte mich um und sah erleichtert, daß Etienne in der offenen Tür stand, den Hut in einer Hand, seine Tasche in der anderen. Mit einem einzigen Schritt schien er bei mir zu sein und beugte sich besorgt über das Sofa.

«Wer hat das getan?» fragte er mit kalter Wut.

«Ich weiß nicht. Es war ein ganzer Haufen, Männer und Jungen. Sie haben den Hund umgebracht. Er hat mit ihnen gekämpft, und dann ... O Gott, Etienne, ist es ernst?»

Er runzelte die Stirn, während er mit kundigen Fingern die Wunde untersuchte.

«Der Stich hat die Lunge verfehlt, er hat großes Glück gehabt. Mach bitte etwas Wasser heiß und bring mir Salz.»

Ich tat, wie mir aufgetragen. Dann kehrte ich zurück und sah ängstlich zu, wie Etienne meinen Sohn flink und geschickt behandelte. Er war sehr ruhig, und nichts in seinem Verhalten ließ darauf schließen, daß dieser Patient sich in irgendeiner Hinsicht von seinen anderen Patienten unterschied.

Erik lag ganz still da und beobachtete ihn mit wachsamer Feindseligkeit.

«Sind Sie Dr. Baryé?» fragte er müde.

Etienne lächelte kurz und bejahend.

«Warum helfen Sie mir?»

«Ich bin Arzt», sagte Etienne mit einer sanften Geduld, die mich überraschte. «Es ist meine Pflicht, denen zu helfen, die meiner Dienste bedürfen. Du warst ein sehr tapferer Junge, Erik. Ich werde dir jetzt etwas geben, das dich schlafen läßt.»

Zu meiner überraschten Erleichterung nahm Erik die Arznei widerspruchslos ein, nach wenigen Minuten wurde sein Atem regelmäßig, und die Augen fielen ihm zu.

Etienne schloß seine Tasche und starrte das Gesicht auf dem Kissen an. Jetzt, da er seine Gefühle nicht mehr hinter seiner Berufswürde verbergen mußte, konnte ich das schockierte Mitleid und den Unglauben in seinen Augen sehen. Er streckte abwesend die Hand aus und ergriff meine.

«So etwas habe ich noch nie gesehen», sagte er langsam. «Das ist kein einfacher Fall von Entstellung, es ist fast, als ob...»

Er verstummte, suchte nach Worten und Gedanken, die selbst jenseits der Reichweite seines scharfen Verstandes lagen.

«Lamarck hat zwei Gesetze definiert, die den Aufstieg des Lebens zu höheren Stufen bestimmen», hörte ich ihn vor sich hin murmeln. «Ist es möglich, daß es noch einen anderen bestimmenden Faktor gibt: die spontane Mutation einer Lebensform?»

Seine gemurmelten Überlegungen überstiegen mein Verständnis, und nach einer Weile gab er das vergebliche Ringen um eine Erklärung des sogar für ihn unbegreiflichen Phänomens auf und kam, um die Arme um mich zu legen.

«Ich kann das Verhalten der Dorfleute nicht billigen, aber wenigstens kann ich es jetzt verstehen. Madeleine, es ist unmöglich, daß du ihn weiter in diesem Haus versteckst. Nach diesem Vorfall werden sie dich nie mehr in Ruhe lassen. Zu seinem eigenen Besten mußt du mir gestatten, ihn an einen sicheren Ort zu bringen.»

«In eine Anstalt... eine Irrenanstalt?»

Ich bedeckte mein Gesicht mit den Händen, doch Etienne zog sie sanft fort und zwang mich, ihn anzusehen.

«Du mußt dich der Wahrheit stellen, mein Liebling. Du kannst ihn nicht länger in diesen vier Wänden gefangenhalten. Ich habe genug gehört, um zu wissen, daß du ihn schon längst nicht mehr unter Kontrolle hast. Zu Recht oder Unrecht fürchtet das Dorf ihn, und so wird es überall sein, wohin du ihn zu bringen versuchst ... Haß, Verfolgung, Gewalt. Diesmal war es der Hund, das nächste Mal könntest du es sein. Du mußt an deine eigene Sicherheit denken.»

Ich versuchte, mich von ihm abzuwenden, aber er hielt meinen Arm fest.

«Ich werde nicht danebenstehen und zusehen, wie du wegen einer gräßlichen Laune der Natur dein Leben wegwirfst. Es tut mir sehr leid für das Kind, aber es gibt nichts, was ich für Erik tun kann, außer, ihn dem Zugriff der Unwissenden zu entziehen.»

«Etienne ...»

«Nein, hör mir zu! Laß mich alle Vorkehrungen treffen, und wenn es geschehen ist, werden wir von hier fortgehen, weit fort, wo niemand dich kennt, an einen Ort, wo du anfangen kannst zu vergessen. Ich liebe dich, Madeleine, und ich weiß, daß du mich liebst. Es gibt keinen Grund auf der Welt, warum wir nicht zusammen leben sollten, wenn du dich einmal von dieser untragbaren Last befreit hast.»

Mit einem benommenen Stöhnen bewegte sich Erik auf dem Sofa.

«Kann er uns hören?» fragte ich ängstlich.

«Das würde mich sehr wundern. Ich habe ihm genug Laudanum gegeben, um ihn für zwölf Stunden schlafen zu lassen.»

Trotzdem empfand ich Unbehagen. Ich nahm Etiennes Hut und Tasche, zog ihn hinaus in den Flur und schloß die Tür. Draußen gab ich ihm seine Sachen und bat ihn zu gehen.

«Madeleine», seufzte er, «du hast kein Wort von dem gehört, was ich gesagt habe.»

«Doch, ich habe zugehört», sagte ich traurig. «Ich habe zugehört, und ich habe verstanden – und ich habe einen Entschluß gefaßt. Wenn ich täte, was du vorgeschlagen hast, dann würde ich mich eines Tages selbst hassen, das weiß ich, und mit der Zeit würde ich anfangen, auch dich zu hassen. Geh fort aus Boscherville, Etienne, geh jetzt gleich und vergiß, daß du mich je gesehen hast. Das ist alles, was du für mich tun kannst, denn ich werde mein Kind nicht aufgeben. Nicht einmal für dich.»

Er sah mich verzweifelt an. Dann setzte er würdevoll seinen Hut auf und öffnete die Haustür.

«Ich gehe Ende des Monats nach Paris zurück», sagte er fest.

«Wenn du inzwischen deine Meinung änderst, weißt du, wo du mich finden kannst.»

«Ich werde meine Meinung nicht ändern.»

Er streckte die Hand aus und berührte sanft meine Wange.

«Nein», sagte er traurig, «das weiß ich.»

Einen Moment sah er mich noch bedauernd an, dann ging er den Weg zwischen den schwankenden Buchen entlang und drehte sich nicht mehr um.

Ich kehrte ins Wohnzimmer zurück und deckte Erik mit einer Decke zu. Er rührte sich nicht, und ich nahm an, er liege in tiefem Schlaf. Eine seltsame Ruhe überkam mich, als ich ihn betrachtete, ein eigenartiges Gefühl der Resignation. Zum ersten Mal seit seiner Geburt hatte ich das Gefühl, mit mir selbst im reinen zu sein.

Ich hatte nur dieses eine Kind, ein Kind, dessen Geist ich verzerrt und verrenkt hatte, dessen Zuneigung ich verschmäht und dessen Herz ich wiederholt gebrochen hatte. Aber ich wollte nicht, daß es starb, und ich wollte nicht, daß man es einsperrte.

Ich wollte es nicht, weil ich meinen Sohn liebte. Mehr als Etienne – und jetzt, endlich, mehr als mich selbst.

Als ich in meinem Zimmer in den Handspiegel schaute, sah ich nicht länger ein verwöhntes Kind, das verbittert über die Grausamkeit seines Schicksals nachgrübelt. Zum ersten Mal sah ich eine erwachsene Frau an ihrem richtigen Platz.

Es konnte nicht zu spät sein, um den Schaden gutzumachen, den ich angerichtet hatte. Ich würde nicht zulassen, daß es zu spät war. Morgen, in seinem Beisein, würde ich alle Masken einsammeln und ins Feuer werfen.

Die Sonne weckte mich, als sie wie ein warmes Streicheln mein Gesicht berührte.

Abrupt setzte ich mich auf, schaute auf die Uhr und erkannte besorgt, daß es bereits später Vormittag war. Ich war lange nach Mitternacht ins Bett getaumelt und hatte fast zwölf Stunden wie eine Tote geschlafen. Ich legte mir ein Umschlagtuch um die Schultern und eilte nach unten ins Wohnzimmer, wo die schweren Vorhänge noch geschlossen waren.

Selbst in dem dämmrigen Licht erkannte ich sofort, daß der Raum leer war.

«Erik?»

Meine Stimme hallte unheimlich wider in der düsteren Stille, und meine Fußtritte in den Hausschuhen klangen unnatürlich laut, als ich wieder die Treppe hinauflief.

«Erik, wo bist du?»

Ich riß die Tür zu seinem Zimmer auf. Es war ebenfalls leer. Ich betrachtete seine wenigen Schätze: die Architekturbücher meines Vaters, den Schrank voller Noten, eine Kommode, vollgestopft mit einer seltsamen Sammlung magischer Vorrichtungen. Die Geige, die ich ihm geschenkt hatte, als er drei war, lag vergessen am Fußende seines Bettes. Ich sah, daß er nichts mitgenommen hatte, und ohne nachzuschauen wußte ich, daß meine Börse unberührt auf der Kommode in meinem Zimmer lag.

Doch es lag ein Zettel daneben. Und auf ihm stand geschrieben:

«Vergiß mich!»

ERIK

1840–43

1. Kapitel

Ich weiß noch, daß pechschwarze Nacht war, als ich aus unserem Haus in Boscherville fortlief. Während ich mich durch das dichte Unterholz des Birken- und Kiefernwaldes von Roumare kämpfte, zerrissen Dornen mir die Hände. Gewöhnlich war ich nicht so ungeschickt, doch in dieser Nacht beeinträchtigte eine starke Dosis Laudanum mein Reaktionsvermögen, und ich stolperte und stürzte mehrmals. Die Wunde an meinem Brustkorb hatte bei der Anstrengung wieder zu bluten begonnen, und ich spürte erneut eine warme, klebrige Feuchtigkeit unter dem Hemd; aber ich hielt nicht inne. Ich lief einfach weiter und weiter – als hänge mein Leben von dieser verzweifelten, überstürzten Flucht ab –, ohne zu wissen, wie und wohin ich fliehen sollte.

Ich fürchtete mich nicht mehr vor der Dunkelheit. Schon lange hatte ich gelernt, die Finsternis zu schätzen, die mich vor haßerfüllten Augen beschützte. Ich war zu einem Geschöpf der Nacht geworden, das ungesehen durch die Wälder streifte und die wundervollen Geheimnisse der Natur in sich aufnahm, während diejenigen, die das harte Tageslicht liebten, behaglich und unwissend in ihren Betten schliefen. Ich war ein Nachtwesen wie der Dachs; und wie der Dachs wußte ich, daß mein einziger Feind der Mensch war.

Es gab keinen Plan und keinen folgerichtigen Gedanken in meinem Kopf, nur ein tiefes, instinktives Bedürfnis, mich weit vom Haus meiner Mutter zu entfernen. Sallys Tod hatte mir bewiesen, daß meine Mutter nie sicher sein würde, solange ich unter ihrem Dach lebte. Während ich halb betäubt auf dem Sofa lag, wurde mir klar, daß mir nur zwei Möglichkeiten offenstanden: Ich konnte zulassen, daß sie mich in diesem schrecklichen Gefängnis für Verrückte einsperrten, oder ich konnte weglaufen. Ich entschied mich für die Flucht.

Als die Morgendämmerung kam, fand ich einen Fluß, wo ich trinken und mir aus Zweigen und bereiften Blättern einen Unterschlupf bauen konnte. Als er fertig war, kroch ich hinein und lag da, erschöpft genug, um trotz aller körperlichen Schmerzen zu schlafen. Der Schmerz in meiner Seele aber hielt mich wach, der Schmerz von Worten, die tiefer schnitten als jede Metallklinge: *Gräßliche Laune der Natur. Monströse Last.*

Ich dachte an meine Mutter. Mit schrecklicher Klarheit sah ich ihre Erleichterung über meinen Weggang, und ich stellte mir vor, wie Dr. Baryé sie tröstete. Jetzt war sie frei. Sie würden zusammen fortgehen an einen Ort, wo niemand sie kannte, wo sie mich vergessen und glücklich sein konnte.

Ich wollte, daß sie glücklich war. Sie war so schön, wenn sie lächelte. Doch selbst in meinen frühesten Erinnerungen war sie zu mir immer kalt und distanziert wie ein ferner Stern, außerhalb jeder Reichweite. Ich glaube, ich wurde mit dem Wissen geboren, daß ich sie nicht berühren durfte, aber es dauerte lange, bis ich den Grund für ihren Widerwillen und Haß begriff. Selbst als sie mich vor diesen Spiegel schleppte und mir mein Gesicht zeigte, verstand ich zuerst nicht. Ich dachte, das schreckliche Ding im Spiegel sei irgendein alptraumhaftes Geschöpf und sollte mich für meinen Ungehorsam bestrafen.

Die Wahrheit entdeckte ich erst nach und nach, und mit dem

Aufdämmern der Erkenntnis entwickelte ich eine irrationale Faszination für Spiegel. Als ich mit den Glasscherben zu spielen begann, lernte ich, daß man mit ihnen zaubern und anderen tatsächlich eine Illusion in der Art eines Alptraumes vorgaukeln konnte. Solche Experimente machten meine Mutter ärgerlich. Sie fand diese Vorliebe krankhaft und sagte, wenn ich sie nicht besiegte und meine Gedanken Gott zuwendete, würde ich gewiß im Wahnsinn enden.

Immer hat man mir gesagt, ich solle meine Gedanken Gott zuwenden, als sei ich eine besonders bösartige Kreatur mit einem größeren Anteil an der Erbsünde als gewöhnliche Sterbliche. Tatsächlich war ich ein ganz ergebener und pflichtbewußter kleiner Katholik – bis zu dem Tag, an dem ich erfuhr, daß Tiere keine Seele haben.

Ich erinnere mich nicht mehr, was geschah, nachdem mir diese entsetzliche Offenbarung zuteil geworden war. Ich weiß nicht, was Vater Mansart auf den Gedanken brachte, ich müsse exorziert werden – es muß etwas Schlimmes gewesen sein! Ich weiß nur noch, daß ich nach der grausamen Zeremonie den Priester haßte und auch Gott, diesen Gott, der meiner einzigen Freundin ein Leben nach dem Tod verweigerte. Warum sollten gehässige Menschen eine Seele haben und meine teure Sally nicht? Ich konnte nicht ertragen, daß man mir sagte, ihr Tod wäre ein Abschied für immer.

Sally! So lange ich denken konnte, war sie immer dagewesen, ein warmes, behagliches Wesen, das sich nie von mir abwandte. Sie sah mein Gesicht ohne Maske und leckte mit ihrer rauhen rosa Zunge meine pergamentene Wange.

Als ich sie tot zu meinen Füßen liegen sah, das schöne, goldene Fell von Schmutz verkrustet, schwor ich, an der ganzen menschlichen Spezies Rache zu nehmen für dieses Verbrechen. Ich lernte zu hassen in der Nacht, in der Sally starb. Es war das erste Mal, daß ich diese rücksichtslose Lust auf Blut, diesen unkontrollierbaren, unersättlichen Drang verspürte, zu töten ... zu töten ... zu töten.

Das erste Mal ... aber nicht das letzte Mal.

Der Hunger trieb mich schließlich aus meiner Zuflucht und zwang mich, weiterzulaufen. Ich wanderte nachts und schlief bei Tag. Ein ironisches Schicksal hatte mich mit erstaunlicher Genesungsfähigkeit begabt: Die Wunde, die mir der Messerstich zugefügt hatte, verheilte schnell zu einer dicken braunen Narbe, was mich ermutigte, Dr. Baryés Verbände zu entfernen. Mir war vage bewußt, daß der Wald mich schließlich auf die Straße nach Canteleu führen würde. Ich besaß den Instinkt, mich vor den Menschen zu verstekken, doch mein wachsendes Bedürfnis nach Nahrung schwächte diesen Instinkt mehr und mehr. Außer Wasser hatte ich nichts zu mir genommen, und der Hunger machte mich leichtsinnig.

Als sich wieder einmal die Dunkelheit herabsenkte, verließ ich den Schutz des Waldes und wagte mich hinaus auf die offene Straße, wo Lichter einladend zwinkerten. Lichter bedeuteten Menschen, und wo es Menschen gab, gab es auch Eßbares, das man stehlen konnte. Ich stolperte weiter, bis ich ein Lager aus Zelten und Wohnwagen erreichte.

Zigeuner!

Ich wußte sehr wenig über dieses geheimnisvolle Volk, und das, was ich wußte, war größtenteils Schlechtes; ich hatte es bei Gesprächen zwischen meiner Mutter und Mademoiselle Perrault aufgeschnappt. Die Zigeuner waren Heiden (meiner Mutter zufolge das schlimmste vorstellbare Verbrechen); sie stahlen Kinder (vor allem Kinder, die ihr Abendbrot nicht aufaßen – dies mit einem bösen Blick auf mich); sie waren Vagabunden, ungewaschene und gewissenlose Wüstlinge, denen man nie gestatten durfte, sich in der Nähe anständiger Menschen niederzulassen.

Meine Mutter mochte sie nicht, und infolgedessen empfand ich eine heimliche Sympathie für diese Außenseiter der Gesellschaft.

Trotzdem war ich wachsam und auf der Hut vor Entdeckung, als ich mich in ihr Lager schlich. Eine Gruppe von Pferden war im Innenkreis des Lagers angepflockt. Ihre Wärme und Schönheit ließen mich vorübergehend mein Ziel vergessen. Instinktiv streckte ich die Hand aus, um eine glatte, samtige Nase zu streicheln, und damit verriet ich mich, denn das Pferd wieherte nervös bei dieser Berührung. Sofort wurden die anderen Tiere unruhig. Ein Hund begann zu bellen.

Plötzlich kamen von allen Seiten Laternen auf mich zu. Instinktiv ließ ich mich zu Boden fallen und verbarg mein Gesicht in den Armen, um mich vor den erwarteten Schlägen zu schützen. Ich wurde bei den Schultern gepackt und über den bereiften, mit Blättern bedeckten Boden an ein riesiges Lagerfeuer geschleppt, das in der klaren Frühlingsnacht flackerte. Dort schleuderte man mich vor die Füße eines kleinen Mannes mit tiefschwarzem Schnurrbart und einem einzelnen goldenen Ohrring.

«Steh auf!» befahl er kalt. «Weißt du, was wir mit Dieben machen – mit kleinen Dieben, die ihr Diebsgesicht nicht zeigen wollen? Wir braten sie wie Stachelschweine und dann...» er beugte sich vor und zog mich nahe zu sich heran, «und dann *essen* wir sie!»

Ich hatte keinen Grund, nicht an diese Drohung zu glauben, und mein entsetzter Aufschrei wurde mit lautem Gelächter quittiert.

«Du solltest also besser dein Gesicht zeigen», fuhr der Mann ruhig fort, «falls du nicht über dem Lagerfeuer enden willst.»

Mit beiden Händen hielt ich die Maske fest. Wie sollte ich wissen, ob Zigeuner nicht ebenso reagierten wie christliche Menschen, wenn sie mein Gesicht sahen?

«Ach, laßt ihn doch», sagte eine Frau in leuchtend bunten Rökken. «Der arme kleine Teufel sieht aus, als ob er am Verhungern wäre. Gebt ihm zu essen und laßt ihn gehen, er hat schließlich keinen Schaden angerichtet.»

«Woher weißt du, daß er keinen Schaden angerichtet hat?» schrie ein Mann hinter mir. «Was hatte er bei den Pferden zu suchen? Dreht ihm zuerst die Taschen um und seht nach, was er gestohlen hat!»

«Und nehmt ihm die Maske ab!»

«Ja, reißt ihm die Maske runter!»

Der Ruf wurde aufgenommen wie ein Kehrreim, und ich wurde rings um das Feuer von einem zum anderen gestoßen, wobei ich mich die ganze Zeit bemühte, die Maske festzuhalten.

«Nimm die Maske ab, Schätzchen, und laß dich anschauen.»

Finger machten sich an meinen Schläfen zu schaffen, und ich begann zu schreien und wild um mich zu treten.

«Nein... nein! Bitte nicht... *bitte*!»

Man drehte mir die Arme auf den Rücken, und ich kämpfte heftig darum, mich zu befreien. Eine starke Hand legte sich unter mein Kinn und riß die Maske ab. Plötzlich herrschte tödliche Stille. Alle starrten mich an. Der Gesichtsausdruck der Leute reichte von ungläubigem Staunen bis zur Furcht.

«Laßt mich gehen», flüsterte ich. «Wenn ihr mich gehen laßt, verspreche ich, nie wiederzukommen.»

Wie ein Rudel Wölfe umkreisten sie mich immer enger. Ich sah eine Messerklinge im Feuerschein, und ich schrie, denn plötzlich wußte ich, daß die Zigeuner wie alle anderen Menschen waren: verständnislos und grausam.

Ich schloß die Augen und gab mein Leben verloren.

2. Kapitel

Es war Morgen, als ich auf einem Stapel Sackleinen erwachte. Als erstes griff ich instinktiv nach der Maske. Sie war nicht da. Benommen setzte ich mich auf und tastete herum, bis ich bei der Berührung einer Metallstange zurückwich. Es dauerte eine Weile, bevor ich erkannte, daß ich überall von Gittern umgeben war.

Ich lag in einem Käfig!

Zitternd vor Angst und Verwirrung sank ich auf den Lumpenstapel zurück und schloß fest die Augen. Ich war so durcheinander, daß ich mir leicht einreden konnte, das, was ich gesehen hatte, sei nur das Produkt eines Fiebertraums. Bald würde ich aufwachen und wieder in meinem Dachbodenzimmer sein, Sally zu meinen Füßen. Ich wartete auf das Erwachen, und während ich wartete, berührte ich mit der Zungenspitze meine geschwollenen Lippen und versuchte zu rufen. «Sally, wo bist du?»

«Schnell!» hörte ich eine Stimme rufen. «Lauf und hol Javert. Er hat gesagt, wir sollten ihn holen, sobald es aufwacht.»

«Ach, was soll die Eile? Wir wollen zuerst ein bißchen Spaß haben mit ihm. Hier, nimm den Stock. Wovor hast du Angst? Es kann nicht heraus.»

Es!

Ich lag ganz still und konzentrierte meinen Willen, um diesen Alptraum zu vertreiben. Es war nur ein Traum, ein böser Traum, der enden würde...

Als das scharfe Holzstück meine Stirn traf, versuchte ich, aus der Reichweite meiner Peiniger zu kriechen, aber sie folgten mir einfach auf die andere Seite des Käfigs. Ich konnte jetzt sehen, daß sie zu dritt waren, zwei magere, olivhäutige Zigeunerjungen mit schwarzem Haar und schmutzigen Gesichtern und ein kleines Mädchen in zerrissenem Rock, das zurückwich und zu weinen begann.

«Nicht, Miya... Tu ihm nicht weh!»

«Ach, sei still, Orka, oder ich stecke dich zu ihm in den Käfig. Komm, Vaya, suchen wir uns ein paar Steine.»

Ein großer Schatten fiel auf den Boden des Käfigs, und ich hörte das Knallen einer Peitsche. Sofort rannten die Kinder davon. Als die Tür meines Käfigs aufgeschlossen wurde, drehte ich mich um, um zu meinem neuen Herrn aufzublicken.

Mein erster Eindruck war der von Größe – enormer Größe. Ein riesenhafter Mann mit einem großen Bauch, der grotesk über seinen enggeschnallten Gürtel hing, stand vor mir. Er hatte keinerlei Ähnlichkeit mit den kleinen, schlanken, ziemlich graziösen Männern, die ich am Vorabend am Lagerfeuer gesehen hatte; er sah nicht aus wie ein Zigeuner – vielmehr jeder Zoll wie ein Schurke. Seine Augen, eingesunken in einem fetten Gesicht, das selbst an diesem frischen Frühlingsmorgen von Schweiß glänzte, waren schmal und grausam kalt, als sie mich kritisch von oben bis unten musterten.

«Unglaublich», murmelte er vor sich hin. «Mein ganzes Leben lang habe ich darauf gewartet, so etwas zu finden – etwas wirklich Einmaliges. Sie werden meilenweit anreisen, um einen lebenden Leichnam zu sehen. Ja, das ist es, so werde ich dich nennen... den Lebenden Leichnam.»

Ich wich vor ihm zurück bis an die Stangen meines Käfigs und kauerte mich an den rostigen Metallstäben zu einem Bündel zusammen.

«Ich muß jetzt nach Hause», sagte ich töricht. «Meine Mutter wird nach mir suchen.»

«Den Teufel wird sie!» schnaubte er. «Sicher hat sie den Sarg schon bereitstehen, was?»

«Sarg?» Ich starrte ihn verständnislos an.

«Darin schlafen doch Leichen, nicht wahr?» antwortete er höhnisch. «Ja, das ist eine Idee! Ich nehme statt des Käfigs einen Sarg. Es kann nicht schaden, wenn man den Effekt noch ein bißchen steigert.»

Mit diesen Worten verschloß er den Käfig wieder und verließ mich. Mit benommener Verblüffung starrte ich ihm nach. Mein Kopf war leer. Ich begriff nicht, warum ich mich in einem Käfig befand und was mit mir passieren würde, aber ich hatte das Verhalten des Mannes als bedrohlich genug empfunden, um in unsinnige Panik zu geraten.

Hektisch begann ich, mir an dem Schloß zu schaffen zu machen. Unter anderen Umständen, bei ruhigem Verstand und mit einer einzigen Haarnadel hätte ich mich binnen Minuten befreit, aber in dem Käfig gab es nichts, was meinen Zwecken hätte dienen können. Ich lehnte mich auf den Lumpenstapel zurück und sah zu, wie die bleiche Sonne hinter dem Wald in einem trüben Glanz versank. Die Kinder mit ihren Stöcken kamen zurück. Gleichgültig und fast ohne Gefühl ließ ich zu, daß sie mich blutig stachen, und da ich nicht reagierte, langweilten sie sich bald und wandten sich anderen Vergnügungen zu.

In der Dämmerung kam der Mann namens Javert zurück und zwängte einen Blechnapf mit widerlichem Eintopf und eine geflickte Decke durch die Gitterstäbe des Käfigs.

Hoffnungsvoll setzte ich mich auf.

«Bitte, Monsieur, darf ich jetzt nach Hause gehen?» flüsterte ich.

Ich war wie ein sehr kleines Kind, das den einzigen Satz wiederholt, den es kennt. Als ich ihn immer wieder sagte, wurde er böse und schlug nach mir.

«Kannst du sonst nichts sagen, du dummes Geschöpf? Ich bin dein Gejammer leid. Eines kannst du deinem verschrobenen Gehirn einprägen – falls du überhaupt ein Gehirn hast, was ich ernstlich bezweifle. Du bist *meine* Entdeckung, *mein* Geschöpf und *mein* Besitz. Du willst nicht essen – gut, ich habe zu viele Tiere dressiert, um auf diesen alten Trick hereinzufallen. Du wirst aus eigenem Willen essen, oder ich werde dir jeden Bissen mit eigener Hand in deinen häßlichen Schlund stopfen. Du gehst nicht nach Hause, und du stirbst mir auch nicht weg, hast du das verstanden, du hirnloses kleines Monster? Du wirst tun, was man dir sagt, oder du wirst es büßen, verstanden? Und jetzt iß – friß, du verdammtes Ding!»

Er packte meinen Kopf und fing an, mir Essen in den Mund zu stopfen, bis ich ächzte und würgte; doch merkwürdigerweise wurde er dabei nicht noch wütender.

«Sehr klug», sagte er gelassen, «aber wenn du denkst, das würde mich aufhalten, dann irrst du dich. Ich bin ein überaus geduldiger Mann, auch wenn es nicht danach aussieht. Ich kann die ganze Nacht hier sitzenbleiben. Es liegt also an dir, kleiner Leichnam, es liegt ganz allein an dir, wie lange du halsstarrig sein willst.»

Ich weiß nicht, wie lange diese Tortur dauerte. Es schienen Stunden zu sein. Die Sterne blinkten am Himmel, und der Mann stank wie der Boden meines Käfigs. Irgendwann hatte ich die Grenze meiner Ausdauer erreicht und kapitulierte vor seiner körperlichen Kraft und unerschütterlichen Entschlossenheit.

«Ich mag Tiere, die ihren Herrn respektieren», sagte er befriedigt. «Es hat noch nie ein Tier gegeben, das den alten Javert besiegt hätte.»

Als er am nächsten Tag zu mir kam, machte ich nicht den Fehler, das Essen zu verweigern oder zu verlangen, nach Hause gehen zu dürfen, sondern fragte statt dessen, was er mit mir vorhabe.

Meine Frage schien ihn zu überraschen.

«Natürlich werde ich dich ausstellen! Was sollte ich sonst mit dir machen? Die Leute zahlen gut, um Mißgeburten zu sehen, weißt du das nicht? Weißt du denn gar nichts von der Welt?»

Entsetzt und ungläubig starrte ich ihn an.

«Sie werden bezahlen», stammelte ich. «Bezahlen, um mich anzusehen?»

«Natürlich ... In ein paar Wochen, wenn sich meine neue Attraktion herumgesprochen hat, werden sie vor diesem Käfig Schlange stehen.»

Eine Welle von Ekel überfiel mich, und ich mußte mich erbrechen.

«Verflucht!» sagte er gereizt. «Der größte Fund der Welt, und als was stellt er sich heraus? Als kotzendes Balg! Womit habe ich das nur verdient!»

3. Kapitel

So begann mein Leben als monströse Sehenswürdigkeit. Man fesselte mich mit Händen und Füßen an die Gitterstäbe des Käfigs, damit ich mein Gesicht nicht vor der neugierigen Menge verbergen konnte. Mein erstes Erscheinen war ein Desaster gewesen und hatte beinahe einen Aufstand ausgelöst, als die wütende Menge ihr Geld zurückforderte. Die Leute konnten nichts sehen, denn ich kauerte in einer Ecke, die Arme um den Kopf geschlungen. Sie behaupteten, sie seien betrogen worden, und Javert, der sein Geschäft in Gefahr sah, hatte sofort zwei Kerle in den Käfig geschickt, um mich zu fesseln.

Ich kreischte und trat und biß wie ein wildes Tier, aber mit der Kraft zweier ausgewachsener Männer vermochte ich es nicht aufzunehmen. Binnen weniger Augenblicke war ich mit ausgestreckten Armen an die Stäbe gebunden, damit ich mein Gesicht nicht mehr den Blicken entziehen konnte. Javert betrat den Käfig und band mir ein Seil um den Hals, so daß ich gezwungen war, den Kopf von der Brust zu heben. Als mein Schädel nach hinten gegen die Eisenstangen stieß, öffnete ich unwillkürlich die Augen und sah, wie Menschen in entsetztem Entzücken zurückwichen.

«Heilige Mutter Gottes!» schrie eine Frau und zerrte ein kreischendes Kind in den Schutz ihrer Röcke. «Nur fort von hier. Um Himmels willen, laßt uns durch!»

Die Menge wich ein wenig auseinander, damit sie das hysterische Kind wegführen konnte, doch andere Kinder hatten ebenfalls zu schreien begonnen, und ich konnte den Blick nicht von ihren offenen, verzerrten Mündern wenden. Es war, als sähe ich mich in einem Spiegel und erlebte mit ihnen das Entsetzen meines Anblicks. Aber kein Schrecken war zu vergleichen mit der brennenden Erniedrigung, der unsäglichen Demütigung dieser Zurschaustellung. Panik betäubte alle anderen Sinne, und ich begann, wie ein wildes, ungezähmtes Pferd an meinem Strick zu zerren und zu reißen, bis er mir in den Hals schnitt.

«Schaut!» schrie jemand. «Es will sich selbst erdrosseln.»

«Wie ekelhaft! Solche Sachen sollten nicht öffentlich gezeigt werden.»

Rasch machte sich neuer Widerwille in der Menge breit. Sie hatten gutes Geld bezahlt, um gekitzelt und unterhalten zu werden, nicht verwirrt und aus der Fassung gebracht. Meine elende Erscheinung beleidigte einige, und wieder war Javert mit wütenden Forderungen konfrontiert, das Eintrittsgeld zurückzuzahlen.

Mein Käfig wurde rasch außer Sicht geschafft. Ich weiß nicht, um wieviel Geld ich meinen Besitzer gebracht hatte, aber es reichte aus, damit er etwas später in rasender Wut in meinen Käfig kam. Er peitschte mich aus, weil ich seine Ausstellung verdorben hatte. In dem Moment, als gnädige Bewußtlosigkeit mich umfangen wollte, schnitt er mich von den Stäben ab und stand über mir, die Arme vor der Brust gekreuzt.

«Nun?» fragte er kalt. «Hast du jetzt gelernt, dich still zu verhalten, oder brauchst du noch eine Lektion?»

Ich lag zu seinen Füßen und starrte ungläubig auf die breiten Striemen, die sich auf meinen nackten Armen abzeichneten; mir schwindelte, und ich hatte Blut im Mund, weil ich mir auf die Zunge gebissen hatte. Aber in meinem Kopf gab es nur einen Gedanken, nur einen Wunsch...

«Geben Sie mir die Maske zurück», flüsterte ich.

«Was?» Er starrte mich verständnislos an.

«Die Maske», wiederholte ich benommen. «Geben Sie mir die Maske zurück... bitte!»

Plötzlich begann Javert zu lachen und schlug sich mit dem Peitschenstiel auf den dicken Schenkel. Dann beugte er sich vor und stach mit der Peitsche nach mir.

«So, jetzt hör mir mal gut zu, kleiner Leichnam. Niemand bezahlt dafür, eine dumme Maske zu sehen, aber die Hälfte der Frauen in Frankreich wird beim Anblick deines nackten Gesichts in Ohnmacht fallen. Selbst Don Juan hätte an einem Nachmittag nicht mehr Röcke anlocken können. Aber ich will dein verdammtes Geschrei nicht mehr hören, also sei gewarnt. Wenn du noch einmal die Kunden vertreibst wie heute, dann hast du schlechte Aussichten. Ich werde dir jeden Fetzen Haut von deinem Kadaver prügeln, wenn du dich je wieder in der Öffentlichkeit so aufführst.»

Ich ballte die Fäuste und starrte in wahnsinnigem Trotz zu ihm auf.

«Ich will nicht, daß man mich sieht... Ich will nicht, daß man mich anstarrt... Ich will nicht, ich will nicht!»

Gewiß würde er mich jetzt umbringen. Er würde mit seiner riesigen Faust zuschlagen und mich für meine selbstmörderische Frechheit zu Brei zermalmen. Verzweifelt wartete ich auf das Ende, das mich erlösen würde, aber er schlug mich nicht wieder. Statt dessen betrachtete er mich gedankenvoll, als messe er jede Verletzung meines Körpers und wäge sie ab gegen die Zeit, wann er mich wieder würde ausstellen können.

«Ich könnte dich knebeln», murmelte er langsam vor sich hin. «Es ist das Geschrei, das den Schaden anrichtet. Das schreckt die Frauen ab und macht der Menge angst. Ja, ich denke, das nächste Mal werde ich dich knebeln. Schläge hast du bald vergessen, aber ein Knebel wird deinen Trotz brechen, da bin ich ganz sicher.»

Am nächsten Tag zogen wir weiter. Ich wußte nicht, wohin, und es war mir auch gleich; Zeit und Ort hatten jede Bedeutung für mich verloren. Aber er hielt sein Versprechen. Als ich wieder ausgestellt wurde, hatte ich einen Knebel aus Kork im Mund und stand gefesselt in einem aufrecht stehenden Sarg, in einer Stellung, die es mir unmöglich machte, mich zu bewegen. Diesmal war ich still, und niemand beschwerte sich oder verlangte sein Geld zurück.

Ich war ein ungeheurer Erfolg, wie Javert mir zufrieden mitteilte, als er an diesem Abend kam, um mich zu füttern wie einen dressierten Hund. Wenn ich gelernt hätte, vernünftig zu sein, würde er den Knebel entfernen und mir erlauben, meinen Unterhalt etwas bequemer zu verdienen. Ich sah zu, wie er den Schlüssel in seine Tasche steckte und heiter pfeifend davonging.

Der Wind pfiff in dieser Nacht um die Gitterstäbe meines Käfigs, als ich dalag, dem gelegentlichen Bellen der Lagerhunde lauschte und haßte... *haßte!*

Der Knebel besiegte mich, wie Javert vorhergesehen hatte. Seine Gewalt und Grausamkeit verbargen eine angeborene Schlauheit, eine rohe, instinktive Art von Weisheit, die ihm neue und subtilere Methoden zeigte, um mit Aufruhr fertigzuwerden. Es dauerte nicht lange, bis ich gelernt hatte, daß ich meine Leiden durch meine eigene Halsstarrigkeit nur steigerte; und obwohl ich innerlich noch immer vor Ekel zitterte, wenn die Menge sich um meinen Käfig drängte, lernte ich, die schweigende Gleichgültigkeit eines dumpfen Tieres zur Schau zu tragen. Das war es, was sie sich wünschten, was sie sehen wollten: ein Tier, eine Kuriosität – eine *Sache!*

Mein wanderndes Gefängnis führte mich kreuz und quer durch Frankreich, von einem Jahrmarkt zum anderen. Ich wurde gehalten wie ein Tier, bis ich genügend Gehorsam und Resignation heuchelte, um glauben zu machen, mein Widerstand sei endgültig gebrochen. Meine Mutter hatte mich gelehrt, mich wie ein Gentleman zu verhalten, Ansprüche an meine Person zu stellen und mich höflich zu benehmen. Ich konnte es nicht ertragen, wie ein Tier zu leben.

Ich flehte, aus dem Käfig gelassen zu werden, um Dinge zu erledigen, die Abgeschiedenheit erforderten, und diese Bitte amüsierte Javert – das ungehobelte Schwein! – derart, daß er mich persönlich freiließ und bei meinen Verrichtungen mit gezückter Pistole Wache stand. Ich wußte, wenn ich irgendeinen Fluchtversuch unternähme, würde er schießen – nicht, um mich zu töten (dafür war ich ein zu kostbares Ausstellungsstück), sondern um mich so weit zu verkrüppeln, daß ich nicht weit kommen würde.

Als ich saubere Kleider verlangte, lachte er laut auf und sagte, er habe noch nie von einem Leichnam gehört, der es mit seinem Totenhemd so genau nehme.

«Als nächstes verlangst du wohl einen Anzug», schnaubte er. «Hör auf mit deinem Gemecker! So, wie du bist, lockst du genug Leute an.»

Ich drehte mich langsam um und sah ihn an.

«Ich könnte noch mehr anlocken», sagte ich, von meiner Verzweiflung zu plötzlicher Kühnheit getrieben. «Ich könnte doppelt so viele Leute anlocken – wenn es sich auch für mich lohnen würde.»

Er senkte die Pistole und winkte mich näher heran. Seine Geldgier ließ ihn neugierig werden.

«Was soll das heißen?» fragte er vorsichtig. «Du bist das häßlichste Geschöpf, das je auf Gottes Erdboden erschienen ist. Das ist dein Schicksal und mein Glück. Warum sonst sollte jemand dafür bezahlen, dich zu sehen, wenn nicht deiner Häßlichkeit wegen?»

«Wenn Sie Lilien zu mir in den Sarg legten», sagte ich und rang mir dabei ein Lächeln ab, «könnte ich sie singen lassen.»

Er schob die Pistole in seinen Gürtel und wippte auf seinen Absätzen, vor Lachen brüllend.

«Gott steh mir bei, du Balg, du bist wirklich wahnsinnig. Du bist noch mein Tod, ich schwör es. Lilien willst du singen lassen? Und wie willst du das anstellen?»

Aus einem alten Buch in der Bibliothek meines Großvaters hatte ich die Kunst des Bauchredens gelernt und lange geübt. Jetzt wählte ich das *Agnus Dei* aus Bachs Messe in h-Moll und ließ es so klingen, als komme es aus den Blütenblättern einer wilden Narzisse neben Javerts Stiefel.

«Agnus dei... miserere nobis...»

Unbewegt sah ich zu, wie Javerts fettes Gesicht ungläubig zerfloß, als er sich bückte und die Blume zu seinen Füßen pflückte. Er hielt sie ans Ohr, und ich vernahm sein erstauntes Grunzen, als ich meine Stimme süß in seinem Kopf tönen ließ. Er hielt die Blüte an sein anderes Ohr, und abrupt wechselte meine Stimme die Richtung; er warf die Blume zu Boden und ging ein paar Schritte fort. Ich wandelte den Ton indessen so ab, daß es klang, als entferne sich meine Stimme.

Dann kam er zurück und starrte mich intensiv an. Er legte einen dicken, schmutzigen Finger an meinen Hals und riß die Augen auf, als er die schwache Vibration meiner Stimmbänder spürte.

«Wie ist das möglich?» murmelte er, mehr zu sich selbst als zu mir gewandt. «Ich habe in meinem Leben schon viele Bauchredner gesehen, aber noch nie einen mit so einer Stimme.» Roh packte er mich an der Schulter und schüttelte mich ärgerlich. «Ich sollte dich verprügeln, weil du mir dieses Geheimnis bisher vorenthalten hast, du kleiner Teufel! Wenn ich an all das Geld denke, das ich damit schon hätte verdienen können...» Abrupt ließ er mich los und trat zurück. «Nun gut, egal, heute abend wirst du singen. Ich werde einen Haufen Lilien besorgen, und wenn ich dafür einen Friedhof plündern muß.»

Plötzlich wurde ihm mein betontes Schweigen bewußt.

«Na?» fragte er unbehaglich. «Was soll dieser stumme, verstockte Blick? Hat die Katze deine Zunge geholt?»

Ich starrte ihn trotzig schweigend an, und sofort begann er sich aufzuplustern wie ein Tyrann, der den ersten Hauch einer Niederlage verspürt.

«Also gut, was geht in deinem verdrehten Kopf vor! Heraus damit!»

Ich zuckte die Achseln und wandte mich ab.

«Falls ich bereit wäre zu singen», sagte ich ruhig, «so nur unter bestimmten Bedingungen.»

«Bedingungen!» Er packte mich am Hals und drückte seine riesigen Daumen auf meine Luftröhre. «Bedingungen? Ich könnte dir auf der Stelle die Kehle aufschlitzen.»

Ganz vorsichtig begann ich zu lächeln. Vermutlich wurde auch ihm die Absurdität seiner leeren Drohung sofort klar, denn noch während er sprach, ließ er mich los. Ich merkte, daß er heftig durch die Nase atmete und versuchte, seiner Wut Herr zu werden.

«Bedingungen», wiederholte er, das Wort durch die zusammengebissenen Zähne pressend. «Und was sind das für verdammte Bedingungen? Sag schon, du unverschämter kleiner Knochensack, damit wir es hinter uns haben!»

Ich setzte mich ins Gras und starrte vollkommen gleichgültig über seine wachsende Nervosität zum Lagerplatz hinüber. Ich ließ ihn warten und schwitzen.

«Ich werde nicht ohne Maske singen, und ich singe nicht in einem Sarg», sagte ich fest. «Wenn Sie mit mir das Geschäft ihres Lebens machen wollen, müssen Sie mir ein eigenes Zelt geben.»

«Ein Zelt?» wiederholte er erstaunt. Doch schnell erholte er sich von seiner Verblüffung und begann praktisch zu denken. «Unmöglich», fuhr er fort, aber ohne Zorn, wie ich bemerkte. «Wie könnte ich mich darauf verlassen, daß du bleibst?»

Ich starrte zu Boden, um die Tränen zu verbergen, die plötzlich in meine Augen traten, als ich die öde Zukunft vor mir sah.

«Ich weiß keinen Ort, an den ich gehen könnte.» Meine Stimme hatte einen Beiklang von Müdigkeit und Resignation. «Geben Sie mir etwas Privatsphäre und Bequemlichkeit, und als Gegenleistung werde ich Ihnen ein Vermögen einbringen.»

Er starrte mich argwöhnisch an.

«Das sagst du. Nimm an, ich würde mich entschließen, dir zu vertrauen. Man muß aber auch auf das Publikum Rücksicht nehmen. Was sollen Gesang und Lilien, wenn die Leute dein Gesicht nicht sehen?»

«Nun gut», räumte ich ein, «ich bin bereit, am Ende der Vorstellung die Maske abzunehmen. Aber nur für ein paar Sekunden, gerade genug, um die Leute zu schockieren. Bis zu diesem Augenblick bleibt mein Gesicht bedeckt, und die restliche Zeit gehört mir selbst, und ich kann tun, was ich will.»

«Sonst noch Wünsche?» Seine Stimme klang verächtlich, aber hinter seinen harten Augen regte sich etwas, das fast an grollenden Respekt gemahnte.

«Ich kann dich zwar zu Brei schlagen, aber ich kann dich nicht zum Singen zwingen – ist es das, was du mir zu verstehen geben willst, du kleiner Gauner?»

«Vielleicht», sagte ich grimmig. «Zum Singen können Sie mich in der Tat nicht zwingen.» Wir starrten einander an wie argwöhnische Feinde, und nach einem Augenblick wies er mich mit einer abrupten Geste an, ihm zu seinem Zelt zu folgen. Er schritt quer über das Feld und widerstand der Versuchung, sich umzudrehen, um zu sehen, ob ich ihm folgte.

Für den Augenblick hatte ich gesiegt.

4. Kapitel

So seltsam es scheinen mag – nachdem ich dieses kleine Maß an Freiheit gewonnen hatte, beschäftigte ich mich nicht länger mit Fluchtgedanken. Mein ganzes Leben lang war ich von der Außenwelt abgeschirmt worden, und ich war noch zu unwissend, um allein überleben zu können. Ich wollte in einigermaßen regelmäßigen Abständen essen und eine Art Dach über dem Kopf haben. Javert sorgte für die grundlegenden Lebensnotwendigkeiten, und ich beschloß, gehorsam an seiner Seite zu bleiben – ungefähr aus den gleichen Gründen, die einen streunenden Hund bei einem grausamen Herrn festhalten.

Wanderschaft wurde zu einem festen Bestandteil meines Lebens, und ich lernte rasch, mir die angeborene Rastlosigkeit der Zigeuner zu eigen zu machen und ihre geheimnisvollen Bräuche zu übernehmen. Ich erkannte die Zeichen, die andere umherziehende Sippen hinterlassen hatten, Zeichen, die dem Blick des Uneingeweihten verborgen blieben. Birkenruten bedeuteten Gefahr; weiße Federn an einem Ast das Vorhandensein von Hühnern in der Gegend; Tannenzweige kündigten eine Hochzeit an. Ich war ein aufmerksamer Beobachter und bald mit den Sitten und Fertigkeiten der Zigeuner so vertraut wie jemand, der auf der Landstraße geboren ist.

Nachdem sie entdeckt hatten, daß meine Augen sich besser als die einer Katze der Dunkelheit anpassen konnten, wurde ich in einen uralten «Zauber» eingeweiht. Im Zelt einer zahnlückigen Alten, die für ihre Kräuterkenntnisse berühmt war, lernte ich, einen Gifttrank zu bereiten, mit dem man ein Schwein töten konnte, ohne sein Blut zu vergiften. Und dann, in tiefster Nacht, wurde ich ausgeschickt, um mich in einen nahegelegenen Bauernhof zu schleichen und dieses Gift irgendeinem unglücklichen Tier zu verabreichen. Die meisten Zigeuner gehen nachts nicht auf Diebestour aus Angst, den Geistern der Toten zu begegnen, aber wie Javert mit betrunkenem Scharfsinn anmerkte, würden die Toten bestimmt nichts gegen meine Anwesenheit haben. Am nächsten Morgen, wenn der Bauer sich über den rätselhaften Tod seines Schweines wunderte, pflegte ein Mitglied der Sippe an seiner Tür zu erscheinen und um Nahrung zu betteln. Fast immer gab man ihm das tote Tier, da der Bauer es loswerden wollte, weil er fürchtete, sonst könnte unter seinem Vieh eine Seuche ausbrechen.

Ich haßte diese Verfahrensweise und aß nie von dem von mir vergifteten Tier. Es wurde als eine meiner exzentrischen Angewohnheiten bekannt, daß ich lieber hungerte, als an einem derartigen Mahl teilzunehmen; und schließlich, als die Vorstellungen in meinem Zelt immer einträglicher wurden, weigerte ich mich, diese abscheuliche Aufgabe überhaupt noch zu übernehmen. Der Abend, an dem ich die Phiole mit dem Zaubermittel ins Lagerfeuer warf und der Sippe sagte, sie sollte sich in Zukunft ihr elendes Aas selbst besorgen, war ein seltsamer Wendepunkt. Niemand machte den Versuch, mich zu bestrafen, niemand schlug mich wegen meines Ungehorsams nieder. In diesem Augenblick erkannte ich plötzlich, daß ich eine gewisse Macht hatte.

Macht!

Der Begriff gewann für mich immer mehr an Anziehungskraft, während ich meine Fähigkeiten als Bauchredner vervollkommnete und nachts lange wachsaß, um mir noch kompliziertere Zauberkunststücke auszudenken. Nachdem ich zwei Sommer mit den Zigeunern verbracht hatte, begann mein Ruf mir schon vorauszueilen, und infolgedessen wurde unsere Sippe ungewöhnlich wohlhabend. Ich bildete die Hauptattraktion auf jedem Jahrmarkt; die Leute gingen meilenweit, um meine Vorstellung zu sehen. Obwohl ich den Augenblick der Demaskierung noch immer haßte, lag eine gewisse Befriedigung in der atemlosen Stille, mit der mein Gesang und meine Darbietung als Gaukler aufgenommen wurden.

Macht!

Nachdem ich einmal angefangen hatte, nach Macht zu streben, kam sie auf viele seltsame und unerwartete Arten auf mich zu. Meine Unterweisung im Zelt der alten Hexe hatte in mir Interesse an den Kräutern geweckt, die sie auf allen Sommerjahrmärkten verkaufte. Sie besaß Heilmittel für jede nur denkbare menschliche Störung; und da alles, was den Menschen Leid verursacht, für mich eine verzehrende Faszination besaß, begann ich, ihre Fertigkeiten mit heimlichem Eifer zu studieren. Sie war selbst häßlich genug, um sich von meiner Anwesenheit nicht weiter stören zu lassen, und ich glaube, meine Fragen schmeichelten ihr. Doch als ich anfing, eigene Heiltränke zusammenzubrauen, wurde sie wütend und drohte, mich zu verfluchen. Damit wäre meine Lehrzeit beinahe vorzeitig beendet gewesen, aber noch in der gleichen Nacht erkrankte die Alte an einem Fieber, das keinem ihrer bewährten Rezepte weichen wollte. Im Lager verbreitete sich das Gerücht, sie habe die Cholera, und man beschloß, unverzüglich weiterzuziehen – ohne die Kranke.

«Aber ihr könnt sie doch nicht ihrem Schicksal überlassen», protestierte ich.

Javert sah überrascht von dem Stock auf, an dem er geduldig schnitzte.

«Gegen ein tödliches Fieber kann man nichts machen», sagte er friedfertig zu mir. «Es ist nur vernünftig, sich fernzuhalten.»

Eine seltsame Wut ergriff mich, eine Wut, die nicht das geringste mit Mitleid zu tun hatte, aber sehr viel mit tödlicher Ohnmacht und Selbstgefälligkeit. Es gab keine bessere Methode, einen Dämon in meinem Hirn zu wecken, als mir zu sagen, etwas sei unmöglich.

Das Unmögliche war ein Begriff, den ich nicht anerkannte.

Ruhig stand ich auf, ohne ein Wort von meiner Absicht verlauten zu lassen, und ging zum Zelt der alten Frau.

Als ich sie ansah, erkannte ich, daß sie in schlimmer Verfassung war, und ich empfand dieselbe Enttäuschung wie einst, als ich die Uhren meiner Mutter auseinandergenommen hatte – unglaubliche Gereiztheit angesichts meiner eigenen Unzulänglichkeit und mangelnden Kompetenz.

Nun ja, ich hatte sehr früh gelernt, den Mechanismus einer Uhr zu meistern. Und ich würde mich auch diesmal nicht besiegen lassen – jedenfalls nicht von irgendeiner elenden Pestilenz.

Während die alte Frau stöhnend auf ihrem Strohsack lag und meine Anwesenheit überhaupt nicht wahrnahm, holte ich ihre verbeulten Kupfertöpfe heraus und begann, einen selbst erfundenen Sud zuzubereiten.

Meine Lehrmeisterin überlebte.

Die Infektion verbreitete sich jedoch im ganzen Lager und befiel fast die Hälfte der robusten Zigeunerkinder, die in ihrem Leben so gut wie keinen Tag krank gewesen waren. Diejenigen, die mit den traditionellen Mitteln behandelt wurden, starben; die drei, die meinen Aufguß erhielten, kamen durch.

Vielleicht Anfängerglück, aber aus solchen seltsamen und zur rechten Zeit eintreffenden Zufällen werden Legenden geboren. Nach diesem Vorfall begann die Sippe mich mit wachsendem Respekt zu behandeln. Man sah in meinen geheimnisvollen Fähigkeiten den Beweis dafür, daß ich im Besitz von magischen Kräften war. Am Lagerfeuer erzählte man sich, ich sei der Gelehrte aus der alten Zigeunerlegende, der Zehnte Graduierte der Schule der Hexerei, der gefangengehalten worden sei, um dem Teufel als Lehrling zu dienen. Es hieß, ich kenne alle Geheimnisse der Natur und Zauberei, ritte nachts hoch in den Bergen von Transsylvanien auf einem Drachen und schliefe in dem Kessel, in dem der Donner gebraut werde.

Die Veränderung meiner Stellung war bemerkenswert. Die Kinder warfen nicht mehr mit Steinen nach mir, riefen nicht mehr Spottnamen, wenn ich erschien. Ging ich tagsüber an ihren Zelten vorbei, so liefen sie vor mir davon, als sei ich der Teufel in Person, und riefen nach ihren Müttern, die meinen Namen jetzt als letzte Drohung verwendeten, um Gehorsam zu erzwingen.

«Artig sein? Sonst holt Erik dich in sein Zelt, und dann sieht man dich nie wieder.»

Jungen in meinem Alter, die mir in den ersten Monaten bei der Sippe das Leben zur Hölle gemacht hatten, ließen mich jetzt in Ruhe, da sie schreckliche Rache fürchteten, wenn sie mich erzürnten. Und weil es angenehm war, von ihren Quälereien befreit zu sein, tat ich alles in meiner Macht Stehende, um meinen furchterregenden Ruf zu steigern.

Macht!

Schnell fand ich Geschmack daran und betrachtete sie als sehr befriedigenden Ersatz für Glück – und für Liebe. Inzwischen hatten alle Angst vor mir. Alle bis auf Javert. Ich mochte zwar eine Legende sein, aber ich war noch immer sein Geschöpf.

Das ließ er mich keinen Augenblick vergessen.

5. Kapitel

Javert war kein echter Zigeuner, nicht einmal ein Halbblut. Er war ein *chorody*, ein Wanderer, der nur wegen seiner Fertigkeiten als Schausteller akzeptiert wurde. Ich begriff bald, daß er zwar mit den Zigeunern herumzog, aber ebensowenig zu ihrer versippten Gemeinschaft gehörte wie ich.

An irgendeinem Punkt seiner Vergangenheit hatte er so etwas wie eine Erziehung genossen. Im Unterschied zum Rest der Gruppe konnte er lesen, und von Zeit zu Zeit tauchten aus den

Abgründen seiner Vulgarität unerklärliche Überreste von Kultur auf. Es war Javert, der mir die Legende von Don Juan erzählte und den Namen des großen Liebhabers in seine Sammlung von Spitznamen aufnahm, mit denen er mich bedachte. Zuerst war das nur eine weitere Beleidigung, nicht kränkender als alles andere; doch als ich älter wurde und die Bedeutung hinter diesem Spott besser verstand, begann ich den Namen Don Juan mehr zu hassen als alle anderen.

Javert war immer hinter Frauen her, doch keine kam jemals zu ihm in sein Zelt. Da er keines Mannes Blutsbruder war, gab es keinen Vater im Lager, der von ihm einen Brautpreis angenommen hätte. In meiner unschuldigen Ignoranz nahm ich einfach an, das sei der Grund, warum er keine Frau hatte.

Eines Abends kam er ohne Vorwarnung in mein Zelt, wie es seine Art war, beugte sich über mich und blies mir scheußliche Schnapsdünste ins Gesicht. Ich sah sofort, daß er betrunken war – und wenn er betrunken war, war er gefährlich. Ich wußte, daß ich auf der Hut sein mußte.

«Arbeiten, immer arbeiten», bemerkte er unwillig und stieß mit einem fetten Finger nach der neuen mechanischen Erfindung, die vor mir lag. «Was bist du doch für ein fleißiger kleiner Leichnam!»

Als eine verborgene Feder einschnappte und seinen Finger umschloß, schrie er:

«Verdammt! Das hast du gemacht!»

«Nein, habe ich nicht», gab ich entrüstet zurück, denn diesmal sagte ich die Wahrheit. «Es war ein Zufall.»

«Ja, das kann man wohl sagen», schnaubte er. «Du bist sehr geschickt im Arrangieren von Zufällen. Ich habe schon bemerkt, wie viele kleine Mißgeschicke mir zustoßen, wenn du in der Nähe bist.»

Ich schwieg und überlegte besorgt, ob er wirklich erraten hatte, für welche «Mißgeschicke» ich tatsächlich verantwortlich war. Da war beispielsweise sein Sturz vom Pferd … und das unerklärliche Zusammenbrechen seines Zeltes. Alberne, ärgerliche, alltägliche Zwischenfälle, von denen ich angenommen hatte, er könne sie nicht mit mir in Verbindung bringen.

Ich schaute ihm ins Gesicht, erkannte erschrocken, daß er alles wußte, und wartete auf meine Bestrafung.

Ich brauchte nicht lange zu warten.

Abrupt riß er mir die Maske vom Gesicht, schnitt sie mit seinem von allen gefürchteten Messer in Stücke und warf mit den Stücken nach mir. Dann starrte er mich an.

«Keine Tränen?» Er runzelte die Stirn. «Du enttäuschst mich, kleiner Leichnam. Und du weißt inzwischen genau, daß man den alten Javert besser nicht enttäuscht.»

Er streckte den Arm aus und schlug mir mehrmals mit dem Rücken seiner riesigen Hand ins Gesicht, aber ich blieb still und starrte ihn mit trockenen Augen verächtlich an. Da ihm jetzt einfiel, daß ich am gleichen Abend auftreten sollte, gab er seinen Versuch auf, mich zum Weinen zu bringen.

«Endlich ein Mann», sagte er doppelzüngig, «und kein plärrendes Balg mehr! Als nächstes verlangst du wahrscheinlich Lohn für deine Auftritte.»

Ich hielt es für ungefährlicher zu schweigen; denn ich hatte gelernt, diesen Momenten scheinbarer Großzügigkeit zu mißtrauen – gewöhnlich folgten darauf neue Gewalt oder Demütigungen.

«Wie alt bist du?» fragte er überraschend.

«Ich weiß nicht.» Ich blickte weiter zu Boden.

«Das weißt du nicht?» Er kicherte plötzlich. «Du mußt doch einen Geburtstag haben wie alle anderen! Oder bist du gar nicht geboren worden? Vielleicht bist du einfach aus einem Ei geschlüpft wie eine Eidechse.»

In meiner Erinnerung zerschellte ein Spiegel, und ich erschauerte.

«Ich weiß nicht», wiederholte ich zitternd. «Meine Mutter war ... Darüber wurde nie geredet.»

Er wischte sich mit dem Hemdsärmel die Nase und zeigte grinsend eine gelbe, lückenhafte Zahnreihe.

«Na ja, vermutlich gab es da nicht viel zu feiern. Es ist ein Wunder, daß dich keiner ins Feuer geworfen hat, bevor du auch nur plärren konntest. Aber ich würde sagen, daß du jetzt etwa elf oder zwölf sein mußt. Kommt dir das angemessen vor?»

Ich nickte behutsam und fragte mich, wohin diese seltsamen Fragen führen sollten.

«Nun ja», fuhr er leutselig fort, «noch ein Jahr oder so, und wenn du weiterhin so viele Leute anlockst, stünde einem Lohn vielleicht nichts im Wege. Natürlich würde es davon abhängen, ob du weiterhin zu meiner Zufriedenheit arbeitest – auf der Bühne und auch sonst, wenn du verstehst, was ich meine. Ich mag Jungen, die es verstehen, ihre Dankbarkeit zu zeigen... sozusagen.»

Ich starrte ihn verständnislos an. «Ich verstehe nicht», flüsterte ich.

«Keine Sorge, das kommt schon noch!» Er lachte und stupste spielerisch mein Ohr an. «Ja, du wirst schon verstehen, alles zu seiner Zeit. Du bist sehr schlau, das gebe ich zu, manchmal zu schlau, aber du weißt nicht alles. Es gibt noch ein oder zwei Dinge, die ich dir beibringen kann, wenn mir der Sinn danach steht. Und wenn du lernen willst, wenn du gefallen willst... Nun ja, dann stellst du vielleicht fest, daß ich sehr großzügig bin.»

Ich hatte keine Ahnung, wovon er redete, aber sein Ton und sein ungewohnt sanftes, fast katzenhaftes Benehmen ließen mich vor Furcht frösteln.

Er saugte an seinem blutenden Finger, spie auf den Boden und schlenderte zum Zelteingang. Darunter drehte er sich nach mir um, und sein Gesicht trug einen seltsamen Ausdruck.

«Ich hatte noch nie eine Leiche», murmelte er.

Dann war er fort und ließ mich allein mit meiner Unwissenheit und meiner Angst.

Irgendwann im folgenden Jahr überquerten wir die Grenze nach Spanien. Die jährliche Kirmes in Verdú war seit dem vierzehnten Jahrhundert ein traditioneller Treffpunkt der Zigeuner. Eine Atmosphäre gespannter Erwartung herrschte im Lager bei der Aussicht auf die Begegnung mit Blutsbrüdern aus vielen Ländern. Nachts saßen die Bewohner der Zelte und Wagen um das Lagerfeuer, die Geiger spielten eine lustige Melodie, und die Zigeunermädchen tanzten für ihre Männer, wirbelten umher im flackernden Licht, streiften lange Schärpen über nackte, sonnengebräunte Arme, anmutig... und *sinnlich.*

Jeder Abend, an dem ich den Mädchen zusah, machte mir meine eigene Andersartigkeit schärfer und schmerzlicher bewußt, warf ein neues, kaltes Licht auf mein inneres Elend.

Wenn ich nicht unter Zigeuner geraten wäre, hätte ich vielleicht nicht in so zartem Alter die Weiblichkeit kennengelernt; vielleicht hätte ich noch ein paar Jahre länger die geschlechtslose, jungenhafte Unschuld genossen. Zigeunerfrauen sind nicht leichtfertig und lasziv – Jungfrauen standen hoch im Kurs und wurden nur gegen einen hohen Brautpreis hergegeben. Doch die Liebe, sobald sie einmal durch die Ehe geheiligt war, war keine verschwiegene Angelegenheit; Paare umarmten sich offen am Lagerfeuer und zeigten ohne Scham ihre Freude am Körper des anderen. In diesem Frühling in Verdú kam es mir so vor, als paare sich die ganze Welt und teile ein universales Geheimnis, das mir immer verschlossen bleiben würde. Und plötzlich war es nicht mehr genug, der Teufelslehrling zu sein, der Star einer immer berühmteren Wandertruppe.

Alles, was ich wollte, war, wie die anderen sein. Ich konnte mit Grausamkeit und Haß leben; was ich nicht mehr zu ertragen imstande war, das war das Glück der anderen, die plötzliche Erkenntnis, daß keines meiner Talente je bewirken würde, daß man mich als menschliches Wesen akzeptierte. Mein Zelt mochte jetzt bequem sein, ich mochte kommen und gehen können, wie es mir gefiel, aber in allen wesentlichen Belangen lebte ich noch immer in einem Käfig, umgeben von unsichtbaren Gitterstäben. Die Welt wollte nichts von mir außer der Befriedigung der Sinnesorgane von Sehen und Hören.

Ich war allein, und daran würde sich niemals etwas ändern. Vielleicht war es an der Zeit, diese Welt hinter mir zu lassen.

6. Kapitel

Die Nacht war trocken und kalt, still bis auf den fernen Klang von Geigen und das sanfte Zirpen der Grillen im hohen Gras. Riesige Falter umschwirrten meine Laterne und prallten gegen meine Maske, als ich aus dem Lager floh, wo die Zigeuner immer wilder tanzten, der Alkohol reichlicher zu fließen begann und die Flammen des Lagerfeuers vor dem schwarzen spanischen Himmel züngelten.

Als ich sicher war, daß mich niemand sehen konnte, riß ich die Maske ab und warf sie nach dem zunehmenden Mond, der bleich und gleichgültig meinen wilden Kummer beschien. Dann setzte ich mich auf die staubige Straße und untersuchte das Fläschchen, das ich aus dem Zelt der alten Kräuterfrau gestohlen hatte.

Ich nahm den kleinen Glasstöpsel ab, atmete das bittere Aroma ein, das aus der Flasche aufstieg, und zögerte. Der magische Talisman des Todes war in meiner Hand, und das einzige, was mich daran hinderte, ihn zu benutzen, um diesem Abgrund von Verzweiflung zu entkommen, war das plötzliche Auftauchen einer Erinnerung, die ich schon lange vergessen zu haben glaubte.

Vater Mansarts Predigt über die Todsünden Mord und Selbstmord hatten mich in einem Alter beeindruckt, in dem die meisten Kinder sich noch abmühen, das Vaterunser zu erlernen. Mord und Selbstmord, hatte er mir grimmig gesagt, seien in den Augen des Herrn gleichermaßen verbrecherisch und brächten unweigerlich ewige Verdammnis über den Täter. Der Selbstmörder liege in einem ungeweihten Grab, und die Pforten des Himmels seien ihm für immer verschlossen.

«Niemals kommt es uns zu, Leben zu nehmen, Erik. Wenn du auch sonst nichts von dem behältst, was ich dich gelehrt habe, das eine mußt du behalten.»

Jetzt erinnerte ich mich und starrte entsetzt auf das Gift in meiner Hand. Angenommen, es stimmte, daß ich durch diese Tat die Tür eines Leidens schloß, nur um in ein anderes, unendlich viel schlimmeres einzutreten?

Entsetzt über diese Möglichkeit, schleuderte ich die kleine Flasche zu Boden und sah, wie die trockene Erde die heraustropfende Flüssigkeit verschluckte. Ein Gefühl der Hoffnungslosigkeit überfiel mich in dem Moment, als ich mich bückte, um meine Maske wieder aufzuheben. Doch ehe ich sie anlegen konnte, erschrak ich über einen Schrei in der Dunkelheit hinter mir.

Ich hielt inne und lauschte aufmerksam. Wieder kam die Stimme aus der Finsternis, diesmal als leises Schmerzensstöhnen. Instinktiv bewegte ich mich in Richtung auf das Geräusch und erstieg eine felsige Anhöhe, sicheren Schrittes und ohne Angst dank meiner Katzenaugen und meiner besonderen Beweglichkeit, die meine Mutter einst veranlaßt hatte, mich mit einem Affen zu vergleichen.

Auf der anderen Seite der Felsen zeigte mir mattes Laternenlicht ein zusammengesunkenes Häufchen aus buntfarbigen Röcken und ein hübsches Gesicht, das mir vom Lagerfeuer vertraut war.

«Dunica?» flüsterte ich.

Sie sah zu mir hoch und schrie mit schriller Stimme auf. Einen Augenblick lang hatte ich vergessen, daß ich keine Maske trug.

Ihre Schreie zerrten an allen Nerven meines Körpers, und plötzlich überkam mich blinde Wut.

«Hör auf!» rief ich und schüttelte sie heftig an den mageren Schultern. «Hör mit dem Geschrei auf, oder ich tue dir all das an, was du befürchtest.»

Das brachte sie zum Schweigen. Mit einer Art ächzendem Schluchzen verschluckte sie ihre Schreie und duckte sich unter meinem Griff wie ein erschrockenes Kaninchen in den Fängen eines wilden Hundes.

Langsam ließ ich sie los und fragte:

«Wo bist du verletzt?»

Sie zitterte heftig, ihre Zähne klapperten vor Angst, aber es gelang ihr, auf ihren linken Fuß zu zeigen. Ich sah, daß er in einem unnatürlichen Winkel verdreht war.

«Soll ich ihn mir ansehen?» sagte ich.

Sie war zu ängstlich, um abzulehnen. Ich trug noch immer den langen Mantel des Zauberers, in den ich mich für die Vorstellungen hüllte. Ich streifte ihn ab, riß vom Saum einen Streifen herunter und legte den Rest des Umhangs um ihre Schultern, denn es war bitterkalt unter dem klaren Aprilhimmel, und ihre Haut war kühl und feucht von dem Schock. Ich spürte den gebrochenen Knochen in ihrem Fußknöchel bei der ersten Berührung und legte das Gelenk still, so gut ich konnte.

Sie wurde ohnmächtig, als ich sie berührte. Ob das vor Schmerz oder aus schierem Entsetzen geschah, vermag ich nicht zu sagen. Ich war nicht übermäßig betroffen oder überrascht, und im übrigen wurde meine Aufgabe dadurch sehr erleichtert.

Als ich fertig war, setzte ich mich auf einen nahen Felsblock und wartete darauf, daß sie wieder zu sich kam. Das Licht der Laterne neben ihr zeichnete die Kurve ihrer Brust nach, und mir kam ein Gedanke, den ich hastig und angewidert von mir schob. Ich berührte sie nicht; nach einer Weile verebbte das dringende Verlangen nach dieser Berührung, und ich war wieder ruhig und hatte meinen Körper vollkommen unter Kontrolle. Diese erste, jugendliche Regung des Begehrens war stark, aber kurz, und ich hatte ein merkwürdiges Triumphgefühl, weil ich sie gemeistert hatte. Plötzlich war ich diesem Mädchen, das mir das Gefühl gegeben hatte, nie von den Fluten der Liebe fortgeschwemmt zu werden, herzlich zugetan. Lust war schließlich nur ein Rausch des Blutes, ein animalischer Trieb, den ich ebenso erfolgreich beherrschen und kontrollieren konnte wie meine Stimme. Das Mädchen war hübsch, aber ich liebte sie nicht, also war Gott vielleicht doch gnädig gewesen und hatte mich nicht so gemacht wie andere Jungen. Stolz und Erleichterung durchfuhren mich bei diesem Gedanken, und ich wünschte mir, Dunica würde aufwachen, damit ich anfangen konnte, ihr für diese wunderbare Erkenntnis zu danken.

Sie schlug die Augen wieder auf, sah mein Gesicht und wandte sich hastig und mit einem Schauder ab.

«Ich habe dich noch nie vorher ohne Maske gesehen», flüsterte sie.

«Ach, wirklich!» Etwas von meiner warmen Dankbarkeit schwand dahin und mit ihr jedes Verlangen, sie auszudrücken. «Dann mußt du die einzige im Lager sein. Vielleicht sollte ich dich für das Vorrecht einer Privatvorstellung bezahlen lassen.»

Angst kehrte in ihre Augen zurück. Ich seufzte, nahm die Maske auf, die ich unter den Gürtel gesteckt hatte, und setzte sie mit einer Bewegung auf, die mir zur zweiten Natur geworden war.

«Du hast nichts zu befürchten», sagte ich ruhig. «Ich werde dich nicht verletzen.»

«Aber vorhin ... hast du gesagt ... du hast gesagt ...»

«Ach, das!» Gleichgültig zuckte ich die Achseln. «Das war nur, weil du mich wütend gemacht hast. Ich hasse es, wenn Leute schreien, sobald sie mich sehen. All diese dummen Frauen vor meinem Käfig, die kreischen und in Ohnmacht fallen – du kannst dir nicht vorstellen, wie sehr ich das hasse.»

Sie richtete sich ein wenig auf, die Augen noch immer wachsam auf mich gerichtet, doch sie atmete jetzt leichter, weil die lähmende Furcht nachgelassen hatte.

«Alle sagen, daß du böse bist, daß du für den Teufel arbeitest und ...»

«... und daß ich einen Drachen reite!» beendete ich verächtlich den Satz. «Glaubst du wirklich, ich würde bei Javert bleiben, wenn ich auf einem Drachen reiten könnte?»

Sie lächelte schwach. «Wahrscheinlich nicht. Wie seltsam es ist, mit dir zu reden, als ob du ... als ob du wie alle anderen wärst.»

Eine kalte Welle von Übelkeit überspülte mich, und plötzlich hatte ich das schreckliche Gefühl, ich müßte gleich losheulen ... gerade, als ich gedacht hatte, mit dem Weinen für immer fertig zu sein. Dunicas unbedachte Äußerung brachte mich gleich wieder aus der Fassung.

«Ich *bin* wie alle anderen!» herrschte ich sie an. «Innen bin ich genau wie alle anderen.»

Sie schwieg, starrte mich neugierig an, und ich stellte fest, daß ich ihrem Blick nicht standhalten konnte. Sie begriff zwar nicht, was ich ihr sagte, aber wenigstens hatte sie keine Angst mehr vor mir. Das war ja immerhin etwas.

«Was hast du allein hier gemacht?» fragte ich sie nach einer Weile. «Warum bist du nicht auf dem Hochzeitsfest?»

«Das geht dich nichts an!» sagte sie trotzig.

Ich sah sie neugierig an.

«Hast du dich mit einem Liebhaber getroffen?» fragte ich dreist.

«Und wenn schon.»

«Dein Vater wird dich schlagen und aus dem Lager vertreiben, wenn er dahinterkommt. Und wo ist dein Liebhaber jetzt?» fragte ich unbehaglich. «Warum hat er dich hier allein gelassen? Kehrt er etwa zurück, um dich zu holen?»

Ihr Gesicht verzog sich wütend, und sie schlug mit der geballten Faust auf den harten Boden.

«Er hat versprochen, mich zu heiraten, dieses spanische Schwein. Der Teufel soll ihn holen! Ich hoffe, in seiner Hochzeitsnacht schrumpft seine Männlichkeit zusammen und fällt ab!»

Ich war froh, daß ich die Maske trug, denn ich merkte, daß ich vor Verlegenheit feuerrot geworden war. Drei Jahre unter den

Zigeunern hatten mich nicht abgehärtet gegen ihre gesunde Vulgarität.

«Wieso starrst du mich so an?» fragte sie feindselig.

«Ich habe dich nicht angestarrt.»

Sie hatte nicht nur keine Angst mehr vor mir, sie schien sich jetzt auch daran zu erinnern, daß sie mindestens fünf Jahre älter war als ich. Kühle Zurückhaltung hatte sich in ihre Stimme geschlichen, und unter ihrem verächtlichen Blick spürte ich mich von Minute zu Minute jünger und dümmer werden.

«Sie werden bald kommen und nach dir suchen», sagte ich fürsorglich. «Sie dürfen dich hier nicht finden.»

Ich beugte mich vor, um ihr die Hand zu reichen, aber sie wich angewidert zurück.

«Rühr mich nicht an! Wenn du es tust, schreie ich, daß das ganze Lager gelaufen kommt.»

Ich war verblüfft. Wir hatten uns eine Weile unterhalten wie menschliche Wesen, und jetzt war ich auf einmal wieder ein Tier. Dann, als ich im Schein der Laterne ihr Gesicht sah, bemerkte ich das hinterhältige Lächeln auf ihren Lippen, und plötzlich begriff ich, was sie vorhatte.

«Keiner wird dir glauben!» keuchte ich. «Keiner wird glauben, daß ich es war, der dich hierher gelockt hat.»

«Oh, du hast mich nicht gelockt», sagte sie frech. «Du hast mich mit Gewalt hergeschleppt.»

«Ohne einen einzigen Protestschrei von dir?»

«Ich bin ohnmächtig geworden vor Entsetzen.» Sie starrte vor sich hin, als beobachte sie ein Schauspiel, das vor ihr ablief. «Wer würde bezweifeln, daß das wahr ist?»

Niemand, räumte ich mit kaltem Schrecken insgeheim ein. Keiner würde an ihren Worten zweifeln. Ich hatte meinen bösen Ruf gepflegt, einen Ruf, der in keinem Verhältnis zu meinem Alter stand. Niemand würde seine Zeit damit vergeuden, sich zu fragen, ob ich nicht zu jung sei, um ein Mädchen zu vergewaltigen.

Ich wich vor ihr zurück, langsam und ungläubig den Kopf schüttelnd. Dann überwältigte mich Panik, und ich floh auf dem Weg, auf dem ich gekommen war.

Ich schluchzte vor Wut, als ich mein Zelt erreichte. Ich packte die wenigen Habseligkeiten, die ich im Laufe der Jahre angesammelt hatte, und rollte sie in einen Sack ein; meine Todesangst stand in seltsamem Gegensatz zu meinem vorherigen selbstmörderischen Kummer. Sobald sie ihre Geschichte erzählt hätte, würde ich das Leichenhemd tragen, das wußte ich. Alle Lagerbewohner würden ihre individuellen Ängste vor dem Zauberer vergessen und sich gegen mich erheben.

Ich war so sehr in diese Vorstellung vertieft, daß ich die Schritte hinter mir erst hörte, als es zu spät war.

Schwer fiel eine Hand auf meine Schulter.

«Nun», sagte eine vertraute Stimme an meinem Ohr, «was soll die Hast? Wir gehen also fort, wir verlassen den guten alten Javert, ohne uns zu verabschieden?»

Er drehte mich herum, damit ich ihn ansah, und grub seinen Finger in eine Stelle an meinem Hals, wo er lähmenden Schmerz verursachte. Die weiche Drohung seiner Stimme und die konzentrierte Intensität seines Blickes machten mich vor Angst atemlos.

«Fortgehen ohne ein Wort der Dankbarkeit nach allem, was ich für ihn getan habe?» fuhr er nachdenklich fort. «Ich habe für dich gesorgt wie für mein eigen Fleisch und Blut, und nun denkst du, du könntest dich einfach so davonmachen. O nein, mein Lieber, so leicht entkommst du dem alten Javert nicht.»

Als seine freie Hand die Knöpfe meines Hemdes aufriß, schnürte sich mir vor Schreck die Kehle zu. Ich konnte mich gegen seine Kraft nicht zur Wehr setzen. Ich sah, wie er seinen Gürtel abnahm, und wußte instinktiv, daß es sich diesmal nicht einfach um Prügel handelte. Jetzt kam etwas Entsetzliches, das jenseits meiner Vorstellungskraft lag.

Seine Hand strich liebkosend unter dem offenen Hemd über meinen Körper, und ich erschauerte.

«Wie kalt du bist», beschwerte er sich. «Kalt wie der Tod. In deinen Adern fließt Eiswasser. Aber das macht nichts, ich werde dich gleich erwärmen.» Und er lachte dreckig, als er mich zu Boden zwang.

Nun begann ich ernstlich zu kämpfen, mit wilder Verzweiflung. «Das ist schon besser», sagte er mit seltsamer Befriedigung. «Das ist viel besser. Du bist überraschend stark. Ich sehe schon, ich hätte diese letzte kleine Lektion nicht mehr sehr viel länger aufschieben können. Ist dir klar, welch große Ehre ich dir erweisen will? Nein... natürlich nicht, du kleines Unschuldslamm, trotz allem, was sie sich am Lagerfeuer über dich erzählen. Rein wie frisch gefallener Schnee trotz all deiner schlauen Tricks. Nun, nicht mehr lange. Dies, mein Lieber, ist das Ende deiner Unschuld.»

Ich wußte nicht, wie das möglich sein würde, aber tief in meinem Inneren begriff ich, was mit mir passieren sollte. Ich hörte auf zu kämpfen und lag vollkommen reglos. Ich sah zu, wie er seine schmutzigen Kleider neben mich auf den Boden warf.

«Ich sehe, daß du beschlossen hast, vernünftig zu sein», bemerkte er. «Das ist gut, so habe ich es gern. Ein gesunder Kampf, um den Appetit anzuregen... und dann eine kleine Gefälligkeit. Zieh deine Kleider aus, und dann... Ich werde es dir zeigen.»

Langsam setzte ich mich auf und beherrschte meine besinnungslose Panik. Nur keine plötzliche Bewegung, nichts, was ihn beunruhigen konnte. Ich sah, wie er sich bei diesem Beweis meiner Resignation sichtbar entspannte. Als er sich sorglos abwandte, um seine Stiefel auszuziehen, schloß sich meine Hand um das Heft des Messers, das unter seinem abgelegten Gürtel hervorschaute.

Ich wartete, bis er mir den Rücken zudrehte, dann stieß ich das Messer tief in die wabernde Fleischmasse, die seine Eingeweide umgab. Ich war schockiert und fasziniert von der Lust, mit der ich das Messer mühelos durch die Hautschichten gleiten und bis zum Heft versinken fühlte – schockiert, weil ich diese ungewöhnliche Empfindung genau da verspürte, wo seine schamlose Hand mich berührt hatte.

Ich sah, wie Javert ungläubig die Augen aufriß, wie er lautlos den Mund aufsperrte und zitternd keuchte, wie seine Hände hilflos die Wunde umklammerten, aus der das Blut hervorschoß, als ich ruhig das Messer herauszog. Es war, als hätte ich einen Weinschlauch angestochen. Ich hatte Zeit, mich über diese eigenartige Vorstellung zu wundern... Ich schien alle Zeit der Welt zu haben.

Er stand wieder auf den Füßen und schleppte sich dem Zelteingang zu, als ich das Messer von hinten zwischen seine Rippen stach; diesmal stieß es auf Knochen. Er fuhr herum, seine Hände schlossen sich über meinen, als ich die Klinge herausriß, aber seine Kraft schwand schnell, und er konnte mich nicht halten. Ich befreite meine Arme mit einem Schwung und stieß zum letzten Mal mit dem Messer zu; ich stach mitten in die schwitzende Vertiefung an seinem Hals.

Er stürzte wie ein Stein zu meinen Füßen nieder. Ich starrte in keuchender Ekstase auf den blutenden Leib und sah ohne eine Spur von Reue oder Abscheu zu, wie er zuckend starb. Es war so einfach und so unglaublich befriedigend gewesen, daß ich kaum an mein Glück zu glauben vermochte. Noch vor fünf Minuten war ich ein unschuldiges, angstvolles Kind gewesen; nun war ich ein Mann, auf dessen Konto die Tötung eines viel Stärkeren kam.

Ich fühlte mich berauscht vor Macht, als ich das Messer an Javerts Hemd abwischte und in den Beutel steckte, der noch immer auf meinem Strohsack lag. Ruhig und ohne Eile nahm ich den Beutel auf und ging in Javerts Zelt, wo ich sogleich die Ledertasche fand, in der er den Gewinn aus meinen Vorstellungen aufbewahrte. Ich durchquerte das Lager ohne Eile oder Angst und band ruhig mein zwischen den anderen angepflocktes Lieblingspferd los. Ich hatte keine Angst mehr vor Entdeckung. Kein Mann würde mehr Hand an mich legen und lange genug leben, um damit prahlen zu können. Ich ging jetzt fort, weil ich mich dafür entschieden hatte; und ich ging nicht aus Angst um meine eigene Sicherheit, sondern voller Verachtung für meine vergangene Schwäche, mein kindliches Entsetzen und meine rückgratlose Verzweiflung.

Ich war über die Grenzen dieses unbedeutenden Stammes umherziehender Nomaden hinausgewachsen; ich brauchte den zweifelhaften Schutz eines satanischen Bösewichts nicht mehr. Meine Kindheit war zu Ende, und die Welt rief nach meinen einzigartigen Talenten. Ich hatte gerade erst angefangen, das riesige Reich meines Geistes zu erforschen, und jetzt dehnten sich seine weiten Grenzen wie ein ferner Horizont vor mir aus. Ich wollte alles Wissen der Welt in mich aufnehmen und alle Künste beherrschen, wie es die Menschheit noch nicht gesehen hatte.

Wie Adam hatte ich vom Baum der Erkenntnis gegessen. Die Ketten des Gewissens, mit denen ein Gemeindepfarrer mich zu fesseln versucht hatte, waren unwiederbringlich zerbrochen. Ich hatte die Furcht vor dem Tod verloren und damit auch jeden Respekt vor dem Leben anderer.

Der Tod war die einzige Macht und ich sein eifriger, bereitwilliger Helfer.

GIOVANNI

1844–46

1. Kapitel

Ich komme jetzt oft, um allein auf der Dachterrasse zu sitzen. Wenn die Wärme der römischen Sonne mittags beginnt, den Geruch des Elends aus der Stadt aufsteigen zu lassen, ruhe ich mich gern auf der Travertinbank aus und atme den schweren Duft von Lucianas Topfpflanzen ein. Manchmal, wenn ich mich niederbeuge, um mit meinen von Arthritis gekrümmten und fast zur Unkenntlichkeit deformierten Fingern einen Zweig abzubrechen, erinnere ich mich an die liebevolle Pflege, die Erik diesen Blumen zuteil werden ließ; ich erinnere mich, wie zärtlich er die Verheerungen von Lucianas gedankenloser Vernachlässigung wieder gutzumachen suchte und wie er manchmal innehielt, um ein grünes, glattes Blatt zu streicheln, als wolle er es dadurch zum Wachsen ermutigen. Im folgenden Jahr gediehen die Pflanzen zu üppiger Blüte, genauso, wie er selbst einst unter meiner leitenden Hand gedieh. Diese Blumen, diese weiße Steinbank und die geheimnisvollen Modelle an den Wänden meines Kellers sind alles, was mir an Erinnerungen geblieben ist an die beiden Sommer, die die Landschaft meiner Welt für immer verändert haben.

Vielleicht haben sie recht, diejenigen, die hinter meinem Rücken sagen, ich hätte schon lange vor der Tragödie begonnen, meine Fähigkeiten zu verlieren. Aber ich hoffe, daß sie sich irren. Ich würde gern glauben, daß ich an dem Tag, an dem ich Erik zum ersten Mal sah, so gesund war wie alle anderen; es wäre mir lieb, wenn meine Geschichte als Letzter Wille und Testament eines geistig gesunden Mannes dastünde.

Ich erinnere mich noch ganz deutlich an die dunkle Stille der leeren Straßen, als ich an jenem Morgen zu der Baustelle hinunterging; ich erinnere mich an die schmerzliche Schwere in meinem Herzen, als ich über den Brief nachgrübelte, der mich aus meinem Bett getrieben hatte, noch ehe die Morgendämmerung anbrach.

Manche Steinmetzmeister hassen eine Baustelle bei Sonnenaufgang, wenn das erste Licht die Grenzen ihrer täglichen Leistung grausam betont. Gestern so wenig geschafft, für heute blieb so viel zu tun! Doch für mich war die Morgendämmerung eine Zeit der Inspiration. Ich kann mich an keine Zeit meines Lebens erinnern, in der nicht ein unvollendeter Bau das war, was mich aufwachen, essen, ja *atmen* ließ. Nur, wenn ein Auftrag fertiggestellt war, spürte ich, daß mich Unzufriedenheit beschlich, das Gefühl eines Verlusts, das an Trauer grenzte. Erik verstand das. Erik verstand Dinge, von denen die meisten jungen Leute nicht einmal eine Ahnung haben; doch von Anfang an ließ mich die Tiefe seiner Schaffensleidenschaft um ihn fürchten. In meinem Kopf war immer das unbehagliche Wissen, daß es eines Tages unweigerlich die große Aufgabe geben würde, die glorreiche Herausforderung, der er jeden Zoll seines Wesens widmen – und an der er zum Verbrecher werden und scheitern würde. Über diesen Punkt machte ich mir nie Illusionen. Der Junge hatte getötet, schon lange, bevor er zu mir kam, und er hatte in Gedanken das Messer schon gegen mich gezückt, ehe wir noch ein einziges Wort miteinander gesprochen hatten.

Was wie ein Morgen gleich jedem anderen begann, wurde zu einem Schicksalstag. Sobald ich die Baustelle betreten hatte, bemerkte ich eine schlanke Gestalt, die wie ein Geist über die grauen Balken des Baugerüsts glitt – eine Nachtmahr-Erscheinung im Licht der aufgehenden Sonne. Ich schrie nicht vor Schreck auf, sondern stand für einen Augenblick still da und sah zu, wie der Junge mit den Fingern liebkosend über die nassen Steinmetzarbeiten strich. Plötzlich hob er die Arme zu den Mauern wie ein Druidenpriester, der mit irgendeinem heidnischen Gott kommuniziert. Seine Hände begannen sich in rhythmischen Schwüngen zu bewegen, als modelliere er die ihn umgebende Luft. Es war einer der seltsamsten und schönsten Anblicke, die mir je zuteil geworden sind. Etwas unerhört Mystisches lag in dieser seltsamen Zeremonie, die in mir den Wunsch erweckte, sie heimlich weiter zu beobachten; doch mein Fuß berührte den Rand eines schlecht ausbalancierten Gerüstbrettes und ließ es krachend abstürzen. Der Junge sprang mit der Gewandtheit eines Panthers vom Gerüst und stand mir binnen einer Sekunde mit gezücktem Messer gegenüber.

Der Anblick der weißen Maske verblüffte mich. Die Augen dahinter waren so angespannt und wachsam wie die eines wilden Tieres, als er mir ein Zeichen machte, mich gegen die Mauer zurückzubewegen und ihm den Weg zur Straße freizugeben. Rückblickend weiß ich, daß ich mich seiner instinktiven Weisheit hätte fügen und ihn gehen lassen sollen. Aber ich bin nie feige gewesen, und meine Neugier war von jeher übermächtig. Sein Messer war nur wenige Zentimeter von meiner Kehle entfernt; doch ich hob nur ironisch die Hände und fragte, ob er alte Männer immer so unhöflich behandle.

Ich rechnete gar nicht ernstlich mit einer Antwort und war nicht darauf gefaßt, daß er plötzlich das Messer senkte und ein Ausdruck von Unsicherheit die wilde Aggression in seinen Augen ersetzte.

«Monsieur?»

In dem Augenblick, in dem er sprach, war mir klar, daß er trotz seiner Zigeunerkleidung kein Gassenjunge war, der anderen die Kehle durchschneidet, und daß er nicht die Absicht hatte, mich wegen meiner Börse zu ermorden. Das einzige Wort, das er sagte, war so wundervoll artikuliert und moduliert, daß ich keinen anderen Wunsch im Kopf hatte, als ihn nochmals sprechen zu hören.

«Sprichst du Italienisch?» fragte ich neugierig.

«Ja, Signor.» Er schien erstaunt, daß ich ihm eine ganz normal höfliche Frage gestellt hatte.

«Du hast unbefugt ein privates Grundstück betreten. Verstehst du, daß ich dich dafür verhaften lassen könnte?»

Sofort wurde das Messer wieder gehoben, aber mit einer müden Halbherzigkeit, die mir plötzlich den Mut gab, seine Hand wegzuschieben.

«Nimm um Himmels willen das verdammte Ding fort, Junge, du machst mich ganz nervös. So ... das ist schon besser. Und nun sag mir, was du hier suchst.»

«Ich habe nichts gestohlen!» sagte er rasch und schaute ziemlich hilflos auf das Messer hinunter, als wisse er auf einmal nicht mehr, was er damit tun sollte. «Ich habe auch nichts beschädigt.»

«Das sehe ich», sagte ich mit trockener Ironie. «Noch niemand hat Steine beschädigt, indem er sie nur streichelte.»

Sichtlich verlegen hob er eine Hand an die Maske. «Wie lange haben Sie mich beobachtet?»

«Lange genug, um zu wissen, daß ich nicht einem Dieb bei der Arbeit zusah», sagte ich ruhig. «Du interessierst dich offenbar für Steinmetzarbeiten. Möchtest du vielleicht die Pläne sehen?»

Er sah mich forschend an, als wolle er herausfinden, ob ich mich über ihn lustig machte, doch dann merkte ich, daß er seinen natürlichen Argwohn aufgab, als ich nach den Papieren in meiner Tasche griff.

«Danke», sagte er automatisch, nahm mir die Blätter aus der Hand und breitete sie auf einer trockenen Stelle unter dem Gerüst aus. Er erinnerte mich an einen Schuljungen, dem man in einem langen und mühsamen Prozeß gute Manieren eingeprügelt hat, und ich war erschrocken, als er einen Wutschrei ausstieß, der fast ein Schluchzen war.

«Nein, das ist falsch!» sagte er zornig. «Es ist schlecht und falsch, überhaupt nicht so, wie ich ... Wie können Sie es ertragen, etwas so Vulgäres zu bauen?»

Ich stieß einen leisen Seufzer aus bei der unangenehmen Erinnerung daran, daß meine erste Reaktion auf diese Pläne sehr ähnlich gewesen war.

«Dieser Bau wird nach den genauen Vorschriften eines reichen, aber unkultivierten Kunden errichtet», erklärte ich geduldig. «Weißt du, ein Architekt muß essen, und ein Baumeister ebenfalls. Wenn wir nur bauen würden, um unsere eigene Eitelkeit zu befriedigen, dann würden wir sehr bald verhungern.»

Ich beobachtete, wie er düster auf die Zeichnung starrte.

«Ich würde lieber verhungern!» sagte er mit außerordentlicher Leidenschaft. «Ich würde lieber verhungern, als häßliche Häuser zu bauen!»

Ich glaubte ihm. Der Ton seiner Stimme erfüllte mich mit Unbehagen. Es war, als sei *häßlich* das schlimmste Schimpfwort in seinem Wortschatz.

«Du bist also hier in Rom in der Lehre?» fragte ich nach einer Pause.

«Nein, Signor.» Bildete ich mir das nur ein, oder versteifte er sich bei meiner Frage?

«Aber du interessierst dich für Architektur, nicht wahr? Du liebst schöne Bauwerke?»

«Ich habe früher ein wenig studiert», räumte er vorsichtig ein. «Vor langer Zeit, als Kind.»

Er konnte nicht älter sein als dreizehn, und doch sprach er von seiner Kindheit, als liege sie schon viele Jahrzehnte hinter ihm. Er verwirrte und beunruhigte mich mit seiner traurigen, wachsamen Würde und seiner blitzschnellen Reaktion auf Bedrohung. Ich wollte wissen, wer er war, woher er kam und warum er die Manieren eines jungen Herrn mit der Unverfrorenheit eines Wegelagerers verband.

Merkwürdigerweise erregte die Maske meine Neugier am wenigsten.

«Ich habe noch weitere Baustellen», sagte ich zu ihm, «und ich glaube, du wirst feststellen, daß nicht alle meine Kunden ohne Geschmack sind. Wenn die Gesellschaft eines alten Mannes dir nicht widerstrebt ...»

Ich streckte die Hand aus, um über die Straße zu zeigen, und nach einem letzten Augenblick des Zögerns richtete er sich auf und folgte mir.

Ein seltsames Hochgefühl durchfuhr meine dünnen Adern, als ich mich auf den Weg machte. Ich sah mich nicht um, sondern vertraute darauf, daß er mir nicht bei nächster Gelegenheit in den

Rücken stechen oder fliehen würde. Meine Besorgnis war verflogen wie der Morgennebel und hatte ein eigenartiges, pochendes Glücksgefühl hinterlassen, ein Bewußtsein, daß ich auf etwas sehr Seltenes und Kostbares gestoßen war.

Mein Begleiter verursachte beim Gehen nicht mehr Geräusche als eine Katze, und da es noch zu früh war, um seinen Schatten auf den Mauern zu sehen, die wir passierten, hatte ich das seltsame Gefühl, ein Geist folge mir.

Die Baustelle, die ich ihm zeigen wollte, lag nicht weit entfernt, der Bau sollte in ein paar Wochen fertiggestellt sein, und ich war ziemlich zufrieden mit dem Resultat. In den letzten fünfzehn Jahren hatte ich hauptsächlich Auftragsarbeiten durchgeführt, dabei aber nie die Kontrolle über die höchste Präzision der Detailarbeit aufgegeben. Die feinen Reliefs an den Kapitellen und Simsen, die Steinmetzarbeiten an Bögen und Maßwerk betrachtete ich noch immer als meinen ausschließlichen Bereich, trotz der Verschlimmerung der Arthritis, und hier konnte ich ihm den guten Geschmack reiner, klarer Linien und Formen zeigen, eine Kunstfertigkeit, die die natürliche Schönheit des Steins zur Geltung brachte.

Er war beeindruckt. Er sagte nichts, aber seine wortlose Zustimmung überspülte mich wie eine arme Welle und gab mir das Gefühl, ich hätte gerade der alten Steinmetzgilde mein Meisterstück vorgestellt. Ein seltsames Gefühl für einen Mann, der fünfundvierzig Jahre mit seinem Handwerk zugebracht hat!

Ich ließ ihm Zeit, sich das ganze leere, widerhallende Gebäude anzusehen, alles zu berühren, Fragen zu stellen, gelegentlich eine Kritik anzubringen, die mich durch ihre Treffsicherheit und Klarsicht und die unheimliche Widerspiegelung meiner eigenen Ansicht verblüffte.

Als wir durch die Ankunft des Zimmermeisters und seines Gesellen im Hof gestört wurden, versteckte sich der Junge sofort in einer Mauernische.

«Ich muß weg», flüsterte er. Die Augen hinter der Maske suchten schon nach dem kürzesten Fluchtweg.

Ich legte eine Hand auf seinen mageren Arm, um ihn zurückzuhalten.

«Wo wohnst du?» fragte ich.

«Ich wohne nirgends.» Er starrte auf meine Hand, machte jedoch keinen Versuch, sich aus meinem Griff zu lösen. Er sah sie nur an, als könne er nicht glauben, daß ich ihn berührt hatte ohne die Absicht, ihm Schmerz zuzufügen. «Ich ziehe von einem Jahrmarkt zum andern. Ich hörte, daß es in Trastevere einen gibt, also habe ich meine Pferde außerhalb der Stadtmauern gelassen und mich umgesehen, solange es auf den Straßen still ist.»

Während er geistesabwesend sprach, legte er einen Finger auf meinen Handrücken und fuhr den knotigen Adern nach, die meine trockene, runzlige Haut durchzogen, rauh und weiß nach jahrelangem Kontakt mit Steinstaub.

«Ich muß gehen», wiederholte er traurig.

«Aber du könntest zurückkommen», schlug ich vor und wunderte mich über mein unerklärliches Widerstreben, ihn in den labyrinthischen Straßen Roms ein für allemal verschwinden zu sehen. «Du wirst zurückkommen, nicht wahr? Ich habe dir noch so viel zu zeigen.»

Im Hof unter uns trafen jetzt weitere Männer ein, die einander begrüßten und die Hitze verfluchten, die sich schon so früh über die Stadt zu legen begann und den feuchten Boden dampfen ließ. Der Junge schaute durch die noch unverglasten Fenster nach unten, und jede Linie seines mageren Körpers verriet, daß er sich in einem quälenden Konflikt befand. Da erkannte ich – vielleicht hatte ich das schon vom ersten Augenblick an gewußt –, daß er tief in Schwierigkeiten steckte. Andererseits konnte ich nicht glauben, daß er ein schlechter Kerl war; nicht, nachdem er meine Hand mit der stillen Verwunderung eines unschuldigen Kindes berührt hatte.

«Komm zurück!» wiederholte ich fest. «Morgen früh in der Dämmerung treffen wir uns hier.»

Er wandte sich um und sah mich prüfend an, als wolle er von meinem faltigen Gesicht die Aufrichtigkeit ablesen, die er in meiner Stimme gehört hatte.

«Bei Morgendämmerung», wiederholte er leise.

Schwere Fußtritte waren auf dem Treppenabsatz vor der Zimmertür zu hören. Ohne ein weiteres Wort glitt der Junge durch den leeren Fensterrahmen und sprang fast geräuschlos in den darunterliegenden Hof.

Als ich zum Fenster ging, um ihm nachzuschauen, war er bereits verschwunden.

2. Kapitel

Mit achtundfünfzig Jahren war ich alt in einem Handwerk, in dem man traditionell früh stirbt. Ständiger Staub und feine Splitter verstopfen mit den Jahren die Lungen des Steinmetzes, und die harte Knochenarbeit läßt auch die Muskeln des kräftigsten Mannes ermatten. Wenige von uns erreichten das vierzigste Jahr ohne den quälenden Husten, der das Grab ankündigt, aber ich hatte mehr Glück gehabt als die meisten. Meine Lungen hatten erst vor etwa einem Jahr angefangen, mich die düsteren Zeichen des Verfalls spüren zu lassen.

In meiner Laufbahn hatte es einige besondere Momente gegeben. Meine Arbeit mit Giuseppe Valadier an der Piazza del Popolo hatte mir den Ruf eines der hervorragendsten Steinmetze Roms eingebracht. Meine privaten Arbeiten wurden so wohlwollend aufgenommen, daß ich Baumeisteraufträge bekam und wohlhabend wurde. Infolgedessen war es mehr als zehn Jahre her, daß ich einen Steinmetzlehrling eingestellt hatte.

Der letzte Junge war für mich eine schwere Enttäuschung gewesen. Sechs Monate schlampiger Arbeit und ein einziges läppisches Werkstück reichten aus, um mich davon zu überzeugen, daß dieser Bursche des Könnens unwürdig war, das ich zu vermitteln hatte. Ich löste seinen Lehrvertrag ohne Gewissensbisse und lehnte es ab, auf weitere Empfehlungen einzugehen. Ich sagte mir, ich sei jetzt in vieler Hinsicht zu alt und zu ungeduldig, um mich noch mit unerfahrenen Händen herumzuärgern und die allgemeine Störung hinzunehmen, die ein junger Mann im Haushalt verursacht. Ich wußte, daß kaum jemand aus meinem Beruf noch einen Lehrling ins Haus nahm; sie gaben sich damit zufrieden, daß die Jungen in ihrem Elternhaus blieben und sich durch die Fürsorge der

Mutter verweichlichen ließen. Ich selbst war immer für die alten Methoden eingetreten, die großen Traditionen gotischer Baumeister. Ein junger Steinmetz sollte sich in jeder Weise nach seinem Meister richten, und wie ist das möglich, wenn der Knabe nicht an dessen Herd sitzt, sein Brot ißt, seine Luft, seine Ansichten, sein ganzes Wesen einatmet?

Ich war alt, und meine Lungen begannen zu versagen, aber ich kann nicht behaupten, dies sei der einzige Grund für meine Unzufriedenheit gewesen, das nagende Gefühl der Enttäuschung, das mir beinahe jede Freude an meinem Erfolg raubte. Selbst in meiner besten Zeit hatte ich nie einen Lehrling gefunden, der nicht froh gewesen wäre, sein tägliches Arbeitspensum hinter sich zu haben, begierig, seinen Vergnügungen nachzugehen, sich abends auf den Straßen herumzutreiben und mit einem neuen Liebchen in dunklen Hauseingängen zu poussieren. Ich pflegte mir zu sagen, das würde anders, wenn ich einen Sohn hätte, der mir in meinem Handwerk nachfolgte. Obwohl ich meine Saat eifrig und begeistert ausstreute, wartete ich jedoch umsonst auf die höchste Belohnung. Drei Töchter zeugte ich, schlichte, pflichtbewußte Mädchen, die sich gut verheirateten und mir nie einen Augenblick Sorgen machten.

Und dann kam Luciana zur Welt.

Meine Frau weinte vor Kummer in der Nacht, in der Luciana geboren wurde. Ich selbst beugte mich pflichtschuldigst über die Wiege und bereitete mich darauf vor, meine bittere Enttäuschung verbergen zu müssen. Doch in dem Augenblick, in dem ich die Decken auseinanderfaltete, um sie, die vierte Tochter, zu betrachten, staunte ich über das Wesen, das mich begrüßte. Es sah nicht aus wie die verschrumpelte Pflaume, die ich in neugeborenen Kindern sonst sah. Schon damals war Luciana schön, und ihre winzige Hand, die sich um meinen Finger schloß, war nur ein Symbol für die Zähigkeit, mit der sie in den kommenden Jahren mein Herz gefangennehmen sollte.

Luciana kam nie mit ihrer Mutter aus, nicht einmal als kleines Kind. Immer, wenn ich nach Hause zurückkehrte, hörte ich Klagen über unerträgliches Verhalten, und ein heißes, tränennasses Gesicht vergrub sich in meinem Mantel. Nie hätte ich mir träumen lassen, daß ich sie eines Tages um meiner eigenen geistigen Gesundheit willen aus dem Haus schicken würde. Nie hätte ich mir das träumen lassen.

Aber ich will nicht an Luciana denken! Nicht jetzt!

Ich will statt dessen an den Jungen denken, den Jungen, der mein Sohn hätte sein sollen.

«Ich möchte alles sehen», sagte er als Antwort auf meine Frage, als wir uns früh am nächsten Morgen mit der lächerlichen Heimlichkeit junger Liebender trafen.

«Du verlangst nicht wenig», sagte ich mit einem Lächeln. «Aber wenn du wirklich die ganze Stadt auf einen Blick sehen willst, dann steigst du am besten auf den Janiculum-Hügel. Von dort aus hat man den schönsten Blick über Rom.»

Wir schwiegen, während wir die steile Straße erklommen, die sich unter den Pinien auf den Kamm des Hügels hinaufwand, doch unser Schweigen gab mir Gelegenheit, ihn bei Tageslicht genauer zu betrachten. Er führte zwei der schönsten Pferde, die ich je gesehen hatte. Das eine war schwarz, das andere schneeweiß; beide waren Stuten, wie ich bemerkte. Sie waren sorgfältig gestriegelt und trugen gut ausgewogene Packtaschen, aber weder Sättel noch Zaumzeug.

Ich fragte ihn, wie er die Tiere ohne Zügel unter Kontrolle halten könne.

«Ich benutze nie Zaumzeug», sagte er kühl. «Das ist eine unnötige Grausamkeit. Die Pferde gehorchen mir freiwillig.»

Da merkte ich, daß er die Pferde nicht führte, sondern daß sie ihm einfach nachliefen wie Hunde. Als wir stehenblieben, band er sie nicht an, sondern hob einfach eine Hand, um beide kurz zu streicheln, ehe er sich abwandte, um die Aussicht zu betrachten.

Nach einer Weile fragte er: «Diese beiden Türme da... Zu welchem Bauwerk gehören sie?»

«Zur Villa Medici.»

Er reagierte auf diese Worte, als hätte ich ihn geschlagen, und wandte sich mit geballten Fäusten ab, als könne er den Anblick nicht ertragen.

«Du hast von der Villa Medici schon gehört?» fragte ich verwundert.

«O ja», sagte er, «ich habe von ihr gehört.» Er zog scharf den

Atem ein und fuhr dann fort: «Die Akademie, die sich darin befindet, steht nur ausgebildeten Künstlern, Musikern und Architekten offen. Der Eintritt wird durch einen Wettbewerb streng geregelt, den Grand Prix de Rome.»

Da ich die gallige Bitterkeit nicht begriff, die plötzlich von ihm ausging, konnte ich ihn nur anstarren und mich fragen, wie ein Zigeunerjunge solche Kenntnisse erworben hatte und warum deren Erwähnung ihn so heftig in Wut zu bringen vermochte.

Er wandte sich abrupt von mir ab und kehrte zu den Pferden zurück, als wolle er ohne ein weiteres Wort davonreiten. Doch als die weiße Stute sanft an seiner Maske knabberte, sah ich, wie er langsam wieder die Kontrolle über seinen angespannten Körper gewann. Nach einem Augenblick kam er zögernd zu mir zurück.

«Es tut mir leid», sagte er einfach. «Ich wollte nicht unhöflich sein. Wenn Sie mir verzeihen können, Signor, würde ich gern sehen, was Sie mir sonst noch zeigen möchten.»

Ein seltsamer, verwirrender Knabe; doch je mehr ich von ihm sah, desto stärker fühlte ich mich zu ihm hingezogen, desto überzeugter war ich, daß wir einander gegenseitig brauchten.

Ich nahm seine entwaffnende Entschuldigung ohne Zögern an.

«Komm», sagte ich mit der gleichen Einfachheit wie er, «laß mich dir das Colosseum zeigen.»

Im Laufe der folgenden beiden Wochen trafen wir einander weiterhin in regelmäßigen Abständen, und die Tage, an denen ich ihn nicht sah, waren mit einer Rastlosigkeit angefüllt, die ich kaum begreifen konnte. Persönliche Auskünfte gab er nur mit allergrößtem Widerstreben, als könne die kleinste Vertraulichkeit eine gefährliche Lücke in seine Abwehr gegen die Welt reißen.

So dauerte es fast eine Woche, ehe er mir seinen Namen und die Tätigkeit verriet, die er auf dem Jahrmarkt in Trastevere ausübte.

«Ich führe Zauberkunststücke vor», gab er mit entschuldigendem Achselzucken zu. «Eigentlich keine sehr guten Zauberkunststücke, aber die Leute sind leicht zu unterhalten.»

Er zeigte mir seine leeren Handflächen, griff dann mit einer theatralischen Bewegung in der Luft nach einer Geldbörse und ließ sie in meine Hand fallen.

Es war meine Geldbörse!

«Ich sehe, daß du nicht zu verhungern brauchst», sagte ich trocken und schob die kleine Lederbörse wieder in meine Tasche. «Warum hast du sie nicht behalten? Ich hätte es nicht gemerkt.»

«Sie fühlte sich nicht voll genug an», meinte er lakonisch.

«Aber andere behältst du?»

«Oh, ja», bekannte er fröhlich.

«Du schämst dich also nicht, Menschen zu bestehlen?»

«Nein», sagte er einfach, «ich mag die Menschen nicht.» Einen Augenblick lang zögerte er, dann fügte er mit kaum hörbarem Flüstern hinzu: «Im allgemeinen jedenfalls nicht.»

Ich dachte an Trastevere, einen der zwielichtigsten Bezirke Roms, die Heimat von Scharlatanen und Gaunern der schlimmsten Sorte; und ich dachte an seine Hände, jene schlanken, behenden Instrumente seiner Missetaten, die soviel edlere Verwendung finden könnten, wenn nur ... wenn nur ...

«Ich denke, du solltest den Vatikan sehen», sagte ich.

Ich sorgte dafür, daß wir den Petersdom erreichten, als die große Basilika noch leer war, bis auf einen einzelnen demütigen Pilger, meinen Begleiter. Etwa zwei Stunden lang sah ich zu, wie er die architektonischen Herrlichkeiten vergangener Jahrhunderte erforschte. Sein staunendes Entzücken bewirkte, daß ich mich wieder jung fühlte, als würde ich durch sein Schauen neu geboren, während ich seine geflüsterten Fragen beantwortete.

Die große Kirche hallte wider von unseren Schritten, als wir vor die Bronzestatue von Sankt Petrus traten. Ich hielt inne, um die übliche Verneigung zu machen, und drückte meine Stirn kurz auf den rechten Fuß, dessen Bronzezehen von der Liebkosung Tausender von Pilgern in den Jahrhunderten glatt und konturlos geworden waren. Ich betrachtete die Schlüssel des Himmels, die Petrus an sein Herz drückte, und die erhobene rechte Hand, die für zahllose Sünder ein Symbol der Hoffnung war. Dann trat ich zurück und erwartete, Erik werde meine Geste nachahmen.

Er starrte die Statue voll Bewunderung an, machte aber keine Bewegung, um sie zu berühren, und mir fiel etwas Unheilvolles an dieser absichtlichen Respektlosigkeit auf.

«Man sagt», brachte ich unbehaglich hervor, «wenn ein Sünder den Fuß von Sankt Petrus küßt, dann empfängt er die erste Hoffnung auf Erlösung durch Gott.»

Langsam drehte Erik sich um und sah mich an.

«Es gibt keinen Gott», sagte er mit ruhiger, trauriger Gewißheit. «Es gibt schöne Kirchen, es gibt schöne Musik – aber es gibt keinen Gott.»

Ich stand da und sah, wie er sich durch das stille Kirchenschiff entfernte. Ich hatte ihn nicht überreden können, sich die *Pietà* anzusehen, Michelangelos gefeiertes Meisterwerk, das die Gottesmutter mit ihrem toten Sohn im Arm darstellt. Dabei hatte ich mich über die kalte Höflichkeit gewundert, mit der er meinen Vorschlag ablehnte.

Nun fürchtete ich zu verstehen.

Als ich auf die Treppe hinaustrat, sah ich ihn in der Mitte des Petersplatzes stehen und die doppelte Säulenreihe betrachten, gekrönt von Statuen von Heiligen und Märtyrern. Doch als ich näher kam, wandte er rasch seine Aufmerksamkeit dem riesigen Obelisken in der Mitte des Platzes zu, dem Werk ägyptischer Heiden aus dem ersten Jahrhundert vor Christus. Die Bedeutung seiner Geste war mir schmerzhaft klar; er wollte von Gott nichts hören. Falls ich nach dem Grund fragen würde, wäre unsere merkwürdige Beziehung zu Ende; ich würde ihn nie wiedersehen.

Angesichts seiner wilden, unausgesprochenen Abwehr schluckte ich die frommen Platitüden herunter, die mir beinahe entfahren wären.

«Wann ist der Jahrmarkt in Trastevere zu Ende?» fragte ich.

«Morgen.» Er sah mich nicht an.

«Morgen habe ich in den Travertinbrüchen in Tivoli zu tun», sagte ich. «Du solltest dich entschließen, in welche Richtung du reisen willst.»

Jetzt war ich derjenige, der sich ärgerlich entfernte. Ich spürte, daß er mir unglücklich nachsah, aber ich drehte mich ganz bewußt nicht um.

Am nächsten Tag, als ich ihn auf der alten römischen Straße wartend fand und sah, daß er beide Stuten bei sich hatte, verspürte ich einen Augenblick lang erleichterte Befriedigung.

Es waren fast zwanzig Meilen bis zu den Hügeln von Tivoli, aber die Pferde waren frisch, und wir legten den Weg in einer guten Zeit zurück. Der Aufseher des Steinbruchs war ein alter Bekannter, der gute Gründe hatte, für die Geschäfte dankbar zu sein, die ich ihm im Lauf der Jahre verschafft hatte. Er machte keine Schwierigkeiten, als ich ihm sagte, ich würde einem Jungen gern ein oder zwei Stunden lang den Steinbruch zeigen.

«Ein neuer Lehrling?» fragte er mit sichtbarer Überraschung.

«Möglicherweise», antwortete ich vorsichtig. «Wir werden ein paar Werkzeuge brauchen.»

Die Sonne brannte erbarmungslos herunter und machte den Steinbruch zu einer weißen Hölle, die in einer Wolke von erstickendem Staub schimmerte. Ich hatte einen ruhigen Bereich gewählt, weit entfernt von den Hauptarbeitsplätzen: Erik stand in Hemdsärmeln da und berührte die schmutzige weiße Steinfläche verächtlich mit den Fingern.

«Ich dachte nicht, daß es so aussehen würde», sagte er. «Der Stein ist so pockennarbig, so porös und roh.»

«Es ist nicht der schönste Stein der Welt», räumte ich ein, «aber er war gut genug für Cäsar, und er sollte wohl auch gut genug für dich sein.»

Er lachte plötzlich. Der Ton hallte im Steinbruch wider und hob mit seiner Spontaneität und jungenhaften Unschuld mein Herz.

«Bitte, Signor, zeigen Sie mir, was ich tun soll», sagte er mit schlichter Demut, die mich fast seinen Atheismus verzeihen ließ.

Als ich ihm die uralten Werkzeuge des Steinhauers in die Hände legte, dachte ich bei mir, es sei nicht zu spät, zu ihm zu sagen: *Es werde Licht!*

Es war nach Mitternacht, als wir nach Rom zurückkehrten, doch die Straßen waren noch voller Nachtschwärmer. Musik tönte aus den Tavernen und Cafés, und rund um die Obelisken und Brunnen auf den vielen Plätzen verweilten Gruppen von Gesinnungsgenossen, um mit lärmendem Überschwang vom *Jungen Italien* zu reden.

Ich spürte, wie der Knabe sich angesichts der Menschenmenge anspannte, sah, wie seine Hand automatisch zu dem Messer in seinem Gürtel glitt, und zog ihn hastig in ruhigere Nebenstraßen, bis wir mein Haus erreichten.

«Was ist das für ein Haus?» fragte er vorsichtig, als ich ihm bedeutete, er solle absteigen und mir in den kleinen Hof folgen.

«Hier wohne ich», sagte ich ruhig.

Er trat einen Schritt von mir zurück.

«Warum haben Sie mich hergebracht?» flüsterte er.

Der Schrecken in seiner Stimme, die plötzliche Angst, die in seinen Augen aufflackerte, verrieten mir alles. Dieser Junge war in schlimmster Form von einem Mann mißbraucht worden, und ich spürte, wie großer Zorn gegen diesen Folterer in mir aufwallte.

«Ich habe dich hergebracht, damit du in Sicherheit bist», sagte ich. «Du brauchst dafür in keiner Weise zu bezahlen.»

«Sie wollten mich hier schlafen lassen?» sagte er zweifelnd. «Unter Ihrem Dach – einen Dieb und ...»

Er hielt abrupt inne, verschluckte das Wort, das ich zu hören fürchtete, ehe es laut wurde; schweigend versorgten wir die Pferde, bevor ich die Tür öffnete und den Zögernden über die Schwelle winkte.

Er trat langsam ein, mit einem nervösen Widerstreben. Es erinnerte mich an ein hungriges Tier, das sich entgegen der Warnung seines Instinkts aus der Wildnis in eine menschliche Behausung wagt. Als ich durch den großen Wohnraum mit den steinernen Wänden ging und die Öllampen entzündete, stand er mit eng an die Brust gedrückten Armen da und sah sich mit einer Verwirrung und argwöhnischem Unglauben um, die mir ans Herz griffen. Mit einem Anflug von Verzweiflung erkannte ich, wie schwer die vor mir liegende Aufgabe war, wenn ich mich entschloß, auf die Ruinen seiner zerstörten Seele zu bauen.

Ich ließ ihn einen Augenblick allein, um in den Keller zu gehen und einen Krug Wein zu holen. Als ich zurückkam, stand er vor dem alten Spinett und ließ seine Finger mit sehnsüchtigen Bewegungen stumm über die staubigen Tasten gleiten.

«Wer spielt darauf?» fragte er plötzlich.

«Im Augenblick niemand», antwortete ich mit einem Seufzer. «Es ist seit vielen Jahren in der Familie, aber keines meiner Kinder war musikalisch. Ich habe schon daran gedacht, es wegzugeben; es braucht eine Menge Platz und sammelt nur Staub an.»

Wieder berührte er bedauernd das Holz.

«Wie können Sie daran auch nur denken?» sagte er unglücklich. «Ein so schönes Instrument. Ich wünschte ...»

«Ja?»

Er schwieg.

«Kannst du spielen?» beharrte ich.

Er nickte, noch immer auf die Tasten starrend.

«Man könnte es stimmen lassen», sagte ich ruhig, «wenn du willst.»

Erstaunt blickte er zu mir auf. «Wollen Sie damit sagen, daß ich hierbleiben kann? Warum?»

Ich zuckte leicht die Achseln.

«Vielleicht brauche ich einen Lehrling», sagte ich.

Schweigen. Ich sah, wie er sich abwandte und einen Augenblick lang mit beiden Händen seine Maske bedeckte.

«Ich habe Sie belogen, als ich sagte, daß ich nicht in einer Lehre bin», sagte er leise. «Ich habe bereits einem anderen Meister meinen Eid geleistet.»

Ich brauchte nicht zu fragen, wer dieser Meister sei.

Ich ging zum leeren Kamin und setzte mich davor, um in Ruhe meine Pfeife zu stopfen.

«Meinst du nicht, daß du vielleicht noch ein bißchen zu jung bist, um deiner Berufung im Leben schon so sicher zu sein?» sagte ich nach einer Weile, ohne ihn dabei anzusehen.

Wieder gab er keine Antwort, und ich legte die Pfeife auf die Fliesen, ohne sie anzuzünden.

«Lehrverträge können während einer Lehrzeit jederzeit gelöst werden, Erik, ganz gleich, wie finster das Gewerbe ist. Selbst der strengste Meister kann dich nicht gegen deinen Willen in einem Handwerk festhalten.»

Er schwieg noch immer und starrte auf das alte Spinett. An der Anspannung seiner Schultern erkannte ich, welch wilder Kampf in seinem Inneren tobte. Ich sah, wie sehr es ihm widerstrebte, den einzigen anderen Meister aufzugeben, der ihn bislang am Leben erhalten hatte. Der Teufel ist fähig, einen Lehrling zu Loyalität und Respekt zu zwingen; sein Charisma kann überwältigend sein. Vielleicht verschwendete ich schließlich doch meinen Atem ...

Die Tasten unter Eriks Finger senkten sich und ließen eine Reihe reicher, melodischer Akkorde erklingen, die einen Augenblick mit widerhallender Süße in der Luft hingen, ehe sich von neuem drückendes Schweigen ausbreitete.

Endlich drehte er sich um und sagte leise, aber entschieden: «Ich würde gern mein Zimmer sehen. Bitte!»

3. Kapitel

In den ersten paar Wochen beschäftigte ich ihn nur auf dem Steinmetzhof und nur in Abwesenheit meiner anderen Arbeiter unter meiner ausschließlichen Aufsicht.

Noch immer zeigte er keine Neigung, seine Maske abzunehmen, und ich wußte, daß ihn dieses exzentrische Verhalten auf einer Baustelle unweigerlich in Schwierigkeiten bringen würde.

Sehr bald bearbeitete er den Stein, als sei er mit einer Steinmetzaxt in der Hand zur Welt gekommen. Vielleicht hätte ich ihm die Leichtigkeit übelnehmen sollen, mit der er meine Fertigkeiten übernahm, aber ich konnte mich nur über seine verblüffende Lernfähigkeit wundern. Er schien eins zu sein mit dem Stein, instinktiv seine Stärken und Schwächen zu spüren und ihn mit so ehrfürchtigem Respekt zu behandeln, als sei das Material ein lebendiges Wesen. Er weigerte sich, die Steinmetzhandschuhe zu tragen, die ihn vor Verletzungen schützen sollten; er wollte immer den Stein unter seinen nackten Fingern spüren und wies oft auf Fehler im Korn hin, die vielen erfahreneren Augen vielleicht entgangen wären.

Sehr viel eher, als ich gehofft hatte, kam der Tag, an dem ich wußte, daß er in diesem ummauerten Bereich nichts mehr lernen konnte; ich nahm ihn also mit zu einer meiner Baustellen und übergab ihn der Obhut Calandrinos, eines Vorarbeiters, dem ich vertraute. Mehrere junge Arbeiter waren dort tätig, und mit großem Unbehagen bemerkte ich die Rippenstöße und bedeutungsvollen Seitenblicke, die zwischen ihnen getauscht wurden.

Als ich um die Mittagsstunde zur Baustelle zurückkam, ruhten sich die Männer von der für die Jahreszeit ungewöhnlichen Hitze aus. An der unheilverkündenden Schnelligkeit, mit der der Vorarbeiter zu mir kam, merkte ich sofort, daß es Schwierigkeiten gegeben hatte.

«Dieser neue Junge ist gefährlich!» sagte der Mann grimmig, während er seine staubigen Hände an der Steinmetzschürze abwischte.

Ich runzelte die Stirn.

«Du findest ihn nicht lernwillig? Nicht aufmerksam ... nicht respektvoll?»

«An seiner Lernbereitschaft habe ich nichts auszusetzen, Signor. Er hat mir den ganzen Morgen lang das Hirn aus dem Kopf gefragt – er hat mich ausgesaugt wie einen Schwamm!»

«Nun, was ist es dann?» fragte ich mit wachsender Gereiztheit.

«Ich bitte um Verzeihung, Signor, aber ich würde sagen, er ist nicht ganz richtig im Kopf. Er hätte vor einer halben Stunde beinahe zwei unserer Burschen umgebracht. Ich mußte Paolo nach Hause schicken, damit er sich den Arm verbinden läßt. Es war eine scheußliche Messerwunde. Ich bezweifle, daß er für den Rest der Woche arbeiten kann.»

«Ich nehme an, Erik wurde provoziert», sagte ich kühl.

«Davon weiß ich nichts, Signor», sagte Calandrino unsicher. Er konnte meinem Blick nicht mehr standhalten. «Aber ich weiß, daß er sich wie ein verrückter Wilder benommen hat. Als ich eingriff, um sie zu trennen, dachte ich, er würde auch auf mich losgehen, und ich muß Ihnen sagen, Signor, daß ich mir das zweimal überlegt habe, ehe ich mich einmischte, weil er doch das Messer in der Hand hatte. Er kann damit umgehen, daran gibt es keinen Zweifel.»

«Aber er hat dich nicht verletzt.»

«Nun ja, nein», gab der Vorarbeiter widerwillig zu. «Nach einer Weile schien er wieder zur Besinnung zu kommen und wich zurück. Aber Sie können den anderen Burschen keine Schuld geben, Signor, es war nur ein Spaß. Sieht so aus, als hätten sie einen Blick unter die Maske werfen wollen, was ja wohl verständlich ist.»

«Aha! Zuerst sagtest du doch, du wüßtest nicht, was passiert ist.»

Unter seiner Sonnenbräune wurde der Mann sehr rot und zuckte die Achseln.

«Jungen sind Jungen, Signor, aber wenn Sie meine Meinung hören wollen, dann sollte dieser da eingesperrt werden. Bei ihm stimmt einiges nicht, wenn ich mich nicht sehr täusche!»

«Deine Meinung interessiert mich nicht!» sagte ich mit gemessenem Zorn. «Du sollst in meiner Abwesenheit besser auf die Leute achtgeben. Wenn du dazu nicht imstande bist, ist es vielleicht Zeit, dir eine andere Stellung zu suchen. Und was die Arbeiter angeht, so kannst du ihnen sagen, daß ich sie nicht beschäftige, damit sie ihre Zeit mit Neugier und Bosheit verschwenden. Wenn es noch einmal zu Schwierigkeiten kommt, werde ich sie alle entlassen. Habe ich mich deutlich ausgedrückt?»

«Ja, Signor.» Der Mann schien völlig verblüfft über meinen Ton.

«Nun, worauf wartest du? Alle sollen wieder an die Arbeit gehen!»

Mit grollendem Blick wollte Calandrino sich abwenden.

«Warte», sagte ich abrupt. «Wo ist der Junge jetzt?»

Der Mann wies mit dem Daumen auf die oberste Etage des Gerüsts, wo ich, meine Augen vor der Sonne abschirmend, gerade noch Eriks Gestalt erkennen konnte, gefährlich hoch in der glühenden Sonne kauernd.

«Du läßt einen ungeübten Burschen dort hinaufklettern?»

«Er hat mich nicht um Erlaubnis gefragt, Signor», sagte der Vorarbeiter mit kühlem Sarkasmus, den ich diesmal absichtlich überhörte. «Er schoß einfach wie eine Fledermaus aus der Höhle dort hinauf, bevor einer von uns auch nur blinzeln konnte. Die Burschen haben schon darauf gewettet, er würde sich herunterstürzen.»

Mit einer Geste schickte ich ihn weg, und der Mann trollte sich, hörbar vor sich hin murmelnd.

In kleinen Etappen erkletterte ich das Gerüst bis in die schwindelnde Höhe, wo der Junge saß und direkt in die Sonne starrte. Hastig stand er auf, als er mich kommen hörte, und starrte mich verzweiflungsvoll an; ich wußte, daß er damit rechnete, entlassen zu werden.

«Bist du verletzt, Erik?»

«Nein, Signor.» Er schien erstaunt über meine Frage.

«Dann komm herunter. Ich brauche heute nachmittag deine Hilfe.»

Ohne auf seine Antwort zu warten, stieg ich wieder ab. Für den Rest des Tages, während er meine Anweisungen genau befolgte, war mir bewußt, daß seine Augen mich ständig mit Dankbarkeit suchten.

Eine Woche später hörte ich mit, wie die Männer miteinander sprachen, als sie sich bei Sonnenuntergang fertigmachten, um die Baustelle zu verlassen.

«Sobald der Meister fort ist, fallen wir über ihn her, einverstanden? Wir reißen ihm die Maske ab und schauen nach, was darunter ist.»

«Ja... und dann geben wir dem kleinen Schlaukopf ein paar Beweise unserer Wertschätzung!»

«Wenn ihr auch nur ein bißchen Verstand habt, laßt ihr ihn in Ruhe. Ist euch noch immer nicht klar, wer er ist?»

Als Calandrinos Stimme ertönte und die anderen für einen Augenblick zum Schweigen brachte, spürte ich die gespannte Erwartung, die sich plötzlich der Gruppe bemächtigte.

«Ich dachte, das wäre inzwischen jedem klar, der auch nur einen Rest von Hirn hat. Wie lange ist es her, seit der Meister einen Lehrling angenommen hat? Müssen mindestens zehn Jahre sein!»

«Du willst doch nicht andeuten...»

«Und ob ich das will! Himmel, warum nicht? Zu seiner Zeit war der Meister nicht weniger hinter Weiberröcken her als alle anderen. Und wenn ein Mann mit einer Herde von Töchtern sich auf der falschen Seite der Bettdecke einen Sohn zulegt, dann geht es ihm gegen den Strich, ihn dort zu lassen. Aber er ist ein freier Steinmetz und höchst achtbar. Er ist also blamiert, wenn sich herumspricht, daß er es mit den Frauen nicht anders treibt als wir alle! Also denkt er, daß eine Maske vielleicht alles zudeckt, die Ähnlichkeit des Jungen und die eigene Vergangenheit. Nun, ihr habt sie ja selbst zusammen gesehen – die Sache ist klar. Und ich warne euch: Wir alle könnten uns sehr schnell auf der Straße wiederfinden, wenn dem Jungen etwas geschieht. Deshalb haltet euch gefälligst zurück. Es ist nie gut, sich in die Sachen seines Meisters einzumischen, und der Junge macht keine Schwierigkeiten, wenn ihr ihn in Ruhe läßt. Er tut mehr als seinen Anteil an der Arbeit.»

Ich stand da und hörte mit merkwürdig gemischten Gefühlen

zu, wie meine Männer fortfuhren, meinen guten Namen frivol in Mißkredit zu bringen. Halb hatte ich Lust, hinter der Wand hervorzutreten, die mich verbarg, und sie wegen ihrer unverschämten Vermutungen allesamt zu entlassen; aber mir war auch klar, daß Erik geschützt war, wenn ich jetzt schwieg. Einfach, indem ich nichts sagte und zuließ, daß dieses ungeheuerliche Gerücht Wurzeln schlug, konnte ich ihn davor bewahren, weiter von ihnen gequält zu werden. Ich konnte dem Jungen etwas Zeit erkaufen, auf die Füße zu kommen und vielleicht seine Meinung zu ändern, die ganze Welt sei sein Feind. Aus irgendeinem Grund hatte er das erstaunliche Glück gehabt, bei seinen Vorstellungen auf dem Jahrmarkt von Trastevere nicht erkannt zu werden. Vielleicht hatte er bei den Darbietungen irgendeine phantastische Verkleidung getragen, die seiner Stellung als Zauberer entsprach. Ich wußte es nicht, ich konnte mir manches nicht erklären; mir war jedoch klar, daß er bisher nicht sehr oft Glück gehabt hatte, und ich war nicht geneigt, ihm die jetzigen günstigen Umstände zu rauben. Also beschloß ich, mich still zu verhalten.

Noch während ich diese Entscheidung traf, sah ich, daß sie kein großes Opfer war. Der Klatsch hatte mir einen Sohn beschert, und im Grunde meines Herzens konnte ich mich darüber nicht beklagen; ich merkte, daß ich dem Jungen gern den Schutz meines Namens gönnte.

Nachdem die Männer die Baustelle verlassen hatten, zog ich mich aus dem Schatten der halbfertigen Wand zurück und beobachtete, wie Erik die an diesem Tag benutzten Werkzeuge einsammelte. Es wurde jetzt rasch dunkel – wir waren in der ersten Oktoberwoche –, und in der schwülen Luft kündigte sich ein Sturm an.

«Erik!»

Er fuhr so heftig zusammen beim Klang meiner Stimme, daß ich wußte, er hatte geglaubt, allein zu sein.

«Komm jetzt, es ist Zeit, nach Hause zu gehen.»

Ich wartete, bis er sich mit der schweren Werkzeugtasche über der Schulter einen Weg durch die Baustelle gebahnt hatte. Er bewegte sich wie eine Katze, mit glatter, federnder Anmut, die seinen Anblick eigenartig angenehm machte.

Nebeneinander gingen wir durch die dunkler werdenden Straßen zu meinem Haus. Ich konnte sein Gesicht nicht sehen, daher kann ich es nicht beschwören, aber ich bin sicher, daß er mich an diesem Abend zum ersten Mal anlächelte.

Ich machte keinen Versuch, ihm Beschränkungen aufzuerlegen oder die Art der Arbeit zu begrenzen, die ich ihm zu tun erlaubte. Ich ignorierte den wachsenden Neid der Arbeiter und erlaubte ihm, sich in seinem eigenen, erstaunlichen Tempo zu entwickeln. Wenn er das Gefühl hatte, einen Fehler begangen zu haben, war er nie zu stolz, mich um Berichtigung zu bitten. Aber er machte selten Fehler; und die wenigen, die er machte, unterliefen ihm kein zweites Mal.

Als der Winter voranschritt, fand ich eine Reihe kleiner Aufgaben, die ihn abends noch für etwa eine Stunde in meiner Nähe hielten. Ich brauchte jemanden, der Feuer machte, die Zahlen im Kontobuch mußten auf den neuesten Stand gebracht, Kostenvoranschläge erstellt werden, doch mit der Zeit konnte ich auf diese durchsichtigen Aufträge verzichten, denn er faßte genügend Vertrauen, um aus eigenem Willen an meinem Kaminfeuer zu verweilen.

Ende Februar, als das milde Wetter plötzlich umschlug und alle Außenarbeiten unmöglich machte, sah ich, daß er rastlos wurde, und überlegte, ob er mich wohl verlassen wollte. Schließlich fragte er, ob er ein paar Monate zum Zeichnen nach Florenz gehen dürfe, und ich stimmte ohne Einwände zu, denn ich wußte nur zu gut, daß ich ihn nicht gegen seinen Willen würde halten können. Als ich ihn im Schnee davonreiten sah, rechnete ich nicht mit seiner Rückkehr. Er hatte mir bereits gesagt, er habe die Absicht, eines Tages die Architektur der ganzen Welt zu studieren, und ich spürte, daß ihn der Weg unweigerlich nach Neapel und Pompeji führen mußte, nach Bari, Athen und Ägypten. Ich konnte seinen ungeheuren Wissensdurst nicht unter meinem Dach einsperren, und ich fürchtete diese Wanderlust, die ihn meiner leitenden Hand unerbittlich immer weiter entziehen würde.

Doch in der letzten Märzwoche kam er aus Florenz zurück. Er hielt im Hof inne, um als Beweis seines Fleißes die vielen Dutzend Skizzen auszupacken, die er gemacht hatte. Ich merkte, wie sehr ich seine Anwesenheit vermißt hatte, die eigenartige, ständige Freude an seiner zumeist lautlosen Gesellschaft.

Eines Tages würde er fortgehen und nicht wiederkommen. Ich wußte, das war unvermeidlich. Aber ich stellte fest, daß ich den Gedanken an die Zeit, da er endgültig aus meinem Leben verschwunden sein würde, kaum ertrug.

Das Herannahen des Sommers brachte eine Reihe von feuchten, drückenden Tagen, die mir mein Alter und meine schwache Gesundheit beklemmend bewußt machten. In der ersten Juniwoche erstickte Rom an einer erbarmungslosen Hitze, die mich eines Abends hinaus in den Hof taumeln ließ, hustend wie ein Schwindsüchtiger und verzweifelt nach Luft ringend.

Die Laterne, die an der äußeren Mauer hing, zeigte mir die unheilverkündenden Blutflecken in meinem Taschentuch, und in der kurzen Pause zwischen zwei Anfällen starrte ich sie mit düsterer Resignation an. Plötzlich, ohne einen Laut, war Erik neben mir, und ich sah, daß er ebenfalls das blutbefleckte Leinen sah.

«Sie sind sehr krank, Signor», sagte er voll Besorgnis.

Atemlos machte ich eine resignierte Geste und stopfte das Tuch wieder in die Tasche, weil ich sah, daß sein Anblick ihn bekümmerte.

«Irgendwann ereilt dieses Schicksal jeden Steinmetz, Erik – gegen den Schmutz und Staub hat man noch kein Mittel gefunden. Aber ich denke, ich habe noch ein oder zwei Jahre vor mir. Es gibt also keinen Grund, so bedrückt dreinzuschauen, mein Junge.»

Er zögerte einen Augenblick und brachte dann eine kleine Phiole zum Vorschein, die er offenbar hinter dem Rücken versteckt gehalten hatte.

«Wenn Sie dies versuchen möchten», begann er schüchtern, «würden Sie vielleicht etwas Linderung finden.»

Ich nahm die Phiole aus seiner Hand und öffnete sie. Ein durchdringendes, aber nicht unangenehmes Kräuteraroma stieg daraus auf.

«Woher hast du das?» fragte ich mit verblüfftem Interesse.

«Ich habe es selbst gemacht», gestand er verlegen. «Ich habe bei den Zigeunern die Eigenschaften der Kräuter kennengelernt.»

Ich kostete einen Schluck und verzog das Gesicht.

«Entweder es heilt, oder es bringt einen um. Ist es etwas in der Art?»

Er schüttelte lachend den Kopf. Mehr und mehr akzeptierte er jetzt meine Neckereien und lernte, über seine eigene Ernsthaftigkeit, sogar über seine gelegentlichen Fehler zu lachen.

«Sie sollten erst die Arznei gegen Gicht probieren», sagte er unerwartet, «dann hätten Sie wirklich Anlaß zum Protest. Sie schmeckt wie der Urin eines Stinktiers und hält einen eine Woche auf dem Abtritt fest. Außerdem wirkt sie nicht.»

Ich leerte die Phiole und gab sie ihm lächelnd zurück.

«Vielleicht könntest du mir jetzt die Treppe hinaufhelfen», sagte ich.

«Natürlich ...»

Er trat näher, um mir mit staunender Verwunderung den Arm zu reichen. Ich legte meine Hand auf seine Schulter und ließ mein volles Gewicht auf seiner schmalen, aber überraschend starken Gestalt ruhen. Als wir mein Zimmer erreichten, brachte er mich vorsichtig zu meinem Bett und kniete dann nieder, um mir die Stiefel auszuziehen.

«Gute Nacht, Signor», sagte er sanft. «Ich hoffe, Sie können jetzt ruhen.»

Ich war bereits angenehm schläfrig. Was immer er mir gegeben haben mochte, es beruhigte die Krämpfe in meiner Brust und wirkte wie ein starkes Opiat. Ich sah, daß er sich kurz im Zimmer umschaute, als wolle er sichergehen, daß er nichts übersehen hatte, was meine Bequemlichkeit betraf. Er schloß die hölzernen Fensterläden, und als er zurückkam, stellte er ein Glas Wasser neben mein Bett. Ich griff impulsiv nach seiner Hand, um sie zu drücken.

«Du bist ein guter Junge, Erik», sagte ich liebevoll.

Er hielt einen Augenblick meine Finger zwischen seinen Handflächen, und ich merkte, daß er zu zittern begann. Mein Gott, der Junge weinte – weinte, weil ich freundlich zu ihm gesprochen und ihn wie einen Vater gestreichelt hatte!

«Erik ...» flüsterte ich hilflos.

«Es tut mir leid!» stammelte er, ließ meine Hand fallen und trat hastig vom Bett zurück. «Es tut mir sehr leid. Bitte, verzeihen Sie mir!»

Und ehe ich ein Wort sagen konnte, um ihn aufzuhalten, war er aus dem Zimmer geflohen.

Ich lehnte mich in die Kissen zurück und starrte an die Stuckdecke. Der Sturm seiner heftig unterdrückten Gefühle ließ mich wieder einmal nachdenken, wie ich eine Situation handhaben sollte, die nicht viel länger zu vermeiden war.

Denn ich war nicht vollkommen aufrichtig zu ihm gewesen, als ich ihn glauben machte, ich lebte allein und als Witwer, nur bedient von einer alten Frau, die ins Haus kam, um zu kochen und zu putzen, und gelegentlich pflichtschuldig besucht von verheirateten Töchtern, die außerhalb Roms lebten. Elf Monate waren vergangen, und ich hatte noch immer keinen geeigneten Augenblick gefunden, um meine Unterlassungssünde zu gestehen.

Wir schrieben bereits Juni, und bald, sehr bald würde Luciana für den Sommer nach Hause kommen.

4. Kapitel

Als Luciana drei Jahre alt war, hatten ihre Mutter und ich einen lautstarken Streit, den gewiß der Papst im Vatikan hatte hören können.

Es begann damit, daß Angela – damals ein plumpes Kind von dreizehn Jahren – mit wild um ihre fetten Knöchel flatternden Röcken auf die Baustelle gelaufen kam.

«Papa, Papa, komm schnell! Mama hat Luciana in den Keller gesperrt, und sie schreit das ganze Haus zusammen. Wenn sie nicht aufhört, wird sie noch ersticken, aber Mama sagt, sie will sie erst zur Abendessenszeit herauslassen.»

Ich verließ die Baustelle mit finsterem Gesicht. Meine Männer starrten mir mit unverhohlenem Mitgefühl nach. Schon mit drei Jahren war Luciana bekannt für ihren Eigensinn.

Ich konnte ihr Geschrei bereits hören, als ich noch zwei Straßen entfernt war, und mein Zorn wuchs, als ich in das Haus stürmte.

«Wage es nicht, sie herauszulassen, Giovanni!» kreischte Isabella, als ich mich anschickte, in den Keller zu gehen. «Wage es nicht, meine Autorität bei diesem unglückseligen Kind zu untergraben!»

Ich fuhr auf dem Absatz der Kellertreppe herum, als sie meinen Arm ergriff.

«Wie kannst du so etwas tun!» schrie ich. «Wie kannst du mich vor meinen Leuten zum Narren machen! Ein Baby in einen dunklen Keller zu sperren! Du mußt verrückt sein.»

«Sie ist kein Baby mehr, sie ist drei Jahre alt, und wenn sie nicht bald lernt, zu tun, was man ihr gesagt hat, dann wird sie keine vier Jahre alt, das verspreche ich dir. Ich habe genug von ihren Wutanfällen, hast du mich verstanden, Giovanni? Ich habe *genug!* Das ist allein deine Schuld! Du hast sie verzogen seit dem Tag ihrer Geburt, und nun kann niemand etwas mit ihr anfangen, du eingeschlossen.»

Ich lief hinunter in den Keller, riß dieTür auf und nahm das aufgeweichte, hysterische Bündel in die Arme, das in einer Pfütze aus Urin und Erbrochenem auf dem steinernen Fußboden lag.

Auf der Treppe hielt ich inne, um Isabella mit einem verächtlichen Blick zu messen, der sie bis an die Wand zurückweichen ließ. Ich war so außer mir vor Zorn, daß ich sie zum ersten Mal in unserer fünfundzwanzigjährigen Ehe beinahe geschlagen hätte.

«Es ist nicht ihre Schuld, daß du mir keinen Knaben schenken konntest», sagte ich mühsam beherrscht. «Wenn du sie je wieder dafür bestrafst, dann suche ich mir eine, die dazu imstande ist, einen Sohn zu bekommen.»

Und so ging es fort während Lucianas turbulenter Kindheit ... die Streitigkeiten, die Szenen, der endlose Konflikt zwischen Isabella und mir. Während wir früher in vollkommener Harmonie gelebt hatten, herrschte jetzt ständig Zwietracht, und all das wurde unschuldig gefördert durch das außerordentlich hübsche Kind, dessen eigensinniger Liebreiz das Entzücken meiner späten mittleren Jahre ausmachte. Ich war umgeben von einer farblosen Frauenschar, und Luciana wirkte wie ein schelmischer Sonnenstrahl, der zwischen düsteren Wolken hervorblitzt. Schon damals konnte ich ihrem Charme und ihren leicht fließenden Tränen nicht widerstehen.

Später mußte ich allerdings einräumen, daß das, was sie mit drei Jahren vollkommen unwiderstehlich gemacht hatte, mit dreizehn nicht mehr halb so reizend wirkte. Inzwischen war ich Witwer, ein volles Jahrzehnt älter und den unbeherrschten Äußerungen von Lucianas störrischer Persönlichkeit weniger gewachsen. Ich begann zu begreifen, daß Isabellas Ängste ihre Gründe gehabt hatten. Das Kind begann zu verwildern, als die Mutter starb. Kurze Zeit lebte sie bei Angela, doch sie richtete im Haushalt ihrer Schwester derartige Verheerungen an, daß ich nicht umhin konnte, sie an einen Ort zu schicken, wo sie die harte Lektion der Selbstbeherrschung vielleicht lernen würde.

Die Klosterschule, die ich wählte, befand sich in der Nähe von Mailand, weit genug von zu Hause entfernt, um ihr jeden Gedanken an Flucht zu nehmen, aber doch nahe genug für die Tante, die es auf sich nahm, sie in den kurzen Weihnachts- und Osterferien zu beherbergen. Luciana, immer begierig, Neues zu erleben, reiste recht heiter nach Mailand ab; binnen zweier Wochen jedoch bekam ich den ersten von vielen traurigen kleinen Briefen.

Liebster Papa,

ich bin so unglücklich hier. Die Nonnen sind sehr unfreundlich, und keines der Mädchen mag mich. Bitte, bitte, ändere Deine Meinung und sage, daß ich zu Weihnachten wieder nach Hause kommen darf.

Der Brief hielt mich die ganze Nacht wach. Ich stand auf, ehe sich der erste Dämmerschein am Himmel zeigte, wanderte zerstreut zur nächstgelegenen Baustelle – und dort sah ich Erik zum ersten Mal und gewann die Kraft, den raffinierten Bitten meiner ungezogenen kleinen Tochter nicht nachzugeben. Ich beschloß, an meiner ursprünglichen Absicht festzuhalten: Luciana sollte erst im Sommer nach Hause kommen dürfen.

Doch nun stand der Sommer bevor, und ich hatte es ihm noch immer nicht gesagt.

In ganz Rom läuteten die Glocken und riefen die Gläubigen zur Frühmesse. Als ich in den Hof hinaustrat und meinen Hut zurechtrückte, versuchte ich so zu tun, als bemerke ich Erik nicht, der still die am Gitterwerk hochrankende Glyzinie beschnitt. Er ging nie mit mir zur Kirche, und ich widerstand energisch der Versuchung, ihn darum zu bitten. Falls er jemals zu Gott zurückfände, sollte das aus Liebe zu Gott geschehen und nicht aus Dankbarkeit mir gegenüber.

Es war Sonntag, ein guter Tag, um eine Entscheidung zu treffen und daran festzuhalten. Ich beschloß, ihm von Luciana zu erzählen, sobald ich von der Messe zurückkehrte. Doch gerade, als ich meine Handschuhe überstreifte, wurde auf der Straße das Geräusch von Kutschenrädern laut, und ich runzelte die Stirn. Ich erwartete keine Besucher ...

Luciana! Sie flog in den Hof und in meine Arme wie ein kleiner Vogel, den man aus dem Käfig befreit hat. Ihr dichtes Haar wehte wie ein schwarzseidener Umhang hinter ihr her, und ihr apartes Gesicht war vor Erregung gerötet.

«Papa, Papa, ich bin zu Hause! Ich dachte, ich würde niemals ankommen, es war eine so schrecklich lange Reise, so heiß und ermüdend, Papa, was ist los? Freust du dich nicht, mich zu sehen?»

«Luciana ...» Ich hielt ihre kleine Gestalt ein wenig von mir ab, wie man es mit einem liebenswerten, aber allzu stürmischen jungen Hund tun würde. «Mein liebes Kind, was machst du hier? Ich habe dich erst in einer Woche erwartet?»

«Ach, ich weiß. Ist es nicht wundervoll? Schwester Agnes und Schwester Elisabeth haben das Fieber. Deswegen hat man uns früher in die Ferien geschickt.»

Hilflos küßte ich ihre Wange und drehte mich nach der hochgewachsenen Gestalt um, die hinter dem dichten Blattwerk verschwunden war. Der Augenblick der Erklärung ließ sich nicht länger aufschieben.

«Erik», sagte ich ruhig, aber mit unverkennbar befehlendem Ton in der Stimme, «ich möchte, daß du meine jüngste Tochter Luciana kennenlernst.»

Für einige lange Sekunden rührte er sich nicht. Dann löste er sich widerstrebend aus dem Schatten und kam, in den Umhang gehüllt, den er sich hastig umgeworfen hatte, über den Hof. Er sah mich kurz und mit schmerzlicher Überraschung an, und ich hatte den unangenehmen Verdacht, daß sein Gesicht ebenso weiß geworden war wie die Maske, die es verbarg.

Luciana starrte ihn an, aber nicht, wie ich erwartet hatte, mit taktloser Neugier. Ihre Augen ruhten mit einer Art gebannter Faszination auf der Maske, und sie schien den Atem anzuhalten, als sie ihm die Hand reichte.

Erik verbeugte sich anmutig, aber seine Hand hielt unmittelbar vor ihren behandschuhten Fingern inne, und ich bemerkte, daß er sorgfältig darauf achtete, sie nicht zu berühren.

«Mademoiselle», sagte er leise, «ich muß Sie um Verzeihung bitten für meine Anwesenheit in diesem Augenblick Ihrer Wiedersehensfreude. Monsieur ...» Er wandte sich um und verbeugte sich auf dieselbe Weise vor mir, «wenn Sie mich bitte entschuldigen wollen.»

Angesichts seiner eisigen Höflichkeit blieb mir nichts anderes übrig, als zustimmend zu nicken, so daß er ins Haus zurückkehren konnte, ohne uns noch einen Blick zuzuwerfen.

Als er fort war, umklammerte Luciana meinen Arm mit drängender und kaum verhüllter Erregung.

«O Papa!» stieß sie mit dem nur allzu vertrauten Klang unterdrückter Hysterie in der Stimme hervor, «wer ist das?»

Das friedliche Idyll von Lehrer und Schüler endete mit Lucianas Rückkehr, wie ich insgeheim befürchtet hatte. Sie erschien an unserem ruhigen, geordneten Firmament wie ein spektakulärer Komet, und das Band, das zwischen Erik und mir stetig gewachsen war, mußte unweigerlich darunter leiden. Er kam nicht mehr, um an meiner Tafel zu speisen, sondern zog es vor, in der Küche oder allein in seinem Zimmer zu essen. Auch abends erschien er nicht mehr, um an meinem Kamin zu sitzen.

Sein Verhalten bestätigte das tiefverwurzelte Unbehagen, das mich all diese Monate hatte schweigen lassen. Es war unvermeidlich, daß ein junger Mann, der die Schönheit in jeder Form so verehrte, von Lucianas herzerweichender Lieblichkeit berührt sein würde, und es überraschte mich nicht, daß seine Reaktion darin bestand, sich zu verkriechen wie ein verwundetes Tier. Ich hatte damit gerechnet, daß er in qualvoller Verwirrung aus einer Situation fliehen würde, die ihn all seiner natürlichen Abwehrkräfte zu berauben drohte.

Was ich nicht erwartet hatte, waren Lucianas Reaktionen auf seine Zurückhaltung, ihr innerer Kummer und das unerhört schlechte Benehmen, das seine kühle Korrektheit bei ihr auslösten. Sie trafen sich kaum – dafür sorgte er –, aber die Gelegenheiten, bei denen sie sich sahen, standen unter unerträglicher Spannung, hervorgerufen durch Lucianas verletzten Stolz. Der Junge ignorierte sie, weil er Angst hatte, sich weiterem Schmerz auszuliefern, aber Luciana konnte seine scheinbare Gleichgültigkeit nicht ertragen. Sie begann, seine Aufmerksamkeit mit Grobheit, Sarkasmus und Spott herauszufordern – also genau das zu tun, was er aufgrund seiner Lebenserfahrung erwartete.

Einen Monat lang stand ich hilflos daneben und mußte zusehen, wie meine eigensinnige Tochter sich verliebte – nicht in einen lebendigen Jungen, sondern in einen Traum, eine durch das Geheimnis der Maske inspirierte Phantasie. Wenn ich mich in Lucianas Lage versetzte, konnte ich leicht die archaische Anziehungskraft seiner fast königlichen Würde begreifen, die eigenartige, hypnotische Ausstrahlung seiner einzigartigen Stimme. Ich beherbergte einen jungen Prinzen der Finsternis unter meinem Dach. Die Sinnlichkeit der Macht strahlte aus jeder seiner Gesten, aber er blieb sich seiner außerordentlichen Attraktion vollkommen unbewußt. Es gab Frauen in Rom – und auf der ganzen Welt –, die glücklich gewesen wären, sich in seinem Schatten zu ergehen. Wenn er nur gewagt hätte, über den Käfig hinauszublicken, in den er sich selbst einsperrte! Doch er war blind für das wesentlichste Element seines eigenen Magnetismus. Jemand hatte ihn gelehrt, auf dieser Welt nichts als Zurückweisung und Ekel zu erwarten, und mit der natürlichen Schüchternheit der Jugend wiederholte er all die schmerzlichen Lektionen, die er in seiner Kindheit hatte lernen müssen.

Tag um Tag beobachtete ich, wie er unter der grausamen Qual der ersten Liebe litt. Er sprach mir gegenüber nicht von seinen Gefühlen, doch bei jedem Schwung seines Hammers, jedem Schlag seines Meißels spürte ich seinen Schmerz. Meine Hilflosigkeit betrübte mich. Ich sah zu, wie er auf der Baustelle seinen jungen Körper bis zur Erschöpfung verausgabte, um der unerträglichen Realität der Liebe zu einem oberflächlichen, frivolen Kind zu entgehen, das seiner in keiner Weise würdig war. Und ich konnte nichts sagen und nichts tun, denn die bittere Wahrheit war, daß dieses oberflächliche, unwürdige Kind meine Tochter war, die ich trotz ihrer Unarten von Herzen liebte.

Ich konnte nur beten, daß das Ende des Sommers sie beide von diesem Pulverfaß unterdrückter Gefühle befreien würde. Wenn Luciana in die Klosterschule zurückkehrte, hätten sie ein weiteres

Jahr Gnadenfrist, ein ganzes Jahr, in dem sie reifen und über die Gefühle hinauswachsen könnten, die sie beide – aus ganz verschiedenen Gründen – nicht auf verständliche Art zu äußern vermochten.

Während dieses schrecklichen Monats unterdrückter Feindseligkeit und verdrängter Sehnsucht war das der einzige Lichtblick, an den ich all meine Hoffnung auf Frieden knüpfte.

Ich war ein Narr.

Ich hätte meine Tochter inzwischen gut genug kennen müssen...

Sie heuchelte nicht, als sie mir sagte, sie sei zu krank, um nach Mailand zurückzufahren. Luciana brauchte nie zu heucheln. Von frühester Kindheit an hatte sie stets die Fähigkeit besessen, ernsthaft krank zu werden, wann immer es ihren Absichten diente. Jetzt waren die Augen, die flehend in meine blickten, unzweifelhaft fieberglänzend, und ihr Puls flatterte unter meinen Fingern wie der Flügel eines Schmetterlings.

Finster ging ich nach unten, um die wartende Kutsche fortzuschicken, und bat Erik, einen Aufguß zuzubereiten. Ich hatte kein Vertrauen zu den Arzneien der Apotheker, aber vor den Kräuterkenntnissen des Jungen hatte ich großen Respekt.

«Sie ist krank?» Mit einer Geste, die seine ängstliche Besorgnis verriet, hob er eine Hand an die Kehle.

«Es ist nichts Ernstes, nur ein wenig Fieber, aber sie wird heute nicht abreisen. Ich dachte, du wüßtest vielleicht etwas...»

«Ja», sagte er hastig. «Da gibt es etwas. Aber sie mag gewiß nichts Bitteres einnehmen. Vielleicht kann ich das Mittel mit Honig süßen.»

«Ich will das nicht!» sagte Luciana rebellisch, als ich ihr eine Stunde später den Trank brachte. «Du weißt, daß ich Arzneien hasse, Papa.»

«Nun gut», erwiderte ich kühl. «Ich werde Erik sagen, daß du wie ein kleines Kind die Einnahme verweigerst.»

Plötzlich setzte sie sich auf und schob sich das dichte Haar aus dem geröteten Gesicht.

«Erik?» wiederholte sie verwundert. «Erik hat das für mich zubereitet?»

Sie streckte die Hand aus, nahm mir den Becher aus der Hand und schluckte seinen Inhalt ohne den geringsten Laut des Protests.

Das war der Augenblick, in dem ich mir endlich meine Niederlage eingestand. Ich war zu alt, zu krank und ganz allgemein zu weich, wenn es um Luciana ging, um ihr irgend etwas zu verweigern, für das zu kämpfen sie entschlossen war.

Sie reiste nicht nach Mailand zurück. Das bedeutete: Die Tragödie war nicht mehr aufzuhalten.

5. Kapitel

Ich ging nie in das Souterrain hinunter, in Eriks Zimmer. Von Anfang an hatte ich das Recht des Jungen auf Privatsphäre respektiert, sein tiefverwurzeltes Bedürfnis nach einem Platz, der ihm allein gehörte. Deshalb war ich ärgerlich, als ich erfuhr, daß Luciana sich dort während seiner Abwesenheit eingeschlichen hatte.

«Es ist so seltsam dort, Papa», sagte sie ehrfürchtig. «Der Boden ist bedeckt mit Zeichnungen und Notenblättern, und alle Regale, in denen Mama Eingemachtes aufbewahrte, sind voller – *Sachen.*»

«Was für Sachen?» fragte ich, nun doch ein wenig neugierig.

«Ich weiß nicht, Papa, ich habe nie dergleichen gesehen. Es gibt eine Menge Drähte, und als ich einen berührte, sprühte er Funken.»

«Du sollst dich nicht um Dinge kümmern, die dich nichts angehen», sagte ich mechanisch. «Halte dich in Zukunft von dem Zimmer fern, hast du mich verstanden?»

«Ja, Papa», seufzte sie.

Ich war beunruhigt. Die Sorge war größer als mein Abscheu vor Schnüffelei. Als ich wieder einmal allein war, nahm ich eine Kerze und ging hinunter in die alte Vorratskammer, die ich Erik überlassen hatte.

Verblüfft sah ich mich um. Mir wurde klar, daß ich das Laboratorium eines Erfinders betreten hatte. Meine wissenschaftlichen

Kenntnisse waren recht oberflächlich, aber ich glaubte Apparate zu erkennen, die zur Erzeugung elektrischer Impulse dienten. Und da war noch mehr, viel mehr, das ich nicht einmal im Ansatz verstand, Reihen um Reihen von funktionierenden Modellen – zumindest nahm ich an, daß sie funktionierten –, die auf mich merkwürdig bedrohlich wirkten. Der Junge arbeitete vierzehn Stunden am Tag auf meinen Baustellen und hatte noch genug Energie übrig, um den größten Teil der Nacht hindurch wachzusitzen und zu basteln, zu zeichnen, zu komponieren. Ich erinnerte mich, bemerkt zu haben, daß sich sogar auf den Baustellen sein Interesse zunehmend Ingenieurproblemen zuwandte, Lösungen, die jenseits der Kenntnisse eines Steinmetzes lagen. Ein- oder zweimal hatte er so erstaunlich ausgefallene Vorschläge gemacht, daß ich versucht gewesen war, ihn laut auszulachen. Doch vielleicht waren es doch nicht einfach absurde Vorstellungen einer überhitzten Phantasie gewesen.

Ich ging wieder nach oben und beschloß, nichts von dem zu sagen, was ich gesehen hatte. Ich vertraute seiner Vernunft genug, um einigermaßen sicher zu sein, daß er nicht bei irgendeinem verrückten Experiment mein Haus in die Luft sprengen würde.

Aber ich war verstört über seine nächtliche Abwesenheit, diesen neuen Beweis seiner Unfähigkeit, mit meiner Tochter in Ruhe unter einem Dach zu leben. Ich fragte mich, was in diesen Stunden der Dunkelheit, in denen gewöhnliche Sterbliche friedlich schnarchend in ihren Betten lagen, in seinem gequälten Geist vor sich ging. Und mein Unbehagen wuchs weiter.

Am Ende des Frühjahrs gab Lucianas schamlos Ränke schmiedender Verstand ihr ein neues Mittel ein, um Erik aus seinem Bastelkeller zu locken. Sie wollte die Dachterrasse in eine schöne Laube verwandeln. Ein Teil ihres Plans war eine Travertinbank, die der Junge für sie anfertigen sollte.

«Das können Sie doch, nehme ich an?» fragte sie mit einer Impertinenz, derer ich mich schämte. «Eine Bank, das ist wohl nicht zu schwierig für Sie, nicht wahr?»

«Nein, Mademoiselle, das ist nicht zu schwierig.» Er sprach mit kühler Höflichkeit wie stets, aber seine Stimme hatte einen unverkennbaren Unterton, der erkennen ließ, daß er sich nicht sehr viel weiter würde treiben lassen. Da beschloß ich, das ganze Unternehmen zu überwachen.

Zwanzig steinerne Urnen wurden vom Markt geliefert, und nach und nach trug Erik sie hinauf zum Dach und füllte sie mit Erde.

«Das übrige will ich selbst tun», verlangte Luciana. «Ich will nicht, daß Sie sich an meinen neuen Pflanzen zu schaffen machen. Jungen verstehen nichts von Blumen. Sie sollten jetzt an der Bank weiterarbeiten, ich hoffe, daß Sie nicht den ganzen Sommer dazu brauchen.»

Schweigend wandte er sich ab, nahm seine Werkzeuge auf und wandte sich dem großen Travertinblock zu.

Ein paar Wochen lang trippelte Luciana begeistert mit einer kleinen Gießkanne in der Hand durch den gepflasterten Dachgarten; doch dann, nachdem sie wie erwartet das Interesse an ihrem Vorwand verloren hatte, begann sie, sich neben Erik zu setzen, wenn er arbeitete, und gelegentlich spitze Kommentare zu seinen Fortschritten abzugeben.

«Sie sind sehr langsam, finde ich», sagte sie eines Abends. «Ich dachte, Sie wären mit dieser Kleinigkeit inzwischen fertig.»

«Luciana!» sagte ich scharf, blickte von meiner Bibel auf und warf ihr einen ärgerlichen, warnenden Blick zu. «Geh und kümmere dich um deine Blumen.»

Mit einer ungeduldigen Kopfbewegung stand sie auf und ging, um ihre kleine Messingkanne zu holen.

«Was ist nur mit diesen dummen Pflanzen los?» sagte sie, nachdem sie die Tröge einen Augenblick lang unwillig betrachtet hatte. «Warum werden alle Blätter gelb und fallen ab?»

Ich seufzte und schwieg, doch als ich zu meinem Buch zurückkehrte, war ich überrascht, Erik den Meißel hinlegen und hinübergehen zu sehen, um mit Bedauern die welkenden Blüten zu berühren. Es war das erste Mal, daß ich ihn aus freiem Willen in ihre Nähe treten sah.

«Sie sterben, weil sie sich vernachlässigt fühlen», sagte er kurz zu ihr. «Sehen Sie das nicht?»

«Sie sind nicht vernachlässigt», rief sie heftig. «Ich gieße sie jeden Tag. Jeden Tag, ohne Ausnahme!»

«Sie haben Sie mindestens seit einer Woche nicht mehr gegossen», widersprach er. «Schauen Sie sich die Erde an, sie ist steinhart!»

«Ach, *Sie!*» Ohne Vorwarnung warf Luciana die kleine Messingkanne nach ihm. «Sie halten sich für so klug, nicht wahr? Das allwissende Orakel! Wie können Sie es wagen, mir zu sagen, ich sei sogar zu dumm, um Blumen zu ziehen! Wie können Sie es wagen!»

Sie brach in Tränen aus, rannte nach unten, und plötzlich war es still auf der Dachterrasse. Erik bückte sich, um die Kanne aufzuheben, und stellte sie auf den Rand der Balustrade, als ich näher kam.

«Diese Brüstung ist überaus brüchig», sagte er verlegen. «Die Steine sollten wirklich erneuert werden, Signor.»

Ich stimmte ihm zu und gestattete ihm so, einem Thema auszuweichen, über das er offensichtlich nicht sprechen wollte.

«Das kannst du im Herbst in Angriff nehmen, wenn wir nicht so viel zu tun haben», sagte ich ruhig. «Im September werde ich im Steinbruch die Steine für dich bestellen. Aber du solltest zuerst diese Bank beenden. Sie gefällt mir. Und laß dich nicht zur Eile antreiben, Junge. Selbst die schwierigsten Kunden müssen Geduld lernen.»

«Ja, Signor.» Er wandte den Blick ab und schaute über die Altstadt, wo in der Dämmerung das Licht Tausender Öllampen aufzuflackern begann.

Ich ließ ihn allein und ging zum Rand der Treppe. Als ich mich umdrehte, sah ich, daß er die Messingkanne aus dem Wasserfaß gefüllt hatte und zwischen den Blumentrögen auf und ab ging.

Sehr spät an diesem Abend, als der Klang des alten Spinetts mich aus meinem Zimmer lockte, fand ich Luciana mit an das Kinn gezogenen Knien auf der steinernen Treppe sitzend. Sie war barfuß und fröstelte in ihrem Nachthemd, aber sie lauschte so hingegeben, daß sie mich erst bemerkte, als ich ihr eine Hand auf die Schulter legte und sie schuldbewußt zusammenzuckte.

«Hallo, Papa», sagte sie in traurigem Ton. «Bist du auch gekommen, um zuzuhören?»

«Du solltest nicht so in der Kälte sitzen», sagte ich zu ihr. «Du solltest schlafengehen.»

«Er spielt so schön.» Sie seufzte sehnsüchtig. «Noch nie habe ich jemanden so spielen hören. Manchmal sitze ich stundenlang hier und höre zu. Ach, Papa, ich wünschte, ich hätte mir mit dem Lernen mehr Mühe gegeben. Er gibt mir das Gefühl, so klein und unwissend zu sein.»

Ich schwieg, setzte mich neben sie und spürte, wie die Kälte der Steine langsam in meine alten Gelenke kroch.

«Luciana ...», sagte ich endlich. «Morgen früh werde ich der Mutter Oberin schreiben und ihr sagen, daß du im August wieder zur Klosterschule zurückkehrst.»

Sie wandte sich um und vergrub ihren dunklen Kopf an meiner Schulter.

«Bitte, Papa, schick mich nicht wieder dorthin. Ich bin schon alt genug, um dir den Haushalt zu führen.»

«Mein liebes kleines Mädchen, du hast keine Ahnung, wie man einen Haushalt führt.»

«Ich könnte es lernen!» beharrte sie fieberhaft. «Ich will es wirklich lernen, Papa. Bitte, schick mich nicht wieder fort. Ich würde ihn so vermissen!»

Sie hielt mich in einer erstickenden Umarmung, als glaube sie, mit dieser festen Umklammerung das festhalten zu können, was sie sich wirklich wünschte.

«Ich sterbe, wenn du mich fortschickst!» sagte sie leidenschaftlich.

Ich spürte die spitzen Knochen ihrer Schulter, die mir zeigten, wie sehr sie in diesen letzten paar Monaten abgemagert war, und ich wußte, daß mir die geübte kleine Lügnerin diesmal nichts anderes sagte als die schlichte Wahrheit.

6. Kapitel

Gegen Ende dieses Sommers war ich soweit, daß ich mich fast gänzlich auf Eriks Fertigkeiten verließ. Seine Stellung hatte mich bereits mehrere geübte Männer gekostet – Männer wie Calandrino, der auf Eriks meteorhafte Fortschritte eifersüchtig wurde und es schließlich ablehnte, mit einem Jungen zu arbeiten, der jede Lehrlingsausbildung zum Gespött gemacht hatte.

Inzwischen nahm ich Arbeiten allein deswegen an, um Erik Gelegenheit zum Sammeln von Erfahrungen zu geben. Die Arthritis verkrümmte meine Finger, und ich wußte, bald würde ich keinen Meißel mehr halten können. Ich wollte, daß Erik das Geschäft übernahm.

Während meines letzten großen Auftrags fand ich es einfacher, Wanderarbeiter anzustellen und die ganze Arbeit unter Eriks Aufsicht zu stellen. Er hatte sämtliche Kostenberechnungen vorgenommen, der Kunde akzeptierte den Voranschlag ohne Einwände und reiste dann für den Sommer nach Florenz. Das traf sich gut, denn so erfuhr er nicht, daß der Bau seines Hauses im wesentlichen in den Händen eines fünfzehnjährigen Knaben lag.

Der Bau schritt in der geordneten Weise voran, die typisch war für alles, was Erik anfaßte. Er hatte in meiner Abwesenheit die volle Autorität, und seine umsichtige Gegenwart auf der Baustelle sorgte dafür, daß es unter den Männern weder Streit noch Nachlässigkeiten gab. Er war jetzt sehr groß, fast unmenschlich stark und überaus kompetent; ein Blick in die kompromißlosen Augen hinter der Maske reichte, um jedermann die Lust an Spiegelfechtereien vergehen zu lassen. Und doch war er immer fair, bereit, harte Arbeit anzuerkennen oder einen Anfänger zu ermutigen. Er wies alle Anzeichen dafür auf, daß er ein guter Meister werden würde.

Sie hatten schon das erste Geschoß erreicht, als einer der Männer erkrankte und ich gezwungen war, einen neuen Arbeiter einzustellen. Ich dachte mir nichts dabei, als der Mann mir sagte, er sei in Italien viel herumgekommen. Doch etwas war beunruhigend an dem verblüfften Blick, den der Mann Erik zuwarf, als sie sich trafen – ein Blick, der über die normale Überraschung bei der Aussicht, neben dieser Maske zu arbeiten, hinausging.

Bis es Zeit zur Siesta wurde, hatte ich dem Geflüster, das sich wie ein Lauffeuer auf der Baustelle ausbreitete, entnommen, daß das, was Erik hatte geheimhalten wollen, nun nicht mehr geheim war. Dieser Mann hatte etwas gesehen – vielleicht nicht in Trastevere, sondern anderswo, in Mailand oder Florenz, wo immer es Jahrmärkte gab.

Und jetzt hatte er weitergegeben, was er wußte.

Ich entließ ihn am gleichen Abend wieder, aber ich wußte, es war zu spät, um den Schaden zu beheben, den er angerichtet hatte. Die Atmosphäre auf der Baustelle erinnerte mich an die Windstille vor einem Gewitter. An der plötzlichen Spannung in Eriks Augen erkannte ich, daß er sich der eingetretenen Veränderung bewußt war.

Es dauerte nicht lange, bis das geflüsterte Wort *Ungeheuer* meine Ohren erreichte. Ich vernahm es mit schrecklichem Kummer, denn es bestätigte nur meine eigene innere Befürchtung. Schon lange hatte ich vermutet, daß der Junge hinter dieser Maske irgendeine schwerwiegende Mißbildung verbarg, etwas, das mir zu enthüllen er nie den Mut gefunden hatte. Auf viele Arten hatte ich ihm zu zeigen versucht, daß seine Skrupel grundlos waren, aber er war nie bereit gewesen, diese Hinweise zu verstehen; und ich war gezwungen, geduldig auf den Tag zu warten, an dem er endlich genug Vertrauen gefaßt haben würde, um mir sein Gesicht zu zeigen. Jetzt, als ich zu verstehen begann, welch ungeheure Bürde er mit sich herumtrug, sah ich, daß dieser Tag niemals dämmern würde.

Seine natürliche Autorität – und sein Ruf, schnell und geschickt das Messer zu handhaben – hielt die Bedrohung gerade noch in der Schwebe, doch seine Wachsamkeit durfte nie nachlassen. Allmählich kam er abends so angespannt von der Baustelle nach Hause, daß er an Essen nicht einmal mehr denken konnte.

In der gleichen Woche hatte Luciana es übernommen, meine Haushälterin zu entlassen und deren Pflichten selbst zu erfüllen.

«Was ist mit meiner Küche nicht in Ordnung?» fragte sie in unheilverkündendem Ton, als Erik wieder einmal ohne jede

Erklärung oder Entschuldigung geradewegs in seinen Keller gegangen war.

«Mit deiner Küche ist alles in Ordnung», sagte ich, tapfer einen großen Bissen von einem Gericht aufnehmend, das ich kaum zu definieren vermochte. «Völlig in Ordnung.»

«Er hat sich nicht einmal die Mühe gemacht, herzukommen und nachzusehen, was es gibt.»

«Der Junge ist müde, um Himmels willen, Luciana! Er will sich nur ausruhen.»

Als die zarten, schwirrenden Töne des alten Spinetts zu uns nach oben drangen, ballte Luciana auf dem Tisch die Fäuste.

«Zum Spielen ist er aber nicht zu müde», sagte sie heftig. «Er ist nicht zu müde, um die ganze Nacht aufzusitzen und zu zeichnen und mit seinen Drähten herumzuspielen, nur zu müde, um eine Mahlzeit zu essen, auf deren Zubereitung ich Stunden verwandt habe!»

Als Luciana zu Bett gegangen war, saß ich einige Stunden da, starrte in den leeren Kamin, rauchte stetig, füllte regelmäßig meine Pfeife nach und dachte darüber nach, was am besten zu tun sei.

Gegen Mitternacht war ich plötzlich zu einer Entscheidung gekommen, klopfte einmal an die Kellertür und ging die steilen Steinstufen hinunter, ohne auf eine Antwort zu warten.

Erik hatte an den Rechnungen gearbeitet. Das riesige Kontobuch lag offen auf dem Tisch hinter ihm, zu beiden Seiten von einer heruntergebrannten Kerze erleuchtet. Ein Tintenspritzer auf der Seite verriet die erschrockene Hast, mit der er bei meinem unerwarteten Eintreten auf die Füße gesprungen war. Ich bildete mir ein, beinahe hören zu können, wie sein Herz schneller schlug, und es machte mich traurig, daß er wie immer in seine instinktive, mißtrauische Wachsamkeit verfiel.

«Ich wollte in Ruhe ein Wort mit dir reden, Erik.»

«Ja, Signor, ich weiß.» Er wandte sich ab, um das ledergebundene Buch zu schließen. «Die Buchungen sind alle auf dem neuesten Stand, alles ist in Ordnung. In weniger als einer Stunde habe ich gepackt und bin fort.»

Ich schaute an ihm vorbei und sah, daß auf seiner Matratze

bereits die alten Satteltaschen lagen, und da wußte ich, hätte ich mich nicht entschlossen, heute abend hierher nach unten zu kommen, hätte ich den Keller morgen leer vorgefunden.

«Du wolltest gehen, ohne ein Wort zu sagen?» warf ich ihm entrüstet vor. «Warum?»

Er starrte auf das Kontobuch. «Weil...», sagte er mühsam, «weil ich nicht warten wollte, bis Sie mich dazu auffordern.»

Plötzlich hatte ich den dringenden Wunsch, ihm eins hinter die Ohren zu geben.

«Du dummer Junge!» sagte ich gereizt. «Wie in aller Welt kommst du darauf, daß ich dich fortschicken würde?»

«Es gibt meinetwegen Probleme.» Er sah mich nicht an. «Ich sollte jetzt gehen, ehe es zu spät ist.»

«Unsinn! Du solltest besser sofort mit nach oben kommen, ehe ich wirklich böse auf dich werde.»

Ich ging die Treppe wieder hinauf, und er folgte mir in gehorsamem Schweigen, ganz wie ein schuldbewußter Sohn. Hastig setzte er sich in den Sessel, den ich ihm anwies, und nahm den Wein, den ich ihm gab, ohne weiteren Protest. Mir war durchaus klar, daß ich unmöglich auf die beabsichtigte Weise mit ihm sprechen konnte, solange er mit kalter, steinerner Nüchternheit dort saß, in seine gewohnte Verschlossenheit gehüllt wie in eine undurchdringliche Rüstung. Also redete ich eine Zeitlang über die Tagesgeschäfte, füllte stetig unsere großen venezianischen Gläser nach und zwang ihn dabei, mit mir Schritt zu halten. Es brauchte nicht allzu viele Gläser, bis ich sah, daß seine freie Hand nicht länger geballt auf seinem Knie lag, sondern weich und entspannt über der Armlehne seines Sessels hing.

Ich sprach von vielen Dingen in dieser Nacht; von einigen hatte ich sprechen wollen, von anderen nicht. Auch ich spürte jetzt den Wein, und er erfüllte mich mit der Gewißheit, daß diese Gelegenheit nicht wiederkommen würde.

Die Öllampen flackerten und erloschen eine nach der anderen, aber ich machte mir nicht die Mühe, sie nachzufüllen, während ich von den großen Idealen des Baumeisters und der Verantwortung des Mannes sprach. Ich sprach von Gott, dem Großen Bauherrn des Universums, der uns alle nach seinem Maß mißt; ich sprach von gutem Willen, Barmherzigkeit und Toleranz. Und schließlich wählte ich meine Worte mit aller Sorgfalt, die ich aufbringen konnte, und sprach von der extremen Verletzlichkeit junger Frauen.

Er stellte keine Fragen, gab keinen Kommentar, aber er wandte nicht den Blick ab, und ich wußte, daß er zuhörte und sich große Mühe gab, das zu akzeptieren, was der Realität seines Lebens so sehr widersprach. Angesichts von Grausamkeit und Verachtung verlangte ich Toleranz und Nachsicht, und ich wußte, daß es ein schwerer Weg war, den ich ihm zeigte, ein angsterregender Pfad, von dem abzuweichen nur allzuleicht sein würde.

In meinem Schreibtisch lag der silberne Kompaß, den Isabella mir in unseren glücklicheren Zeiten vor Lucianas Geburt geschenkt hatte. Ich hatte schon oft daran gedacht, ihn Erik zu geben, doch ich hatte nie einen Augenblick gefunden, in dem die angemessenen Worte hätten gesagt werden können.

Jetzt schenkte ich ihn ihm. Ich wußte, daß ich es mir nicht leisten konnte, länger zu warten, und er nahm ihn mit der verwirrten, sprachlosen Verlegenheit eines Jungen, dem es gänzlich ungewohnt ist, Geschenke zu empfangen. Seine stammelnde Dankbarkeit ließ mich zu unbeabsichtigter Schroffheit Zuflucht nehmen.

«Nun, ich kann ihn nicht mehr brauchen, weil ich kaum noch einen Bleistift halten kann. Sorg nur dafür, daß du ihn an einem sicheren Platz aufbewahrst, das ist alles. Und verlier ihn nicht.»

Erst beim zweiten Versuch gelang es ihm, unter einigen Schwierigkeiten den Kompaß in die Tasche zu stecken. Seine Finger waren vom Wein unbeholfen und bewegten sich unkoordiniert. Inzwischen hatte er, wie ich sehen konnte, Mühe, sich wach zu halten.

«Geh jetzt zu Bett, Junge, du bist ja völlig betrunken», sagte ich bedauernd.

Ich sah zu, wie er unsicher auf die Füße kam und sich langsam und entschlossen zur Treppe bewegte. Ich rief ihn zurück. Die Augen hinter der Maske blickten vage in meine Richtung, und ich fragte mich, wieviel von mir er wohl in diesem Augenblick sehen mochte.

«Erik, ich hoffe, du wirst im Errichten von Mauern nie so tüchtig werden, daß du nicht mehr sehen kannst, wann sie eingerissen werden müssen.»

Er zögerte und starrte mich mit betrunkener Unsicherheit an.

«Ich werde ... mich gleich darum kümmern, Signor», murmelte er, als hoffe er, das sei die richtige Antwort.

Da es offensichtlich keinen Sinn hatte, an diesem Abend noch ein vernünftiges Wort mit ihm zu reden, ließ ich ihn gehen, bevor es nötig wurde, ihn die Treppe hinunter und ins Bett zu tragen.

Ich trank noch eine Weile weiter, nachdem er mich verlassen hatte, ärgerlich darüber, die Sache ziemlich verpfuscht zu haben. Was hatte ich schließlich erreicht, indem ich den Jungen so betrunken gemacht hatte, daß er kaum noch stehen konnte? Am Morgen würde er sich vermutlich an nichts mehr von dem erinnern, das ich zu ihm gesagt hatte!

Auch in den folgenden Monaten hatte ich wenig Grund, auf meine Weisheit als Vater und Hausherr stolz zu sein. Tatsächlich schienen fast alle Geschehnisse meinen Eindruck zu bestärken, daß ich ein törichter alter Mann war, dem die Dinge rasch aus der Hand glitten und der sich nicht anmaßen sollte, irgend jemandem einen Rat zu erteilen.

Den ganzen Sommer hindurch war Luciana wie ein junger Hund, der in wütender Verwirrung nach etwas schnappt, das er weder deutlich sehen noch verstehen kann. Es fehlte ihr an Sprache, um ihren Kummer zu äußern, und Erik fehlte die Fähigkeit, Lucianas Vernarrtheit zu begreifen. Es schien kein Ende zu geben für die unzähligen Arten, auf die sie es schafften, einander weh zu tun.

Um den häuslichen Problemen aus dem Wege zu gehen, fing der Junge an, länger und länger auf der Baustelle zu arbeiten; er benutzte Laternen, um nach Einbruch der Dunkelheit das Gerüst zu beleuchten. An manchen Abenden kam er überhaupt nicht nach Hause. Die wunderbaren Erfindungen an den Wänden seines Kellers begannen zu verstauben, und das alte Spinett stand schweigend in seiner Ecke. Luciana schmollte, wenn er nicht da war, und wenn er zurückkam, begrüßte sie ihn mit verletzendem Sarkasmus. Meine zornigen Vorwürfe bewirkten nichts. Erik hatte sich so tief in sich selbst zurückgezogen, daß es unmöglich war, mit ihm über irgendein Thema zu sprechen, das nicht mit der Arbeit zu tun hatte. Ich konnte sie beide nicht erreichen, und ich konnte das rastlose Kreisen des Strudels nicht zum Stillstand bringen, das sie beide immer tiefer in die Finsternis zog.

Dann, eines Morgens, wachte ich auf und hörte ihre Stimmen aus dem Keller heraufdringen; Lucianas klang verdrießlich und den Tränen nahe, Eriks so instinktiv abwehrend, daß sie eisig wirkte und Zorn erregen mußte.

«Was sind das für Sachen? Wozu sind sie gut?»

«Bitte, lassen Sie mich in Ruhe, Mademoiselle!»

«Ich will es wissen. Erklären Sie sie mir!»

«Sie würden sie wahrscheinlich nicht verstehen.»

«Ach, wirklich? So dumm bin ich also?»

«Das habe ich nicht gesagt.»

«Nein, aber das haben Sie gemeint! Oder haben Sie vielleicht etwas anderes gemeint? Ja, das ist es! Ich weiß, warum Sie Angst haben, mir diese Sachen zu zeigen. Es ist, weil sie nicht funktionieren, nicht wahr? *Sie funktionieren nicht!*»

«Alles in diesem Keller funktioniert!»

Ich hörte den gefährlich explodierenden Zorn in seiner Stimme, und ich hörte, wie Lucianas Wut wuchs und sie geradewegs in eine gefährliche Konfrontation trieb.

«Also, das hier funktioniert jedenfalls nicht!» schrie sie plötzlich. «Nicht mehr! Und das hier auch nicht! Und das ebensowenig!»

Mein Gott, dachte ich entsetzt, er wird sie umbringen ...

Das Klirren von Glas und Metall auf dem steinernen Boden drang bis zu mir herauf, als ich mich auf den Weg in den Keller machte, um einzugreifen, doch Erik stürmte bereits nach oben, zwei Stufen auf einmal nehmend. Grob und ohne ein Wort drängte er sich an mir vorbei, und sein Zorn war so gewaltig, daß ich nicht wagte, ihm mäßigend eine Hand auf den Arm zu legen. Es war das erste Mal, daß er mich unhöflich behandelte. Mir kam der Verdacht, daß er mich nicht einmal erkannt hatte.

Ich ließ ihn fliehen vor einem Drang zu töten, der so stark, fast unbeherrschbar war, daß er noch immer wie ein Geruch die Luft ringsum erfüllte. Dann schaute ich nach unten auf das dumme Kind, das die Tragödie nicht begriff, die es beinahe provoziert hätte.

Sie kniete jetzt auf dem Fußboden und starrte auf die Überreste ihrer Zerstörungswut.

«Luciana!» sagte ich voller Mißbilligung. «Geh sofort auf dein Zimmer!»

Sie machte keine Bewegung, mir zu gehorchen, sondern streckte statt dessen die Hand aus, um verwundert das zerbrochene Glas zu berühren.

«Wie kann er diese Dinge lieben, diese Stücke aus Draht und Metall?» flüsterte sie. «Wie kann er diese Dinge lieben und mich nicht? Bin ich nicht hübsch genug?» Sie hob ihr tränenüberströmtes Gesicht und sah mich mit gequältem Blick an. «O Papa, warum haßt er mich so sehr?»

Mein Zorn verrauchte. «Er haßt dich nicht, Kind», sagte ich müde. «Er haßt nur sich selbst.»

Sie starrte mich an, und ihr Gesicht nahm einen verwirrten Ausdruck an.

«Ich verstehe nicht», begann sie zweifelnd. «Warum sollte er sich selbst hassen?»

Ich trat hinunter in den Keller und setzte mich schwer auf Eriks Bettstelle.

«Luciana ... die Maske ...»

Ich sah, daß sie sich versteifte. «Ich will nichts von der Maske hören», sagte sie störrisch und hielt sich in kindlichem Trotz die Ohren zu. «Ich will diese gehässigen Gerüchte nicht hören, die die Arbeiter verbreiten. Sie sind nur eifersüchtig auf ihn, weil er so flink und klug ist und weil jeder weiß, daß er morgen dein Geschäft übernehmen könnte.»

«Luciana ...»

«Ich glaube den Leuten nicht!» Abrupt stand sie auf und wich vor mir zurück in Richtung auf die Treppe. «Ich will ihnen nicht glauben, Papa, ich weiß, daß es nicht stimmt!»

«Aber wenn es doch stimmte ...»

«Es stimmt nicht!» schrie sie mit einer Hysterie, die ihr hübsches Gesicht zu einer Grimasse verzerrte. «Er ist nicht häßlich, er ist kein Ungeheuer! Ich lasse nicht zu, daß er so verleumdet wird.»

Ihre Gefühle waren so intensiv und irrational, daß sie mich zum Schweigen brachten. Ich sah plötzlich, daß ich zu diesem Thema nichts weiter sagen konnte, und mit den schlimmsten Ahnungen mußte ich sie gehen lassen.

Ich suchte an diesem Tag die Baustelle nicht auf, weil ich das Gefühl hatte, daß Erik lieber in Ruhe gelassen werden wollte. Luciana blieb in ihrem Zimmer. Das Haus war in Stille gehüllt, heiß und feucht von den übelriechenden Schwaden, die vom Tiber herüberwehten. Die Zeit der Abendmahlzeit kam und ging, aber wir aßen nicht. Gelegentlich warf ich seufzend einen Blick auf die Uhr, die auf dem Kaminsims stand. Neun Uhr, zehn Uhr ... und noch immer kein Anzeichen von Erik.

Um elf Uhr kam Luciana die Treppe herunter und verlangte, ich solle gehen und ihn von der Baustelle holen. Ich weigerte mich. Der Junge würde nach Hause kommen, wenn sein Zorn abgekühlt war, nicht eher. Bis dahin wollte ich ihn in Frieden lassen.

Sie verschwand für einen Augenblick und kehrte mit einem Schal um die Schultern zurück.

«Wenn du ihn nicht holst, dann werde ich es tun», sagte sie unter Tränen. «Ich möchte ihm sagen, daß es mir leid tut.»

Ich starrte sie verblüfft an. Soweit ich wußte, hatte Luciana in ihrem ganzen Leben noch nie gesagt, daß ihr etwas leid tue.

«Papa», sagte sie bebend. «Papa, ich werde ihn bitten, die Maske abzulegen.»

Irgendwo tief in meinem Inneren begann eine Alarmglocke zu läuten, und ich schüttelte den Kopf.

«Um diese Nachtzeit wirst du nirgends hingehen», sagte ich entschieden.

«Aber Papa ...»

«Um Himmels willen, laß den Jungen in Ruhe!» brüllte ich plötzlich. «Er will nicht, daß du ihn ohne Maske siehst, du nicht und auch sonst niemand! Du bringst ihn um den Verstand, Luciana. Heute morgen wollte er dich umbringen, hast du das gewußt?»

Sie keuchte; ihr Gesicht war kalkweiß, und sie starrte mich aus rotgeränderten Augen an.

«Er würde mir nichts tun. Ich weiß, daß er mir niemals etwas antun würde!»

Ungeduldig wandte ich mich ab und griff nach meiner Pfeife.

«Du weißt nichts von ihm, absolut nichts! Du provozierst ihn mehr, als ein Mensch aushalten kann. Jeder andere Junge hätte dich schon vor drei Monaten vergewaltigt!»

Ihr Mund öffnete und schloß sich wortlos bei der Grausamkeit meiner bösen Worte. Dann sank sie langsam zu Boden und begann zu weinen.

Eine Zeitlang saß ich in meinem Sessel und sagte kein einziges tröstendes Wort. Schließlich aber ging ich zu ihr, hob sie auf und trug sie die Treppe hinauf, ihren Kopf an meiner Schulter wie damals, als sie ein kleines Kind war. Sie war bejammernswert leicht. Sie konnte nicht viel mehr wiegen, als sie mit zehn Jahren gewogen hatte.

Als ich sie auf ihr Bett legte, sah sie mich mit tiefster Verzweiflung an.

«Ich muß ihn sehen, Papa», sagte sie ruhig. «Ich muß ihn sehen.»

Ich wußte, daß sie recht hatte. Es gab keine andere Möglichkeit, diese mittsommerliche Verrücktheit zu beenden, die uns alle zu zerstören drohte.

Ich saß noch ein paar Stunden in meinem Zimmer, starrte die Wand an und wischte mir gelegentlich mit einem Taschentuch die Stirn. Es war fast zwei Uhr morgens, aber die Hitze war noch immer erdrückend. Da ich wußte, daß an Schlaf nicht zu denken war, ging ich hinauf auf die Dachterrasse, wo es kühler war.

Weil ich nichts Besseres zu tun hatte, begann ich, die Blumen zu gießen. Auf diese Weise war ich im Schatten verborgen, und Erik sah mich nicht, als er mit schleppenden Schritten heraufkam und sich auf die Travertinbank fallen ließ. Er legte einen Arm über die Rückenlehne und lehnte in einer Haltung völliger Erschöpfung den Kopf darauf. Als er sich nicht mehr bewegte, fragte ich mich, ob er vielleicht eingeschlafen sei und ich mich ungesehen davonstehlen könne.

«Erik!»

Lucianas unerwartetes Flüstern ließ ihn auffahren wie ein Pistolenschuß. Er sprang auf die Füße, stand steif da und wandte ihr instinktiv den Rücken zu, während sie näher kam.

«Ich möchte, daß Sie die Maske abnehmen», sagte sie einfach und ohne Hochmut. «Bitte, nehmen Sie die Maske ab.»

«Sie müssen mich entschuldigen, Mademoiselle», sagte er, mit abgewandtem Gesicht an ihr vorbeigehend, «ich habe noch zu arbeiten.»

«Ich werde Sie nicht entschuldigen!» rief sie ihm nach. «Sie haben nicht mehr zu arbeiten! Ich möchte, daß Sie die Maske abnehmen, hören Sie mich, Erik? Ich möchte, daß Sie sie abnehmen, jetzt sofort!»

Ganz plötzlich entschloß ich mich, vor ihn hinzutreten, als er sich der Treppe näherte.

«Signor?» Er blieb stehen und sah sich um wie ein Fuchs, der spürt, daß die Jäger ihm auf den Fersen sind. Ich legte eine Hand auf seinen Ärmel.

«Erik, wir haben keine andere Wahl mehr.»

«Es tut mir leid. Ich verstehe nicht...»

«Ich glaube, es wäre am besten, wenn du einfach tust, worum meine Tochter dich gebeten hat.»

Er stand vollkommen reglos und starrte mich mit so schmerzerfülltem Entsetzen an, daß ich die Augen von den einstürzenden Ruinen seines Vertrauens abwenden mußte.

«Sie verlangen von mir, daß ich das tue?» Ich hörte ein ungläubiges Zittern in seiner Stimme. «Sie befehlen es mir?»

«Wenn ein Befehl dazu nötig ist», sagte ich traurig, «dann befehle ich es dir. Allmächtiger Gott, Junge, du mußt doch sehen, daß es so nicht mehr weitergehen kann.»

Er schwankte ein wenig und streckte eine Hand aus, um sich auf die Balustrade zu stützen, und ich machte automatisch eine Bewegung, um ihm zu helfen. Doch ehe ich ihn berühren konnte, hob er den Kopf, und das Licht der hängenden Laternen zeigte mir in seinen Augen nackte Verachtung, geboren aus schwarzer Verzweiflung, Enttäuschung und Wut.

In diesem Augenblick erkannte ich, welch ungeheures Verbrechen ich begangen hatte. Ich erkannte es, als ich den Haß in seinem Blick sah, der mir jeden Atem aus den Lungen zu pressen schien. Ich war ein Vater für ihn gewesen, ich hatte ihm Aufrichtigkeit und Hoffnung gezeigt und ihn zu dem Glauben verholfen, es gebe vielleicht doch eine Möglichkeit für ihn, mit Stolz und Würde unter den Menschen zu leben, denen er so mißtraute. Aus Liebe zu mir hatte er angefangen, seine tiefsten Instinkte aufzugeben und sich zögernd und unter Schmerzen daran zu gewöhnen, daß es mir gleichgültig war, was unter der Maske lag.

Nun hatte ich ihm in einem einzigen unbedachten Moment infolge meiner eigenen Erschöpfung und Verzweiflung dieses

Luftschloß zerstört. Ich hatte dies eine von ihm verlangt, von dem er vertrauensvoll angenommen hatte, ich würde es nie verlangen.

Unter meinen Augen sank der Junge, den ich kannte, in sich zusammen und starb, und an seine Stelle trat ein furchterregender Fremder, ein düsterer und angsteinflößender Fremder, der nicht mehr darauf wartete, von mir noch weitere unverständige Worte zu hören.

«Sie wollen mein Gesicht sehen?» sagte er mit tonloser Stimme, die aus einem Grab zu kommen schien. «Sie wollen es sehen? Dann sollen Sie es sehen!»

Noch während er sprach, ging er mit schrecklicher, gemessener Ruhe auf Luciana zu, und ich spürte, wie ein lähmendes Gefühl der Bedrohung sich in mir ausbreitete. Sie standen einander gegenüber, als er die Maske abstreifte. Ich sah, wie sie den Mund zu einem tonlosen Schrei aufriß und ihre Hände hochflogen, um ihn abzuwehren. Diese Geste der Abwehr schien ihn rasend zu machen. Er streckte die Hände aus, als wolle er sie näher an das entsetzliche Gesicht heranziehen, das er ihr enthüllt hatte.

Ich stieß einen warnenden Ruf aus, aber meine Stimme ging unter in der schrillen Panik, die Luciana die Flucht ergreifen ließ. Sie rannte quer über die Dachterrasse und prallte gegen die Balustrade, die ihr den Ausweg versperrte. Wieder und wieder sehe ich es geschehen: die brüchigen Steine, die unter dem Gewicht ihres Körpers nachgeben und sie mit einem Hagel zerfallenden Mörtels in den zwei Stockwerke tiefer gelegenen Hof stürzen lassen.

Auf dem Dach breitete sich wieder Stille aus, nur von dem letzten, gräßlichen Knistern der Steine durchbrochen. Das Licht der Laterne zeigte mir die Lücke, die jetzt in der Balustrade klaffte wie eine Zahnlücke im Munde eines grauenvollen, alptraumhaften Geschöpfes.

Ohne Eile, ohne Hoffnung wandte ich mich benommen um und ertastete mir einen Weg nach unten in den Hof, wo der zerschmetterte kleine Körper meiner Tochter lag, umgeben von den Bruchstücken der Balustrade. Zeit und Ort hatten keine Bedeutung mehr. Die Welt schien weit entfernt von der Leere, die mich umgab, als ich sie ins Haus trug und auf das knarrende Ledersofa legte.

Ich hörte seine Schritte nicht, aber ich spürte seine Gegenwart hinter mir wie ein großes, schwarzes Phantom.

Ich wandte mich nicht um. Ich wußte, wenn ich mich umgedreht hätte, wäre er zu Stein geworden, versteinert vom Gift seines Zorns und Kummers. Ich fürchtete den Schrecken seines Gesichts nicht – diesen Anblick hätte ich jederzeit mit Gleichmut ertragen können. Aber ich fürchtete jetzt seine Augen, diese bodenlosen Abgründe von Kummer, die meinen eigenen Schmerz widerspiegeln würden. Ich hörte seinen abgehackten, schluchzenden Fluch, und ich wußte, daß ich ihn nicht ansehen durfte. Ich würde den Verstand verlieren, wenn ich es täte. Die Öllampen, die noch brannten, zeigten mir seinen Schatten, der über die Wand hinter dem Sofa glitt, ein großer, stiller Schatten, der hinausschlüpfte in die Nacht, wo die Dunkelheit wartete – der einzige Gefährte, auf den er sich verlassen konnte.

Erst als er gegangen war, als er endgültig gegangen war, konnte ich weinen.

Die Schatten breiten sich unerbittlich über die Dachterrasse aus. Ein weiterer öder und sinnloser Tag geht zu Ende. Wieder einmal habe ich hier gesessen bis zum Sonnenuntergang, gegrübelt, mich erinnert, mir selbst Vorwürfe gemacht für die Torheit, die mein Leben ausgehöhlt hat, den letzten Fehler, der meine Tochter tötete und mir einen einzigartigen Knaben raubte.

Erik ... jetzt kann ich sagen, was ich nicht aussprechen konnte in jener Nacht, in der Lucianas erkaltende Hand in meiner lag und überwältigende Trauer mich betäubte. Du hattest keine Schuld an ihrem Tod. Welche Schuld auch immer bestanden haben mag, ich habe sie schon lange auf mich genommen.

Du warst das Kind meiner Phantasie, der Sohn, den Gott mir vorenthielt. Soviel Schönheit war in deiner Seele, Erik, soviel Schönheit, die jetzt wegen der Narrheit eines alten Mannes wohl nie das Tageslicht erblicken wird.

In Dunkelheit bist du zu mir gekommen. Und in Dunkelheit bist du wieder gegangen.

NADIR

1850–53

1. Kapitel

Ashraf war eine großartige Palastruine. Im Laufe der Jahrhunderte hatten die riesigen Umfassungsmauern sechs verschiedene königliche Residenzen beherbergt, alle zu ihrer Zeit wunderbar angelegt mit steinernen Terrassen, Wasserfällen, hübschen Pavillons. Doch nachdem die Halle der Vierzig Säulen niedergebrannt war, wurde wenig getan, um die üppige Pracht früherer Jahre wiederherzustellen. Ein Hauch von schäbigem Verfall hing auch über dem Garten des Serails. Auf dem riesigen Gelände wuchsen Orangenbäume und gigantische Zypressen in einem Dschungel aus Wildblumen und Unkraut. Der Teheraner Hofstaat begab sich jeden Winter für einige Zeit hierher in die Meeresprovinz Mazenderan, doch im Frühling und Sommer erfolgten nur seltene, kurze Besuche. So litt die Gegend für einen großen Teil des Jahres unter der Verwahrlosung, die typisch ist für verlassene Besitztümer. Ich hatte immer gefunden, daß das eine Schande war. Mazenderan ist ein Ort großer natürlicher Schönheit und hätte von seinen kaiserlichen Herren mehr Beachtung verdient. Es hieß, der neue Schah beabsichtige Veränderungen. Da er mir eitler und vergnügungssüchtiger erschien als seine Vorgänger, hielt ich es für recht wahrscheinlich, daß er bald eine Residenz fordern würde, die seiner Stellung besser entsprach als diese zerfallenden Überreste einer rühmlichen Vergangenheit.

Dies war das zweite Mal in einer Woche, daß ich eine Aufforderung erhalten hatte, mich in den Palast zu begeben. Wieder einmal ging ich mit zitterndem Herzen hin und fragte mich, welcher neue unangenehme Auftrag mir auferlegt werden würde. Selbst in dieser entlegenen tropischen Gegend waren wir nicht immun gegen die religiösen Unruhen, die es in der Hauptstadt gegeben hatte. Die Hinrichtung des *Bab* im Juli hatte den Unmut des Volkes nicht beendet, sondern nur geschürt, mit dem Ergebnis, daß der Name *Babi* zum bequemen Etikett für alle Abweichler und zur ausreichenden Entschuldigung für deren Beseitigung wurde. *Babi*-Aktivitäten wurden von überallher gemeldet, und als Polizeichef hatte ich erlebt, daß meine Gefängnisse aus den Nähten platzten, bis die Hinrichtungen ihre eigene Form von Erleichterung brachten. Die stinkenden, verwesenden Leichname waren öffentlich ausgestellt worden als Warnung an jene, die noch immer versucht sein mochten, ihre Gotteslästerungen zu äußern. Kein Wunder, daß die Fliegenplage in diesem Jahr besonders schlimm war.

Ich hatte nie verlangt, Daroga von Mazenderan zu werden, und ich muß gestehen, daß es Zeiten gab, wo ich dachte, ich würde als untergeordneter Sekretär viel ruhiger schlafen. Es gab Hunderte von uns Prinzen in Persien; wir alle durften aufgrund der wenigen edlen Blutstropfen in unseren Adern behaupten, kaiserlicher Abstammung zu sein. Die Schahs hatten immer ein außerordentliches Talent zur Vaterschaft an den Tag gelegt, und deswegen hatte von jeher himmelschreiender Nepotismus gewuchert. Bis jemand starb und einen Posten freimachte, der meiner bedauernswert zimperlichen Natur besser entsprach, würde ich Daroga von Mazenderan bleiben müssen. Ich hatte ein bescheidenes Anwesen, eine Frau und eine achtbare Stellung in der Gesellschaft zu unterhalten und konnte es mir nicht leisten, in bezug auf meine Beschäftigung im

Dienst des Königs besonders wählerisch zu sein. Der Posten des Polizeichefs verschaffte mir eine gute Pension und brachte mich oft genug an den Hof, um ein wachsames Auge auf die nächsten Blutsverwandten zu halten, die hektisch versuchten, mir mein Amt hinter meinem Rücken zu entreißen. Zügellose Korruption und rücksichtslose, hinterhältige Verleumdungen waren das unvermeidliche Ergebnis unseres Regierungssystems. Der persische Hof war kein Ort, wo ein weiser Mann seinen Feind auch nur für einen einzigen sorglosen Augenblick aus den Augen ließ.

Nachdem ich durch die Hohe Pforte geschritten war, die in den Palastkomplex führte, wurde ich hinaus in die Gärten geleitet, zu dem hölzernen Pavillon, der hastig und halbherzig errichtet worden war, um die Halle der Vierzig Säulen zu ersetzen. Er sah schon jetzt einsturzgefährdet aus, das Ergebnis eines minderwertigen Entwurfs, dürftiger Materialien und fauler Arbeiter. Nach einer glorreichen Vergangenheit begann Persien allmählich zu stagnieren; überall sah man Anzeichen von Dekadenz und Verfall.

Pflichtschuldigst warf ich mich auf dem starkgemusterten Teppich zu Füßen eines türkischen Diwans nieder und entbot dem König der Könige den vorgeschriebenen Gruß.

«Möge ich Euer Opfer sein, Hort des Universums.»

Unbewegt von der Absurdität meiner Anrede blickte der Schah von der Katze auf, die unter seiner streichelnden Hand einen Buckel machte, und vollzog die kurze Geste, die mir befahl aufzustehen.

«Daroga! Sie kommen spät.»

«Ich bitte tausendmal um Vergebung, kaiserliche Hoheit.»

Ich neigte in gespielter Demut den Kopf, und er war es zufrieden. Ich war nicht zu spät gekommen, und wir beide wußten das, aber er war jung, kaum zwei Jahre auf dem Thron, und verspürte noch die Notwendigkeit, durch Nörgeln seine Autorität zu festigen. Jetzt, da ich zum ergebenen Bittsteller geworden war, konnten wir zum Geschäft kommen.

«Haben Sie den Pelzhändler aus Samarkand verhört, wie ich befohlen hatte?»

«Ja, kaiserliche Hoheit.» Immer bekam ich die heiklen Aufgaben, solche, die niemand sonst bei Hof übernehmen mochte. Ich hatte zwei Monate gebraucht, um diesen unglücklichen Pelzhändler aufzutreiben und ihm seine unglaubliche Geschichte zu entreißen.

«Und welchen Eindruck haben Sie von der Aufrichtigkeit des Mannes?»

«Er ist ein einfacher Mann, Hoheit, ein sehr einfacher Mann. Ich würde sagen, daß er nicht die nötige Phantasie hat, um sich eine solche Geschichte auszudenken.»

Der Schah richtete sich auf dem Diwan auf, und die Siamkatze – sein besonderer Liebling, ein Geschenk des siamesischen Königshofes – sprang auf den Teppich, wobei sich ihr mit märchenhaften Juwelen besetztes Halsband verschob, und beäugte mich mit purer Boshaftigkeit. An diesem Hof war es eine ernste Sache, sich eine Katze zum Feind zu machen, aber so sehr ich mich auch bemühte, ich kam mit diesen Tieren einfach nicht zurecht.

«Es stimmt also», murmelte der Schah nachdenklich, «er existiert tatsächlich, dieser geheimnisvolle Zauberer, der singt wie ein Gott und unvorstellbare Wunder vollbringt. Die Khanum wird entzückt sein. Sie hat schon gesagt, daß eine solche Erscheinung in Nischni Nowgorod vergeudet wäre. Er muß sofort hierhergebracht werden, die Khanum wünscht es.»

Ich verharrte in respektvollem Schweigen, da ich nicht wagte, meine Gedanken zu äußern. Wie der Rest des Hofes war ich es von Herzen leid, die Launen der Mutter des Schahs zu befriedigen. Sie war schön, herzlos, intrigant und seit zwei Jahren die Macht hinter dem Thron; sie würde unser Leben weiterhin mit ihren Kapricen beherrschen, bis ihr Sohn sich von ihrer mütterlichen Dominanz befreite. Bedauerlicherweise gab es dafür keinerlei Anzeichen. Der Schah hatte drei Hauptfrauen und zahllose Konkubinen, doch keine Frau im Harem hatte sich bisher als fähig erwiesen, aus dem Schatten der Khanum herauszutreten, um deren heimtückischen Einfluß herauszufordern. Wir alle hatten Angst vor *Der Dame*.

«Ich habe die Absicht, diese kleine Angelegenheit Ihrer werten Obhut zu übergeben, Daroga», fuhr der Schah fort und beobachtete, wie die Katze mich mit einem unheilvollen Schwingen ihres Schwanzes umkreiste. «Sie werden sich sofort zur Abreise nach Rußland vorbereiten.»

Ich öffnete den Mund, um zu widersprechen, und schloß ihn

rasch wieder, als der Gesichtsausdruck des Schahs schon vorab Mißbilligung ankündigte.

«Wie Ihr wünscht, Schatten Gottes.»

Als ich mich rückwärts unter Verbeugungen entfernte, trat mein Fuß auf etwas Sehniges. Ich hörte ein wütendes Aufkreischen, und Krallen schlugen in die nackte Haut über meinem Fußknöchel. Noch so eine höllische Katze! Allah sei Dank, diesmal war es nicht die Lieblingskatze des Schahs, aber doch eine, die genügend geschätzt wurde, um mir ein Runzeln der kaiserlichen Stirn einzutragen, das mir den Schweiß auf die Oberlippe trieb.

«Sie sind heute unachtsam, Daroga.»

Wie ein Narr murmelte ich zahllose Entschuldigungen, doch meine Versöhnungsbemühungen brachten mir nur weitere böse Kratzer durch das aufgebrachte Tier ein. Allah, wie ich Katzen haßte! Die elenden Geschöpfe waren überall im Palast und füllten die Räume mit dem Gestank ihres Kots. Es galt als besonderes Privileg, von einer der königlichen Katzen angepinkelt zu werden – man durfte weder angewidert aufschreien noch davonlaufen, um saubere Kleider anzuziehen. Tatsächlich kannte ich einen Höfling, der lieber die Schöße seiner Jacke abschnitt, als die schlafende «Glorie des Kaiserreiches» in ihrer Ruhe zu stören. Die Katzen hatten ihre eigenen Diener und wurden in mit Samt ausgeschlagenen Käfigen getragen, wann immer der Hof reiste. Einige der besonders begünstigten Tiere bezogen sogar Pensionen. Männer waren schon für wesentlich geringere Vergehen ins Gefängnis geworfen worden als dafür, daß sie auf den Schwanz einer königlichen Katze getreten hatten. Ich wußte, ich hatte Glück, so glimpflich davonzukommen.

Ich verließ den Palast in wütender Stimmung. Es war immer gefährlich, den Hof für eine unbestimmte Zeit zu verlassen, aber mein Groll hatte tiefere und unendlich viel schmerzlichere Ursachen. Die Mission gefährdete mehr als die Sicherheit meines Postens.

Seit mehr als einem Jahr wußte ich, daß es mit der Gesundheit meines Sohnes nicht zum besten stand. Er litt unter einer seltsamen Sehstörung, und die Muskeln seiner Arme und Beine wiesen eine Schwäche auf, die ständig zunahm. Trotz der beruhigenden Versicherungen mehrerer Ärzte blieb mein Unbehagen bestehen. Wir

Perser waren nicht gerade bekannt für unsere medizinische Kunst. Der Schah hatte längst seinen einheimischen Quacksalber entlassen und nahm statt dessen die Dienste eines französischen Arztes in Anspruch. Ich wollte mein Heim zu diesem Zeitpunkt nicht verlassen, und doch wußte ich, ich hatte keine Wahl. Einen kaiserlichen Auftrag abzulehnen, bedeutete, sich die Ungnade des Schahs zuzuziehen, und ich kannte keinen schnelleren Weg zu Ruin und Tod.

An diesem Abend, als ich Reza geduldig erklärte, warum ich ihn während meiner Abwesenheit der Fürsorge von Dienstboten überlassen mußte, wurde mir plötzlich klar, welch schlechten Dienst ich ihm erwiesen hatte, als ich darauf verzichtete, ihm eine neue Mutter zu geben. Ich hatte meinen Teil Konkubinen gehabt, doch seit Rookheyas Tod hatte ich nie auch nur im entferntesten die Versuchung gespürt, mir die vier Ehefrauen zuzulegen, zu denen meine Religion mich berechtigte. Sooft meine Männlichkeit sich regte, nahm ich die Dienste einer der Frauen meines Haushalts in Anspruch und schob jeden Gedanken an eine Heirat in den Hintergrund. Doch jetzt, während ich Rookheyas blasses und zartes Kind anstarrte, fragte ich mich, ob ich sie in der Selbstsucht meiner Trauer nicht beide betrogen hatte.

Es gab, wie erwartet, Tränen. Ich hatte den Jungen allzusehr von meiner Zuneigung abhängig werden lassen, und nun konnte ich ihm nicht einmal sagen, wann ich zurückkommen würde. Um mir anstelle der Tränen ein Lächeln zu erkaufen, sagte ich ihm, ich werde ausgeschickt, um den größten Zauberer zu suchen, der je gelebt hat. Und ich versprach ihm, daß ich nach der Erfüllung meiner Mission dieses achte Weltwunder zuerst in unser Haus führen und dann erst zum Schah bringen würde. Wie leicht es ist, ein Kind mit Versprechungen abzulenken! Wären doch Schuldgefühle ebenso leicht zu besänftigen.

Während ich zusah, wie Reza hinkend meine Gemächer verließ, verfluchte ich von Herzen die Khanum, deren verdammte Laune uns diese Monate der Trennung aufzwang. Was das mysteriöse Genie anging, das zu verfolgen ich nun verurteilt war, so wünschte ich, es hätte niemals einen Ton gesungen und damit diesen geschwätzigen Pelzhändler aus Samarkand verzaubert. Es wäre besser in der Wolga ertrunken, statt unglaubliche Kunststücke zu vollbringen, die seinen Ruf durch Handelskarawanen weit über die Steppen Rußlands hinaus verbreiteten.

Tausendmal seist du verflucht, dachte ich bitter. Ich wünschte, du wärest nie geboren worden!

2. Kapitel

Um Nischni Nowgorod noch vor dem Ende des Großen Yarmark, wie der berühmte Sommerjahrmarkt hieß, zu erreichen, mußte ich unverzüglich das Kaspische Meer überqueren. Auf dem Rücken eines Kamels reisen Gerüchte recht gemächlich, und der Bericht, der die Vorstellungskraft der Khanum angeregt hatte, hatte fast zwölf Monate gebraucht, um uns zu erreichen. Ich hatte keine Zeit zu verschwenden, um das Gefolge auszuwählen, das der reisende Perser so liebt. Ich nahm nur eine Handvoll Diener mit – darunter meinen bewährten Darius –, und im Interesse der Geschwindigkeit reisten wir mit dem leichtestmöglichen Gepäck.

Die Schiffsreise möchte ich am liebsten vergessen, denn sie war so unangenehm, wie man es sich nur vorstellen kann. Die Sommerstürme tobten unglaublich heftig, und unser kleines Schiff wurde hin und her geworfen wie ein Stück Treibholz. Als wir Astrachan erreichten, war ich schlechter Laune. Das erste, was mir an dieser berühmten russischen Stadt auffiel, waren nicht die hochragenden Minarette ihrer vielen Moscheen oder die anmutigen Kuppeln der zahllosen Kirchen, sondern der ekelhafte Gestank verwesender Fische, der die ganze Stadt erfüllte.

Ich zog mich sofort in ein schäbig aussehendes hölzernes Gasthaus zurück und überließ es Darius, unsere Dampferfahrt wolgaaufwärts zu arrangieren. Die Wirtin servierte ein Mahl, das aus Kohlsuppe, Gurke und Wassermelone zu bestehen schien. Ich betrachtete noch dieses unbekömmliche Gemisch und überlegte, ob ich es wohl wagen sollte, meinem aufgebrachten Magen einen Bissen davon zuzumuten, als auch schon Darius mit besorgter

Miene zurückkam. Der Große Yarmark in Nischni Nowgorod dauerte nur noch ein paar Tage, und der Dampfer, auf dem er deswegen Plätze für uns reserviert hatte, legte schon zur Mittagszeit ab. Angeekelt ließ ich die Wassermelone stehen und sah zu, wie unser Gepäck ohne viel Rücksicht die holprige Treppe hinuntergewuchtet wurde.

Eine Vergnügungsreise die Wolga hinauf ist bestenfalls eine angenehme Sache für jemanden, der nicht unter nervenaufreibender Eile ist. Meine moslemischen Mitreisenden schienen sich zu vergnügen. Fünfmal am Tag traf ich sie auf dem Radkasten des Dampfers, um mein Gesicht nach Mekka zu wenden und mich im Gebet niederzuwerfen, doch zu meiner Schande muß ich gestehen, daß mein Geist oft von den rituellen Anrufungen abschweifte. Ich hatte keinen anderen Gedanken im Kopf als den Erfolg dieser Mission, denn nur Erfolg würde mir ermöglichen, rasch wieder nach Hause zu meinem Sohn zurückzukehren. Ich verfluchte das gemächliche Tempo unseres Dampfers und machte einen Besuch im Maschinenraum, um mich zu erkundigen, ob das Schiff nicht schneller fahren könne. Auf meine Frage bekam ich einen Vortrag über die Mechanik der Dampfernavigation zu hören und den schroffen Hinweis, zur Zeit der alten *maschinas,* die noch bis vor kurzem in Betrieb gewesen waren, sei alles noch viel langsamer gegangen. Ob mir denn nicht klar sei, daß diese Reise früher so viele Wochen gedauert hatte wie jetzt Tage...

«Bewundern Sie die Aussicht und seien Sie geduldig», rief der alte Kapitän.

Die Aussicht auf die bewaldeten Hügel, die idyllischen Buchten interessierte mich nicht. Ich starrte in die Ferne, ohne etwas zu sehen, und wünschte nur, das Schiff würde schneller fahren. Sechzehnhundert endlose Meilen lagen vor mir, und die Tage gingen dahin wie Sand in einem Stundenglas: Saratow, Samara, Kasan...

Und dann, endlich, erschien das eckige, weißgekalkte Kloster von St. Makarius am rechten Ufer, und ich wußte, daß ich nur noch fünf Stunden von meinem Ziel entfernt war.

Als wir am Kai von Nischni Nowgorod anlegten, schickte ich meine Diener aus, um in der Oberstadt Quartier zu suchen. Ich wartete nur so lange, bis ich eine Adresse hatte, und heuerte dann eine

Droschke an, die mich durch die Stadt in das westliche Viertel fuhr, das man mir genannt hatte. Darius begleitete mich; er behauptete, der Jahrmarkt sei voll von Dieben und Gaunern, und ein Edelmann dürfe sich nicht allein in die Menschenmenge begeben.

In der Tat konnte sich das kleine Tatarenpferd kaum einen Weg durch den dichten Verkehr bahnen, der vom Jahrmarkt strömte. Kein persischer Basar war mit diesem Chaos zu vergleichen. Menschen zu Fuß, in Kutschen oder zu Pferde, Viehherden, Karren, beladen mit Fässern und Kisten und Kästen aller Art, alles behinderte unser Fortkommen. Ich war erstaunt, daß noch spät am Tag solcher Betrieb herrschte. Ein stetiger Regen fiel, und das Pferd sank bis zu den Fesseln im Schlamm ein; solche sintflutartigen Regenfälle waren anscheinend ziemlich häufig. An buchstäblich jeder Straßenecke, die wir passierten, gab es einen Heiligenschrein oder ein Heiligenbild, umgeben von hysterischen Männern und Frauen, die sich vor den brennenden Kerzen in den Schlamm warfen und sich fieberhaft bekreuzigten, als hinge ihr Leben von dieser Geste ab.

«Christen!» sagte Darius leise, und in seiner Stimme hörte ich die ganze alte Verachtung des Islams für die Ungläubigen. Ich teilte seinen Glauben, nicht aber seine Verachtung. Ich wußte, es gab keinen Gott als Allah; ich akzeptierte, daß kein Ungläubiger jemals Eintritt ins Paradies erlangen würde, und doch hatte ich viele Freunde in den katholischen Missionen Persiens gewonnen, Männer, deren moralische Stärke ich bewunderte, obwohl ich ihren religiösen Irrglauben bedauerte. Sie hatten keine Hoffnung auf den Himmel, aber hier auf Erden sah ich keinen Grund, ihnen Höflichkeit oder Freundschaft zu verweigern. Ich konnte nicht mit der Einfalt meines Dieners hassen.

Ich antwortete also nicht, und schweigend fuhren wir weiter – obwohl fahren vielleicht kaum das richtige Wort ist, um unser Vorankommen zu beschreiben. Wir schaukelten von einer Stelle auf die andere, wurden ständig angerempelt und im Gedränge fast umgestoßen. Stinkender Schlamm flog aus allen Richtungen in unsere Gesichter.

Mir schien es, als sei an diesem Abend die halbe Welt unterwegs in die westliche Vorstadt, um Unterhaltung zu suchen. Es hatte einfach keinen Sinn, zu Pferd oder in einem Wagen unser Ziel erreichen zu wollen. Ich bezahlte den Kutscher, und wir setzten unseren Weg zu Fuß fort.

Im Nu hatten wir uns verirrt. Mein Russisch war nicht besonders gut, und mein Versuch, mich nach dem Weg zu erkundigen, brachte uns nur auf Irrwege. Die meisten der bärtigen Händler und gravitätischen Orientalen schienen ebenso verwirrt und durcheinander zu sein wie ich selbst. Es dauerte eine ganze Weile, bis wir endlich die berühmte Vorstadt Kunavin erreichten.

Dieser Bezirk lag im äußersten Westen und war ganz und gar zweifelhaften Vergnügungen gewidmet. Als die Dunkelheit sich herabsenkte, strömten Gruppen von betrunkenen, lärmenden Nachtschwärmern aus den Speisehäusern und begannen, auf dem Weg zu Spielhöllen oder Hurenhäusern miteinander zu raufen. Darius holte sein Messer heraus und drängte mich, mich in Sicherheit zu bringen, aber ich wies seine ängstliche Fürsorge zurück. Ich würde keinen Schlaf finden können, ehe ich nicht festgestellt hatte, ob der seltsame Vogel, den ich einfangen sollte, bereits fortgeflogen war. Überall in Rußland gab es Jahrmärkte, und mir wurde kalt vor Panik bei dem Gedanken, ich könne in Nischni Pech haben. Durch kaiserliches Edikt war ich dazu verdammt, den riesigen, öden Kontinent zu durchkämmen, bis ich den verfluchten Magier gefunden hatte. Ich würde die ganze Nacht durch diese Straßen laufen, ehe ich die Hoffnung auf Erfolg an diesem Ort aufgab.

Eine Stunde später bog ich um eine Ecke, und da bot sich mir plötzlich der Anblick, nach dem ich gesucht hatte: das kirgisische Zelt, das der Pelzhändler aus Samarkand mir so minuziös beschrieben hatte. Der große, schwarze Schatten, oval geformt wie ein Bienenstock, wirkte unzugänglich und düster inmitten seiner glitzernden und verrufenen Umgebung. Ich war überrascht, denn meine erste Reaktion nach all der Mühsal, hierher zu gelangen, war der Impuls, mich umzudrehen und davonzulaufen. Während ich in der schlecht beleuchteten Straße stand, überwältigte mich ein machtvolles Vorgefühl von schlechtem Omen und tragischem Ausgang, wie ich es noch nie erlebt hatte. Alle meine Instinkte warnten mich davor, dieses Kuppelzelt zu betreten, das plötzlich so eigenartig bedrohlich wirkte. Meine Beine waren schwer wie Blei, als ich Darius anwies, auf mich zu warten, und zögernd die Binsenmatte anhob, die als Tür diente.

Es war, als sei ich in ein geheimnisvolles Schloß eingetreten. Alles, was ich sah, war rot, die Wände, der üppige persische Teppich auf dem Boden, die Wimpel, die von dem konkaven Dach herabhingen. Weiches, gedämpftes Kerzenlicht und sein starkes Aroma von Duftölen und Räucherwerk machten die Atmosphäre drückend, und eine seltsame, schwere Lethargie senkte sich über mich. Ich mußte blinzeln, um klar zu sehen, ehe ich den Mann erkennen konnte, der zwischen hohen Kissen wie auf einem Thron saß.

In krassem Gegensatz zu der Üppigkeit seiner Umgebung war er von Kopf bis Fuß in Schwarz gekleidet, und sein Gesicht war völlig hinter einer weißen Maske verborgen. Das vermittelte den Eindruck von dunkler Macht, von kalter, überirdischer Majestät; es war, als träfe ich auf einen der alten mythologischen Götter. Er schaute nicht auf, als ich eintrat, und für eine lange Weile fuhr er fort, an einem komplizierten Zauberkasten herumzuhantieren, während ich in der Nähe der Tür wartete, verwirrt von einem zunehmenden Gefühl der Unsichtbarkeit.

Er ignorierte mich so vollständig, daß ich zu der Überzeugung kam, er bemerke meine Anwesenheit gar nicht; infolgedessen gestattete ich mir, ihn mit unverhohlener Neugier anzustarren. Unwillkürlich fielen mir seine Finger auf, die außerordentlich dünn waren. Sie waren buchstäblich unmenschlich lang und bewegten sich mit einer anmutigen Gewandtheit, die merkwürdig faszinierend wirkte. Wie hypnotisiert beobachtete ich ihn; dann wurde mir plötzlich bewußt, daß er mich ebenfalls fixierte. Der prüfende Blick dieser reglosen Augen hinter der Maske machte mich sehr nervös. Es lag etwas Unheimliches, fast Reptilienhaftes in der Reglosigkeit dieser schwarzgekleideten Gestalt, etwas, das mich an eine Kobra denken ließ, die gleich zubeißen wird.

«Für heute ist die Vorstellung zu Ende», sagte er in fehlerfreiem Russisch. «Wenn Sie meine Fertigkeiten sehen wollen, müssen Sie morgen wiederkommen.»

Erstaunt riß ich den Mund auf, denn nichts an seiner düsteren und strengen Erscheinung hatte mich auf seine Stimme vorbereitet. Selbst in diesen kurzen, kalten Worten war deren erstaunliche Melodik ganz unüberhörbar. Nur, wer ihn sprechen und singen gehört hat, wird jemals wissen, was eine Stimme sein kann, denn man muß die außerordentliche Resonanz und das tiefe Timbre erlebt haben, um die Größe seiner Macht wirklich zu verstehen. In diesem ersten Augenblick des Kontaktes fragte ich mich, ob ich einem Engel oder einem Teufel gegenüberstand; und noch heute, nach all diesen Jahren, stelle ich mir dieselbe Frage.

«Ich bitte um Verzeihung für mein Eindringen», sagte ich hastig und verfiel in meiner Verwirrung ins Persische. «Bitte verstehen Sie, ich komme nicht einfach als verspäteter Zuschauer, der unverschämt genug ist, eine Privatvorstellung zu erwarten.»

«Unverschämt sind Sie allerdings», erwiderte er in meiner Muttersprache. «Sagen Sie, was Sie von mir wollen, und fassen Sie sich bitte kurz.»

Er sprach mit der Arroganz eines Königs zu mir, und unwillkürlich verfiel ich in die automatische Unterwürfigkeit, die ich normalerweise dem Schah vorbehielt.

«Mein Herr, Ihr Ruhm ist weit verbreitet, weiter vielleicht, als Sie denken. Ich bin aus Persien gekommen, um Ihnen die persönliche Einladung des Schah-in-Schah zu überbringen.»

Noch während ich sprach, wurde mir klar, daß ich meinen Auftrag stark übertrieb. Man hatte mir gesagt, ich solle diesen Mann holen, wie man mich angewiesen hatte, einen dressierten Affen mitzubringen. Doch plötzlich wurde mir deutlich bewußt, daß dies nicht so einfach sein würde.

Er lachte leise, ein Geräusch, das mir die Haare auf den Handrücken zu Berge stehen ließ.

«Sie glauben also, daß ich nach den Launen eines Königs komme und gehe wie andere Menschen?» fragte er herausfordernd.

«Nein», sagte ich ruhig. «Ich sehe bereits, daß Sie nicht wie andere Menschen sind.»

Er lehnte sich in die Kissen zurück und betrachtete mich mit einem eigenartigen Ausdruck, den ich nicht zu ergründen vermochte.

«Sie sprechen wahrer, als Sie wissen, Perser. Vielleicht täten Sie besser daran zu schweigen!»

Er stand auf, und mir wurde kalt vor Furcht, als er einen Schritt in meine Richtung tat. Ich wußte, daß ich ihn erzürnt hatte, aber ich wußte nicht, wie oder warum.

«Angenommen, ich entscheide mich, Sie nicht nach Persien zu begleiten. Was wird dann aus Ihnen, Bote des Königs?»

Eine unbeschreibliche Bedrohung lag in seiner Stimme, und allein schon seine physische Nähe irritierte mich. Ich erkannte, daß nichts mich vor dieser unausgesprochenen Bedrohung retten konnte außer gewissenhafter und schmerzhafter Ehrlichkeit.

«Wenn meine Mission fehlschlägt, werde ich meine Stellung bei Hofe, meinen Lebensunterhalt und wahrscheinlich auch mein Leben einbüßen», sagte ich schlicht.

Er schwieg einen Augenblick, betrachtete mich nachdenklich, und ich spürte, daß er hinter seiner Maske zu lächeln begonnen hatte.

«Welche Stellung haben Sie?» fragte er überraschend.

Ich machte eine ironische kleine Verbeugung. «Ich bin der Daroga von Mazenderan.»

«Aha!» Er verschränkte die Arme unter der Umhüllung seines schwarzen Umhangs. «Ich darf wohl annehmen, daß der Polizeichef mit einigen Bewaffneten gekommen ist?»

«Nein, mein Herr, ich bin allein gekommen bis auf einen Diener, der draußen wartet.» Allah! Warum sagte ich ihm das?

Er lachte wieder, aber diesmal ohne die atemberaubende Bedrohlichkeit im Ton.

«Das ist, wenn Sie mir die Bemerkung gestatten, bemerkenswert unvorsichtig von Ihnen. Ich bin sicher, zu Hause führen Sie Ihre Geschäfte mit größerer Umsicht!»

Seine Stimmung war bei meinem unwürdigen Eingeständnis abrupt umgeschlagen. Noch immer spielte er mit mir wie eine Katze mit der Maus, aber diesmal sanft, mit eingezogenen Krallen. Ich nahm seinen Köder nicht an, sondern verharrte in würdigem Schweigen. Nach einem Augenblick zuckte er die Achseln und ging in eine Ecke des Zeltes, wo im Messingkessel eines Samowars Wasser brodelte. Er nahm die kleine Porzellanteekanne von den Holzkohlen, goß Tee in eine einzige Tasse, fügte eine Zitronenscheibe hinzu und reichte sie mir. Ich nahm diese geheiligte Geste russischer Gastfreundschaft mit großer Erleichterung an. In diesem Land gehörte der Tee zu den selbstverständlichen Präliminarien, ehe man zum Geschäftlichen kam. Es sah also wenigstens so aus, als würde ich nicht ohne Anhörung aus seinem Zelt geworfen werden.

«Was bietet der Schah als Entgelt für meine Dienste?» fragte er plötzlich.

Ich trank einen Schluck von dem glühend heißen Tee, um Mut zu fassen.

«Reichtum ... Ehre ...»

Er machte eine ungeduldige Geste, als seien diese Dinge für ihn ohne jedes Interesse, und ich atmete tief ein, ehe ich meinen letzten Köder auswarf. *«Macht.»*

Er setzte die Teekanne wieder auf die Holzkohlen und drehte sich um, um mich anzusehen.

«Macht?» Der Widerhall dieses einzelnen Wortes hing bebend zwischen uns in der Luft. Ich wußte, daß ich die richtige Saite angeschlagen hatte.

«Wenn Sie dem Schah und der Khanum gefallen, wird Ihr Wort Gesetz sein.»

«Für eine Weile.»

«Für eine Weile», stimmte ich zu, da ich wußte, daß Lügen sinnlos war. «Aber während dieser Zeit ...» Ich breitete vielsagend die Hände aus, eine Geste, die er wohl begriff.

«Ja», sagte er langsam, «ich verstehe, was Sie meinen.»

«Dann werden Sie also mit mir kommen? Wenn Sie einverstanden sind, könnten wir morgen abreisen.»

Gereizt schnippte er mit den Fingern.

«Ihre Hartnäckigkeit beginnt mich zu ärgern, und Sie werden feststellen, daß ich das nicht schätze – nicht einmal, wenn es sich um den Daroga von Mazenderan handelt. Gehen Sie jetzt. Sie werden Ihre Antwort bekommen, wenn ich bereit bin, sie Ihnen zu geben, und nicht eher.»

Ich wußte, wenn ich noch ein Wort sagte, würde ich allen Boden verlieren, den ich bis jetzt gewonnen hatte. Obwohl seine arrogante Art mich erzürnte, verbeugte ich mich also nur und verließ ihn. Mein Schicksal hing völlig von seiner Laune ab. Plötzlich wünschte ich mir, ich wäre doch zu spät gekommen und hätte ihn nicht mehr in Nischni Nowgorod angetroffen.

Ich ahnte, welche Kette von schrecklichen Ereignissen ich im Begriff war auszulösen.

3. Kapitel

Als ich am folgenden Abend zurückkam, rechtzeitig, um die Vorstellung zu sehen, war ich wirklich verblüfft über das, was sich meinen Augen darbot. Sein Einfallsreichtum und seine Fingerfertigkeit waren buchstäblich unglaublich. Ich war benommen von diesem Angriff auf mein Sehvermögen, und meinem Gehirn schwindelte, da all meine Begriffe von Schwerkraft und Zeit gnadenlos auf den Kopf gestellt wurden. Alle Gesetze, die das Universum regieren, wurden in diesem Zelt ad absurdum geführt. Mit Unbehagen erkannte ich, daß er Linkshänder war. Jeder Moslem weiß, daß der Teufel Linkshänder ist – deswegen spucken wir immer nur nach links aus. Ich bemühte mich, seinen Augen auszuweichen, denn ich hatte schon Angst vor seinem bösen Blick.

Die Menge im Zelt geriet, als die Vorstellung zu Ende war, außer Rand und Band, drängte nach vorn, warf einen Regen von Münzen auf den Boden und verlangte lautstark wie gierige Kinder um weitere Wunder. Doch er wandte sich ab und sagte ihnen mit müdem Unterton in der Stimme, sie hätten alles gesehen, was er heute bereit gewesen sei zu zeigen.

Sie wollten nicht gehen. Sie umringten ihn wie ein Rudel hungriger Tiere und begannen mit wachsender Hektik zu fordern, er solle die Maske abnehmen und für sie singen.

«Zeig uns dein Gesicht!» schrien sie. «Zeig uns dein Gesicht, Erik, und laß uns den Teufel singen hören!»

Seine mageren Hände verkrampften sich, ballten sich wütend zu Fäusten, und einen Augenblick lang fürchtete ich, er werde sich weigern; denn ich rechnete damit, daß der Pöbel in diesem Falle gewalttätig werden würde. Endlich, nach einer Geste schmerzlicher Überwindung, öffnete er die Fäuste und nahm die Maske ab.

Die Stille, die sich über die Menge senkte, war ehrfurchterregend; es war, als hielten alle im Zelt den Atem an. Ich stand sehr nahe bei ihm, nahe genug, um selbst vor Schreck zu wanken, als sich meinen aufgerissenen Augen dieser entsetzliche Schädel darbot. Davon hatte der Pelzhändler aus Samarkand nie gesprochen. Vielleicht hatte er Angst gehabt, dadurch eine Legende unglaubwürdig zu machen, denn gewiß hätte niemand, der es nicht gesehen hatte, geglaubt, daß etwas so Entsetzliches lebte. Ich konnte den Blick nicht von ihm wenden. Ich stand da und starrte ihn an wie ein ungehobelter Hirte, bestürzt über eine unerhörte, unmenschliche Häßlichkeit, die noch schrecklicher wurde durch den Haß, der aus seinen eingesunkenen Augen sprühte, und den Schmerz, der die grotesk deformierten Lippen verzerrte. In diesem angespannten Augenblick, ehe er zu singen begann, spürte ich seine tiefe, überwältigende Verachtung für die Menge.

Und dann vergaß ich alles, als ich zum ersten Mal den wahren Zauber des Gesangs erlebte.

Meine Kehle war wie zugeschnürt, und wie viele der Umstehenden weinte ich.

Als das Lied zu Ende war, strömte die Menge in lautlosem, andächtigem Staunen aus dem Zelt. Als es leer war, sah ich, wie Erik mechanisch die Maske wieder aufsetzte und seine Hände dabei vor Bewegung zitterten.

Eine bemerkenswerte physische Veränderung ging mit ihm vor, sobald sein grauenhaftes Gesicht nicht mehr zu sehen war. Seine Schultern strafften sich, und seine ganze Gestalt strahlte wieder die geheimnisvolle Macht aus, die ich schon am Vorabend gespürt hatte. Einen Augenblick zuvor hatte er noch gewirkt wie ein alter Mann. Nun sah es aus, als habe er dreißig Jahre in ebensovielen Sekunden abgeschüttelt, und ich merkte wieder, daß er in der Blüte der Mannesjahre stand und vermutlich noch einige Jahre jünger war als ich.

«Sie kommen wegen Ihrer Antwort, nehme ich an», sagte er düster, als ich keine Anstalten machte, mich zu entfernen.

«Sie werden in Persien hoch geehrt werden», erinnerte ich ihn. «Alles, was Sie begehren, wird Ihnen gehören.»

«Niemand auf dieser Welt kann mir geben, was ich begehre», sagte er kurz, «nicht einmal der Schah von Persien.»

«Aber Sie werden mit mir kommen?»

Er hob die Schultern zu einem eleganten, verächtlichen Achselzucken.

«Es sieht so aus», sagte er und wandte sich ab, um die Glut unter dem Samowar anzufachen.

Am folgenden Tag war der große Jahrmarkt zu Ende, und der Massenexodus aus Nischni Nowgorod setzte ein. Auf den Raddampfern war nicht gleich ein Platz zu haben; sie waren jetzt voll mit reichen Kaufleuten, die nach Hause reisten. Das beste, was ich besorgen konnte, waren Plätze für unsere Reisegesellschaft an Bord eines Lastkahns, der völlig überladen war mit Menschen, Teekisten und Baumwollballen.

Auf der Wolga reisten wir flußabwärts bis Kasan. Dort bemerkte ich in aller Frühe zufällig, daß der Magier mit ruhiger Entschlossenheit seine Pferde an Land brachte.

«Was machen Sie da?» fragte ich beunruhigt. «Für einen Landgang ist keine Zeit.»

«Ich habe nicht die Absicht, noch weiter wie eine Kiste Tee zu reisen», erwiderte er ruhig. «Sie können natürlich tun, was Ihnen beliebt.»

«Sie werden doch nicht im Ernst die Absicht haben, den Landweg zum Kaspischen Meer zu nehmen», appellierte ich an ihn.

Unbekümmert sah er mich über die Mähne des Pferdes hinweg an.

«Vielleicht entscheide ich mich dafür, die Reise überhaupt nicht fortzusetzen. Ich lasse mich nicht gern so eng zusammen mit Vertretern der menschlichen Spezies einsperren.»

Ich ahnte eine Niederlage und tat, was ich konnte, um versöhnlich zu klingen.

«Ich gebe zu, daß die Reise unbequem war.»

«Bequemlichkeit hat nichts damit zu tun», murmelte er.

«Ich habe die Hoffnung, daß wir in Samara auf einen Dampfer umsteigen können. Dann werden wir in wenigen Tagen das Kaspische Meer erreichen.»

«Geschwindigkeit interessiert mich nicht», erwiderte er scharf, «ich will nur für mich sein. Wenn ich diese Reise überhaupt fortsetze, dann auf dem Landweg.»

Ich verlor die Beherrschung. «Das ist lächerlich!» rief ich aus. «Eine solche Reise würde Wochen dauern ... *Wochen*! Wie soll ich dem Schah diese unverzeihliche Verzögerung erklären?»

Mit einer Geste gleichgültiger Arroganz breitete er die Hände aus.

«Vielleicht ist es Ihnen lieber, statt dessen Ihren Mißerfolg zu erklären. Leben Sie wohl, Daroga. Genießen Sie Ihre Weiterreise auf diesem schwimmenden Packkarren!»

Als er sich umdrehte, um seine Pferde an Land zu führen, faßte ich seinen Ärmel.

«Warten Sie!» Ich wußte, wenn ich ihn jetzt aus den Augen verlor, würde ich ihn kein zweites Mal finden. «Geben Sie mir Zeit, das Abladen meiner eigenen Habseligkeiten anzuordnen, und wir reisen weiter, wie Sie es wünschen. Aber ich warne Sie, das Mißvergnügen des Schahs ist etwas, das man nicht leichtfertig riskiert. Der König der Könige liebt es nicht, wenn man ihn warten läßt.»

«Der König der Könige muß Geduld lernen», sagte Erik kalt, «wie alle anderen.»

Das war die erste Gelegenheit, bei der ich mich seinen kapriziösen Launen beugte – die erste von vielen.

Ehe wir Kasan verließen, bestand er darauf, das Mausoleum zu besichtigen, das sich ungefähr eine Meile außerhalb der Stadt befand. Da ich jetzt jede Hoffnung auf eine schnelle Rückkehr nach Persien aufgegeben hatte – und weil ich es nicht wagte, ihn auch nur eine Minute aus den Augen zu lassen –, war ich gezwungen, ihn durch die feuchten, übelriechenden Katakomben zu begleiten, um die Knochen jener zu bewundern, die drei Jahrhunderte zuvor bei der Belagerung von Kasan umgekommen waren.

Menschliche Überreste machten mich nervös, und ich war entsetzt, als er die Reste eines Skeletts aufzusammeln begann und sie, Knochen für Knochen, in einen Beutel tat.

«Was wollen Sie damit?» fragte ich unbehaglich. «Sie wollen das doch nicht etwa nach Persien mitnehmen?»

«Doch, natürlich», antwortete er ruhig. «Ich habe selten ein so gut erhaltenes Exemplar gesehen. Schauen Sie, man kann noch sehen, wo das Messer beim Eindringen in den Körper die Rippe durchtrennt hat.»

«Woher wissen Sie, daß es ein Messer war?»

«Ich habe genügend Leichen seziert, die an Messerstichen gestorben sind.»

«Seziert?» Ich starrte ihn entsetzt an. «Sie haben Sektionen durchgeführt?»

«Von Zeit zu Zeit. Es ist leider die einzige Möglichkeit, zu einem echten Verständnis des menschlichen Körpers zu gelangen. Ich habe ein akademisches Interesse an der Anatomie und Physiologie der menschlichen Spezies.»

Die Art, wie er von der «menschlichen Spezies» sprach, war ganz und gar ungewöhnlich. Es schien, als rechne er selbst sich dieser Spezies nicht zu. Ein Schauder ging durch meinen Körper, und ich war höchst erleichtert, als wir wieder draußen im Sonnenlicht standen. Ich stellte ihm keine Fragen mehr. Ich wollte nicht wissen, zu welcher Art sich der Mann zählte, der Skelette aus Gräbern sammelte und Tote sezierte, um ein «akademisches Interesse» zu befriedigen.

Ehe wir Kasan verließen, zeigte er zu meiner Bestürzung mehrmals neue Beweise äußerster Amoralität. Eines Nachts ging ich mit ihm durch die Straßen von «Klein-Moskau» und beobachtete zu meinem Schrecken, daß jedesmal, wenn wir an einem tatarischen Händler vorübergingen, eine Lederbörse den Besitzer wechselte und dann in irgendeiner verborgenen Falte von Eriks Umhang verschwand. Mir schien, als sprängen diese Börsen durch reine Zauberei in seine Finger, denn obwohl ich ihn genau beobachtete, konnte ich niemals den Moment entdecken, in dem seine Hand, seine Geisterhand, in die gut gefüllte Tasche des Händlers griff. Später begann ich zu verstehen, daß der einzige Grund, warum ich überhaupt etwas gesehen hatte, seine Absicht war, es mich sehen zu lassen. Er schien es zu genießen, daß er mich schockierte, und ich muß zugeben, daß seine Gesellschaft zwar höchst verwirrend war, aber nie auch nur für einen Augenblick langweilig.

Doch die Wirklichkeit holte mich schnell wieder ein, nachdem wir einmal die tatarische Pracht von Kasan hinter uns gelassen hatten. Während unserer endlosen Reise durch die Urwälder, die die Ufer der Wolga säumten, erlebte ich viele unbehagliche Momente. Wir waren nur eine kleine Gruppe und den Räuberbanden, die sich auf der Suche nach unachtsamen Reisenden entlang der Wasserstraße herumtrieben, hilflos ausgeliefert. Darius schlief mit einer geladenen Pistole neben seinem Lager und überredete mich, dasselbe zu tun. Erik jedoch schien der Gefahr gegenüber vollkommen gleichgültig; oft verschwand er ohne Ankündigung oder Erklärung allein im dichten Wald und blieb dem Lager die ganze Nacht fern.

Bei näherer Bekanntschaft fand ich ihn launisch und wechselhaft. Man konnte nie den Augenblick vorhersehen, in dem seine gute Laune abrupt in schlechte umschlug. Er hatte Anfälle von schwarzer Melancholie, und wenn eine solche Stimmung ihn überkam, zog er sich in sein Zelt zurück und weigerte sich, die Reise fortzusetzen; tagelang aß und sprach er nicht. Jeder, der ihn in einem solchen Augenblick störte, setzte damit seine Gesundheit aufs Spiel, wie wir rasch lernten, denn sein Temperament war unbeherrscht, ja gewalttätig. Dann wieder, ebenso unerwartet, wurde er aufs neue unterhaltsam, führte seine erstaunlichen Fertigkeiten als Zauberer, Sänger und Bauchredner vor und verblüffte uns mit immer neuen Beweisen seiner unerschöpflichen Phantasie. In einer solchen Laune war er gelegentlich bereit, sich zu mir ans Lagerfeuer zu setzen und meine Neugier mit Berichten über exotische Reisen zu befriedigen. Er schien die meisten Länder Europas und Asiens durchstreift zu haben. In Indien hatte er sich einige Zeit bei den Mystikern von Karak Khitan aufgehalten.

Er war ein geborener Geschichtenerzähler. Ich erfuhr in diesen Reisewochen mehr über die Geheimnisse der Welt, als ich bei lebenslangem Studium hätte lernen können; in seine persönliche Geschichte jedoch gewann ich sehr wenig Einblick. Er sprach nie von seinem Leben vor der Zeit, als er begonnen hatte, aus unersättlichem Wissensdurst umherzuwandern. Er verbarg seine Vergangenheit genauso wie sein Gesicht, und selbst der geschickteste Versuch, ihn aus der Reserve zu locken, schlug fehl.

So waren wir mehrere Wochen gereist, als das Wetter plötzlich umschlug. Tagelang zogen schwere Wolken über die Wolga, und aus dem eisengrauen Himmel strömte unablässig Regen, der den Boden unter den Hufen der Pferde in unpassierbaren Schlamm verwandelte. Wir waren durchnäßt bis auf die Haut, und es war unmöglich, unsere Kleider abends an den unzulänglichen Kohlepfannen in unseren Zelten zu trocknen. Die dampfende, tropische Hitze von Mazenderan schien unendlich weit entfernt. In dieser für die Jahreszeit ungewöhnlichen Kälte und Nässe zog ich mir eine Erkältung zu, die mich husten ließ wie einen alten Mann. Als wir Kamichin erreichten, wo die Stürme uns einschlossen und die Weiterreise unmöglich machten, hatte ich hohes Fieber.

Darius hüllte mich in die trockensten Decken, die er finden

konnte, und ich verbrachte eine scheußliche Nacht. Ich lauschte dem unablässigen Trommeln des Regens auf das Zeltdach. Am Morgen schmerzte mich jeder Atemzug wie ein Messerstich in die Brust.

Mühsam rang ich nach Luft, als Erik unerwartet in mein Zelt trat und sich über mein Lager beugte.

«Ihr Diener sagte mir, daß Sie krank sind.» Seine Augen betrachteten mich aufmerksam. «Wie lange verursacht Ihnen das Atmen schon Schmerzen?»

«Seit ein paar Stunden», sagte ich dumpf. «Daran sind nur dieses schreckliche Klima und Ihr Starrsinn schuld.»

Er legte eine kalte Hand auf meine Stirn, und ich erschauerte bei der eisigen Berührung.

«Lungenentzündung», hörte ich ihn murmeln. «Ich werde einen Aufguß bereiten, der Ihnen hilft.»

«Arzt sind Sie also auch noch?» sagte ich grob. «Sind Ihre Fähigkeiten denn grenzenlos?»

Er stand auf und schaute mit außerordentlicher Ruhe auf mich herab.

«Ich habe gewisse Fertigkeiten, über die Sie vielleicht noch froh sein werden. Aber wenn Sie sich lieber auf die Arzneien Ihres hirnlosen Dieners verlassen wollen, steht Ihnen das selbstredend frei.»

Er verließ mein Zelt, ohne sich noch einmal umzusehen.

Von den folgenden Tagen weiß ich nur noch sehr wenig. Ich versank in fiebrige Alpträume, aus denen ich nur gelegentlich halb auftauchte, wenn Darius mich versorgte und eine seltsame, dunkle, gesichtslose Gestalt sich über mein Lager beugte und irgendeine scharfe Herausforderung aussprach.

«Geben Sie sich Mühe, verdammt! Ich kann nichts für Sie tun, wenn Sie sich einfach aufgeben!»

Und dann war da Musik...

Musik, sanft und beruhigend wie ein Wasserfall... Musik, die meine unwillige Seele mit süßen, wortlosen Versprechungen wieder hinauf ans Licht trieb.

Als ich in meinem grauen Zelt erwachte, nur Darius an meiner Seite, weinte ich über die teuflische Grausamkeit, mit der die Musik mich getäuscht hatte.

«Er sagte, Sie würden weinend erwachen, wenn Sie überhaupt erwachten, Herr», sagte Darius ruhig. «Er sagte, ich solle aufpassen und Ihnen das geben.»

Darius stützte mich und träufelte übel schmeckenden Sirup in meine Kehle.

Als er mich wieder hinlegte, sah ich neben meinem Kopf den Koran liegen.

Da wußte ich, wie nahe ich dem Paradies gewesen war.

Während meine lebensgefährliche Erkrankung Eriks Besorgnis erregt hatte, schien meine Rekonvaleszenz ihn in höchstem Maße zu langweilen, denn er kam nicht wieder in meine Nähe, bis ich aufstehen konnte. Als ich einen unsicheren Versuch unternahm, meine Dankbarkeit zu zeigen, lachte er nur verächtlich und sagte, mein Tod wäre für ihn beim gegenwärtigen Stand der Dinge äußerst lästig gewesen.

Bei dieser Gelegenheit blieb er bis zum späten Abend in meinem Zelt und nutzte meinen geschwächten Zustand aus, um mir in einer Reihe von Schachpartien eine beträchtliche Geldsumme abzugewinnen. Doch schließlich, als ihn mein uninspiriertes Spiel zu langweilen begann, stand er auf, schob das Schachbrett weg und warf seinen Gewinn auf mein Kissen.

«Was soll das?» fragte ich überrascht.

Er zuckte die Achseln. «Sie sind müde, es war kein fairer Wettkampf. Aber hüten Sie sich, morgen werden wir die Einsätze verdreifachen, und glauben Sie mir, ich werde Ihnen nichts schenken.»

Er drehte sich um und schlenderte ohne ein weiteres Wort in die Nacht hinaus. Hinter ihm blies der Wind die Zeltklappen auseinander. Ich schleppte mich hin, um sie zu schließen, schaute dabei nach draußen – und sah, wie es geschah.

Ein Mann in Kalmückentracht stürzte sich mit einem Messer aus dem Dickicht auf ihn, doch ehe ich ein Wort der Warnung rufen konnte, fiel Erik wie eine Wildkatze über den Angreifer her.

Ein dünnes Lasso pfiff durch die Luft. Mit einem einzigen raschen, heftigen Ruck erdrosselte es den Räuber. Er fiel tot in den Schlamm. Ich war fassungslos über diesen blitzschnellen Reflex, eine automatische, gnadenlose Reaktion, die alle Instinkte eines

Beutejägers in der Wildnis verriet, für den Töten so natürlich und alltäglich ist wie das Atmen. Mein Begleiter hatte schon früher getötet, viele Male; an dieser Tatsache konnte kein Zweifel bestehen.

Während ich noch mit entsetzt aufgerissenem Mund im Zelteingang stand, bückte sich Erik, um mit einer achtlosen Bewegung seiner Finger das Lasso zu lösen und in eine verborgene Tasche seines Umhangs zu schieben. Er war vollkommen beherrscht und gelassen. Hätte er einem Huhn den Hals umgedreht, hätte er kaum weniger Emotionen zeigen können. Diese tödliche Ruhe bestürzte mich ebensosehr wie die gnadenlose Schnelligkeit, mit der er getötet hatte.

Er stieß den Leichnam mit dem Fuß beiseite, blickte auf und sah mich dort stehen und ihn anstarren wie ein hirnloser Idiot.

«Gehen Sie wieder in Ihr Zelt, Daroga.» Ich hörte die Mißbilligung in seiner Stimme. «Ich fände es überaus mühsam, Ihnen zum zweiten Mal das Leben retten zu müssen.»

Ich kroch verwirrt in mein Bett zurück und versuchte, mich mit dem neuen und höchst unwillkommenen Wissen abzufinden: Dieser Mann war nicht nur der größte Zauberer, der bemerkenswerteste Bauchredner und der begnadetste Musiker, den ich je gesehen hatte. Er war auch der kaltblütigste Mörder. Nur ein selbstmörderischer Narr würde ihn anders als mit größtem Respekt behandeln.

4. Kapitel

Das kleine Schiff, das uns im Hafen von Astrachan erwartete, fuhr unter kaiserlich-persischer Flagge, und Eriks Eitelkeit wurde durch diesen Anblick soweit geschmeichelt, daß er ohne Protest an Bord ging. Ich versprach ihm Abgeschiedenheit während der Fahrt. Ich hätte ihm Mond und Sterne versprochen, um ihn sicher hinaus auf das Kaspische Meer zu bringen, wo ich mich einigermaßen darauf verlassen konnte, daß er mir nicht wieder davonlaufen würde.

Die letzte Etappe unserer Reise war glücklicherweise ereignislos, und nach einiger Zeit erblickten wir die große Dünenkette, die die Meeresküste von Mazenderan säumt. Hinter ihr lagen die *murdabas*, die toten Wasser, eine endlose Reihe von Lagunen, umgeben von dichtem Dschungel, Sümpfen und Treibsand. Alle möglichen Reptilien bewohnten diesen tödlichen Morast, und Wolken von Moskitos summten unablässig in der giftigen Luft. Sobald wir an Land waren, drängte ich hastig zur Weiterreise in die sanfte Luft von Ashraf, wo der süße, vertraute Duft der Zypressen darauf wartete, uns zu umfangen.

Die kleinen Häuser mit ihren geneigten Dächern, ihren breiten Veranden und ihren bunten Glasfenstern hatten nie schöner ausgesehen. Obwohl ich wußte, daß wir unverzüglich nach Teheran hätten eilen sollen, wo der Hof sich aufhielt, hätte selbst Allah mir nicht befehlen können, einen Schritt weiterzugehen, ohne zuvor mein Kind zu sehen.

Wenn ich gehofft hatte, Erik mit der Großartigkeit meines Anwesens und meiner königlichen Abstammung zu beeindrucken, so wurde ich schnell enttäuscht.

«Soviel ich weiß, sind Prinzen in Persien zahlreicher als Kamele und Fliegen», bemerkte er spöttisch.

Ich spürte, wie ich errötete. Er hatte das Land gerade erst betreten. Wie hatte er es nur geschafft, die boshafteste aller Redensarten so schnell auszugraben?

Eine Weile genoß er amüsiert meine Verlegenheit. Dann sagte er: «Machen Sie sich nichts daraus, Daroga. Wenn ich je das Bedürfnis haben sollte, königliches Blut zu vergießen, dann weiß ich jetzt wenigstens, wo es zu finden ist.»

Ich spürte das Lächeln hinter der Maske, und trotz meines Ärgers mußte ich unwillkürlich in sein Lachen einstimmen.

«Sie werden lernen müssen, bei Hof Ihre Zunge im Zaum zu halten», warnte ich ihn. «Geistreiche Bosheit ist eine sehr gefährliche Eigenschaft.»

«Ich werde versuchen, daran zu denken, und inzwischen, Spott beiseite, fühle ich mich geehrt, heute nacht unter Ihrem königlichen Dach zu schlafen.»

Ich war überrascht von seiner Höflichkeit und erstaunt zu sehen, daß er seine kalte, schneidende Art ablegte und statt dessen das

Betragen des perfekten Hausgastes annahm, bezaubernd höflich und anerkennend. Wäre die Maske nicht gewesen, hätte ich glauben können, einen jungen Gentleman von der britischen Botschaft zu beherbergen.

Nach Sonnenuntergang saßen wir zusammen auf der Veranda, wo meine neugierigen Diener uns mit Gebäck, Kaffee und Eis versorgten. Dort fand uns auch mein Sohn, während sich sein Erzieher verlegen in einiger Entfernung hielt und Vorwürfe erwartete.

«Vater! Du warst so lange fort. Ich dachte, du würdest niemals wiederkommen.»

Ich entwand mich der heftigen Umarmung, die ich so sehr vermißt hatte, stellte den Jungen wieder auf die Füße und stützte ihn, da er das Gleichgewicht zu verlieren schien.

«Reza», tadelte ich ihn sanft, «so beträgt man sich nicht in Anwesenheit von Gästen.»

Erik stand schweigend da, als das Kind ihm seinen vagen, unsteten Blick zuwandte.

«Möge Ihr Herz nie eng werden, Herr», grüßte Reza ihn respektvoll; und dann, mit einem plötzlichen Ausbruch von Erregung, die sich durch die vorgeschriebenen Verhaltensregeln nicht länger unterdrücken ließ: «O Herr, sind Sie wirklich der größte Zauberer auf der ganzen Welt?»

«Einige haben mich so genannt.»

Eriks Stimme war merkwürdig sanft. Er nahm die ausgestreckte Hand des Kindes und drehte sie in seiner um, so daß es einen Augenblick aussah, als untersuche er die Handfläche.

«Oh, bitte, zaubern Sie mir etwas vor, ehe Sie wieder gehen!»

Erik warf mir einen kurzen, fragenden Blick zu, und ich antwortete mit einem traurigen, hilflosen Achselzucken.

«Das will ich gern tun», sagte er freundlich, «und für dich, Reza, wird es etwas ganz Besonderes geben, etwas, das kein menschliches Ohr je gehört hat noch hören wird, nicht einmal der Schah.»

Ich sah den verzauberten Ausdruck auf dem Gesicht meines Sohnes, als er instinktiv die Hände nach der Quelle dieser außergewöhnlichen Stimme ausstreckte.

«Werden Sie es mir jetzt gleich zeigen, Herr?»

«Morgen», vertröstete ihn Erik, «ich fürchte, es wird morgen sein müssen. Kannst du bis dahin geduldig sein und warten?»

Reza nickte nur.

Eine gespannte Stille senkte sich über die Veranda, nachdem er gegangen war. Erik kehrte in den weißen Korbsessel zurück und untersuchte mit merkwürdiger Intensität den Kaffeesatz in seiner Tasse.

«Wann hat die Sehkraft des Jungen nachgelassen?» fragte er.

«Vor achtzehn Monaten etwa.»

«Und die Muskelschwäche kam später?»

«Ja.» Mühsam schluckte ich meinen Kaffee. «Wie man mir sagte, handelt es sich um eine Kinderkrankheit, die er mit der Zeit überwinden wird.»

Erik schüttelte den Kopf, als er seine Tasse auf den Tisch stellte.

«Es ist eine fortschreitende Krankheit, Daroga.»

Ich starrte ihn an. «Sie glauben also nicht, daß er seine Sehkraft zurückgewinnen wird?»

«Ich glaube nicht, daß Sie darauf hoffen sollten», sagte er ausweichend. «Und jetzt habe ich zu arbeiten. Gestatten Sie mir, dem Abendessen heute fernzubleiben.»

Ich neigte den Kopf und blieb allein zurück, um über seine Worte nachzugrübeln.

Meine Diener sagten mir, in seinem Zimmer hätten die ganze Nacht die Lichter gebrannt, und als er schließlich am nächsten Morgen das Gemach verließ, habe er eine seltsame, puppenähnliche Figur getragen.

Einige Zeit danach sah ich die Figur selbst in Rezas Zimmer. Es war keine Puppe, sondern ein Automat, gekleidet in das Gewand eines russischen Bauern. In einer Hand hatte er eine Fiedel, in der anderen einen Bogen. Als ich sah, wie der Automat sich steif verbeugte und dann die Fiedel unter sein Kinn hob, mußte ich unwillkürlich lächeln und wartete darauf, daß er die einfache Bewegung wiederholte. Nie zuvor hatte ich bei einem Uhrwerkmechanismus so flüssige Bewegungsabläufe gesehen.

«Sehr hübsch», wollte ich gerade sagen, aber Reza ergriff drängend meinen Arm.

«Warte, Vater, es ist noch nicht zu Ende. Hör zu!»

Als die Figur zu spielen begann und sich sanft im Rhythmus ihrer eigenen Melodie bewegte, war ich fasziniert, aber noch nicht überwältigt. Ich sagte mir, ich lauschte einer komplizierten Spieluhr, einer einfallsreichen, aber doch nicht welterschütternden Erfindung.

Als die Melodie endete, sagte Reza, ich solle Beifall klatschen.

«Er spielt erst weiter, wenn wir das getan haben», behauptete er.

Ich verbarg ein Lächeln. Erik, dachte ich bei mir, was bist du doch für ein unverbesserlicher Schausteller! Und ich klatschte höflich, um dem Kind gefällig zu sein.

Als die Figur sich nicht bewegte, nahm ich an, ihr Uhrwerk sei abgelaufen.

«Du mußt mit Begeisterung klatschen, um die unersättliche Eitelkeit des Künstlers zu befriedigen», sagte Reza streng. «So hat der Zauberer es mir gesagt.»

Erstaunt begann ich heftiger zu klatschen.

«Lauter», sagte Reza mit einem gebieterischen Ton in der Stimme, den ich nie zuvor gehört hatte. «Lauter, Vater!»

Meine Handflächen begannen zu brennen, doch gerade als ich anfing, genug von diesem kindischen Unsinn zu haben, verbeugte sich die Figur herablassend, führte die Fiedel wieder ans Kinn und begann, eine andere Melodie zu spielen.

Dreimal wiederholte ich die vorgeschriebene Prozedur, und jedesmal war die Musik eine andere. Ich glaubte, die gleichen Töne wiederzuerkennen, doch die Abfolge veränderte sich mit jeder Darbietung, so daß man unmöglich sagen konnte, welches die ursprüngliche Melodie und welches die kunstvolle Variation war. Je mehr ich mich bemühte, die Illusion zu durchschauen, desto verwirrter und enttäuschter wurde ich, weil es mir nicht gelang, meiner verwirrten Sinne Herr zu werden.

Zumindest ein einfaches Täuschungsmanöver aber gab es, das ich entlarven konnte. Erik hatte offenbar eine Art Verzögerung in den Mechanismus eingebaut. Ich brauchte also nur zu warten, ohne zu applaudieren, und der raffinierte kleine Apparat würde sich dadurch verraten, daß er dennoch wieder spielte. Ich war so entschlossen, die Erfindung für erklärbar zu halten, daß ich nicht an die unnötige Enttäuschung dachte, die ich meinem Sohn vielleicht dadurch bereitete, daß ich das Geheimnis des Tricks aufdeckte.

«Nicht klatschen», befahl ich plötzlich. «Laß uns sehen, was dann passiert.»

Wir standen und warteten in erwartungsvollem Schweigen. Ohne Applaus blieb der seltsame kleine Automat stumm. Ich bildete mir sogar ein, er starre mich mit einer Spur der Verachtung seines Schöpfers an.

«Ich sagte dir doch, daß es nicht funktionieren würde», sagte Reza mürrisch.

«Gib mir den Schlüssel, und ich ziehe den Automaten wieder auf.»

«Es gibt keinen Schlüssel.»

«Erzähl keinen Unsinn, Kind, natürlich muß es einen Schlüssel geben!»

Ich packte die Figur und begann sie ärgerlich zu untersuchen, aber es war, wie Reza gesagt hatte. Ich fand keine Möglichkeit, den Automaten aufzuziehen, und plötzlich überkam mich der blindwütige Drang, ihn an die Wand zu schleudern.

«Schüttele ihn nicht so», schluchzte Reza, «du wirst ihn kaputtmachen. Bitte, Vater! Bitte, gib ihn mir zurück!»

Langsam kam ich wieder zur Besinnung und lockerte meinen manischen Griff um die Figur. Allah! Was war über mich gekommen, daß ich mich benahm wie ein bockiges Kind?

«Reza!» Ich eilte durch den Raum zu den Fußbodenkissen, wo der Junge mit seinem kostbaren Spielzeug Zuflucht gesucht hatte. «Reza ...»

Er drehte mir den Rücken zu, drückte sein Gesicht in die Kissen und schüttelte meine Hand ab.

Ich war verblüfft über die unerwartete Zurückweisung und erkannte bestürzt, wie sehr ich sie verdient hatte.

Beschämt schlich ich aus dem Zimmer, lehnte mich an die Tür und versuchte, meine Fassung zurückzugewinnen. Nach einem Augenblick hörte ich das Kind heftig in die Hände klatschen.

Und dann begann die seltsam erregende Melodie erneut zu erklingen ...

Spät an diesem Abend fand ich Erik auf dem Brunnenrand im Garten sitzend; seine langen Finger spielten müßig im Wasserstrahl. Ich wollte ihn fragen, wie der Automat funktionierte, aber die Erinnerung an mein überaus unvernünftiges Betragen am Nachmittag ließ mich schweigen.

Aufreizend surrten die Moskitos um uns herum, als er die Schale Sorbet annahm, die ich ihm anbot.

«Ihre Frau ist also schon einige Jahre tot», sagte er. «Da es für Menschen Ihres Glaubens nicht üblich ist, monogam zu leben, muß ich annehmen, daß Sie sie sehr geliebt haben.»

Ich blickte auf, empört über die Unverschämtheit dieser indiskreten Bemerkung, doch das außerordentliche Mitgefühl in den Augen hinter der Maske brachte mich zum Schweigen.

«Ist das Kind ihr ähnlich?» fuhr er betrübt fort.

«Ja.» Meine Stimme war ein dünnes, schwaches Flüstern.

«Der Kleine tut mir sehr leid», sagte er.

Er stellte das unberührte Sorbet auf den Korbtisch und verschwand durch die mannshohen Fenstertüren an der Gartenseite des Hauses.

Ich starrte auf die glatten, olivhäutigen Hände, die schlaff in meinem Schoß lagen. Wenn der Leibarzt des Schahs mir gesagt hätte, mein Sohn würde bald sterben, dann hätte ich mich geweigert, ihm zu glauben. Hartnäckig wie ein Ertrinkender hätte ich mich an den letzten Strohhalm der Hoffnung geklammert.

Doch ich konnte die Augen nicht vor Eriks Andeutung verschließen.

Mein Sohn würde sterben. Und dieser seltsame, maskierte Mann – der ohne Gewissensnöte tötete und von Moral jeder Art unberührt schien – war von tiefem Mitleid bewegt.

Wir verweilten viele Tage länger in Ashraf, als ich ursprünglich vorgehabt hatte, denn ich war so verzweifelt, daß das Mißfallen des Schahs mir nicht mehr bedeutsam erschien. Was spielte es jetzt noch für eine Rolle, ob ich meinen Posten, meine Vergünstigungen, meine Stellung in der Gesellschaft behielt? Was war überhaupt noch wichtig? Bald würde ich alles verloren haben, was mir das Leben teuer machte.

Reza verbrachte diese wenigen Tage fast ausschließlich in Gesellschaft des Zauberers, dessen Stimme und erstaunliche Fertigkeiten ihn geradezu hypnotisierten. Stundenlang saß er zu Eriks Füßen wie ein junger Süchtiger in einer Opiumhöhle und bettelte schamlos um eine weitere Geschichte, ein weiteres Lied. Ich wunderte mich über die unermüdliche Gutwilligkeit eines Mannes, der nicht gerade für seinen Gleichmut und seine Geduld bekannt war.

Endlich konnte ich mich so weit aus meiner lähmenden Untätigkeit aufraffen, um unsere Abreise anzukündigen.

Mit Rezas heftiger Reaktion hatte ich gerechnet.

«Warum muß es so bald sein? Warum kann Erik nicht noch ein bißchen länger bleiben?»

«Der Schah hat seine Anwesenheit bei Hof befohlen, das weißt du doch.»

«Ich hasse den Schah!» schrie Reza leidenschaftlich. «Ich hasse ihn!»

Nie zuvor hatte ich meinen Sohn so erlebt, und sein Ausbruch machte mir Sorgen. Erik stand da, die Arme unter seinem Umhang verschränkt, und ich spürte, daß er bestürzt war über das, was er ausgelöst hatte.

Ich winkte einem wartenden Diener und sagte, er solle das Kind sofort in seine Gemächer bringen. Kaum hatte der Mann die Hand auf Rezas Schulter gelegt, warf sich der Junge zu Boden und begann, in rasender Wut auf die blauen Fliesen zu trommeln. Mein Sohn, dieses wohlerzogene Kind, hatte sich ohne Vorwarnung in ein wildes, unverständiges kleines Tier verwandelt. Mir war bitter bewußt, daß ich ihn nicht unter Kontrolle bringen konnte, ohne zu dem würdelosen Mittel körperlicher Gewalt zu greifen.

«Reza!»

Die Stimme vom Fenster her war unglaublich leise, kaum mehr als ein flüsternder Atemzug, doch war sie trotz der Lautstärke des hysterischen Ausbruchs meines Sohnes deutlich vernehmbar, und in dem sonnigen, weißwandigen Raum wurde es still.

«Komm zu mir!»

Ein unwiderstehlich befehlender Ton hatte sich in die sanfte Stimme eingeschlichen. Ich sah, wie Erik eine Hand ausstreckte und den Jungen mit einer einzigen Bewegung durch den Raum an seine Seite zu ziehen schien. Und dieselbe Stimme, die den Geist meines Kindes manipulierte, hielt mich in erstarrter Ohnmacht, so daß es mir unmöglich war einzugreifen.

Reza war jetzt vollkommen ruhig, obwohl auf seinen geröteten Wangen noch die Tränen glänzten.

«Werden Sie wiederkommen?» flüsterte er zitternd.

Erik legte seine Hand unter das Kinn des Jungen und hob sein Gesicht zum Licht.

«Ich werde zurückkommen, sobald meine Pflichten bei Hof es mir erlauben. Aber falls du weinst, wenn ich fortgehe, wird dein Vater mir verbieten, noch einmal zu dir zu kommen. Du hast dich in seiner Gegenwart sehr schlecht benommen. Geh jetzt zu ihm und bitte ihn um Verzeihung.»

Reza kam zu mir wie ein Automat, mit all der Demut und Ehrerbietung, die sein Meister ihm befohlen hatte, und ich verzieh ihm gnädig, bezwungen durch Eriks überlegenen Willen.

Ich spürte genau, in welchem Augenblick Erik beschloß, uns aus seinem Bann zu entlassen. Es war wie das Abschalten eines elektrischen Stroms.

Wenn ich ihn noch nicht als kaltblütigen Mörder erlebt hätte – an diesem Tag hätte ich ihn als den gefährlichsten Mann der Welt erkannt.

5. Kapitel

Am folgenden Morgen brachen wir nach Teheran auf. Wir nahmen die alte Karawanenstraße vom Kaspischen Meer durch die Schluchten und über die Pässe des Elburs-Gebirges. Auf dem Gipfel des Damavand-Vulkans, des höchsten Berges in Persien, lag Schnee. Noch wurde der Bergpaß nicht von den Schneestürmen und tückischen Lawinen heimgesucht wie im Winter alltäglich, doch ein grausamer Wind drang durch unsere wärmsten Kleider und ließ uns die Köpfe einziehen. Meine Diener taten unter den schwierigen Umständen ihr Bestes, und abends aßen wir Lammragout, Kebab und Pilaw. Doch ich hatte die freie Natur inzwischen gründlich satt. Als wir uns endlich Teheran näherten, wärmte der Anblick der häßlichen Lehmmauer, der runden Türme und des vierzig Fuß breiten Wassergrabens mein Herz. Meine Aufgabe war fast vollbracht. Bald würde ich von meinem seltsamen, beunruhigenden Gefährten befreit sein.

Als wir das mit glasierten Fliesen geschmückte Tor passiert hatten und das Innere der Stadt betraten, hörte ich von Erik einen Ausruf des Widerwillens, als er die engen, schmutzigen Straßen und die offenen Abwasserkanäle sah.

«Welche Verwahrlosung!» murmelte er finster. «Welch schändliche Armut!»

Ich war geneigt, ihm zuzustimmen, aber ich hatte kein Verlangen, die Eigensucht des Schahs zu kritisieren.

«Gewiß», räumte ich vorsichtig ein, «die Lebensumstände des Volkes sind bedauerlich.»

«Um die Lebensumstände des Volkes geht es mir nicht», sagte er kalt. «Es ist die Stadt, die mich abstößt. Habt ihr keine Architekten in Persien?»

«Es gibt schlimmere Orte auf der Welt», murmelte ich.

«Nicht viele, Daroga, nicht viele. Dies ist das scheußlichste Beispiel einer Hauptstadt, das ich je gesehen habe. Die ganze Gegend ist ein stinkender Misthaufen und hat nicht ein einziges Bauwerk, das meine Aufmerksamkeit verdient. Genau das werde ich dem Schah sagen, wenn ich ihn sehe.»

«Allah!» Entsetzt stieß ich die Luft aus. «Sie würden noch vor Morgengrauen hingerichtet!»

«Sei's denn», stimmte er mit Gelassenheit zu.

Verzweifelt sah ich ihn an.

«Wenn Sie ihm das wirklich sagen wollen, dann sollten Sie zumindest Ihre Ausdrucksweise mäßigen.» Ich griff in meine Jacke und nahm einen gefalteten Bogen Papier heraus, den ich ihm reichte. «Dies sind einige der vorgeschriebenen Anredeformen. Ich rate Ihnen, sie vor Ihrer Audienz auswendig zu lernen.»

Er studierte das Papier einen Augenblick und brach dann in Lachen aus.

«*Gegrüßet seid Ihr, Beherrscher der Welt!*» sagte er in übertrieben pathetischem Ton. «*Laßt mich Euer Opfer sein, Schatten Gottes!* Glauben Sie im Ernst, ich würde derart übelkeiterregenden Unsinn in den Mund nehmen?»

«Ich weiß, für europäische Ohren hört es sich vielleicht ein wenig absurd an.»

«Es ist schlimmer als absurd, Daroga, es ist eine Beleidigung der menschlichen Intelligenz!»

«Es ist bloß eine höfische Formalität», seufzte ich. «Es bedeutet gar nichts.»

«Wenn es nichts bedeutet, spielt es ja auch keine Rolle, wenn ich es nicht sage», erwiderte er mit aufreizender Logik. «Ich habe nicht die Absicht, mich wie ein lächerlicher Wurm zu krümmen, nur, um die kolossale Eitelkeit Ihres Monarchen zu befriedigen. Ich werde ihn mit normaler Höflichkeit ansprechen und nicht mehr.»

«Nun gut», sagte ich gereizt. «Beharren Sie meinetwegen auf diesem leichtsinnigen Verstoß gegen die Etikette. Aber reden Sie ihn unbedingt mit gnädigster Herr an.»

Das Lachen verschwand aus seinen Augen, und der Blick, der an seine Stelle trat, ließ mich vor Angst frieren.

«Es gibt keinen Menschen auf der Welt, dem ich je wieder diesen Respekt erweisen werde!» versetzte er.

Ich wagte nicht, Fragen zu dieser entschiedenen Aussage zu stellen. In düsterem Schweigen setzten wir unseren Weg zum Königspalast auf der Nordseite der Stadt fort.

Der Schah hatte erklärt, er werde uns im Gulistan empfangen, dem riesigen Gartenhof, den die Europäer als Rosengarten bezeichneten. Seine gewundenen Alleen waren von Pinien, Zypressen und Pappeln gesäumt, die Schutz vor der gnadenlosen Sonne boten. Ständig rann Wasser an den zahllosen, mit blauen Kacheln eingefaßten Eisenbrücken, über Bäche und Teiche hinunter. Erik schien entzückt wie ein Kind beim Anblick der wimmelnden Fische, der eleganten Schwäne und der bunten Mandarinenten.

Vor uns wurde zwischen den Bäumen ein hübscher Pavillon sichtbar, und hier fanden wir den Beherrscher der Welt, umgeben von einer Kollektion seiner Lieblingskatzen.

Mir gegenüber legten diese verwöhnten Geschöpfe ihre übliche Reaktion auf Eindringlinge an den Tag, ein Verhalten, das von erhabener Gleichgültigkeit bis zu offener Feindseligkeit reichte.

Doch langsam, eine nach der anderen, verließen sie ihre bestickten Polster, um ihren Kopf an Eriks Beinen zu reiben. Sie verhielten sich wie Hunde, die einen geliebten Herrn bei der Rückkehr begrüßen, sich bei ihm einschmeicheln und eifersüchtig um seine Liebkosungen wetteifern. Ich war erstaunt über dieses noch nie dagewesene Schauspiel, und wie ich sah, war der Schah ebenfalls erstaunt. Ohne auf die Ausführung der vorgeschriebenen Huldigungen zu warten, stand der junge Mann aus seinem Sessel auf und kam mit unverhüllter Neugier näher.

«Bemerkenswert», murmelte er vor sich hin. «Ein solches Phänomen habe ich noch nie beobachtet.» Ein kurzer Ruck seines Handgelenks entließ mich. «Sie können gehen, Daroga. Kommen Sie, mein Freund», fuhr er fort, sich freundlich an Erik wendend, «gehen Sie mit mir durch die Gärten und lassen Sie mich von den außerordentlichen Gaben hören, für die Sie anscheinend zu Recht berühmt sind.»

Ich trieb mich ein paar Stunden in den Gärten herum, und endlich sah ich Erik allein über den breiten Weg zurückkommen, der zum See führte. Er blieb stehen, um die Schwäne zu bewundern. Als ich näherkam, begann er kleine Kuchen ins Wasser zu streuen, und die Vögel neigten gierig die langen Hälse, um die Mischung aus Manna, Honig und Pistazien zu verschlingen. Auf die Küchlein folgten Fondant und Türkische Wonne. Wenn der Schah ihn bei der ersten Audienz mit Süßigkeiten bewirtet hatte, stand fest, daß Erik seine Gunst errungen hatte.

«Wer in aller Welt ist denn diese Grabesgestalt mit der Maske?» fragte eine kräftige Stimme hinter mir.

Hastig wandte ich mich um und sah den Großwesir mit seinem Gefolge von Schmeichlern, rückgratlosen Speichelleckern, die nichts anderes zu tun haben, als sich an die Fersen prominenter Männer zu heften. Mirza Taqui Khan war mit der Schwester des Schahs verheiratet und einer der edelsten und unbestechlichsten Männer in Persien. Oft dachte ich, er sei von Natur aus zu aufrichtig und eigenwillig, um lange zu bestehen an einem Hof, wo kriecherische Servilität, Verlogenheit und himmelschreiende Bestechlichkeit die wichtigsten Voraussetzungen zum Überleben waren. Er hielt mit seiner Verurteilung des uralten Übels der Korruption nicht hinter dem Berg. Seine wilde Entschlossenheit, Persien an die moderne Welt anzuschließen, hatte ihn schon vielen auf die Zehen treten lassen. Unbedeutenden Fürsten wie mir waren im Zuge der Sparmaßnahmen des Großwesirs die Pensionen gekürzt worden. Gerade war er dabei, eine Akademie zu gründen, von der die besten wissenschaftlichen Erkenntnisse Europas militärisch nutzbar gemacht werden sollten, und es schien ihm gleichgültig, wen er bei seinem unablässigen Streben nach Modernisierung vor den Kopf stieß. Fröhlich ignorierte er die wachsende Anzahl derer, die ihm nicht wohlgesonnen waren, und äußerte jederzeit freimütig seine Ansichten. Er vertraute darauf, daß sein königlicher Status ihn immer schützen werde. Es überraschte mich nicht, daß er sich nicht die Mühe gemacht hatte, die Stimme zu senken, während er Erik verachtungsvoll betrachtete.

«Das ist der neue Zauberer, Exzellenz», sagte ich leise zu ihm und hoffte, er werde sich ein Beispiel an meinem Flüsterton nehmen. Ich wußte, daß Erik die Ohren und Augen einer Katze besaß.

«Zauberer?» fragte der Premierminister stirnrunzelnd. «Ach, ja, ich erinnere mich an das Gefasel über einen Wundertäter vor einiger Zeit. Wurden Sie nicht ausgeschickt, um ihn zu suchen, Nadir? Noch eine absurde Extravaganz, die aus dem Kronschatz zu bezahlen ist, nehme ich an. Sagen Sie mir bloß nicht, er sei die Kosten ihrer langen Reise wert gewesen.»

«Er hat in der Tat einige bemerkenswerte Fähigkeiten, Exzellenz», sagte ich vorsichtig.

«So, so. Nun, ich bin entzückt, das zu hören. Es wird Zeit, daß die Khanum ein neues Spielzeug bekommt, das sie beschäftigt und von den Angelegenheiten des Herrschers ablenkt. Es kommt nie etwas Gutes dabei heraus, wenn man zuläßt, daß Frauen sich in die Politik einmischen. Ich hoffe, daß dieser eigenartige Geselle sie lange genug amüsiert, damit ich ein paar wichtige Staatsgeschäfte voranbringen kann. Ich bin sicher, daß er genauso ein Scharlatan ist wie alle anderen Jahrmarktskünstler, aber im Augenblick könnte er nützlich sein. Ungewöhnliche Hände hat er. Ihr Anblick verursacht mir eine Gänsehaut. Man möchte hoffen, daß er es versteht, sie bei sich zu behalten. Wir haben schon genug Diebe bei Hofe, findet ihr nicht, meine Freunde?»

Sein Gefolge lachte beflissen, und als die bunte Gesellschaft durch die Gärten davonging, um den Schah zu suchen, kam Erik zu mir. Sein düsteres Schweigen machte meine letzte Hoffnung, er habe nichts gehört, zunichte. Sobald ich seine Augen sah, wußte ich, daß er jedes Wort vernommen hatte.

«Vielleicht würden Sie gern das Vogelhaus sehen», sagte ich verlegen.

«Ich habe für heute genug Pfauen kreischen hören», murmelte er. «Wer war das?»

«Der Großwesir, Mirza Taqui Khan.»

«Danke, das ist ein Name, den ich mir mit Vergnügen merken werde. Ich nehme an, er hat Einfluß?»

«Er ist der Schwager des Schahs, und seine Meinung wird von vielen geachtet. An Ihrer Stelle würde ich nicht versuchen ...»

«Es wäre angenehm, jetzt ein Bad zu nehmen und die Grabeskleider zu wechseln», unterbrach er mich. «Vielleicht würden Sie so freundlich sein, mich jetzt in mein Gemach zu führen.»

Unbehaglich sah ich ihn an, während wir zum Palast zurückgingen. Ich fand es nicht sehr weise, daß der Großwesir sich schon so bald seine Feindschaft zugezogen hatte.

Eriks Wohnung gehörte zu den feinsten des Hofes, und ich sah, daß die Üppigkeit, die er erblickte, ihn besänftigte.

Er untersuchte zufrieden das mit weißem Marmor ausgekleidete Badezimmer und kam dann zurück, um sich mit träger Anmut auf dem türkischen Diwan niederzulassen.

«Diese Gemächer sind normalerweise hohen Staatsbeamten vorbehalten», warnte ich ihn. «Sie müssen damit rechnen, daß Sie sich Feinde machen.»

«Ich rechne nie mit etwas anderem», sagte er gleichgültig.

«Worüber haben Sie mit dem Schah gesprochen?» fragte ich neugierig.

«Unter anderem über die schreckliche architektonische Armut dieser Stadt.»

Ich sperrte den Mund auf. «Und er wurde nicht böse?»

«Nein, er war äußerst interessiert. Er bat mich, einen neuen Palast außerhalb von Ashraf zu entwerfen und zu bauen. Wenn das Ergebnis ihm gefällt, darf ich vielleicht ganz Teheran umgestalten.»

«Aber Erik, Sie können doch keinen Palast entwerfen. Das erfordert doch eine entsprechende Berufsausbildung, Erfahrung im Bauwesen ...»

«Ich habe alle Erfahrungen, die ich brauche», sagte er kurz.

«Sind Sie sicher?»

Er sprang von der Couch, getrieben von einer wilden Erregung, die ich nicht begreifen konnte.

«Ich habe meine Kenntnisse bei einem der größten Baumeister erworben!» rief er aus. «Wagen Sie daran zu zweifeln?»

«Nein.» Ich wich hastig zurück, «ich bezweifle nicht, daß Sie alles können, was Sie sagen.»

Trotzdem kam er weiter auf mich zu, und ich wich erneut zurück. Ich war über alle Maßen erschrocken. Wieso hatten ihn meine Worte in so unbeherrschbare Wut versetzt?

«Erik», sagte ich, «meine Güte, ich glaube Ihnen ja, ich glaube Ihnen. Hören Sie mich?»

Abrupt blieb er stehen. Die Hände, die er nach meinem Hals ausgestreckt hatte, fielen schlaff herunter, und er betrachtete sie mit dumpfem Erstaunen. Plötzlich hatte ich das Gefühl, daß er den Tränen nahe war.

«Es tut mir leid», sagte er müde und wandte sich ab, «mein Temperament ist manchmal wirklich unentschuldbar. Ich vermute manchmal Beleidigungen, wo es gar keine gibt. Dieser unwissende Narr da draußen im Garten! Er ist es, den ich am liebsten umbringen würde, nicht Sie. Nein, Sie haben sich mir gegenüber immer höflich verhalten.»

Ärgerlich machte er eine Geste in Richtung auf seine Maske und verfiel in brütendes Schweigen. Nach einer Weile trat er ans Fenster und schaute so abwesend hinaus, daß ich mich fragte, ob er sich meiner Gegenwart überhaupt noch bewußt war. In der Hand hielt er plötzlich etwas, das wie ein silberner Kompaß aussah, und drehte es nervös hin und her.

«Er hat mir alles beigebracht», hörte ich ihn murmeln. «Alles! Ich kann nicht weiter all das vergeuden, was er mir gegeben hat. Ich möchte etwas Schönes bauen, etwas, worauf er stolz gewesen wäre. Es muß einen Sinn haben, auf dieser Welt zu sein. Das Leben muß irgendeinen Sinn haben.»

Ich verharrte geduldig, weil ich erwartete, noch mehr zu hören, aber er sagte nichts mehr. Seine Hand war jetzt leer, der Kompaß war ebenso plötzlich und geheimnisvoll verschwunden, wie er aufgetaucht war. Er schien in tiefe Tagträume versunken, während er hinunter in den Gulistan starrte. Leise schlüpfte ich aus dem Zimmer und ließ ihn allein.

6. Kapitel

Ich hatte gehofft, nachdem ich meine Mission heil hinter mich gebracht hatte, würde ich frei sein, nach Hause zurückzukehren und meine normalen, weniger beschwerlichen Pflichten wieder aufzunehmen. Später am Tag wurde ich jedoch zum Schah befohlen und erfuhr, daß ich am Hof bleiben sollte.

«Ich habe noch eine weitere kleine Aufgabe für Sie, Daroga», sagte mein junger Herr, und mir stockte der Atem, denn ich hatte plötzlich die unangenehme Ahnung, worin diese Aufgabe bestehen würde.

«Ich habe die Absicht, Ihnen die volle Verantwortung für das Wohlbefinden meines maskierten Freundes zu übertragen», fuhr der Schah fort und zwirbelte die dünnen Enden seines Schnurrbarts, um sie übertrieben hochzubiegen. «Sie werden für jeden Schaden haften, den er erleidet, solange er in meiner Gunst steht. Sie verstehen, diese Aufgabe kann ich keinem einfachen Leibwächter übertragen. Der Auftrag, den er in Mazenderan ausführen soll, ist ein Staatsgeheimnis ... ich brauche einen erprobten, loyalen Mann, der ihn überwacht. Dafür ist niemand besser geeignet als Sie, Daroga. Sie kennen ihn besser als jeder andere. Der Mann fasziniert mich, aber ich bin mir durchaus bewußt, daß man ihn sehr sorgfältig beobachten muß.»

Unglücklich neigte ich den Kopf.

«Es wird sein, wie Ihr befehlt, Schatten Gottes», murmelte ich.

Am nächsten Tag begleitete ich Erik bis zu der Sperre, die den Harem vom Rest des Palasts abtrennte.

«Weiter darf ich nicht gehen», sagte ich.

Ich wies auf die beiden Eunuchen, die darauf warteten, ihn in das innere Heiligtum der Khanum zu führen. Sein Eintritt in diese exklusive Domäne war ein besonderes Vorrecht, wie es gelegentlich einem Arzt gewährt werden mochte – ein Privileg, das zu mißbrauchen ihm die Strafe eines gräßlichen Todes eingebracht hätte.

Niemand, der bei Hof Erfolg haben will, kann es sich leisten, die Bedeutung von Haremsintrigen zu unterschätzen. Ich hatte schon lange die Vorsichtsmaßnahmen ergriffen, mir innerhalb dieser geheiligten Mauern private Verbindungskanäle zu schaffen. Das war nicht schwer. Eunuchen lieben bekanntlich das Geld und die Dinge, die man damit kaufen kann. Die körperlichen Auswirkungen der Kastration zwingen sie, sich des Alkohols zu enthalten, aber sie lieben Opium, Duftwässer und Konfekt, und für den richtigen Preis verraten sie jedes Geheimnis.

Der Serail war das Reich der Khanum, eine exklusive Welt, deren heimtückischer Einfluß den Hof durchzog wie eine Wolke giftigen Parfüms. Traditionell war es ein Ort bitterer Rivalitäten, erstaunlicher Verschwörungen und heftiger, gewaltsamer Tode. Die gegenwärtige Khanum war eine Kraft, mit der man rechnen mußte, eine gutaussehende, energische, kluge Frau, die wußte, wie sie ihren Sohn am vorteilhaftesten gängeln konnte. Sie leitete den Harem mit rücksichtsloser Despotie, machte die drei Hauptfrauen des Schahs zu schüchternen, unterwürfigen Wesen und regierte mit eiserner Hand die Konkubinen. Sie verbrachte ihre Tage damit, Zuckerpflaumen zu essen und gelegentlich eine Wasserpfeife zu rauchen, und aus purer Langeweile hatte sie einige verhängnisvolle Kabalen ausgeheckt. Ich glaube, bei Hof gab es keinen Mann, der sie nicht mehr fürchtete als den Schah selbst. Ich war bereit, ansehnliche Summen zu bezahlen, um zu erfahren, wie Erik in dieser verschleierten Welt labyrinthischer Gänge, marmorverkleideter Bäder und gedämpften Flüsterns empfangen wurde.

Man sagte mir, die Khanum habe ihn mehr als eine Stunde warten lassen. Die Eunuchen verspürten größtes Unbehagen, als er anfing, auf und ab zu gehen wie ein Tiger im Käfig, und eine zornige Ungeduld an den Tag legte, die mir nur allzu vertraut war. Endlich waren sie gezwungen, ihn mit Hilfe ihrer Kampfhunde an der Stelle festzuhalten, die ihm zugewiesen war. Doch als sie ihn umringten, wurden sie plötzlich von einem Regen vielfarbiger Funken auseinandergetrieben, die aus seinen Fingerspitzen traten und ihn in einen flammenden Kreis hüllten.

Als die Flammen erstarben, ertönte ein langsames, spöttisches Klatschen vom Balkon, und Erik starrte hinauf zu der verschleierten Frau, die auf der Galerie erschienen war.

«Ich bin sicher», sagte die Khanum leise, «daß Sie nicht den ganzen Weg von Rußland hergekommen sind, nur, um mir ein Feuerwerk zu zeigen.»

«Gewiß nicht, Madame», erwiderte Erik gewandt. «Das war in der Tat nur eine Kleinigkeit, dazu bestimmt, dumme Köter zu erschrecken.»

«Wenn das nur eine Kleinigkeit war, dann bin ich begierig, Ihre wahren Fähigkeiten zu sehen. Und auch Sie zu sehen, mein Freund. Die Maske ist, wie mir scheint, auch so eine Vorrichtung, um Hunde zu erschrecken. Nehmen Sie sie ab!»

«Madame, ich bitte um Nachsicht, wenn ich diesem Wunsch nicht Folge leiste.»

Die Khanum schaute kurz hinter sich, um ihre flüsternden Frauen mit einem einzigen, giftigen Blick zum Schweigen zu bringen. «Dann sollte ich Sie vielleicht daran erinnern, daß in diesem Lande nur Damen ihre Gesichter verhüllen. Nehmen Sie die Maske ab, oder die Hunde werden angewiesen, Ihnen diesen Dienst zu erweisen.»

Noch immer machte er keine Anstalten, ihr zu gehorchen, und die Khanum fächelte sich nervös Luft zu. Dieser unerhörte Trotz reizte sie aufs äußerste.

«Wenn Ihnen nicht viel an Ihrem Kopf liegt», fuhr sie langsam fort, «dann ziehen Sie es vielleicht vor, das Schicksal meines chinesischen Eunuchen zu teilen und Ihre Genitalien in einem Gläschen mit Salzlake mit sich herumzutragen.»

«Sind Sie sicher, daß ein Gläschen ausreichen würde, Madame?»

Die Khanum lachte entzückt.

«Was Sie betrifft, bin ich keiner Sache sicher, aber ich warne Sie jetzt in tödlichem Ernst, daß dies das letzte Mal ist, daß ich Ihren Ungehorsam übersehe. Nehmen Sie die Maske ab!»

Als die Maske in hohem Bogen vor ihren Füßen landete, brach hinter ihr Panik aus. Die jungen Frauen verbargen ihre Gesichter und rempelten einander an in dem Drang, sich von dem entsetzlichen Anblick zu entfernen.

«Seid still!» versetzte die Khanum böse. «Die nächste, die schreit, wird wegen ihrer Dummheit geprügelt. Und nun laßt mich allein. Geht, alle!»

Sie klatschte gebieterisch in die Hände, und die Frauen eilten davon in einem Gewirr weiter, perlenbesetzter Hosen und dünner, wehender Hemden. Ihre zahllosen Armbänder und Halsketten klapperten laut bei ihrer hastigen Flucht.

Die Khanum legte ihre eleganten, hennagefärbten Hände auf das weiße Steingitterwerk der Balustrade und lächelte mit ungeheurer Befriedigung zu Erik herunter. Sie zog einen riesigen Diamantring vom Finger, und als sie ihn ihm zuwarf, fing er ihn geschickt auf.

«Wenn Ihre Phantasie Ihrem Gesicht entspricht», sagte sie ruhig, «dann wird sie Sie zum mächtigsten Mann in Persien machen.»

Die Eunuchen berichteten nur, er habe einen Augenblick gelächelt, als er sich den Diamantring an den kleinen Finger steckte.

«Ist das ein Abschiedsgeschenk oder ein Versprechen?»

Wieder lachte die Khanum.

«Das, mein Freund», sagte sie zuckersüß, «entscheiden Sie ganz allein.»

Er brauchte nicht lange, um sich zu entscheiden. Als der Hof aufbrach, um in Mazenderan zu überwintern, wurde er zu Ratsversammlungen gerufen, um seine Meinung zu äußern, und durfte anwesend bleiben, wenn der Schah den Großwesir zur Privataudienz empfing.

Es war unmöglich, die wahren Motive des Herrschers zu erkennen, aber es schien ihm ein gewisses Vergnügen zu bereiten, seinen Schwager auf diese Weise zu ärgern.

«Erik hat bezüglich deiner Akademie interessante Vorschläge zu machen, mein Bruder», sagte er eines Tages und lehnte sich auf seinem Diwan zurück, um den Effekt seiner Worte zu beobachten. «Ich denke, du solltest dir das Vergnügen machen, ihn zu konsultieren.»

Der Großwesir versteifte sich ärgerlich.

«Bei meinem allergrößten Respekt, kaiserliche Majestät, ich

würde es vorziehen, mich in allen Angelegenheiten, die die Wissenschaften betreffen, auf die Meinung qualifizierter Männer zu verlassen. In tiefster Demut muß ich sagen, daß dies kein geeignetes Betätigungsfeld für die Talente eines Hofmagiers ist.»

«Wenn ich sage, daß er konsultiert werden soll», sagte der Schah mit täuschender Milde, «dann wirst du ihn konsultieren. Ich kann dir versichern, daß du wenige Gelehrte finden wirst, die auch nur entfernt mit seinen Kenntnissen konkurrieren können.»

Der Sklave, der Sorbets servierte, mußte sich an dieser Stelle zurückziehen und war daher nicht in der Lage, mir die Antwort des Großwesirs zu berichten. Er sagte mir jedoch, er habe gesehen, daß Mirza Taqui Khan einen Blick in Eriks Richtung warf, der reines Gift versprühte, ehe die doppelten Türen ihm den Blick auf die Szene versperrten.

Mir war nicht wohl bei all dem, und ich hoffte, der Bau des neuen Palastes werde Eriks Aufmerksamkeit von dem gefährlichen Machtspiel ablenken, das er anscheinend zu spielen entschlossen war.

Bei unserer Rückkehr in die Nordprovinzen begleitete ich ihn auf das auserwählte Terrain – ein lieblicher, bewaldeter Hügel eine halbe Meile außerhalb von Ashraf. Dort sah ich ihn zeichnen, bis es dunkel wurde.

«Können wir nun gehen, Erik?» seufzte ich endlich, da der Hunger an mir zu nagen begann. «Wir sind nun seit mehr als acht Stunden hier.»

«Tatsächlich?» sagte er verwundert. «Ich nehme an, Sie wollen schon wieder essen. Es ist wirklich nicht nötig, häufiger als einmal täglich zu essen.»

Sobald die ersten Entwürfe für den Palast vollendet waren, begann er unter den Störungen zu leiden, die unweigerlich die Folge sind, wenn ein Mann sich an zu vielen Fronten unentbehrlich macht. Weder der Schah noch die Khanum waren bereit, ihr ständiges Verlangen nach Unterhaltung und Rat aufzugeben. Er hatte getan, als sei er allmächtig, und deshalb rechneten sie nicht damit, daß er den gleichen Beschränkungen von Zeit und Energie unterlag wie gewöhnliche Sterbliche. Er war ein großer Zauberer, und als solcher sollte er doch fähig sein, an mehreren Orten gleichzeitig zu weilen. Selten wurde er länger als einen oder zwei Tage vom Hof beurlaubt, und jedesmal, wenn ein neuer gebieterischer Befehl ihn von Stein und Meißel des langsam wachsenden Bauwerks trennte, fürchtete ich, er werde seinen kochenden Zorn diesmal nicht verbergen können.

Die Khanum war diejenige, die seine Gereiztheit und Ungeduld am meisten erregte.

«Ich langweile mich», klagte sie und rekelte sich träge auf den Satinkissen in ihrem Privatgemach, wo sie ihn, wie ich erfuhr, inzwischen empfing, nur durch einen dünnen Gazevorhang von ihm getrennt. «Mir ist langweilig, langweilig, langweilig! Wie nennt man dieses lästige Gefühl in Ihrem Land, Erik?»

«*L'ennui,* Madame.»

«*L'ennui*», wiederholte die Khanum leise. «Was für eine reizende, verführerische Ausdrucksweise ihr Franzosen doch für die Langeweile habt! Empfinden Sie jemals *ennui,* Erik?»

«Nein, nie. Unverstand und Müßiggang sind die Voraussetzungen der Langeweile, und ich habe beide Annehmlichkeiten leider nie kennengelernt.»

«Sehen Sie mich nicht so höhnisch an», sagte die Khanum indigniert. «Sie sind schon häßlich genug, ohne Ihr entsetzliches Gesicht so zu verziehen. Tatsächlich sind Sie so unglaublich und unsagbar abstoßend, daß es auf eine seltsame Art fast attraktiv ist.»

Er schwieg. Wie man mir sagte, quälte sie ihn häufig auf diese Weise und versuchte, irgendeine spontane Reaktion hervorzurufen, aber er starrte sie nur mit steinerner Verachtung an.

«Sie empfinden also keine Langeweile. Ich frage mich, was Sie überhaupt empfinden können, Erik.»

«Zorn», sagte er leise. «Mörderischen Zorn.»

«Ich glaube, ich würde Sie gern zornig sehen», murmelte die Khanum nachdenklich. «Ja, ich glaube, es wäre sehr interessant. Auch Zorn kann seltsam attraktiv sein, bei der richtigen Person.» Plötzlich richtete die Khanum sich aus ihren Kissen auf und sah ihn mit intensivem Interesse durch den dünnen Gazevorhang an. «Sagen Sie mir, Erik, haben Sie je eine Frau gehabt?»

Eine angespannte, pulsierende Stille stand zwischen ihnen.

«Ich verlange eine Antwort», drängte sie ihn. «Sind Sie etwa noch eine Jungfrau?»

«Madame», seufzte er, «ich habe sehr viel zu tun.»

«Zuviel zu tun, um an eine Frau zu denken? Kein wirklicher Mann hat das, mein Freund. Hätten Sie vielleicht gern eine Frau, Erik? Ich könnte das arrangieren. Ich könnte es ganz leicht arrangieren. Und ist es nicht das, was Sie sich mehr als alles andere wünschen?»

Diejenigen, die zuschauten, sagen, seine Hände hätten sich krampfhaft in den Falten seines Umhangs verkrallt.

«Was ich mir mehr wünsche als alles andere», sagte er kalt, «ist in Ruhe gelassen zu werden, damit ich meinen Auftrag ohne Störungen erfüllen kann.»

Die Khanum runzelte hinter ihrem Schleier, der sich geöffnet hatte, die Stirn.

«Sie denken in letzter Zeit an nichts anderes als an diesen Palast. Ich bin eifersüchtig auf Ihre lächerliche Hingabe an einen Haufen Steine und Mörtel. Mein Sohn nimmt überhaupt zu viel von Ihrer Zeit in Anspruch, und ich habe die Absicht, ihm das zu sagen. Sie sind zu meiner Unterhaltung nach Persien gebracht worden – zu meiner! Und Sie *werden* mich unterhalten, Erik. *So oder so.* Ich verbiete Ihnen, zu Ihrer Baustelle zurückzukehren, ehe Sie sich eine extravagante Form von Unterhaltung haben einfallen lassen. Gehen Sie jetzt und denken Sie darüber nach!»

Ich traf ihn, als er den Harem verließ, und ich sah sofort, daß er übler Laune war.

«Sie wünscht sich extravagante Unterhaltung», rief er. «Bei Gott, sie soll sie haben!»

In den folgenden Wochen arbeitete er wie ein Besessener, und nach einem Monat war das Werk fertig: eine seltsame, sechseckige Kammer, vollkommen mit dicken Spiegeln ausgekleidet, die mich in höchste Verwirrung versetzten, als ich eingeladen wurde, sie zu besichtigen.

«Was ist das?» fragte ich neugierig, als ich mein eigenes Bild unzählige Male widergespiegelt sah.

«Eine Folterkammer», erwiderte er kurz angebunden. «Spiegel können töten, Daroga. Darauf gebe ich Ihnen mein Wort.»

Seine Stimme verursachte Gänsehaut an meinen Armen, und plötzlich war ich sehr erleichtert, die Kammer verlassen zu können.

Die Khanum war entzückt über das einfallsreiche neue Spielzeug, und drei schwarze Eunuchen wurden in Eriks Gemächer gesandt, die ihm eine große, goldgefüllte Börse, eine versilberte Wasserpfeife und einen reichen Vorrat an Haschisch überbrachten.

Er warf die Börse achtlos auf den Tisch, aber ich bemerkte, daß er die Pfeife interessiert untersuchte, bald darauf ließ er sich auf seinen Bodenkissen nieder, schob die Pfeife zwischen seine Lippen und begann zu rauchen.

Es dauerte nicht lange, bis er sich die Maske abriß, sie durchs Zimmer schleuderte und ohne besonderen Grund hysterisch zu lachen begann. Es waren die ersten Anzeichen der berauschenden Wirkung der Droge. Ich hatte niemals Haschisch probiert, aber ich kannte seine schrecklichen Wirkungen. Bald würden alle seine Sinne so verzerrt sein, daß er nichts Reales mehr wahrnahm. Das leiseste Geräusch würde er als betäubendes Getöse empfinden; ekstatische Euphorie würde in intensives körperliches Verlangen und ein wildes Bedürfnis nach Gewalt übergehen.

Einige der schlimmsten Verbrechen, die man sich vorstellen kann, wurden in Persien unter dem Einfluß dieser Droge begangen. Mir war völlig klar, warum die Khanum sich dafür entschieden hatte, Erik mit Haschisch zu belohnen und nicht mit Opium. Sie brannte darauf, die dunkleren Regionen seiner unvergleichlichen Phantasie zu erforschen.

7. Kapitel

Ich konnte die sogenannten *Babi*-Abweichler nicht mehr zählen, die in der verspiegelten Hölle von Eriks Illusionskammer starben. Ich konnte die bewaffneten Männer nicht mehr zählen, die im Zweikampf mit ihm umkamen, während die Khanum befriedigt zuschaute – jeder wurde Opfer desselben erstaunlichen Stücks Katzendarm, das ich zuerst in jener Nacht in Rußland seine verheerende Wirkung hatte tun sehen. Das Punjab-Lasso war eine Waffe, die auch das Herz des zähesten Kriegers mit Furcht erfüllte, eine dünne, erbarmungslose Schlange, die nur in den Händen ihres Meisters lebendig wurde. Es amüsierte die Khanum, sich damit zu brüsten, es gebe keinen Menschen, der imstande sei, in der Arena einen Zweikampf mit ihrem selbsternannten Racheengel zu überleben.

Ich glaube nicht, daß Erik jemals aus reinem Vergnügen getötet hatte, ehe er nach Persien kam und unter ihren schlimmen Einfluß geriet. Mit ihren Drogen und ihrem unersättlichen Hunger nach Neuem jedoch weckte sie seinen schlafenden Haß auf die Menschen und setzte einen Dämon von wildem Einfallsreichtum frei, der nicht mehr zu kontrollieren war.

Immer häufiger begann er während dieser Zeit, auf mein Besitztum zu fliehen, zu fliehen vor den Schrecken seiner eigenen Phantasie, um beim unschuldigen Lachen eines Kindes Zuflucht zu suchen.

«Hier ist es so friedlich», sagte er mir einmal in einem der seltenen vertraulichen Augenblicke. «Es ist der einzige Ort in Persien, an dem ich nicht davon träume, in einem Meer aus Blut zu versinken.»

An diesem Abend reichte ich ihm zum ersten Mal eine Opiumpfeife in der Hoffnung, deren beruhigende Wirkung werde ihn veranlassen, das Haschisch der Khanum aufzugeben. Am folgenden Morgen, noch immer in das Wohlgefühl der Droge gehüllt, sagte er, er würde gern den örtlichen Bazar besuchen. Er war vollkommen bei sich, doch seine Pupillen hatten sich zu vielsagenden Stecknadelköpfen zusammengezogen. Ich wußte, daß er sich niemals bei Tageslicht an einen von Menschen wimmelnden Ort hätte begeben wollen, wenn er im vollen Besitz seiner Geisteskräfte gewesen wäre.

Der Bazar war typisch für alle Bazare Persiens. Die meisten Einkäufer waren Männer, aber die Verkäufer waren hauptsächlich Frauen, in schwarze Tschadors gehüllt. Sie saßen neben ihren Waren, fast unter den Wagen, und überhörten die ständigen groben und bilderreichen Aufforderungen, dem vorbeiziehenden Verkehr aus dem Weg zu gehen.

Erik blieb an einem Stand mit buntbemalten Spielwaren stehen und wählte eine Reihe von Gegenständen aus, bei denen mir sofort klar war, wer der Empfänger sein sollte. Benommen auf einer

Opiumwolke schwebend, kaufte er mit unnötiger Extravaganz nur ein, um ein blindes Kind zu erfreuen. Als die Frau zu seinen Füßen einen wirklich übertriebenen Preis nannte, war ich erstaunt, ihn ohne Widerrede in seine Börse greifen zu sehen.

Reza erwartete uns, als wir zurückkehrten; er saß in dem Rollstuhl, auf den er seit dem Winter angewiesen war. Er war jetzt fast völlig blind, aber er hörte gut, und ich sah, wie sein Gesicht beim ersten Ton der Stimme seines Idols aufleuchtete.

«Haben Sie mir eine Überraschung mitgebracht?» fragte er eifrig.

«Ja ... viele Überraschungen», sagte Erik leise und rollte den Stuhl hinaus auf die sonnige Veranda jenseits des Gartenfensters. «Komm mit mir und schau.»

Komm mit mir und schau.

Niemand sonst sagte das mehr zu Reza. Nur Erik.

Und merkwürdigerweise klangen diese Worte bei ihm niemals traurig oder absurd.

Ich hatte mich entschlossen, mich mit ihrer merkwürdigen Freundschaft abzufinden, denn immer, wenn ich sie zusammen sah, ließ mich die Größe ihrer beider Tragödien mein eigenes eifersüchtiges Unbehagen vergessen. Ich versuchte auch zu vergessen, daß mein Sohn einen Mörder von zweifelhaftem Geisteszustand zum Gegenstand seiner Verehrung gewählt hatte.

Doch eines Tages bekam ich einen Schrecken, der mich endlich der Realität ins Auge sehen ließ.

Unerwartet ging ich hinaus in den Garten und traf meinen Sohn, wie er eine hübsche Siamkatze streichelte, die ein Halsband aus großen Diamanten trug. Über die Identität des Tieres gab es keinen Zweifel. Es war unverkennbar die *Glorie des Kaiserreiches*, die dasaß, ein Vermögen um ihren schlanken Hals geschlungen – die *Glorie des Reiches*, der liebste und höchstgeschätzte Besitz des Schahs.

«Sind Sie denn völlig verrückt geworden!» sagte ich wütend zu Erik. «Wollen Sie, daß wir dieses wahnsinnigen Diebstahls wegen alle sterben müssen?»

«Hören Sie auf zu schreien, Sie erschrecken das Kind. Ich werde die Katze zurückgeben, ehe sie vermißt wird. Und wer wird dann schon wissen, wie sie ihr hübsches Halsband verloren hat?»

Ich sank auf den Rand des Brunnens, weil meine Beine mich nicht mehr trugen.

«Ich weiß nicht, wie Sie sie ihren Wächtern entwendet haben», sagte ich schwach, «aber ich weiß, wenn dieses Halsband verlorengeht, sind Sie mit Sicherheit der erste, der verdächtigt wird. Wie können Sie es wagen, hierherzukommen und meinen Sohn in dieses wahnsinnige Verbrechen zu verwickeln?»

Ich sah, wie Reza sich anspannte und sich enger an Eriks in einen dunklen Umgang gehüllte Gestalt schmiegte.

«Vater», flüsterte er zitternd, «bitte, sei nicht böse. Ich hatte ihn gebeten, die Katze mitzubringen. Es war nur ein Scherz.»

«Du dummes Kind!» versetzte ich. «Das ist ein Scherz, der uns alle den Kopf kosten kann.»

Rezas Augen füllten sich mit Tränen, und unvermittelt warf er die Arme um den maskierten Mann, der sich besorgt über ihn gebeugt hatte.

«Ich möchte nicht mehr hierbleiben», schluchzte er in die dämpfenden Falten des Umhangs, «ich möchte mit Ihnen gehen. Ich möchte jetzt mit Ihnen gehen.»

Erik entzog sich hastig der Umklammerung des Kindes, und als er sich abwandte, die Katze im Arm, winkte ich einem Diener, den Rollstuhl außer Hörweite zu schieben.

«Nun?» fragte ich zitternd, als wir wieder allein waren. «War dies nicht genau das, was Sie hören wollten?»

Er antwortete nicht. Mit einer Hand fuhr er kurz über den Hals der Katze, und das juwelenbesetzte Halsband war verschwunden. Ich ging zu ihm, beherrschte den Aufruhr meiner Gefühle und zwang ihn, mich anzusehen.

«Nehmen Sie sich, was Sie wollen», sagte ich ruhig, «bestehlen Sie die ganze Welt, wenn Sie Ihre berufliche Eitelkeit damit befriedigen müssen. Aber nehmen Sie mir nicht das Herz meines Kindes, nur, weil Sie dazu in der Lage sind. Sperren Sie mich nicht in diese Folterkammer, Erik.»

Er wandte sich um, bedauernd das Haus betrachtend, als nehme er im stillen Abschied von etwas, das ihm sehr teuer war.

«Alle vernünftigen Menschen lernen, ihre Türen vor Dieben zu verschließen», sagte er.

Dann barg er die Katze unter seinem Umhang und ging davon.

Das Verschwinden des Katzenhalsbands wurde niemals aufgeklärt. Der Schah raste und ließ einige der Wächter wegen Vernachlässigung ihrer Pflichten ins Gefängnis werfen, aber wenn er Erik verdächtigte, was er gewiß tat, so behielt er das für sich. Noch war es ihm nicht genehm, sich von einem Mann zu trennen, der ihm so viele einzigartige Dienste leistete. Für den Augenblick war er bereit, den Verlust zu ertragen.

Und doch gab es feine Nuancen, die seinen allmählich wachsenden Groll auf einen Diener erkennen ließen, der sich unentbehrlich gemacht hatte. Vielleicht war es zuerst amüsant gewesen, mit einem Mann umzugehen, der nie eine höfische Anrede benutzte, mit ihm wie mit einem Gleichgestellten sprach und sich nie mit Schmeicheleien abgab. Doch mit der Zeit verblaßt alles Neue, und der Schah war in der Wahl seiner Günstlinge notorisch wankelmütig.

Ich wußte, früher oder später würde ein schrecklicher Preis zu bezahlen sein. Ich hoffte nur, daß ich nicht dabei sein mußte, wenn schließlich der Tag der Abrechnung dämmerte.

8. Kapitel

Als der Hof nach Teheran zurückkehrte, bat Erik, in Mazenderan bleiben zu dürfen, um die Bauarbeiten bis zum Ende zu beaufsichtigen. Doch da die Khanum seine unbefristete Abwesenheit nicht dulden wollte, wurde ihm die Erlaubnis verweigert. Folglich mußte er während des ganzen Frühjahrs und Sommers 1851 ständig über die Elburz-Berge hin und her reisen.

Ich beobachtete, wie er mit jedem Monat erschöpfter und gereizter wurde, und ich spürte, daß die fortgesetzten Beleidigungen durch den Großwesir sich tiefer und tiefer in seine Seele fraßen. Die Feindschaft zwischen den beiden Männern wurde immer unverhüllter, als Erik seinen Einfluß bei der Khanum nach und nach dazu benutzte, einige der Vorschläge, die dem Premierminister am

Herzen lagen, zu hintertreiben. Als ich Mirza Taqui Khan an einem schwülen, stickigen Spätsommernachmittag aus dem Ratszimmer stürmen sah, vermutete ich, daß es zwischen ihnen wieder zu einer hitzigen Auseinandersetzung gekommen war.

«Es ist unerträglich!» sagte der Großwesir laut. «Völlig unerträglich, wenn den Ansichten eines schwachsinnigen Zauberers solches Gewicht beigemessen wird. Wie kann Persien seinen Platz in der zivilisierten Welt einnehmen, wenn seine Angelegenheiten weiter von den verdrehten Launen dieses verrückten Monsters fehlgeleitet werden?»

Entsetztes Schweigen senkte sich über die Freunde des Premierministers, als sich zuerst einer, dann ein weiterer umwandte und in stillem Schrecken das «verrückte Monster» in der Tür des Ratszimmers stehen und zuhören sah. Der Großwesir folgte ihren Blicken. Mit einem Ausdruck kalter Verachtung sprach er dann weiter zu seinen Zuhörern, als habe er Eriks Anwesenheit nicht bemerkt.

«Meine Herren, es ist an der Zeit, daß wir darüber nachdenken, wie lange es dem Schah noch gefallen wird, sich von einer Kreatur bedienen zu lassen, die eigentlich in einen Käfig gehört.»

Ich sah, wie Erik erstarrte.

«Einen Käfig?» wiederholte er leise.

Der Premierminister fuhr ärgerlich zu ihm herum.

«Ein Käfig, mein Herr, ist der Ort, an den Sie gehören und wo ich Sie am liebsten sähe ... als das scheußliche Ungeheuer, das Sie sind. Daß Sie Anspruch darauf erheben, ein Mensch zu sein, ist eine Beleidigung für jeden ehrlichen Mann bei Hofe!»

«Gibt es bei Hofe ehrliche Männer?»

Eriks Stimme klang leicht sarkastisch und rief selbst bei den Anhängern Khans nervöses Lachen hervor, aber ich ließ mich von seiner scheinbaren Ruhe nicht täuschen. Am unmerklichen Zittern seiner Hände erkannte ich, daß er bereit war zu töten.

«Weiß Gott, seit Sie kamen, gibt es weniger davon», versetzte der Großwesir wütend. «Die Verderbtheit Ihrer Aktivitäten beschmutzt uns alle. Sie sind weder Künstler noch Wissenschaftler. Sie sind ein krankes Ungeheuer, das man von Geburt an hätte einsperren sollen! Ihr Geist ist ebenso mißgebildet wie Ihr Gesicht. Ich schaudere wirklich bei dem Gedanken, welche schrecklichen Geschichten vom Hof an die europäischen Botschaften getragen werden.»

Der Großwesir machte auf dem Absatz kehrt und ging davon, eilig gefolgt von seinen Anhängern. Erik starrte ihm nach, und als ich näher zu ihm trat, konnte ich den Zorn spüren, der in ihm pochte wie eine prall geschwollene Eiterbeule.

«Ein Käfig!» murmelte er finster. «Ein Käfig!»

«Erik», sagte ich verzweifelt, «ich flehe Sie an, vergessen Sie das.»

Er lachte kurz und bitter auf.

«Wie leicht Sie von Vergessen reden», murmelte er, «Sie, die Sie nie den Schmutz und die Erniedrigung eines *Käfigs* gekannt haben!»

Der haßerfüllte Klang seiner Stimme erschütterte mich.

«Das waren nur Worte», sagte ich, «übereilte, unüberlegte Worte, gesprochen in der Hitze des Augenblicks.»

«Von einem Mann mit vielen Feinden», sagte er leise. Plötzlich strahlte er düstere Ruhe aus; er keuchte nicht mehr und preßte auch nicht mehr seine Hand auf die Brust. Und diese eiskalte, tödliche Gelassenheit war unendlich viel erschreckender als rasende Wut.

«Wenn Sie sein Freund sind», sagte Erik mit derselben bestürzenden Gleichgültigkeit, «dann sollten Sie ihm besser raten, auf der Hut zu sein. Die Planetenstellung in seinem Geburtszeichen ist äußerst ungünstig. Seine Sterne sind gegen ihn.»

Mit einer weitausholenden Bewegung zauberte er eine Tarotkarte aus der Luft und ließ sie zu meinen Füßen auf den Boden fallen. Die Karte fiel auf die Bildseite, und als ich mich bückte, um sie umzudrehen, erblickte ich ein Skelett mit einer Sense.

Als ich aufschaute und protestieren wollte, war der Korridor leer, Erik war verschwunden.

Langsam steckte ich die Karte in meine Jacke und wandte mich schweren Herzens ab.

Zum Austausch offener Feindseligkeiten zwischen den beiden Männern kam es nicht mehr, doch ich machte nicht den Fehler, Eriks Zurückhaltung für Resignation zu halten. Wie eine Katze, die in der Dunkelheit ihre Beute umschleicht, verfolgte er still und heimlich seine ruchlosen Pläne. Er hatte das Ohr der Khanum, und daß diese ihren Schwiegersohn nicht mochte, war kein Geheimnis. Was auch immer Erik gegen den Premierminister im Schilde führte, ich vermutete, daß er sich den heimtückischen Einfluß des Harems zunutze machen würde.

Der Schlag fiel im November. Ohne Vorwarnung rief der Schah plötzlich vierhundert seiner persönlichen Leibwächter spätnachts in den Palast und ließ den Großwesir unter Arrest stellen. Keine Anklage wurde erhoben, keine Erklärung abgegeben. Der Mann fiel einfach mit der in Persien üblichen Plötzlichkeit in Ungnade und riß seine Anhänger mit.

Erik stand am Fenster und schaute hinunter in den Palasthof, als der Großwesir, seine Frau und zwei kleine Kinder in ein *takhterewan* stiegen. Die mit Vorhängen versehene Sänfte war von einer bewaffneten Wache umgeben. Der von Fackeln beschienene Zug bewegte sich zum Haupttor und war bald in der Schwärze der Herbstnacht verschwunden.

«Wohin bringen sie ihn?» fragte ich.

«Zum Palast von Fin in Kaschan», antwortete er ruhig.

«Unbefristetes Exil?»

«Das genügt», sagte Erik mit einer kurzen, resignierten Geste. «Ich hatte vergessen, daß Kinder da sind.»

Ich nickte und wollte mich schon erleichtert und zufrieden abwenden, doch er blieb am Fenster stehen.

«Sie entschied sich, mit ihm zu gehen», sagte er nach einem Augenblick. «Seine Frau, die kleine Prinzessin. Sie widersetzte sich den Wünschen ihrer Mutter und ihres Bruders und bestand darauf, das Schicksal ihres Mannes zu teilen. Ich glaube, sie hätte bereitwillig auch ein Verließ mit ihm geteilt, um ihm nahe zu sein.»

Ich hob zögernd die Achseln.

«Ihre gegenseitige Zuneigung ist bekannt. Hatten Sie erwartet, daß sie ihn im Stich läßt?»

«Ich habe ihm nichts Wertvolles genommen», sagte er düster und gedankenvoll. «Selbst in seinem Ruin besiegt mich ihre Liebe. Ich habe verloren.»

«Ja», stimmte ich traurig und abwesend zu. «Es steht nicht in Ihrer Macht, die Liebe anderer zu zerstören.»

Einen Moment herrschte Schweigen. Dann schlug Erik unvermittelt mit beiden Fäusten so heftig gegen das Fenster, daß die Scheibe zerbrach.

«Niemals habe ich eine Niederlage hingenommen!» schrie er. «Niemals! Und ich werde auch jetzt nicht damit anfangen. Ich werde einen besseren Weg finden, mich zu rächen.»

Als ich die glühenden Augen hinter der Maske anstarrte, fürchtete ich plötzlich, soeben unwissentlich das Todesurteil des Großwesirs besiegelt zu haben.

Zwei Monate vergingen recht friedlich, und ich begann zu hoffen, Eriks rachsüchtige Wut habe sich abgekühlt.

Der Großwesir blieb in Gefangenschaft, und seine Frau kostete alle seine Speisen vor, um ihn vor dem Gift zu schützen, das das Leben so vieler gestürzter Günstlinge beendet hatte. Es hieß, er habe so große Angst vor Verrat, daß er die Gemächer seiner Frau keinen Augenblick verlasse, nicht einmal zum Baden.

Im Januar verschwand Erik unerwartet vom Hof. Keiner seiner Diener konnte mir sagen, wohin er gegangen war oder wann er zurückkommen würde, und ich verspürte tiefes Unbehagen. Ich wußte, er wäre ohne mich nicht nach Mazenderan zurückgekehrt. Wohin sonst konnte er also gegangen sein?

Einige Abende später, als überall im Palast Gerüchte kursierten, der Großwesir sei ermordet worden, ging ich tief bedrückt in Eriks Gemächer, entschlossen, auf seine Rückkehr zu warten.

Düster saß ich da und brannte darauf, jene Frage zu stellen, die wie Säure in mir fraß.

Haben Sie ihn umgebracht, Erik? Haben Sie ihn umgebracht?

Inzwischen hatte ich die Geschichte genau im Kopf. Ich kannte sie auswendig, jedes verräterische Detail, alle bis auf eines, das ich unbedingt in Erfahrung bringen mußte.

Eine Dame des Harems war nach Kaschan geschickt worden mit der Nachricht, der Großwesir dürfe sich ehrenhaft nach Kerbella zurückziehen. Als man ihm sagte, der «Mantel der Ehre» sei gerade jetzt auf dem Weg zu ihm, hatte sich der Großwesir überreden lassen, zum ersten Mal seit seiner Gefangensetzung die Räume seiner Frau zu verlassen, um sich im Bad zu reinigen. Dort hatten ihm die Mörder des Schahs aufgelauert, und nachdem sie ihm angeboten hatten, die Todesart zu wählen, waren ihm auf seine

Bitte hin mit einer rituellen Zeremonie die Pulsadern geöffnet worden. Die Mörder waren noch nicht namentlich bekannt.

Kurz nach Mitternacht betrat Erik den Raum. Falls er überrascht war, mich dort zu finden, so zeigte er das nicht. Er warf seinen Hut und seinen Umhang einem bereitstehenden Diener zu und schickte den Mann hinaus.

«Wo sind Sie gewesen?» fragte ich schroff.

«An keinem Ort, der Sie etwas anginge», antwortete er ruhig.

«Es ist meine Aufgabe, jederzeit genau zu wissen, wo Sie sind. Sie wissen, daß ich dem Schah gegenüber für all Ihre Aktivitäten verantwortlich bin.»

«Übertreiben Sie Ihren Auftrag nicht», versetzte er plötzlich. «Ich bin kein Gefangener in einem Ihrer elenden Kerker in Mazenderan.»

Ich sah zu, wie er mit einem zierlichen Löffel aus Birnenholz Sorbet in ein Glas löffelte.

«Mirza Taqui Khan...» begann ich zögernd. «Was wissen Sie über seine Tragödie?»

«Ich weiß, daß er tot ist. Ich würde das kaum als Tragödie bezeichnen.»

«Nein?» erwiderte ich bitter. «Und was ist mit seiner Frau, mit seinen kleinen Kindern? Davon wollen Sie nichts hören, nicht wahr? Sind Sie in Kaschan gewesen, Erik?»

Er starrte mich schweigend und mit seltsam traurigen Augen an.

«Antworten Sie mir!» schrie ich, plötzlich so außer mir, daß ich mich kaum beherrschen konnte. «Sind Sie mit seinen Mördern in Kaschan gewesen, ja?»

Erik griff in den weiten Ärmel seines Magierumhangs und holte ein kleines emailliertes Kästchen hervor, das er mir reichte.

«Hier ist Ihre Antwort», murmelte er grimmig. «Seien Sie sehr vorsichtig, wenn Sie es öffnen.»

Ich trug das Kästchen zu einer Öllampe und hob behutsam den Deckel. Auf rotem Samt lauerte ein gereizter schwarzer Kaschan-Skorpion mit aufgerolltem Schwanz, zum Zustechen bereit. Das plötzliche Licht störte ihn, er schoß auf den geöffneten Deckel zu, und in meiner Panik fiel mir das Kästchen zu Boden.

Ich spürte den Biß unmittelbar über meinem Fußknöchel und keuchte erschrocken bei dem glühenden Schmerz.

Erik bewegte sich blitzschnell. Eine Sekunde später war der Skorpion mit der Spitze seines Messers an den Boden genagelt ... dasselbe Messer vermutlich, das dem Großwesir den letzten Dienst erwiesen hatte.

«Sie verdammter Narr!» sagte er betroffen und besorgt. «Ich habe Ihnen doch gesagt, Sie sollten vorsichtig sein.»

Er stieß mich in einen Sessel, zog mir den Pantoffel vom Fuß, der bereits wie ein Ballon rot anzuschwellen begann, und hielt die Spitze seines Messers in eine Kerzenflamme, ehe er einen Einschnitt in mein Fleisch machte. Als das Gift durch meine Adern zu strömen begann, verlor ich die Besinnung.

Als ich wieder zu mir kam, lag ich auf seinem Diwan. Mein Fuß pochte teuflisch unter einer Schicht leinener Binden, und im Raum hing ein unangenehmer Brandgeruch. Mühsam drehte ich den Kopf und sah, wie Erik eine ungesund aussehende, ölige Flüssigkeit in eine Phiole goß.

Er kam zum Diwan, als er sah, daß ich mich bewegte, reichte mir einen Becher und stellte die Phiole auf den Tisch neben mir.

«Trinken Sie das», sagte er kurz.

Ich schmeckte Kupfer, Honig und Essig – das vorgeschriebene Gegengift –, und mein Blick wanderte zu der Phiole.

«Was ist das?» fragte ich unbehaglich.

«Das Öl des Skorpions. Es lindert den Schmerz und läßt die Schwellung zurückgehen.»

Er setzte sich neben mir auf einen Rohrstuhl und legte zwei Finger auf meinen Puls.

«Sie werden es überleben», sagte er mit grimmiger Befriedigung. «Wenn ich Ihnen das nächste Mal sage, Sie sollten vorsichtig sein, hören Sie vielleicht auf mich. Wie fühlen Sie sich?»

«Mir ist kalt und übel», sagte ich verdrossen.

Er nickte, als hätte ich nur seine Erwartungen bestätigt.

«Das ist eine natürliche Reaktion auf den Biß eines Skorpions.»

«Und auf Mord», sagte ich.

Erik seufzte. «Sie wissen, in Persien geht man mit Feinden nur auf eine Weise um. Sie haben selbst ein paar erledigt in Ihrer Zeit als Polizeichef, nicht wahr?»

«Verbrecher vielleicht ... Staatsfeinde. Doch alle waren rechtskräftig verurteilt.»

Er zuckte die Achseln. «Tod ist Tod, wie er auch kommt, legal oder anders. Warum plagen Sie mich mit diesen sinnlosen Fragen? Daran, daß man ihm die Adern geöffnet hat, waren viele Meuchelmörder beteiligt.»

«Bezahlte Mörder interessieren mich nicht ... hirnlose, seelenlose Tiere, die nichts anderes können. Aber Sie, Erik. Sie lieben alles Schöne auf dieser Welt. Sie sind auf so vielen Gebieten ein Genie. Warum stellen Sie sich durch ein so schändliches Verbrechen selbst außerhalb der Menschheit?»

Er nahm die Maske ab und drehte sich langsam zu mir um, damit ich ihn ansah.

«Dieses Gesicht, das mir alle Rechte eines Menschen genommen hat, befreit mich auch von allen Verpflichtungen gegenüber der menschlichen Spezies», sagte er ruhig. «Meine Mutter hat mich gehaßt, mein Heimatdorf hat mich ausgestoßen, ich wurde wie ein Tier in einem Käfig ausgestellt, bis ein Messer mir den einzigen Weg zeigte, frei zu sein. Die Freuden der Liebe werden mir immer verwehrt sein. Aber ich bin jung, Nadir, ich habe dieselben Wünsche wie jeder normale Mann.»

Ich sah zu, wie er die Maske müde wieder anlegte.

«Ich habe den Großwesir nicht umgebracht», fuhr er unerwartet fort. «Oh, um Gottes willen, ersparen Sie mir den erbärmlichen, erleichterten Blick! Ich kann Ihnen versichern, daß ich entschlossen war, daran teilzunehmen. Ich bin zu dem ausdrücklichen Zweck nach Kaschan gereist, ihm das Leben zu nehmen. Die *meerghazabs* hatten Befehl, seinen Hals nicht anzurühren. Der *coup de grâce* sollte mir überlassen bleiben.»

«Was ist passiert?» fragte ich.

Erik machte eine ungeduldige Geste.

«Ich sah den Skorpion und verschwendete ein paar kostbare Minuten, um ihn zu fangen. In meiner Abwesenheit haben die Narren seine Kraft falsch beurteilt und zu viele Adern geöffnet. Als ich kam, war er schon tot. Ich war so *wütend*. Sie können sich meinen Zorn und meine Enttäuschung nicht vorstellen. Ich haßte ihn! Ich haßte ihn, weil er weise war und geachtet wurde ... und geliebt. Ich haßte ihn, weil er mich im Spiegel seiner Augen das verächtliche Wesen sehen ließ, das ich bin.»

Erik sank auf den Stuhl an meiner Seite und starrte zu Boden.

«Sprechen Sie weiter», drängte ich ihn unfreundlich. «Sie sollten mir besser alles sagen.»

«Am liebsten hätte ich sie wegen ihres Ungehorsams alle umgebracht», fuhr er dumpf fort, «aber sie waren zu zahlreich und vor Blutgier schon halb verrückt. Ich verließ hastig das Bad, ehe meine Wut mich verriet, und als ich durch den Garten zu meinem Pferd zurückeilte, kam die Prinzessin mit flatterndem Haar aus dem Palast gerannt. Es war dunkel. Sie sah mich erst, als wir zusammenstießen, aber sobald sie mich erkannte, wußte sie, daß er tot war. Sie wich zurück bis an die Wand des Palastes und begann zu schreien. Mein Gott, diese Schreie werde ich nie vergessen ... diese schreckliche, wahnsinnige Trauer! Sie erinnerte mich an so viele Dinge, von denen ich geglaubt hatte, ich hätte sie vergessen.» Plötzlich vergrub er sein maskiertes Gesicht in den Händen. «Sie schrie weiter», schluchzte er, «sie hörte nicht auf zu schreien. Ich werde ihre Schreie nicht mehr los.»

Ich ließ ihn weinen, über alle Maßen erleichtert von seinem Gefühlsausbruch, dem ersten Anzeichen von Reue und Bedauern – und dafür, daß er vielleicht noch zu retten war.

«Ich kann nichts tun», sagte er verzweifelt. «Ich kann die Uhr nicht zurückdrehen und das Schreckliche ungeschehen machen. Es ist zu spät ... zu spät.»

«Vielleicht zu spät für die Prinzessin, aber nicht für Sie», sagte ich, von plötzlicher Hoffnung erfüllt. «Erik, haben Sie keine Religion, bei der Sie Zuflucht suchen könnten?»

«Ich wurde katholisch erzogen», sagte er langsam. «Aber ich habe keine Messe mehr gehört, seit ich ein Kind war.»

«Es gibt Missionen hier in Persien», sagte ich ernst, «Priester, die Ihnen die Beichte abnehmen und die Absolution erteilen könnten.»

Er hob den Kopf und sah mich an.

«Sie glauben nicht an die Lehren der katholischen Kirche.»

«Nein», stimmte ich zu. «Aber ich habe großen Respekt vor ihrer Moral. Und ich würde Sie lieber als Abtrünnigen sehen denn als Atheisten und Mörder.»

Er stand auf und ging, um ein Fenster zu öffnen.

«Eine gesungene Messe ist etwas sehr Schönes», sagte er leise. «Ich glaube, ich könnte heute nacht vielleicht anfangen, ein eigenes Requiem zu komponieren. Ich habe meine Musik zu lange vernachlässigt ... viel zu lange.»

Ich sagte nichts mehr.

Kurz darauf, als ich in der Lage war, in meine eigenen Räume zu hinken, auf den Arm eines Dieners gestützt, war Erik schon zu sehr in seine Arbeit vertieft, um mein Fortgehen zu bemerken.

9. Kapitel

Unziemliche Feiern begleiteten das Hinscheiden von Mirza Taqui Khan. Diejenigen, die infolge seiner durchgreifenden Reformen Unannehmlichkeiten und eine Verringerung ihrer Einkünfte erlitten hatten, waren die ersten, die ihr Glas auf ihn erhoben.

Als die gramgebeugte Prinzessin an den Hof zurückgebracht wurde, um mit dem Sohn des neuen Großwesirs vermählt zu werden, kam Erik in schrecklicher Wut zu mir.

«Ist das auch eine eurer sinnreichen und entzückenden Sitten?» fragte er zornig. «Hat denn noch nie jemand an diesem gottverlassenen Hof etwas von einer geziemenden Trauerzeit gehört?»

Hilflos hob ich die Schultern.

«Die Schwester des Schahs ist sein persönlicher Besitz, über den er verfügen kann, wie es ihm beliebt.»

Erik sah mich ungläubig an.

«Wollen Sie damit sagen, daß das Mädchen *übertragbar* ist wie der Siegelring des Großwesirs ... daß derjenige, der den einen nimmt, auch die andere übernehmen muß?»

Ich seufzte. «Das ist in solchen Fällen oft der Brauch.»

«Oh, ich verstehe», sagte er verächtlich, «legalisierte Vergewaltigung ist hier üblich, nicht wahr? Ein Mann kann sich mit Gewalt eine Frau nehmen und sagen, das sei Brauch? Mein Gott, was für ein Land!»

Und er wandte sich mit so heftigem Ekel ab, daß ich mich meiner eigenen Landsleute ein wenig schämte.

«Sollen Sie bei den Hochzeitsfeierlichkeiten eine Vorstellung geben?» fragte ich schließlich, um ihn von seinen düsteren Gedanken abzulenken.

Er lachte kurz auf.

«Ja. Ich soll bei ihrem kleinen Fest das Skelett geben. Der Schah hat mich bereits aufgefordert, eine spektakuläre Vorführung vorzubereiten. Ich denke, irgendein Trick mit einem Sarg wäre recht angemessen, nicht wahr? Ich werde darüber nachdenken müssen.»

Und er wandte sich wieder dem Fenster zu, schon tief in Gedanken versunken.

Auch wenn ich hundert Jahre alt werde, nie wieder werde ich einen verblüffenderen Anblick erleben als das staunenerregende Kunststück, das Erik mit dem Sarg vollführte.

Es gab keine Bühne, keinen sichtbaren Ort, an dem man einen Mechanismus hätte verstecken können, der die geheimnisvolle Levitation steuerte. Als der Sarkophag sich zu öffnen begann, senkte sich gespannte, erwartungsvolle Stille über das höfische Publikum.

Erik war gekleidet wie ein Gott und trug eine Maske, die eigens für diesen Anlaß aus gehämmertem Gold gearbeitet worden war. Er schnippte einmal mit den Fingern, und der Deckel des Sarkophags fiel von allein mit einem betäubenden Krachen zu Boden, das alle zusammenzucken ließ. Als es wieder still geworden war, streckte er eine Hand aus und richtete sie mit einer Geste so ehrfurchtgebietender Autorität auf den Sarg, daß alle den Atem anhielten. Dann stimmte er einen leisen, verlockenden Gesang an.

Als der letzte Ton verklang, ertönte aus dem Sarg ein entsetzliches Ächzen, das uns alle erschauern ließ. Und dann, mit einem schwachen, unheimlichen Klappern, sah ich das Skelett langsam aufstehen und neben seinen Herrn treten, aufrecht und ohne Unterstützung.

Mein Keuchen ging im allgemeinen Luftholen unter, als Erik das Skelett bei der Hand nahm und zu der Stelle führte, wo der neue Premierminister stand. Ich sah, daß der Mann sichtbar zitterte, als die schreckliche Erscheinung näherkam. Selbst der Schah beugte sich auf seinem Sessel vor, das Gesicht etwas bleicher als gewöhnlich, und schaute gebannt zu.

Der knochige Besucher aus dem Grab hob dem Großwesir anklagend einen Finger entgegen; einen Augenblick lang herrschte angespannte Stille. Dann klatschte Erik abrupt in die Hände, und das Skelett sank als ungeordneter Knochenhaufen zu Boden.

Erik griff nach dem Schädel und zog aus dessen Kinnlade den Siegelring des Premierministers hervor. Mit einer verächtlichen Geste warf er ihn dem entsetzten Mann vor die Füße.

«Gewiß wird der Sohn Eurer Exzellenz mit seinen Besitztümern aus zweiter Hand sorgsamer umgehen», sagte er betont.

Einen Augenblick lang herrschte beklommenes Schweigen. Der ganze Hof starrte den jungen Schah an, um zu sehen, ob man es wagen durfte, Zustimmung zu einem erstaunlichen Kunststück mit so deutlich politischem Hintersinn zu zeigen. Es können nicht mehr als eine oder zwei Sekunden gewesen sein, aber mir kam es wie eine Ewigkeit vor, bis der Schah sich vorbeugte und Erik eine große verschnürte Börse zuwarf.

Sofort brach der Hof in donnernden Applaus aus.

Erik verneigte sich. Der Schah blickte ihm nach, als Erik sich entfernte, und in den Augen, die auf dem mit einzigartiger Gunst Beschenkten ruhten, bemerkte ich eine gewisse Kälte.

Was den neuen Großwesir betrifft, so standen ihm, nachdem er sich von dem bestürzenden Erlebnis erholt hatte, Demütigung und Groll deutlich ins Gesicht geschrieben. Als ich ihn in ein Gespräch mit seinem Sohn und ihrer beider Gefolgsleute vertieft sah, überkam mich wachsendes Unbehagen.

Wein ist den Anhängern des Propheten verboten, doch unglücklicherweise wurde dieses Verbot bei Hof sehr häufig ignoriert. Ein Sklave brachte der flüsternden Gruppe ein Tablett mit Bechern und eine Karaffe *arak*, und ein paar Minuten später sah ich denselben Mann mit gebeugtem Knie Erik bedienen. Erik blieb eine Weile da, sprach mit niemandem, wie es seine Gewohnheit war, und betrachtete die restlichen Darbietungen des Abends mit zurückhaltender, spöttischer Miene. Ich wurde in ein langes, mühsames Gespräch mit dem Untersekretär und einem Gefolgsmann des Außenministers verwickelt. Als ich später Gelegenheit hatte, mich umzusehen, bemerkte ich, daß Erik verschwunden war. Das war an sich nicht ungewöhnlich, aber diesmal irritierte mich sein plötzliches Fehlen; ich entschuldigte mich hastig bei meinen Gesprächspartnern und eilte durch den Palast zu seinen Gemächern.

Die Räume waren leer, kein Diener ließ sich blicken.

Ich fand Erik allein in dem schön ausgestatteten Badezimmer, wo er mit schrecklicher Heftigkeit Blut erbrach.

«Gehen Sie weg», keuchte er, «ich will Sie hier nicht ... ich will niemanden ...»

«Hören Sie auf, Ihre Kraft zu vergeuden», befahl ich kurz. «Haben Sie eine Ahnung, was Sie geschluckt haben?»

«Nein», murmelte er, «ich habe eure groben persischen Gifte nicht studiert ... ich habe nicht die Angewohnheit, Leute zu vergiften. Das ist eine Todesform, die ich *unästhetisch* finde.»

«Gemahlenes Glas würde die innere Blutung erklären», sagte ich grimmig. «Es gibt verschiedene Substanzen, mit denen es kombiniert worden sein könnte. Die meisten führen zu einem langsamen und qualvollen Tod.»

«Wie lange?» fragte er kurz.

«Wer Glück hat, stirbt binnen achtundvierzig Stunden, aber ich habe einen starken Mann gekannt, bei dem es zehn Tage dauerte.»

«Zehn Tage», wiederholte er schwach. «Ich könnte also ... nach Ashraf gehen?»

Erstaunt blickte ich auf ihn herab.

«In diesem Zustand würden Sie die Reise niemals überstehen.»

«Ich muß», sagte er einfach. «Ich muß noch Anweisungen geben ..., muß mit eigenen Augen zum letzten Mal sehen.»

Ich schüttelte den Kopf. «Sie werden unterwegs sterben, lange bevor wir den Palast erreichen. Warum muten Sie sich selbst so viel mehr unnötige Schmerzen zu?»

«Der Schmerz ist nichts verglichen mit dem Bedauern ... der *Enttäuschung*! Nadir ...», seine Stimme sank zu einem erschöpften Flüstern herab, «bitte, bestellen Sie ein *takhterewan* ... heimlich ... und bringen Sie mich noch heute nacht nach Mazenderan zurück.»

Wider besseres Wissen tat ich, was er verlangte.

Die Außenmauern des Palastes von Mazenderan waren nahezu vollendet, und das, was schon stand, reichte aus, um eine glorreiche Illusion der Vergangenheit zu schaffen.

Der Säulenbau mit seinem doppelten Portikus auf drei Seiten

und seinen hoch aufsteigenden, sich elegant verjüngenden Schäften erinnerte an die Glanzzeiten des persischen Reiches unter Darius und Xerxes. Im Inneren des Palastes wollte Erik, wie ich wußte, unter Ausnutzung der Wandlungsfähigkeit unserer hochwertigen Ziegel und seines eigenen, einzigartigen technischen Erfindungsreichtums eine Ausstattung schaffen, die ganz der Zukunft angehörte. Eifersüchtig hatte er bisher seine Geheimnisse gehütet und den Arbeitern in jedem Baustadium nur so viel verraten, wie sie unbedingt wissen mußten. Doch statt diese Geheimnisse mit ins Grab zu nehmen, vertraute er mir zu Beginn unserer Mission Dokumente an, die im Falle seines Todes die Vollendung des Baus sichern sollten.

Als wir den Palast erreicht hatten, wurde Erik auf einer Bahre in das hallende Gebäude getragen; er stützte sich auf einen Ellbogen und schaute sich ungläubig um.

«Geben Sie mir die Pläne», brüllte er plötzlich mit vor Wut donnernder Stimme. «Und holen Sie mir auf der Stelle den Baumeister her!»

Er war aufgestanden, als der zitternde Mann erschien und vor ihm niederkniete.

«Du hast meine Anweisungen nicht befolgt. Warum?»

«Verzeihen Sie mir, Meister», stammelte der Mann. «Ich habe mein Bestes getan, aber die Anweisungen waren so ... so kompliziert. Ich habe sie nicht verstanden.»

Erik riß mir die Reitgerte aus der Hand und peitschte mit solcher Wucht die Schultern des Mannes, daß dieser rückwärts taumelte.

«Wenn du das nächste Mal etwas nicht verstehst», sagte er mit angsterregender Stimme, «dann frage, verdammt! *Frage*!»

«Sie waren nicht hier, Meister», schluchzte der Mann erschrokken. «Ich konnte Sie nicht fragen. Sie waren länger als drei Wochen nicht hier.»

Erik ließ die Peitsche zu Boden fallen.

«Ja», sagte er schwach. «Du hast recht..., so kann man nicht bauen. Steh jetzt auf. Bist du verletzt?»

«Nein, Herr», sagte der Baumeister verwundert.

«Du hast großes Glück», sagte Erik mit einem Seufzer, «daß ich nicht genug Kraft hatte, dir den Hals zu brechen. Komm jetzt in mein Zelt, ich werde die Pläne mit dir durchgehen, dir meine letzten Anweisungen geben. Du wirst mir sehr genau zuhören, und du wirst keine Angst haben, mir zu sagen, wenn du etwas nicht verstehst. Ich schwöre dir, solange du mir gegenüber aufrichtig bist, werde ich keinen Zorn mehr zeigen.»

Ich war bei dem folgenden Gespräch zugegen, doch die technischen Einzelheiten von Drehpunkten und Falltüren und Echoeffekten überstiegen mein Fassungsvermögen. Drei Stunden lang beugte sich Erik über den kleinen Klapptisch und erklärte mit unendlicher Geduld. Gelegentlich machte er eine zusätzliche Skizze, um einen bestimmten Punkt noch eingehender zu erläutern.

Die Zeiger meiner Uhr standen auf Mitternacht, als der Baumeister sagte, er habe alles verstanden.

«Bist du sicher?» beharrte Erik. «Bist du wirklich sicher?»

«Ja, Herr.»

Gerade, als ich vom Zelteingang zurückkam, brach er zusammen.

Im Morgengrauen delirierte er, durchwanderte die düsteren Alpträume der Vergangenheit.

«Es war ein Unfall», flüsterte er, «es war ein Unfall. Ich wollte nicht, daß sie stürzte. Ich wollte nicht, daß Sie sähen ... oh, Vater ..., warum haben Sie mich das tun lassen, *warum*?»

Als ich mich über ihn beugte, um eine Wasserflasche an seine Lippen zu setzen, klammerte er sich in schrecklicher Panik an meinen Arm.

«Gebt mir die Maske zurück!» schluchzte er. «Gebt mir die Maske zurück und laßt mich nach Hause. Ich hasse diesen Ort. Ich hasse diesen Käfig ... diesen schmutzigen Käfig!»

Mehrere Minuten rang er mit mir wie von Sinnen, und als er erschöpft auf sein Lager zurücksank, konnte ich auf der Maske Tränen glitzern sehen.

«Wo ist Sally?» fragte er plötzlich leise und angstvoll. «*Wo ist sie?*»

«Sie ist hier», sagte ich zögernd. «Sie ist hier, Erik. Sie ist in Sicherheit.»

Er schloß die Augen.

«Laß sie heute abend nicht heraus», bat er, seine Finger in

meinen Ärmel krallend. «Versprich mir, daß du sie nicht herauslassen wirst ... versprich es mir!»

Ich versprach es ihm. Es schien ihn zu beruhigen.

Als er aus dem Delirium ins Koma glitt, ließ ich ihn die halbe Meile zu meinem Haus in Ashraf tragen.

Ich konnte jetzt nichts mehr für ihn tun; ich konnte nur dafür sorgen, daß er in einem gewissen Komfort und an einem Ort starb, wo er einst das Lachen eines Kindes geteilt hatte.

Als wir eintrafen, gab ich strengen Befehl, Reza nichts von Eriks Anwesenheit zu sagen.

Doch noch vor Ende des Tages hatte jemand es verraten, und mir blieb nichts anderes übrig, als das Kind in seinem Rollstuhl in den totenstillen Raum zu schieben.

«Warum haben sie ihn vergiftet?» Reza sprach jetzt schleppend und war immer schwerer zu verstehen. Ich beugte mich nieder und legte eine Hand auf die abgemagerte Schulter des Kindes.

«Du mußt verstehen, daß er viele Feinde hat, Reza. Er ist zu mächtig geworden. Es gibt viele Leute, die ihn hassen und seinen Tod wünschen.»

«Kann er mich hören, wenn ich mit ihm spreche?»

«Ich glaube nicht, Reza. Ich glaube nicht, daß er jetzt etwas hören kann.»

«Aber vielleicht doch», beharrte das Kind, «vielleicht doch. Vater, darf ich für eine Weile bei ihm bleiben?»

Ich hatte nicht das Herz, es ihm zu verweigern. Ich rollte den Stuhl neben das Bett, und als die Finger des Kindes blind über die Decke tasteten, beugte ich mich vor und führte seine Hand zu Eriks magerem Handgelenk.

«Ich möchte, daß Sie aufwachen, Erik», sagte Reza schlicht. «Mein Musikmann ist kaputt, und niemand sonst kann ihn reparieren.»

Die eingefallene Gestalt auf dem Bett reagierte nicht.

Wieder und wieder und mit immer schrillerer Intensität äußerte Reza seine Bitte, bis ich es nicht länger dulden konnte. Als ich mit ruhiger Entschlossenheit auf den Rollstuhl zuging, sah ich, daß Eriks Finger auf der Decke sich kurz bewegten. Das Kind sah selbstredend nichts, und ich schob den Rollstuhl aus dem Zimmer, ohne es zu erwähnen, da ich keine falschen Hoffnungen wecken wollte.

Tatsächlich schlug Erik erst am folgenden Abend die Augen auf und sah mich mit ruhiger Klarheit an.

«Sie hätten mir sagen sollen, daß der Musikmann kaputt ist», sagte er.

10. Kapitel

Einen Monat später, als wir zusammen auf der Veranda saßen und starken schwarzen Kaffee mit zerdrücktem Kardamom zu uns nahmen, traf ein Bote der Khanum mit einem Brief ein, in dem Eriks sofortige Rückkehr nach Teheran befohlen wurde.

Ich sah zu, wie Erik aufstand, kurz die Hände wie zum Gebet zusammenlegte und sie dann wieder öffnete. Auf seiner Handfläche lag eine schwere Börse.

«Ich habe diese Botschaft nie erhalten», sagte er.

«Herr?» Der Mann nahm die Börse entgegen und starrte ihn mit offenkundiger Verwirrung an.

«Du hast die gefährliche Reise über das Elburz-Gebirge nicht überlebt. Ein Erdrutsch ... ein Tiger ... ein Türke ... Es gibt ein halbes Dutzend Todesarten, die einen einsamen Boten ereilen können. Wähle aus, welche dir gefällt, und verschwinde. Der Inhalt dieser Börse wird dafür sorgen, daß du nie wieder Botschaften überbringen mußt. Geh jetzt und sprich mit niemandem darüber. Wenn du mich verrätst, dann verspreche ich dir, ich werde persönlich mit dem größten Vergnügen für deine Beseitigung sorgen!»

Als der Mann gegangen war, blickte ich seufzend auf.

«Sie wird einen neuen Boten schicken, Erik. So können Sie nur ein paar Wochen Aufschub gewinnen.»

«Zwei Monate sind alles, was ich brauche.»

«Um den Palast zu vollenden?» fragte ich erstaunt. «Das ist ganz sicher unmöglich.»

Er blickte mitleidig auf mich herab.
«Ich spreche nicht vom Palast», sagte er sanft.
«Zwei Monate», wiederholte ich. «Erik, Sie irren sich gewiß, er muß mehr Zeit haben ... er muß!»
Er setzte sich neben mich, beugte sich auf seinem Stuhl vor und zwang mich, ihn anzusehen.
«Nadir, das Kind verdient nicht, all das zu erleiden, was ihm sehr bald bevorsteht.»
«Was wollen Sie damit sagen?» fragte ich beklommen.
«Nichts. Ich bitte Sie nur, sich daran zu erinnern, daß der Tod uns in vielen Formen antreten kann. Einige sind hart und unendlich schmerzlich mitanzusehen. Andere können so friedlich und schön sein wie ein Sonnenuntergang. Ich bin ein Künstler, und auf meiner Palette befinden sich viele Farben. Lassen Sie mich ihm einen Regenbogen malen und Ihnen die Mittel geben, zu entscheiden, wo er endet.»

Ich ließ ihn diesen Regenbogen malen.
Zwei Monate lang drehte sich das Kaleidoskop, erzeugte wunderschöne Bilder. Mein Haus war voller Magie und Geheimnis. Es war eine Zeit der Wunder, begrenzt nur durch das rasche Herankriechen einer grausamen Wirklichkeit, die keine Magie fernhalten konnte.
Zwei Monate reichten tatsächlich aus, um mich all die schrecklichen Wegmarken sehen zu lassen, auf die Erik dunkel hingewiesen hatte. An dem Abend, an dem Reza plötzlich erstickt nach Luft rang, als ich ein Getränk an seine Lippen hielt, begriff ich plötzlich, welche Schrecken vor uns lagen.
Ich schickte einen Diener, um Erik von der Palastbaustelle zu holen.
Er kam sofort. Als er in seiner weißen Maske und seinem schwarzen Umhang vor mir stand, sah er wirklich aus wie der Todesengel der Khanum.
Er zog eine Phiole aus seinem Ärmel hervor, goß etwas von einer farblosen Flüssigkeit in ein kleines Glas Sorbet und reichte es mir.
«Es wird schnell gehen», sagte er ruhig, «und er wird nichts spüren.»
Entsetzt ob seiner Endgültigkeit starrte ich auf den Trank.

«Nein», sagte ich in plötzlicher Panik. «Das kann ich nicht. Lieber will ich der Natur ihren Lauf lassen.»

Er sah mich unverwandt an.

«Die Natur ist eine grausame und gefühllose Göttin. Wollen Sie Ihr Kind ihren gnadenlosen Händen überlassen?»

Ich bedeckte mein Gesicht und wich seinem stetigen Blick aus.

«Ich bin sein Vater …, wie können Sie wissen, wie können Sie verstehen, was es bedeutet, dem eigenen Kind das Leben zu nehmen?»

Er schwieg einen Moment; dann fühlte ich, daß er kurz die Hand auf meinen Arm legte.

«Dies ist nicht mehr Ihre Bürde», sagte er leise. «Warten Sie hier auf mich!»

Wieder verspürte ich diese seltsame Lähmung meines Willens. Ich sah zu, wie er den Koran ergriff und ins Nebenzimmer ging.

Der Augenblick der Entscheidung war mir aus der Hand genommen worden, und jetzt war der letzte Laut, den mein Sohn hören würde, die Stimme eines Treulosen, eines Ungläubigen.

Mir schwindelte, als ich den Bann durchbrach, der mich festhielt, und in die Stille des angrenzenden Zimmers stürzte.

Erik wandte sich um, als ich den Raum betrat.

«Es gibt keinen Gott außer Allah, und Mohammed ist sein Prophet», flüsterte ich heiser.

Als Antwort ertönte ein schwacher Seufzer, ein kaum wahrnehmbarer Hauch von Rezas schlaffen, weißen Lippen.

Der Junge war schon tot, als Erik ihn in meine Arme legte.

11. Kapitel

Ich kehrte zurück an den Hof. Erik war bereits dort. Am Morgen nach Rezas Tod war ein bewaffneter Wachtrupp mit dem Befehl erschienen, ihn nach Teheran zu eskortieren, und ich glaube, er war erleichtert, mit ihnen zu gehen. Diesmal drehte er sich nicht nach dem Haus um, und ich wußte, er würde mein Anwesen freiwillig nie wieder betreten.

Kaum war ich im Ark eingetroffen, als ich den Befehl erhielt, dem Schah meine Aufwartung zu machen.

Ich fand ihn an einem Tisch mit Marmorplatte, wo er mit merkwürdiger Inbrunst die Pläne des neuen Palasts studierte. Er blickte auf und gab mir einen kurzen Wink, mich aus meinem Kniefall zu erheben.

«Haben Sie diese Pläne gesehen, Daroga?» fragte er unvermittelt.

Ich beeilte mich, ihm zu versichern, ich hätte sie nicht gesehen; Wissen ist in Persien eine sehr gefährliche Sache. Eriks Entwürfe für die Innenausstattung des Echogartens waren stets ein streng gehütetes Geheimnis gewesen. Welche Geschichten waren aus Mazenderan durchgesickert, um jetzt den Argwohn des Schahs zu erregen? Wußte er von den Dokumenten, die Erik meiner Obhut anvertraut hatte? Wußte er, daß ich bei den intensiven Beratungen mit dem Baumeister zugegen gewesen war?

Der Schah sog heftig an einer *kalian* und sah mich unverwandt mit Augen an, die mich immer an einen Falken erinnerten.

«Sagen Sie, Daroga», begann er im Ton einer Konversation und blies Rauchschwaden in meine Richtung, «findet mein maskierter Freund sich für seine Dienste angemessen entlohnt, so außerordentlich, wie wir diese Dienste schätzen?»

«Eure Großzügigkeit war immer über jeden Zweifel erhaben, o Schatten Gottes», sagte ich vorsichtig.

«Sie haben meine Frage nicht beantwortet», versetzte der Schah in unerwarteter Gereiztheit. «Der Sultan, der Emir, auch sie wären großzügig zu einem Mann mit so einzigartigen Talenten.»

Ich blieb stumm, wissend, daß der Boden unter meinen Füßen gefährlich schwankend geworden war.

Der Schah legte seine Wasserpfeife beiseite, um die Pläne sicher in der Schublade seines Schreibtischs zu verschließen.

«Ich habe vor, ihm ein Geschenk zu machen, ein kleines Zeichen meiner großzügigen Wertschätzung», fuhr er bedächtig fort. «Ich wäre sehr interessiert zu hören, wie er es aufnimmt. Die Natur Ihrer Arbeit erfordert, daß Sie sehr genau beobachten können, Daroga. Ich erwarte von Ihnen einen Bericht über die genauen

Einzelheiten seiner ... wie wollen wir sagen? ... seiner *Dankbarkeit.*»

Ich verbeugte mich tief, um nicht das Lächeln eines Mannes sehen zu müssen, dessen Mutter ihn gelehrt hatte, die Feinheiten der Folter zu schätzen.

Hinter dieser plötzlichen Laune spürte ich die eifersüchtige Wut der Khanum.

Offenbar sollte Erik nun endlich für all die Monate willentlicher Abwesenheit bestraft werden.

Das Mädchen war eine Odaliske, eine Sklavin des königlichen Harems, die ihre Ausbildung als Konkubine abgeschlossen hatte, aber noch nicht zum Dienst auf dem königlichen Lager erwählt worden war. Es gab keine größere Ehre, die der Schah einem bevorzugten Diener erweisen konnte, als ihm eine Haremsjungfrau als Gattin zu schenken.

Als ich meine eingeübten Worte stammelnd vorgebracht hatte, herrschte tödliches Schweigen in Eriks dämmrigem Gemach.

Er starrte das Mädchen mit einer Gier an, welche die Maske nicht verbergen konnte, und sein plötzliches, überwältigendes Verlangen war schockierend in seiner wilden Intensität.

Als er dann zu mir aufblickte, geschah das mit bitterem Haß, als kenne er den genauen Zweck meiner Anwesenheit an diesem Abend.

«Bringt sie her», sagte er.

Eriks Stimme hatte all ihre Schönheit verloren; sie war zu einem rauhen, metallischen Krächzen geworden und ließ das Mädchen instinktiv zum Arm des Eunuchen zurückweichen. Es wurde durch den Raum geschleift und zu seinen Füßen niedergeworfen. Er stand langsam auf, beugte sich vor und zog dem Mädchen den Schleier fort; große, mit Antimon umrandete Augen starrten in unverhülltem Schrecken zu ihm auf.

«Wie alt bist du?» fragte er grob.

«Fünfzehn, Herr.» Seine Stimme war kaum zu vernehmen.

«Hat man dir gesagt, was von dir erwartet wird?»

«Ja», flüsterte es.

«Sehr gut. Ich habe gesehen, was sich hinter deinem Schleier verbirgt, meine Liebe. Jetzt wirst *du* die entsprechende Ehre haben. Komm her und nimm mir die Maske ab.»

Das Mädchen rührte sich nicht; es verharrte kniend zu seinen Füßen.

«Wenn du mich jetzt zurückweist, dann weist du den Schah selbst zurück», sagte Erik fest. «Wenn du dich wehrst, werde ich dich mit Gewalt nehmen und dich dann zur Hinrichtung in seine Hände geben. Wenn du aber freiwillig für diese eine Nacht zu mir kommst, so schwöre ich dir, dich bei Morgengrauen freizulassen. Mit einer Nacht kannst du dich für den Rest deines Lebens freikaufen und die Mittel erwerben, es in achtbarer Geborgenheit zuzubringen. Und vielleicht wird die Nacht schließlich gar nicht so schrecklich, wie du fürchtest...»

Als er sich niederbeugte, um dem Mädchen seine Hand zu reichen, wich es zurück und preßte mit einer flehenden Geste seine hennagefärbten Hände aneinander.

«Du willst lieber sterben, als mir beizuliegen?» fragte er mit schmerzlichem Unglauben. «Du willst wirklich lieber sterben?»

Das Mädchen zu seinen Füßen brach mit einem wilden, hysterischen Schluchzen zusammen. Abrupt wandte Erik sich von ihm ab.

«Bringt das Kind fort», sagte er.

Der Eunuch sah mich erstaunt an, da er eine Anweisung erwartete, und ich durchquerte rasch den Raum, um leise und eindringlich mit Erik zu sprechen.

«Offensichtlich haben Sie den Brauch nicht verstanden, Erik», flüsterte ich. «Das Mädchen ist ein Geschenk des Schahs, ein persönliches Zeichen seiner Wertschätzung. Wenn Sie es so zurückschicken, ist das ein unverzeihlicher Verstoß gegen die Etikette, eine Beleidigung, die Ihnen niemals verziehen würde.»

«Bringt sie fort», erwiderte er tonlos. «Sagen Sie dem Schah, daß ich kein Verlangen nach mannbaren Mädchen habe. Sagen Sie ihm, ich sei ... *unfähig* ..., von einem solchen Geschenk Gebrauch zu machen. Verdammt, sagen Sie ihm, was immer nötig ist, damit es nicht bestraft wird.»

Ich gab dem Eunuchen ein Zeichen; bereitwillig zerrte er das weinende, hysterische Mädchen aus dem Zimmer. Ich wußte, es war unmöglich, sein Schweigen zu erkaufen. Der Mann würde alles Geld nehmen, das ich ihm anbot, und trotzdem zum Harem laufen und die Geschichte ausplaudern. Boshafter Klatsch ist eine der wenigen Vergnügungen, die den kastrierten Männern bleiben.

Was immer ich dem Schah sagen würde, wenn ich Bericht erstattete, die Khanum würde mit Sicherheit die Wahrheit erfahren.

Als wir allein waren, goß Erik sich mit zitternden Fingern ein Glas *arak* ein.

«Sie sollten besser gehen», sagte er unglücklich.

Ich schüttelte den Kopf. «Zuerst möchte ich mit Ihnen reden.»

Er strich sich mit einer Hand über die Maske.

«Ja», sagte er, «das ist ein Recht, das ich Ihnen nicht verweigern kann. Aber ich wäre dankbar, wenn Sie mich jetzt ein paar Minuten allein lassen würden, nur ein paar Minuten ... Sie verstehen?»

Ich nickte langsam, wandte mich zur Tür und drehte mich noch einmal nach ihm um.

«Erik ..., warum haben Sie sie weggeschickt? Sie haben sie begehrt, und sie gehörte Ihnen. Sie hätten mit ihr machen können, was Sie wollten. Warum riskieren Sie den Zorn des Schahs wegen eines Mädchens, das nicht mehr als eine Sklavin ist?»

Er stieß einen lauten Wutschrei aus, hob den Tisch auf, der vor ihm stand, und schleuderte ihn mit solcher Wucht durch den Raum, daß das Gestell von der Marmorplatte brach.

«Bloß eine Sklavin ... bloß ein Tier!» brüllte er. «Sie dummer persischer Esel! Gehen Sie mir aus den Augen, ehe ich alles vergesse, was ich Ihnen schulde.»

Ich wich zurück an die Wand, während er zur Tür stürmte und sie mit derartiger Gewalt aufriß, daß einige der Scharniere aus dem Rahmen brachen.

Als ich ihn in atemlosem Zorn davonstürzen sah, wußte ich, daß keiner, der ihm heute abend über den Weg liefe, lange genug leben würde, um seine Unvorsicht zu bereuen.

Meine Spione im Harem berichteten mir die Geschichte am nächsten Tag.

Erik war aufgefordert worden, am Fenster der Folterkammer zu erscheinen, das normalerweise ausschließlich der Khanum vorbehalten war. Die Dame selbst hatte beschlossen, mit ihrem Gefolge von einem höhergelegenen Balkon aus zuzusehen.

Die Khanum blickte durch dichtes Schnitzwerk, hinter dem ihre Gestalt nur als Silhouette erkennbar war, auf ihren Favoriten hinab.

«Ich habe mich entschlossen, Erik, Sie heute mit einer kleinen Unterhaltung zu ehren, die ich mir selbst ausgedacht habe», sagte sie leise. «Ich glaube, Sie werden zugeben, daß ich Ihre Kunst mit einigem Erfolg studiert habe, und es wäre mir lieb, wenn Sie Ihre Meinung zu dem von mir gewählten Gegenstand äußern würden. Ziehen Sie den Vorhang vor dem Fenster zurück.»

Er zog die Samtvorhänge auseinander und betrachtete einen Augenblick lang grimmig das Bild, das sich ihm darbot, ehe er sich wieder dem Balkon zuwandte. Die Eunuchen sagen, die Kälte seiner Stimme hätte das Kaspische Meer gefrieren lassen.

«Wie ich sehe, haben Sie unter meiner Anleitung nichts gelernt, Madame. Ich finde die Wahl Ihres Gegenstandes vulgär und langweilig, das Werk eines *Amateurs*, der seine künstlerischen Grenzen nicht erkannt hat.»

Auf der Galerie herrschte entsetztes Schweigen. Diejenigen, welche die Khanum aus der Nähe beobachteten, sagten, sie sei zusammengezuckt und unter der Öffnung ihres Schleiers feuerrot geworden.

«So vulgär und langweilig meine Unterhaltung auch sein mag», versetzte sie giftig, «sie wird dennoch wie geplant stattfinden.»

«Dann, Madame, wird sie zu meinem Bedauern ohne mich stattfinden.»

Brüsk drehte Erik ihr den Rücken zu und verließ den Harem, ohne von ihr entlassen worden zu sein.

Wie es heißt, ging das Ereignis schließlich ohne jegliche Zuschauer vonstatten, aber ich wußte, der Tod der kleinen Sklavin war noch nicht das Ende der Angelegenheit.

Niemand sonst hatte es je gewagt, die Khanum mit derart unverschämter Verachtung zu behandeln. Ich wußte, daß sie an dem Urheber ihrer öffentlichen Demütigung schreckliche Rache nehmen würde.

12. Kapitel

Ich wurde meiner Pflichten als Spion und Leibwächter entbunden und nach Mazenderan zurückgeschickt, um dafür zu sorgen, daß der Schah in seiner Winterresidenz nicht von *Babi*-Aktivitäten gestört würde; infolgedessen sah ich Erik monatelang nicht. Das erste, was ich von der Vollendung des neuen Palastes erfuhr, war ein Befehl, dem Schah im Garten der Echos meine Aufwartung zu machen.

Als ich eintraf, fand ich den großen Audienzsaal ziemlich leer. Der größte Teil des Hofes war noch in Ashraf; die heutige Anwesenheit des Schahs hatte lediglich den Charakter eines kurzen Inspektionsbesuches. Trotz seines luxuriösen Äußeren war der Bau in Wirklichkeit nur ein raffiniertes Jagdschloß, ein Spielpavillon, entworfen, um seinen königlichen Besitzer zu amüsieren und zu unterhalten. Von Anfang an hatte nicht die geringste Absicht bestanden, je den gesamten Hofstaat dort unterzubringen. Nur wenige Auserwählte würden jeweils eingeladen werden, den König der Könige in diesem Ort der Ausgeburt seiner Launen zu besuchen, und diejenigen, denen diese Ehre widerfahren würde, täten gut daran, in privatem Gespräch unbedachte Worte zu vermeiden. Erik hatte mich gewarnt, der Ort heiße nicht umsonst «Garten der Echos».

Als der Schah unvermittelt an meiner Seite erschien, war ich so erschrocken, daß ich das Dossier fallenließ, das Einzelheiten über meine loyalen Aktivitäten während der vergangenen Monate enthielt. Er war durch keine der Türen eingetreten; diese hatte ich nämlich aufmerksam im Auge behalten. Mir kam es vor, als müsse er geradewegs durch die Wand hinter mir gegangen sein.

Nichts hätte ihn mehr entzücken können als meine sehr aufrichtige Verblüffung.

«Ah, Daroga!» sagte er mit der diebischen Freude eines Schuljungen, «ich sehe, daß ich Sie erschreckt habe. Eine amüsante kleine Vorrichtung, nicht wahr?»

«Höchst amüsant, kaiserliche Hoheit.»

Auf seine Geste hin erhob ich mich von den Knien und starrte verzweifelt auf meine Dokumente, die nun hoffnungslos in

Unordnung waren. Ich wußte, daß der ganze Hof über Geheimgänge und Falltüren rätselte, die ausschließlich zum Gebrauch des Schahs bestimmt waren. Insgeheim betrachtete ich die ganze Sache als sehr kindisch, ein teuflisches Versteckspiel, das unweigerlich viele Tragödien auslösen würde. Es war eine traurige Vergeudung von Eriks Talent. Alles, was er sich wünschte, war, etwas Schönes zu bauen, doch in jeder Phase des Baus hatte er dem unersättlichen Verlangen seines Herrn nach Neuheit und Zerstreuung stattgeben müssen. Ich wußte, daß die Falltüren und Geheimgänge nicht zu Eriks ursprünglichem Entwurf gehörten; sein architektonisches Wunder war am Ende zu einem raffinierten Spielzeug verkommen, dazu bestimmt, einem bösen kleinen Jungen zu gefallen. Seine tatsächliche Schönheit war an den Schah völlig verschwendet.

«Wie gefällt Ihnen mein neues Lusthaus?» fuhr seine Majestät fort. «Würden Sie sagen, daß es in seiner Art einzig ist, *wahrhaft* einzig?»

Ich beeilte mich, ihm das zu versichern.

«Es kann auf der Welt keinen anderen Monarchen geben, der einen solchen Palast besitzt», behauptete ich einfältig. «Ihr habt ein architektonisches Juwel und einen Diener, der in dieser Welt wirklich nicht seinesgleichen hat.»

Der Schah runzelte die Stirn und schnippte ein Steinstäubchen von seinem voluminösen Gewand.

«Da er mir gedient hat, könnte er auch anderen dienen. Wie man mir berichtet, hat sich sein Ruhm bereits bis nach Konstantinopel verbreitet, und der Sultan möchte ihn aus meinen Diensten locken.»

Ich spürte, wie eine böse Vorahnung meinen Mund trocken werden ließ.

«Ich bin sicher, daß Eure Hoheit solche bösen Gerüchte getrost ignorieren kann. Eriks Loyalität...»

Der Schah lachte kurz auf.

«Glauben Sie, ich sei dumm genug, an die Loyalität dieses Mannes zu glauben? Wie Sie sehr wohl wissen dürften, ist er niemandem Treue schuldig. Erik ist völlig frei von Skrupeln jeder Art. Einem solchen Mann kann man keine Staatsgeheimnisse anvertrauen.»

Der Schah wandte sich ab und begann rastlos im Raum auf und ab zu schreiten. Ich wagte nicht, ihm zu widersprechen, und nach einer Weile drehte er sich um und sah mich gedankenvoll an.

«Es erleichtert mich, daß Sie nicht zu seiner Verteidigung sprechen. Im letzten Jahr hat es Augenblicke gegeben, Daroga, da fürchtete ich, auch Ihre Loyalität sei nicht über jeden Verdacht erhaben.»

Ich warf mich ihm zu Füßen mit der vorgeschriebenen Geste der Selbsterniedrigung. Meine Stirn berührte die Spitze seines Reitstiefels.

«Stehen Sie auf, stehen Sie auf!» sagte er gereizt. «Ich habe jetzt das perfekte Mittel gefunden, mit dem Sie mir Ihre Loyalität beweisen können.»

Angstvoll hob ich den Kopf. Allah, was war das?

«Es interessiert Sie vielleicht, daß die Khanum vorschlägt, ich solle ihm die Augen ausstechen lassen.»

Ja, dachte ich, das ist eine passende Bestrafung für sein Verbrechen an ihr. Was nützen einem Mann die Augen, der sich weigert, die perverse Lust einer Frau mitanzusehen?

«Doch wenn ich darüber nachdenke», fuhr der Schah kühl fort, «bin ich nicht sicher, daß eine solche Strafe seine Talente unbedingt abtöten und ihn für einen anderen Herrscher nutzlos machen würde. Ich möchte die Einzigartigkeit dieses Palastes erhalten. Er soll für keinen anderen König bauen. Jeder Mann, der auf dieser Baustelle gearbeitet hat, muß hingerichtet werden ... einschließlich des Schöpfers. Sie werden Erik morgen abend verhaften, wenn er nach Ashraf zurückkehrt.»

«Morgen?» wiederholte ich schwach.

Wieder runzelte der Schah die Stirn.

«Heute abend stellt er eine kleine Veränderung fertig, die ich für mein Privatgemach angeordnet habe, und ich will nicht, daß er gestört wird. Morgen habe ich keine weitere Verwendung mehr für ihn.»

Er setzte sich und sah sich kritisch im Audienzsaal um, fand aber offensichtlich keinen weiteren Grund zur Klage, der Erik noch eine Nacht Aufschub hätte gewähren können.

«Ich überlasse die Art der Hinrichtung Ihren fähigen Händen, Daroga. Aber sorgen Sie dafür, daß der Schädel nicht beschädigt wird. Es ist mein Wunsch, daß dieser Kopf einbalsamiert und auf einer Säule im Guilistan aufgestellt wird. Der Sultan und der Emir werden gelb vor Neid, wenn sie von meinem neuen Schmuckstück hören.»

Ich schaute zu Boden, da ich schreckliche Angst hatte, mein Gesichtsausdruck könnte meine Abscheu verraten.

«Nun», fragte der Schah brüsk, «sind meine Anweisungen nicht deutlich genug?»

«Sie sind vollkommen deutlich, o Schatten Gottes.» Mit einer tiefen Verneigung zog ich mich zur Tür zurück.

«Daroga!»

«Majestät?»

«Weisen Sie Ihre Leute an, nach der Verhaftung seine Gemächer sehr sorgfältig zu durchsuchen. Ich bin sicher, daß man unter seinen Habseligkeiten das Halsband finden wird.»

Wieder neigte ich zustimmend den Kopf.

Ich hatte vierundzwanzig Stunden Zeit, um meine Vorkehrungen zu treffen.

Kurz vor Morgengrauen umstellten meine Männer Eriks Gemächer in Ashraf, und ich betrat sein Zimmer, allein.

Er war verblüfft.

«Es ist üblich, daß man anklopft, ehe man eintritt», sagte er ziemlich kurz angebunden. «Was zum Teufel tun Sie hier um diese Zeit? Ich habe Sie nicht eingeladen.»

«Dies ist kein gesellschaftlicher Besuch», sagte ich laut, so daß man meine Stimme bis auf den Gang hörte. «Ich komme in offizieller Eigenschaft, als Polizeichef dieser Region, um Sie wegen Verrats zu verhaften. Kleiden Sie sich sofort an und kommen Sie mit.»

Er begann zu lachen, doch als ich ihm heftig bedeutete, er möge schweigen, war er plötzlich still und sah mich neugierig an.

«Wir haben nicht viel Zeit», flüsterte ich. «Holen Sie, was immer Sie an transportablen Werten besitzen, und geben Sie sie mir, rasch.»

Er beugte sich vor, um eine in der Wand verborgene Feder zu betätigen, und sofort glitt ein Stein zur Seite und gab eine kleine Höhlung frei, aus der er eine Kassette nahm.

«Ich habe die ganze Nacht an einem persönlichen Auftrag des

Schahs gearbeitet und bin soeben im Begriff, ein Bad zu nehmen.» Seine Stimme drang mühelos zu den draußen wartenden Männern, und erleichtert erkannte ich, daß er die Regeln dieses verzweifelten Spiels akzeptiert hatte.

«Ich gebe Ihnen ein paar Minuten, um sich anzukleiden», sagte ich.

Er reichte mir die Kassette, und als ich sie öffnete, fand ich darin einen wahren Hort von Schätzen: kostbare Gemmen jeder Art, offizielle Belohnungen für seine Dienste, aber auch viele andere Preziosen, die er sich einfach angeeignet hatte. Ich erkannte einen großen Diamanten, der einst Mirza Taqui Khan gehört hatte, und auf dem Boden der Kassette das verschwundene Katzenhalsband, dessen unschätzbare Juwelen im Fackellicht funkelten.

Vorwurfsvoll sah ich ihn an, und er antwortete mit einem eleganten, leicht ironischen Achselzucken.

Ich seufzte, als ich den Inhalt der Kassette in einen Lederbeutel schüttete und diesen sicher unter meinem Mantel befestigte. Ich trat an die Öffnung in der Wand und fand dort Geld, das er achtlos hineingestopft hatte. Als ich das Geheimfach geleert hatte, winkte ich ihm, es wieder zu verschließen.

«Geben Sie mir Ihre Hände», murmelte ich. «Man erwartet, Sie gefesselt zu sehen.»

Einen Augenblick lang, als er sich vor Zorn versteifte, dachte ich, sein verrückter Stolz werde alles ruinieren, und er werde lieber sterben, als sich wie ein Tier fesseln zu lassen.

«Geben Sie mir Ihre Hände», wiederholte ich gebieterisch. «Erik ... es ist die einzige Möglichkeit», fügte ich leise hinzu.

Er betrachtete den Strick so angstvoll und angewidert zugleich, daß ich darin düstere Schatten aus seiner Vergangenheit erkannte; als ich seine Handgelenke band, ballte er die Fäuste, als müsse er einen primitiven Widerstandstrieb unterdrücken. Nur das Vertrauen, das langsam zwischen uns gewachsen war, hielt ihn davon ab, auf mich loszugehen.

Schweigend verknotete ich den Strick. Als ich fertig war, ging ich zur Tür und rief meine Leute in den Raum.

«Durchsucht die Gemächer und stellt ein Inventar auf von allem, was ihr findet.» Ich wandte mich wieder Erik zu, der mit gesenktem Kopf dastand und zu Boden starrte. «Kommen Sie mit mir.»

Im Schein der aufgehenden Sonne ritten wir aus dem Palast. Ich führte Eriks Pferd am Zügel, und meine absichtlich klein gehaltene Eskorte ritt voraus, um im Gefängnis unsere bevorstehende Ankunft zu melden. Als das letzte Pferd außer Sicht war, beugte ich mich zu Erik hinüber, schnitt seine Fesseln durch und reichte ihm die beiden Lederbeutel, die ich unter meinen Kleidern versteckt hatte.

«Gehen Sie», sagte ich. «Folgen Sie der Küstenstraße und verlassen Sie Persien, solange das noch möglich ist. Ich kann Ihnen nur ein paar Stunden Vorsprung geben, bevor die Leute des Schahs beginnen, nach Ihnen zu suchen.»

Er saß sehr still auf dem Pferd und starrte mich an.

«Wie werden Sie das erklären?»

Ich zuckte die Achseln. «Ich werde sagen, daß Sie Ihre magischen Fähigkeiten benutzt haben, um sich zu befreien, und mich überwältigt haben, als ich nicht darauf gefaßt war.»

«Man wird Sie bestrafen», beharrte er ernst, «selbst wenn der Schah Ihre Geschichte glaubt. Und wenn er sie nicht glaubt...»

«Das ist meine Angelegenheit.»

«Warum tun Sie das?» fragte er plötzlich.

Ich wandte den Blick ab und schaute die leere Straße hinunter.

«Mein Sohn hätte sich gewünscht, daß Sie am Leben bleiben. Alles, was ich heute nacht getan habe, habe ich zu seinem Gedenken getan.»

«Oh, Gott», flüsterte er erschüttert, «Sie werden sich nie damit abfinden, nicht wahr? Sie werden nie verzeihen.»

Ich drehte mich im Sattel um und sah ihn direkt an.

«Es gibt nichts zu verzeihen», sagte ich. «Sie haben ihm einen schönen, schmerzlosen Tod gegeben. Ich habe mich damit abgefunden, und meine Seele hat Frieden. Jetzt ist es Zeit, an Ihre Seele zu denken, Erik.»

Er machte eine ungeduldige Geste. «Ihr Glaube lehrt doch, daß Ungläubige keine Seele haben und keinen Platz im Paradies.»

«Aber Ihr Gewissen», entgegnete ich. «Ich denke, Sie haben ein Gewissen, was immer Sie auch glauben wollen. Und heute nacht mache ich mich zum Hüter Ihres Gewissens. Wohin immer Sie gehen und was immer Sie in Zukunft tun, Sie müssen daran denken, daß Sie mir Rechenschaft schuldig sind. Das ist der Preis, den

Sie für Ihr Leben zu bezahlen haben. Es darf keine willkürlichen Morde mehr geben.»

«Ach, wirklich», schnaubte er. «Und was soll mich davon abhalten, diese lächerliche Abmachung zu brechen, wann immer es mir paßt?»

«Ich glaube nicht, daß Sie das Wort brechen, das Sie mir gegeben haben, Erik.»

«Wieso glauben Sie, ich würde Ihnen mein Wort *geben*, ganz zu schweigen davon, es zu halten? Töten ist wie Opium, Nadir, eine schlechte Angewohnheit, eine Sucht.»

«Jede Sucht kann überwunden werden, wenn der Wille besteht, sie zu besiegen», sagte ich fest. «Außerdem lasse ich Ihnen keine Wahl: Dies ist ein Ultimatum. Wenn ich jetzt nicht von Ihnen höre, was ich hören will, dann werde ich Sie doch noch hinrichten lassen, darauf haben Sie *mein* Wort! Und denken Sie daran, meine Männer sind noch nicht so weit entfernt, daß sie einen Pistolenschuß nicht hören würden.»

«Was also soll ich schwören?» fragte er vorsichtig.

«Ich bin kein sentimentaler Narr», seufzte ich. «Ich weiß, wie Ihr Leben war, und ich weiß, es wird unvermeidlich sein, daß Sie mitunter keine andere Wahl haben, zuerst zuzuschlagen, wenn Sie sich retten wollen. Aber es besteht ein großer Unterschied zwischen dem Töten zur Selbstverteidigung und dem Töten aus perverser Lust. Alles, was ich verlange, ist, daß Sie diesen Unterschied anerkennen und meiner Forderung treu bleiben. Und jetzt ... geben Sie mir Ihr Wort?»

Er sagte nichts, doch nach einem Augenblick des Zögerns streckte er die Hand aus, und ich ergriff sie unverzüglich. Sein Händedruck war kühl und fest. Ich ließ meine Hand in seiner ruhen, bis er sich entschloß, diesen Kontakt abzubrechen, das Symbol unserer schlichten, aber unfruchtbaren Freundschaft.

«Folgen Sie der Küstenlinie, und halten Sie sich im Unterholz. Der Weg ist gefährlich. Sie müssen sich vor Treibsand und zahllosen anderen Gefahren hüten. Aber wagen Sie nicht den Weg durchs Land. Schon morgen werden die Männer des Schahs alle bekannten Straßen überwachen, die aus dem Land führen.»

Er seufzte. «Und Sie, mein armer Narr, werden an meiner Stelle im Gefängnis sitzen und auf Ihre Hinrichtung warten. Glauben Sie wirklich, daß ich so wenig Mitgefühl habe, Sie einfach Ihrem Schicksal zu überlassen?»

«Sie brauchen nicht um mein Leben zu fürchten», sagte ich. «Ich bin in Intrigen nicht ganz so unerfahren, wie Sie glauben, ich habe meine Pläne gemacht. Der Leichnam eines *Babi*-Dissidenten wird am Ufer des kaspischen Meers angetrieben werden, gekleidet in Ihren Umhang und Ihre Maske. Bis er gefunden wird, werden Aasfresser dafür gesorgt haben, daß er nur noch an den Kleidungsstücken zu identifizieren ist. Ich bin überzeugt, der Schah wird damit so zufrieden sein, daß er mich am Leben läßt. Und sollte wegen meiner Nachlässigkeit mein Besitz beschlagnahmt werden, gehe ich vielleicht nach Europa und lasse mich in einem Land nieder, wo sich Königinnen nicht mehr mit Folterkammern amüsieren.»

«Auch in Europa werden Sie essen müssen», sagte er düster.

Er nahm eine Handvoll Edelsteine aus dem Beutel und hielt sie mir hin, nachdem er einen Augenblick gezögert und dann den großen Diamanten aus seiner Handfläche genommen hatte.

«Ich denke, ich sollte Ihr empfindliches Gewissen nicht damit belasten», seufzte er. «Ich kann nicht behaupten, den Stein auf ehrliche Weise erworben zu haben. Aber den Rest können Sie ruhig nehmen, es ist nichts dabei, was Ihnen schlaflose Nächte bereiten müßte.»

«Erik», protestierte ich, «das ist nicht ...»

«Nehmen Sie», sagte er scharf. «Ich habe Ihren ausgefallenen Bedingungen ja schon zugestimmt, nicht wahr? Also gestatten Sie mir wenigstens eine Geste gegenüber meinem Hüter ... und Freund.»

Wir schwiegen beide, verblüfft über die rauhe Schlichtheit der beiden letzten Worte.

Er nahm Maske und Umhang ab und reichte sie mir. Plötzlich sah ich, daß Tränen in seinen ungleichen Augen standen.

«Passen Sie auf sich auf, Nadir», sagte er leise, «passen Sie gut auf sich auf ...»

Ich glaube, ich habe gelächelt, und plötzlich konnte ich nicht mehr sprechen.

Ich sah ihm nach, bis er nur noch ein Schatten im Sternenlicht war. Und dann sprach ich in den leeren Raum, der zwischen uns lag, in dem fehlerlosen Französisch, das er mir im Laufe unserer Verbindung so mühsam beigebracht hatte.

«*Au revoir, mon ami*», sagte ich traurig.

Ich verstaute die Maske und den Umhang sorgfältig in einer Satteltasche, wandte mein Pferd in Richtung Sari und ritt davon.

ERIK

1856–81

1. Kapitel

Im Frühjahr 1856 kam ich in Belgien an.

Drei Jahre lang war ich wieder ziellos durch Europa gereist, hatte alte Orte und Verstecke aufgesucht wie ein seltsamer Pilger und mir alle möglichen Baudenkmäler angesehen, die ich während meiner jugendlichen Wanderjahre ausgelassen hatte. Im Morgengrauen pflegte ich auf den verlassenen Straßen zu zeichnen. Ehe die ersten Händler erschienen, um ihre Waren zu verkaufen, kehrte ich in meine jeweilige Unterkunft zurück. Und dort blieb ich, das Tageslicht meidend, bis die Sonne hinter dem Horizont versank und ich wieder hinaus auf die schlecht beleuchteten Straßen gehen konnte, ohne Aufmerksamkeit zu erregen.

Ich war nicht länger gezwungen, meine Talente zu verschleudern, um mich zu ernähren. Die Jahre in Persien hatten mich reich gemacht, reich genug, um meinen Interessen und meiner wachsenden Aversion gegen die menschliche Spezies zu frönen; es bestand nicht mehr die schlimme Notwendigkeit, gaffende Menschen mit der Geschicklichkeit meiner Finger und meinem monströsen Gesicht zu unterhalten.

Mein Geschmack am Tod, den die traurigen Exzesse in Persien schon stark abgestumpft hatten, war mir vergangen durch einen Eid, den ich nicht brechen konnte. Nadirs Stimme verfolgte mich durch ganz Asien und machte mich im Orient, wo politischer Meuchelmord billig und ein Leben nur zu schnell beendet ist, ruhelos und unbehaglich.

Ich hatte gelernt, meine düsteren und gewalttätigen Stimmungen zu beherrschen, zuerst mit Opium, später in Belgien mit Morphium. Ich gab die Opiumpfeife auf aus Angst, meiner Stimme zu schaden, und in der glitzernden Euphorie, dem Ergebnis meines ersten Experiments mit einer Spritze, begann ich an der Oper zu arbeiten, die ich als mein Hauptwerk betrachtete.

Ich nannte sie *Der Triumph des Don Juan.*

Ich begann, sehr zynisch zu werden ...

Monatelang durchzog ich Belgien wie vorher das übrige Europa; aus Angst vor Feindseligkeit und Repressalien blieb ich nirgends lange. Antwerpen, Gent, Brüssel, und endlich – verlockt von dem weichen, vertrauten Rhythmus meiner Muttersprache – Mons. Wie gut es war, überall Französisch sprechen zu hören! Ich hatte viele Sprachen gelernt, aber in meinen Ohren war nichts mit den verführerischen Klängen der schönsten Sprache der Welt vergleichbar. Ich verspürte plötzlich den Wunsch, mich in diesem eminent zivilisierten Land niederzulassen, und baute mir ein Haus.

In den Hintergassen von Mons fand ich einen Mann, der meinen ziemlich einzigartigen Bedürfnissen vollkommen entsprach; er war empfänglich für meine Stimme und bereit, meine Wünsche zu erfüllen, ohne lästige Fragen zu stellen, ein Mann, den ich völlig kontrollieren konnte, indem ich einfach meinen Kehlkopf übte.

Jules Bernard hatte seine Lehrzeit als Grobsteinmetz beendet, und sobald ich sicher war, daß er mir nützlich sein würde, machte ich ihn zu meinem gutbezahlten Sklaven, der Transaktionen vornahm, die mir aufgrund meiner immer zurückgezogeneren Lebensweise zuwider geworden waren.

Wäre ich mit meinem Haus zufrieden gewesen, so hätte unsere

Beziehung zweifellos geendet, nachdem der letzte Stein gesetzt war, doch schon lange, bevor wir beim Dach anlangten, gefiel mir mein Entwurf nicht mehr. Jules, den ich anwies, das Haus nach Fertigstellung zu verkaufen, wurde sofort mit einem halben Dutzend Angebote überlaufen.

«Vielleicht sollten Sie einmal daran denken, Aufträge anzunehmen», schlug er zögernd vor.

Mein erster Impuls war Lachen; doch dann hielt ich inne.

Warum eigentlich nicht?

Fünf Jahre später führte Jules – inzwischen ein verheirateter Mann mit drei kleinen Kindern, die durch seine bescheidene Mietwohnung tollten – für mich ein blühendes Geschäft. Die Dienste, die ich anbot, waren in vieler Hinsicht einmalig. Es war nicht ungewöhnlich, daß ein Architekt Aufträge weiterleitete und nicht selbst ausführte. Es war ebenfalls üblich, daß ein Architekt sich mit seinen Kunden traf, doch das zu tun, weigerte ich mich standhaft. Meine Bedingungen waren so exzentrisch, daß es ein Wunder ist, wie das Geschäft überhaupt überlebte. Aber Jules legte eine so unerwartete Fähigkeit an den Tag, irritierte und verärgerte Kunden zu besänftigen. Es wurde Mode, sich von dem geheimnisvollen Architekten, der sich nie sehen ließ, sondern seine Pläne nur mit *Erik* unterzeichnete, ein Haus entwerfen und bauen zu lassen. Man akzeptierte, daß ich eher auf einen Auftrag verzichtete, als einer persönlichen Konsultation zuzustimmen. Kurz gesagt, ich war wieder einmal eine sehr erfolgreiche Attraktion, für die die Reichen recht ansehnlich zu zahlen bereit waren.

Nach fünf Jahren dieser Existenz stellte ich fest, daß es mich tödlich langweilte, überschätzte Behausungen für fette, selbstzufriedene Geschäftsleute und ihre noch fetteren und selbstzufriedeneren Ehefrauen zu bauen. Eine schreckliche Rastlosigkeit machte sich immer deutlicher bemerkbar, eine Rastlosigkeit, die teilweise auf Enttäuschung zu beruhen schien, teilweise auf dem Drang, in das Land meiner Geburt zurückzukehren.

«Ich gehe für eine Weile fort», erklärte ich Jules eines Morgens unvermittelt. «Sie werden doch mit allem fertig, nicht wahr?»

«Ja, Monsieur», sagte er nervös; selbst nach diesen Jahren noch fühlte er sich in meiner Gegenwart unbehaglich. «Werden Sie lange fort sein?»

«Das kann ich noch nicht sagen.»

Ich hätte den Bauhof ohne ein weiteres Wort verlassen, doch plötzlich rannte er mir nach, fast in Panik.

«Monsieur ... sagen Sie mir wenigstens, wo ich Sie erreichen kann. Vielleicht brauche ich Sie.»

Niemand auf dieser Welt *braucht* mich – oder wird mich je brauchen.

«Sie werden schon zurechtkommen», sagte ich ruhig. «Ich vertraue auf Ihre Kompetenz, und es liegt in Ihrem Interesse, das Geschäft in meiner Abwesenheit solvent zu erhalten. Sagen Sie, haben Sie schon einen Lehrer für Ihren ältesten Sohn eingestellt?»

«Monsieur», protestierte er, «das übersteigt meine Mittel ...»

«Sie haben Zugriff auf die Konten», sagte ich gereizt. «Warum haben Sie nicht genommen, was Sie brauchen? Das Kind ist intelligent und verdient eine Ausbildung. Es müßte jetzt alt genug sein, um Lesen und Schreiben zu lernen. Sorgen Sie unverzüglich dafür!»

Verwirrt starrte er mich an.

«Ich ... ich würde Sie niemals bestehlen», stammelte er.

«Dann sind Sie ein Narr», sagte ich langsam. «Sie haben eine nette Familie. Nehmen Sie, was immer Sie für ihr Wohlergehen brauchen, und niemand wird Ihnen Fragen stellen.»

Er schwieg einen Augenblick; sein langes, schmales, ziemlich ängstliches Gesicht wirkte verblüfft. Wieder schickte ich mich zum Gehen an, und wieder hielt er mich auf.

«Wohin gehen Sie?» fragte er mit einem plötzlichen Anflug von Furcht.

Ich starrte an ihm vorbei die dunkle Straße entlang.

«Ich gehe nach Boscherville», sagte ich.

Endlich stand ich vor dem Gartentor des alten Hauses, schaute, erinnerte mich. In meiner Phantasie hatte ich dieses Haus so oft niedergerissen, daß ich schockiert war, es noch vorzufinden.

Wie konnte es wagen, dazustehen in all seinem anheimelnden, altmodischen Charme, und eine Familie beherbergen, die glücklich lebte, ohne etwas von der Qual zu ahnen, die ich hinter diesen efeubewachsenen Mauern erlitten hatte? Die Tränen, die ich in dem Schlafzimmer unter dem Dach vergossen hatte! Das einsame Entsetzen und die Furcht, für immer von der Welt ausgeschlossen zu sein. *Ich haßte dieses Haus.* Ich wünschte mir, das Haus und alle damit zusammenhängenden Erinnerungen vom Antlitz der Erde zu vertilgen.

Ich wußte nun, warum ich nach Boscherville zurückgekommen war: Ich wollte dieses gräßliche Schandmal für immer aus der Landschaft der Normandie entfernen.

Hinter einem der oberen Fenster brannte Licht, ein ärgerlicher Beweis friedlicher Behausung. Ich konnte nicht einfach Feuer an das Haus legen, ohne die unglücklichen Bewohner aus ihren Betten zu holen. Keine weiteren Morde, das hatte ich Nadir gelobt. Meine Hand schloß sich um ein Bündel von Tausend-Franc-Noten. Ich war bereit, großzügig zu zahlen. Mochten sie fortgehen und sich für den Rest ihres Lebens über den Verrückten wundern, der für das Privileg bezahlt hatte, ihr Haus bis auf die Grundmauern niederzubrennen.

Ich band meine weiße Stute an einen Baum auf der anderen Straßenseite, nahm meine Pistole aus dem Umhang und klopfte dreimal an die Haustür. Ich wartete unter dem hölzernen Vordach, sicher in dem Wissen, daß man mich aus den darüberliegenden Schlafzimmerfenstern nicht sehen konnte. Jeder, der seine Neugier befriedigen wollte, war gezwungen, die Tür zu öffnen.

Unter der Tür erschien plötzlich ein Lichtschein, und ich hörte das vertraute Geräusch des zurückgleitenden Riegels.

Das Licht einer Kerze fiel auf die Stufe, und ich erstarrte vor Schrecken, als ich sah, daß die Tür von einer Frau geöffnet wurde, die ich überall wiedererkannt hätte, trotz des Abgrundes der Jahre, die zwischen uns lagen.

Als sie mich mit weit aufgerissenen Augen anstarrte, eine Hand abwehrend an die Kehle gehoben, sah ich an ihrer entgeisterten Miene, daß auch sie mich erkannte.

«Heilige Muttergottes!» keuchte sie. «*Erik*!»

Es ist seltsam, wie tief vergrabene Kindheitsgewohnheiten in Augenblicken des Schocks wieder auftauchen. Ich ertappte mich dabei, daß ich automatisch eine kleine Verbeugung machte und mit kühler Formalität sagte, wie man es mir vor vielen Jahren beigebracht hatte:

«Guten Abend, Mademoiselle Perrault, ich hoffe, es geht Ihnen gut.»

Jetzt hielt sie beide Hände vor den Mund. Sie brach in Tränen aus, während sie mir heftig winkte, ich solle ihr ins Haus folgen.

Langsam und mit bleiernem Grauen ging ich in den Salon, doch das Zusammentreffen, das ich mehr als alles andere gefürchtet hatte, blieb mir erspart. Außer uns war niemand im Zimmer. Die Erleichterung war so ungeheuer und die Enttäuschung zugleich so schmerzhaft, daß ich mich in den Sessel am Kamin sinken ließ, weil ich mich kaum noch auf den Beinen halten konnte. Ich umklammerte die hölzernen Armlehnen des Sessels und rang nach Fassung.

«Wo ist meine Mutter?» fragte ich.

Sie weinte noch heftiger.

«Sie müssen wissen, wo sie jetzt wohnt», beharrte ich zitternd. «Sie brauchen keine Angst zu haben, ich werde nicht hingehen ..., aber ich wüßte es gern.»

«Oh, Gott», flüsterte sie, «ich dachte, Sie wüßten es. Ich dachte, das sei der Grund für Ihre Rückkehr. Erik ... Ihre Mutter ist vor drei Tagen gestorben.»

Sie war hier in diesem Haus, und sie war tot.

Alles, woran ich denken konnte, war die Tatsache, daß ich nun endlich ihre kalte Wange würde küssen können, daß sie nie wieder vor meiner Berührung zurückschrecken würde.

«Vielleicht möchten Sie sie sehen», meinte Marie nervös.

Ich ignorierte den Vorschlag und starrte weiter ins Feuer.

«Warum ist sie zurückgekommen?» fragte ich. «Sie haßte dieses Haus genausosehr wie ich. Warum ist sie ausgerechnet hierher zurückgekommen? Ist er gestorben? War es das ... ist er gestorben?»

Marie sah mich verwirrt an.

«Erik ... Ihre Mutter hat dieses Haus nie verlassen.»

Ich umklammerte die Armlehnen des Sessels.

«Wollen Sie damit sagen, daß sie hier ganz offen zusammengelebt haben, daß sie es gewagt haben, unter diesem gottverlassenen Dach noch mehr Kinder zu zeugen? Sie wollten fortgehen, ich hörte, wie er das sagte! Nach der Heirat wollten sie irgendwohin gehen, wo niemand sie kannte ...»

Ich schrie jetzt, und Maries Gesicht verzog sich in namenlosem Schmerz. Der Gedanke, daß ich vielleicht Halbbrüder oder -schwestern in diesem Dorf hatte, das mich vor so vielen Jahren vertrieb, tat mehr weh, als ich je für möglich gehalten hatte. Ich konnte es nicht ertragen, daran zu denken, was grausame Kinder ihnen von ihrem monströsen Bruder erzählt haben mochten; ich konnte es nicht ertragen, mir ihre Scham und Wut vorzustellen – Brüder und Schwestern, die mich nie gesehen hatten und doch an jedem Tag ihres Lebens gewünscht haben mußten, ich sei nie geboren worden.

Wie konnten sie es wagen hierzubleiben!

«Wie konnten Sie es wagen!» Das Brüllen meiner Stimme schien die alten Eichenbalken der Decke erzittern zu lassen, und Marie fuhr entsetzt zurück.

«Es gab keine Heirat, Erik», stammelte sie. «Dr. Baryé ging einige Wochen nach Ihrem Verschwinden nach Paris zurück, und Ihre Mutter hat ihn nie wiedergesehen. Sie hat nie geheiratet. Sie lebte allein in diesem Haus, bis auf die letzten paar Monate, als ich kam, um sie zu pflegen.»

Diese Enthüllung brachte mich zum Schweigen. Ich fühlte mich wie betäubt und völlig hoffnungslos.

Plötzlich sah ich, daß alles umsonst gewesen war, meine Flucht aus diesem Haus und all die Schrecken, die darauf folgten, als ich tiefer und tiefer in einen Morast endloser, sich selbst fortzeugender Verderbtheit geriet. Gott wollte nichts von dem Scheusal, das er in einem achtlosen Moment der Verirrung geschaffen hatte. Selbst diese kindliche Opfergabe war jetzt nichts weiter als bittere Ironie. Es gab nichts mehr, was meine Seele von denen der in Ewigkeit Verdammten trennte.

Still stand ich auf und ging nach oben in das Zimmer meiner Mutter.

Kerzen brannten zu beiden Seiten der alten, mit Bienenwachs polierten Bettstatt aus Mahagoni; die Flammen zitterten und flakkerten im Luftzug, der durch das offene Fenster kam. Das also war das Licht, das ich von draußen gesehen hatte.

Langsam, sehr langsam hob ich das Laken an, das sie bedeckte, und starrte ungläubig, denn das wächserne Gesicht, das ich auf dem Kissen erblickte, war das Gesicht einer Fremden, alt und unglaublich verändert.

Die Zeit verwüstet die Schönheit und bewahrt das Unscheinbare. Marie Perrault hätte ich in jeder Menschenmenge erkannt, aber an dieser verwelkten Frau auf dem Bett wäre ich auf der Straße vorbeigegangen, ohne sie zu erkennen.

Der Tod hatte sie häßlich gemacht, das Fleisch auf ihren Wangenknochen schrumpfen und ihre Augen so tief einsinken lassen, daß nun, eine letzte, bittere Laune des Schicksals, eine physische Ähnlichkeit zwischen uns bestand.

Und während ich sie betrachtete, begriff ich plötzlich, was sie gefühlt haben mußte, wenn sie mich anschaute. Endlich verstand ich ihre Abscheu, denn jetzt teilte ich ihn.

Ich spürte weder Zorn noch Trauer, als ich auf sie herabblickte, nichts außer Ekel, der es mir ermöglichte, jede Grausamkeit zu verzeihen, die sie je an mir begangen hatte.

Ja, ich verzieh ihr in diesem Augenblick alles, aber ich wandte mich ab, ohne die Hände zu berühren, die steif gefaltet auf ihrer Brust lagen.

Jetzt, da ich die Gelegenheit hatte, küßte ich sie nicht.

Ich wußte, sie hätte es nicht gewollt.

2. Kapitel

Als ich ins Wohnzimmer zurückkehrte, fand ich Mademoiselle Perrault am Feuer, eine kleine Näharbeit im Schoß. Ich war von der Annahme ausgegangen, «Mademoiselle» sei noch immer die richtige Anrede, und nichts an ihrer traurigen, nachlässig gekleideten Gestalt deutete darauf hin, daß ich mich irrte. Eilig stand sie auf, als ich das Zimmer betrat, und drückte die Näharbeit an ihre welke Brust, als sei sie eine Art Schutzschild gegen meine Anwesenheit. Ich konnte die Anstrengung nur bewundern, die sie machte, um ihr altes, instinktives Entsetzen vor mir zu überspielen.

«Haben Sie noch immer Angst vor Spinnen, Mademoiselle?» fragte ich plötzlich.

«Oh ... ja!» Mit einem kleinen, nervösen Lachen entfernte sie sich von mir und trat näher an den Kamin. «So eine alberne, kindische Angewohnheit. Ihre Mutter konnte mir das nie nachsehen. Oh, Gott ..., ich hätte darauf vorbereitet sein sollen. Schließlich habe ich in der *Presse* eine Annonce aufgegeben, sobald ich erkannte, daß sie nicht mehr lange zu leben hatte. Wider alles Erwarten hoffte ich, Sie würden sie lesen, aber das war so unwahrscheinlich nach all diesen Jahren, selbst wenn man die weite Verbreitung der *Presse* bedenkt. Wir wußten ja nicht einmal, ob Sie noch in Frankreich waren, von Paris ganz zu schweigen. Sie sprach oft von Ihnen, Erik ...»

Abrupt wandte ich mich ab. Hielt sie mich für ein Kind, das man noch mit hübschen Lügen trösten muß? Meine Mutter hatte mich gehaßt und gefürchtet. Warum also jetzt so tun, als sei es anders gewesen?

«Wann ist die Beerdigung?» fragte ich grob.

«Morgen», erwiderte Marie. «Es werden nicht viele Trauergäste kommen, nur ein paar Bekannte, die sie kennengelernt hatte, nachdem ... nun ja ... *hinterher* ...» Sie breitete hilflos die Hände aus, und ich nickte kurz, um anzudeuten, daß ich verstanden hatte. «Ich denke, es wäre vielleicht nicht klug ...»

«Ich habe nicht die Absicht hinzugehen», beruhigte ich sie, und trotz meiner Abhärtung schmerzte mich ihre geradezu greifbare Erleichterung. Man braucht mir nicht zu sagen, welchen Skandal meine Anwesenheit auf dem Friedhof auslösen würde. Der letzte Dienst, den ich meiner Mutter erweisen konnte, bestand darin, sie mit der Würde zu Grabe tragen zu lassen, die ihr so teuer gewesen war.

Aber wenigstens konnte ich mein Requiem für sie spielen.

Ich setzte mich an das alte Klavier, und bald verlor ich mich in der Musik. Musik war das geheime Heiligtum meiner Seele; Musik war mein Gott, der einzige Herr, dem ich je wieder dienen würde. Ich wünschte mir, ich könnte ihrer Herrlichkeit ein Denkmal setzen, einen Schrein, wo ich sie anbeten und verehren könnte. Es wäre eine passende Reverenz, den Wundern von Harmonie und Musik ein Mausoleum zu errichten, eine wundervolle Verschmelzung meiner tiefsten kreativen Antriebe. Etwas Riesiges und Prachtvolles, etwas in noch nie dagewesenem Maßstab – ein unvergleichliches Opernhaus vielleicht.

Meine Mutter hatte oft davon gesprochen, daß Paris ein angemessenes Opernhaus brauche. Wie die meisten Menschen, denen es nicht gelungen ist, einen Kindheitsehrgeiz zu verwirklichen, hatte sie sich als eine Art Autorität auf dem Gebiet betrachtet; gewiß war das öffentliche Interesse an einem ständigen Opernhaus für die Hauptstadt schon mehr als hundert Jahre alt. Nicht nur meine Mutter hatte sich dafür erwärmt; Professor Guizots ausgeprägte Ansichten über den besten Standort und die optimale Form des Zuschauerraumes hatten viele meiner unter seiner Anleitung durchgeführten Studien beeinflußt. In den letzten Monaten, ehe ich fortlief, hatte er mich so mit widersprüchlichem Material überschüttet, daß sogar ich gewiß einen einigermaßen ausdrucksvollen Plan zustande gebracht hätte. Ich war nie in Paris gewesen, aber der Professor hatte mir detaillierte Stadtpläne gezeigt, und wir hatten wütende Diskussionen über die relativen Vorzüge des Standorts Place de la Concorde gegenüber der Butte des Moulins geführt.

Ich hätte die Oper mitten im Zentrum von Paris errichtet. Der Boulevard des Capucines schien sich dafür anzubieten. Doch zweifellos würden die Diskussionen noch weitere fünfzig Jahre andauern, ehe endlich eine Entscheidung fiel.

Ich bemerkte, daß Marie unbehaglich hin und her rutschte, und hörte abrupt zu spielen auf.

«Nicht aufhören», sagte sie ruhig. «Dieses Requiem haben Sie selbst komponiert, nicht wahr? Ihre Mutter ...»

«Hätte sich so gefreut, es zu hören?» schnaubte ich. «Mademoiselle, ich habe schon seit vielen Jahren kein Bedürfnis mehr nach Märchen.»

Plötzlich eilte Marie zu dem Wandschrank in der Ecke des Zimmers und begann, die Blätter mit meinen alten, kindlichen Zeichnungen hervorzuholen.

«Es gab keinen Tag, an dem sie nicht an Sie gedacht hätte. Hier, sehen Sie? Sie hat alles aufbewahrt, alles, was sie an Sie erinnerte.»

Ich starrte auf die Papiere, die zu Boden flatterten. Sie bewiesen nichts außer der Tatsache, daß meine Mutter eine notorische Sammlerin war, die nichts wegwerfen konnte. Wir hatten ganz von Relikten der Vergangenheit umgeben gelebt, Großvaters Architekturbücher, Großmutters englische Juwelen. Als ich jetzt zum Kamin blickte, sah ich einen Stapel Zeitungen, die viele Wochen alt sein mußten.

Marie kramte in den Schubladen und holte einen Stoß juristisch aussehender Dokumente hervor, die sie mir in die Hand drückte.

«Die Urkunden für das Haus, Einzelheiten über die Wertpapiere Ihres Großvaters», erklärte sie fieberhaft. «Alles sollte in einem Bankfach in Rouen für Sie hinterlegt werden, es steht da in ihrem Testament, wenn Sie mir nicht glauben...»

Schuld, dachte ich mit einem Anflug von Selbstvorwürfen wegen meiner Herzlosigkeit, Schuld ist sicherlich das traurigste aller menschlichen Gefühle. Aber Schuld ist nicht Liebe. Arme Mutter.

Wortlos sammelte ich meine alten Notenblätter und Zeichnungen ein und warf sie ins Feuer. Dann, während Marie dastand und ihr Taschentuch an den Mund preßte, beugte ich mich nieder, um die Zeitungen einzusammeln, und warf sie ebenfalls ins Feuer.

Ich las niemals Zeitungen; ich hatte kein Interesse an der Gegenwart. Im Augenblick erregten nur Vergangenheit und Zukunft meine Vorstellungskraft. Die Possen der Kaiserin Eugénie gingen mich nichts an.

Mein Gott, einige dieser Zeitungen waren sechs Monate alt und wurden schon gelb. Aber eine war noch ziemlich neu, vom 13. Mai 1861. Meine Augen wurden unwiderstehlich auf den Leitartikel gezogen.

Garnier gewinnt Auftrag für Pariser Opernhaus.

Ich stand da, die Zeitung in der Hand, und verschlang den Artikel mit leidenschaftlichem Interesse. Charles Garnier, sechsunddreißig Jahre alt, Gewinner des öffentlichen Wettbewerbs um den Bau der neuen Pariser Oper.

Öffentlicher Wettbewerb?

Ich fuhr herum und sah Marie an.

«Was wissen Sie darüber?» fragte ich. «Was wissen Sie darüber?»

Sie wußte nicht viel, aber es genügte, um den Artikel zu ergänzen. Architekten waren aufgefordert worden, für diesen Wettbewerb anonym ihre Entwürfe einzureichen; ihre Namen und Adressen sollten in einem versiegelten Umschlag beigefügt sein.

Die erste Runde des Wettbewerbs hatte im Dezember begonnen, und im Dezember hatte mich zum ersten Mal dieses verheerende Gefühl von Rastlosigkeit übermannt. Da mir die Mittel fehlten, meine Vorahnung zu deuten – oder meine Intuition, was immer es war –, hatte ich kostbare Monate verstreichen lassen. Weil meine hochmütige Gleichgültigkeit gegenüber den Angelegenheiten der Menschen mich daran gehindert hatte, etwas so Einfaches wie eine Zeitung zu erwerben, hatte ich meine einzige Chance verpaßt, das strenge, hierarchische System zu umgehen, das normalerweise öffentliche Bauaufträge in Frankreich regiert. Durch meine eigene Nachlässigkeit hatte ich verloren gegen einen jungen, kaum bekannten Architekten, einen früheren Gewinner des Grand Prix de Rome.

Es war zu spät, um diesen Schrein für meine einzige reine, makellose Liebe zu entwerfen.

Eine Stunde verging, während der ich in das erlöschende Feuer starrte. Meine Ruhe kehrte allmählich zurück. Wenn es zu spät war, den ursprünglichen Entwurf zu schaffen, so war es doch noch nicht zu spät, auf der Baustelle zu stehen und zuzusehen, wie dieses große Mausoleum unter meiner Leitung entstand.

Zum Bauen war es nicht zu spät!

Ich verließ das alte Haus in Boscherville kurz vor Morgengrauen und überließ den Leichnam meiner Mutter der Obhut ihrer treuen Freundin. Marie würde die Schlüssel des Hauses aufbewahren und meine Anweisungen erwarten; ohne es auszusprechen, verließ ich mich auf ihre Diskretion.

Ich ging, ohne noch einen letzten Blick auf das tote, unschöne Gesicht meiner Mutter zu werfen. Ihre Schönheit war im Nebel meiner Erinnerung sicher begraben. Ich konnte sie nicht aus meinem Gedächtnis löschen, aber es gab mir einen gewissen Trost, daß ich dieses Gesicht niemals auferstehen sehen würde.

Außer der Illusion hatte sie für mich nie existiert.

Jetzt endlich konnte ich sie für immer vergessen.

3. Kapitel

Paris war ein weiterer Schock, auf den ich in keiner Weise vorbereitet war.

Die alte Stadt war im Begriff, unter den Händen des Kaisers und seines Präfekten, des Barons Haussmann, in der Versenkung zu verschwinden. Als ich mich im ersten grauen Tageslicht auf den Rückweg von dem Abrißplatz machte, auf dem die neue Oper entstehen sollte, kam es mir vor, als werde alles Exzentrische, Künstlerische und Historische zerstört durch den kaiserlichen Drang nach weit offenen Räumen und Einförmigkeit. Als ich die unpersönlichen Wohnblocks betrachtete, die die breiten Boulevards zu säumen begannen – ein Monument der Vulgarität, des Materialismus und des schlechten, grellen Geschmacks des Kaisers –, fand ich einen Augenblick lang den Tod zu gnädig für die tyrannischen Urheber dieser Zerstörung.

Im alten Paris hatte vieles im argen gelegen, aber es hatte nicht verdient, so erbarmungslos ausgeweidet zu werden – wunderschöne Gebäude, abgerissen aus keinem anderen Grund, als daß sie einfach dem Fortschritt im Wege standen. Das war Mord, Vergewaltigung und Ausplünderung in unvorstellbarem Maßstab; die Seele der Stadt blutete aus.

Ich ritt an den Stadtrand zu den neuen Elendsquartieren, in die die hohen Mieten in Haussmanns ruchlosen Neubauten die Verarmten getrieben hatten. Viele der Pariser kleinen Leute waren jetzt obdachlos, wanderten durch die Straßen wie Nomaden und suchten nach einem erschwinglichen Stückchen Wohnung. Ich sah Kinder in Rinnsteinen schlafen, in alte Zeitungen gewickelt, und mein Blut kochte angesichts so grausamer Ungerechtigkeit.

Es war hier, unter den Armen, wo ich eine Unterkunft fand. Ich hatte die Mittel, mir die besten Hotelsuiten von Paris zu leisten, aber instinktiv schreckte ich vor der Ablehnung der Reichen und Gutsituierten zurück, den argwöhnischen, widerwilligen Blicken, die immer der Auskunft vorangingen, ein bestimmtes Hotelzimmer oder geschmackvolles Appartement sei leider nicht frei. Nicht frei für *mich*, war damit natürlich gemeint: Ein Mann in einer Maske hat naturgemäß irgendein soziales Stigma zu verbergen. Die

Armen waren weniger wählerisch, solange man bezahlen konnte, doch auch so schlugen mir drei Hausbesitzer hastig die Tür vor der Nase zu, ehe ich einen Mann fand, der geldgierig genug war, um seine instinktive Furcht vor mir zu überwinden.

Ich bezahlte den erpresserischen Preis, den er für heißes Wasser verlangte, und nachdem ich gebadet hatte, setzte ich mich hin und schrieb den Brief, der Jules Bernard aus Belgien herbeirufen würde. Seine rechtschaffene, gutgekleidete Gestalt, gepaart mit meinem Geld, würde mir eine Zeitlang Unterkunft in einer bekömmlicheren Gegend erkaufen, bis die unvermeidliche Hetze und Erpressung mich erneut zwangen weiterzuziehen. In den letzten fünf Jahren hatte er alle meine Wohnungen für mich erworben, und meine zunehmende Abhängigkeit von ihm paßte mir ebensowenig wie meine wachsende Unfähigkeit, mich dem Gestarre von Schneidern und Schuhmachern auszusetzen. Was immer ich jetzt brauchte, besorgte Jules für mich, alles, von Hemden bis zum Morphium. In Rußland und im Orient hatte ich meinen Geschäften mit einer gewissen Freiheit nachgehen können, doch hier im Mekka der zivilisierten Welt, wo alles so wohlanständig war, fühlte ich mich mehr und mehr wie eine gejagte Spinne, die sich in ihrem Netz versteckt. Rapide verlor ich die Spannkraft und den Optimismus der Jugend; ich wußte, daß ich jetzt eher verhungern würde, als zu singen oder mich in irgendeiner Weise vor einer Menschenmenge zur Schau zu stellen. Neuerdings zog ich es vor, im Dunkeln zu arbeiten, ungesehen und ungehört. Und dazu brauchte ich Jules.

Ich wußte, nach Empfang meines Briefes würde er unverzüglich kommen, aus dem einfachen Grund, daß er nicht wagte, sich zu weigern.

Und sobald er käme, würde ich ihn an die Arbeit schicken.

Sechs Wochen später hatte ich alles, was ich brauchte.

Für einen achtbaren Mann erwies sich Jules als überaus geschickter Spion. Ich wußte alles, was ich wissen mußte, über Garnier und seine Entwürfe, und einige der besten Bauleute der Gegend standen in meinen Diensten. Nachdem Jules die Nachricht in den richtigen Vierteln ausgestreut hatte, brachte die materielle Gier die Männer einen nach dem anderen an meine Tür, wo sie sich meiner strengen und genauen Überprüfung stellen mußten. Ich war bereit, für das Beste zu zahlen, und ich lehnte rücksichtslos alles andere ab, bis ich es fand.

Als ich Garniers Pläne zum ersten Mal sah, hatte mein Instinkt mir geraten, das ganze Projekt aufzugeben und sofort nach Belgien zurückzukehren, denn die Entwürfe der Außenfassaden erfüllten mich mit Enttäuschung. Ich sah sofort, daß die Pariser Oper häßlich und unoriginell werden würde, so gedrungen wie eine riesige Kröte, die man mitten in die öde Landschaft des neuen Paris gesetzt hatte. Besonders mißfiel mir die säulengeschmückte Loggia an der Front des Gebäudes. Der ganze Entwurf war vulgär, um nicht zu sagen gotteslästerlich. Und doch ...

Und doch war er grandios, geplant mit einem Maßstab von Ehrgeiz, das mich die Pläne wieder und wieder betrachten ließ. Er würde den Palast in Mazenderan in den Schatten stellen mit seinem drei Morgen großen Areal, mit seiner Höhe von siebzehn Stockwerken und seinen fünf Kellergeschossen. Dieses Gebäude mit seinen feuerfesten Tragbalken und der modernen Technik war zukunftsweisend und ein gewaltiger Kraftakt der Ingenieurskunst. Da es den Anschein hatte, als müsse Garniers Geisteskind nun einmal zur Welt kommen, hatte ich die Absicht, seiner Geburt beizuwohnen, die sich unweigerlich als schwierig und langwierig erweisen würde. Im Inneren würde der Bau schön sein mit der prachtvollen großen Treppe, den marmorverkleideten Säulen, den verspiegelten Foyers und blitzenden Lüstern.

Als ich den Kostenvoranschlag für die Steinarbeiten fertiggestellt hatte, schrieb ich direkt an Garnier. Inzwischen wußte ich eine Menge über ihn. Er war in der berüchtigten Rue Mouffetard geboren, einem der schlimmsten Elendsviertel von Paris. Er war der Sohn eines ehrgeizigen Schmiedes, und dem vorbestimmten Platz in der Werkstatt seines Vaters war er nur entkommen, weil er sich als körperlich unfähig erwiesen hatte, die riesigen Blasebälge zu bedienen. Der zarte, nervöse, begabte junge Mann hatte sich durch seinen rastlosen Fleiß und seine Entschlossenheit den Weg in die Mittelklasse gebahnt und wohnte nun mit seiner Frau auf dem Boulevard St. Germain. Er war reizbar und exzentrisch und besaß die Vorstellungskraft eines wirklichen Genies. Ich wußte, daß er mich empfangen würde; das war das mindeste.

Kein echter Künstler hätte der schmeichelhaften Provokation widerstehen können, die mit meinem unerhörten Vorschlag verbunden war.

Garnier wies auf einen Stuhl auf der anderen Seite seines unordentlichen Schreibtischs und schraubte auf meine Bitte die Gaslampe herunter. Wenn ihn die Maske überraschte, so ließ er sich das jedenfalls nicht anmerken, als er sich zurücklehnte, die Fingerspitzen aneinander gepreßt, und mich in dem schwachen Licht ruhig betrachtete.

«Lassen Sie mich eines von Anfang an klarstellen, Monsieur», sagte er mit einer Aggressivität, die mich amüsierte. «Ich habe Sie heute abend aus reiner Neugier zu mir gebeten. Ihre Vorschläge sind so überaus unorthodox, daß ich gestehen muß, ich konnte der Versuchung nicht widerstehen, den Urheber einer so kolossalen Impertinenz kennenzulernen. Darf ich fragen, was Sie zu der Annahme veranlaßt, ich sei bestechlich?»

Achtlos zuckte ich die Schultern.

«Jeder Mann hat seinen Preis. Sie sind, wenn ich das sagen darf, ohne Sie zu kränken, relativ unbekannt auf Ihrem Gebiet, und die Regierung hat diese Tatsache bei Ihrem Honorar natürlich ausgenützt.»

Abrupt richtete er sich auf seinem Stuhl auf.

«Und was bedeutet das?» forderte er mich leise heraus.

«Das bedeutet, daß der Architekt eines öffentlichen Bauwerks gewöhnlich drei Prozent der Bausumme als Honorar erhält. Wie ich höre, hat man Ihr Honorar aber auf zwei Prozent festgesetzt. Warum sollten Sie sich einer Regierung moralisch verpflichtet fühlen, die von Anfang an die Absicht hat, Sie zu übervorteilen? Und Sie müssen wissen, daß das unweigerlich geschehen wird. Jedesmal, wenn Sie Ihr Budget überschreiten, wird man Ihnen vorwerfen, Sie trieben die Kosten künstlich in die Höhe, um Ihr Honorar zu steigern. Natürlich wird es Ihnen gut gehen ... sehr viel besser als bisher mit Ihren achttausend Francs im Jahr als städtischer Architekt. Aber Sie dürfen versichert sein, Monsieur, daß die Regierung mitnichten die Absicht hat, Sie für die Arbeit eines ganzen Lebens zum Millionär zu machen. Und bis der Bau vollendet ist, werden Sie ein alter Mann sein.»

Plötzlich lachte er auf.

«Ich bin erst sechsunddreißig, mein Freund. Was glauben Sie, wie lange es dauert, bis ich diese Arbeit fertiggestellt habe? Und wenn es zehn Jahre dauert, was Gott verhüten möge, bin ich dann doch wohl noch nicht senil.»

Ich lächelte unsichtbar hinter meiner Maske.

«Wenn Sie in zehn Jahren fertig werden ... was nicht der Fall sein wird ... so werden Sie trotzdem ein geistig und körperlich gebrochener Mann sein, weil Sie sich in jeder wachen Stunde jedes Tages mit knauserigen Bürokraten und diebischen Bauleuten herumschlagen müssen. Sie werden ein physisches Wrack sein, bevor die mit Ihnen fertig sind, Garnier. Sie sind nur noch zu unerfahren, um das zu wissen. Also seien Sie vernünftig und akzeptieren Sie mein Angebot. Ich biete Ihnen die Möglichkeit, Ihr Schäfchen bequem ins trockene zu bringen. Gibt es nichts, was Sie gern für sich selbst und Ihre Frau bauen würden?»

Er runzelte die Stirn, schob mit einer gereizten Bewegung seinen Stuhl zurück und stand unruhig auf. Er war ein kleiner, unscheinbarer Mann und gab sich mit einer gewissen Arroganz, die mich zu ärgern begann. Dieser Mann war stolz auf seine bescheidenen Anfänge, so stolz, daß er sich trotzig nur fünfzehn Gehminuten von dem Elendsviertel entfernt niedergelassen hatte, in dem er zur Welt gekommen war.

Stimmte es wirklich, daß jeder einen Preis hatte?

«Und wenn meine moralischen Vorbehalte mir nicht gestatten, dieses Geld für meine eigenen Zwecke zu verwenden?» sagte er plötzlich.

Ich zuckte die Achseln und richtete mich darauf ein, meinen Kurs ein wenig ändern zu müssen.

«Wenn Sie bis zum Überdruß mit Anordnungen belästigt werden, Sie sollten in jeder Bauphase weniger Männer beschäftigen und billigere Materialien verwenden, kommt es Ihnen vielleicht gelegen, über einen kleinen Zuschuß verfügen zu können, von dem Ihre Auftraggeber nichts wissen.»

Er nickte, als sei das etwas, das er schon eher akzeptieren könne.

«Sie haben zwei Kostenvoranschläge mit sehr unterschiedlichen Zahlen vorgelegt», fuhr Garnier fort. «Vielleicht haben Sie die Güte, mir Ihre Gründe dafür zu erläutern.»

Ich seufzte. Es war mühsam, wenn man gezwungen war, jedes kleinste Detail zu erklären, und ich glaubte nicht einen Augenblick lang, daß er so einfältig war, wie er sich zu geben versuchte.

«Der höhere Voranschlag ist für das Ministerium. Der niedrigere beziffert das reale Honorar, das ich erwarte.»

Etwas erstaunt sah er mich an.

«Diese Zahlen sind ganz unhaltbar», protestierte er. «Sie würden mit Verlust arbeiten müssen, um sie einzuhalten. Arbeiten Sie für gewöhnlich umsonst, Monsieur?»

«Nur, wenn es mir Spaß macht. Ich bin ein reicher Mann, Garnier. Es besteht kein Grund, daran zu zweifeln, daß ich mir dieses kleine Vergnügen leisten und Ihren guten Willen erkaufen kann.»

«Es handelt sich um ein Projekt der Regierung», bemerkte er streng. «Sie müssen sich darüber klar sein, daß es korrekte Vorgehensweisen gibt, an die ich gebunden bin.»

Ich lachte.

«Es gibt nur wenige Dinge auf diesem Planeten, die korruptionsanfälliger sind als ein Regierungsprojekt. Ich könnte mich jahrelang in den Akten des Ministeriums der schönen Künste verstecken. Die endgültige Entscheidung über diejenigen, die den Bau letztlich ausführen, liegt bei Ihnen.»

Er trat hinter dem Schreibtisch hervor ud beugte sich zu mir.

«Ich glaube nicht, daß Bauausführung das ist, womit Sie sich gewöhnlich beschäftigen. Sie sind Architekt, nicht wahr?»

Wieder lächelte ich grimmig hinter der Maske. Dieser Mann war kein Narr.

«Ich bin auf vielen Gebieten kompetent», sagte ich kühl. «Für den Augenblick führe ich Bauarbeiten aus. Von einer beruflichen Rivalität zwischen uns kann keine Rede sein.»

«Aber es hätte sie geben können», beharrte er scharfsinnig. «Ich denke, daß ich mich mit dieser Annahme nicht irre, oder?»

Ich erwiderte darauf nichts.

Mit einem Mal wußte ich, daß es töricht von mir gewesen war, heute abend herzukommen. Dieser Mann war so ehrlich, wie man nur sein kann. Was in Gottes Namen hatte mich nur glauben lassen, ich könnte mit einer so unerhörten Verrücktheit zum Ziel gelangen?

«Es tut mir leid, daß ich Ihre Zeit vergeudet habe», sagte ich düster und erhob mich. «Vergessen Sie, was geschehen ist . . . vergessen Sie, daß Sie mich je gesehen haben. Ich werde Sie nicht wieder belästigen.»

«Einen Augenblick.»

Er starrte die Maske plötzlich mit einem so intensiven Interesse an, daß es mir tiefes Unbehagen bereitete. «Bitte, nehmen Sie wieder Platz», fuhr er fort, einen überraschend herzlichen Ton in der Stimme. «Ich möchte Ihnen etwas zeigen.»

Aus einem Ordner in der untersten Schublade seines Schreibtischs nahm Garnier eine Handvoll Papiere und reichte sie mir.

«Ich glaube, Sie werden diese Zeichnungen wiedererkennen», sagte er.

Ungläubig starrte ich auf die Papiere.

«Wie sind Sie daran gekommen?» fragte ich erregt. «*Wie?*»

Einen Augenblick lang antwortete er nicht. Ich sah zu, wie er den Raum durchquerte und mit zwei Gläsern Cognac zurückkehrte. Er gab mir eines, setzte sich auf die Kante des Schreibtischs und nahm einen Schluck. Seine eigenartigen Gesichtszüge verrieten unterdrückte Erregung.

«Ich hatte einen Lehrer an der Kunstschule ...», begann er im Ton einer Konversation, «einen älteren, ziemlich exzentrischen Herrn, der sich für vielversprechende Studenten interessierte. Er war ein gutmütiger alter Bursche, auf seine Art sehr interessant, hatte einen Vorrat an guten Geschichten, wenn man die Geduld besaß, seine Abschweifungen zu ertragen. Bevor er starb, vertraute er mir diese Papiere an und bat mich, sie sicher zu verwahren. Er sagte mir, wenn ich je das Glück haben sollte, den Mann zu treffen, der die Zeichnungen gemacht hatte, hätte ich die Ehre, den größten Architekten der Weltgeschichte kennenzulernen. Ich hielt das immer für eine nette Fabel, die Phantasie eines alten Mannes. Wie alt waren Sie, als Sie diese Gebäude entwarfen, Erik ... sieben ... acht?»

Ich ließ die Papiere in meinen Schoß fallen. Für einen Moment sah ich nichts als meinen fröhlichen, prahlerischen, eigensinnigen Lehrer. Seine Besuche waren das Licht meiner Kindheit gewesen; stundenlang hatte ich damals an meinem Dachfenster gestanden und darauf gewartet, daß seine Kutsche erschien, die mich in wilder Erregung die Treppe hinunter und an die Haustür hasten ließ.

«Was hat er Ihnen außer meinem Namen noch gesagt?» murmelte ich schließlich.

«Genug, damit ich verstehe, warum Sie diese Maske tragen», sagte Garnier langsam und mit dem Aussehen eines Menschen, der seine Worte jetzt sorgfältig wählt. «Genug, damit ich dankbar bin, daß Sie sich nie am Wettbewerb des Ministeriums beteiligt haben.»

Unwillig sah ich zu ihm auf.

«Was macht Sie so sicher, daß ich mich nicht beteiligt habe?»

Er breitete die Hände aus zu einer Geste, die ich später als raren Ausdruck von Bescheidenheit erkannte.

«Wenn Sie es getan hätten», sagte er schlicht, «würde ich noch immer diese elenden achttausend Francs im Jahr verdienen.»

4. Kapitel

Es war zu spät, um noch den Auftrag für die Ausschachtungsarbeiten zu bekommen, doch Garnier sorgte auf verstohlenen Wegen dafür, daß ich trotzdem auf der Baustelle anwesend sein konnte.

Er hatte mir eine Stellung in der neuen Agence angeboten, die mir Gelegenheit gegeben hätte, an den endgültigen Entwürfen mitzuarbeiten, aber nach einigen Nächten quälender Unentschlossenheit zwang mich die Vernunft, das Angebot abzulehnen. In einem Zeichenbüro eingesperrt zu sein, umgeben von neunzehn wohlerzogenen jungen Männern, von denen die meisten an der Kunstakademie studiert hatten, war eine Prüfung, zu der mir einfach der Mut fehlte. Außerdem wußte ich, sobald ich diese Entwürfe in die Hand bekäme, würde ich unweigerlich für Reibereien und Mißmut sorgen. Ich würde nicht den Mund halten können, und die Folge meiner Ausbrüche würden unvorhersehbare Reaktionen sein. Es war besser, sich der Versuchung fernzuhalten, als meinem Traum durch mein aufbrausendes Temperament ein Ende zu setzen. Garnier drängte mich nicht, vielleicht hatte er mich verstanden.

Ich weiß nicht, was er dem Mann sagte, der die Ausschachtungsarbeiten durchführte, aber dieser behandelte mich immer mit wachsamem Respekt, als glaube er, meine Allgegenwart auf der Baustelle habe einen besonderen Grund. Ob er mich für einen *inspecteur*, einen *sous-inspecteur* oder einen *dessinateur* hielt, wurde nie ganz klar, aber er hatte niemals Einwände gegen meine Vorschläge und achtete stets darauf, mich mit Monsieur anzureden.

Da war ich also, als die Dinge begannen, eine schlimme Wendung zu nehmen.

Bei den Ausschachtungen für die *cuve*, den Bauteil unter der Bühne, der zwölf Meter tief reichte, stieß man auf Wasser.

«Was zum Teufel ist das?» murmelte Garnier.

Meine dringende Nachricht hatte ihn zur Baustelle eilen lassen, und nun starrte er mit unverhülltem Entsetzen in die abrutschenden Fundamente; sein Hemd und sein Kragen paßten nicht zusammen, was bewies, wie hastig er sich angekleidet hatte.

«Ein unterirdischer Nebenarm der Seine, dem Aussehen nach», sagte ich düster. «Ich würde sagen, er durchzieht den ganzen Bereich. Sie können nichts tun, solange der Wasserspiegel nicht abgesenkt worden ist.»

Garnier stieß eine vielsagende Verwünschung aus, die hier wiederzugeben mir der Anstand verbietet.

«Haben Sie eine Ahnung, was das heißt?» sagte er wütend.

«Ich fürchte, ich weiß genau, was das heißt.»

Ich zog ein Papier aus dem Ärmel und reichte es ihm. Er studierte es eine Weile und blickte dann ungläubig auf.

«Sie schlagen wirklich vor, daß ich unter der Bühne einen künstlichen See anlegen soll?»

«Es bleibt Ihnen kaum etwas anderes übrig», erklärte ich geduldig. «Während der Bauarbeiten können Sie das Wasser wie beschrieben mit den Dampfpumpen absaugen, aber diese doppelte Wanne ist das einzige Mittel, das Fließen des Wassers zu kontrollieren und die Fundamente dauerhaft vor Erosion zu schützen. Natürlich werden Sie sie mit Bitumen versiegeln müssen, damit sie dem Sickerwasser widerstehen, aber das dürfte kein Problem darstellen.»

«Und die Kosten?» sagte er vorsichtig.

Ich zuckte die Achseln. «Sagen Sie mir, wieviel Sie vermutlich aus dem Ministerium herausholen können. Ich sorge dann für das, was fehlt.»

«Sie müssen völlig verrückt sein», seufzte er.

Ich widersprach nicht, sondern breitete mit einer stoischen Geste die Hände aus.

«Mein einziges Anliegen ist, daß die Arbeit ohne Verzögerung vorangeht. Ich kann keinen Stein setzen, bevor diese Ausschachtungen beendet sind. Und ich bin von Natur aus kein geduldiger Mensch, das werden Sie noch merken.»

Er faltete das Papier zusammen und schob es sorgfältig in die Tasche seines Überziehers.

«Ihnen steht nie etwas lange im Wege, nicht wahr?» murmelte er, mich nachdenklich über die Schulter hinweg ansehend. «Warum habe ich das seltsame Gefühl, daß es sich als sehr gesundheitsschädlich erweisen könnte, wenn man sich Ihren Wünschen widersetzt?»

Ich lächelte schwach.

«Ich würde nie einem Mann raten, seine innersten Instinkte zu mißachten, Garnier.»

«Das hört sich sehr nach einer Drohung an», sagte er stirnrunzelnd.

«Mit Drohungen halte ich mich selten auf», erwiderte ich ruhig.

Ehe er darauf antworten konnte, ging ich durch die schlammige Baustelle davon, um ihm zu bedeuten, daß unser Gespräch beendet war.

Acht riesige Dampfpumpen arbeiteten acht Monate lang Tag und Nacht, um den nassen Untergrund zu drainieren, und das unablässige Stampfen machte die Pariser verrückt. Ich hatte ein gewisses grimmiges Mitgefühl mit ihrem Unbehagen, denn ich litt genau wie alle anderen unter dem rhythmischen Pochen, das noch in meinem Kopf widerhallte, wenn ich die Baustelle abends schon lange verlassen hatte. Natürlich brauchte ich mich nicht dort aufzuhalten – dies war nicht mein Auftrag –, aber ich konnte einfach nicht fernbleiben.

Im Januar 1862 wurden die Betonfundamente gegossen, und sobald der erste Abschnitt fertiggestellt war, begann ich meine Arbeit am steinernen Unterbau.

An diesem Punkt hörte die Außenwelt auf, für mich zu existieren;

Zeit hatte keine Bedeutung mehr. Nur vage nahm ich Garniers Prüfungen wahr, seinen bitteren und langwierigen Kampf mit der Regierung gegen Einsparungsforderungen. Jedes Mal, wenn ich ihn sah, wirkte er blasser und gehetzter. Ich lauschte seinen wütenden Klagen mit zurückhaltender Sympathie und hütete mich wohl, mich in dieses Gebiet einzumischen. Gott allein weiß, wieso es nicht irgendwann in diesen ersten neun Jahren zu Blutvergießen kam.

Neun Jahre.

Ist es wirklich möglich, neun Jahre verstreichen zu lassen, fast ohne den Wechsel der Jahreszeiten zu bemerken? Ich war noch nie so vollkommen absorbiert gewesen, immun gegen alle Enttäuschungen. Auf einer Baustelle dieser Größe konnte man das Zusammentreffen mit anderen Bauleuten weitgehend vermeiden, aber ich hatte schon die Vorsichtsmaßnahme ergriffen, mir tief in den Gewölben der Fundamente einen geheimen Platz zu schaffen. Eine Vorrichtung in der doppelten Wand unter der Bühne bot mir einen dunklen, abgeschiedenen Ort, an den ich mich immer dann zurückziehen konnte, wenn Faulheit, Korruption oder reine Dummheit mich bis zur Weißglut reizten. Er leistete mir bei vielen Gelegenheiten gute Dienste. In den ganzen neun Jahren ist nicht ein einziger Arbeiter durch meine Hand ums Leben gekommen, und ich begann mich zu fragen, ob ich den Drang zu töten endlich besiegt hatte.

Ich trieb meine Männer hart an, hart genug, denke ich, um mehr als einmal einen Dolch in den Rücken verdient zu haben. Daß sie die höchsten Löhne auf der Baustelle erhielten, war zweifellos nicht der einzige Anreiz für sie, meine Tyrannei zu ertragen. Es mußte Angst sein, die sie bewegte, meinen Anweisungen so rasch und bereitwillig zu befolgen, Angst und schiere finanzielle Abhängigkeit. Ich war nicht so dumm zu glauben, es könne je etwas anderes sein.

Der Bau des Opernhauses verschlang mein ganzes Leben. Vor Morgengrauen traf ich auf der Baustelle ein und verließ sie selten vor Mitternacht, und mit den Jahren fiel es mir immer schwerer, sie überhaupt zu verlassen. Wenn harte Winter im Januar und Februar die Einstellung der Steinmetzarbeiten erzwangen, weil Frost herrschte, streifte ich weiterhin wie eine verlorene Seele durch den wachsenden Bau. Oft verschwand ich in den Gewölben des Theaters, um seltsame Veränderungen vorzunehmen, deren Zweck ich kaum mir selbst erklären konnte. Geheimgänge, von denen nie jemand zu wissen brauchte, unsichtbare Falltüren – es war mir eine intensive Befriedigung, diesem Bauwerk meinen unsichtbaren Stempel aufzudrücken. Vielleicht war mein gestörter Geist darauf fixiert. Es schien keine andere Erklärung zu geben für etwas, das sogar in meinen Augen ein überaus verschrobenes Verhalten war.

Mein Leben war in Metern ausgemessen, und jeder Meter war ein seelischer Markstein, das Gefühl, etwas geleistet zu haben, während ich dieses ehrfurchterregende Mausoleum in den Himmel wachsen sah. Monolithische Schäfte aus Raviere-Kalkstein für die Säulen der Hauptfassade; sechzehn Säulen aus rotem Jura-Gestein; zwölf aus rosa Granit; dreißig aus Sarrancolin-Marmor. Endlos waren die Wunder, die ich mit meinen Fingern berühren konnte, und jede Nacht wanderte ich durch das Gebäude wie der Schah durch seinen Harem, teilte mit achtsamer Unparteilichkeit meine Liebkosungen aus, damit nicht eine liebliche Säule eifersüchtig wurde oder sich vernachlässigt fühlte. Ich war gesättigt mit Schönheit, befriedigt von Exzessen, die meine wildesten Träume überstiegen. Der Anblick der riesigen korinthischen Säulen, die die Bögen der Kuppel des Zuschauerraums trugen, gab mir das Gefühl, ein Druidenpriester in Stonehenge zu sein.

Garnier dagegen mußte sich inzwischen fühlen wie das Opferlamm auf dem Block. Jahr um Jahr wurde mein Mitleid mit diesem Mann stärker, als er persönliche Tragödien durchzustehen hatte. Sein einziges Kind starb, kurz darauf sein Vater – und er kämpfte dennoch wie ein Löwe für die Integrität seines Traums. Zweimal nacheinander strich die Regierung eine Million Francs aus dem Budget der Oper; im März 1867 war das Projekt mit fünfhunderttausend Francs verschuldet – Garnier mit seiner Weisheit am Ende.

«Sie hatten recht», sagte er eines Abends verzweifelt zu mir. «Sie hatten recht mit allem, was Sie vorhergesagt haben. Ich hätte eine Ausbildung als Gladiator haben sollen, nicht als Architekt. Ich nehme an, Sie haben nicht zufällig zwei Millionen Francs bei sich, Erik?»

Ich lachte und nahm die Taschenflasche mit Cognac, die er mir anbot, nicht die erste, die er heute abend geleert hatte, so wie er aussah, der arme Teufel.

«Wenn ich sie hätte, würde ich sie Ihnen gern geben», sagte ich.

«Ja, ich weiß», seufzte er und schraubte mit unsicheren Fingern den Verschluß auf die Flasche. «Warum sind Sie nicht der Kaiser, Erik? Warum, zum Teufel, sind Sie nicht der Kaiser?»

Ich kann nur vermuten, daß er zu betrunken war, um zu wissen, was er tat, als ich ihn aus dem dunklen und stillen Bau führte, damit er sich nicht in dem gefährlichen Bauschutt den Hals brach. Plötzlich schlang er mit rauher Kameraderie einen Arm um meine Schulter.

«Wenn man Sie jemals zum Kaiser macht», sagte er heftig, «dann bin ich der erste, der auf die Straße läuft und seinen verdammten Hut in die Luft wirft.»

Ich besorgte ihm eine Droschke, da er offensichtlich viel zu betrunken war, um allein heil nach Hause zu gelangen. Er preßte einen Augenblick lang fest meine Hand in seiner, ehe er einstieg und auf dem Sitz zusammensank.

Er war sehr betrunken in jener Nacht. Ich bezweifelte, daß er sich je an das erinnerte, was er damals gesagt hatte, ganz zu schweigen davon, wer ihn in diese Droschke gesetzt hatte.

Ein vorsichtiger Respekt war im Laufe der Jahre zwischen uns entstanden und verhinderte den Zusammenprall unserer unsteten Persönlichkeiten, der auf den ersten Blick unvermeidlich schien. Garnier konnte spektakuläre Wutanfälle haben, wenn er sich erregte, und die Zurückhaltung, die ihm gegenüber einigen Narren in der Regierung gelang, setzte mich immer wieder in Erstaunen.

Wir gingen überraschend langmütig miteinander um, so als wüßten wir beide, was es bedeutet, einen unablässig und schmerzhaft wachen Geist zu haben. Wir hatten den gleichen Drang zur Perfektion und eine ständige gärende Phantasie. Daher war ich an diesem dritten Abend im September 1870, als er in die Oper kam und mich allein und ohne Maske bei der Arbeit antraf, seltsam ruhig und gleichgültig seiner Entdeckung gegenüber, die mich normalerweise gedemütigt und mit Zorn erfüllt hätte.

Schockiert sah er mich an, aber er hatte den Anstand, nicht zu starren, und ich glaubte, ihm diesen ersten Augenblick gelähmten

Staunens verzeihen zu können. Um ganz ehrlich zu sein, er selbst war auch nicht gerade schön. Mehr als einmal hatte ich recht unfreundliche Karikaturen seiner ausgeprägten Physiognomie in der populären Presse gesehen – ein eckiges Gesicht, verwüstet von Sorgen- und Krankheitsfalten, tiefliegende Augen unter einer eigenartig abgeflachten Schädeldecke. Vielleicht half es, daß er häßlich war; vielleicht war ich einfach zu erschöpft, um gewalttätig zu reagieren, aber ich empfand jedenfalls nicht das Bedürfnis, ihn wegen seines Frevels umzubringen.

Ruhig kam er über das Gerüst, das die Kuppelstruktur des inneren Zuschauerraums umgab, und betrachtete zustimmend die Stelle, an der ich arbeitete.

«Ich weiß nicht, wie Sie in dieser Düsternis sehen können», bemerkte er freundlich. «Sie müssen die Augen einer Katze haben.»

Ich erwiderte nichts. Er war zum Diner gekleidet, und zweifellos saß Louise, seine Frau, in diesem Augenblick ungeduldig in ihrer Kutsche. Gewiß würde er sich jetzt nicht länger aufhalten.

«Ich baue ein Opernhaus», sagte er ruhig. «Sie aber, mein Freund, scheinen entschlossen, es in ein Grabmal zu verwandeln.»

Ich drehte mich um und sah ihn überrascht an. Mit einer ausdrucksvollen Geste breitete er die Hände aus.

«Ihre Männer sagen, Sie arbeiteten sich zu Tode.»

Ich lachte rauh. «Sie meinen, die Männer *hoffen*, daß ich mich zu Tode arbeite.»

Langsam schüttelte er den Kopf.

«Dieser Bernard ist sehr ängstlich. Er bat mich heute morgen, mit Ihnen zu sprechen, weil er es selbst nicht wagt.»

Jules? Ich runzelte die Stirn, als ich über diese unerwartete Nachricht nachdachte. Der Mann hatte inzwischen sieben Kinder zu füttern und großzuziehen. Madame Bernard schien jedesmal schwanger zu werden, wenn ihr Mann nur seine Hosen am Bettpfosten aufhängte. Als ich das bedachte, erschien es mir ganz natürlich, daß der Mann um die Quelle seines Lebensunterhalts besorgt war. Gewiß hatte er nicht gewagt, Garnier von dem Morphium zu erzählen.

«Zwanzig Stunden am Tag», fuhr Garnier langsam fort. «Haben Sie kein Zuhause, wohin sie gehen können, Erik?»

Noch immer schwieg ich und dachte an das Dutzend Wohnungen, das Jules für mich gemietet hatte, seit ich an der Oper arbeitete. Jedesmal war es ähnlich verlaufen. Zuerst die anonymen, beleidigenden Briefe, dann willkürliche, unprovozierte Beschädigungen und schließlich das aggressive Pochen oder nervöse Klopfen des Eigentümers an meiner Tür.

«Bitte, versuchen Sie zu verstehen, Monsieur, die anderen Mieter fangen an, sich zu beschweren...»

Ich argumentierte oder protestierte nie, sondern zog einfach mit müder Resignation aus, ehe die Gewalttaten einsetzten. Ich sah schon, daß es keinen Sinn hatte, bei den stark inflationären Preisen einen Besitz zu kaufen; das würde meine schwierige Lage nicht lösen, und außerdem mußte ich mit meinen Mitteln sparsam umgehen. Meine finanziellen Verpflichtungen waren beträchtlich, und mein Kapital schwand rapide dahin. Ich war nicht mehr der immens reiche Mann, der ich vor zehn Jahren gewesen war: Die Oper und Jules' rasch wachsende Schar hungriger, unwissender kleiner Karnickel hatten dafür gesorgt.

Jedesmal, wenn ich aus einer Wohnung vertrieben wurde, lag die nächste in einem etwas weniger eleganten, etwas weniger achtbaren Viertel, bis ich mich wieder einmal am Stadtrand unter den Armen befand. Daraufhin hatte ich angefangen, mehr und mehr Stunden in der Oper zu arbeiten, da ich den Moment der Rückkehr in diese schmutzigen, gefährlichen Straßen fürchtete.

«Die Oper ist mein Zuhause», bemerkte ich mit einer Beiläufigkeit, die die düstere Wahrheit meiner Aussage nicht ganz verbergen konnte.

«Nicht mehr lange, fürchte ich», sagte er.

Neun Jahre der Selbstbeherrschung explodierten in meinem Kopf wie ein Pulverfaß; binnen einer Sekunde hatte ich ihn am Hals gepackt, und wir standen gefährlich nahe am Rand des Gerüsts.

«Was soll das heißen», herrschte ich ihn an. «Sie haben mir Ihr Wort gegeben, daß ich diese Arbeit vollenden kann. Wenn Sie mir das jetzt verweigern, werden Sie es nicht überleben, das verspreche ich Ihnen.»

Ich schleuderte ihn auf die Gerüstplanken, und dort blieb er einen Augenblick liegen, vorsichtig seinen Hals befühlend.

«Es gibt keinen Grund, so wütend zu werden», sagte er ruhig. «Ich versichere Ihnen, mit mir hat das überhaupt nichts zu tun.»

«Was dann?» fragte ich grob. «Erklären Sie es mir.»

Er seufzte, richtete sich zu einer hockenden Stellung auf und klopfte den weißen Staub von seinen schwarzen Hosen.

«Ich nehme an, Sie *wissen*, daß wir uns im Krieg mit Preußen befinden?»

«Natürlich weiß ich das, Sie Dummkopf. Wer wüßte es nicht?»

Er zuckte leicht die Achseln. «Manchmal habe ich das Gefühl, daß Sie nicht in derselben Welt leben wir wir anderen. Ganz Paris redet davon, daß der Kaiser sich gestern in Sedan ergeben hat. Die öffentliche Wut über seine Niederlage ist fast nicht mehr zu beherrschen. Die Straßen sind voller Menschen, die schreien: ‹Nieder mit dem Kaiser!› Hören Sie nicht den Aufruhr da draußen? Es heißt, binnen vierundzwanzig Stunden kommt es zu einer Revolution.»

«Der Kaiser war ein sehr kranker Mann«, sagte ich düster. «Was mußten sie ihn auch in den Krieg schicken. Er konnte ja kaum auf einem Pferd sitzen.»

Garnier sah mich überrascht an.

«Sie müssen der einzige Mensch in Frankreich sein, der sich jetzt noch daran erinnert. Heute gibt es auf den Straßen kein Mitleid mehr.»

«Das gibt es nie», sagte ich abrupt und wandte mich wieder meiner Arbeit zu.

«Man sagt, die deutsche Armee bereite den Marsch auf Paris vor. Wissen Sie, was eine Belagerung bedeuten würde?»

«Eine Menge Kinder werden verhungern», sagte ich finster. Es waren immer die Kinder, die litten, die Kinder und die Tiere.

«Ja, ja», sagte Garnier mit einem Anflug von Ungeduld, «aber haben Sie auch daran gedacht, was es für uns bedeuten würde, für die Oper? Der Bau entsteht im Auftrag der Regierung und wird wegen der Kriegsanstrengungen sofort unterbrochen. Alle öffentlichen Arbeiten werden eingestellt, und zwar auf unbestimmte Zeit. Gott weiß, wann wir wieder werden arbeiten können oder ob der Bau die deutschen Granaten überhaupt überleben wird. Erik, verstehen Sie, was ich sage?»

Ich verstand.

Ich verstand, daß Menschen, grobe, dumme, hirnlose Menschen, im Begriff waren, mir meine geheiligte Aufgabe zu nehmen. Paris würde von Bismarcks großer deutscher Kriegsmaschine mit Granaten belegt werden, und neun Jahre unablässiger Arbeit würden vielleicht in ebensovielen Sekunden zerstört.

Ich nahm die Maske auf und stieg in steinernem Schweigen vom Gerüst.

«Erik ...», rief Garnier besorgt und schaute im trüben Licht meiner Laterne hinter mir her. «Wo gehen Sie hin?»

«So weit von den *Menschen* weg wie möglich!» antwortete ich böse.

Für mich gab es jetzt nur einen Weg, und der führte nach unten, hinunter in die bodenlosen dunklen Abgründe, in die niemand hinabstieg, die endlosen steinernen Treppen hinunter in das fünfte Untergeschoß, in mein geheimes Versteck jenseits des Sees.

Als der große Stein sich hinter mir zuschob und mich in den höhlenartigen Raum der doppelten Wand des Fundaments einschloß, kam mir beim Licht einer Kerze eine verblüffende Erkenntnis. Ich merkte plötzlich, daß ich mein ganzes Leben lang nach einem Platz gesucht hatte, wo ich Frieden finden würde und vor neugierigen Augen sicher wäre.

Einst hatte ich einen solchen Platz besessen – in diesem ersten Jahr, das ich in Giovannis Keller verbracht hatte, geborgen wie ein junges Tier in seinem Nest. Damals hatte ich eine Sicherheit und ein Glück gekannt, die ich nie wieder gefunden hatte, ganz gleich, wohin ich gewandert war. Solange Giovanni da oben über mir war wie Gott in seinem Himmel, wußte ich, daß ich sicher war. In meinem Herzen war er immer mein «Vater», immer, bis zu jenem Tag, an dem diese Luciana kam und mein Leben in Stücke schlug.

Mit verzweifelter Sehnsucht erinnerte ich mich an diesen Keller. Sicher könnte ich dieses Gefühl des Wohlbefindens und der Zufriedenheit wiederfinden, wenn ich die Umgebung neu erschaffen könnte, in der ich diese fremden und schwer faßbaren Empfindungen zum ersten Mal erlebt hatte. Wenn ich mir ein eigenes Nest schuf, tief unter den Pariser Straßen, würde mich nie wieder jemand finden. Es gäbe kein Gekicher mehr, keine bösen Rufe, keine Steinwürfe und keine gezückten Messer ...

Niemand würde da sein, *niemand*!

Ja, das war die wahre Erleuchtung! Die plötzliche Erkenntnis, daß ich keine Menschen mehr wollte, daß ich es müde war, in einer Welt um meine Existenz zu kämpfen, der ich doch nie angehören konnte. Den größten Teil meiner vierzig Jahre hatte ich damit zugebracht, mir den Kopf an den Mauern der Wirklichkeit blutig zu stoßen, betäubt von meinem Versagen. Was für ein Narr ich gewesen war, obwohl die Antwort die ganze Zeit existiert hatte.

Ein ruhiger, dunkler Platz wartete darauf, mich aufzunehmen. Alles, was ich tun mußte, war das, was jede vorsichtige Spinne tat –; ich mußte mich an einen sicheren Ort flüchten und dort bleiben.

Ich zündete weitere Kerzen an und begann mich umzusehen, aufgeregt wie ein Kind.

Mein Haus würde eine ungewöhnliche Form haben, aber es würde so weit in jede Richtung reichen, wie ich wollte; ein Raum führte zum anderen. In diesem Augenblick visionärer Vorausschau sah ich alles, jedes kleinste Detail, von der herrlichen Orgel, die an der Wand meines Schlafzimmers stehen würde, bis zu dem mit einem Baldachin überdachten offenen Sarg, in dem ich künftig zu schlafen gedachte.

Der Sarg war notwendig, weil Garnier ganz recht gehabt hatte: Dieser Ort war mein erwähltes Grabmal, ein Monument meines verrückten Genies. Die Pariser Oper war eine prachtvoll verkleidete Pyramide und ich der Pharao, der tief in ihrem Inneren in der geheimen Glorie seines Nachlebens lag.

Der Traum erlosch wie eine heruntergebrannte Kerze, und ich stand wieder in einem finsteren, feuchten Loch. Aber ich hatte die endgültige, alles entscheidende Vision gehabt. Ich war noch Monate, ja sogar Jahre von ihr entfernt, doch nichts, nicht einmal die Macht der preußischen Armee, würde mich daran hindern, sie zu verwirklichen.

Das phantastischste Haus dieser Erde würde von jeder Vorrichtung beschützt werden, die sich mein Magierhirn nur ausdenken konnte.

Nie wieder würde ich über der Erde schlafen.

5. Kapitel

Hätte ich damals diese Entscheidung nicht getroffen, so wäre ich in der ersten Woche der Belagerung verhaftet worden, als die Stadt von einer hysterischen Angst vor Spionen erfaßt wurde. Jeder, der sich in Kleidung oder Auftreten auch nur im geringsten von seinen Mitmenschen unterschied, wurde bei den neuen republikanischen Behörden als des Verrats verdächtig denunziert. Taube und Stumme wurden gnadenlos gejagt, und selbst ein Stottern reichte aus, um die gehässige Verfolgung durch einen wütenden Mob zu rechtfertigen.

Die Hysterie verging, man faßte wieder Mut, und Paris freute sich am neuen Reiz einer Belagerung, von der niemand annahm, daß sie lange dauern würde. Die Besichtigung der Befestigungsanlagen wurde zu einem angenehmen Familienausflug an Sonntagnachmittagen. Während die Regimenter exerzierten, waren die Bänke auf den Champs-Elysées voll mit plaudernden Menschen, die sich sonnten. Gitarren und Drehorgeln erklangen, Karussels drehten sich fröhlich. Durch Operngläser beobachteten die Menschen die Preußischen Batterien in Meudon, und die gelegentlichen Rauchwolken der Kanonenboote auf der Seine wurden mit unbekümmertem Spott abgetan.

Jeder lebte in der Überzeugung, daß Paris unbesiegbar war. Mit ihrer Umfassungsmauer, ihrem zehn Fuß tiefen Graben und ihren Befestigungen, die einen Kreis von vierzig Meilen umschlossen, trotzte die Stadt jeder belagernden Armee. Und die neue Regierung war nicht müßig gewesen. Die Katakomben hatte man verschlossen, raffinierte Barrikaden waren über die Seine gebaut worden, elektrisch zündbare Landminen lagen an Schwachstellen. Paris war vorbereitet, sich dem Schlimmsten zu stellen, das Moltkes riesige Armee zu bieten hatte. Die Zeitungen sagten voraus, die Preußen würden bald gedemütigt nach Hause schleichen.

Vier Monate später, als schließlich der Beschuß begann, war die Stadt schon durch einen harten Winter mit wachsenden Entbehrungen geschwächt. Die Temperatur war auf zwölf Grad unter Null gesunken. Männer, die auf Außenposten Dienst taten, erfroren, der Vorrat der Stadt an Brennholz war erschöpft, und die

Menschen kämpften um Bäume, fällten Telegraphenmasten und drohten, die Nationalgarde zu überfallen, die vor einem Holzlager in der Rue des Belles-Feuilles Wache hielt.

Die Preußen standen in Versailles, und Paris hungerte unter einem erbarmungslosen, eisengrauen Himmel. Das linke Ufer erschauerte jede Nacht unter einem Granathagel, der die Straßen in Flammen setzte. Vom Dach der Oper aus sah ich Rauchsäulen in der stillen, kalten Luft jenseits der Seine aufsteigen. Die Preußen richteten ihr Feuer absichtlich auf Kirchen und Hospitäler, und als die Geschütze die Stadt einschlossen, wurde jedes Gebäude, das mit dem roten Kreuz der Genfer Konvention beflaggt war, automatisch zur Zielscheibe. Die Irrenanstalt, das Blindenasyl, das Kinderkrankenhaus, nichts war mehr heilig. Ich konnte kaum glauben, wie tief Menschen zu sinken vermochten.

Das Opernhaus war als Arsenal und Lager für lebenswichtige Nahrungsmittelvorräte beschlagnahmt worden. Ich lebte in der ständigen Angst, durch irgend jemandes Achtlosigkeit könne ein Feuer ausbrechen. Eine Million Liter Wein lagerten in den Gebäuden, und mehr als einmal hörte ich trunkenen Lärm widerhallen. Die preußischen Geschütze waren noch nicht nahe genug, um das rechte Ufer unter Beschuß zu nehmen, aber nur eine einzige achtlos weggeworfene Zigarette reichte aus, um die Pulverkammer in der Oper in die Luft zu sprengen. Die ganze Zeit über, während ich an meinem geheimen Haus arbeitete, war mein Herz voll schlimmster Befürchtungen. Ich ließ den Bau nie unbewacht, außer in den wenigen Stunden, die ich alle vierzehn Tage brauchte, um zu Jules' gemietetem Haus am linken Ufer zu gehen und dort in einem verdunkelten Raum die Löhne der Männer auszuzahlen, die sonst mangels Arbeit verhungert wären. Überall in der Stadt waren die Bauleute von Regierungsstellen für die Dauer der Belagerung entlassen worden.

Ich bezahlte die bei mir angestellten Männer weiter, ohne ihnen die paar Francs zu neiden, die sie in der Zwischenzeit vielleicht anderswo verdienen konnten. Essen wurde rasch zu einem Vorrecht der Reichen, doch keiner von denen, die bei der Oper für mich gearbeitet hatten, durfte verhungern. Als die Preise ihre Mittel überstiegen, erhöhte ich einfach ihre Bezüge. Ich sah die Männer nie an, wenn sie in den Raum kamen. Ich stand mit unter dem Umhang verschränkten Armen da, das Gesicht zur Wand gedreht, während sie in angstvollem Schweigen ihre Umschläge abholten und sich davonschlichen. Solange ich im Haus weilte, hielten sich Madame Bernard und ihre Kinder im Schlafzimmer auf, so daß ich sie nicht sah. Wenn man exorbitante Summen und sehr viel Geduld aufwandte, war es noch immer möglich, Morphium aufzutreiben; ich sorgte dafür, daß Jules für diesen einzigartigen Dienst mehr Geld bekam, als ich ihm schuldete, und machte mich dann unverzüglich davon.

Die siebzehnte Belagerungswoche zwang Paris schließlich in die Knie. Die Metzgerstände in den großen Markthallen verkauften Katzenfleisch, mit Papierrüschen und bunten Bändern dekoriert, und der Rattenmarkt auf der Place de l'Hôtel de Ville wurde von verzweifelten Kunden belagert. Die Zootiere im Bois waren geschlachtet worden, damit die Restaurants denen, die die Mittel hatten, für diese Delikatesse zu zahlen, Elefantenfleisch servieren konnten.

Gewiß hätte jemand Ayesha gegessen, wenn ich sie nicht zuerst entdeckt hätte.

Ich wanderte in dieser Nacht ziellos durch die Stadt und hörte gleichgültig das Wimmern der Granaten über mir; es klang wie das Heulen eines Herbststurms hoch oben in der Luft. Niemand war in der Nähe. Jeder vernünftige Mensch in diesem Viertel hatte sich in einem Keller in Sicherheit gebracht, aber mir war es einerlei, ob ich von einem preußischen Geschoß in Stücke gerissen wurde. Ein vielsagender kleiner Vorfall im Hause der Bernards hatte mir buchstäblich auch den letzten Rest meines Geschmacks am Leben genommen.

Alle Männer waren fort. Ich hatte mit Jules abgerechnet, als im Gang ein Schrei ertönte und etwas schwer die Treppe hinunterpolterte.

Ohne nachzudenken lief ich hinaus in den schmalen, schlecht beleuchteten Flur. Im gleichen Augenblick erreichte Madame Bernard die unterste Treppenstufe und hob rasch das kleine Kind auf, das zu meinen Füßen wimmerte. Sie drückte die Kleine an ihre Brust und wollte gerade die Treppe wieder hinaufsteigen.

«Madame, das Kind ist verletzt. Lassen Sie es mich ansehen.»

«Nein ...», stammelte sie, noch immer rückwärts die Treppe

ersteigend. «Nein, Monsieur. Sie irren sich ..., es war nichts. Nur ein kleiner Fehltritt ... zwei oder drei Stufen ... nicht mehr ...»

Sie log. Das Kind war die ganze Treppe heruntergestürzt und lag nun bleich in ihren Armen. Ich wollte die Treppe hinaufgehen, doch beim Angstschrei der Frau erstarrte ich.

«Rühren Sie sie nicht an! Rühren Sie sie nicht an!»

«Madame ...»

«Warum müssen Sie herkommen?» rief sie, plötzlich aggressiv statt ängstlich. «Die Kinder erschrecken. Alle erschrecken. Warum bleiben Sie nicht, wo Sie hergekommen sind?»

«*Annette*!» keuchte Jules entsetzt. «Annette ... um Gottes willen ... sei still!»

«Wir brauchen Ihre kalte Barmherzigkeit nicht», fuhr sie fort, noch immer auf der Treppe stehend, «wir brauchen Ihr Geld nicht. Meine Kinder werden Sie nicht kaufen, wie Sie meinen Mann gekauft haben. Gehen Sie fort, Monsieur, und kommen Sie nicht wieder. Hören Sie ... kommen Sie nie wieder hierher!»

Sie drehte sich um und rannte die Treppe hinauf. Unmittelbar danach fiel krachend die Tür zu einem Zimmer voll weinender Kinder ins Schloß.

Langsam ging ich wieder zu Jules, der mit an die Brust gepreßten Fäusten vor mir stand.

«Monsieur ...» flüsterte er hilflos. «Monsieur, bitte verzeihen Sie den Ausbruch meiner Frau. Sie ist nicht bei Sinnen, sie wollte Sie nicht beleidigen ... sie ...»

Mit einem Blick brachte ich ihn zum Schweigen und warf zweihundert Francs auf den schäbigen Tisch im Flur.

«Holen Sie rasch einen Arzt für das Kind», sagte ich kühl und verließ das Haus.

Ich ging durch die verwahrlosten, schneebedeckten Straßen zurück. Am Ufer der Seine blieb ich stehen, um die Eisschollen zu betrachten, die den Fluß blockierten. Ich hörte, wie eine Prostituierte einen vorbeigehenden Soldaten ansprach.

«Monsieur, für ein Stück Brot nehme ich Sie mit in mein Zimmer.»

Der Mann hielt inne und sagte etwas, aber ich konnte seine Antwort nicht hören: Gleich darauf gingen die beiden zusammen in Richtung Rue de Grenelle.

Ich starrte hinaus auf den vereisten Fluß und dachte kurz darüber nach, wie hungrig eine Frau wohl sein müsse, um als Entgelt für ihre Dienste von mir ein Stück Brot anzunehmen. Ich hatte nie gewagt, mich einer Prostituierten zu nähern, ich hätte die Erniedrigung nicht ertragen können, wenn sie mein Geld zurückwies. Die Erinnerung an das kleine Sklavenmädchen in Persien brannte noch immer in meinem Gedächtnis.

Etwas zupfte am Saum meines Umhangs. Als ich mich umwandte, weil ich dachte, der elegante Kaschmirstoff sei an den Resten eines Zaunpfahls hängengeblieben, stellte ich fest, daß sich auch mir eine verzweifelt hungrige Dame genähert hatte, eine sehr kleine Dame.

Dort auf dem Pflaster, fast nicht zu erkennen im schmutzigen Schnee, saß ein cremefarbenes Kätzchen, dessen schokoladenbraune Pfoten sich in dem Stoff verheddert hatten.

Mit einem Ausruf ungläubigen Entzückens hob ich sie auf und betrachtete sie im Licht der Gaslampe. Ihr Fell war schmutzverkrustet, aber ihre Rasse war ebenso unverkennbar wie unglaublich. Es gab keine Siamkatzen in Europa, und doch hielt ich eine in den Händen. Offenbar war es irgendeinem unternehmenden französischen Reisenden gelungen, ein trächtiges Weibchen aus dem Palast in Bangkok zu schmuggeln, da er wußte, daß die Kaiserin Eugénie bereit sein würde, für ein so einzigartiges Tier eine hübsche Summe zu bezahlen. Dann würden reiche Damen im ganzen Land ebenfalls eine solche Attraktion besitzen wollen. Zweifellos hatte der Mann erwartet, ein Vermögen zu verdienen.

Doch die Kaiserin war geflohen, und die Reichen aßen jetzt ihre vollblütigen Rennpferde. Niemand war daran interessiert, ein weiteres Maul stopfen zu müssen, man interessierte sich höchstens für einen kleinen Extrabissen im Kochtopf. Tote Katzen waren ein modischer Ersatz für Blumen oder Süßigkeiten als Gabe für einen kranken Freund geworden; gekochtes Katzenfleisch, mit Pistazienkernen und Oliven serviert, galt Kennern als Delikatesse. Ich konnte mir lebhaft vorstellen, welch schreckliches Ende die Katzenmutter und der Rest ihres Wurfs genommen hatten.

Doch dieses kleine Geschöpf war zum Überleben geboren; ich sah das an dem ununterdrückbaren schelmischen Ausdruck seiner blauen Augen. Das Schicksal, das manchen auch unter den widrigsten Umständen begünstigt, hatte es zu einem Mann geführt, der eher Hunger gestorben wäre, als ihm das hübsche Fell abzuziehen. Ich barg das Tier unter meinem Umhang und eilte mit neuem Lebensmut durch die Straßen.

Ayesha veränderte mein Leben. Mehr als fünfzehntausend Kilo eingesalzenes Pferdefleisch waren in der Oper gelagert, und noch waren die Vorräte nicht ganz erschöpft. Ich konnte mich nicht überwinden, Pferdefleisch zu verzehren, aber für Ayesha stahl ich es, und während sie fraß, verließ ich den Raum, um meinen Ekel zu bezähmen. Es gab zahllose Ratten in den Kellern, und binnen weniger Wochen hatte sie ihre Magerkeit verloren und sah rund, glänzend und zufrieden aus. Sie folgte mir durch das geheime Haus und saß neben mir, wenn ich arbeitete. Ich konnte den Tag nicht erwarten, an dem sie groß genug sein würde, das persische Halsband zu tragen. Es würde ein unvorstellbares Vergnügen sein, sie in seiner gestohlenen Pracht zu sehen. Sie war meine Unterhaltung, meine Freude, die erwählte Gefährtin meiner Einsamkeit.

Nach neunzehn Wochen der Belagerung kapitulierte die umzingelte Regierung. Angstvolle Stille legte sich wie ein Grabtuch über die Stadt. Die deutschen Truppen marschierten über die Champs-Elysées, und kurz darauf wurden die Armen, die die Hauptlast der Entbehrungen getragen hatten, von einem reaktionären Nationalrat dazu verurteilt, alle Schulden, die während der Dauer der Belagerung ausgesetzt gewesen waren, binnen achtundvierzig Stunden zu bezahlen. In den Bankrott gestürzt und angestachelt durch das sofortige Verbot von sechs Zeitungen, erhoben sich die niederen Klassen in einem Sturm von Wut, und eine neue Revolution erschütterte die Stadt. Die Regierung floh nach Versailles, und die Pariser Kommune wurde ausgerufen. Die wahren Schrecken begannen, als der kreischende Mob die Straßen übernahm.

Der zerstörerische Wahnsinn blieb nicht auf das linke Seineufer beschränkt. Die Oper wurde von der Nationalgarde besetzt, und die rote Flagge der Kommune, die jetzt auf dem Dach wehte, machte den Bau zur Zielscheibe für die republikanischen Kräfte. Weitere Bombardierungen suchten die bereits zerschmetterte Stadt heim, doch nun handelte es sich um französische Granaten, die Granaten des Bürgerkriegs. Überall in dem verbarrikadierten Opernhaus waren Soldaten, und draußen auf den Straßen tobten heftige Kämpfe. Ich war zum Gefangenen im eigenen Haus geworden, stand regelrecht unter Hausarrest, denn ich wußte, wenn ich mich zeigte, würde ich auf der Stelle als Spion erschossen.

In den Kellern erschienen die Bürgergeneräle mit ihren Pistolen und ihren lächerlichen roten Schärpen, ihre Zigaretten glühten in der Dunkelheit wie winzige Kohlestücke, wenn sie die Einkerkerung politischer Gefangener überwachten. Die totale Stille wurde von ihren groben Flüchen und ihrem rauhen Gelächter durchbrochen. Ich haßte diese grausamen Eindringlinge, die ihre Opfer hinunter in den Kommunardenkerker unter dem fünften Kellergeschoß führten. Ich haßte sie alle, die Nationalgardisten ebenso wie die Republikaner. Narren waren sie, unwissende Narren. Wie konnten sie es wagen, mein Heiligtum mit ihrem schmutzigen Krieg zu schänden. Wie konnten sie es wagen, mich auf diese Weise einzusperren.

Es dauerte fünf Wochen, aber mir kam es wie fünf Jahre vor, bis die Kommunarden den Republikanern unterlagen, und zwar in einem wilden Gefecht aus höllischen Flammen, mit massakrierten Geiseln und brennenden Staatsmonumenten. Als sie ihre Stellungen aufgaben, hinterließen sie das Hôtel de Ville und die Tuilerien als schwarze, rauchende Ruinen. Wieder einmal brannten die Straßen von Paris.

Da die Oper als Feldlazarett für die Truppen der Kommune gedient hatte, war sie den unablässigen Brandstiftungen bisher entgangen. Eines Abends jedoch, auf dem Höhepunkt der Krise, trieb mich eine schreckliche Ahnung von Unheil aus dem Haus am See. Ich kümmerte mich nicht darum, ob ich entdeckt würde, und durchkämmte die Gewölbe wie ein wahnsinnig gewordener Bluthund, bis ich im dritten Keller einen Nationalgardisten fand, der Zündschnüre legte, die mit einem Dutzend Fässern Schießpulver verbunden werden sollten.

«Handeln Sie auf Befehl Ihres kommandierenden Offiziers?» fragte ich mit steinerner Miene.

Der Mann fuhr erschrocken herum, zog seine Pistole und zielte auf mich.

«Handeln Sie auf Befehl?» wiederholte ich mit finsterer Beharrlichkeit. «Hat man Ihnen den Befehl dazu gegeben?»

«Nein», sagte er plötzlich lachend. Seine Augen waren weit aufgerissen und starrten mit einer blinden Lust, die ich sofort erkannte. «Die Generäle haben diesen Ort vergessen, aber ich nicht, ich nicht! Ich werde diesen schmutzigen Tempel der Reichen vom Angesicht der Erde verschwinden lassen. Aber zuerst werde ich mir dich vornehmen, weil du dich einmischst, Freund ...»

Das Punjab-Lasso brachte ihn zum Schweigen, ehe er den Abzug betätigen konnte. Als es dunkel geworden war, schleifte ich den Leichnam hinaus auf die Straße, wo noch andere vergessene Tote lagen.

Dann ging ich zurück, um das Schießpulver zu holen.

Geduldig transportierte ich die Fässer in einem Boot über den See und verstaute sie mit seltsamem, geheimem Vergnügen in meinem eigenen Keller.

Ich hatte meine Lebenskraft in dieses großartige Monument investiert, hatte es von seinen Anfängen an gehegt und seinen schönen Körper aus Stein und Marmor wie ein zärtlicher Liebhaber gestreichelt. Wenn je der Tag käme, an dem dieses kostbare Bauwerk zu einem Haufen Staub und Geröll wurde, dann würde es meine Hand sein, die die Zündschnur in Brand steckte. Meine allein.

Diese angespannten, unbehaglichen Wochen der Besetzung und unverzeihlichen Schändung machten mir klar, daß ich nun rücksichtslose Maßnahmen ergreifen mußte, um meine Zuflucht vor dem Rest der Menschheit zu sichern. Ich fügte meinem ursprünglichen Entwurf eine Folterkammer hinzu, eine exakte Nachbildung der sechseckigen, verspiegelten Kammer, die ich einst für die Khanum gebaut hatte. Sie war nicht mehr und nicht weniger als eine einfache Menschenfalle: Kein Störenfried, der in sie eindrang, würde wieder herausfinden, es sei denn durch Selbstmord. Die Kammer lag unter dem Bühnenbereich und hatte eine Falltür, durch die man in den dritten Keller gelangte; außerdem war sie eine nützliche Abkürzung des Rückweges zu meiner Wohnung. Es gab mehr als sechstausend Stufen in der Oper, und die meisten davon führten nach unten, da kam eine Abkürzung nicht ungelegen.

Unter der unterirdischen Wasserfläche verlegte ich ein Kabel, das mit einer einfachen elektrischen Glocke verbunden war und Eindringlinge auf dem See rechtzeitig ankündigte. So war mein ganzes Labyrinth mit todbringenden Drähten ausgestattet, ein riesiges Gewebe, das das geheime Lager des Minotaurus umgab.

Mochten unwissende, arglose Menschen ihre Schritte hüten in dem von mir geschaffenen Irrgarten.

Nicht alle Wege führten nach Rom.

6. Kapitel

Binnen eines Monats nach der Kapitulation der Kommune befuhren wieder Omnibusse und *fiacres* die Straßen, und Prostituierte flanierten wie eh und je über den Boulevard des Italiens. Es war, als seien die Schrecken nie gewesen. Und doch war Paris auf immer verändert, durch den Geschmack der Niederlage verhärtet und verbittert. Der Todeskampf einer stolzen Stadt würde nie verziehen werden, und der Haß auf die Deutschen saß tief.

Die Arbeit an der Oper wurde fortgesetzt, mit all den unvermeidlichen Verzögerungen und Widrigkeiten, die die Nachwehen von Krieg und Revolution waren. Garnier kämpfte verzweifelt, um einen Bau zu vollenden, der nun von der neuen Regierung mit größter Skepsis angesehen wurde. Bis es ihm endlich gelang, nach unsäglichem Ringen den Eröffnungsabend der Oper zu erreichen, hatte ich bereits viele Jahre behaglich in den Eingeweiden des fünften Kellers gehaust.

Das Haus in Boscherville war verkauft worden. In tiefer Nacht hatten Jules und ich die Möbel meiner Mutter im Boot über den unterirdischen See transportiert. Er hatte mir keine Fragen gestellt, wie üblich, sondern meinen Anweisungen wortlos gehorcht. Doch ich sah die Angst in seinem Gesicht, als er sich in meiner einzigartigen Wohnung befand. In seinen Augen blitzte die entsetzenerregende Erkenntnis auf, daß er diesen Ort niemals lebend würde verlassen dürfen.

Als das letzte Möbelstück an seinem Platz war, stand er in meinem Schlafzimmer und starrte hoffnungslos auf den prachtvollen offenen Sarg auf seinem Podest, die schwarzen Trauerkerzen und die Begräbnistapisserien.

«Jetzt werden Sie mich umbringen, nicht wahr, Monsieur?» sagte er benommen. «Sie werden mich umbringen, weil ich zuviel weiß.»

Ich wandte mich um und betrachtete seine verzagte Gestalt mit plötzlichem Mitleid. Als ich ihn kennenlernte, war er ein Mann gewesen, jung und eifrig, bereit, hinauszugehen und der Welt seinen Stempel aufzudrücken. Nachdem ich ihn zwanzig Jahre lang wie eine Marionette durch meine Stimmbänder beherrscht hatte, hatte er jede Initiative verloren und war nur noch die hirnlose Null, die ich nun vor mir sah. Ich hatte ihm Unabhängigkeit und Unternehmungslust so sehr ausgetrieben, daß er völlig unfähig war, allein in einer harten Welt zu überleben. In vieler Hinsicht hätte ich ihm einen Dienst erwiesen, wenn ich ihn in dieser Nacht umgebracht hätte. Aber ich wußte, daß ich das nicht konnte.

«Kommen Sie her», sagte ich.

Langsam, mit verkrampften Schritten kam er, den Kopf gesenkt, resigniert und widerstandslos; mir wurde beim Anblick seiner schmerzlichen Apathie die Kehle eng.

«Wenn Sie jemals zu irgend jemandem von diesem Ort sprechen, werde ich Sie töten», fuhr ich ruhig fort. «Wenn Sie mein Geheimnis verraten, werde ich Sie aufspüren, wohin Sie auch fliehen mögen. Es gibt keinen Platz auf dieser Welt, wo Sie vor meiner Hand sicher wären. Doch wenn Sie mir schwören, daß Sie schweigen werden, dann werde ich Ihre Familie so gut versorgen, wie Sie es sich nur wünschen können.»

Unsicher hob er den Kopf.

«Ich ... ich verstehe nicht, Monsieur», stammelte er. «Was verlangen Sie von mir?»

«Wenn ich hier in völligem Frieden leben will, brauche ich einen Agenten in der Außenwelt. Sie kennen inzwischen meine Gewohnheiten und Bedürfnisse. Am ersten Sonntag jeden Monats werden Sie eine Stunde vor Morgengrauen eine Droschke in die Rue Scribe nehmen und dort auf mich warten. Was immer ich in meiner Einsamkeit brauche, werden Sie mir bringen. Als Entgelt für diesen Dienst werde ich Ihnen ein Gehalt von zehntausend Francs im Monat zahlen.»

Er riß den Mund unter dem struppigen Schnurrbart auf.

«Zehntausend!» keuchte er.

Ich zuckte die Achseln. «Zugegeben, das ist eine horrende Summe als Entlohnung für ein paar Einkäufe. Aber Sie haben neun Kinder großzuziehen, und wenn nicht eines von ihnen den Grand Prix de Rome bekommt, werde ich mich nach dem Grund erkundigen. Das bedeutet natürlich nicht, daß Sie irgendwelche wissenschaftlichen Interessen entmutigen sollen, die sie vielleicht zeigen. Medizin beispielsweise ist eine sehr wertvolle Berufung. Und bestimmt», fuhr ich leise fort und sah an ihm vorbei nach der schönen Orgel, die nun eine ganze Wand füllte, «bestimmt wird sich auch *eines* der Kinder als musikalisch erweisen.»

Er war so verblüfft, daß er keinerlei zusammenhängende Antwort geben konnte. Die Summe überzeugte ihn schließlich mehr als jede Drohung, daß er es mit einem gefährlichen Irren zu tun hatte, dessen Launen er nicht gefahrlos ignorieren konnte. Die Tatsache, daß ich keine Ahnung hatte, wie ich dieser Verpflichtung unbegrenzt nachkommen sollte, spielte keine Rolle. Ich würde einen Weg finden.

Ehe wir uns am Seeufer trennten, zögerte er einen Augenblick und sah mich mit einem merkwürdigen Ausdruck an, den ich nicht ganz durchschaute.

«Was werden Sie in dieser schrecklichen Einsamkeit tun?» fragte er plötzlich. «Wie werden Sie die öden und leeren Tage ausfüllen?»

Ich schaute in die Dunkelheit der großen Gewölbekammer, auf unerklärliche Weise verstört über die Frage.

«Ich werde meine Tage mit Musik und wissenschaftlicher Forschung ausfüllen», murmelte ich.

«Aber Sie werden allein sein, Monsieur», beharrte er, «ganz allein hier unten.»

«Ich bin immer allein gewesen», sagte ich.

Ich ließ ihn mit seiner Laterne am Ufer stehen, stieg wieder in das kleine Boot und ruderte zurück.

Am 2. Januar prüfte ich gerade die acht Gegengewichte des Kronleuchters im Zuschauerraum auf ihre Sicherheit, als Garnier an meiner Seite erschien. Er sah sowohl wütend als auch zutiefst bestürzt aus, als er mir einen Brief überreichte.

«Schauen Sie sich das an!» murmelte er. «Sagen Sie mir, ob das nicht der Gipfel der Impertinenz ist.»

Der Brief stammte von de Cumont aus dem Ministerium der Schönen Künste und teilte Garnier mit, für den Eröffnungsabend seien für ihn und seine Begleitung sechs Plätze in der Loge Zwei reserviert, «gegen einen Betrag von einhundertzwanzig Francs».

«Was für eine verdammte Unverschämtheit!» rief ich aus.

«Ich wußte, ich kann mich darauf verlassen, daß Sie so denken werden.» Offensichtlich war er etwas besänftigt durch meinen unverhüllten Zorn. «Eine unverzeihliche Beleidigung, nicht wahr? Sie wollen, daß ich wie ein Narr dastehe, versteckt auf einem so minderwertigen Platz. Sie wollen mich öffentlich demütigen. Nun, sie können zum Teufel gehen und ihr miserables Angebot mitnehmen. Ich denke nicht im Traum daran, zur Eröffnung zu gehen. Ich werde zu Hause bleiben und ein Buch lesen.»

«Ach, Charles, seien Sie kein Dummkopf», seufzte ich. «Sehen Sie denn nicht, daß diese Leute genau das erreichen wollen?»

Ein kurzes Schweigen entstand. Erst hinterher wurde mir klar, daß ich ihn beim Vornamen genannt hatte. Er wirkte verblüfft, sogar ein wenig verwirrt.

«Sie müssen zugeben, daß das ein genau berechneter politischer Angriff ist», sagte er.

«Natürlich. Aber Sie müssen ihn übertrumpfen. Beschämen Sie sie alle, indem Sie hingehen, und Ihre eigene Leistung wird Sie rächen, das verspreche ich Ihnen. Das ist Ihr Augenblick, der Höhepunkt nach fünfzehnjähriger Sklavenarbeit für einen Traum. Niemand kann Ihnen das jetzt nehmen, nur Sie allein. Selbst wenn man Sie in den Keller setzen würde, sind Sie trotzdem der erste Architekt Frankreichs. Sie müssen hingehen. Wenn Sie es nicht tun, werden Sie es für den Rest Ihres Lebens bereuen. Und Reue ist ein sehr vergiftendes Gefühl, sie verdreht und verzerrt jeden Aspekt im Leben eines Mannes, bis nichts übrig ist als Bitterkeit und Verzweiflung. Lassen Sie das nicht zu.»

Er betrachtete die Gegengewichte des Kronleuchters.

«Manchmal beschämt mich Ihre Anteilnahme», sagte er ruhig. «Natürlich werde ich hingehen. Werden auch Sie dasein, Erik?»

«Sicher. Sie werden mich nicht sehen, aber ich werde dasein und zusehen, wenn Sie Ihren großen Triumph erleben.»

«Unseren Triumph», korrigierte er mich entschieden, «unseren Triumph, Erik.»

Und zu meinem großen Erstaunen bestand er darauf, mir die Hand zu schütteln.

Es war ein denkwürdiger Abend, der 5. Januar 1875. Von meinem verborgenen Aussichtspunkt hoch über der großen Treppe sah ich die Menschen eintreffen. Eine Horde von aufgeputzten, posierenden Mitgliedern der Gesellschaft säumte die freitragenden Marmortreppen. Einige von ihnen waren um eintausend Francs ärmer geworden, denn so viel kostete eine Eintrittskarte, die auf den freien Markt gelangt war. Ich, der ich nichts bezahlt hatte für das Privileg, Könige und Königinnen unter meinen verächtlichen Blikken vorübergehen zu sehen, amüsierte mich über die Verneigungen und Kratzfüße, die ich dort unten sah. Wie viele Monarchen und Kaiser es auch absetzen mag, Frankreich hat noch immer eine heimliche Bewunderung für blaues Blut. König, Kaiser, Präsident – es spielt keine Rolle, wie man sie nennt, die würdelose Speichelleckerei bleibt trotz Kommunen und Revolution bestehen. Freiheit, Gleichheit, Brüderlichkeit – das sind nur Illusionen der getäuschten Armen.

Wir hörten Meyerbeer an diesem Abend, Meyerbeer, Rossini und Delibes. Ich sah, wie das Publikum mit seinen Operngläsern zur Loge Eins spähte und vergeblich nach Garnier Ausschau hielt. Am Ende der Vorstellung erblickte man ihn, wie er die große Treppe hinunterging, und sofort kam es zu einem improvisierten Ausbruch von Beifall und Hochrufen.

«Bravo, Garnier! Bravo, bravo ...»

Er schaute zur Decke hinauf, als suche er etwas, und dann, überwältigt von der begeisterten Ovation, senkte er den Kopf und eilte hinaus zu seiner Kutsche, den Arm seiner Frau umklammernd. Ich war zu weit entfernt, um es genau zu sehen, aber ich weiß, daß er weinte. Anerkennung ist süß, und niemand verdiente sie mehr als er, der Architekt – ein nobler Mann. Ich freute mich sehr, daß das Publikum sich auf so spontane und überschäumende Art entschlossen hatte, ihn zu rächen.

Schließlich war der Abend zu Ende, und all die ausgestopften Schneiderpuppen und ihre gezierten, aufgedonnerten Frauen gingen nach Hause. Ich blieb allein in der schweigenden Pracht der großen, hufeisenförmigen Doppeltreppe, erleuchtet von einem riesigen Kronleuchter auf jeder Seite. Jetzt war ich frei, unbehindert von der vulgären Menge durch mein Reich zu wandern.

Ich schweifte die ganze Nacht umher, besichtigte jeden Teil meines Reichs und benutzte meinen Dietrich, um zweitausendfünfhundert Türen zu öffnen und zu schließen. Doch als ich die riesige Haupthalle mit ihren zehn Kristallüstern durchquerte, wandte ich meine Augen instinktiv von den Spiegeln ab. Diese Instrumente des Leidens gab es in reicher Fülle in den oberen Bereichen meines Palastes, und ein einziger achtloser Seitenblick genügte, damit mich ein stechender Schmerz durchbohrte. Doch jede Schönheit muß ihre Unvollkommenheit haben, jedes Glück hat seinen Teil Kummer. Die Spiegel erinnerten mich daran, warum ich hier war, warum ich es niemals würde ertragen können, diesen Ort zu verlassen und etwas Neues zu bauen, wie Garnier es tun würde.

Mein Schaffensdrang war ausgebrannt in diesen fünfzehn Jahren unablässiger Mühen, und an seine Stelle war das Bedürfnis getreten, etwas zu besitzen.

Zu besitzen und festzuhalten.

In dieser Nacht erkannte ich, daß ich die Außenwelt endgültig aufgegeben hatte.

Nur ein einziges kleines Problem störte meine großartige Einsamkeit noch.

In einem verrückten Anfall von Arroganz hatte ich Jules zehntausend Francs im Monat versprochen. Ich brauchte diese übertriebene Zusage natürlich nicht einzuhalten; ich besaß die Macht, diesem unglücklichen kleinen Mann für den Rest seines Lebens Angst einzujagen. Aber ich haßte gebrochene Versprechen und uneingelöste Verpflichtungen, ich haßte es, mein Wort nicht zu halten. Enttäuschung war ein so *ermüdendes* Gefühl: Zuerst vergeudet man Energie mit schmerzlicher Hoffnung und dann mit müßigem, hoffnungslosem Groll.

Ich mußte also ohne große Verzögerung zehntausend Francs im Monat auftreiben, sonst würde ich binnen zwölf Monaten wieder ein armer Mann sein. Und das wäre mir gar nicht recht! Man gewöhnt sich an ein bequemes Einkommen. Geld polstert die harten Kanten vieler unangenehmer Situationen im Leben; es macht einen wunderbar unabhängig. Und ganz abgesehen von Jules, hatte ich auch noch einige Gewohnheiten zu finanzieren. Ich ließ mich gern von exklusiven Schneidern geschmackvoll einkleiden; ich hatte es gern, wenn meine Umhänge und Mäntel und Hemden aus allerbestem Material genau auf meine Bedürfnisse zugeschnitten waren. Ich wollte all die schönen Bücher der Welt, um sie an den Wänden meiner Bibliothek aufzureihen; ich wollte die fortschrittlichsten wissenschaftlichen Materialien, die zu haben waren, für meine Forschungen. Ich brauchte Morphium und gelegentlich ein wenig Nahrung. Ayesha liebte Räucherlachs und Kaviar. Ich konnte mir wirklich nicht vorstellen, wie ich mit weniger als zwanzigtausend Francs im Monat auskommen sollte.

Absurd! Soviel Geld bekommt man nicht ohne weiteres.

Doch plötzlich hatte ich eine herrliche, unerhörte Idee.

Die Idee selbst war eigentlich nicht neu, aber ihre Anwendung.

Vor Jahren, als ich insgeheim an meinen Geheimgängen arbeitete, kam mir der Gedanke, daß ein Mausoleum dieser Größe eigentlich unbedingt einen Geist braucht. Geister sind Zeugen der Vergangenheit; sie geben einem Gebäude Charakter, ein Flair von Geheimnis und verborgenem Zauber.

«Es sollte wirklich einen Geist geben», hatte ich halb spöttisch, halb ernst zu Garnier gesagt, als wir wieder an der Oper zu arbeiten anfingen. Er hatte nur herzlich gelacht und gesagt, dafür werde das Budget nicht reichen.

Ja, zuerst war der Geist nicht mehr als ein Scherz, aber später fing ich an, gewisse Möglichkeiten für mich selbst zu sehen.

Schließlich hatte ich Erfahrung. Ich war schon früher ein Geist gewesen, und zwar ein außerordentlich guter. Ich hatte meine Mutter halb verrückt gemacht, noch ehe ich zehn war, und damals hatte ich es nicht einmal darauf angelegt. Ich war sozusagen dazu berufen. Gewiß war dies eine Rolle, die mir gut lag.

Am Anfang war es einfach ein Spiel. Ich ließ gelegentlich zu, daß jemand einen Blick auf mich erhaschte, wenn ich durch die oberen Korridore spazierte, ich erschien und verschwand mittels meiner sorgfältig versteckten Falltüren und verborgenen Gänge. Eine Reihe von kleinen Tricks und Illusionen trug sehr zu meinem furchteinflößenden Ruf beim *corps de ballet* bei, größtenteils dummen jungen Mädchen, die entzückt waren, von einem Schatten und einer körperlosen Stimme halb zu Tode erschreckt zu werden. Bald konnten sie in den Garderoben über nichts anderes mehr reden als «über den Geist». Diejenigen, die mich tatsächlich gesehen hatten, waren privilegierte Wesen und hatten ein Recht auf respektvolles Schweigen, wann immer sie anfingen, ihre Erzählungen auszuschmücken. Natürlich, sie alle waren schreckliche kleine Aufschneiderinnen, aber wen störte das schon – mich gewiß nicht. Es gibt keine Legende ohne künstlerische Freiheit, keine Geschichte, die nicht von der furchtbaren Phantasie des Erzählers profitiert. Und was hatten diese Mädchen für eine Phantasie! Manchmal war sie besser als meine, und gelegentlich machte ich mir zu späterer Verwendung Notizen.

Das Spiel war also bereits gut eingeführt, als ich allmählich erkannte, wie es mir mehr einbringen könnte als ein herzhaftes Lachen. Der Operngeist wurde seiner Rolle als unbezahlter Unterhalter müde. Vielleicht war es an der Zeit, bei der Theaterleitung um eine Gage einzukommen.

Je mehr ich darüber nachdachte, desto besser gefiel mir die Idee. Das *corps de ballet* nannte mich bereits «das Phantom der Oper», ein faszinierender Spitzname, den ich sehr attraktiv fand, bis mir klar wurde, daß ich meine gelegentlichen Botschaften dann auch mit PDO zu unterzeichnen hatte.

So wurde ich zu PDO, und ich bin es geblieben.

Rückblickend war die ganze Sache geradezu kriminell einfach zu arrangieren.

Ich war mit zwei Direktoren gesegnet, die beide keine Geistesriesen waren; einen davon hätte man getrost als größten Narren in der Geschichte des Theaters bezeichnen können. Poligny. Ach, lieber, leichtgläubiger Poligny, Ihre interessanten kleinen persönlichen Laster kamen mir ebenso zupaß wie Ihr schlichter Geist. Ich erschreckte Sie zu Tode in jener Nacht in Loge Fünf, als Sie meine Stimme zum ersten Mal hörten. Denn einen Geist, der so viel über Ihre dubiosen Privataffären wußte, mußte man doch bei Laune halten, nicht wahr? Vor allem, wenn seine Bedingungen so vernünftig waren.

Zwanzigtausend Francs im Monat, und Loge Fünf im ersten Rang mußte exklusiv für meinen persönlichen Gebrauch reserviert bleiben.

Erpressung? Kaum. Ein wirklich effizienter Geist ist heutzutage schwer zu haben. Und niemand vermochte zu sagen, ob ich nicht auf meine Art mein Geld wert war.

Poligny verließ Loge Fünf weiß wie ein Laken. Er hatte die Anweisung, meine Bedingungen in den Pachtvertrag des Opernhauses zu schreiben.

Ich erwartete eine Periode längerer Kämpfe, insbesondere mit seinem Partner Debienne, aber eine kurze Manifestation meines Mißvergnügens reichte aus, um sie beide zur Kapitulation zu bewegen. Mein Ruf beim *corps de ballet* war ins Maßlose gewachsen und hatte den größten Teil der Arbeit für mich erledigt. Alle glaubten längst an den Geist. Es war kaum vorstellbar, wie rasch ich Macht über sie gewann und wie selten ich mit der Peitsche knallen mußte, um sie daran zu erinnern, wer hier der Herr im Hause war. Ein wenig Magie, ein paar schlaue Tricks als Bauchredner, und ich hatte sie in der Hand.

Mit ähnlichen Maßnahmen gewann ich die wertvollen Dienste von Madame Giry, der Logenschließerin. Mit Hilfe der alten Dame, die als Mittlerin fungierte, errichtete ich ein vollkommen narrensicheres System, um meine ungewöhnliche Gage in Empfang zu nehmen. Oh, sie versuchten, mir auf die Spur zu kommen, natürlich. Aber die ständigen Mißerfolge steigerten nur ihre Angst vor mir, und vom Einschalten der Polizei wollte Poligny nichts hören. Er hatte viel zuviel zu verbergen.

Nachdem so das Muster meines künftigen Lebens festgelegt war, verlief meine Existenz mit schöner Regelmäßigkeit in einem öden und leeren, von keiner Emotion gestörten Kontinuum. Ich lauschte den endlosen Opern und studierte mit kritischer Distanz Gesang. Ich schrieb Botschaften an die Direktion, wann immer ich Anlaß zu Klagen hatte ... ein kleines Sendschreiben vom PDO, das auf geheimnisvolle Weise durch verschlossene Türen auf dem Schreibtisch im Direktionsbüro landete, verdarb Poligny garantiert für den Rest des Tages die Laune. Manchmal beschwerte ich mich einfach um des Vergnügens willen, ihn aufzuziehen wie eine Spieluhr. Gelegentlich mischte ich mich sogar in Besetzungsfragen ein. Ich sorgte dafür, daß Madame Girys kleine Tochter Meg zur Solotänzerin befördert wurde; die Kleine konnte ebensogut tanzen wie alle anderen, und es kostete mich sehr wenig Anstrengung, ihre verwitwete Mutter stolz lächeln zu lassen. Im großen und ganzen jedoch blieb ich der Beschränktheit und Mittelmäßigkeit der Vorstellungen gegenüber vollkommen gleichgültig. Sehr wenige Leuten besuchten die Pariser Oper wegen der Qualität ihrer Musik. Man ging hin, um zu sehen und gesehen zu werden.

Inzwischen war ich ohnehin den meisten Dingen gegenüber gleichgültig. Ich hatte die mittleren Jahre erreicht und die wütenden Enttäuschungen der Jugend überwunden.

Alle Gefühle und jegliches Bedauern lagen nun hinter mir, nachdem ich freiwillig die Existenz eines lebenden Toten auf mich genommen hatte.

Ich rechnete nicht damit, je wieder etwas zu fühlen.

7. Kapitel

Sechs Jahre vergingen recht friedlich. Ich wußte das, weil ich jeden Tag gewissenhaft auf einem Kalender durchstrich. In der ewigen Dunkelheit wäre es nur zu leicht gewesen, das Zeitgefühl zu verlieren und sich langsam ins Vergessen sinken zu lassen, in die bequeme Achtlosigkeit zu verfallen, die unweigerlich zur Entdekkung führen würde. Ich darf sogar sagen, daß ich von Jahr zu Jahr exzentrischer wurde, aber ich war entschlossen, weder meine Fähigkeiten noch meine anspruchsvollen sozialen Maßstäbe zu verlieren. Jules sorgte dafür, daß meine Anzüge tadellos in Ordnung waren und ich ein Hemd nie mehr als einmal tragen mußte. Der erste Raum, den ich in meinem Haus fertiggestellt hatte, war mein herrliches Badezimmer mit einer exotischen grünen Marmorwanne gewesen. Später baute ich ein Gästebad hinter dem zweiten Schlafzimmer an. Gott weiß warum; ich hatte bestimmt nicht die Absicht, mir Gäste einzuladen.

Sechs volle Jahre abgeschiedener, selbstgenügsamer Einsamkeit vergingen also, ehe ich den ersten von mehreren verheerenden Schocks erlebte.

Ich erinnere mich noch sehr genau an den Abend. Es war im Januar 1881. Ein kalter, unfreundlicher Pariser Dunst hatte sich wie ein Leichentuch über die Stadt gelegt und sie vorzeitig verdunkelt. Da ich seit einiger Zeit gelegentlich den Wunsch nach frischer Luft und Bewegung verspürte, wagte ich mich schon eine geraume Weile jeweils vor Beginn der Vorstellung hinaus auf die dunklen Straßen. Die Kapuze meines Abendumhangs verbarg die Maske, und in dieser Aufmachung gelang es mir, der Aufmerksamkeit der Passanten zu entgehen. Für jeden, der mich sah, war ich einfach ein weiterer frierender Pariser Bürger, der aus der Kälte und vor dem drohenden Regen nach Hause eilte.

Ich hatte die Rue de Rivoli erreicht und betrachtete voller Groll die traurigen, geschwärzten Überreste des Tuilerienpalastes, als Wind aufkam, der den letzten Nebel vertrieb und Sturmwolken über den Himmel jagte. Ich wollte mich auf den Rückweg machen, doch da öffnete sich der Himmel, in Strömen prasselte der Regen herunter, und binnen Minuten war die Straße überschwemmt. Wenn man es nicht mehr erträgt, sich mit gelassener Gleichgültigkeit naßregnen zu lassen, weiß man, daß man alt wird. Gebieterisch hob ich die Hand und winkte einer vorbeifahrenden Droschke.

Die Droschke fuhr in einiger Entfernung an den Straßenrand und wartete auf mich. Gleich darauf sah ein Mann, der aus einem Wohnblock auf derselben Straßenseite kam, die Droschke und eilte mit einem freudigen Ausruf darauf zu. Ich sah von ihm nur den Rücken, doch er trug einen Abendumhang wie ich, und um diese Stunde konnte ich sein Fahrtziel leicht erraten.

«Monsieur, ich glaube, das ist *meine* Droschke», zischte ich so feindselig, daß er überrascht zurücktrat.

Instinktiv wandte ich mein Gesicht ab, damit er mich nicht sah, stieg in die Kutsche, schlug die Tür zu und klopfte mit dem goldenen Knauf meines Stocks an die Trennwand.

«Zur Oper!» sagte ich kurz, lehnte mich zurück und wartete darauf, daß der Kutscher mir gehorchte.

Erstaunt und ärgerlich merkte ich, wie die Tür sich öffnete und die Kutsche unter dem Gewicht des einsteigenden Mannes leicht schwankte.

Ich blickte auf, doch die Verwünschung, die ich auf den Lippen hatte, wurde nie ausgesprochen.

«Fahren Sie zu, Kutscher», sagte der unverschämte Eindringling ruhig. «Ich will zufällig auch in die Oper. Dieser Herr und ich sind gute Bekannte, und ich weiß, er wird sich freuen, die Fahrt mit mir zu machen, stimmt das nicht, Erik?»

Ich konnte nicht antworten. Ich konnte Nadir Khan nur benommen und ungläubig anstarren.

«Ist es Ihnen recht, Monsieur?» rief der Fahrer unsicher.

«Ja!» versetzte ich. «Fahren Sie zu.»

Als die Kutsche auf die Fahrbahn rollte, nahm Nadir seinen Hut ab, zog die Handschuhe aus und legte beides neben sich auf den Sitz. Das erste, was mir an ihm auffiel, war sein Haar. Früher war es schwarz und glänzend gewesen, jetzt war es dünn und sehr grau. Ich war schockiert, wie er sich verändert hatte, schockiert und entsetzt.

«Nun, Erik», sagte er, «das ist tatsächlich eine angenehme Überraschung.»

«Ansichtssache», erwiderte ich und versuchte, meine widersprüchlichen Gefühle hinter einer Andeutung von Sarkasmus zu verbergen. «Was zum Teufel führt Sie nach all der Zeit nach Paris?»

«Ach», sagte er achselzuckend, «ich bin schon seit vielen Jahren hier, seit ich aus Mazenderan entlassen wurde.»

«Entlassen?» fragte ich mit bösen Vorahnungen. «Wie lange waren Sie gefangen?»

«Fünf Jahre», sagte er gleichmütig.

Ich schaute aus dem Fenster auf die regennassen Straßen, und meine Hand umklammerte den Spazierstock mit einer Mischung aus Wut und Trauer. Mein Gott! Fünf Jahre im Gefängnis von Mazenderan! Kein Wunder, daß er alt aussah. Es war vielmehr ein Wunder, daß er lebend herausgekommen war.

Was in aller Welt sollte ich jetzt machen, nachdem ich dem einzigen Menschen auf dieser Welt begegnet war, den ich nicht einfach von den dunklen Pfaden meiner Einsamkeit fernhalten konnte? Ihn zu mir nach Hause einladen?

Das konnte ich nicht. Es war unmöglich. *Undenkbar*. Wir lebten nicht mehr in der gleichen Welt. Es gab keine Ebene, auf der wir uns heute, nach mehr als fünfundzwanzig Jahren, noch treffen konnten.

«Haben Sie Mazenderan freiwillig verlassen?» fragte ich vorsichtig.

Nadir lachte.

«Sagen wir, man lud mich nicht gerade zum Bleiben ein. Meine Besitztümer wurden beschlagnahmt, aber in Anerkennung meiner königlichen Abstammung gewährte man mir eine kleine Pension aus der kaiserlichen Schatulle. Sie hat ausgereicht, um den Geschmack an Opern zu pflegen. Ich habe eine Dauerkarte und gehe hin, so oft ich kann.»

«Sie haben keine Loge?» fragte ich bestürzt.

«Aber nein, natürlich nicht, ich bin kaum ...»

«Sie werden unverzüglich eine bekommen. Ich spreche sofort mit der Direktion.»

Er sah mich verwirrt an.

«Mit der Direktion?»

Verdammt! Was war in mich gefahren, das zu sagen?

«Ich habe in der Oper einen gewissen Einfluß», fuhr ich behutsam fort.

«*Einfluß*?» Ich sah, wie sein Gesichtsausdruck sich veränderte.

«Ich war einer der ersten Bauleute», erklärte ich hastig. «Ich habe das Haus gebaut.»

«Oh, ich verstehe.» Er entspannte sich und lehnte sich zurück. Der Anflug von Angst wich einem erfreuten Ausdruck. «Ein solches Meisterwerk der Ingenieurskunst muß Ihnen viele weitere Aufträge eingebracht haben.»

«Es war keine Ingenieursleistung», erwiderte ich kühl, «es war ein Akt der Liebe. Ich hatte kein Interesse an weiteren kurzfristigen Verträgen auf dieser Erde, nachdem der Bau fertig war.»

Ich wußte nicht, warum ich so redete. Hatte ich den Verstand verloren?

Zum Glück hielt die Kutsche in der Reihe vor der Rotunde, und ich öffnete die Tür und winkte ihm auszusteigen.

Auf dem Pflaster blieb er stehen und drehte sich überrascht um, als ich keine Anstalten machte, ihm zu folgen.

«Gehen Sie heute doch nicht in die Oper?» fragte er verwirrt.

«Ich gehe nie in die Oper, außer in meiner offiziellen Funktion.»

«Aber Ihre offiziellen Pflichten sind doch sicher seit der Fertigstellung des Baues beendet.»

«Von einigen Pflichten ist man nie entbunden», sagte ich.

Ich sah, wie seine behandschuhte Hand auf der Kutschentür sich versteifte. Der Argwohn in seinen dunklen Augen war jetzt ganz unverkennbar.

«Erik, ich mag die Art nicht, wie Sie darüber reden. Ich habe ein ganz ungutes Gefühl dabei.»

«Sie sollten sich beeilen», sagte ich, seine Worte ignorierend. «In fünfzehn Minuten hebt sich der Vorhang, und ich habe es eilig, nach Hause zu kommen.»

«Wo wohnen Sie?» fragte er plötzlich.

«Das geht Sie und alle anderen Lebenden nichts an.»

«Aber es ist in der Nähe», beharrte er. «Sie wiesen den Kutscher an, zur Oper zu fahren, bevor Sie mich erkannt hatten. Es muß also in der Nähe sein.»

Ich zuckte verächtlich die Achseln.

«Noch immer Polizist, Nadir? Noch immer der ewige Bluthund, der eine Spur verfolgt? Alte Gewohnheiten wird man schwer los, nicht wahr?»

«Glauben Sie nur nicht, daß Sie mich mit Ihrem Sarkasmus verwirren können», gab er zurück. «Warum sollten Sie mir auf so merkwürdige Art Ihre Adresse verschweigen? Habe ich Ihr Vertrauen nicht verdient?»

Unter der Maske biß ich mir auf die Lippen, bis ich Blut schmeckte.

«Ich empfange nie Besucher», sagte ich.

«Erik», sagte er mit unverhohlener Besorgnis, «was verbergen Sie vor mir? Was haben Sie *getan*?»

Ich beugte mich auf meinem Sitz vor und fixierte ihn mit einem eisigen Blick.

«Wir sind hier nicht in Mazenderan», sagte ich kalt. «In diesem Land haben Sie keine Polizeigewalt. Und jetzt hören Sie mir zu, hören Sie mir gut zu. *Folgen Sie mir nicht*! Ich warne Sie ernsthaft. Jeder, der ohne mein Wissen versucht, sich Zugang zu meinem Haus zu verschaffen, wird das bitter bereuen. Und Sie sollten inzwischen wissen, daß meine Warnungen nicht zu mißachten sind.

Erinnern Sie sich an den Skorpion. Denken Sie an den Skorpion und halten Sie sich von meinem Haus fern, verstehen Sie, Nadir? *Halten Sie sich fern!*»

Seine Hand glitt vom Türknauf, und wie in Trance trat er zurück. Er versuchte nicht, die Kutsche am Anfahren zu hindern, doch obwohl ich wußte, daß mein Geheimnis für heute nacht sicher war, empfand ich keine Zufriedenheit.

Schon einmal hatte er sich aus meiner Kontrolle befreit, hatte den Kokon aus Tönen zerrissen, in den ich ihn gehüllt und mit dem ich ihn gefesselt hatte. Im Unterschied zu Jules war er kein geborener Untertan; sein Wille war zu stark, sein Gefühl für Identität und Sinn zu hoch entwickelt.

Wann immer er sich entschied, gegen meine Stimme anzukämpfen, würde ich ihn nicht halten können.

Nach diesem Abend sah ich ihn so oft in der Oper, daß ich mich fragte, wie ich seine Anwesenheit in all den Jahren hatte übersehen können.Ich mußte mit geschlossenen Augen herumgelaufen sein.

Er schlich um das Theater herum, wenn keine Vorstellungen stattfanden, befragte Hunderte von Menschen, die auf dem Gelände arbeiteten, machte sich Notizen in ein kleines schwarzes Buch und war überhaupt höchst lästig. Bei seiner Ausdauer und Tüchtigkeit wußte ich, es war nur eine Frage der Zeit, bis er auf einige sehr interessante Antworten stoßen würde. Mein Unbehagen wuchs stetig.

Eines Abends, etwa zwei Monate nach Nadirs erstem Erscheinen auf der Bildfläche, kehrte ich in mein Haus zurück und stellte fest, daß die Alarmglocke läutete. Ich wußte, auf dem See war niemand. Es mußte also die Folterkammer sein. Jemand war in der Folterkammer!

Mein Herzschlag stockte vor Schreck, als mir klar wurde, um wen es sich handeln mußte.

Ich schaltete den Strom aus und rannte in atemloser Panik in die Kammer. Dort herrschte noch immer die Hitze eines Brennofens, aber es war jetzt stockfinster, und ich konnte nur unscharf den dunkleren Umriß des Körpers sehen, der von dem eisernen Baum in der Ecke hing.

Ich stand vollkommen still, gelähmt vor Entsetzen, zu schockiert, um auch nur einen Schrei auszustoßen.

Warum mußte das einzige Opfer dieser wirklich überholten Menschenfalle mein ehrlicher, hartnäckiger, tollkühner Freund sein? Es war meine Schuld, allein meine Schuld. Ich hatte gewußt, wie er war. Ich hätte die ganze Einrichtung abbauen sollen, sobald ich wußte, daß er auf dem Gelände war.

Nadir, ich habe Sie gewarnt. Ich habe Ihnen gesagt, Sie sollten sich fernhalten!

Es dauerte lange, bis ich meinen Abscheu und Schrecken so weit überwinden konnte, um den Körper abzuschneiden und die Lichter einzuschalten. Das dunkel angelaufene, verzerrte Gesicht und die hervorquellenden Augen waren kaum zu identifizieren. Es dauerte eine volle Minute, bis ich plötzlich erkannte, daß es sich doch nicht um Nadir handelte. Meine Erleichterung war so groß, daß ich in hysterisches Lachen ausbrach.

Ich kannte diesen Mann. Sein Name war Joseph Bouquet, er war einer der Obleute der Bühnenarbeiter. Einmal hatten wir das Pech gehabt, uns auf der kleinen Treppe bei der Rampe zu begegnen, die in die Keller hinunterführt, und da ich die Maske nicht getragen hatte, hatte der Bursche mich ziemlich genau gesehen. Er war verantwortlich für eine der wenigen authentischen Beschreibungen, die jetzt in den Garderoben des *corps de ballet* kursierten.

Wie er auf meine geheime Zuflucht gestoßen war, wußte ich nicht. Vielleicht hatte er sich bei der Arbeit zufällig gegen den Mechanismus gelehnt, der im dritten Kellergeschoß den Stein bewegte. Wenn das der Fall war, würde ich die Anlage ändern und das Öffnen erschweren müssen. Ich konnte wirklich nicht zulassen, daß auf diese Weise Leute in meine Welt eindrangen.

Mit ein wenig Bedauern und ziemlich großem Ärger blickte ich auf den Mann nieder. Hatte ich die Leute etwa aufgefordert, herzukommen und sich umzubringen? Lockte ich sie willentlich in den Tod? Nein, und darum hatte ich keine Schuld an seinem Tod, man konnte mich *nicht* dafür verantwortlich machen. Ich war nicht mehr schuldig als irgendein Familienvater, der aus Angst vor Einbrechern ein geladenes Gewehr im Haus hat.

Es war also kein Mord, sondern Selbstmord. Und wenn ein Mann Selbstmord begehen will, wer bin ich, ihn daran zu hindern?

Mir gefiel der Gedanke nicht, den Leichnam einfach in den See zu werfen. Selbst wenn man sie beschwert, haben Leichen die unangenehme Angewohnheit, irgendwann wieder an die Oberfläche zu kommen.

Nach einer Weile kam mir eine Idee. Wenn Bouquet sich hier in meinem Haus das Leben genommen hatte, hätte er sich ebensogut dafür entscheiden können, das im dritten Keller zu tun. So trug ich den armen Kerl ein paar Stunden vor dem Aufgehen des Vorhangs dorthin zurück und hängte ihn ordentlich wie einen Mantel an einen Haken. Er war alt und hatte zweifellos ein trauriges, hartes Leben hinter sich. Vermutlich hatte ich ihm einen Gefallen getan.

Nach Ende der Vorstellung wurde er gefunden, und sein Hinscheiden löste keine große Erregung aus. Ein Polizist kam, stellte ein paar Routinefragen, gähnte und ging seiner Wege. Wieder ein Selbstmörder, der kein geweihtes Grab bekommen würde, das war alles. Wohl kaum ein Fall, der die Aufmerksamkeit der Pariser sûreté erforderte!

Ich beschloß, den unerfreulichen Vorfall aus meinem Gedächtnis zu streichen, doch gegen Ende der Woche, als ich zu Loge Fünf im ersten Rang ging, fand ich auf der Brüstung liegend einen Umschlag, der *Für PDO* adressiert war.

Ich brauchte ihn eigentlich nicht zu öffnen, ich wußte genau, was ich darin finden würde.

Pünktlich um acht Uhr an diesem Abend klopfte ich einmal an die Tür von Nadirs Wohnung in der Rue de Rivoli.

Darius ließ mich ein.

«Sie sind also das Phantom der Oper!» sagte Nadir grimmig. «Sie können sich nicht vorstellen, wie sehr ich gehofft habe, mich zu irren.»

Ich nahm meinen Umhang ab und setzte mich unaufgefordert in den Sessel am Kamin; mit erschrockenen Augen nahm ich die Ärmlichkeit der Wohnung wahr. Es war unübersehbar, daß ihm seine kaiserliche Pension keinen großen Luxus gestattete, und mit heißer Scham erinnerte ich mich an sein wunderschönes Anwesen in Persien. Niemals hätte ich ihn willentlich ins Exil und in so traurige Verhältnisse gebracht, niemals!

«Sie machen sich nicht einmal die Mühe, es zu leugnen, nicht wahr?» fuhr Nadir fort, erbost über mein Schweigen.

Langsam streifte ich die Handschuhe ab und legte sie in meinen Hut.

«Was hätte das Leugnen für einen Sinn? Sie haben mich ohnehin bereits geprüft und verurteilt, oder nicht? Aber ich verstehe nicht, warum Sie so wütend sind. In der Regel bin ich ein sehr harmloser Geist.»

«So habe ich es nicht gehört, Erik. Der ganze Betrieb hat Angst vor Ihnen!»

«Ach, wirklich?» seufzte ich. «Ein paar alberne Mädchen und leichtgläubige alte Damen?»

«Und eine Direktion, die alle Ihre Forderungen erfüllt.»

Ich runzelte die Stirn. «Die Welt ist voll von Opfern und Beutejägern. Das Überleben des Tüchtigsten ist nichts als ein natürlicher Ausleseprozeß. Guter Gott, Sie haben lange genug in Persien gelebt, um das zu wissen. Und meine Bedingungen sind, alles in allem genommen, eher bescheiden.»

«Zwanzigtausend Francs im Monat sind wohl kaum bescheiden zu nennen.»

«Ich habe teure Vorlieben», sagte ich.

Er machte eine ärgerliche Geste und ließ sich in den Sessel mir gegenüber fallen.

«Ich habe mein Leben riskiert, um Sie zu retten», sagte er langsam. «Ich habe alles riskiert, was ich besaß.»

Ich versuchte zu lachen.

«Das dürfen Sie sich wirklich nicht zu Herzen nehmen. Wir alle irren von Zeit zu Zeit in unserem Urteil.»

«Ich wollte Ihr einzigartiges Genie retten», fuhr er unerbittlich fort, als hätte ich nichts gesagt, «Ihre Brillanz, Ihre enorme Fähigkeit zum Guten.»

«Ich bitte um Verzeihung», sagte ich ironisch. «Ich fürchte, da haben Sie mich wirklich mißverstanden. Ich glaube, Sie müssen irgend etwas durcheinandergebracht haben.»

Noch immer ignorierte er meine verzweifelten Scherze und starrte mich mit einer Trauer und einem Unglauben an, die ich kaum ertragen konnte. «Und so lohnen Sie mir mein Opfer», sagte er dumpf. «Sie werden ein Geist!»

Er sah aus, als werde er gleich weinen, und plötzlich wäre ich vor Scham am liebsten gestorben.

«Sie haben mir versprochen», sagte er, und es klang, als ersticke er an den Worten, «Sie haben *versprochen*, Sie würden nicht mehr töten, außer in Notwehr.»

«Ich habe mich bemüht, dieses Versprechen zu halten», sagte ich leise.

Seine mageren Hände umklammerten die Armlehnen seines Sessels.

«Nun, offenbar haben Sie sich nicht genügend bemüht, oder?»

«Was meinen Sie damit?»

«Ich meine Joseph Bouquet.»

Ich hob mit einer unverbindlichen Geste die Schultern.

«Der Mann hat Selbstmord begangen. Die Polizei ist damit zufrieden, oder?»

«Ja», gab er widerwillig zu.

«Nun also, was hat das mit mir zu tun?»

«Glauben Sie, ich würde Ihre Handschrift nicht erkennen, wenn ich sie sehe? Wie viele Selbstmorde hat es in Persien gegeben, Erik, wissen Sie das überhaupt noch? Wissen Sie es noch? Oder haben Sie alles ausgewischt, es im Opiumnebel vergessen?»

Plötzlich hielt er inne, beugte sich vor, packte meinen rechten Arm und schob die Ärmel von Anzug und Hemd hoch. Einen Augenblick starrte er auf die zahlreichen Einstiche, die den Linien meiner geschundenen Adern folgten.

«Möge Allah mir vergeben», murmelte er. «Das ist meine Schuld. Sie waren bereit zu sterben in jener Nacht, als ich kam, um Sie zu verhaften. Ich hätte nicht eingreifen sollen. Ich sehe jetzt, daß ich weder Ihnen noch der Welt einen Gefallen getan habe, als ich Sie zum Weiterleben verurteilte.»

Ich schob die Ärmel wieder hinunter und befestigte den goldenen Manschettenknopf, der bei seinem heftigen Angriff zu Boden gefallen war.

«Haben Sie vor, mich bei der Polizei anzuzeigen?» fragte ich.

Er lachte kurz auf.

«Würde ich lange genug leben, um das zu tun?»

Ich starrte ihn an. Die Feststellung, daß selbst nach all dieser Zeit Worte mich noch verletzen konnten, war ein Schock.

«Sie glauben wirklich, daß ich dazu fähig bin?»

«Ich weiß nicht, wozu Sie fähig sind, Erik, nicht, wenn Sie die Adern voller Morphium haben.»

«Was werden Sie tun?» fragte ich dumpf.

«Was kann ich tun?» fragte er. «Was kann ich tun, ohne für den Rest meines Lebens mit Schuldgefühlen herumzulaufen?»

«Nadir ...»

Abrupt wandte er mir den Rücken zu.

«Gehen Sie zurück in die Oper», sagte er kalt. «Spuken Sie weiter durch den Bau, wenn es Sie befriedigt, auf diese ungewöhnliche Weise Ihre Talente zu verschwenden. Erpressen Sie Poligny, soviel Sie wollen. Soweit ich den Mann kennengelernt habe, hat er es wohl verdient. Aber wenn es noch einen geheimnisvollen Todesfall in diesem Gebäude gibt, nur einen, dann verspreche ich Ihnen, den Behörden alles zu sagen, was ich weiß. Und sie werden Sie finden, und wenn sie die Oper Stein für Stein abtragen müssen. Ich werde Sie von jetzt an sehr aufmerksam im Auge behalten, Erik. Das ist die letzte Chance, die ich Ihnen gebe. Nächstes Mal wird es keine Gnadenfrist mehr geben, für keinen von uns.»

Langsam stand ich auf, nahm Stock, Hut und Handschuhe und gab so zu erkennen, daß ich gehen wollte. Nadir trat zurück und ließ mich ungehindert zur Tür.

«Erik.»

Ich drehte mich um, sah ihn an und fragte mich, ob er hinter meiner kalten Würde die geschundenen Reste meines Stolzes wahrnahm.

«Sie hätten ein so großer Mann sein können», sagte er traurig, «hervorragender als alle anderen Vertreter der menschlichen Spezies. Es ist eine solche Verschwendung, eine so tragische *Verschwendung*!»

Langsam stieg ich die schäbige Treppe hinunter und trat auf die Straße. Er hatte meine Selbstgefälligkeit und meinen Seelenfrieden zerstört, mich beleidigt, bedroht und gedemütigt. Männer waren wegen geringerer Dinge durch meine Hand gestorben, als ich heute abend sanftmütig von ihm hingenommen hatte.

Ich hätte wütend sein sollen, aber ich war nur traurig, traurig und über alle Maßen erniedrigt durch seine Bitterkeit und Enttäuschung.

Ich wünschte mir, ihn hassen zu können, aber ich konnte es nicht.

Er war noch immer mein Gewissen.

8. Kapitel

Von diesem Tag an wurde er mein Schatten, und ich wußte, jede meiner Bewegungen jenseits des Sees würde schließlich ihren Weg in sein abgenutztes kleines Notizbuch finden. Ich fand seine Hartnäckigkeit höchst ärgerlich und doch auf eine eigene Art merkwürdig schmeichelhaft – fast *rührend.* Um uns beiden unerträgliche Unbequemlichkeiten zu ersparen, willigte ich schließlich ein, ihn einmal wöchentlich am Ufer des Sees zu treffen, damit er sich selbst von meinem fortgesetzten Wohlverhalten überzeugen konnte.

Ich weiß nicht, ob einer von uns seine wirklichen Motive für dieses regelmäßige Ritual kannte. Dem Anschein nach überwachte er mich, und ich hütete eifersüchtig mein Territorium, aber wir lächelten automatisch, wenn wir uns trafen, und beim Abschied empfanden wir beide ein vages Bedauern, das zu analysieren mir widerstrebte.

Allmählich wurde mit klar, daß er sehr einsam war. Er hatte Bekannte hier in Paris und sogar eine Übereinkunft mit einer Dame von zweifelhaftem Ruf – um ehrlich zu sein, ich war ziemlich erstaunt über das, was er mir manchmal anvertraute. Aber in seinem Leben schien es eine große Leere zu geben, die er nicht hatte ausfüllen können oder wollen. Nach all diesen Jahren hatte er den Verlust seiner Frau wohl noch nicht wirklich überwunden, und ebensowenig den Verlust von Reza.

«Da sind Sie ja», pflegte er kurz angebunden zu sagen, wann immer ich aus der Dunkelheit neben ihm auftauchte. «Sie sind wieder zu spät. Wissen Sie nicht, daß ich besseres zu tun habe, als hier herumzulungern und darauf zu warten, daß Sie erscheinen?»

In Wahrheit hatte er wirklich nichts Besseres zu tun, und das fand ich ziemlich traurig. Himmel, wie konnte ein Mann, der von Natur aus so gut und freundlich war wie Nadir, so weit sinken, daß er seine Zeit freiwillig in Gesellschaft eines halb verrückten Ungeheuers verbrachte? Warum ließ er mich nicht einfach verhaften?

Die stillen Wasser der Resignation umgaben mich nun seit mehr als sechs Jahren; durch seine Gegenwart wurden sie unablässig aufgewühlt. Ich hatte mich endlich mit der Realität abgefunden, und es war mir gelungen, mir eine nahezu ideale Existenz zu schaffen, in der ich ausleben konnte, was von meinem Leben und meiner dumpfen Gleichgültigkeit übriggeblieben war. Ich hatte meine Musik, meine Erfindungen, ein regelmäßiges Einkommen.

Ich war verdammt zufrieden!

Doch jetzt hatte ich auf einmal Angst.

Ich wollte nicht, daß Nadir in mein Leben zurückkehrte, ich wollte niemanden. Aber jede Woche freute ich mich, wenn ich ihn am anderen Seeufer warten sah, und innerlich erschrak ich sehr über diese Freude. Denn sie bedeutete, daß ich schließlich doch nicht wirklich gelernt hatte, ohne Menschen auszukommen. Wenn ich mir erst einmal eingestand, daß ich noch Gefühle haben konnte, wurde ich verwundbar. Ich war nicht mehr jung und vital und hatte die bemerkenswerte Fähigkeit zur Regeneration verloren. Ich konnte den Gedanken an weiteres Leid nicht ertragen.

Mein altes Interesse an Wahrsagerei hatte mich nie verlassen, und von Zeit zu Zeit zog ich planlos noch immer die Tarot-Karten zu Rate. Sie hatten schon lange nichts Bedeutsames mehr enthüllt, aber in letzter Zeit schien jedesmal, wenn ich eine beliebige Karte abhob, der *Tod* aufzutauchen.

Der *Tod* – oder die *Liebenden*.

Ich konnte diese rätselhafte Botschaft nicht deuten, aber ich hatte Angst – ohne zu wissen, wovor ich mich fürchtete.

Selbst wenn ich mit Nadir spazierenging, mit ihm sprach, wieder einmal die Wärme der direkten Verbindung zu einer menschlichen Seele spürte, gab es daher einen Teil von mir, der ihn mit aufmerksamem Argwohn betrachtete und sich fragte, welche Rolle das Schicksal ihm in dieser neuen, ungeprobten Oper zugewiesen hatte.

«Sie sind heute sehr abwesend», sagte Nadir streng. «Es gefällt mir nicht, wie Sie in den leeren Raum starren und vergessen, mir zu antworten. Und dauernd knicken Sie Ihre linke Hand ab. Sie versuchen doch nicht etwa, mich nervös zu machen, oder? Es würde nicht funktionieren, das wissen Sie.»

«Seien Sie nicht töricht», sagte ich. «Meine Hand ist taub, das ist alles.»

«Das überrascht mich nicht», murmelte er. «Dieser Ort ist kalt wie ein Grab. Ich sehe wirklich nicht ein, wieso wir nicht auf zivilisierte Weise in Ihrem Haus Kaffee trinken können. Ich finde das sehr unhöflich von Ihnen.»

Er hatte natürlich recht. Es war sehr ungastlich von mir, wirklich ungezogen. Aber mein Haus war mein Bollwerk gegen die Welt, und ich konnte mich nicht überwinden, die Abwehr aufzugeben. Wenn er meine Geheimnisse einmal kannte, wäre ich völlig der Gnade seiner guten Absichten ausgeliefert. Es wäre die totale Kapitulation, eine Art Gefangenschaft, die zu ertragen ich einfach nicht bereit war.

«Ich muß jetzt gehen», sagte ich. Immer mußte ich gehen, wenn das Gespräch sich, wie es jedesmal geschah, der Lage meiner geheimen Zuflucht zuwandte. «Warten Sie nächste Woche nicht auf mich», fügte ich hinzu.

«Warum?» fragte er sofort. «Worauf wollen Sie jetzt hinaus, Erik?»

«Die gegenwärtige Direktion gibt ihre Tätigkeit auf», seufzte ich. «Ich denke, ich werde deshalb vielleicht eine Woche lang sehr beschäftigt sein.»

Er runzelte die Stirn. «Ich würde gern wissen, was Sie vorhaben.»

«Oh, nicht mehr als einen kleinen Willkommensbrief. Wissen Sie, ich finde es sehr kleinlich von Poligny und Debienne, den Geist einfach so aufzugeben.»

«Sie wollen doch hoffentlich nicht bei den Herren Richard und Moncharmin Ihre schändlichen Tricks fortführen», seufzte er.

«Warum nicht? Bislang hat sich das Arrangement als sehr einträglich erwiesen.»

Abrupt wandte er sich ab. «Denken Sie daran, was immer Sie jetzt tun wollen: Ich werde Sie beobachten.»

«Das tun Sie die ganze Zeit», erwiderte ich liebenswürdig. «Was für ein Jammer, daß Sie nie *alles* sehen.»

Für mich war dieser Wechsel der Direktion überaus unbequem. Ich konnte nicht sicher sein, daß Polignys Nachfolger sich als auch nur halb so leichtgläubig und gefügig erweisen würden wie er. Und sollten sie störrisch sein, dann konnten meine Bezüge sehr rasch ein unzeitiges Ende finden. Für mich selbst spielte das keine große Rolle, ich hatte jetzt genug, um bequem zu leben. Aber Jules hatte zwei Söhne auf der Kunstakademie, einen Sohn auf der medizinischen Fakultät und sechs weitere Kinder, deren Zukunft berücksichtigt werden mußte. Ich hatte nicht die Absicht, meine Verpflichtung einem Mann gegenüber aufzugeben, den ich ohne böse Absicht zerstört hatte.

Ich würde mich also an Poligny heranmachen müssen, dafür sorgen, daß er die Pachtbedingungen der Oper weitergab, ehe er seine Verluste abschrieb und floh. Ein letztesmal noch mußte ich ihn in unsägliche Angst versetzen.

Eine kurze Nachricht, auf seinem Schreibtisch abgelegt, würde ihn zitternd in Loge Fünf treiben, um sich die Abendvorstellung anzusehen. Meine Stimme würde den Rest besorgen.

Wir hatten diese kleine Farce nun schon viele Male durchgespielt. Nichts amüsierte mich mehr als die ehrfürchtige Art, in der Poligny sich dem Sessel näherte, aus dem er meine Stimme zu hören glaubte, und der ernste, ängstliche Ausdruck auf seinem fetten Gesicht, während er sich nervös mit der Luft unterhielt. Ich war in der riesigen, marmorverkleideten Säule versteckt, die ich ganz nach Wunsch anheben und senken konnte, und genau das mußte ich manchmal tun, um nicht laut aufzulachen angesichts der absurden Servilität seiner Gesten. Er hätte mir kaum mehr Respekt erweisen können, es sei denn, er wäre auf Hände und Knie niedergefallen. Tatsächlich war er mein Lieblingsopfer, voll von theatralischem Aberglauben und unerhört leichtgläubig. Es erstaunte mich wirklich, daß ein so naiver Mensch Gewohnheiten haben konnte, die das Licht der Öffentlichkeit zu scheuen hatten, aber da war er – ein fetter, dummer Fisch, der hilflos an meiner Angel zappelte. Er hatte meine Existenz über alle Maßen komfortabel gemacht, und ich würde ihn sehr vermissen.

Wir sollten noch einen letzten, gemütlichen Schwatz abhalten, bevor ich *au revoir* sagte.

Ich erreichte Loge Fünf früh am Morgen, lange bevor irgend jemand in der Nähe war. Eine lange, unbequeme Wartezeit in dieser hohlen Säule lag vor mir, und da ich keine Lust hatte, meine Stellung dort früher zu beziehen als unbedingt notwendig, setzte ich mich im Hintergrund der Loge in den Schatten und las *Madame Bovary*. Es heißt, Flaubert sei zum Einsiedler geworden, um zu schreiben; das fand ich interessant.

Zwei Stunden später, ich hatte den Roman ausgelesen, wandte ich mich gelangweilt der Lektüre des gestrigen Programms zu, das meine teure Madame Giry auf dem kleinen Regal pflichtschuldig zu meinem Gebrauch hinterlassen hatte.

Meyerbeer. Gott sei Dank hatte ich mir seit Wochen nicht die Mühe gemacht, mir eine Vorstellung anzusehen. Wenn ich je ein mittelmäßiges Talent gesehen habe, dann war er das, ein Mann, der glaubte, spektakuläre Bühneneffekte würden die Mediokrität seiner Musik kompensieren. Mozart wußte wenigstens, daß Musik für sich selbst sprechen muß. *Don Giovanni*, ja, das war wirklich denkwürdig; und die *Zauberflöte* – wunderlich, bezaubernd, amüsant. Obwohl wir natürlich im Augenblick keine Sängerin hatten, die der Rolle der Königin der Nacht gewachsen war. Einen Sopran, der nicht wie das Pfeifen eines schwachsinnigen Erdnußverkäufers klang, mußte ich erst noch hören. Zum Glück war es eine Rolle, die außerhalb des Repertoires von La Carlotta lag. Die Stimme dieser Frau ließ mich wirklich eiskalt. Welch ein Jammer, daß unsere gegenwärtige Primadonna nie den Drang verspürte, in ihr heimatliches Spanien zurückzukehren.

Mit einer verächtlichen Bewegung warf ich das Programm beiseite und schaute seufzend auf meine Taschenuhr. Sieben Uhr morgens. Im Gebäude war die Zeit nicht mehr erkennbar.

Als ich aufstand, gingen unerwartet die neuen elektrischen Lampen im Zuschauerraum an, und wütend wich ich hinter die Portieren zurück. Verdammt. Wer war das jetzt? Dem hellen Lachen nach handelte es sich nicht um Bühnenarbeiter.

Zweifellos waren es alberne, kichernde Ballettratten, Tänzerinnen, die den endlosen Proben im Ballettsaal hinter der Bühne entronnen waren. Normalerweise hätte ich mir einen kleinen, gutmütigen Spaß auf ihre Kosten erlaubt und ihnen eine neue Geschichte beschert, um ihre großäugigen Kolleginnen damit zu erschrecken, aber heute war mir nicht nach närrischen Späßen zumute. Ich fühlte mich seltsam müde und unpäßlich.

Im Orchestergraben wurde ein Ton angeschlagen.

«Meg!» sagte die nervöse Stimme eines Mädchens, «um Himmels willen, man wird dich hören, und dann gibt's Schwierigkeiten. Du weißt, daß wir nicht hier sein dürfen.»

«Ach, sei doch nicht so feige, Christine Daae, niemand wird uns hören, außer vielleicht das Phantom.»

«Das *was*?»

«Das Phantom. Sag bloß nicht, du hast noch nie vom Operngeist gehört! Mein liebes Kind, in welchem Traum lebst du eigentlich! Jeder kennt doch das Phantom der Oper. Nein, lach nicht. Es ist wahr. Schau, siehst du dort, Loge Fünf im ersten Rang? Das ist seine. Sie gehört ihm schon immer, solange jemand zurückdenken kann. Karten für diese Loge werden nie verkauft, nicht einmal bei Galavorstellungen. Sie sagen, sonst würde schreckliches Unglück über das ganze Theater kommen.»

«Woher weißt du das alles, Meg Giry?»

«Das braucht dich nicht zu kümmern. Ich weiß es eben, das ist alles. Wir wissen viel über den Operngeist, Mama und ich, aber es ist gefährlich, hier darüber zu reden. Und zu deinem eigenen Besten solltest du mir lieber glauben. Er mag Leute nicht, die ihm den nötigen Respekt verweigern, und wenn er böse ist, passieren schreckliche Dinge.»

«Was für Dinge?» In der anderen Stimme hörte ich jetzt wirkliche Besorgnis.

«Entsetzliche Dinge!» sagte Meg fröhlich. «Wirklich *entsetzlich*. Der Boden in unserer Garderobe ist auf einmal voller Blut...»

Oben in Loge Fünf zwinkerte ich überrascht und amüsiert. Das war ganz neu. Die kleine Giry sollte lieber Schauerromane schreiben, statt im Gewand einer Wassernymphe über die Bühne zu hüpfen.

«Körperlose Hände kommen aus den Wänden und kriechen über die Bühne», fuhr Meg genüßlich fort, «und Leute verschwinden einfach und tauchen nie wieder lebendig auf. Wie Joseph Bouquet...»

«Ich dachte, der arme alte Mann hätte sich aufgehängt.»

«Ja, das ist die Geschichte, die die Direktion verbreitet hat, um eine Panik zu verhindern. Jeder, der *überhaupt* etwas weiß, ist indes der Meinung, daß das Phantom das getan hat.»

Ich runzelte die Stirn, das gefiel mir nicht so gut. Die kleine Meg sollte lieber ihre lose Zunge im Zaum halten. Ich hatte ihre Beförderung zur Solotänzerin bewerkstelligt, das konnte ich leicht wieder rückgängig machen, wenn ich heute abend mit Poligny sprach.

«Natürlich ist das Phantom nicht immer böse», fügte Meg abwesend hinzu, «manchmal ist es ganz nett. Schau, ich sollte das nicht sagen, es ist ein Geheimnis, aber es ist sehr großzügig zu Mama und mir gewesen. Der Geist hat mir eine Chance gegeben, verstehst du, hat dafür gesorgt, daß Monsieur Poligny mich bemerkt hat.»

Still und resigniert gab ich in meinem Versteck jeden Gedanken auf, Meg zu demütigen. Sie war nur ein Kind, nur ein dummes, schwatzhaftes, harmloses Kind, nicht ahnend, daß es ein streitsüchtiges, alterndes Ungeheuer ärgerte.

«Es ist nicht das erste Mal, daß er für Besetzungsänderungen gesorgt hat, verstehst du, Christine? Mama sagt, daß der Operngeist alles über Musik weiß und daß Monsieur Poligny sich vollkommen auf sein Urteil verläßt. Warum singst du nicht für ihn? Wo immer er ist, er wird dich hören, und vielleicht wird er auch für dich etwas bewirken.»

«Sei nicht albern, Meg!» Das Mädchen klang plötzlich sehr verlegen.

«Hast du Angst vor ihm?»

«Nein, natürlich nicht. Eigentlich glaube ich kein Wort von dem, was du mir über das Phantom erzählt hast!»

«Doch, das tust du! Du bist kreidebleich geworden!»

«Ich finde, wir sollten jetzt gehen.»

«Oh, Christine, du bist immer so ernst, nie machst du einen Spaß. Mama sagt, *Faust* wäre die Lieblingsaufführung des Phantoms. Du kannst doch die Rolle der Margarete, nicht?»

«Ja, aber ich habe nicht ...»

«Ach, sei doch nicht so schrecklich feige! Sing für das Phantom, Christine. Es soll dich hören. Wer weiß, was dabei herauskommt.»

Das Mädchen klang zu Tode erschrocken, und plötzlich empfand ich eher Mitleid mit ihr. Wenn sie sich nicht gegen die Zudringlichkeit der kleinen Giry wehren konnte, dann hatte sie als Primadonna auf der Bühne keine Zukunft. Wahrscheinlich konnte sie ohnehin nicht singen. Aber ich konnte sie mir ja ruhig anhören, ich hatte im Augenblick ohnehin nichts Besseres zu tun, und wenn es zu schlimm war, konnte ich mir ja immer noch die Ohren zuhalten.

Nachsichtig lehnte ich mich in meinem Sessel zurück, und als Megs Finger ungeschickt nach den richtigen Tasten suchten, war ich auf eine leise Enttäuschung gefaßt.

Das Mädchen begann zu singen, und ich sprang auf, als hätte ich einen elektrischen Schlag erhalten.

Oh, ihr Gesang war schmerzhaft, unerträglich schmerzhaft, aber ich hatte dennoch nicht das Verlangen, mir die Ohren zuzuhalten!

Perfekte Stimmlage, kristallklare Intonierung, in keiner Tonlage Schwächen. Dieses Mädchen besaß ein nahezu vollkommenes Instrument!

Und ihr fehlte der innere Wille, darauf zu spielen.

Noch nie hatte ich eine so süße und aufrichtige, aber gleichzeitig in höchstem Maße *negative* Stimme gehört. Ihr ungeheures Potential wurde fast überhaupt nicht eingesetzt. Sie hatte nichts außer einer fehlerlosen Technik. Sie sang ohne Seele.

Irgend etwas stimmte mit diesem Mädchen ganz und gar nicht. Ich konnte es nicht ertragen, auch nur einen Augenblick länger zuzuhören. Ich durfte nicht daran denken, was ich aus dieser lieblichen, aber leblosen Stimme hätte machen können, wenn sie meiner Obhut anvertraut worden wäre.

Doch zuerst mußte ich sehen, wie sie aussah. Ich mußte es wissen, damit ich sorgfältig vermeiden konnte, sie durch irgendeinen schrecklichen Zufall noch einmal zu hören. Ein zweiter Anlaß wie dieser würde mich um den Verstand bringen!

Ich vergaß meine normale Vorsicht, trat aus dem Schatten an die samtverhangene Brüstung der Loge und schaute nach unten. Ich schaute hinaus in das helle Licht der neuen elektrischen Birnen im Zuschauerraum.

Und das Messer, das ich in all diesen Monaten vage gefürchtet hatte, grub sich bis zum Heft in meinen Hals.

Ihr Name war mir fremd, ich kannte ihn nicht.

Aber sie war keine Fremde für mich.

Ich kannte dieses Mädchen.

Das hufeisenförmige Auditorium unter mir lag jetzt wieder dunkel und still; das Licht war längst ausgeschaltet worden.

Lange blieb ich zusammengesunken im Sessel der Loge Fünf sitzen. Die Gefahr, entdeckt zu werden, war mir gleichgültig.

Es mußte eine Halluzination gewesen sein, eine optische Täuschung, erzeugt durch die Lampen und meinen verwirrten Geist. Allmählich ruinierte das Morphium mein Gehirn, zog mich hinunter in einen Morast aus unzusammenhängenden, unmöglichen Träumen.

Und doch wußte ich, was ich gesehen hatte.

Ich konnte jetzt nicht auf Poligny warten. Mit ihm würde ich mich an einem anderen Tag befassen, wenn ich meinen Verstand beisammen hatte. Ich mußte diesen Ort rasch verlassen, mich wieder in meiner sicheren Zuflucht verkriechen, mich verstecken wie ein tödlich verwundetes Tier.

Zu keiner Zeit während meines ganzen Aufenthalts in der Oper war die Gefahr meiner Entdeckung so groß wie bei dieser verzweifelten Flucht nach unten. Ich rannte durch die Korridore. Ich gab mir keine Mühe, mich verborgen zu halten. Ich wußte nicht, wer mich möglicherweise beobachten würde, und es war mir auch gleichgültig. Meine linke Hand war so taub, daß die Zapfen des Steins im dritten Keller meinem Druck nicht gleich gehorchten. Mit einem Wutschrei krallte ich mich an dem Mechanismus fest. Meine Finger bluteten, als der Stein endlich nachgab und mich in das hinter ihm liegende Heiligtum einließ.

Ich schwor, nie wieder die Oberfläche der Erde zu betreten. Ich würde hierbleiben wie ein Einsiedlerkrebs in seinem Panzer und mich in meine Musik versenken. Irgendwo im Labyrinth meines Geistes würde ich ein Grab finden, tief genug, um die schmachvolle Sehnsucht darin einzumauern. Wenn das schnell genug geschah, würde ich dem Schmerz entrinnen können – dem unvorstellbaren Schmerz.

Ayesha sprang von der Orgel, um mich zu begrüßen, aber die Wärme dieses weichen, glatten kleinen Körpers brachte mir jetzt keinen Trost.

Wie ein Haus ohne Fundament, das der ersten Erschütterung

eines Erdbebens nicht standhalten kann, war meine ganze Existenz zu Ruinen zusammengestürzt.

Ich war besessen von Christine Daae, rettungslos an den leidenschaftlichen Wunsch gefesselt, etwas zu besitzen, was ich niemals haben konnte. Es war, als hätte ich fast ein halbes Jahrhundert lang geschlummert und sei nun aufgewacht, um die Verheerungen schieren, animalischen Hungers zu erleben.

Ich versuchte, Abstand zu gewinnen, mich spöttisch und gleichgültig über meine Schwäche lustig zu machen, mir zu sagen, es sei *unanständig*, in meinem Alter die liebeskranke Sehnsucht eines unreifen Jünglings zu empfinden. Meine Lust war obszön. Ich mußte sie aus meinem verhaßten Körper herauspeitschen.

Gnadenlos bestrafte ich mich selbst für die Verderbtheit meines Verlangens. Ich stellte einen Spiegel auf und zwang mich, ohne Maske hineinzusehen. Ich versagte mir das Morphium, bis ich ein zitterndes Wrack war.

Aber ich begehrte sie noch immer.

Und so begann es, das schamlose Planen und Ränkeschmieden, um eine Verbindung zwischen Christine und mir herzustellen.

In den Garderoben kam es zu einer Reihe kleinerer Zwischenfälle, bis man sie schließlich genau dort unterbrachte, wo ich sie haben wollte: in einem lange nicht benutzten Raum am Ende eines selten begangenen Korridors. Hier, in diesem Raum, hatte ich vor vielen Jahren die Vorsichtsmaßnahme ergriffen, ein System von Drehzapfen hinter dem großen Spiegel anzubringen, um den alten Gang der Kommunarden zu verbergen, der nach unten zum See führte. Die schäbige, unbequem gelegene Garderobe war bei den Künstlern sehr unbeliebt. Man sagte, in ihr spuke es. Mit einigen geschickten Bauchrednertricks hatte ich mehr als einen unglücklichen Bewohner vertrieben.

Doch jetzt war ich froh über diesen Raum, froh über das Glas, das Christine als Spiegel erschien, mir dagegen ein Fenster war. Abend für Abend stand ich hinter der Wand und bewunderte sie schweigend, während ihre Friseuse ihr das schöne dunkle Haar auskämmte. Ich sah, wie ihr Gesicht blicklos in den kleinen Spiegel auf dem Ankleidetisch starrte. Ihre Augen waren immer fern und sorgenvoll und unaussprechlich traurig, wenn sie in dem Spiegel hoffnungslos nach etwas suchten, das nie auftauchte. Unmittelbar bevor der Vorhang aufging, saß sie oft ganz still da, die Hände an die Schläfen gepreßt, als lausche sie intensiv einer Stimme, die sie gar nicht hören konnte. Inzwischen wußte ich, daß ihr Vater vor einiger Zeit gestorben war, daß sie unzertrennlich gewesen waren und daß sie seinen Tod noch immer mit unnatürlicher, ja krankhafter Intensität betrauerte. Diese ruhige, beherrschte und doch unendlich zerstörerische Traurigkeit flößte mir das glühende Verlangen ein, sie zu trösten, obwohl ich sie gleichzeitig mit den Augen verschlang.

Ich wußte, dieses Mädchen war von Natur aus nicht zum Überleben geboren. Die Welt würde es bedenkenlos unter ihrem grausamen Absatz zerquetschen, würde niemals die zarten Blütenblätter sehen, die zerdrückt und zertreten im Schlamm lagen. Gehässige Rivalinnen, unfreundliche Kritiker, rücksichtslose Manager und zweifelhafte Vorgesetzte –, ich krümmte mich beim Gedanken an das Leid, das ihr unvermeidlich bevorstand. Ohne den Schutz eines starken Mannes würden die brutalen Anforderungen eines notorisch harten Berufs sie an Körper und Seele zerstören. Sie war eine liebliche, empfindliche Blüte, die ich um jeden Preis retten wollte. Ich wollte sie sicher im Labyrinth unter der Oper einpflanzen, wollte sie vor der Welt verstecken. Ich konnte sie gedeihen lassen, wenn ich es nur wagte, die Hand auszustrecken und sie aus dem unfruchtbaren Boden zu lösen, der ihre natürliche Begabung hemmte.

Sie heimlich entführen – welcher Wahnsinn.

«Gehen Sie!» sagte sie eines Abends grob zu ihrer Garderobiere.

«*Mademoiselle*!»

«Gehen Sie, gehen Sie *weg*!»

Erschrocken fuhr ich hinter dem Spiegel zusammen, als Christine in den Raum stürzte und sich auf den kleinen Stuhl an ihrem Ankleidetisch fallen ließ. Nach all den Wochen, in denen ich sie beobachtet hatte, hatte ich nie erwartet, sie könne genügend Energie für den Wutanfall einer Primadonna aufbringen. Etwas war geschehen. Etwas hatte sie aus ihrer gewohnten Apathie gerissen und ihr bleiches Gesicht gerötet.

«*Dieses Biest*!» schrie sie, als die Garderobiere gegangen war, offenbar ebenso verblüfft wie ich. «Diese fette Kuh, diese fette, *gemeine* Kuh … Ich singe nicht wie ein mickriger Spatz, *nein*! Ich hoffe, du bekommst Knoten an den Stimmbändern, Carlotta. Ich hoffe, daß du jedesmal, wenn du den Mund aufmachst, quakst wie die gräßliche Kröte, die du bist!»

Über diesen prächtigen Ausbruch mußte ich beinahe lächeln und den Impuls unterdrücken, ihr zu applaudieren, als Christine plötzlich den Kopf auf den Ankleidetisch legte und zu weinen begann wie ein verlorenes Kind.

«Nein, das wünsche ich mir nicht», flüsterte sie gebrochen. «So etwas Böses wünsche ich mir nicht, Gott möge mir verzeihen. Ich weiß, daß es stimmt, ich kann nicht singen, ich konnte es nie. Oh, Papa, warum hast du mir Versprechungen gemacht, die du nicht halten konntest? Es gibt keinen Engel der Musik, der auf mich wartet. Es hat nie einen Engel der Musik gegeben. Warum hast du gelogen? Warum hast du mir nicht einfach *gesagt*, daß ich nie gut sein würde?»

Hinter dem Spiegel hatte mein Blut zu pochen begonnen; intensive Erregung schoß durch meine Adern. Sie wollte einen Engel der Musik, einen Engel, der dafür sorgen würde, daß sie endlich an sich selbst glaubte.

Für die Khanum war ich der Todesengel gewesen. Es gab keinen Grund auf der Welt, warum ich nicht für Christine der Engel der Musik sein sollte. Ich konnte nicht hoffen, jemals ein Mann für sie zu sein, der an ihrer Seite erwachte und die Hand nach ihr ausstreckte. Aber ich konnte ihr Engel sein.

Meine Stimme war meine einzige Schönheit, meine einzige Macht. Meine Stimme würde einen magischen Weg in ihr Leben öffnen. Ich konnte ihren Körper nicht stehlen, aber ich konnte ihre Stimme stehlen und sie untrennbar mit meiner verschmelzen. Ich konnte sie formen und mir für immer zu eigen machen, einen kleinen Teil von ihr, den kein anderer Mann je besitzen sollte. Ich brauchte nichts weiter zu tun, als das Schweigen zu brechen, das wie eine Mauer zwischen uns stand.

Zuerst leise, unendlich leise, begann ich ein altes, heidnisches Zigeunerlied zu singen. Die ausgehöhlten Ziegel trugen die einschmeichelnde Melodie unverzüglich zu ihr, gestatteten meiner

Stimme, sie sanft einzuhüllen wie ein giftiger Nebel, unerbittlich in ihre Seele einzusickern.

Ich beobachtete ihr dämmerndes Bewußtwerden. Wie eine Schlange, die instinktiv auf den Beschwörer reagiert, stand sie langsam auf und hob die Hand zu meiner unsichtbaren Erscheinung. In ihren Augen sah ich zitternde Freude und verwirrtes Erkennen. Es war, als habe sie ihr ganzes Leben lang auf diesen Augenblick der Offenbarung gewartet.

Sie kniete mit einer Demut und Ehrfurcht vor dem großen Spiegel nieder, die mich für einen Moment zum Schweigen brachten.

Nun wußte ich, daß es kein Zurück mehr gab.

Wohin immer dieser Pfad auch führen mochte, wir beide waren unwiderruflich verpflichtet, ihn bis ans Ende zu gehen.

KONTRAPUNKT ERIK UND CHRISTINE

1881

1. Kapitel

Aus dem Journal von Christine Daae, 1881*

> Dies ist kein Tagebuch – nicht im üblichen Sinne des Wortes. Ich habe nicht die Absicht, mich jeden Tag gewissenhaft hinzusetzen und in ermüdenden Details aufzuzeichnen, was ich zum Frühstück gegessen habe, welches Kleid ich bei meiner Näherin bestellt habe oder wer auf der Probe was zu wem gesagt hat. Sicher ist es der Gipfel der Eitelkeit, wenn man annimmt, irgend jemand wolle in hundert Jahren etwas über unser unwichtiges kleines Leben lesen. Ich möchte nicht, daß jemals jemand dieses Dokument liest, denn falls das geschieht, wird man es sicherlich irgendwo einschließen, wo es keinen Schaden anrichten kann,

* Zur deutlicheren Unterscheidung sind die Passagen aus Christines Tagebuch jeweils eingerückt.

und die Leute werden herumlaufen, den Kopf schütteln und sagen: «Arme Christine, so eine Schande, aber ich hatte natürlich immer den Verdacht, daß sie nicht ganz richtig im Kopf war. Sie stand nie mit beiden Beinen auf dem Boden, wissen Sie, nicht einmal als junges Mädchen.»

Dieses Tagebuch ist einfach ein Versuch, mir selbst zu beweisen, daß ich noch immer bei Verstand bin, daß das, was mir zugestoßen ist, real ist und nicht das Produkt einer überreizten Vorstellungskraft. Die Ereignisse der letzten drei Monate waren so seltsam, so bizarr, so wunderbar, daß ich nicht darüber zu sprechen wage, außer hier auf dem Papier.

Ich habe den Engel der Musik gehört.

Oh, Gott, irgendwie hoffte ich, es würde, mit meiner ordentlichen, klaren Schrift säuberlich aufgeschrieben, besser aussehen; aber das tut es nicht. Es sieht genauso aus, wie es ist – verrückt.

Ich bin nicht verrückt. Ich leide nicht an Halluzinationen, und ich träume auch nicht. Ich höre seine Stimme in meinem Kopf so normal, wie ich alles andere höre, aber die Stimme gehört nicht zu dieser Welt. Sie ist viel zu schön, um menschlich zu sein.

Papa sprach oft vom Engel der Musik, aber obwohl ich seinen Geschichten weiterhin entzückt lauschte, habe ich an den Engel eigentlich nur geglaubt, als ich noch sehr klein war. Er war eben eine von Papas wunderlichen Phantasien, eine Gutenachtgeschichte, die ich während meiner ganzen Kindheit liebte und erst traurig aufgab, als ich das Alter von Einsicht und Desillusionierung erreichte. Ich kann wohl sagen, daß ich wesentlich später in dieses Alter kam als die meisten anderen Mädchen. Papa hatte einen Widerwillen dagegen, daß ich erwachsen wurde und ihn verließ. Er ließ mich bis zu seinem Todestag Kind bleiben. Und dann mußte ich plötzlich über Nacht erwachsen werden.

Ich trat ins Konservatorium ein, um Gesang zu studieren, wie er es gewünscht hatte, aber nach der ersten Woche wußte ich, daß ich nie in der Lage sein würde, seine Träume zu verwirklichen. Ich würde nie eine große Primadonna werden. Entweder hatte ich das Singen verlernt, oder ich hatte es überhaupt nie gekonnt. Zunehmend glaubte ich, daß letzteres der Fall war. Papa war ein wunderbarer Musiker, aber seine väterliche Liebe hatte seine Urteilskraft getrübt. Er hatte mir ein Traumschloß gebaut und ließ mich dort allein. Tag um Tag entfernte ich mich weiter von den schönen Räumen, die wir zusammen bewohnt hatten, bis ich mich im Kerker der Verzweiflung eingeschlossen fand. Das war ein Ort, von dem Papa mir nie erzählt hatte. Ich wußte nicht, daß es ihn gab, bis ich hörte, wie seine schwere Tür hinter mir zufiel. Ich wußte allerdings, daß ich nie wieder herauskommen würde, weil ich den Schlüssel nicht besaß. Und der Engel der Musik würde mich jetzt niemals finden, selbst wenn er sich die Mühe machte, mich zu suchen. Ich hatte den Willen, nach Vollkommenheit zu streben, und die Fähigkeit zum Träumen verloren. Manchmal hatte ich das Gefühl, nur halb am Leben zu sein.

Und dann, an genau dem Abend, als ich endlich beschlossen hatte, meine hoffnungslose Karriere aufzugeben, war auf einmal der Engel der Musik da – in mir.

Ich kann kaum schildern, was ich empfand, als ich zum ersten Mal seine Stimme hörte. Es war ein ungeheurer Jubel, aber auch eine schreckliche Angst, seiner nicht wert zu sein, so daß er mich ebenso plötzlich und geheimnisvoll verlassen würde, wie er gekommen war. Noch heute, nach dreimonatiger Anleitung und Fortschritten, die sogar in meinen eigenen Ohren erstaunlich sind, plagt mich die Furcht, daß es mir eines Tages nicht gelingen wird, ihm zu gefallen. Er ist so streng und genau in seiner Forderung nach Vollkommenheit. Er lobt mich nie, selbst wenn ich weiß, daß ich gut war. Er bleibt zurückhaltend und kühl in seiner zeitlosen, unzerstörbaren Weisheit, und ich weiß, daß die Verehrung eines sterblichen Herzens ihm nichts bedeuten kann.

Aber seine Stimme ist meine Inspiration und meine Belohnung. Wenn er fort ist, möchte ich nur noch schlafen, denn ich weiß, daß ich in meinen Träumen diese Stimme wieder hören werde.

Ich lebe mit Christine in einem Traum.

Es gibt keine Realität, keine Existenz außerhalb jener flüchtigen Stunden, in denen ich sie unterrichte. Die Zeit zwischen ihren Lektionen ist eine sinnlose Leere. Die Abende, an denen sie nicht ins Theater kommt, sind endloses, ängstliches Warten. Mir kommt es so vor, als würde ich derzeit nur die Uhr anstarren, um die Zeit voranzutreiben, damit ich ihr wieder nahe sein kann.

Der Kalender sagt mir, daß drei Monate vergangen sind, aber es könnten auch drei Sekunden oder drei Jahrhunderte sein, so gering ist der Unterschied. Ich bin berauscht von meiner Macht über ihre Stimme. Ich habe die Ketten der Mittelmäßigkeit gesprengt, mit denen das Konservatorium sie gefesselt hatte, und ihr die Freiheit gegeben, die Spannweite ihrer eigenen Begabung zu erforschen. Alles, was sie brauchte, waren Glaube und Wille und Inspiration, und die hat sie in meiner Stimme gefunden.

Jetzt ist sie bereit, sich dem Beifall der Welt zu stellen, und nichts auf dieser Erde wird mich daran hindern, ihre Karriere hier an der Oper zu lenken.

Ehe der Engel der Musik mich heute abend verließ, hat er mir etwas höchst Seltsames gesagt. Er sagte, ich müsse darauf vorbereitet sein, in der Galavorstellung am Freitagabend Carlottas Rolle zu singen. Ich fragte ihn, wie das möglich sein solle; selbst im Falle, daß Carlotta nicht erscheint, wird niemand an mich denken, denn ich bin nicht die zweite Besetzung.

«Du sollst keine Fragen stellen», sagte er kühl. «Alles wird nach meinem Willen arrangiert werden, mehr brauchst du nicht zu wissen.»

Ich war erschrocken. Ich bat ihn, mir das nicht anzutun, ich sei noch nicht bereit, mich einer solchen Herausforderung allein zu stellen.

«Du wirst nicht allein sein», sagte er da freundlicher, «ich werde die ganze Zeit bei dir sein. Und solange du an mich glaubst, wirst du innerlich meine Stimme hören und dich nicht fürchten, selbst wie ein Engel zu singen. Vertrau mir, Kind. Gib mir deine Seele, und ich will dir dafür die Herzen von Paris geben.»

La Carlotta ist erkrankt, und ihre Vertreterin ebenso. Welch ein Jammer! Ob es an etwas liegt, das sie gegessen haben?

Diesmal verdächtigt niemand das Phantom der Oper, warum sollten sie auch?

Die Direktion ist verzweifelt, denn sie sind neu in diesem Geschäft und wissen nicht, wie sie mit Umbesetzungen in letzter Minute umgehen sollen. Und diese Umbesetzung muß wirklich in letzter Minute erfolgen, dafür habe ich gesorgt. Das Haus ist heute abend ausverkauft, und sowohl Richard als auch Moncharmin haben eine tiefe Abneigung dagegen, Geld zu verlieren. Sie geraten außer sich bei dem Gedanken, die Vorstellung absagen zu müssen. Die Antwort liegt natürlich da auf ihrem Schreibtisch. Sie brauchen nichts weiter zu tun, als auf das Phantom zu hören.

«Wie zum Teufel kommen diese schrecklichen Nachrichten hier herein, Moncharmin? Wir haben schon zweimal die Schlösser auswechseln lassen! Diese Erpressung ist allmählich wirklich kein Spaß mehr. Was will dieser verdammte Verrückte denn nun schon wieder?»

«Diesmal scheint er nichts zu wollen. Er teilt uns nur mit, als kleine Höflichkeit, wie er sich ausdrückt, daß Christine Daae alle Rollen von Carlotta beherrscht.»

«Daae... *Daae*? Ist das nicht die kleine Skandinavierin? Guter Gott, sie ist noch sehr jung, gerade aus dem Konservatorium entlassen, wenn ich mich recht erinnere. Glauben Sie wirklich, daß sie der Sache gewachsen ist?»

«Ich habe keine Ahnung, mein Lieber, diese Seite der Angelegenheit überlasse ich Ihnen. Sie erkennen wenigstens ein hohes C, wenn Sie eines hören. Ich behaupte nicht, etwas von Musik zu verstehen, ich bin nur hier, weil der Minister meine Konversation nach dem Diner liebt. Aber wenn die Daae diese Rollen beherrscht, dann sollten Sie sie schnellstens holen lassen. In einer halben Stunde geht der Vorhang auf, und ich glaube kaum, daß Carlotta oder Mademoiselle Wie-heißt-sie-noch-gleich bis dahin wieder auf dem Damm sind. Wir brauchen nur heute abend über die Runden zu kommen und ein paar Leuten den Preis für ihre Eintrittskarten zurückzuerstatten.»

Zurückerstatten?

In der tiefen Höhlung unter den Bodendielen des Direktionsbüros lächle ich über ihre erbärmliche Ahnungslosigkeit.

Noch fünf Minuten, bis der Vorhang aufgeht. Ich bin krank vor Nervosität. Trotzdem ist mir zutiefst bewußt, daß ich nicht allein bin.

Er ist bei mir.

Ich fühle seine Gegenwart in meinem tiefsten Inneren. Ich bin voll von seiner Kraft und seiner Glorie. Seine Musik schwillt in meinem Leib wie ein schönes, knospendes Kind, und plötzlich habe ich keine Angst mehr. Die Feder zittert in meiner Hand, während ich diese Worte schreibe, aber ich habe keine Angst. Ich werde ihn heute abend nicht enttäuschen!

Welch ein Triumph!

Sie hat das Publikum von den Stühlen gerissen. Die stehenden Ovationen dauern jetzt schon fast zehn Minuten, und noch immer klingt der donnernde Applaus in meinen Ohren.

Ich kann die Vollkommenheit meiner Schöpfung kaum glauben. Das Gefühl von Macht und Erhebung, das ich habe, wenn ich sie dort draußen auf der Bühne stehen sehe, fast unter Blumen begraben, ist überwältigend. Aber da ist noch etwas, eine Empfindung, die mir so fremd ist, daß ich sie kaum einordnen kann.

Glück? Löst es so ein Gefühl aus wie diese ungeheure Welle von Wärme und atemloser Euphorie?

Jetzt helfen sie ihr von der Bühne. Sie kann sich kaum auf den Füßen halten, sie versteht nicht, was mit ihr geschehen ist, es ist einfach zuviel. Sie sieht sich verzweifelt um, als erwarte sie irgendwie, mich in diesem Augenblick des Ruhms zu sehen, durch ein Engelslächeln belohnt zu werden. Aber sie sieht nichts, und in ihrem Herzen weiß sie, daß sie nie etwas sehen wird.

Ich wende mich von der Stätte meines Triumphs ab und verschwinde wieder in die Dunkelheit, aus der ich gekommen bin. Unter der Maske ist mein Gesicht tränennaß.

2. Kapitel

Heute abend habe ich den Vicomte de Chagny in seiner Privatloge gesehen.

Ich hatte den unverzeihlichen Fehler begangen, nach oben zu schauen, und war so verblüfft, als er anerkennend die Hand an die Lippen hob, daß ich beinahe vergessen hätte, mich zu verbeugen. Carlotta starrte mich an, als ich von der Bühne kam. Ich hatte sie ein oder zwei Sekunden länger warten lassen als sonst, ehe sie ihre letzte Ovation entgegennehmen konnte, und sie war wütend.

«Hören Sie auf, dem Publikum schönzutun, Sie intrigante Göre!» zischte sie, als sie an mir vorbeirauschte. «Sie brauchen sich nicht einzubilden, daß Sie jemals wieder die Gelegenheit bekommen, an meiner Stelle zu singen!»

Sie hat mir diesen Galaabend nie verziehen. Ich glaube, sie hat der Direktion Schwierigkeiten gemacht, denn weder Monsieur Richard noch Monsieur Moncharmin haben mich seither auch nur angesehen. Anscheinend wollen sie vergessen, daß es je geschehen ist. Trotz meines Triumphes hat man mir keine bessere Rolle angeboten. Der Engel der Musik hat mich weiter unterrichtet, ohne etwas dazu zu sagen, und ich wage nicht, Fragen zu stellen. Ich kann nur annehmen, daß ich ihn doch enttäuscht haben muß, daß er entschieden hat, daß ich noch nicht bereit bin für die Welt, denn er hat nie auch nur gesagt: «Gut gemacht!» Nach der Galavorstellung, als ich sein Lob so nötig gehabt hätte, war er nicht in meiner Garderobe. Ich bin in dieser Nacht nach Hause gegangen und habe mich in den Schlaf geweint.

Ich war auf dem Rückweg in meine Garderobe, als der Vicomte mich einholte. Er war außer Atem, als sei er den ganzen Weg aus dem ersten Rang nach unten gelaufen, und ich spürte, wie ich errötete, als er meinen Arm nahm.

«Lauf nicht weg, Christine. Als wir noch Kinder waren, warst du nie so schüchtern. Warum siehst du mich neuerdings so an, als würdest du mich nicht erkennen?»

«Ach, Raoul», seufzte ich, «das ist alles Vergangenheit. Wir können nicht mehr so tun, als seien wir gleichgestellt. Wenn ich jetzt in der Öffentlichkeit mit dir gesehen werde, würden die Leute sagen, ich sei eine leichtfertige Frau.»

«Nicht in meinem Beisein!» erwiderte er heftig.

Noch immer hatte er das alte, störrische Grübchen im Kinn. Er sah noch genauso entschlossen aus wie damals, als er in voller Bekleidung ins Meer lief, um meinen neuen Seidenschal zu retten, ungeachtet der wütenden Proteste seiner Gouvernante. Schon damals kümmerte er sich nicht darum, was die anderen dachten.

Doch nun war er zwanzig, einer der bestaussehenden und begehrtesten jungen Männer Frankreichs, und seine Familie würde ihn sicher mit einer reichen und hochadeligen Dame verheiraten wollen. Es hatte keinen Sinn, mich an eine alte Kindheitsromanze zu klammern.

«Wir können nicht mehr zurück», sagte ich traurig. «Diese Zeiten sind endgültig vorbei.»

«Wer will denn zurück?» fragte er heiter. «Ich bitte dich nicht mehr, mit mir Verstecken zu spielen. Ich bitte dich, mit mir zu soupieren.»

«Das kann ich nicht!»

Ich war entsetzt. Der Engel der Musik hatte alle irdischen Zerstreuungen streng verboten, keine langen Nächte, keine Bewunderer. Ich mußte meine totale Hingabe unter Beweis stellen, indem ich auf alle mädchenhaften Vergnügungen verzichtete. «Vollkommenheit erfordert Opfer. Du mußt zur Selbstverleugnung bereit sein», hatte er mir einmal gesagt.

Nun, es war nie ein Opfer gewesen, seinen unausgesprochenen Befehlen zu gehorchen – bis heute.

Das Grübchen in Raouls Kinn vertiefte sich, als er die Stirn runzelte.

«Hast du eine andere Verabredung?»

«Ja», sagte ich hastig, «ich fürchte ja. Es ist sehr peinlich, Raoul, ich fürchte, ich kann wirklich nicht in letzter Minute absagen.»

Er lächelte nonchalant, aber ich sah, daß er verletzt war.

«Dann vielleicht an einem anderen Abend. Ich werde nicht vergessen, vorher eine Verabredung zu treffen, ja?»

«Raoul ...»

«Oh, bitte, entschuldige dich nicht. Es war sehr überheblich von mir, anzunehmen, daß du so kurzfristig nichts Besseres zu tun hättest.»

Mit einer kühlen Höflichkeitsgeste hob er meine Hand an seine Lippen und ging davon, ohne sich umzusehen. Ich hätte ihn gern zurückgerufen, aber ich wußte, daß ich das nicht tun durfte. Die Schranken zwischen uns waren jetzt unüberwindlich und hatten nicht mehr nur mit der sozialen Stellung zu tun. Ich hatte vor dem Engel der Musik ein Gelübde abgelegt, das ebenso heilig und bindend war wie das einer Nonne. Ich war kein junges

Mädchen mehr. Ich war eine Hohepriesterin, die einem erwählten Herrn dient. Raoul und ich mußten einander vergessen. Wir hatten in keiner der beiden Welten eine Zukunft.

Ich ging in meine Garderobe, puderte meine geröteten Wangen und versuchte, meine Fassung wiederzugewinnen. Ich würde nach Hause gehen und ein wenig Laudanum nehmen, um schlafen zu können, damit ich frisch und wach zu meiner morgendlichen Lektion käme.

Als ich die Puderquaste wieder auf meinen Ankleidetisch legte, zersplitterte die Luft rings um mich von der furchteinflößenden Resonanz einer Stimme, die direkt aus einem Grab zu kommen schien.

«Ich dulde keinen Ungehorsam!» sagte der Engel der Musik.

Christine hat einen Verehrer! Wie hätte ich etwas anderes erwarten können?

Der Vicomte de Chagny. *Raoul*!

Er ist widerwärtig jung, gutaussehend, modisch, kommt aus einer alten und vornehmen Familie. Oh, ich weiß alles über ihn. Ich habe mich kundig gemacht, und bedauerlicherweise habe ich keinen Grund zu der Annahme, daß er ein Narr oder ein Schuft ist. Er kommt nicht wie so viele unserer vornehmen Herren nur deshalb in die Oper, um jeder hübschen Ballerina nachzulaufen. Offensichtlich läuft er niemandem nach, außer Christine. Die Aufrichtigkeit seiner Bewunderung leuchtet aus den ehrlichen Augen in seinem hübschen Gesicht mit den glatten, regelmäßigen Zügen. Er beobachtet sie sehnsüchtig durch sein Opernglas und applaudiert frenetisch, wann immer sie zu ihrer Verbeugung vor den Vorhang tritt. Er weist alle Anzeichen heftiger Verliebtheit auf, und ich kann mir nicht erklären, wieso seine Familie dem nicht ein Ende macht. Sein alter Adel müßte mich eigentlich schützen, aber wenn ich ihn anschaue, sehe ich eine naive Entschlossenheit, die mir angst macht. Mir ist bekannt, daß er keine Eltern mehr hat, die ihn streng an seine Pflichten gegenüber der Familie erinnern könnten, nur einen nachlässigen, duldsamen älteren Bruder. Wenn er sich eine Heirat in den Kopf setzt, werde ich eine schreckliche Niederlage erleiden.

Mehr als einmal habe ich ihn hinter die Bühne kommen und sie unter dem Vorwand einer alten Kindheitsfreundschaft belästigen sehen. Die Art, wie sie ihn in abwesenden, unaufmerksamen Momenten scheu anlächelt, macht mich krank vor Wut. Sie kennt meine Anweisungen, sie fürchtet meinen Zorn. Und doch verrät sie dieses unfreiwillige Lächeln, das sich nicht unterdrücken läßt, immer wieder.

Ich habe versucht, meine unvernünftige Eifersucht zu beherrschen, aber ich kann es nicht. Ich weiß, er wird alles verderben, wird in das zarte Gewebe meines Traums eindringen und ihn in Fetzen reißen. Wenn er nicht bald aufhört, ihr aufzulauern, wird er einen tödlichen Unfall erleiden, trotz Nadirs Wachsamkeit.

Raoul de Chagny – Ich hasse ihn! Ich hasse ihn, weil er sich einmischt und mich zwingt, ihr gegenüber hart zu sein.

Ich kann es nicht ertragen, ihr wehzutun, und doch werde ich sie jetzt bestrafen müssen, und das ist allein seine Schuld.

Es fällt mir immer schwerer, mit Raoul fertig zu werden. Ich habe versucht, kühl zu ihm zu sein, aber er weigert sich, meine Kälte ernstzunehmen. Und es ist so schwierig, immer nein zu sagen, obwohl ich in Wirklichkeit ja sagen möchte.

Heute abend wartete er mit einem Arm voll Blumen in der Seitenkulisse. Diese Woche waren jeden Abend Blumen in meiner Garderobe, aber ich habe nicht gewagt, sie zur Kenntnis zu nehmen. Jetzt, vor aller Augen, war es unmöglich, ihn zu ignorieren oder seine Blumen nicht anzunehmen. Doch sobald ich mich losmachen konnte, rannte ich in meine Garderobe, warf die Blumen ängstlich auf einen Stuhl und lehnte meine heiße Wange an den kalten Spiegel, wie ein schuldbewußtes Kind, das seine Strafe erwartet.

«Du kommst spät», sagte die Stimme des Engels in meinem Kopf. «Vergib mir», flüsterte ich, «ich wurde aufgehalten und konnte nicht ausweichen ...»

«Aha! Dem Vicomte de Chagny kannst du nicht ausweichen?»

Seine Stimme verriet eisige Kälte, eine beherrschte Wut, die mich mit Schrecken erfüllte. Der Engel wußte alles. Es war unmöglich, etwas vor ihm zu verbergen.

«Er wartete auf mich, als ich von der Bühne kam. Ich habe ihn nicht aufgefordert zu kommen.»

«Du ermunterst ihn, dir nachzulaufen.»
«Nein», stammelte ich fieberhaft, «das ist nicht wahr. Ich habe ihn weggeschickt und ihm gesagt, er solle mir nie wieder Blumen schicken. Oh, bitte... bitte, sei nicht zornig. Du weißt, daß ich deinen Zorn nicht ertragen kann.»
«Die Zeit des Zorns ist vorbei», verkündete die Stimme unerbittlich. «Du hast meine Warnungen ignoriert, und jetzt wirst du bestraft. Solange du diese tödliche Schwäche nicht aus deiner Seele verbannst, wirst du meine Stimme nicht mehr hören.»
Ich fiel vor dem Spiegel auf die Knie.
«Er bedeutet mir nichts, ich schwöre dir, daß er mir nichts bedeutet. Ich werde alles tun, was du verlangst, ich werde ihn nie wiedersehen, wenn du es befiehlst. Aber verlaß mich jetzt nicht... bitte, verlaß mich nicht!»
Die plötzliche Stille war furchterregend.
Ich kauerte mich auf dem Fußboden zusammen und begann zu weinen. Wieder und wieder bat ich ihn um Verzeihung, aber er antwortete nicht, und mein Kummer wuchs zu wilder und unkontrollierbarer Panik. Der Spiegel zeigte mir das Abbild meines Wahnsinns, als ich anfing, mit den Fäusten gegen das dicke Glas zu schlagen.
«Christine!»
Seine Stimme ergriff mich wie zwei machtvolle Hände, nicht länger kalt und distanziert, sondern freundlich und seltsam traurig.
«Beruhige dich, Kind. Sei still. Ich gebe dir noch eine letzte Chance, mir zu beweisen, daß du meiner Führung würdig bist.»
«Alles», schluchzte ich, «alles, was du verlangst.»
«Du kannst fortfahren, ihn hier in der Oper zu sehen, solange du ihn mit Gleichgültigkeit behandelst. Sprich kühl zu ihm, weise seine Geschenke zurück und mach ihn zum unglücklichsten jungen Mann auf Erden. Wenn ich sehe, daß du ihn leiden läßt, werde ich wissen, daß du dein Gelübde mir gegenüber nicht verraten hast.»
Ich neigte zustimmend den Kopf, und seine Stimme belohnte mich mit solcher Ekstase, daß in meinem Kopf kein Platz war für Bitterkeit oder Groll.

Wenn dies gedankenlose Versklavung und Unterwerfung unter einen grausamen Herrn war, dann bedeutete mir das nichts mehr. Ich würde nicht um des Lächelns eines jungen Mannes willen auf meinen unsterblichen Hüter verzichten.

Anscheinend habe ich einstweilen gewonnen, doch meine Eroberung ist ein hohler Sieg, der mich nur mit Verzweiflung erfüllt.

Ich habe ihr unschuldiges Herz genommen und grausam zur Unterwerfung gezwungen. Für jede Träne, die über ihre bleichen Wangen rann, habe ich hundert Reuetränen vergossen.

Gewiß ist dies die bösartigste Tat, die ich je in meinem Leben begangen habe, aber ich kann nicht aufhören – ich kann sie nicht gehen lassen.

Welch grausame Farce ist das geworden! Selbst wenn alles andere gleich wäre, wäre ich doch noch alt genug, um ihr Vater zu sein!

Aber es ist nicht alles gleich. Ich weiß, in einem fairen Kampf hätte ich keine Chance, also kämpfe ich auf die einzige Art, die ich kenne, und ich werde bis in den Tod kämpfen, wenn es sein muß.

Er ist erst zwanzig, ein harmloser, reizender Junge, der noch sein ganzes Leben vor sich hat.

Aber ich werde ihn töten, wenn ich muß, wenn es keine andere Möglichkeit gibt, sie zu behalten.

Ja, trotz Nadir, trotz meines Versprechens bin ich ganz sicher, daß ich ihn am Ende werde töten müssen.

3. Kapitel

Ich habe einmal sagen hören, ein Unglück käme selten allein, und soweit ich sehe, wurde nie ein wahreres Wort gesprochen.

Alles ist so, wie ich gefürchtet hatte. Die neue Direktion macht sich stark, ihre Unabhängigkeit zu zeigen und meine Wünsche offen zu mißachten. Meine Gage ist nicht bezahlt worden, und zum erstenmal seit meinem Eingreifen in den Pachtvertrag der Oper hat man Loge Fünf vergeben. Es ist unerträglich! Ich habe ihnen brieflich mein Mißfallen ausgedrückt, aber es sieht so aus, als bräuchten sie einen greifbaren Beweis für meinen Zorn, ehe sie nachgeben. Ich würde viel dafür geben, daß Poligny noch da wäre, vor allem jetzt, da ich Christines Sache fördern will.

Reine Eifersucht von seiten unserer Hauptdarstellerin hindert die Direktion daran, Christines Potential zu erkennen. Carlotta hat einen berühmten Namen, und sie haben schreckliche Angst, sie zu verlieren.

Nun, wenn sie nicht anfangen, auf mich zu hören, könnte es dazu kommen, daß sie sie wirklich verlieren. Ich habe bisher noch nie eine Frau getötet, aber ich habe nichts dagegen, bei dieser gräßlichen Kreatur eine Ausnahme zu machen. Sie hat Christine mehr als einmal zum Weinen gebracht, und das dulde ich nicht.

Gestern abend habe ich die ganze Vorstellung gestört durch manisches Lachen, das unablässig aus Loge Fünf kam. Die unglücklichen Insassen der Loge wurden schließlich von einem Aufseher weggeführt, wobei sie laut ihre Unschuld beteuerten. Und als sie fort waren, ertönte weiterhin mein schreckliches Gelächter und störte den Ablauf der Vorstellung.

Ich denke, die Direktion ist jetzt ausreichend gewarnt, und folglich habe ich meine Anweisungen gegeben und rechne damit, daß man mir gehorcht.

Heute abend soll Christine die Rolle der Margarete singen.

Wenn das nicht geschieht, wird jemand Grund haben, es zutiefst zu bereuen.

Heute abend ist etwas ganz Unglaubliches passiert!

Mitten in einer ihrer triumphalsten Arien begann Carlotta zu krächzen wie eine Kröte. Damit will ich nicht sagen, ihre Stimme sei gebrochen – ein gefürchtetes Mißgeschick, das jedem von uns zustoßen kann –, sie war einfach verwandelt. Ich war völlig verblüfft. Es war, als habe ein Racheengel ihr das Schicksal beschert, das ich ihr gewünscht hatte.

Schreckliche Stille legte sich über den Zuschauerraum. Die Leute waren zu schockiert, um auch nur zu zischen, und Carlotta rannte schließlich hysterisch von der Bühne. Kein Wunder, niemand, nicht einmal ihr schlimmster Feind, hätte von ihr erwarten können, unter so schrecklichen Umständen fortzufahren. Und als Monsieur Richard in großer Aufregung zu mir kam und mich bat, an ihrer Stelle die Margarete zu singen, da wiederholte ich den Triumph meines Galaabends.

Jetzt allerdings verursacht mir das Ganze schreckliches Unbehagen. Dies ist das zweite Mal, daß ich die Hauptrolle übernommen habe, weil Carlotta irgendein Mißgeschick widerfahren ist. Der Engel der Musik hat eine dunkle Seite, die anfängt, mich zu erschrecken. Als ich ihn fragte, ob er für Carlottas seltsame Krankheit verantwortlich sei, lachte er und sagte, es sei ihm ein Vergnügen, mir jeglichen Wunsch zu erfüllen.

Es dauerte eine Weile, bis er sich von seinem schrecklichen Heiterkeitsausbruch erholte, und als er es getan hatte, schien er nicht geneigt, mir Unterricht zu geben. Statt dessen begann er zum ersten Mal, wie ein wirklicher Mensch mit mir zu sprechen. Er sprach von seinen Hoffnungen für meine Karriere und gestattete mir ausnahmsweise, ein paar Fragen zu stellen. Er sagte so unglaublich amüsante Dinge über die Direktion, daß ich unwillkürlich lachen mußte, und plötzlich merkte ich, daß wir uns unterhielten wie alte Freunde, leicht und zwanglos.

Sogar seine Stimme hatte sich verändert. Sie war nicht mehr in meinem Kopf, sondern schien direkt aus dem Spiegel zu kommen; obwohl sie noch immer von unirdischer Schönheit war, hatte sie ihre ehrfurchterregende Resonanz verloren.

Fast ohne zu wissen, was ich tat, rückte ich näher und näher an den Spiegel. Ich ertappte mich dabei, daß ich mir sein Gesicht als das eines wirklichen, lebendigen Mannes vorstellte, und verspürte ein tiefes Bedürfnis, die Hand auszustrecken und ihn zu berühren. Mit rastlosen, zärtlichen Fingern begann ich die Oberfläche des Spiegels zu erforschen. All diese Monate habe ich im Schlaf seine Stimme gehört und bin mit hoffnungslos in die Dunkelheit gestreckten Händen aufgewacht. Wieder und wieder durchzog er meine Träume wie ein geflügelter Schatten, und obwohl ich verzweifelt nach seinem flüchtigen Bild griff, war ich nie fähig, sein Gesicht zu sehen.

Jetzt hatte ich das verrückte Gefühl, die Glasscheibe sei alles, was uns trenne, und in einem törichten, unbedachten Augenblick gestand ich meinen verzweifelten Wunsch, ihn zu sehen. Ich flehte ihn an, mir hier in diesem Raum zu erscheinen.

Seine Wut kam prompt und war schrecklich. Sie schien mich durch den Spiegel zu treffen wie ein elektrischer Schlag, und in schmerzlicher Verwirrung wich ich zurück.

«Es reicht, daß du mich hörst!» Seine Stimme war hart und kalt und kam plötzlich wieder aus meinem Kopf. «Ich bin deiner sterblichen Gier müde. Denke daran, was dir gewährt wurde, kann dir auch wieder genommen werden.»

Und dann war er fort.

Weder Tränen noch stundenlanges verzweifeltes Flehen bewirkten, daß er mir verzieh. Ich habe schreckliche Angst, daß er diesmal endgültig gegangen ist.

Ich wollte ihn doch nur sehen – nur einmal einen Blick auf sein Antlitz werfen.

Warum machte ihn das so wütend?

Heute wollte Christine mich sehen. Sie bat mich, ihr im Traum zu erscheinen. Ich hatte gerade genug Selbstbeherrschung, um kalte Mißbilligung zu zeigen. Dann floh ich vor ihrer unschuldigen Bitte, bevor mein Kummer mich verriet.

Erinnerungen überfielen mich, als ich über den See ruderte, Erinnerungen an jenes andere schöne Mädchen, das starb, weil es mich sehen wollte.

Alles stand wieder so lebhaft vor mir, der Ton ihres Schreis und die abstürzende Steinbrüstung; es hätte gestern sein können.

Nie habe ich so abgrundtiefe Verzweiflung empfunden. Dieses ganze verrückte Spiel gerät mir außer Kontrolle, und wenn ich jetzt kein Ende mache, wage ich nicht daran zu denken, wie es ausgehen wird.

Ich darf nicht zu ihr zurückgehen.

Jetzt sind es fünf Tage. In meiner Garderobe herrscht nur Schweigen. Ich kann nichts tun. Ich habe keine Möglichkeit, ihn jetzt noch zu erreichen, da er beschlossen hat, mich zu verlassen.

Unsere Trennung ist so endgültig wie der Tod.

Er wird nie zurückkommen.

Ich habe ihn verloren, wie ich meinen Vater verloren habe. Aber

diesmal ist es mein Fehler, ich habe alles selbst verschuldet. Ich habe mit eigener Hand alles zerstört, und es gibt keine Worte, um meine Trauer über diesen Verlust auszudrücken.
In der Tiefe meiner Verzweiflung habe ich mein Geheimnis schließlich Raoul anvertraut, habe mir eingeredet, er sei der einzige Mensch auf der Welt, der mich verstehen würde. Vor zehn Jahren glaubten wir beide an Engel, Geister und Dämonen. Tapfer saßen wir allein in einem dunklen Zimmer, erzählten uns Schauergeschichten und klammerten uns in köstlicher Angst aneinander. Zu zweit standen wir gegen die Welt der Erwachsenen, teilten unsere kindlichen Träume und vertrauten uns die törichsten Dinge an, ohne Furcht, ausgelacht zu werden.
Auch jetzt lachte Raoul mich nicht aus, aber noch bevor ich zu Ende gesprochen hatte, wußte ich, daß ich einen schrecklichen Fehler begangen hatte. An der leichten Versteifung der Arme, die mich hielten, spürte ich den Unglauben, eine instinktive Reaktion des gesunden Menschenverstandes, die mir deutlicher als alle Worte verrieten, daß Raoul erwachsen geworden war und ich ganz allein an irgendeinem einsamen, nicht existierenden Meeresufer spielte.
Er schaute überaus besorgt drein, ließ mich niedersitzen und stellte mir viele Fragen, die mir deutlich zeigten, was er dachte. Ob ich Kopfschmerzen und Schwindelanfälle hätte? War ich bei einem Arzt gewesen? Vielleicht arbeitete ich zuviel; vielleicht sollte ich einen Spezialisten aufsuchen.
«Was für einen Spezialisten?» fragte ich kühl. «Einen Arzt für meinen Kopf?»
Er sah schrecklich verlegen aus, als er niederkniete und meine Hände in seine nahm.
«Leg mir keine Worte in den Mund», sagte er. «Ich meine ja nur, daß du vielleicht daran denken solltest, die Bühne für eine Weile zu verlassen und dich richtig auszuruhen.»
«Du denkst, man sollte mich einsperren, nicht wahr? Du glaubst, ich gehöre in eine Irrenanstalt!»
Er stöhnte und drückte meine Hand an seine Lippen.
«Ich denke nichts dergleichen. Aber ich mache mir wirklich große Sorgen um dich, Christine, und ich finde, du solltest einen Arzt konsultieren.»

Schweigend entzog ich ihm meine Hände, und nach einem Augenblick stand er auf und holte seinen Hut und seine Handschuhe.

«Meine Kutsche steht draußen. Wirst du mir gestatten, dich nach Hause zu bringen?»

«Nein ... danke, ich gehe lieber zu Fuß.»

Er seufzte, zog seine Handschuhe an und verabschiedete sich widerwillig. In der Tür drehte er sich noch einmal nach mir um.

«Aber du wirst über das nachdenken, was ich dir gesagt habe, wenigstens eine Erholungspause in Erwägung ziehen, ja?»

«Darüber brauche ich nicht nachzudenken. Ich habe nur morgen noch eine Vorstellung, und dann geben wir den *Faust* erst nächsten Monat wieder. Ich werde also alle Zeit der Welt haben, um mich auszuruhen.»

«Oh ... nun ja, in diesem Fall, vielleicht ...»

Ich starrte ihn so steinern an, daß er sofort in unbehagliches Schweigen verfiel.

«Gute Nacht also», sagte er dann, und als ich nicht antwortete, schloß er die Tür hinter sich.

Als er fort war, drehte ich mich um und betrachtete den unheimlichen, schweigenden Spiegel.

War es wirklich geschehen, oder war es nur ein Traum?

Vielleicht sollte ich schließlich doch ernsthaft daran denken, einen Arzt aufzusuchen ...

Ehe ich Christine sah, glaubte ich bereits alles zu wissen, was ein Mann über die Bitterkeit der Liebe wissen kann.

Aber jetzt verstand ich, warum das Manuskript *Der Triumph des Don Juan* mich immer besiegt hatte. Was hatte ich je von der Liebe gewußt? Kindische Phantasien, jungenhafte Verehrung, einfache, rohe Wollust? Ich hatte nur den Kontrapunkt begriffen, nie das Thema. Doch jetzt gab es keinen Schutzschild von Unwissenheit mehr, der meine Sinne hätte schonen können.

Ich war gefangen im Käfig meines Körpers, Tag und Nacht eingeschlossen mit einer heißen, hart pulsierenden Qual, die nicht zu vertreiben und nicht zu lindern war, außer durch Morphium. Die Dosen wuchsen rasch zu selbstmörderischer Stärke, und aus der weißen Hölle dieses Drogenrausches begann eine Musik aufzusteigen, die das menschliche Fassungsvermögen nahezu überstieg. Musik, die niemand je öffentlich zu spielen wagen würde; Musik, die den Zuhörern die Sinne raubte, ihren Körpern Gewalt antat und das Gleichgewicht des Gehirns bedrohte.

Alle Zärtlichkeit und aller Haß, die der grundlegendste Instinkt des Menschen je erzeugt hatte, waren zwischen den Notenlinien dieses Manuskripts eingefangen.

Und doch reichte es nicht aus, um mir die letzte Erlösung zu gewähren, die mich vergessen, ausruhen lassen würde.

Heute abend ging ich zum Spiegel zurück und wartete auf sie, gewappnet gegen die Realität, plötzlich mit einer Wahrheit konfrontiert, die ich mein ganzes Leben lang geleugnet hatte.

Ich war nicht getrennt vom Rest der Menschheit, nicht durch meine Mißbildung hermetisch vor ihrem leidenschaftlichsten und verräterischsten Gefühl ausgeschlossen. Ich war kein kalter, zufriedener Genius mehr, nicht einmal mehr ein Geist.

Ich war nur ein Mann. Nur ein sehr verzweifelter Mann, endlich bereit, den größten Diebstahl zu begehen.

Als ich heute abend von der Bühne kam, war ich niedergedrückt. Es widerstrebte mir, das Theater zu verlassen und in jenen unwillkommenen Zustand einzutreten, der in unserem Beruf euphemistisch als «Ruhe» bekannt ist. Eine einsame Wohnung und ein gähnendes Dienstmädchen waren alles, was mich jetzt erwartete, und die Aussicht auf die stillen Wochen, die vor mir lagen, erfüllte mich mit wachsender Verzagtheit.

Doch kaum hatte ich meine Garderobe betreten, wurde mir bewußt, daß die Luft ringsum knisterte, als sei sie elektrisch geladen. Und plötzlich erfüllte mich ein machtvolles Vorgefühl von Freude.

Er ist hier, ich bin dessen ganz sicher. Trotz seines Zorns, trotz seines Schweigens weiß ich, daß er mir verziehen hat. Und diese Verzeihung kann nur eines bedeuten.

Sterblich, unsterblich, das spielt keine Rolle mehr, denn Liebe überwindet alle Schranken, und ich bin jetzt zuversichtlich, daß er ihrem unausweichlichen Zugriff ebenso hilflos ausgeliefert ist wie ich.

Heute nacht werde ich ihn bitten, mich mitzunehmen, fort aus dieser Welt, zu der ich nicht gehöre, die so voll ist mit lästernden Fremden. Heute nacht bin ich bereit, die Erde und alles, was darauf ist, aufzugeben für die geliebte Gegenwart meines Hüters. Der Tod ist ein Preis, den ich nicht mehr in Frage stelle oder zu entrichten fürchte. Diese letzte Woche hat ausgereicht, um mir zu zeigen, daß es ohne ihn für mich einfach kein Leben mehr gibt.

Nun kann ich nichts mehr tun, als meine Feder niederzulegen und zu warten.

4. Kapitel

Musik und das rasche Drehen eines Spiegels um seine Angel gestatteten mir, ihre Hand zu nehmen und sie durch die labyrinthischen Gänge zu dem See zu ziehen, der unsere beiden Welten trennte. Eingelullt durch meine Stimme, blind und sklavisch gehorsam, kam sie mit, voll wortloser Freude folgte sie mir, bis wir schließlich im Haus jenseits des Sees standen.

Nun war es an der Zeit, innezuhalten und ihr durch Schweigen meine böse Täuschung zu verraten, aber meine Stimme war trunken von ihrer eigenen Macht und wollte den Traum noch nicht enden lassen. Ich wiegte sie auf den süßen Wogen meiner Musik, bis sie in meiner Umarmung einschlief. Dann hielt ich sie für eine lange Minute nur fest, kostete das Gewicht ihres Körpers in meinen Armen und den leichten Druck ihres Kopfes an meiner Schulter aus.

Ich wollte sie für alle Ewigkeit so halten, doch mit dem Vergehen der Zeit wurde ihr leichtes Gewicht zu einer unerträglichen, bleiernen Bürde. Nach einer Weile trug ich sie in das zweite Schlafzimmer und legte sie auf das Bett meiner Mutter.

Als ich dastand und auf sie niedersah, war ich überwältigt von meinem verrückten Impuls. Warum hatte ich sie hergebracht? Ich konnte sie nicht für den Rest ihres Lebens in einem Trancezustand halten. Ich wollte keine hirnlose, mechanische Puppe, keinen willenlosen Automaten.

Ich wollte Christine, die ganze Christine. Und ich konnte sie nicht haben.

Ich ging in mein Zimmer und versuchte, mich mit den kleinen Ritualen zu beschäftigen, die uns allen weismachen, das Leben werde normal weitergehen. Ich kleidete mich um, tauschte meinen Abendanzug gegen einen langen Kimono aus schwarzer Seide mit Satinaufschlägen und setzte mich an die Orgel, um das Manuskript von *Der Triumph des Don Juan* anzustarren.

Der Triumph des Don Juan! Was für eine bittere Ironie war diese Oper; welche Verfeinerung der Selbsttäuschung. Und doch, was für eine unglaubliche Musik sie enthielt. Sie war bei weitem das Beste, was ich je komponiert hatte.

Ich schaute auf den zuletzt vollendeten Teil und blätterte eilig die Seiten um. Nicht das, nicht heute nacht. Ich wagte nicht, es zu spielen, solange Christine im Haus war. Zurück an den Anfang, zu der Zärtlichkeit, die der schrecklichen Wollust der Gewalt vorangeht. Blättere zurück und erinnere dich heute nacht nur an die Schönheit.

Ich versank in der Musik, ließ mich durch die Noten treiben, improvisierte leicht und baute neue Melodien auf. Ich war mir meiner Umgebung und des unablässigen Vergehens der Zeit bewußt. Ich hörte zu denken auf und zu hören, ohne die unbarmherzige kleine Hand überhaupt wahrzunehmen, die hinter mir erschien und mir die Maske abstreifte.

Mit einem wahnsinnigen, gequälten Schrei fuhr ich herum, und der Ausdruck auf ihrem Gesicht, als sie mit der Maske in der kraftlosen Hand zurückwich – das Entsetzen und die Fassungslosigkeit –, durchtrennte meine letzte Verbindung mit der Vernunft.

Fluchend und schreiend drängte ich sie gegen die Wand und legte meine Hände um ihren schmalen weißen Hals.

Ich sollte nie herausfinden, ob ich sie wirklich umbringen wollte. Der Schmerz fuhr wie ein Blitz in mich, explodierte in meiner Brust und breitete sich mit lähmender Intensität in meinem linken Arm aus. Mit einem erstickten Keuchen ließ ich sie los und taumelte rückwärts, wollte den Krampf vertreiben, aber er schien nur zuzunehmen, bis er mich zwang, ihr zu Füßen auf die Knie zu fallen.

Undeutlich wurde mir bewußt, daß auch Christine jetzt kniete, neben mir, und sich mit zitternden Fingern an meinen Ärmel klammerte.

«Sag mir, was ich tun soll», flüsterte sie. «Bitte, sag mir, was ich tun soll.»

Ich konnte nicht sprechen. Meine Lippen bewegten sich, aber kein Ton kam heraus. Ich konnte nur verzweifelt die Hand nach der Maske ausstrecken.

Sie schien meine hektische Geste zu verstehen und schob langsam die Maske über den Fußboden auf mich zu. Jetzt, da sie frei war, vor mir davonzulaufen, unternahm sie keinen Versuch dazu. Sie kniete weiterhin auf dem Boden neben mir, und der Rhythmus meines stoßweisen Atems schien in einer bösen Imitation von Harmonie ihrem Schluchzen zu entsprechen.

Dann folgte für eine Weile Schweigen – Schweigen und Schwärze.

Als mein Blick Christine wieder wahrnahm, stand sie in der Mitte des Zimmers und starrte den mit einem Baldachin versehenen Sarg auf dem Podest an. Ihre Augen blickten starr und verschleiert wie die eines Kindes, das aus einem schönen Traum erwacht und sich in einem lebendigen Alptraum wiederfindet. Es war, als habe dieser letzte Schrecken sie über den Rand des Wahnsinns hinausgetrieben.

Dann wurde mir klar, wenn ich stürbe, würde Christine auch sterben, langsam und schmerzvoll, an Hunger und Entsetzen, würde mit ihren Händen gegen die Steine ihres Gefängnisses trommeln. Niemand würde jemals ihre Schreie hören, niemand würde sie je finden. Als armes, verrücktes, schäumendes Wrack würde sie zuletzt zu Boden sinken und im Tod mit mir teilen, was sie im Leben niemals mit mir teilen würde.

«Christine!»

Sehr langsam drehte sie sich in Richtung meiner Stimme, aber offenbar sah sie mich nicht.

«Ich möchte jetzt nach Hause», sagte sie hoffnungslos. «Ich möchte nach Hause zu Papa. Zu Hause ist es schön ... nicht wie hier, es ist ganz anders als hier.»

Sie klang, als sei sie acht Jahre alt, und ich wagte mir nicht auszumalen, wie weit sie noch zurückfallen würde, wenn ich diese tödliche Abwärtsspirale in die Panik nicht zum Stillstand brachte. Ich wußte, daß ich sie schnell beschäftigen mußte, ihr eine einfache Aufgabe geben mußte, auf die sie ihre Aufmerksamkeit richten konnte.

«Kannst du Tee kochen?» fragte ich schwach.

Ein verwirrtes Stirnrunzeln erschien auf dem Gesicht, das eben noch erschreckend ausdruckslos gewesen war.

«Tee?» wiederholte sie verständnislos, sich langsam in die Wirklichkeit zurücktastend. «Du meinst englischen Tee ... mit Milch?»

«Nein, nein, russischen Tee, mit Zitrone. Es ist wirklich ganz einfach. Du brauchst nur den Samowar anzuzünden.»

«Den Samowar», wiederholte sie wie ein begriffsstutziges Kind, das sich große Mühe gibt, eine fremde Sprache zu meistern. «Wo ist er?»

«Dort drüben.» Es gelang mir, eine schwache Geste in die Richtung zu machen, in die sie schauen sollte. «Die große Messingkanne neben ...» Wir starrten jetzt beide auf den Sarg. «Neben ... dem Korb der Katze. Du siehst doch den Katzenkorb, nicht wahr, unter dem roten Baldachin.»

Wieder das schwarze, leere Starren, als schwänden ihr die Sinne.

«Das ist ein Sarg», sagte sie in dumpfem Entsetzen.

«Nein», behauptete ich fest. «Es ist ein persischer Katzenkorb. Der Schah hatte so einen ... für die kaiserlichen Katzen. Die hohen Seiten halten die Zugluft fern, verstehst du. Katzen mögen keine Zugluft. Magst du Katzen, Christine?»

«Es sieht aus wie ein Sarg», beharrte sie mit der ganzen Hartnäckigkeit der Geistesschwachen.

«Du mußt lernen, nicht alles nach dem Aussehen zu beurteilen», seufzte ich. «Es gibt nichts in diesem Raum, wovor du dich fürchten müßtest, Kind ... überhaupt nichts. Glaubst du mir?»

Sie wandte sich zu mir um und nickte langsam.

«Es ist nicht wirklich ein persischer Katzenkorb, oder?» sagte sie nach einer Weile.

«Nein, aber schließlich ist es nur eine hölzerne Kiste, nicht wahr? Für eine Fliege wäre es ein Palast, ein schöner, mit Seide ausgeschlagener Palast. Kannst du dir vorstellen, wie groß die Welt einer Fliege vorkommen muß?»

Sie lachte und legte dann die Hand vor den Mund, als könne sie nicht recht glauben, daß dieser Ton von ihren Lippen gekommen war.

«Hab keine Angst, hier in meinem Haus zu lachen, Christine. Dein Vater brachte dich immer zum Lachen, nicht?»

«Mein Vater ist tot», sagte sie leise. «Aber ... ja, er hat mir auch immer alberne Geschichten erzählt, vor allem, wenn ich Angst hatte.»

Sie kam näher zu meiner Couch und schaute fest auf mich herab. Ayesha an meiner Seite bewegte sich aggressiv, aber der Druck meiner Hand hielt sie still.

«Du bist sehr krank, nicht wahr?» sagte Christine traurig. «Was soll ich tun, wenn du stirbst?»

Ich schloß für einen Moment die Augen.

«Was soll ich tun, wenn du stirbst?» wiederholte sie; wieder hob sich ihre Stimme und verriet wachsende Angst.

Ich öffnete die Augen und lächelte sie ruhig an.

«Ich denke, du würdest mich schließlich in den Katzenkorb legen müssen», sagte ich. «Aber vorerst wäre ich dir viel dankbarer, wenn du einfach hingehen und Tee kochen würdest.»

Es gibt keinen Engel der Musik. Es gibt nur Erik!

Hier in seinem Haus am See, fünf Stockwerke unter der Erdoberfläche, bin ich eine Gefangene, nicht durch Schloß und Riegel, sondern durch verzehrendes Mitleid und eigenartige Faszination.

Sein Gesicht! Guter Gott! Ob ich je den Augenblick vergessen werde, als er sich mir umwandte, den schrecklichen Kummer und die Wut, die ihn beinahe das Leben kosteten?

Was kann ich über dieses Gesicht sagen? Es ändert alles, und doch ändert es nichts. Ich kann diesen Widerspruch nicht erklären; es ist mir unmöglich, Abstand zu gewinnen und ein klares, rationales Urteil zu fällen. Dies ist eine völlig andere Welt als die, in der ich normalerweise existiere. Hier gibt es keine Urteile. Nur Gefühle.

Auf merkwürdige Weise hat uns seine Krankheit vor dem Untergang bewahrt, hat einen Übergang von der Phantasie zur Realität vermittelt, der mir noch vor zwei Tagen unvorstellbar gewesen wäre. Auf viele Arten scheint es mir jetzt die natürlichste Sache der Welt, hier bei ihm zu sein, an ihn als Erik zu denken und nicht als namenlosen, gesichtslosen Engel. Er ist so real! Keine Vision oder Illusion mehr, sondern jemand, nach dem ich die Arme ausstrecken und den ich umarmen könnte, wenn ich es nur wagte. Irgendwie ist es trotz des Schocks der Entdeckung eine ungeheure Erleichterung, etwas so völlig Normales tun zu können wie ein Getränk zu bereiten.

Meine Existenz hier ist merkwürdig behaglich. In meinem Zimmer habe ich alles gefunden, was ich brauche, einen ganzen Schrank voller Kleider, Schuhe und Umhänge, sogar einen kleinen Schreibtisch mit einem reichen Vorrat an kostbarem Schreibpapier. Tränen treten mir in die Augen, wenn ich an die Anstrengungen und Überlegungen denke, die er offensichtlich unternommen hat, um alles für mein Wohlbefinden vorzubereiten. Ich habe ein höchst merkwürdiges Gefühl des Heimkommens, das Gefühl, plötzlich an einen Ort zu gehören. Und doch, wann immer ich mich erinnere, was hinter der Maske ist, denke ich mit plötzlicher, beschämter Sehnsucht an Raoul. Der Vergleich ist ganz unausweichlich und der Gegensatz so grausam, fast unerträglich, daß es aussieht, als könnte ich meine geistige Gesundheit nur bewahren, wenn ich erst gar nicht an Raoul denke.

Ich weiß, dieser Zustand kann nicht unbegrenzt andauern, und doch will ich nicht, daß er aufhört. Ich will nicht an die Oberwelt denken, mich all den Konflikten und schrecklichen Entscheidungen stellen, die am Ende unvermeidlich sein werden.

Ich möchte einfach hier bei Erik bleiben und so tun, als werde sich nie etwas ändern, als werde er immer müde auf dieser Couch liegen und niemals etwas Erschreckenderes verlangen als ein Glas von meinem wirklich verheerenden Tee.

Es gibt keinen Engel der Musik.

Und doch lebt er in meinem Kopf weiter, in meiner Stimme – und in meiner Seele.

Mir scheint, ich habe in Christine eine Krankenschwester bekommen.

Nicht die Geliebte, nach der ich mich so maßlos sehnte, sondern eine freundliche, aufmerksame kleine Krankenschwester. Ich bin nicht sicher, ob es besser ist als nichts, gepflegt zu werden, als sei ich ihr kranker Vater.

Mir ist vollkommen klar, daß es ihr gefällt, mich hier auf dieser Couch zu sehen. Sie fühlt sich dann sicher. Solange sie denkt, ich sei zu krank, um aufzustehen, kann sie sich sagen, sie brauche sich keine Sorgen zu machen. Allmählich merke ich, wie kindlich sie in Wirklichkeit noch ist, wie erschreckend unreif und verwundbar, ja labil. Sie hat einen fatalen Makel an sich wie eine Ming-Vase, die einen haarfeinen Sprung hat, aber gerade diese Unvollkommenheit bewirkt, daß ich sie noch zärtlicher liebe.

Ich habe nicht die leiseste Ahnung, wohin ich von hier aus gehen soll, aber ich kann nicht für den Rest meiner natürlichen Existenz auf dieser schrecklichen Couch liegen bleiben. Glücklicherweise sieht es so aus, als würde dieses Dasein nicht mehr allzu lange dauern. Es ist jetzt zwei Wochen her, daß ich Nadir zuletzt gesehen habe, und wenn ich ihn nicht bald treffe, wird der argwöhnische Teufel anfangen, ernsthaft und entschlossen nach mir zu suchen.

Das ist eine Komplikation, die mir im Augenblick höchst ungelegen kommt. Ich habe also gar keine Wahl.

Morgen werde ich sie allein lassen müssen, wenn ich über den See rudere, um mich seinen unvermeidlichen Fragen zu stellen.

Gerade habe ich einen Schock erlebt.

Als ich heute morgen ein Tablett in Eriks Zimmer trug, fand ich ihn neben der Orgel stehend, in vollem Abendanzug, mit der Maske, einem breitrandigen Filzhut und einem wunderschönen schwarzen Umhang. Er sah plötzlich so stark aus, so unglaublich machtvoll, daß meine Hände mit dem Tablett zitterten. Es war wie ein halbvergessener Traum, der mir wieder einfiel, und plötzlich begriff ich, wie er an dem Abend ausgesehen haben muß, an dem er mich herunterbrachte. Ich habe keine bewußte Erinnerung an diese seltsame Reise, aber irgendein tief vergrabenes Bild rührte sich nun und genügte, um mich das Tablett an die Brust drücken zu lassen.

«Ich habe dein Frühstück gebracht», sagte ich töricht.

Er drehte sich um und sah mich an, und die Bewegung versetzte den Umhang in einen anmutigen Schwung.

«Du mußt verzeihen, meine Liebe», sagte er mit der ruhigen, nachsichtigen Höflichkeit, mit der er stets zu mir spricht. «Ich fürchte, ich muß für ein Weilchen ausgehen.»

«Ausgehen?» wiederholte ich. «Aus dem Haus?»

«Ich bin kein Einsiedler, Kind. Und ich habe eine wichtige Verabredung, die ich einhalten muß. Du hast doch keine Angst, allein hierzubleiben, nicht wahr?»

«Ich weiß nicht», flüsterte ich. «Kann ich mit dir kommen?»

«Es tut mir leid, das ist unmöglich.»

Seine Stimme war noch immer freundlich, aber mit einem unverkennbar gebieterischen Unterton, der mich einwilligend den Kopf beugen ließ.

«Aber du wirst auf dich aufpassen?» flüsterte ich.

«Wenn du möchtest», sagte er ernst. «Warte hier auf mich.»

Einen Augenblick später schloß sich die Tür hinter ihm.

5. Kapitel

Nadir erwartete mich am anderen Ufer, und schon lange bevor ich es erreicht hatte, konnte ich sehen, daß sein Gesicht einen sehr grimmigen Ausdruck trug. Sobald ich das Ufer betreten hatte, ging er auch schon zum Angriff über.

«Christine Daae!» sagte er streng und ohne jede höfliche Einleitungsfloskel. «Christine Daae, Erik!»

Zum Teufel! Das hatte ich befürchtet.

«Was werfen Sie mir diesmal vor, Daroga?» fragte ich vorsichtig. «Gewiß keinen Mord.»

«Ich weiß, daß das Mädchen seit zwei Wochen nicht mehr gesehen worden ist. Und ich weiß auch, daß Sie gewöhnlich verantwortlich sind, wenn hier jemand unerwartet verschwindet.»

«Dies ist ein Theater», sagte ich achselzuckend. «Dauernd gehen Mädchen mit ihren Liebhabern durch.»

«Nun, in diesem Falle sieht es eher so aus, als sei der Liebhaber zurückgelassen worden. Sie müssen wissen, das Kind ist mit dem Vicomte de Chagny verlobt. Wollen Sie ihm vielleicht eine Nachricht schicken?»

Ich packte Nadirs Arm mit einem Griff, der ihn aufstöhnen ließ. «Sie ist *nicht* mit ihm verlobt!» zischte ich wütend. «Wer verbreitet solche schmutzigen Lügen über sie? Ist es das Ballett, die Presse, der verdammte Junge? Sagen Sie es mir!»

Nadir erwiderte einen Augenblick nichts. Er sah mich so kalt an, daß ich ihn losließ und verlegen zurücktrat.

Nach einer Weile sagte er sehr ruhig: «Lassen Sie sie gehen, Erik. Diese ganze Farce ist Ihrer nicht würdig.»

«Ich weiß nicht, wovon Sie reden», sagte ich kühl. «Wollen Sie wirklich andeuten, daß ich ein junges Mädchen in meinem Haus gefangenhalte?»

«Lassen Sie sie gehen», wiederholte er geduldig.

«Verdammt!» schrie ich und spürte plötzlich wieder den warnenden Druck in meiner Brust. «Sie sollten mich besser kennen.»

«Erik, Sie können mich nicht täuschen, ich weiß, daß sie bei Ihnen ist.»

«Ja, gut . . ., sie ist bei mir», gestand ich mit heftigem Groll. «Aber ich schwöre, sie ist aus freiem Willen da. Unvorstellbar, nicht wahr, kein Mensch würde das glauben, nicht wahr?»

Nadir machte eine enttäuschte, verzweifelte Geste und wandte sich ab.

«Lassen Sie sie einfach gehen, und wir sprechen nicht mehr darüber. Ich glaube keinen Moment, daß Sie dem Mädchen etwas antun würden. Aber wir sind hier nicht in Persien. Sie müssen wissen, daß dies nach den Maßstäben Ihres Landes nicht die Art ist, wie ein Mann eine Frau gewinnt. Und was immer sonst Sie zu Ihrer Zeit gewesen sein mögen, Erik, Sie wußten immer, wie man sich zu verhalten hat, nicht wahr?»

Ich starrte ihn an.

Und plötzlich, unvermittelt, begann ich zu weinen.

Wo ist er? Warum kommt er nicht zurück?
Oh, Gott, ich habe solche Angst hier ohne ihn. Ich kann den Anblick dieses Raumes nicht ertragen, jetzt, da er leer ist, den klaffenden, mit Seide ausgeschlagenen Sarg auf seiner geschnitzten Plattform, die hohen schwarzen Trauerkerzen und die bedrohlichen Orgelpfeifen, die mich von der Wand aus gefährlich anzustarren scheinen.
Ich verstehe nicht, wieso ich mich jetzt so fühle, wo ich doch nun zwei Wochen ruhig in diesem Raum ein und aus gegangen bin. Solange Erik hier war, habe ich mich nicht mit der schrecklich abnormen Einrichtung befaßt. Der Sarg ist ein Katzenkorb, weil er das sagt. Wenn er mir sagen würde, die Welt sei flach, würde ich ihm auch das glauben. Aber jetzt, wo er nicht da ist, ist es wieder ein Sarg. Ich bin ganz allein in einem Haus eingeschlossen, das als Grabmal angelegt ist, und warte ungeduldig darauf, daß ein Wahnsinniger zu mir zurückkehrt.
Es ist eine Erleichterung, alles niederzuschreiben; es beruhigt mich irgendwie, hindert mich daran, in Panik zu verfallen, nachdem ich jetzt entdeckt habe, daß ich die Außentür nicht finden kann. Es ist sehr eigenartig. Zwei Wochen lang habe ich nicht einmal daran gedacht, nach der Tür zu suchen. Und nun kann ich an nichts anderes denken. Irgendwo muß es eine Tür geben!
Ich bin jetzt ein wenig ruhiger, nachdem ich sein Zimmer verlassen habe und in mein eigenes zurückgekehrt bin. Die seltsame, blaßfarbene Katze sitzt auf meinem Bett und beobachtet mich mit einer Art ruhiger Verachtung, als frage sie sich, warum ich mich in seiner Abwesenheit nicht einfach zusammenrolle und schlafe.
Vielleicht liegt es daran, daß Erik mit ihr spricht wie mit einer Frau, daß ich mir jetzt einbilde, ihre Gedanken zu lesen. Sie ist nicht mehr ganz so feindselig wie am Anfang; wenn wir miteinander allein sind, gestattet sie mir jetzt manchmal, sie zu streicheln, obwohl sie mich geflissentlich ignoriert, wenn Erik im Raum ist. Sie ist wirklich ungewöhnlich schön, ich habe nie zuvor eine Siamkatze gesehen. Es scheint irgendwie passend, daß Erik etwas so Einzigartiges und Liebreizendes besitzt. Ihr Halsband hat offenbar früher dem Schah von Persien gehört. Es ist mit riesigen Diamanten besetzt. Es muß ein Vermögen wert sein ...
Ich beneide sie um diese animalische Unwissenheit, die nicht

verstehen kann, daß Erik jederzeit an einem zweiten Anfall sterben könnte.

Ich wünschte ... ich wäre eine Katze!

«Christine.»

Gehorsam kam sie durch das Wohnzimmer und kniete schweigend neben meinem Sessel nieder, den Kopf gesenkt.

«Ich muß dich heute nacht wieder nach oben bringen», sagte ich langsam. «Es gibt jemanden, der weiß, daß du hier bist.»

»Raoul?» Ruckartig hob sie den Kopf, und ihre Stimme klang so lebendig und eifrig, daß mein Unglück vollkommen war.

«Nein.» Es fiel mir plötzlich sehr schwer weiterzusprechen. «Nein ... jemand anderer. Jemand, der mich kennt und der versprochen hat, mir Schwierigkeiten zu machen, wenn er nicht überzeugt ist, daß du aus freiem Willen hier bist.»

«Ich verstehe.» Sie sah ziemlich verwirrt aus.

«Du hast mich nie gebeten, dich zurückzubringen, Christine. Möchtest du gehen?»

«Ich weiß nicht», seufzte sie. Ihr Kopf sank tiefer, bis er fast auf meinem Knie lag. Sie hat mich nie aus eigenem Antrieb berührt, und ich wußte, sie merkte nicht, daß ihr Haar jetzt meine Hände streifte. Eine unerträgliche Empfindung, diese weiche, unbewußte Liebkosung. Ich lehnte mich in meinem Sessel zurück, um ihr zu entgehen, und spürte, daß Angst sich wie ein Knoten in meiner Kehle zusammenzog.

«Du bist sehr unglücklich. Ist es, weil du nicht hier bei mir sein möchtest?»

Sie schüttelte den Kopf.

«Ich bin so durcheinander», flüsterte sie. «Ich möchte zurück, aber ich möchte auch hier sein. Und ich verstehe nicht warum, Erik ... ich verstehe nicht, was ich für dich fühle.»

Die Angst wurde zu einer beklemmenden Bedrohung, aber ich wußte, daß ich diesem Augenblick nicht länger ausweichen konnte.

«Vielleicht ist es nur Mitleid, was du fühlst», schlug ich vor. «Mitleid ... und Angst.»

Überrascht blickte sie auf.

«Ich habe keine Angst vor dir», protestierte sie, «jetzt nicht mehr.»

«Oh, Christine», seufzte ich, «das solltest du aber. Du solltest tatsächlich große Angst haben.»

Und ruhig und leidenschaftslos erklärte ich ihr den Grund.

Ich schonte mich nicht, und ich schonte sie nicht; sie mußte es wissen, bevor sie ihre Entscheidung traf.

Als ich mit meiner düsteren Beichte fertig war, saß sie sehr still und starrte ins Kaminfeuer. Keine Tränen, keine Hysterie. Sie nahm es einfach hin; vielleicht hatte sie es im Herzen die ganze Zeit gewußt.

«Wenn ich nicht wiederkomme, wirst du Raoul töten.»

Das war keine Frage, sondern eine Feststellung. An ihrem Ton erkannte ich, daß sie keine Antwort erwartete, und so schwieg ich. Ich stand auf und holte die kleine Schachtel, die ich auf dem Kaminsims aufbewahrte.

«Heute abend werden wir zusammen auf den Maskenball der Oper gehen. In deinem Zimmer findest du eine Auswahl von Theaterkostümen. Nimm den schwarzen Domino. Darin wird man dich erwarten.»

«*Man*?»

«Du wirst eine Nachricht an den Vicomte de Chagny schreiben und ihn bitten, dich an der Tür zu treffen, die zur Rotunde führt. Im Laufe des Abends wirst du erklären, daß du niemals seine Frau werden kannst, und ihm sagen, du wolltest dein Leben unter meiner Anleitung der Förderung deiner Karriere widmen. Ich warte hinter dem Spiegel in deiner Garderobe auf dich, und wenn du zu mir zurückkommst, werden alle Betroffenen deutlich sehen, daß du es aus freiem Willen tust.»

Ich reichte ihr die Schachtel, und sie nahm sie mit sichtbarem Zögern entgegen.

«In dieser Dose», fuhr ich fort, «findest du den Schlüssel zum Tor, das aus den unterirdischen Gängen hinaus in die Rue Scribe führt. Der andere Gegenstand ... welcher, wirst du nicht erkennen ..., ist ebenfalls ein Schlüssel, der Schlüssel zu meiner Haustür, wenn du willst. Ehe du heute abend hier fortgehst, wirst du genau erfahren, wie der Mechanismus zu bedienen ist.»

«Warum gibst du mir diese Dinge?» fragte sie unsicher.

«Ich habe dir die Mittel in die Hand gegeben, mich an deinen jungen Mann zu verraten, Christine. Wenn ich heute nacht allein in dieses Haus zurückkehre, werde ich damit rechnen, daß er mich hier erwartet. Und ich rechne damit, daß er bewaffnet ist.

Jetzt weiß ich also, was hinter dieser Fassade freundlicher Höflichkeit und fast väterlicher Zuneigung liegt. Die empfindsamen schönen Hände gehören einem Mann, der fähig ist, ohne Gewissensbisse zu töten, wenn man ihn provoziert.

Ich bin nicht schockiert. Nur überrascht, daß ich zu naiv war, das selbst wahrzunehmen. Denn irgendwie ist diese drohende Unterströmung nur das fehlende Stück in dem Puzzle seines Mysteriums; sie ist Teil einer ehrfurchtgebietenden Macht, die erregt und gleichzeitig erschreckt.

Ich glaube, auf eine merkwürdige Weise bin ich zutiefst erleichtert, nun zu wissen, wie gefährlich er wirklich ist. Es gibt mir ein annehmbares Motiv dafür, zu ihm zurückzukehren. Und es erspart mir die Qual, meine hoffnungslos verworrenen Gefühle zu prüfen.

Natürlich war es nicht leicht, Raoul von Erik zu erzählen. Wir trafen uns, wie vereinbart, auf dem Maskenball, und als ich meine schwachen Erklärungen gestammelt hatte, war er so bleich wie sein weißes Dominokostüm. Ich war erleichtert, daß ich eine Privatloge im Parkett gewählt hatte, um mit ihm zu sprechen.

«Der Mann ist offenbar wahnsinnig», sagte er düster. «Ich denke, das ist eine Angelegenheit für die Polizei.»

«Nein!» keuchte ich entsetzt. «Raoul, wenn du irgend jemanden einweihst, werde ich alles leugnen. Warum kannst du nicht einfach versuchen zu verstehen?»

«Was zu verstehen? Daß du in den Händen eines skrupellosen Hypnotiseurs bist, der beschlossen hat, deine Unschuld für seine eigenen Zwecke auszunutzen? Ich sage dir, wenn ich wüßte, wo ich ihn finden könnte, dann würde ich ihn stellen und dieser elenden Farce ein für allemal ein Ende machen.»

Ich erschauerte und klammerte mich an seinen Ärmel.

«Du darfst nicht einmal daran denken, ihn herauszufordern, du hättest keine Chance.»

«Ach? Ist er gut im Duell? Ich dachte, er sei alt genug, um dein Vater zu sein, und könne bei jeder unangemessenen körperlichen Anstrengung tot umfallen?»

Unglücklich wandte ich mich ab.

«Ich habe dich nicht belogen, Raoul.»

«Aha, heute bin ich aber wirklich vom Glück begünstigt. Du bist in den Händen eines skrupellosen Verrückten, und mir wird die Ehre zuteil, die Wahrheit zu erfahren. Wo ist er, Christine? Ich will es wissen!»

Ich wich vor ihm zurück.

«Ich werde es dir nicht sagen, es ist zu gefährlich. Ich schwöre dir, wenn du dich ihm jemals näherst, Raoul, dann wirst du tot sein, ehe du mit deiner Waffe zielen kannst. Um Gottes willen, versprich mir, daß du nie versuchen wirst, allein den Weg zu ihm zu suchen!»

«Kommt nicht in Frage ...»

«Versprich es mir!» schrie ich.

Besorgt über meine Lautstärke wich er zurück. Plötzlich sah er so jung und erschrocken aus, daß ich am liebsten geweint hätte.

«Nun gut», sagte er leise und angestrengt, «es ist nicht nötig, so zu schreien. Ich weiß, daß ich kein Recht habe, Fragen zu stellen. Ich habe überhaupt keine Rechte, nicht wahr?»

Für einen Augenblick starrten wir einander noch an wie zwei Kinder, die sich gezankt haben und nicht wissen, wie sie sich wieder versöhnen sollen. Dann setzte ich meine Maske wieder auf und floh in die überfüllten Räume.

Eine Stunde etwa wanderte ich die große Treppe hinauf und hinunter und suchte nach dem auffallenden roten Todeskostüm, das Erik trug.

Aber ich sah keine Spur von ihm, und nach einer Weile kehrte ich in meine Garderobe zurück und begann zu schreiben, während ich darauf wartete, daß er mich abholte und durch den Spiegel zurückbrachte.

Nun sind es zwei Stunden, seit ich sie in der Menge auf der großen Treppe verlassen habe. Ich bin zurückgekommen, um mein Schicksal zu erfahren. Noch immer bin ich als Roter Tod verkleidet, mit einem hohen Federhut und einem leuchtend roten Umhang, der hinter mir über die Erde schleift. Eine Maske, um das Kostüm zu vervollständigen, brauche ich allerdings nicht. Alle anderen sind maskiert, ich bin als ich selbst gekommen!

Die Stille im Gang hinter dem Spiegel ist beklemmend. Ich hätte meine schwarze Vergangenheit nicht beichten sollen. Selbst wenn sie heute nacht zu mir zurückkommt, werde ich nie mehr sicher sein, daß es nicht vielleicht aus Angst um das Leben des Jungen geschah. Zwei Wochen, um ihr Vertrauen zu gewinnen, und in zwei Minuten habe ich es wieder zerstört. Warum habe ich es ihr gesagt? Was bin ich für ein Narr!

Ich bin so müde. Alles strengt mich jetzt an, all die vielen hundert Treppen, die sich ins Unendliche erstrecken. Kaum zu glauben, daß ich sie noch vor sechs Monaten gar nicht bemerkt habe.

Diese ganze Angelegenheit ist wie ein Alptraumvertrag, an dessen rechtzeitiger Erledigung zum vorgesehenen Preis ich verzweifle. Nun ja, Giovanni hat mir vor langer Zeit gesagt, wenn man die Kosten grob unterschätzt habe, könne man nur eines tun – bereit sein, den Verlust zu tragen.

Doch statt diesen vernünftigen Rat zu befolgen, benehme ich mich weiterhin wie ein verrückter Spieler im Kasino, der bei jeder Runde rücksichtslos den Einsatz erhöht, ohne zu überlegen, ob er ihn am Ende auch bezahlen kann.

Das Geräusch, mit dem die Tür sich öffnet, läßt mich hoffnungsvoll aufschauen und dann in müder Enttäuschung zurücksinken, als eine Gestalt im weißen Domino leise eintritt.

Chagny! Er ist so bleich wie sein Kostüm, und wenn ich richtig sehe, hat er in den letzten vierzehn Tagen an Gewicht verloren.

Ich frage mich, ob sie sich gestritten haben. Habe ich ihn so weit gebracht, daß er ihr jetzt nachspioniert? Nun, wenn er nur ein Zehntel von dem empfindet, was ich für sie fühle, dann dürfte der arme Kerl sich jetzt ziemlich quälen, aber ich werde ihn nicht bemitleiden. Es ist ein schrecklicher Fehler, wenn man anfängt, Mitleid mit dem Feind zu haben.

Ich muß lange warten, bis die Tür sich erneut öffnet und Christine eintritt. Wir beide verhalten uns vollkommen geräuschlos in unseren jeweiligen Verstecken, während sie sich hinsetzt und in aller Eile etwas aufschreibt, und das Papier dann in einer Schublade einschließt.

Ich hoffe, Sie hören und sehen sehr genau hin, junger Mann. Es würde mir sehr mißfallen, wenn Sie diese spezielle Vorstellung versäumten.

Da, sehen Sie?

Bringt der Klang Ihrer Stimme sie zu diesem Lächeln? Kann Ihre unsichtbare Anwesenheit Sie vom Stuhl aufstehen und sich mit sklavischer Freude umwenden lassen? Können Sie sie unter den Augen eines verblüfften Rivalen verschwinden lassen, *auf diese Weise*?

Oh, bitte! Untersuchen Sie den Spiegel nach Herzenslust, Monsieur! Sie werden sein Geheimnis nicht entdecken, dessen kann ich Sie versichern. *Ja*! Jetzt sind Sie ziemlich erschüttert, nicht wahr? Sie beginnen sich zu fragen, ob Sie es vielleicht wirklich mit einem Geist zu tun haben.

Wenn ich Sie wäre, würde ich jetzt nach Hause gehen und ein paar doppelte Cognacs trinken. Überlegen Sie, ob Sie nicht eine weite Reise machen sollten an einen Ort, wo Sie vergessen können, was Ihre leichtgläubigen Augen und Ihre schwachen menschlichen Sinne wahrgenommen haben.

Das ist die letzte Warnung, die ich Ihnen geben werde, Chagny! *Führen Sie mich nicht in Versuchung, die Bühne leerzuräumen.*

6. Kapitel

Jenseits des Sees liegt eine verborgene, magische Welt, ein Tempel der Träume, den ich mit immer tieferem Erstaunen erforsche.

Tag um Tag versinke ich ein wenig tiefer im Treibsand von Eriks Einfluß. Er zieht mich mühelos durch eine Folge von leuchtend bunten und ständig wechselnden Dimensionen, bis mir der Kopf wirbelt wie ein kreisendes Kaleidoskop.

Mein Bewußtsein von der Welt ist jetzt völlig verändert, und ich betrachte mein altes Selbst mit heftiger Verachtung. Was für ein armes, unwissendes Geschöpf war ich, ehe ich Erik kannte, gefangen in meinen begrenzten Wahrnehmungen, ohne andere Gedanken im Kopf als die nächste Vorstellung, das neue Kleid.

Jetzt sehe und höre und begreife ich auf eine Weise, die noch vor sechs Monaten über meinen Verstand gegangen wäre.
Oft sitze ich auf einem Kissen zu seinen Füßen, den Rücken an seinen Sessel gelehnt, und bitte ihn, mir vorzulesen. Ich starre in das flackernde Feuer, während seine Stimme in meiner Vorstellungskraft Bilder malt. Manchmal liest er mir melancholische Reime von Omar Khayyám vor, Shakespeare, alte Legenden ... Und nun, heute abend, die Geschichte der weißen Rose, die gegen den Willen Allahs eine Nachtigall liebte.
Blume und Vogel, zwei Geschöpfe, die nicht dazu geschaffen sind, sich zu verbinden. Doch mit der Zeit überwand die Rose ihre Angst, und aus dieser einzigartigen verbotenen Vereinigung ging die rote Rose hervor, die Allah der Welt nie hatte zeigen wollen.
Der Gedanke an jene weiße Rose erfüllte mich mit so bitterer Scham, ließ mich meine unwürdige Feigheit hassen, mein körperliches Zurückschrecken, den kindischen, anhaltenden Widerwillen vor diesem Gesicht. Ich sehnte mich danach, mich umzudrehen und die Arme nach ihm auszustrecken. Und trotzdem blieb ich unfähig, diese innere Angst zu überwinden. Sie war ein Abgrund, den ich nicht zu überqueren wagte. Und so saß ich statt dessen da wie die kleine Maus in Aesops Fabel, die nicht wagt, den grausam gefesselten Löwen anzuschauen. Vom Schicksal angekettet und von seinem Stolz gelähmt, verhungerte er in schweigender Qual. Und weil mir der Mut einer Rose fehlte, konnte ich ihn nicht befreien.
Als die Geschichte zu Ende war, saßen wir beide lange schweigend da. Endlich beugte er sich mit einem Seufzer vor.
«Es ist sehr spät, meine Liebe», sagte er. «Ich glaube, es ist Zeit, daß du zu Bett gehst.»
Als ich mein Schlafzimmer betrat, nahm ich aus dem Augenwinkel eine Bewegung wahr, und als ich mich umdrehte, erblickte ich auf der Steppdecke die größte Spinne, die ich je gesehen hatte. Sie war so groß wie meine Faust, und ihre schwarze Bösartigkeit ließ mich einen Schrei ausstoßen, der Erik an meine Tür brachte.
«Was ist los?» fragte er besorgt.
Unfähig, etwas zu sagen, zeigte ich nur auf die Spinne, und er lachte, als er zu meinem Bett hinüberging.

«Ich fürchte, davon gibt es hier unten ziemlich viele. Ein prächtiger Bursche, nicht wahr? Ich nehme an, sein Weibchen ist auch irgendwo in der Nähe.»

«Oh, Gott», sagte ich erschrocken und betrachtete nervös den Fußboden. «Glaubst du wirklich?»

«Gewöhnlich findet man sie paarweise», sagte er abwesend, beugte sich vor und nahm das schreckliche Ding behutsam in die Hand. «Wenn ich die hinausgebracht habe, komme ich zurück und schaue nach, wenn du willst.»

Ich starrte ihn entsetzt an.

«Du bringst sie nur hinaus? Kommt sie dann nicht einfach zurück?»

«Das ist sehr unwahrscheinlich, meine Liebe.»

«Aber sie könnte zurückkommen», beharrte ich störrisch. «Erik, ich würde vor Angst sterben, wenn eine Spinne über mich krabbelte, während ich schlafe. Ich habe immer furchtbare Angst vor Spinnen gehabt. Ich wäre viel glücklicher, wenn du sie einfach ... beseitigen würdest.»

Er versteifte sich, und als er sich umdrehte, um mich anzusehen, war etwas in seinen Augen, das mich erschauern ließ.

«Du willst, daß ich sie töte?» sagte er tonlos.

«Wenn es dir nichts ausmacht», stammelte ich.

«Oh, es macht mir nicht das Geringste aus», sagte er mit unverkennbarem Zorn. «Ich denke nur, die Spinne könnte etwas dagegen haben. Aber schließlich ist es ja nur eine Spinne, nicht wahr? Nur ein unverständiges, seelenloses, häßliches Ding, das kein Recht hat, zu leben und die Leute zu erschrecken!»

Ohne ein weiteres Wort preßte er seine Faust fest zusammen, ließ das zerquetschte Insekt auf den Teppich fallen und ging aus dem Zimmer.

«Erik!» rief ich ihm ängstlich nach. «Was ist mit der anderen?»

«Bring sie selbst um, wenn du sie findest», sagte er kalt und ließ die Tür heftig zufallen.

Ich bedeckte die Spinne mit meinem Schal, damit ich sie nicht sehen mußte, und nachdem ich vorsichtig zwischen die Laken geschaut hatte, setzte ich mich unglücklich auf mein Bett.

Es war das erstemal, daß er je so zu mir gesprochen hatte, als hasse er mich.

Langsam streifte ich das spitzenbesetzte Nachthemd über und wagte schließlich, mich ins Bett zu legen, wobei ich mit den Zehen vorsichtig die kühlen Laken erforschte. Ich lag lange wach und grübelte über seinen Zorn nach, aber irgendwann muß ich eingeschlafen sein, denn das Gefühl, daß etwas meine Wange streifte, ließ mich mit einem Schrei erwachen.

In gedankenloser Panik sprang ich aus dem Bett und lief ins Nebenzimmer.

«Christine!» Erik legte sein Buch beiseite und kam besorgt auf mich zu.

Ich bedeckte mein Gesicht mit den Händen. Ich zitterte von Kopf bis Fuß wie eine Närrin.

«Erik, ich weiß, daß du sehr böse auf mich bist, aber bitte, bitte geh in mein Zimmer und suche die andere Spinne. Ich weiß, daß noch eine da ist ...»

«Du bist wirklich sehr ängstlich, nicht wahr?» sagte er ruhig.

«Ja ...» Meine Zähne klapperten vor Kälte und Schrecken. «Es tut mir leid, aber ich kann nichts dagegen machen. Ich weiß, daß es grausam ist, ich weiß, daß sie wie jede andere Kreatur ein Recht haben zu leben, aber ich kann sie einfach nicht ertragen. Wenn mich eine berühren würde, bliebe mir das Herz stehen.»

Mit einer Geste wies er mich an, mich in seinen Sessel am Feuer zu setzen. Er führte mich hin, als sei ich eine Marionette, die sich ohne seine Hilfe nicht bewegen könne. Und doch berührte er mich nicht.

Ich saß da, starrte ins Feuer und hörte, wie er im Nebenzimmer Möbel rückte. Sehr bald kam er zurück und warf ein zerknülltes Papier ins Feuer.

«Jetzt ist sie fort», sagte er traurig. «Geh wieder zu Bett, und ich bringe dir etwas, damit du ohne Alpträume schlafen kannst.»

Schweigend stand ich auf und ging wie ein gehorsames Kind in mein Zimmer. Er hatte sich nicht mehr bewegt und nichts mehr gesagt. Und doch bin ich fast sicher, daß er zu weinen angefangen hatte.

«Wenn du mich berühren würdest, bliebe mir das Herz stehen», ging es mir plötzlich durch den Kopf.

Sie weiß es nicht, aber sie hat die Frage beantwortet, die ich nicht zu stellen wage. Dies ist eine Liebe, die Allah nicht gewollt hat. Sie ist eine Rose, die sich nie freiwillig öffnen wird, nicht einmal dem Lied einer Nachtigall.

Wieder einmal stehe ich da und beobachte ihren Schlaf. Ich hätte ihr nicht so viel Laudanum geben sollen. Jetzt wird sie rund um die Uhr schlafen, einen tiefen, traumlosen Drogenschlaf, der keine bewußten Erinnerungen zuläßt.

Wenn ich sie jetzt nehmen würde, bewußtlos und ohne Widerstand, in diesem Bett, in dem ich geboren wurde, würde sie sich morgen nicht einmal daran erinnern.

Ich will sie!

Aber ich will nicht zum Tier herabsinken. Mörder, Dieb, skrupelloser Erpresser, verachtungswürdiger Drogensüchtiger... Doch dies ist ein Verbrechen, das ich nicht begehen kann. Ich kann nichts von ihr nehmen, das sie nicht aus freiem Willen gibt.

Also werde ich die Tür schließen und zu meiner Musik und meinem Morphium zurückkehren. In der süßen, vertrauten Nadel erwartet mich jetzt Frieden.

Morphium ist ein Laster, das mich vor einer größeren Sünde bewahrt.

7. Kapitel

Als Christine und ich uns heute morgen am Seeufer trennten, sagte ich ihr, wir könnten uns eine Woche lang nicht mehr treffen.

Ich versuchte mir einzureden, das habe rein praktische Gründe. Sie mußte sich um ihre Theaterverpflichtungen kümmern, und ich wußte, wenn ich nicht sehr vorsichtig wäre, würde mein Egoismus schließlich die Karriere ruinieren, die ich fördern wollte. Niemand hatte bis jetzt etwas gegen ihre Abwesenheit einzuwenden gehabt, denn im Augenblick wurde sie auf der Bühne nicht gebraucht – niemand außer Nadir, dem natürlich nichts entging und der jetzt, nach Bouquets Tod, dazu neigte, selbst die unschuldigsten Ereignisse mit größtem Argwohn zu betrachten. Der Tod ihres Vaters schien sie völlig allein zurückgelassen zu haben. Sie lebte mit einem Dienstmädchen, einem einfältigen Geschöpf, das offenbar zu wenig neugierig oder zu wenig mutig war, um das Verschwinden seiner Herrin zu melden. Ich hatte erkannt, daß außer dem jungen Chagny niemandem auf der Welt daran lag, was aus Christine wurde – keine Freunde, keine Verwandten. Sie hätte in den letzten paar Wochen ertrunken auf dem Grund der Seine liegen können, für ihre Kollegen an der Oper hätte das keinen Unterschied gemacht.

Aber am Samstag sollte wieder *Faust* aufgeführt werden, und ich wußte, ich durfte ihr nicht gestatten, meinetwegen auch nur eine einzige Probe oder Vorstellung zu versäumen. Sie gehörte zur Oberwelt, zu Tageslicht und Applaus. Ich mußte akzeptieren, daß es immer junge Männer geben würde, die sie bewunderten; ich mußte mich mit ihrer Abwesenheit abfinden, lernen, sie an langer Leine zu führen, obwohl alle meine Instinkte sie in der Umklammerung halten wollten.

Ich mußte einige der Mauern einreißen, die ich gebaut hatte, um mich vor Verletzungen zu schützen; ich mußte lernen, ihr zu vertrauen.

Das sagte ich ihr natürlich nicht. Ich sagte vielmehr, ich brauchte etwas Zeit für mich allein, um meine Oper zu vollenden. Ich erwartete, in ihren Augen Erleichterung wahrzunehmen, aber statt dessen schien sie verwirrt und verletzt. Sie sah aus wie ein Kind, das weggeschickt wird.

«Es tut mir sehr leid, wenn ich dich störe», sagte sie, ohne mich dabei anzusehen.

Dann nahm sie den Schlüssel für das Tor in der Rue Scribe aus ihrer Tasche, streifte die Kapuze ihres Umhangs über den Kopf und eilte davon.

«Eine Woche?» sagte Raoul wachsam. «Du sollst eine ganze Woche lang nicht wiederkommen? Warum?»

«Weil Erik zu tun hat.»

Ich saß da und schaute auf mein Kleid nieder. Geh jetzt spielen, Christine, ich habe Wichtigeres zu tun. In all diesen Wochen hat

Erik mich glauben lassen, ich sei der Mittelpunkt seines Universums, und nun verdrängt er mich so mühelos aus seinem Kopf, als klappe er ein Buch zu.
Langweile ich ihn? Ist er es leid, seine Gaben an ein welkendes Veilchen zu verschwenden? Wird er mich wirklich in einer Woche am See erwarten?
Raoul hatte seinen Zylinder und seine Handschuhe auf den Ankleidetisch gelegt.
«Nun», begann er unsicher, «da es so aussieht, als würden wir diesmal nicht von den Launen deines verrückten Lehrers beherrscht, wirst du mir vielleicht die Ehre erweisen, heute abend mit mir zu soupieren.»
Ich starrte ärgerlich auf den leeren Spiegel.
«Mit dem größten Vergnügen», sagte ich.

Wann werde ich lernen, meine Vorahnungen richtig zu deuten?

Ich weiß jetzt genau, warum ich Christine weggeschickt habe. Kaum war ich eine Stunde wieder zu Hause, da hatte ich einen zweiten Anfall, nicht so schwer wie der erste, aber ausreichend, um mir klarzumachen, daß ich offenbar weniger Zeit habe, als ich dachte, daß es vielleicht besser ist, von nun an in der Frist von Monaten zu denken und nicht von Jahren.

Ich bin so froh, daß sie nicht hier war.

Wenn ich eine Woche lang vorsichtig bin, braucht sie nie zu erfahren, was passiert ist.

Als Raoul heute nacht nach der Vorstellung in meine Garderobe kam, traf er mich dabei an, daß ich hastig meinen Umhang befestigte. Ich sah seinen plötzlich unverkennbar enttäuschten Blick. Wir hatten sieben wilde, wundervolle Tage verbracht. Wir waren hinausgefahren in den Bois, wir hatten die Elefanten in den Zoologischen Gärten gefüttert, hatten jeden Abend ein anderes Restaurant und ein anderes Theater aufgesucht. Wir hatten über die Komödien gelacht, über die Tragödien geweint, uns fröhlich über Menus gestritten und Champagner aus demselben Glas geschlürft. Ich sah seinen Augen an, wie schwer er es hinnehmen konnte, daß dieser angenehme Zustand nicht andauern würde.

«Du gehst zurück zu Erik, nicht wahr?» sagte er unglücklich. «Ich hatte gehofft, nach dieser Woche würdest du die Kraft finden, deine Meinung zu ändern.»

Einen Augenblick lang antwortete ich nicht. Ich war mir bereits klar darüber, wie unklug es gewesen war, in den letzten paar Tagen so viel Zeit mit ihm zu verbringen, wie schrecklich unloyal Erik gegenüber.

«Ich muß zurück, Raoul, das weißt du.»

«Warum mußt du zurück? Ich begreife einfach nicht, welchen Einfluß er auf dich hat. Du benimmst dich, als hättest du keinen eigenen Willen mehr. Christine, wenn du Angst vor ihm hast...»

«Ich habe keine Angst vor ihm, jedenfalls nicht um mich selbst. Du brauchst dir um meine Sicherheit keine Sorgen zu machen. Erik würde eher sterben als mir etwas antun.»

Raoul durchquerte die Garderobe und faßte meine Arme. Sein jungenhaftes Gesicht war gerötet, und die durchdringenden blauen Augen schauten argwöhnisch.

«Bist du in ihn verliebt?» fragte er.

«Ich weiß nicht.»

Er nickte und trat zurück, meine Arme loslassend.

«Besteht die Möglichkeit, daß du es irgendwann in naher Zukunft weißt? Oder soll ich endgültig verschwinden und aufhören, dich zu belästigen? Das wäre Erik doch sicher recht, nicht wahr? Ich denke, er würde auf wunderbare Weise sehr schnell wieder gesund, wenn ich von der Bildfläche verschwände.»

Tränen brannten in meinen Augen, und ich wandte mich ab, um meine Handschuhe aufzunehmen.

«Wenn du ihn gesehen hättest, würdest du niemals etwas so Herzloses sagen.»

«Erzähle mir von ihm.»

«Das habe ich doch schon getan.»

«Nun, dann tu es noch einmal. Ich möchte es noch einmal hören.»

«Was willst du hören?» rief ich zornig. «Die Morde, die Diebstähle, das Morphium?»

«Ich möchte wissen, wie er aussieht.»

Mit plötzlicher Verachtung blickte ich zu ihm auf.

«Er sieht aus wie du, Raoul! Er sieht genauso aus, wie du aussehen wirst, nachdem du ein paar Monate tot bist! So ..., bist du jetzt zufrieden, hast du genug gehört?»
Raoul sank auf den Stuhl neben meinem Ankleidetisch und stützte einen Augenblick den Kopf in die Hand.
«Sagst du wirklich die Wahrheit?» murmelte er schließlich.
«Ja», sagte ich kühl. «Alles, was ich dir über ihn erzählt habe, ist wahr. Einschließlich meiner Gefühle für ihn.»
«Ich verstehe.»
Er stand langsam auf, zog eine kleine Schmuckschatulle aus der Manteltasche und legte sie auf den Tisch.
«Das habe ich heute gekauft. Ich hatte gehofft, du würdest es annehmen, aber dafür bestehen ja wohl kaum Chancen. Ich lasse es trotzdem da. Ich glaube nicht, daß sie es zurücknehmen würden.»
Mit zitternden Fingern öffnete ich die Schatulle, und im Licht der Gaslampe strahlte ein Ring mit einem großen Rubin, umgeben von Diamanten.
»Oh, Raoul», seufzte ich. «Ich kann ihn unmöglich für dich tragen, solange Erik lebt.»
«Du warst diejenige, die gesagt hat, er lebe vielleicht nicht mehr lange.»
«Raoul ... bitte.»
Wieder nahm er mich in die Arme.
«Du brauchst mir nur zu sagen, daß du mich nicht liebst, daß du mich nicht heiraten willst. Nur das mußt du sagen, wenn du willst, daß ich gehe.»
In angespanntem Schweigen wartete er auf meine Antwort, und als ich hilflos den Blick abwandte, nahm er den Ring von seinem roten Samtpolster und steckte ihn mir entschlossen an den Finger.
«Es macht mir nichts aus, wenn du meinst, daß du ihn einstweilen verstecken mußt», sagte er. «Wir beide haben zusammen Geheimnisse gehabt, seit wir zehn Jahre alt waren.»
Als er mich küßte, machte ich keinen Versuch, ihn daran zu hindern, und das Schuldgefühl wurde fast unerträglich.
Sobald ich wieder allein war, nahm ich den Ring vom Finger und hängte ihn an meine Halskette mit dem Kruzifix, wo er nicht zu

sehen war. Solange ich ihn dort trug, war er nur ein Schmuckstück, und ich konnte mir einreden, daß ich auf meine Art beiden Männern treu blieb. Noch konnte ich mich nicht damit abfinden, daß ich zwischen ihnen wählen mußte; noch glaubte ich, solange ich beide auf ihre getrennten Welten beschränkte, könnte ich eine Tragödie abwenden.

Als die Oper sich geleert hatte, schlüpfte ich hinaus auf die Straße, meine Kapuze eng um den Kopf gezogen, um mich vor dem kalten Wind zu schützen. Mein Hals war rauh von einer beginnenden Erkältung, und ich hatte heute abend meine Stimme zum Singen zwingen müssen. Das war ein Verstoß gegen Eriks strenge Anweisungen, aber was hätte ich tun sollen? Ich hätte ja nicht die Primadonna spielen und mich in letzter Minute weigern können, die Bühne zu betreten. Monsieur Richard hätte vermutlich sofort meinen Vertrag gelöst, wenn ich mir solche Dinge erlaubte; er hatte schlechte Laune, seit die Probleme mit dem Operngeist begannen, und man erzählte sich, er sei derzeit mit dem Zerreißen von Verträgen sehr schnell bei der Hand.

Als ich mich dem Tor näherte, das zu dem unterirdischen Gang führte, sprach ein Mann mich an. Nein, eigentlich sprach er mich nicht an. Der Mann, der aus dem Schatten trat, wich mit einer verblüfften Entschuldigung an die Mauer zurück, als er mich sah.

«Mademoiselle! Bitte, verzeihen Sie mir, ich wollte Sie nicht erschrecken. In der Dunkelheit dachte ich einen Augenblick lang ...»

Er verstummte und wirkte zugleich verwirrt und betrübt, und sofort empfand ich eine merkwürdige Besorgnis.

«Wen erwarteten Sie denn um diese Nachtstunde zu sehen, Monsieur?» fragte ich, um ihn aufzuhalten, denn er wollte sich davonmachen.

«Niemanden!» sagte er mit unverkennbarem Schrecken. «Ich erwartete niemanden, Mademoiselle, das versichere ich Ihnen.»

«Ist es Erik?» beharrte ich freundlich. «Haben Sie Erik gesucht?»

Der Mann wurde sehr still, und in der Dunkelheit sah ich, wie seine Augen sich ungläubig weiteten.

«Sie kennen Erik?» flüsterte er entsetzt.

«Ich treffe ihn gleich.»

Der Mann starrte mich einen Augenblick lang an, dann senkte er langsam den Kopf. Als er in seiner Tasche nach etwas suchte und ein kleines Paket hervorholte, konnte ich sehen, daß seine Augen sich mit Tränen gefüllt hatten.
«Gott schütze und bewahre Sie, Mademoiselle», sagte er bewegt. «Das Antlitz Gottes möge Ihnen leuchten, solange Sie leben. Sie sind also sein kleiner Engel. Als er mich bat, all diese Damenkleider zu bestellen, hatte ich solche Angst, die Einsamkeit und ... und das hier», er tippte bedeutungsvoll auf das Päckchen, «hätten ihn um den Verstand gebracht.»
Impulsiv streckte der Mann die Hand aus und hob meine behandschuhte Hand an seine Lippen.
«Also war das für Sie, das Brautkleid und der Ring. Mademoiselle, ich kann Ihnen gar nicht sagen, wie glücklich ich bin, die Bekanntschaft einer so wunderbaren Frau zu machen. Ich kann Ihnen nicht sagen, wie glücklich ...»
Abrupt hielt er inne, als sei ihm seine eigene Indiskretion peinlich.
«Geben Sie ihm das von mir», fuhr er fort und bemühte sich jetzt, gelassen und ruhig zu klingen. «Erik hätte mich vor einer Woche hier treffen sollen, und als er nicht kam, fürchtete ich, er hätte ... Aber ich sehe, daß ich im Irrtum war, vollkommen im Irrtum.» Seufzend reichte der Mann mir das Päckchen. «Vermutlich wissen Sie, was das ist, aber Sie dürfen nicht verzweifeln, Mademoiselle, wirklich nicht. Um Ihretwillen wird er die Kraft finden, damit aufzuhören. Ich glaube, er würde sich das Herz aus dem Leib schneiden, um Ihnen eine Freude zu machen. Aber das wissen Sie natürlich. Ich hoffe, Sie finden es nicht anmaßend, wenn ich sage, daß gewiß Gott in seiner Weisheit Sie auserwählt hat. Mademoiselle, ich werde Ihrer heute nacht in meinen Gebeten gedenken.»
Noch einmal drückte er meine Hand, und dann eilte er die Rue Scribe entlang, stieg in eine wartende Kutsche und fuhr davon.
Ich stand da und starrte auf das Päckchen mit Morphium in meiner behandschuhten Hand.
Erik hatte das Brautkleid und den Ring. Alles, was noch fehlte, war die Braut. Ich versteifte mich in plötzlicher Angst, als mir die Bedeutung der Worte des Mannes klarwurde. Erik hätte ihn hier

vor einer Woche treffen sollen. Warum hatte er eine so wichtige Verabredung nicht eingehalten?

Ich öffnete das Tor und lief durch die finsteren Gänge zum See. Die Luft am Wasser war feucht und kalt, und die Kerze, die ich angezündet hatte, konnte die Düsternis am Ufer kaum durchdringen. Niemand wartete auf mich; keine Laterne kam schaukelnd über den See.

«Erik?»

Meine Stimme hallte in der Schwärze wider und klang in der gewölbten Höhle unnatürlich laut. Als keine Antwort erfolgte, wurde ich von Angst erfaßt, der heftigen, ungläubigen Angst eines Kindes, das man im Dunkeln allein gelassen hat.

«Erik! Bist du da?»

Die Stille spottete meiner, belauerte mich vor der bleiernen Wasserfläche. Die Kerze flackerte und erlosch, und ich zitterte vor Angst, Enttäuschung und wachsender Panik.

«Erik, wo bist du?» schrie ich. «Erik!»

«Pssst... hier bin ich.»

Seine Hand legte sich leicht auf meine Schulter, und mein Atem stockte, als er mich langsam umdrehte und ich ihn sah. Das gelbe Licht seiner Laterne zeigte mir seine mächtige, schattenhafte Gestalt, eingehüllt in den vertrauten weiten Umhang, und ließ die Maske und die Rüschen an seinem Hemd weiß leuchten. Die Dunkelheit umrahmte ihn prachtvoll und zeigte nur das, was er mir zeigen wollte. Hätte ich in diesem Augenblick vor Erleichterung aufgeschluchzt, so hätte er mich wohl in seine Arme genommen. Doch obwohl Tränen in meinen Augen standen, war ich plötzlich wütend über diese willentliche Täuschung.

«Du warst die ganze Zeit hier, nicht? Warum hast du mir nicht geantwortet?»

Er seufzte, trat einen Schritt zurück, und damit war der imposante Eindruck verflogen.

«Ein kleines wissenschaftliches Experiment, Kind, eine Untersuchung jener menschlichen Verhaltensweise, die als Neugier bekannt ist.»

«Ein sehr grausames Experiment, meinst du nicht?» erwiderte ich bitter.

«Die Wissenschaft ist nie so grausam wie die Liebe», sagte er schlicht. «Komm jetzt mit mir. Das Boot liegt in der Nähe.»
Im Haus am See war es sehr warm. Der Temperaturwechsel ließ mich husten, und Erik wandte sich mir sofort mit einer angespannten Besorgnis zu, die mich hätte warnen sollen.
«Was ist mit deinem Hals?» fragte er fürsorglich.
«Nur eine Erkältung», beruhigte ich ihn hastig. «Das Singen fiel mir trotzdem nicht schwer, und niemand hat gemerkt, daß etwas nicht stimmte. Die Zuschauer haben stehend applaudiert. Ach, ich wünschte, du wärest da gewesen und hättest es hören können.»
«Glaubst du, es hätte mir Freude gemacht, mit anzuhören, wie du deine Stimme ruinierst?» fragte er düster.
«Erik, ich hätte mich doch nicht weigern können, weiterzusingen.»
In unbeherrschter Wut schlug er mit der Faust auf die Tastatur des Klaviers.
«Wie kannst du es wagen, trotz meiner Anweisungen aufzutreten! Du eitles, dummes Kind, hast du denn nichts gelernt?»
Ich schlich zum Sofa und sank verängstigt zusammen.
«Es tut mir leid», entschuldigte ich mich, «ich dachte, dieses eine Mal würde es nichts ausmachen.»
«Du hast keine Disziplin!» sagte er wütend. «Keine Selbstbeherrschung! Ich nehme an, der Vicomte de Chagny war heute abend in der Vorstellung. Wahrscheinlich hat er dir Blumen in die Garderobe geschickt und dich zum Souper eingeladen. Du hast heute abend gesungen, um ihm zu gefallen, nicht mir. Um dieses verdammten Jungen willen warst du bereit, deine Stimmlage, Flexibilität und dein hohes Pianissimo aufs Spiel zu setzen?»
Ich vergrub mich in die Kissen des Sofas in dem vergeblichen Versuch, vor seiner Wut zu fliehen. Das war nicht die alte, kontrollierte Wut, die er bei dem Vorfall mit der Spinne gezeigt hatte, sondern ein irrationales, aggressives Rasen, das durch ein einziges falsches Wort in Gewalttätigkeit ausarten konnte. Ich war so sicher gewesen, daß er mich niemals verletzen würde, aber nun, als ich die zu Fäusten geballten Hände auf dem Klavier sah, fiel mir wieder ein, wie sie sich einmal mit mörderischem Griff um meinen Hals gelegt hatten.

Tränen liefen mir über die Wangen, als ich mit gebeugtem Kopf einen Regen von Flüchen über mich ergehen ließ, ohne mit einem Wort zu widersprechen. Ich wagte nicht einmal, mich zu rühren.

Endlich verstummte er. Die Wut war verraucht, und er schaute plötzlich mit Reue und Zärtlichkeit auf mich herab.

«Verzeih mir», sagte er. «Ich vergesse, wie jung du bist, wie empfänglich für die Versuchungen, die dich umgeben. Aber du darfst nicht meinen kostbarsten Besitz mißbrauchen und erwarten, daß ich dich dafür lobe. Nein, bitte, trockne deine Tränen und schneuze dir die Nase, meine Liebe. Du weißt, ich kann es nicht ertragen, dich weinen zu sehen.»

«Ich kann», stammelte ich, nervös in meinen Taschen suchend, «ich kann mein Taschentuch nicht finden. Ich muß es verloren haben, als wir über den See ruderten. Hast du ein Taschentuch, Erik?»

Er sah mich so traurig an, daß ich mir meine linkische, stotternde Zunge hätte abbeißen mögen.

«Ich habe nicht viel Verwendung für Taschentücher, meine Liebe. Du siehst, es hat gewisse Vorteile, keine Nase zu besitzen.»

Ich hielt mir die Hand vor den Mund.

«Oh, Erik! Ich war gedankenlos. Es tut mir so leid. Bitte, vergiß es, ich kann ebensogut ohne auskommen.»

«Gegen Kinder, die die Nase hochziehen, ist allerhand einzuwenden», sagte er mitleidig. «Warte hier, ich schaue nach, was ich finde.»

Er blieb eine ganze Weile fort, doch als er zurückkam, brachte er ein halbes Dutzend mit Spitze besetzter Damentaschentücher mit. Ich sah sofort, daß sie nicht neu waren, wie die anderen Gegenstände in meinem Zimmer. Jedes war sorgfältig um einen Lavendelzweig gefaltet und trug den Buchstaben «M» in einer Ecke.

«Ich sehe, daß du die Initialen betrachtest», bemerkte er müde. «Ich kann dir versichern, daß sie keiner früheren Verehrerin gehörten. Wenn du genau hinschaust, wirst du sehen, daß die Spitze vor Alter schon ganz vergilbt ist. Die Besitzerin ist seit zwanzig Jahren tot.»

Er schlenderte an den Kamin, und als ich seine steife, ungebeugte Gestalt betrachtete, wurde mir plötzlich klar, wer die Besitzerin gewesen sein mußte.
«Wie hieß deine Mutter?» fragte ich leise.
Ein langes Schweigen folgte, ehe er sich zu mir umwandte. «Madeleine», sagte er.
«Was für ein hübscher Name!» rief ich unwillkürlich aus. Ich hätte ihn den Namen gern noch einmal sagen hören, doch etwas in der Art, wie er mich ansah, brachte mich rasch davon ab. In seinen Augen lag ein zwiespältiger Ausdruck, der mich ziemlich erschreckte, und doch war ich von einer starken Neugier gepackt, die nicht einmal durch vage Angst zu unterdrücken war. Wenn seine Mutter schon zwanzig Jahre tot war, dann mußte sie 1861 gestorben sein, im gleichen Jahr, in dem ich in Schweden zur Welt gekommen war.
«Hast du ein Bild von ihr?» fragte ich impulsiv.
Er stand so angespannt und reglos da, daß er aus schwarzem Granit hätte sein können. Dann nahm er aus einer zweiten Schachtel auf dem Kaminsims einen kleinen, zusammengeklappten Bilderrahmen, der zwei verblichene Porträts enthielt, und reichte ihn mir.
Das eine Porträt zeigte einen dunkelhaarigen Mann. Er war in mittleren Jahren, sah glänzend aus und hatte freundliche, humorvolle Augen. Und das andere...
Das andere war ich!
Mit einer altmodischen Frisur und einer gewissen Härte um Lippen und Augen, aber zweifellos ich.
Erik beugte sich vor, nahm den Bilderrahmen aus meiner zitternden Hand, und legte ihn in das Kästchen zurück.
«Wie ist das möglich?» flüsterte ich. «Wie kann das sein?»
Er zuckte die Achseln. «Von Zeit zu Zeit wiederholen sich gewisse physiognomische Strukturen, ohne daß eine Blutsverwandtschaft vorliegt. Kein menschliches Gesicht ist völlig einzigartig, meine Liebe. Vielleicht gibt es sogar irgendwo auf der Welt noch einen armen Teufel, der aussieht wie ich.»
«Erzähl mir von ihr, Erik!»
«Das möchte ich lieber nicht», sagte er kühl.
«Bitte!» drängte ich ihn. «Ich muß etwas über sie erfahren.»

«Sie war sehr jung und sehr schön», begann er widerstrebend. «Sie haßte mich, und ich haßte sie. Ich lief von ihr fort, als ich etwa zehn Jahre alt war. Es tut mir leid ... Ich kann nicht darüber sprechen.»
Er wandte mir den Rücken zu und stützte die Hände auf den Kaminsims. Nach einer Weile sagte er ziemlich barsch, er wäre mir sehr verbunden, wenn ich mit meiner Erkältung jetzt zu Bett ginge.
Ich nahm das Päckchen mit dem Morphium aus meiner Tasche und betrachtete es traurig, ehe ich es auf das Manuskript von *Der Triumph des Don Juan* legte. Ich wußte, daß er es dort bestimmt finden würde.
Dann tat ich das, was jeder vernünftige Mensch tun würde, wenn Erik ihm einen direkten Befehl gibt: Ich gehorchte, ohne zu fragen.

8. Kapitel

Jetzt sind es fünf Tage, seit Erik mir wieder zu singen erlaubte. Zwei Tage lang durfte ich den Mund überhaupt nicht aufmachen, sondern schluckte gehorsam die Tränke, die er mir in regelmäßigen Abständen brachte, und verständigte mich schriftlich mit ihm, wenn es nötig war. Was meine Stimme angeht, so bleibt sein Regime ebenso streng und unbeugsam wie in der Zeit, als ich ihn nur als Engel der Musik kannte. Absolute Hingabe an meine Stimme, absolute Unterwerfung unter seinen Willen.
«Wenn du nicht still bist, muß ich dich knebeln», sagte er, und trotz seines freundlichen, humorvollen Tons wußte ich, daß er notfalls bereit war, diese Drohung wahrzumachen.
Er schrieb einen Brief an die Direktion und wies sie an, während meiner Indisposition die zweite Besetzung auftreten zu lassen. Dann umsorgte er mich, als sei ich ein kleines Kind. Stundenlang

lag ich auf dem Sofa, mit einer Wolldecke zugedeckt, und starrte immer wieder auf das Kästchen auf dem Kaminsims. Ich wollte mir dieses Porträt seiner Mutter noch einmal ansehen, denn ich war von seiner bloßen Anwesenheit im Zimmer geradezu besessen. Ich wußte jedoch, daß ich um seinetwillen keine Anspielung auf das machen durfte, was mir rasch zur fixen Idee wurde. Diese seltsame, grausame Verknüpfung in unserer einzigartigen Beziehung würde einer Untersuchung nicht standhalten. Aber ich dachte endlos an die Frau, der ich so sehr ähnelte, und fragte mich, was sie wohl getan haben mochte, daß er sie haßte und sich mit so schrecklichem Schmerz an diesen Haß erinnerte. Manchmal frage ich mich, ob er in seinem ganzen Leben jemals einen einzigen Augenblick wahren Glücks erlebt hat.
Gestern verkündete er, meine Stimmbänder seien nun von Infektionen frei, und er gestattete mir, ein paar Tonleitern zu üben. Mit erschreckender Intensität lauschte er der Qualität meiner Intonation. Offensichtlich war er zufrieden mit dem, was er hörte, denn er sagte, ich könne heute meine Unterrichtsstunden wieder aufnehmen und am folgenden Abend in der Oper die Margarete singen.
«... und heute abend, wenn die Luft weiterhin mild genug für deinen Hals bleibt, könnten wir eine Kutsche nehmen und in den Bois de Boulogne hinausfahren. Würde dir das gefallen, Christine?»
«Ja», sagte ich ein wenig überrascht. Wir hatten gelegentlich auf dem See gerudert oder am Ufer einen Spaziergang gemacht, aber nun schlug er zum ersten Mal vor, mich hinaus in die wirkliche Welt zu führen.
Wir fuhren zu den Stadttoren von Paris, wo sich smaragdgrün und abgezirkelt der Bois erstreckt, stolzes Zeugnis des Widerwillens des verstorbenen Kaisers gegen Unordnung. Eine Zeitlang erforschten wir die stillen, verlassenen Pfade, die bei Sonnenschein Scharen von Besuchern anlockten. Selbst an den kältesten Wintertagen zog es Hunderte von Schlittschuhläufern auf den zugefrorenen See und in das Chalet, das sich auf der Insel in der Mitte befand. Herren mit vermummten Gesichtern schoben feine Damen auf Schlitten, und livrierte Diener führten in Überzieher gehüllte Windhunde aus. Im Sommer gab es Gondeln auf

diesem See, mit bunten Lichtern behängt, und eine endlose Prozession fröhlicher Pariser, die durch die zoologischen Gärten schlenderten. Lauter schlichte, menschliche Vergnügungen, von denen ich wußte, daß Erik niemals daran hätte teilnehmen können, nicht einmal in der Zeit, als er noch in der Welt lebte. Wenn er schon früher dort gewesen war, so zweifellos nach Einbruch der Dunkelheit, wenn der Park kalt und leer war, ganz ohne Lachen und Fröhlichkeit.

«Dieser Ort ist ein vollkommener Triumph von Eleganz und Künstlichkeit», bemerkte er nachdenklich, als wir etwa eine Stunde später wieder in Richtung unserer Kutsche gingen. «Auf dem See gäbe es bestimmt mechanische Enten, wenn der Kaiser nur die Voraussicht besessen hätte, sie zu bestellen.»

Ich beobachtete ihn vorsichtig, weil ich unsicher war, wie er direkten Widerspruch aufnehmen würde.

«Ich finde es recht hübsch», sagte ich.

Er schien überrascht, aber nicht ärgerlich.

«All das ist nur Schein, Christine, nicht mehr als ein schlauer Trick der Ingenieure. Dieser ganze Park trägt eine Maske. Was du siehst, ist nicht die echte Natur.»

«Nun, vielleicht... vielleicht möchte ich die Wirklichkeit gar nicht sehen.»

«Du hast also nichts gegen die Täuschung der Sinne?» fragte er mit behutsamem Optimismus. «Du könntest unter bestimmten Umständen gewisse Illusionen vielleicht akzeptabel finden?»

Wir hatten die Kutsche erreicht und wandten uns einander zu, um uns anzusehen. Zögernd, als kämpfe er die warnenden Erfahrungen eines ganzen Lebens nieder, bot er mir seine behandschuhte Hand, um mir beim Einsteigen zu helfen. Es war das erstemal, daß er mich zu einer direkten körperlichen Berührung einlud, und der Augenblick war bedeutungsvoll für uns beide. Meine Finger brauchten nur diesen kleinen Abstand zwischen uns zu überwinden, und ich wäre für ihn kein Kind mehr.

Im Mondschein wirkte seine behandschuhte Hand täuschend normal. Sie sah warm und stark und merkwürdig beruhigend aus, nicht die Hand eines Ungeheuers und Mörders, sondern eines freundlichen, liebenden Mannes, der mit unendlicher Geduld auf ein kleines Hoffnungszeichen wartete.

Eine Kutsche rumpelte auf uns zu, in der etliche junge Herren saßen, die ganz offensichtlich angetrunken waren. Automatisch zog sich Erik beim ersten groben Zuruf von mir zurück.
«Nein, was für ein Glückstreffer! Eine Dame der Nacht. Schöne Dame, wollen Sie sich nicht lieber unserer angenehmen Gesellschaft anschließen?»
«So ist es richtig, Mademoiselle! Sparen Sie Ihre Gunst für Lohnenderes auf. Hier wartet adeliges Blut darauf, getröstet zu werden ... ein schmachtender junger Edelmann, dem die Dame seines Herzens grausam den Laufpaß gegeben hat!»
«Verflucht, Edouard!» Aus dem dunklen Innern der Kutsche drang plötzlich eine vertraute Stimme. «Ihr betrunkenen, widerlichen Schweine, ich hätte niemals mit euch kommen sollen! Fahrt weiter, um Gottes willen!»
«Mein lieber Raoul, warum regst du dich so auf? Deine hübsche kleine Spröde hat dich fallenlassen. Sie sind doch alle gleich, diese Mädchen vom Theater. Dir eine gute, ehrliche Hure zuzuführen, ist doch wohl das mindeste, was ein Freund für dich tun kann. Und wen außer Huren findet man im Bois schon um diese Zeit? Kutscher, seien Sie ein guter Junge und fahren Sie an den Straßenrand.»
«Steig rasch in die Kutsche!»
Eriks Stimme war wie Eis, und ich gehorchte ohne Zögern. In meiner Hast, seinem kurzen Befehl zu folgen, zerriß ich den Saum meines Kleides. Die andere Kutsche schwankte nun gefährlich, als ihre Insassen auf der anderen Straßenseite ausstiegen. Drei junge Männer lachten heiser, als sie Raoul fröhlich aus der Kutsche zerrten, so daß er ganz unzeremoniell in den Schmutz fiel.
Erik sprang in unsere Kutsche, schlug die Tür zu und befahl dem Kutscher, er solle abfahren.
In diesem Augenblick schaute Raoul zu meinem Fenster empor und erkannte mich.
Oh, Gott! Der Ausdruck auf seinem Gesicht, als er mich sah! Verzweifelt drehte ich mich nach ihm um. Ich sah, daß er unserer Kutsche nachlief, bis er erkannte, daß er sie nicht einholen konnte, und aufgab.
Als ich mich wieder umwandte, merkte ich, daß Erik mich mit

der gefährlichen Ruhe eines Raubtiers im Dschungel beobachtete, das seine Beute belauert.
«Leider hat dein junger Mann in der Wahl seiner Gesellschaft einen schlechten Geschmack, meine Liebe», sagte er eisig.
Danach ignorierte er mich für den Rest der Fahrt und starrte brütend aus dem Fenster. Wie zerschmettert saß ich auf meinem Sitz.
Als wir das Haus am See erreichten, ging er geradewegs zu dem Klavier im Wohnzimmer und begann, auf den Tasten eine Reihe wilder Akkorde anzuschlagen. Er glitt rasch in die schwärzeste Laune, in der ich ihn je gesehen hatte. Verzweifelt bemühte ich mich, etwas zu finden, um ihn von dieser verheerenden Begegnung abzulenken.
«Soll ich für dich singen?»
Er hörte zu spielen auf und lehnte sich einen Augenblick zurück. Ehe er sprach, bemühte er sich sichtlich, den tückischen Strudel, der ihn nach unten zog, zum Stillstand zu bringen.
«Natürlich ... deine Lektion», seufzte er. «Ich hatte es dir ja versprochen, nicht? Also komm, du darfst heute das Stück selbst auswählen, als Belohnung für deinen geduldigen Gehorsam in den letzten Tagen.»
Ich wählte das Duett aus *Othello*. Er sollte sich seine Wut aus dem Leib singen und sich von den finsteren Gefühlen befreien, die in ihm tobten. Erst wenn er den wilden Zorn losgeworden war, würde es ungefährlich sein, die weichen bretonischen Melodien zu singen, die seinen Frieden vielleicht wieder herstellten.
Unsere Stimmen trafen sich in einem wilden, elementaren Zusammenprall, schwangen sich auf und nieder, und schließlich verfielen wir in die verblüffte Stille, die auf eine wirklich einzigartige Leistung folgt. Doch so sehr mein Erfolg mich benommen machte, ich war völlig unvorbereitet auf den seltenen und erstaunlichen Tribut, den er mir zollte, als er aufblickte.
«Du würdest jetzt auf jeder Bühne der Welt Triumphe feiern, meine Liebe. Ich frage mich, ob du weißt, welches Glück deine Stimme mir in diesen letzten sechs Monaten geschenkt hat, wie stolz ich auf deine bemerkenswerte Leistung bin.»
Ich neigte den Kopf, um meine Gefühle zu verbergen. Zu viel, dieses Lob! Es nahm mir den Atem und machte mich schwach

und zittrig. Ich wußte nun, warum er mich so selten lobte –, es war offenbar nicht gut für mich, ich konnte nicht damit fertig werden. Irgendwie war es viel einfacher, seine freundliche, unerbittliche Kritik zu ertragen.

«Du bist müde», sagte er. «Vielleicht sollten wir jetzt aufhören.»

«Nein, ich bin nicht müde, Erik, nicht im geringsten. Ich bin nur . . ., ich würde gern weitermachen, bitte.»

«Also gut.» Er wandte sich ab und begann Notenhefte durchzublättern; er ließ mir Zeit, mich wieder zu fassen. «Wir werden die Schlußszene aus *Aida* versuchen. Ich denke immer, diese Szene sollte in einem Brautkleid gespielt werden, findest du nicht? Ein junges Mädchen, das sich entschließt, mit dem Geliebten begraben zu werden, das lieber in seinen Armen unter der Erde stirbt, als ohne ihn zu leben. Ein schreckliches Melodram natürlich, aber man kann auf der Bühne fast alles bringen, wenn die Musik stark genug ist, um die Szene zu tragen. Im Kostümschrank ist ein Brautkleid. Vielleicht möchtest du es anziehen.»

Ich rührte mich nicht.

«Ein Brautkleid?» wiederholte ich verlegen.

Er sah mich an und schaute dann rasch weg.

«Es ist nur ein Kostüm», sagte er kalt. «Nur ein Hilfsmittel, damit du den Charakter besser spürst. Doch, wenn du nicht willst, vergiß, daß ich es erwähnt habe.» Er klappte das Notenheft zu. «Vielleicht sollten wir diese Szene doch lassen. Du bist offenbar nicht bereit, den emotionalen Anforderungen des ‹terra addio› gerecht zu werden.«

«Oh, doch!» erklärte ich empört. «Ich bin dazu sehr wohl in der Lage. Oh, Erik, laß es mich versuchen! Es ist eine so wunderbare Rolle, eine so schöne Geschichte.»

«Ja», murmelte er fast unhörbar und starrte auf seine Hände, die lautlos auf den Tasten lagen, «es ist eine sehr schöne Geschichte.»

Er sagte nichts mehr, und nach einem Augenblick eilte ich davon, um mich umzukleiden.

Im Unterschied zu den anderen Kostümen im Schrank war das Hochzeitskleid ganz neu und nach der letzten Mode aus schimmerndem weißem Satin geschneidert. Es paßte mir perfekt, als sei es nach meinen Maßen angefertigt. Erik hatte einen exquisiten Geschmack und einen ausgezeichneten Blick für Details. Ich fragte mich, wie viele Entwürfe er wohl verworfen hatte, ehe er sich für dieses bestimmte Kleid entschied. Perfektion, immer Perfektion. Mit weniger gab er sich bei keiner seiner Beschäftigungen zufrieden.

Mit großer Mühe faßte ich mich wieder und kehrte in das Wohnzimmer zurück.

«Erik ...»

Er drehte sich langsam um, und während er mich anstarrte, glitt das Notenheft aus seiner Hand, und die losen Blätter flatterten zu Boden.

«Laß sie!» sagte er kurz, als ich eine Bewegung machte, um die Seiten einzusammeln. «Wir arbeiten ohne Begleitung. Fang mit dem Rezitativ an, ‹Ahnend im Herzen› ...»

Ich zögerte unsicher. Er wußte, daß Radames diese Szene beginnen sollte. Es war nicht fair, mich so unvermittelt mitten hinein zu stoßen.

«Fang an», wiederholte er, und der unheimliche Ausdruck wachsender Wut in seiner Stimme wirkte auf mich wie die Sporen auf ein gezäumtes Pferd; ohne weiteren Gedanken stürzte ich mich in das Rezitativ.

«Ahnend im Herzen, daß man dich verdamme, hab in die Gruft, die man für dich bereitet, ich heimlich mich begeben, und hier, vor jedem Menschenaug' verborgen, in deinen Armen sehn ich mich zu sterben.»

Ich wartete, daß er mir mit dem erwidernden Rezitativ antwortete, aber er wandte sich abrupt ab.

«Das war ein Fehler ... ein schrecklicher Fehler! Christine, bitte geh in dein Zimmer zurück und zieh schnell dieses Kleid aus.»

Er schlang beide Arme mit einer so heftigen Bewegung um seine Brust, daß ich erschrak und besorgt einen Schritt auf ihn zuging.

«Bist du krank?» flüsterte ich entsetzt. «Bist du wieder krank?»

«Nein!» Seine Stimme war ein ersticktes Keuchen, das er im letzten Moment in ein bitteres Lachen übergehen ließ. «Ja, vielleicht ... ist es doch eine Krankheit, in gewisser Weise. Geh in dein Zimmer und laß mich für eine Weile allein, meine Liebe, ja?»

«Aber wenn du krank bist, sollte ich bei dir ...»

«Verdammt!» schrie er und schlug mit der geballten Faust auf das Klavier. «Verdammt sei deine infernalische Unschuld! Du ahnungsloses Kind ... verlaß rasch dieses Zimmer und verriegele deine Tür. Hast du mich gehört? Verriegele deine Tür!»
Ich raffte den Rock des Brautkleides und floh in mein Zimmer. Nie vorher hatte ich bemerkt, daß die Tür mit Riegeln versehen war, doch nun schob ich sie mit linkischen Fingern zu, zog das Kleid aus und warf mich auf mein Bett, zitternd vor Schrecken und Zorn. Plötzlich empfand ich verzweifelte Sehnsucht nach Raoul, dem lieben, ungefährlichen Raoul, dem Spielgefährten meiner Kindheit, der mich nie, nie so erschrecken würde. Oh, Gott, wie konnte ich jemals glauben, ich hätte keine Angst vor Erik. Er war bestimmt der furchterregendste Mensch auf dieser Erde. Diese wahnsinnigen Wutanfälle, diese offene, kaum beherrschte physische Aggression, die immer häufiger Gewalttaten anzudrohen schien!
«Ich komme nie wieder her», gelobte ich, den Kopf in das Kissen gepreßt. «Ich komme nie, nie wieder hierher zurück!»
Als ich hörte, wie die Orgel zu spielen begann, vergrub ich das Gesicht zuerst tiefer in den Kissen und hielt mir die Ohren zu. Ich wollte diese verhaßte Musik nicht hören, ich wollte nichts mehr mit ihm zu tun haben. Doch es war unmöglich, die anschwellende Kraft der Orgel fernzuhalten, und langsam und widerstrebend nahm ich die Hände weg und begann zu lauschen. Ich hatte diese Musik nie vorher gehört, aber ich konnte erraten, was es war: *Der Triumph des Don Juan*. Er hatte mir nie erlaubt, das Manuskript anzusehen. Er sagte, es sei gefährlich, und diese Behauptung hatte mich immer verwirrt, denn ich konnte mir nicht vorstellen, daß Musik eine Gefahr war.
Als die Töne mich umfluteten, seltsam drängend und zwingend, merkte ich, daß ich angefangen hatte, mich leicht in dem primitiven, pulsierenden Rhythmus zu wiegen. Ich bemerkte ein antwortendes Pochen in meinem Körper, in den Handgelenken, im Hals und in den Lenden, das ich normalerweise nicht verspürte. Der Rhythmus meines Herzens beschleunigte sich, bis es dem rasenden Tempo dieser außergewöhnlichen Musik folgte. Fast ohne es zu wollen, ließ ich meine Hände über meinen Körper wandern. In meinen Brüsten war eine schwellende Schwere, die

meine Brustwarzen unter meinen forschenden Fingern wachsen ließ. Doch jetzt machte sich das intensive Pulsieren stärker und drängender im Schoß bemerkbar, und meine Hand wanderte weiter und weiter, bis sie eine Stelle erreichte, von deren Existenz ich nichts gewußt hatte.

Weder Unschuld noch Unwissenheit waren ein Schutz vor dieser Musik, die jetzt tief in mir wühlte und einen pochenden Drang auslöste. Ich drehte und wand mich und streckte instinktiv die Arme nach den Schatten aus, als wolle ich sie an mich ziehen.

Meine Arme hatten das Kissen umschlungen, und ich ritt auf den in mich eindringenden Tönen, bis das Crescendo in meinem Kopf explodierte und ein außerordentliches Gefühl meinen ganzen Körper durchflutete.

Als die Orgel verstummte, lag ich in angstvollem Schweigen in der Dunkelheit und lauschte dem sich verlangsamenden Pochen meines Herzens.

War es das, was er mit gefährlich gemeint hatte?

Welch seltsames Netz von verzerrten Gefühlen uns verband, und wie schrecklich unzulänglich schien im Vergleich dazu meine schlichte Liebe zu Raoul! Die erste Liebe, flach und substanzlos, ganz frei von den unergründlichen Schatten und dem weißglühenden Licht meiner Bindung an Erik.

Oh, Raoul! Wir hätten so schlicht miteinander glücklich sein können, du und ich, wenn all das nie geschehen wäre, wenn ich Erik niemals kennengelernt und nie einen Blick in eine Welt jenseits aller menschlichen Vorstellungskraft geworfen hätte.

Aber ich habe mich verändert, Raoul, bis zur Unkenntlichkeit verändert durch einen Mann, der mich mit solcher Angst erfüllt, daß ich ihn aus meinem Zimmer und meinem Bett ausgesperrt habe.

Doch obwohl ich vor ihm fliehe, entgehe ich seiner Kontrolle nicht, seine Musik dringt durch die Wände, verzehrt mich, besitzt mich, spielt mit mir wie mit einem Stück Treibholz in stürmischer See, ertränkt mich. Meine Gedanken sind nicht länger die einer unschuldigen Naiven, und ich fürchte, das Wissen, nach dem ich zu hungern begonnen habe, kannst du mir nicht geben.

Ich kann nicht zurück, und zugleich habe ich nicht den Mut

weiterzugehen. Das Meer steigt zu meinem einsamen Felsen, und bald werde ich keinen Fluchtweg vor der Flut mehr haben.
Und ich kann nicht schwimmen! Ich kann nicht schwimmen! Oh, Raoul, ich habe solche Angst!

Abscheu und Scham trieben mich schließlich hinaus in die dunklen Straßen, wo ich allein mit meinem Kummer wandern konnte. Wäre die unheilvolle Begegnung im Bois nicht gewesen, hätte ich niemals meinem absurden Bedürfnis nachgegeben, Christine in diesem Brautkleid zu sehen. Das Kleid wäre wie der Ring, den ich für sie gekauft hatte, nur ein weiteres Geheimnis gewesen, ein schöner Wasserfall aus weißem Satin, in schwachen, intimen Momenten traurig berührt und dann wieder eingeschlossen, außer Sicht – und keine Versuchung mehr.

Ich wage nicht daran zu denken, wie nahe ich daran war, die Beherrschung zu verlieren; wie erschreckend einfach es in diesem Augenblick gewesen wäre, sie zu vergewaltigen. Statt dessen habe ich sie mit der Musik vergewaltigt, und vielleicht war dieses Verbrechen fast so schlimm wie das, das ich gerade noch verhindern konnte. In jedem Fall habe ich ihr Vertrauen mißbraucht und eine seltene, kostbare Unschuld zerstört. Ich habe die zarte Atmosphäre beschmutzt, die in all diesen Wochen zwischen uns herrschte. Die Stille in ihrem Zimmer und die Riegel, die vorgeschoben blieben, waren stumme Zeugen für das Ausmaß ihres Schreckens und Widerwillens.

Allein ging ich über das nasse Trottoir, sicher eingehüllt in Umhang und Maske. Ich folgte blind einem Weg, den ich schon oft gegangen war, bis ich schließlich wieder vor dem Haus der Chagnys stand.

Ich war besessen von dem Jungen. Meine eifersüchtige Angst war so groß, daß ich im Schutz der Dunkelheit wiederholt hierher gekommen war, nur, um mich mit seinem Anblick zu quälen. Ich kannte seine abendlichen Gewohnheiten und die ungefähre Zeit seines Kommens und Gehens. Viele Male hatte ich ihn in und aus seiner Kutsche steigen sehen, manchmal mit Freunden, manchmal allein. Ich hatte sein freundliches Verhalten Dienstboten gegenüber beobachtet und sein müheloses Lachen gehört, ein offenherziger, vertrauensvoller Junge aus guter Familie, so selbstsicher in seiner Jugend und Schönheit.

Nun kletterte ich auf den Balkon seines Zimmers im ersten Stock, und dort, verborgen durch die teilweise zugezogenen Vorhänge, sah ich, wie er sich auskleidete und seinem wartenden Diener seine schlammverschmutzten Kleider zuwarf. Mir fiel auf, daß er heute keine Scherze machte. Der Junge war ernst und grimmig, und da er sich erst so spät zurückzog, mußte er seine betrunkenen Gefährten im Bois verlassen und sich auf die Suche nach einer anderen Kutsche gemacht haben.

Ich betrachtete ihn mit bitterem Neid. Ein Jüngling, hellblond und mit glatter Haut, gut proportioniert und kräftig gebaut. Wenn man kritisch sein wollte, konnte man vielleicht anmerken, er sei ein wenig zu klein gewachsen, doch er war größer als Christine; ich konnte mir also kaum einreden, daß das eine Rolle spielte.

Gegen meinen Willen sah ich vor mir, wie er ihr langsam dieses Brautkleid auszog. Ich sah ihre Scheu und Schüchternheit zuerst staunendem Forschen und dann schließlich der Ekstase weichen. Ich wußte, daß sie hinterher zusammen in der Dunkelheit liegen würden, friedlich, gesättigt, noch verschlungen, ihr schönes Haar über beide Körper gebreitet wie ein zarter Schleier.

Habe ich bei der grausamen Klarheit dieses unerträglichen Bildes aufgeschrien, oder war es eine unwillkürliche Bewegung der Qual, die ihn plötzlich auf mich aufmerksam machte? Ich kann es nicht sagen. Doch was immer es war, das mich verriet, es führte dazu, daß abrupt die Vorhänge aufgezogen wurden und ich in den Lauf eines Revolvers schaute.

Einen Augenblick lang starrten wir einander nur an, beide zu schockiert, um auf diese Konfrontation zu reagieren. Dann, als seine Hand am offenbar verklemmten Griff des bodentiefen Fensters zu rütteln begann, drehte ich mich um und sprang hinunter in den Garten.

Als ich davonging, hörte ich ihn oben auf den Balkon stürmen.

«Halt!» schrie er wütend. «Bleiben Sie stehen, wo Sie sind, Erik, oder ich schieße, darauf gebe ich Ihnen mein Wort!»

Ich hielt inne und drehte mich um. Er hatte das Licht im Rücken, und sein kaum bekleideter Körper gab ein prachtvolles Ziel ab. Ich war nicht bewaffnet, aber das konnte er nicht wissen. Gegen meinen Willen war ich beeindruckt vom Mut dieses ungestümen Jungen, der wütend genug war, um in der Dunkelheit einen erfahrenen Mörder zu stellen. Dieser Mut war vielleicht unangemessen oder sogar ein wenig verrückt, aber er war jedenfalls nicht zu verachten.

Und doch war Verachtung die einzige Abwehr, die mir geblieben war.

«Feuerwaffen gehören nicht in die Hände von Kindern», sagte ich mit grimmigem Sarkasmus. «Ich rate Ihnen, das Ding wegzulegen, mein Junge, bevor Sie sich verletzen.»

Bewußt verächtlich drehte ich ihm den Rücken zu und ging ohne Eile auf die Bäume zu. Ich hatte ein halbes Dutzend Schritte in diese Richtung getan, als seine erste Kugel meine Schulter streifte. Die zweite und dritte gingen fehl, aber ich wußte, das geschah nicht mit Absicht. Wenn er nur ein etwas deutlicheres Ziel gehabt hätte, hätte dieser Junge mich kaltblütig niedergeschossen.

Ich dachte an die vielen Nächte, in denen ich ihn beobachtet hatte, an die zahlreichen Gelegenheiten, bei denen ich mich seiner endgültig hätte entledigen können, wenn mich nicht ein falscher Begriff von Fairneß davon abgehalten hätte. Heute nacht hatte er mir genau gezeigt, wo ich stand. Einem Gentleman wird eine ehrenhafte Abrechnung im Duell zugestanden, aber ein Monster darf man ohne Gewissensbisse abknallen.

Zitternd vor Zorn ging ich durch die Straßen, bis das erste rötliche Tageslicht mich den Weg zur Oper einschlagen ließ.

Doch ich kehrte mit der zielstrebigen Ruhe einer Entscheidung in mein Haus zurück, einem unerschütterlichen Entschluß, der diesem ärgerlichen Schuß viel zu verdanken hatte.

Vielleicht konnte ich den Traum nicht haben, vielleicht waren ihre Stimme, ihr Lächeln und ihre freundliche Gesellschaft alles, worauf ich jemals hoffen konnte.

Aber ich würde nicht länger mit dem Schatten dieses Jungen leben, ich würde seine Rivalität nicht dulden.

Es war Zeit, Christine um eine klare Entscheidung zu bitten.

Heute blieb ich in meinem Zimmer, bis die anhaltende, erdrükkende Stille mich hinaustrieb.

Erik sah auf, als ich sein Zimmer betrat, aber er sprach nicht,

nicht einmal, als ich vor ihm niederkniete. Als die Minuten in tödlicher Stille vergingen, wurde mir klar, daß seine Stimme für mich zu einer ebenso machtvollen Droge geworden war wie das Morphium, notwendig für meine Sinne, lebenswichtig für meine Existenz. Sein Schweigen war eine Strafe, die zu ertragen ich nicht die Kraft hatte.
«Erik, wenn du nicht bald mit mir sprichst, werde ich verrückt», sagte ich schließlich. «Ich kann es nicht ertragen, hier eingesperrt zu sein und nur meine eigenen Gedanken zur Gesellschaft zu haben.»
Seine Hände spannten sich fester um die Armlehnen seines Sessels.
«Eingesperrt?» wiederholte er entsetzt. «Das ist dieses Haus also für dich geworden ... ein Gefängnis?»
«Es ist kein Gefängnis», sagte ich langsam, «wenn du es nicht dazu machst. Aber du hast mir in dieser letzten Woche solche Angst gemacht, Erik, daß ich das Gefühl habe, dich kaum zu kennen.»
«Nein», seufzte er, «du fängst erst an, mich kennenzulernen, das ist alles. Hier in meinem Kopf ist soviel Finsternis, manchmal erschreckt mich das auch. Aber das muß nicht so sein, Christine. Wenn ich einfach leben könnte wie andere Männer, bei Tageslicht durch den Bois spazieren, die Sonne und den Wind auf meinem Gesicht spüren ... Oh, Christine, ich würde wagen, so viele Dinge zu tun, wenn du als meine Frau an meiner Seite wärest.»
Ich schwieg, bekümmert und entsetzt, unfähig, etwas zu antworten. Abrupt stand er auf und entfernte sich von mir.
«Wie ich sehe, liegt dir nicht halb soviel an meiner Stimme, wenn sie Dinge sagt, die du nicht hören möchtest. Einfache Worte können aus meinem Mund wie Obszönitäten klingen, nicht wahr? Ehefrau, Ehemann, Liebe.»
Ich kniete mit gesenktem Kopf auf dem Boden und fühlte mich wie eine Verbrecherin, die die Guillotine verdient.
«Was gestern geschehen ist, wird sich nie wiederholen», fuhr er ruhig fort. «Wenn du mich heiraten würdest, würde ich jede Bedingung akzeptieren, die du stellst, jede ... verstehst du?»
«Erik ...»

«Du glaubst mir nicht! Du denkst, weil ich wie ein Monster aussehe, muß ich mich auch wie eines benehmen.»
«Nein», flüsterte ich, «ich glaube dir.»
Er wurde sehr still und starrte in äußerster Qual auf mich nieder.
«Es ist dieser Junge, nicht wahr? Der Junge, von dem du sagst, du liebtest ihn nicht.»
Entsetzen durchfuhr mich, und ich schüttelte heftig den Kopf, wies den Vorwurf sofort zurück. Ich wagte nicht daran zu denken, was er Raoul antun würde, wenn ich gestünde, daß ich seinen Ring schon auf meinem Herzen trug.
«Es wäre nicht für lange», hörte ich ihn leise sagen. «Vielleicht sechs Monate, dann wärest du Witwe ... und frei, eine richtige Ehe einzugehen.»
Als ich die Hände vor den Mund schlug, wandte er sich verzweifelt ab.
«Ich werde nicht betteln», sagte er mit plötzlicher Kälte. «Nicht einmal um deine Liebe. Ich habe dich gebeten, mich zu heiraten, aber ich möchte nicht, daß du mir jetzt antwortest. Ich möchte, daß du morgen abend wiederkommst, nach der Vorstellung, und mir sagst, was du beschlossen hast. Willst du mir das versprechen, Christine, daß du zurückkommst und es mir sagst? Selbst wenn die Antwort nein lautet?»
Ich starrte zu Boden, unfähig, ihm in die Augen zu sehen. Nie hätte ich geglaubt, daß ein menschliches Herz soviel Elend empfinden kann wie meines in diesem Augenblick. Und dann hörte ich mich seiner Bitte zustimmen.

9. Kapitel

Ich fand das Brautkleid zerknittert auf dem Stuhl, wohin sie es gestern abend geworfen haben mußte, und als ich mich niederbeugte, um die Falten auszuschütteln und es in den Schrank zurückzuhängen, fiel die geöffnete Kette aus den Satinfalten, wo sie ungesehen gelegen hatte. Die Kette mit dem Kruzifix – und dem Ring!

Ich setzte mich auf das Bett und untersuchte ihn mit dumpfem Entsetzen. Die Diamanten waren von höchster Qualität, eingebettet in eine Fassung, deren Neuheit am völligen Fehlen von Kratzern und matten Stellen zu erkennen war. Dies war kein Andenken, das zur Erinnerung an eine verstorbene Verwandte getragen wurde. Ich wußte, wer ihn ihr geschenkt hatte, und ich wußte, warum sie sich entschlossen hatte, den Ring insgeheim und für mich unsichtbar zu tragen.

Ich hatte ihr vierundzwanzig Stunden gegeben, weil ich noch nicht den Mut hatte, mich ihrer Antwort zu stellen, ohne ein abstoßendes Schauspiel aus meinem Kummer zu machen.

Doch als ich den Ring betrachtete, wußte ich zweifelsfrei, daß ich diesen Mut finden und sie in Würde gehen lassen mußte. Sie liebte mich nicht, aber sie respektierte mich als Mann – *als menschliches Wesen* – genug, um anstandshalber so zu tun, als müsse sie sich die Antwort überlegen. Und ich meinerseits mußte ihre Entscheidung respektieren. Diesmal würde ich meinen Stolz wahren, ohne Tränen und ohne erniedrigendes Kriechen, für die ich hinterher brennende Scham empfinden würde. Stolz war alles, was mir bleiben würde, um die Qual ihrer Ablehnung durchzustehen. Stolz würde mich veranlassen, ihr alles Gute zu wünschen und mich mit Anstand und Höflichkeit von ihr zu trennen.

Ich konnte nicht länger im Haus bleiben, mir war, als bekäme ich keine Luft. Ich empfand den starken Drang, nach oben zu gehen und in die kühle Abendbrise hinauszutreten, an einen hochgelegenen Ort zu steigen, wo ich mich vielleicht dem Gott näher fühlen würde, an den zu glauben ich mich beständig geweigert hatte.

Im Herzen glaube ich noch immer an Wunder. Gott ist der größte aller Magier. Er, der eine häßliche Raupe in einen schönen Schmetterling verwandelt, ist gewiß auch fähig, aus Widerwillen und Angst Liebe zu machen.

Heute nacht bin ich bereit, mich auf die Knie zu werfen, wie ich es als sehr kleines Kind zu tun pflegte, und Gott einen letzten, sehr kindlichen Handel anzubieten.

«Bitte, Gott, mach, daß sie mich liebt, und ich verspreche, für immer gut zu sein.»

Ich könnte hier beten, aber ich weiß, daß das nicht recht ist; ebensogut könnte ich aus der tiefsten Hölle beten. Hier unten werde ich niemals erhört werden. Ich muß auf die Dachfirste von Paris, den Sternen nahe genug, um sie zu berühren.

Die Statue des Apollo auf dem Dach des Opernhauses, zehn Stockwerke über dem Boden, ist die größtmögliche Nähe zum Himmel, die ich jetzt erreichen kann.

Gewiß wird er mich von dort aus hören.

Ich hatte mich so sehr in panische Angst verloren, als ich auf meine Garderobe zuging, daß ich kaum den kleinen Botenjungen wahrnahm, der mir nachlief und die Hand an seine Mütze legte.

«Mademoiselle, ich sollte Ihnen das hier geben, sobald Sie zur Arbeit kämen.»

Als ich den Umschlag betrachtete, den er mir reichte, erkannte ich sofort Raouls ausgreifende, unordentliche Schrift, und mein Herz tat einen schmerzhaften Satz.

«Wann hast du das bekommen?»

«Heute morgen, Mademoiselle, vom Kutscher des Vicomte de Chagny. Ich kann eine Antwort überbringen, wenn Sie möchten», fügte der Junge frech hinzu, «das kostet Sie nur zwei Francs für meine Mühe.»

Statt ihn für seine Frechheit zu schelten, eilte ich mit dem Jungen in meine Garderobe und ließ ihn warten, während ich hastig eine Zeile auf ein Stück Papier kritzelte. Ich hatte keinen Umschlag zur Hand, aber ich bezweifelte, daß der Bursche lesen konnte.

«Kennst du das Haus der Chagnys?»

«Ja, Mademoiselle, jeder kennt es.»

«Wirst du den ganzen Weg dorthin laufen, wenn ich dir zehn Francs gebe?»

Ein breites Grinsen erschien auf dem sommersprossigen Gesicht des Jungen, als er das Geld einsteckte.

«Mademoiselle, für zehn Francs werde ich fliegen!»

Ich war zu zerstreut, um sein Lächeln zu erwidern. Als er fort war, begann ich wie eine Verrückte in meiner Garderobe auf und ab zu gehen. Ich wollte Raouls Brief nicht öffnen. Ich war

sicher, daß er nach dem unseligen Vorfall im Bois de Boulogne nur kalte Floskeln und sonst nichts enthalten würde, eine formelle Auflösung unserer Verlobung.
Würde er auf mein verzweifeltes Flehen hin kommen? Oder würde er, gewiß beleidigt und verletzt, den Brief einfach zerreißen?
Eine Stunde verging, und mit ihr das letzte Tageslicht. Von zunehmender Verzweiflung getrieben, lief ich zur großen Treppe, wo ich alle sehen konnte, die durch den Haupteingang hereinkamen oder hinausgingen.
Meine Uhr zeigte an, wie weitere zehn Minuten bleiern vergingen.
Er würde nicht kommen! Er hatte mich verlassen. Und wer konnte ihm das verdenken nach der Art, wie ich ihn in all diesen Wochen behandelt hatte? Wer konnte ihm einen Vorwurf daraus machen?
Die Tür schwang auf, und dann sah ich Raoul am Ende der Treppe stehen. Falls sein Verhalten kühl oder reserviert gewesen war, so änderte sich das schnell, als er den Gesichtsausdruck sah, mit dem ich auf ihn zulief.
«Christine! Mein Gott, was ist los? Was ist passiert, daß du so aussiehst?»
«Pssst! Nicht hier. Ich kann es dir hier nicht sagen, Raoul, es sind zu viele Leute in der Nähe. Wir müssen irgendwo hingehen, wo es still ist und wo wir allein sein können. Macht es dir etwas aus, viele Treppen zu steigen?»
«Natürlich nicht. Aber ich verstehe nicht...»
«Oh, Raoul, ich habe solche Angst.»
«Wenn er dir etwas angetan hat...»
«Nein, das ist es nicht. Aber ich kann es hier nicht erklären. Laß uns nach oben aufs Dach gehen. Da ist nach Einbruch der Dunkelheit nie jemand, und es ist der einzige Ort im ganzen Haus, wo du vor ihm sicher bist. Nein, warte! Wer ist dieser fremdländisch aussehende Mann auf der Treppe! Er hat mich beobachtet, da bin ich ganz sicher. Und er scheint dich zu kennen, er hat sich verbeugt.»
«Ich weiß nicht recht, wer er ist. Ein merkwürdiger Bursche. Er hat sich mir ein- oder zweimal genähert und mir ein paar sehr

merkwürdige Fragen über dich gestellt. Es heißt, er sei ein Perser.»

«Nun, dann ignoriere ihn. Schau ihn nicht an. Tu so, als hättest du ihn nicht gesehen. Hör zu, ich kenne noch einen anderen Weg nach oben aufs Dach...»

Das Letzte, was ich auf dieser windigen Zuflucht hoch über den Straßen zu hören erwartete, war der Klang ihrer Stimme, erwidert von seiner.

Antwortest Du so auf die Gebete von Bittstellern, Gott? Ist das die Art, wie Du Reue lohnst und den verlorenen Sohn willkommen heißt?

Ich bin gekommen, um Deine Stimme zu hören, und statt dessen narrst Du mich mit ihren Stimmen, um mir zu zeigen, daß es um meinetwillen kein göttliches Eingreifen gibt, keine Gnade, kein kleines Wunder. Meine infamen Verbrechen haben mich Deiner Vergebung unwürdig gemacht. Du wolltest nur Rache für die Jahre schändlicher Blasphemie!

Nun, jetzt hast Du Deine Rache gehabt. Bist Du zufrieden?

Jetzt wußte ich alles. Die Bombe hatte genau getroffen und meine letzte schwache Hoffnung zerstört.

Ich hatte seine verzweifelten Fluchtpläne gehört und ihre müde Zustimmung. Ich hatte gesehen, wie er sich niederbeugte, um ihren lieblichen, ihm zugewandten Mund zu fordern. Heute nacht nach der Vorstellung wird er sie fortbringen, weit fort an einen Ort, wo ich sie niemals finden kann, wo sie anfangen kann, das zu vergessen, was er als ihre unerträgliche Bürde bezeichnet.

Eine unerträgliche Bürde...

Du hast mich den vollen Kreis durchmessen lassen, nicht wahr, Gott? Bis zu dem Augenblick vor vielen Jahren, in dem ich wußte, daß ich weglaufen mußte.

Nur ist diesmal sie diejenige, die fortlaufen wird, fortlaufen vor mir, als sei ich ein ekelhaftes Tier, auf dessen Anstand und Sitte man sich nicht verlassen kann. Oh, es war nicht der Kuß, der so unerträglich schmerzte, sondern der grausame Trick, mit dem sie ihre Freiheit gewinnen will. Sie hat versprochen, zu mir zurückzukommen. Sie *hat es versprochen!* Und sie hat gelogen. Das ist die letzte Qual... das Wissen, daß ihr nicht genug an mir liegt, um mich aus meinem Elend zu erlösen, daß sie es mir nicht einmal *sagen* wird. Sie wird einfach mit ihm fortlaufen und nie wieder an mich denken. Sie muß mich sehr hassen, um sich so zu verhalten. Eigenartig, ich habe nie vermutet, daß sie mich wirklich haßt. Im Laufe meiner Unterweisung muß ich eine äußerst gute Schauspielerin aus ihr gemacht haben.

Wie gern würde ich jetzt sterben. Genau jetzt, in dieser Minute! Ich würde die letzte Zuckung dieses müden und schlaffen Muskels in meiner Brust willkommen heißen, doch durch irgendeine unglaubliche Ironie schlägt mein Herz mit seltsamer Gelassenheit, als habe es nie auch nur einen Augenblick versagt.

Auf was also willst Du hinaus, Gott? Welchen perversen kleinen Streich willst Du mir noch spielen? Gewiß wirst Du mir nach all dem keine Wunderheilung gewähren und mir das Recht verweigern, tödlich getroffen zu sein.

Du hast mir ein Leben verweigert. Willst Du mir nun auch noch den Tod verweigern? Soll das die Strafe sein für meine unsäglichen Verbrechen gegen die Menschheit – weitere zwanzig Jahre Einsamkeit auf dieser Erde?

Unter meinem hoch aufragenden Turm liegt Paris in all seinem Glanz, unzählige Lichter flackern auf Haussmanns sauber angelegten Boulevards. Nichts könnte einen so tiefen Sturz überleben. Alles, was sie finden würden, wäre eine zerschmetterte rote Masse in Abendkleidung, unkenntlich, nicht zu identifizieren.

Ich brauche mich nur fallen zu lassen ...

Selbstmord – die äußerste Sünde, das einzige Verbrechen, das zu beichten wir nie Gelegenheit haben. Diebe und Mörder mögen in den Himmel kommen, doch der Selbstmörder, der nie die Absolution erhält, kann nicht im Zustand der Gnade sterben und muß ewig brennen.

Deshalb also hast Du mich hier hinaufgeführt, Gott! Du dachtest, ich sei dumm genug, in Deine Falle zu gehen. Eine unbesonnene Wahnsinnstat von mir, und Dir wäre die Notwendigkeit erspart geblieben, die ganze Ewigkeit hindurch Dein häßliches, mißgestaltetes Geschöpf ansehen zu müssen.

Nun, ich brauche Dich nicht. Ich habe Dich nie gebraucht. Es gibt noch einen größeren Herrn, der immer loyal bleibt, selbst einem rückfälligen Lehrling gegenüber, einen Herrn, der mich sogar jetzt noch daran erinnert, daß mein Lehrvertrag mit ihm nie gelöst wurde – nur verschoben.

Ich bin nicht in Versuchung. Ich bin nicht mehr allein in der Finsternis. Vor meinen Augen sehe ich tausend kleine Teufel, die schwarze Kerzen entzünden am Rand des Weges, der zum Abgrund führt, zum blendend schönen Abgrund.

Eine kühle Brise läßt meinen Umhang wehen wie die Schwingen des Todesengels, wie einen dunklen, hoch aufragenden Schatten, aufsteigend wie der Phönix aus der Asche, böswillig, allmächtig ...

Das Phantom der Oper!

«Es sind noch gut drei Stunden bis zur Vorstellung. Warum gehen wir nicht jetzt, auf der Stelle, ohne uns länger aufzuhalten?»

«Das kann ich nicht tun. Was, wenn Erik heute abend in die Vorstellung kommt und mich nicht ein letztes Mal singen hört? Oh, Gott, warum habe ich mich von ihm überreden lassen?»

«Christine, um Gottes willen! Du hast doch deine Meinung nicht geändert?»

«Ich glaube ... ich glaube, ich sollte singen ... die Direktion ...»

«Ach,die Direktion. Mit der werde ich schon fertig. Sie brauchen nicht zu denken, daß sie dich mit irgendeinem dummen Vertrag halten können!»

«Bitte, keine Szene, Raoul, nicht wegen drei Stunden. Hast du eine Loge für heute abend?»

«Nein. Ich wußte nicht, daß du auftreten würdest, also habe ich mir nicht die Mühe gemacht, eine zu nehmen.»

«Dann lauf zur Kasse und schau, was sie für dich tun können. Es muß doch noch irgendwo einen freien Platz geben.»

Raoul schob die Kapuze meines Umhangs nach hinten und betrachtete mich einen Augenblick lang mit bestürzender Intensität.

«Ich soll Loge Fünf verlangen, nicht wahr?» fragte er kühl.

Ich biß mir auf die Lippen und wandte den Blick ab.

«Wird er dort sein?» beharrte Raoul störrisch. «Bist du deshalb so entschlossen, heute zu singen?»

«Ich weiß wirklich nicht, was er heute abend vorhat. Doch solange auch nur die kleinste Chance besteht, daß er vielleicht in die Vorstellung geht, muß ich singen. Kannst du das verstehen? Ich weiß keinen anderen Weg, um ihm Lebewohl zu sagen.»

Raoul sah aus, als wolle er darüber streiten, doch dann gab er unerwartet erschöpft nach.

«Nun gut», stimmte er traurig zu, «wenn du das wirklich willst, dann werden wir warten. Vielleicht ist es am besten so. Vielleicht sollte ich hören, wie du ihm Lebewohl sagst. Dann brauche ich mich vielleicht nicht für den Rest meines Lebens zu fragen, ob du nicht in Wirklichkeit nur auf Wiedersehen sagen wolltest.»

Wenn es je einen Moment gab, um Raoul zu umarmen und ihm zu sagen, daß ich ihn liebte, dann war es jetzt. Auf dem Dach hatte ich mich verzweifelt an ihn geklammert und gewollt, daß er mich für immer festhielt, hatte sein liebes, vertrautes Gesicht sehen wollen, mir zugewandt für alle Zeit, hatte gewollt, daß er mir ein Leben im hellen Tageslicht versprach, frei von dunklen, unbekannten Schrecken.

Ich hatte Raoul geliebt, seit ich fünfzehn Jahre alt war, die meiste Zeit scheu und unsicher, kaum zu hoffen wagend, daß er jemals über unsere Kindheit hinausblicken und um meinetwillen seiner Familie trotzen würde. Und jetzt, da ich alle Liebesbeweise habe, die ein Mädchen von einem jungen Mann nur fordern kann, sind meine Lippen zu Schweigen versiegelt.

Dort oben unter der Leier des Apollo, wo nur Wind und Sterne Zeugen meines Verrats waren, konnte ich Raoul sagen, daß ich ihn liebte, und es mit ganzem Herzen meinen. Doch hier, in Gegenwart des allwissenden Spiegels, verdorren die Worte in meiner Kehle.

Plötzlich erkenne ich mit Entsetzen, daß ich Erik mit drei einfachen Worten töten kann.

Ich kann diese Worte nicht aussprechen, die Raoul zu seiner Beruhigung so dringend braucht. Und selbst während wir uns aneinander klammern, habe ich das Gefühl, daß wir auseinandergerissen werden.

10. Kapitel

Heute nacht ist das Glück des Teufels mit mir. Selbst die Planeten verändern auf Geheiß des Herrn ihre Stellung zu meinen Gunsten.

Der Perser sieht zu, und diesmal paßt mir das ausgezeichnet. Nadir? Nadir existiert nicht mehr. Ich habe die Freundschaft aus meinem Herzen getilgt, wie ich mich von der Liebe befreit habe. Zum ersten Mal in meinem Leben bin ich nicht durch schwächende Gefühle gehemmt. Ich bin erfüllt von Haß, und Haß gibt mir die Kraft, endlich die Fesseln der Menschlichkeit abzuschütteln.

Er folgt mir sogar jetzt, glaubt, ich hätte ihn nicht gesehen, der Narr! Ich hätte ihn auf dem Rückweg vom Dach der Oper schon mehrmals töten können, doch ich will es nicht tun, noch nicht. Der Daroga von Mazenderan wird mir einen letzten Dienst erweisen, ehe ich ihn der Gnade Allahs überantworte.

Ich muß mich langsamer bewegen, ein- oder zweimal hätte er mich fast verloren. Verdammter Daroga, muß ich Ihnen leuchten wie ein bezahlter Führer? Sie gehen wie ein müder alter Mann. Können Sie nicht dichter auf meinen Fersen bleiben? Ja, so ist's schon besser! Wir sind nun im dritten Kellergeschoß, wir sind beinahe da.

Und hier ist der Stein.

Beobachten Sie mich, Daroga? Beobachten Sie sehr aufmerksam. Beglückwünschen Sie sich zu ihrer großen Geschicklichkeit als Spürhund?

Natürlich tun Sie das. Auf das hier haben Sie lange gewartet, nicht wahr, und endlich wird Ihre Ausdauer belohnt. Jetzt kennen Sie das Geheimnis der Zuflucht des Phantoms. Und wenn heute abend der Kronleuchter in den Zuschauerraum stürzt, wenn Christine Daae in dem darauffolgenden Durcheinander von der Bühne verschwindet, dann werden Sie genau wissen, wie Sie Ihre Kenntnisse nutzen müssen. Sie werden wissen, wo ich zu finden bin, und Sie werden genau wissen, wen Sie zur letzten Jagd mitzubringen haben.

Sehen Sie, ich kenne Sie so gut. Sie haben alle Instinkte eines überaus tüchtigen Polizisten, wirklich. Sie waren immer viel kompetenter, als Sie selbst glaubten. Sie werden nicht kostbare Zeit damit vergeuden, sich wegen einer verworrenen Geschichte über das Phantom an die zynische Pariser *sûreté* zu wenden. Sie werden die Sache einfach selbst in die Hand nehmen. Ihre Integrität wird Sie zwingen, die Mission zu vollenden, die Ihnen vor all den Jahren in Persien anvertraut wurde. Auch Sie, Daroga, werden heute nacht die Schwäche alter Freundschaft aus Ihrem Herzen reißen und nur an die Rechtmäßigkeit Ihres Anliegens denken. Wie ich Ihr Vertrauen verraten habe, so werden Sie meines verraten.

Wenn nach dem letzten Akt der Vorhang fällt, dann will ich den Jungen in meinem Haus am See, hilflos und völlig meiner Gnade ausgeliefert.

Ich will den Vicomte de Chagny, Daroga!

Und ich weiß, ich kann mich darauf verlassen, daß Sie ihn mir bringen!

In einer halben Stunde öffnet sich der Vorhang zum *Faust*, und ich will zum letzten Mal für Erik singen, auch wenn ich nicht weiß, ob er mich hört. Nach dem Ende der Vorstellung wird Raouls Kutsche auf uns warten. Ich werde nicht mehr hierher zurückkehren, nicht einmal, um mich umzukleiden, denn der bloße Anblick des Spiegels würde ausreichen, um meine Entschlossenheit zur Flucht ins Wanken zu bringen.

Ich weiß, daß ich nicht das Rechte tue, und doch scheint es keine andere Wahl zu geben. Wie kann ich zu Erik zurückgehen, wenn ich zu große Angst habe, nein zu sagen, und doch auch nicht ja sagen kann? Wie kann ich seinen Kummer mitansehen, ohne den Verstand zu verlieren? Oh, Erik, warum mußte ich diejenige sein? Du hast für deine leidenschaftliche Hingabe eine schüchterne, ängstliche Maus gewählt. Wenn es einen liebenden Gott gäbe, stünde dir eine prachtvolle junge Löwin zu.

Wie könnte ich dich heiraten und dir deine Rechte als Gatte verweigern? Wie könnte ich dich in unserer Hochzeitsnacht strafen, indem ich mich abwende und dir die körperliche Liebe nicht gewähre? Keine Frau auf dieser Welt ist je so geliebt worden, wie du mich geliebt hast. Warum ist das nicht genug? Warum kann ich den schrecklichen Abgrund nicht überbrükken, der zwischen uns liegt?

Ich liebe dich, Erik, ich liebe dich auf so viele verschiedene

Arten, aber meine Liebe ist die Liebe eines Kindes, das Angst hat, erwachsen zu werden. Kinder laufen fort und verstecken sich, wenn sie in eine Situation geraten, mit der sie nicht fertig werden, wenn sie sehen, daß der Traum vorbei ist und statt dessen eine erschreckende Wirklichkeit droht. Meine Liebe ist nur ein zerbrochenes kleines Spielzeug, das zu besitzen ich mich schäme. Weine nicht um mich, Erik, ich war deiner Tränen nie würdig. Was ich Raoul antue, ist fast so schlimm wie das, was ich dir angetan habe, aber ich bin zu erschöpft, um seiner Entschlossenheit länger widerstehen zu können. Ich will nur, daß man mir die Entscheidung aus der Hand nimmt. Er ist so begierig, mich aus meiner Versklavung zu reißen, und plötzlich ist der einzige Ausweg, den ich sehe, mit ihm fortzugehen. Gott weiß, daß ich nie den Mut finden würde, aus eigener Kraft zu gehen.

Ich bin ganz sicher, daß Raoul keine Vorstellung vom Preis des Sieges hat. Vor all diesen Jahren, als er ins Meer lief, um meinen Schal zu holen, schien er ehrlich erstaunt, daß er dabei bis auf die Haut durchnäßt wurde.

Ich glaube, er wäre heute vielleicht ähnlich erstaunt, wenn er feststellt, daß man nicht unbeschadet durch Feuer geht.

Du hast mir so viele schöne Geschichten erzählt, Erik. Du hast mich gelehrt, daß sogar Märchen ein tragisches Ende nehmen können.

Die weiße Rose und die Nachtigall wurden von Allah bestraft, weil sie eine verbotene Liebe gestohlen hatten.

Irgendwie glaube ich, daß keinem von uns ein glückliches Weiterleben bestimmt ist.

Die Vorkehrungen waren ganz einfach zu treffen – einfach für mich, heißt das.

Nach einer Stunde in meinem Laboratorium hatte ich alle Materialien, die ich brauchte, und schon lange vor dem Aufgehen des Vorhangs war jede der acht Stahltrossen, die die Gegengewichte von Garniers Kronleuchter hielten, mit Sprengstoff versehen. Alle acht waren mit einem Zeitzünder verbunden, und die Menge des Sprengstoffs war sorgfältig so bemessen, daß sie Drahtseile von der Dicke eines Männerarms durchtrennen konnte.

Ich arbeitete mit kühlem Sachverstand, ohne jedes Gefühl, und als ich fertig war, versteckte ich mich hinter dem Bühnenbild, in einen roten Umhang mit Kapuze gehüllt, einer genauen Nachbildung dessen, den Mephisto bei der Vorstellung tragen würde. Irgendwie schien es passend, als Fürst des Bösen gekleidet zu sein.

Als die Sprengsätze detonierten, hatte ich kaum eine Sekunde Zeit, den spektakulären Effekt zu bewundern, mit dem sieben Tonnen Glas und Metall von der vergoldeten Decke stürzten, bevor eine zeitlich genau berechnete Unterbrechung der Gaszufuhr die Bühne in Dunkelheit tauchte. Die nun eintretende Panik war so groß, daß niemand sah, wie ich Christine durch die verlassenen Gänge in ihre Garderobe zerrte.

Sie gab bei unserer Flucht durch den Spiegel keinen Laut von sich. Sie schrie nicht und wehrte sich nicht. Sie war in jenen Zustand passiver Gleichgültigkeit verfallen, der sich unmittelbar vor der Hinrichtung über das Opfer senkt. Sie überließ sich meiner schweigenden Entschlossenheit mit hoffnungsloser Resignation.

Das Brautkleid war auf ihrem Bett ausgebreitet, und erst als ich ihr gesagt hatte, sie solle es anziehen, zeigte sie erste Anzeichen von entsetztem Protest.

«Erik ... bitte ...»

«Zieh es an! Ich bestehe darauf. Du mußt angemessen gekleidet sein, um meine Gäste zu empfangen.»

«Gäste!» Sie starrte mich verständnislos an.

«Hochzeitsgäste, meine Liebe. Oder Zeugen des Verbrechens, wenn dir das lieber ist. Und nun tue, was ich sage. Ich gebe dir eine halbe Stunde, um dich auf den Empfang vorzubereiten.»

Ich schloß sie in ihr Zimmer ein, so ruhig, als hätte ich das schon oft getan, erstaunt, wie einfach es war, ein lebendes Wesen in einen Käfig zu sperren. Kein Schuldgefühl, keine Reue. Ich war nicht länger fähig, ihretwegen zu leiden.

Ich ging in mein Zimmer, legte mein Kostüm ab und zog zum ersten Mal in meinem Leben vor einem mannshohen Spiegel meinen Abendanzug an. Spiegel hatten ihre Macht verloren, mich zu verletzen.

Musik strömte durch meinen Kopf wie eine Flutwelle, trieb mich mit unwiderstehlicher Macht auf die Orgel zu. Der letzte Akt von *Der Triumph des Don Juan* schrieb sich selbst, ich war nur das Medium, das diese donnernde Kakophonie von Tönen realisierte.

Es war, als entströme Wahnsinn meinen Fingerspitzen. Ich hatte nie zuvor so gespielt, meinem Gehör nie so wilde Foltern auferlegt. Musik, die Haß erzeugte, Musik, die Mordlust weckte. Weiter und weiter spielte ich, bis die Tastatur zu brennen schien und meine Finger zurückzuckten, als erhielten sie elektrische Schläge.

Die plötzliche Stille im Haus war betäubend.

Die Musik war nichts Geringeres gewesen als ein gewaltsamer körperlicher Angriff, und plötzlich erinnerte ich mich mit schrecklicher Angst an Christine.

Als ich ihr Zimmer betrat, kniete sie auf dem Boden an der Wand, ihre Stirn war blutverschmiert.

Ich brauchte nicht zu fragen, wie sie sich verletzt hatte. Ich war weder überrascht noch schockiert, nur ärgerlich, daß ich dumm genug gewesen war, sie allein zu lassen, während meine Musik ihre Sinne gnadenlos peitschte.

Ich trug sie in mein Zimmer, legte sie auf die Couch und versorgte ihre Verletzungen mit professioneller Gleichgültigkeit. Wie unglaublich, daß Haß so vollkommen von Liebe heilen kann. Ich hätte einen Leichnam berühren können, so ruhig, losgelöst und frei von jeder Zärtlichkeit fühlte ich mich.

«Warum lachst du?» fragte sie ängstlich.

«Ich lache über dich, meine Liebe, über deinen wirklich bemerkenswerten Unverstand. Du weißt nicht einmal, wie du es anstellen mußt, dich richtig umzubringen, nicht wahr? Was hast du nun erreicht, außer Kopfschmerzen und einem ruinierten Kleid? Du bist wirklich nicht sehr praktisch. Warum hast du mich nicht vorher gefragt? Ich hätte dich mit größtem Vergnügen von meiner beträchtlichen Erfahrung mit dem Tod profitieren lassen.»

«Sprich nicht so», flüsterte sie. «Bitte, Erik, sprich nicht mit diesem Lachen über den Tod. Das erschreckt mich.»

Ich zuckte gleichgültig die Achseln, als ich auf ihr bleiches Gesicht blickte.

«Ja, ich glaube, ich erinnere mich, wie leicht man dich erschrekken kann, Christine. Aber du solltest wirklich keine Angst vor dem Tod haben. Er ist gar nicht so unzugänglich, und wie jedermann liebt er etwas Abwechslung bei seiner Arbeit, so vergeht die Zeit schneller. Ich nehme daher an, daß er sich über den Kronleuchter ziemlich amüsiert hat. Mir lag nie viel an diesem Kronleuchter.

Und dir? Ich weiß noch, wie ich Garnier sagte, er sei ziemlich überladen, aber er wollte natürlich nicht auf mich hören. Er hatte manchmal einen etwas vulgären Geschmack, und er haßte Kritik... wie die meisten Künstler...»

Sie lag auf der Couch, reglos wie eine Statue, die Hände in die glatten Satinfalten des Brautkleides geklammert.

«Der Kronleuchter...», wiederholte sie dumpf. «Oh, Gott... Erik... Willst du damit sagen, das mit dem Kronleuchter sei kein Unfall gewesen?»

«Du glaubst doch wohl nicht, daß er so freundlich war, aus eigenem Antrieb von der Decke zu fallen, oder?»

«Ja, aber er muß Menschen getötet haben!»

«O ja. Ich denke, das ist sehr wahrscheinlich. Es ist sehr schwierig, ein richtiger Mörder zu sein, ohne von Zeit zu Zeit Leute umzubringen, weißt du. Übrigens, du hast das hier vergessen. Hast du es vermißt?»

Ich ließ die Kette mit dem Kruzifix und dem Verlobungsring in ihre zitternde Hand fallen und lehnte mich zurück, um ihre Reaktion zu beobachten. Wenn das möglich gewesen wäre, würde ich sagen, sie wurde noch bleicher.

«Falls dir übel wird, meine Liebe», sagte ich kalt, «hoffe ich, daß du es mir rechtzeitig sagst, damit ich eine Schüssel holen kann. Dieser Teppich war sehr teuer.»

«Warum?» flüsterte sie. «Warum tust du das? Warum bist du so *grausam?»*

«Jede Grausamkeit, die ich heute abend zeige, habe ich von dir gelernt, meine Liebe, auf dem Dach der Oper. Ja, ich habe alles gehört, alles. Der Junge hat eine sehr durchdringende Stimme, weißt du. Natürlich kannst du nichts dafür, daß du ihn liebst, das weiß ich. Keiner von uns kann wählen, wen er liebt. Ich bin vollkommen bereit, vernünftig zu sein und zu akzeptieren, daß alles seine Schuld ist. Ja, ich gebe ihm die Schuld, und ihn werde ich bestrafen, wenn er herkommt, um dich zu holen.»

Besorgt richtete sie sich in den schwarzen Kissen auf.

«Wie kann er herkommen?» stammelte sie. «Er kennt den Weg nicht.»

«Das spielt keine Rolle. Ich habe dafür gesorgt, daß er einen Führer hat, verstehst du? Ich kann mich gefahrlos darauf verlassen, daß Nadir ihn herbringt. Ist das nicht schön, wenn man Leute hat, auf die man sich wirklich verlassen kann? Nadir war früher einmal ein guter Freund von mir. Was soll ich dir über Nadir erzählen? Soll ich dir erzählen, wie er weinte, als sein Sohn in meinen Armen starb? Soll ich dir erzählen, wie er mich pflegte, als ich an einem persischen Gift beinahe gestorben wäre, und wie er sein Leben riskierte, um mich vor der Bosheit des Schahs zu retten? Nein, ich glaube, davon werde ich dir nichts erzählen. Warum sollte ich, du verdienst es nicht, die Sache mit Nadir zu verstehen. Alles, was du wissen mußt, ist, daß er heute nacht zusammen mit deinem Liebhaber sterben wird, deinetwegen, wegen deines Verrats. Deinetwegen werde ich meinen einzigen Freund verlieren. Es sei denn ... Natürlich, wie konnte ich das vergessen? Es gibt einen Weg, wie es gehen könnte ...»

«Erik, bitte, sei nicht so zornig ...»

«Zornig? Warum sollte ich zornig sein? Es ist dein gutes Recht davonzulaufen, mit wem immer du willst, nicht wahr?»

«Ich wollte dich nicht verletzen, niemals!»

Ich sprang von der Couch auf und entfernte mich von ihr. Das war zuviel. Ich hatte wirklich Angst, ich würde ihr ernsthaft etwas antun, wenn sie mich weiterhin als armen, einfältigen Narren behandelte.

«Wirklich?» schnaubte ich. «Du wolltest mich morgen nacht ganz allein hier warten lassen, auf und ab gehend, auf und ab, und auf die Uhr starrend? Du wolltest mich die vielen hundert Stufen zu deiner Garderobe ersteigen lassen, damit ich dort feststellen sollte, daß du fort wärest. Kein Wort des Bedauerns, kein Brief, nichts ... *Und du wolltest mich nicht verletzen?* Du mußt verzeihen, meine Liebe, wenn ich dir sagen muß, daß ich das nur schwer glauben kann.»

«Ich wollte nicht ...»

Ich verlor immer mehr die Beherrschung, als ich herumfuhr und sie anschrie.

«Ich habe dir vertraut! Ich habe darauf vertraut, daß du mich behandelst wie ein zivilisierter Mensch und mit deiner Antwort zurückkommst. Die ganzen Monate habe ich dich verehrt, als wärest du eine geheiligte vestalische Jungfrau. Ich habe dich nicht einmal *berührt*! Und du wolltest nicht zurückkommen. Du wolltest nicht einmal zurückkommen, um dich zu verabschieden.»

Ich verstummte, und Christine schien weder fähig noch willens, das Schweigen zu beenden. Ihre Augen waren halb geschlossen, als verlöre sie langsam das Bewußtsein, und ich überlegte kühl, ob sie vielleicht eine Gehirnerschütterung hätte. Es konnte ihr nicht gut bekommen sein, daß sie mit dem Kopf gegen die Wand geschlagen war. Vielleicht sollte ich sie nicht einschlafen lassen.

Gerade, als ich mich über sie beugte, um sie zu schütteln, ertönte in der Stille eine laute elektrische Glocke, und sie riß erschrocken die Augen auf.

«Keine Angst, meine Liebe, das sind nur unsere Gäste, die an der Tür klingeln. Sie kommen spät, ich hatte sie früher erwartet. Aber besser spät als nie, nicht wahr? Oh, nein, bitte, bleib liegen. Wenn ich die Vorhänge aufziehe, kannst du von der Couch aus alles sehr gut sehen.»

Die Berührung des Hauptschalters mit dem Finger reichte aus, damit sich die Wandvertäfelung zur Seite schob, und als ich die langen schwarzen Samtvorhänge öffnete, war die Folterkammer, die dahinter zum Vorschein kam, sofort von blendend hellem Licht überflutet.

«Ein Wort der Erklärung, Kind, um dir Verwirrung zu ersparen. Diese Scheibe ist nur von einer Seite ein Spiegel. Wir können sie sehen, aber sie können uns nicht sehen. Allerdings können Sie uns hören, wie du bemerken wirst. Guten Abend, Monsieur de Chagny..., Daroga... Sie sind heute abend uneingeladen in mein privates Theater gekommen, doch ich lasse das auf sich beruhen, ich bin nicht der Mann, der auf übertriebener Förmlichkeit besteht. Ich möchte darauf hinweisen, daß alle Wertsachen, einschließlich Ihres Lebens, hier auf eigenes Risiko hinterlegt werden. Die Direktion kann nicht für irgendwelche Schäden haftbar gemacht werden, die während der Unterhaltung vielleicht entstehen. Ach, Monsieur, ich bitte Sie, öffnen Sie doch nicht den Mund wie ein lächerlicher Kabeljau. Ich bin sicher, Ihre leidenschaftlichen Bitten sind sehr bewegend, aber ich habe vorsichtshalber dafür gesorgt, daß sie auf dieser Seite der Wand nicht zu hören sind. Daroga, ein Wort zu Ihnen, wenn Sie gestatten. Treten Sie von dem jungen Mann zurück, jetzt gleich, und gehen Sie zu dem Spiegel, der Ihnen am nächsten ist. Ja, so ist es besser. Sie haben gelernt, nicht wahr, daß es immer am besten ist, möglichst schnell dem zu folgen, was ich anordne. Verzeihung, ich scheine Sie verblüfft zu haben. Sie haben diesen speziellen kleinen Trick noch nie gesehen, nicht wahr? Ich muß gestehen, daß die Idee von der Khanum stammt. Eine Frau, die sich so leicht langweilte und so unersättlich nach Neuheiten verlangte. Sie dachte, es wäre amüsant, zwei Opfer innerhalb derselben Illusion voneinander zu trennen, damit das eine zuerst sterben kann und das andere das Schicksal beobachtet, das ihm bevorsteht. Sie werden feststellen, daß der Käfig völlig hitzebeständig ist und Ihnen ermöglicht, die Unterhaltung ohne die geringsten Unannehmlichkeiten zu beobachten. Wenn sie vorbei ist, können Sie tun, was immer Sie wollen. Wie ich sehe, haben Sie eine Pistole mitgebracht. Ich hoffe, Sie werden vernünftig genug sein, sie zu benutzen, wenn die Zeit kommt, statt nach der Polizei zu schicken. Das würde uns allen viele Schwierigkeiten ersparen, nicht wahr? Doch vorerst wollen wir uns auf die Zerstreuung konzentrieren, die bevorsteht. Ich bin sicher, der junge Mann wird sich als faszinierendes Studienobjekt erweisen. Und jetzt, Monsieur de Chagny, *Raoul*... Sie haben doch nichts dagegen, daß ich Sie Raoul nenne, oder? Ich bin sicher, Sie werden mich nicht enttäuschen. Nein, natürlich werden Sie das nicht, ich bin sicher, daß Sie in Schönheit sterben werden. Sie haben das Aussehen, das einen geschmackvollen Tod verspricht. Ich frage mich, ob Sie noch immer so gut aussehen werden, wenn Sie sich an diesem Baum in der Ecke erhängt haben. Lächerlicher Vorschlag, nicht wahr? Sie können sich nicht vorstellen, daß Sie das tun werden, aber Sie werden überrascht sein, welchen Unterschied ein paar Stunden bei hoher Temperatur bewirken. Übrigens, vielleicht interessiert es Sie, daß ich Ihre kleine Braut hier bei mir habe. Sie sieht zu. Sprich mit ihm, Christine, mach dem jungen Mann ein wenig Mut. Oh, meine Liebe, du mußt wirklich lauter weinen, sonst kann er dich nicht hören. Und du hast eine so besondere *Begabung* für Tränen, es wäre wirklich ein Jammer, sie zu verschwenden.»

Ich wandte mich vom Fenster ab und setzte mich schwer atmend. Ich begann, mich sehr merkwürdig zu fühlen, als sei ich und nicht Chagny derjenige, der viele Stunden in diesem Ofen der Illusionen eingesperrt war und nun zu halluzinieren begann.

«Laß ihn gehen, Erik, bitte!»

Als ich die Augen öffnete, kniete Christine zu meinen Füßen.

War ich für einen Augenblick eingeschlafen, daß ich Ihr Aufstehen von der Couch nicht bemerkt hatte?

«Ich werde dich heiraten», fuhr sie in fieberhafter Hast fort, als ich schwieg und nicht reagierte. «Erik, wenn du ihn gehen läßt, schwöre ich, dich zu heiraten, in jeder Kirche Frankreichs.»

Ich begann, leise zu lachen.

«Oh, ich verstehe. Du hast dich entschlossen, die Märtyrerin zu spielen. Und er wird das akzeptieren, nicht wahr, dein netter junger Mann. Er wird herkommen, mir die Hand schütteln und sagen: ‹Herzlichen Glückwunsch, Erik, der Beste hat gewonnen.› Oh, nein, meine Liebe, ich glaube wohl nicht, daß das ausreichen wird. Selbst eine Oper braucht eine überzeugendere Handlung.»

«Wir gehen fort», sagte sie drängend. «Schalte nur alles ab, und ich gehe mit dir fort. Du brauchst sie nicht jetzt gleich freizulassen. Um sie zu befreien, genügt ein Brief an die Direktion.»

«Das hast du dir wirklich sehr sorgfältig ausgedacht», sagte ich bitter. «Ich glaube wahrhaftig, du wärest bereit, diese schreckliche Farce zu Ende zu spielen. Hören Sie zu da drinnen, Chagny ... Sind Sie überwältigt vom erstaunlichen Edelmut ihres Vorschlags? Mein Gott, Junge, das sollten Sie aber sein!»

«Erik ...»

«Verzeih, daß ich dich so grob unterbrochen habe, meine Liebe. Sprich bitte weiter. Sag mir, wie deine wunderbare kleine Oper endet. Ich glaube wirklich nicht, daß du mir zumuten kannst, auf die Premiere zu warten. Was passiert, nachdem wir diese sehr zivilisierte Hochzeit hinter uns haben? Wirfst du dich unter die Räder einer Kutsche, wenn wir aus der Madeleine-Kirche kommen? Oder willst du die wahrhaft große romantische Geste vollziehen, dich in der Hochzeitssuite zu erdolchen? Ich habe ein oder zwei ausgezeichnete Messer, die dem Zweck fabelhaft entsprächen, nicht zu schwer für die Hand einer Dame. Vielleicht möchtest du einen Blick darauf werfen.»

«Ich verstehe dich nicht», schluchzte sie. «Warum spielst du so mit mir? Noch vor ein paar Stunden hast du versprochen, es würde dir genügen, mich einfach deine Frau nennen zu können.»

«Nun, ich habe meine Meinung geändert!» Ich schrie plötzlich und schleuderte den Orgelstuhl mit so wilder Kraft durch den Raum, daß der rote Baldachin auf den Sarg fiel. «Vielleicht will ich schließlich doch kein Druidenopfer, kein versteinertes kleines Mädchen, das vor meiner Berührung zurückschreckt und im ersten unbewachten Moment Selbstmord zu begehen versucht. Vielleicht will ich keine tote Frau, die in einem gläsernen Sarg liegt. Ich will dich nicht, Christine! Bist du so eitel, so dumm, daß du das nicht begreifst? Ich will dein Mitleid oder deine Angst nicht. *Ich will dich nicht!*»

Schweigen senkte sich über den Raum, als das Echo meiner wahnsinnigen Wut verklang, und wir starrten einander ungläubig an.

Christine hatte zu weinen aufgehört. Ihre Augen waren plötzlich weit aufgerissen und blickten entsetzt.

«Was willst du?» fragte sie unsicher. «Erik, sag mir, was du willst.»

«Ich spürte, wie ich unter ihrem klaren, reinen Blick schrumpfte. Wieder einmal war ich der kleine Junge, der schreckliche Angst hat, eine Bitte würde abgelehnt. Eine so kleine Sache im Grunde, ein Kuß. Die meisten Menschen denken keinen Augenblick darüber nach. Sie küssen sich, wenn sie sich treffen, sie küssen sich beim Abschied. Diese einfache Berührung gilt als ganz selbstverständlich, als grundlegendes Menschenrecht.

Ich habe fast ein halbes Jahrhundert auf dieser Erde gelebt, ohne zu wissen, wie es ist, wenn man geküßt wird. Und nun werde ich es nie erfahren.

Ich ging zum Kamin und ließ meine Finger abwesend über den Sims gleiten. Irgendwo hier befand sich der Schalter, der einen elektrischen Strom zu den alten, im Keller gelagerten Pulverfässern der Kommune auslösen würde.

Es würde sehr schnell gehen, und es wäre gnädig. Sie würden nicht einmal wissen, was mit ihnen geschah. Wenn ich mich nur erinnern könnte, wo ich den Schalter angebracht hatte.

Eine Bewegung hinter mir ließ mich herumfahren, ein Reflex, der aus lebenslänglicher Wachsamkeit entstanden war.

Christine stand da.

Sie hatte ihr Gesicht in den Brautschleier gehüllt, und bei diesem Anblick empfand ich plötzlich intensive Reue. Ich hatte dieses Kind völlig aus der Fassung gebracht, ich hatte es zerbrochen in meiner verrückten Entschlossenheit, ihr Herz im Einklang mit meinem schlagen zu lassen. Ich hatte ihr beigebracht, wie ein Engel Gottes zu singen, ich hatte sie mehr geliebt als alles andere auf dieser Welt. Aber meine Liebe hatte sie zerstört, sie zu einem erbarmungswürdigen Geschöpf erniedrigt, das kaum wußte, was es tat. Ich hatte sie ebenso wahnsinnig gemacht, wie ich selbst war.

Als ich sie ansah, hob sie langsam den Schleier von ihrem Gesicht, wie es eine Braut tut, und ich konnte die dunklen Schatten unter ihren tränenglänzenden Augen sehen. Mit zitternden Händen nahm sie mir die Maske ab und ließ sie zwischen uns zu Boden fallen. Dann bewegten sich ihre Finger zögernd zu den glatten Revers meines Abendanzugs.

Noch einen Augenblick stand sie da wie ein ängstlicher Schwimmer auf einer schwindelerregenden Klippe und dachte über einen Sprung nach, der ihren Mut weit überforderte.

«Nimm mich!» flüsterte sie. *«Zeig mir ...»*

Ich war verblüfft, fassungslos, konnte kaum glauben, was ich hörte und sah. Mit zitternden Händen hob ich ihr Gesicht an und küßte ihre zerschrammte und blutende Stirn mit der unsicheren Schüchternheit eines erschrockenen Knaben.

Und dann war ich plötzlich nicht mehr der Lehrer, sondern der Schüler. Denn ihre Arme lagen um meinen Hals, ihre liebkosenden Hände drückten meinen Kopf mit unglaublicher Kraft in ihre Umarmung.

Als ihre Lippen sich über meinen schlossen, schmeckte ich das Salz der Tränen, aber ich konnte nicht unterscheiden, ob es meine oder ihre Tränen waren.

Tiefer und tiefer ließ sie sich in diese Umarmung gleiten, sprengte die Krusten des Hasses, die mich so lange aufrecht gehalten hatten, und ließ mich hilflos staunend dastehen, während ihre Hände wieder mein Gesicht suchten und es an ihres zogen.

Lange hielt sie mich so, als könne sie es nicht ertragen, mich loszulassen. Als wir uns endlich voneinander lösten, starrten wir einander in schweigender Ehrfurcht an, benommen von der Intensität dessen, was wir miteinander erlebt hatten.

Dann war plötzlich alles vorbei. Dieser Kuß beendete alles.

In dem Augenblick, in dem ich wußte, daß sie mein war – wahrhaft mein –, wußte ich, daß ich diesen unglücklichen Jungen nicht töten konnte.

RAOUL

1897

1. Kapitel

Ich hatte keine Schwierigkeiten, als ich zur Abendvorstellung die Loge Fünf betrat. Niemand blickte entsetzt auf, niemand hielt sich die Hand vor den Mund, niemand rannte davon, um der Direktion meine Anmaßung zu melden. In den siebzehn Jahren, seit ich zuletzt in diesem Theater war, sind Mitglieder des Personals gestorben, fortgezogen und ersetzt worden. Niemand erinnert sich heute noch an das Phantom der Oper, außer als vage Legende, und ich glaube, daß sich auch niemand an mich erinnert. Ich bin dieses Jahr achtunddreißig geworden, aber wenn ich aufrichtig zu mir bin, muß ich zugeben, daß ich mindestens zehn Jahre älter aussehe. Kummer und Bitterkeit haben mich so altern lassen, daß niemand in Paris mich heute noch als den Vicomte de Chagny erkennen würde. Nicht, daß mir das etwas ausmachte. Ich bin gekommen, um mich zu erinnern und meinen Erinnerungen Tribut zu zollen.

Ich ziehe die Uhr aus der Tasche und runzle die Stirn, als die Minuten unentrinnbar der Öffnung des Vorhangs zuticken. Es sieht so aus, als würde Charles es nicht rechtzeitig zur Ouvertüre schaffen. Verdammtes Pech, daß unsere Kutsche diesen streunenden Hund überfuhr. Charles sprang natürlich sofort aus dem Wagen und hob die arme Kreatur aus dem Rinnstein, ohne sich darum zu kümmern, daß sein Abendanzug mit Kot und Blut beschmutzt wurde. Er bestand darauf, daß wir sofort einen Tierarzt suchten, kein leichtes Unterfangen an einem Freitagabend in Paris.

«Schau, Papa, du fährst ohne mich weiter ins Restaurant. Ich kümmere mich um das hier und treffe dich später in der Oper.»

«Charles, darüber bin ich nicht sehr glücklich. Deine Mutter hätte mir nie verziehen, wenn sie hätte annehmen müssen, daß ich dich in der Dunkelheit allein durch Paris laufen lasse.»

Dieses Lächeln! Das ununterdrückbare, sonnige Lächeln, mit dem er meiner lästigen Autorität immer widerstanden hat, das Lächeln, das es unmöglich macht, gegen seine ruhige Entschlossenheit zu protestieren.

«Papa! Ich bin sechzehn und spreche Französisch so gut wie du. Ich habe Mutter versprochen, mich um dich zu kümmern, dafür zu sorgen, daß du ißt. Sei also jetzt brav und geh zum Essen. Ich treffe dich später.»

Es ist ganz unmöglich, mit Charles zu argumentieren, wenn er sich zu etwas entschlossen hat. Seit Christines Tod organisiert er alles für mich und sorgt für einen Wirbelwind von Aktivitäten, damit ich nicht ins Grübeln verfalle. Ich habe nicht die Kraft und den Mut gehabt, seinen gutgemeinten Bemühungen zu widerstehen. Es war seine Idee, zu diesem Besuch nach Frankreich zurückzukommen, diese Pilgerreise in die Oper zu unternehmen und den berühmten hufeisenförmigen Zuschauerraum wiederzusehen, in dem Christine ihren großen Triumph erlebte.

Doch es war meine Idee, Loge Fünf zu reservieren. Und noch jetzt weiß ich nicht genau, welcher Anflug von Perversität mich an einen Ort zurückgebracht hat, der einst Eriks Domäne war. Nichts unterscheidet diese Loge von den anderen im gleichen Rang: der gleiche Teppich, die gleichen Sessel, die gleichen roten Portieren und die gleiche rote Samtbrüstung. Und doch bilde ich mir gern ein, daß sie eine einzigartige Atmosphäre hat, eine Aura von verdrängten Erinnerungen. Ich stelle mir gern vor, *er* würde mich hören, wenn ich spräche. Merkwürdig, seit Christine starb, habe ich oft ein starkes Bedürfnis empfunden, mit Erik zu sprechen. Es ist, als glaubte ich, er habe das Recht zu wissen, wie alles endete.

Eine Hand berührte meine Schulter.

«Hallo, Papa! Ich hab's gerade noch rechtzeitig geschafft.»

Ich drehe mich um und schaue zu ihm auf, und der Anblick des schönen Jungen, der weder mir noch Christine ähnlich sieht, preßt mir das Herz zusammen. Wenn ich je meine eigenen Befürchtungen bezweifelt habe, wenn ich je versucht habe, mir selbst einzureden, ich irrte mich, dann kann ich das heute abend nicht mehr. Ich kann mich nicht länger zum Narren machen. Mit jedem Jahr, das vergeht, werden seine Züge dem Porträt ähnlicher, das ich sicher in einer privaten Schublade verschlossen habe. Selbst Christine wußte niemals, daß es in meinem Besitz ist. Ich habe es ihr nie gezeigt. Wir hüteten unsere Geheimnisse voreinander bis ganz zum Schluß.

Charles gleitet mit der gelassenen Anmut, die ihn von anderen Jungen seines Alters so unterscheidet, in den Sessel neben mir. Dann wendet er sich mir zu und lächelt mich ermunternd an.

«Ich weiß, das wird nicht leicht für dich sein, Papa, aber hinterher wirst du froh sein, daß du hergekommen bist und den Geist besiegt hast.»

Mein Gott! Manchmal könnte ich schwören, daß dieser Junge übersinnliche Kräfte hat. Manchmal kann er einen wunden Nerv mit heilenden Fingern berühren. Aber er denkt natürlich nur an Christine. Er kann sich unmöglich vorstellen, welche Fülle widerstreitender Gefühle heute nacht mein müdes Herz bewegt.

Die Lichter im großen Zuschauersaal werden dunkel, und Charles nimmt sein Opernglas aus dem Futteral und beugt sich in gespannter Erwartung in seinem Sessel vor. In ein paar Minuten wird er ganz in die Musik versunken sein, mich vergessen, seine tote Mutter vergessen, alles vergessen bis auf sein Bedürfnis, mit einer Kraft zu kommunizieren, die immer mein Begriffsvermögen überstieg. Musik ist in seiner Seele, durchzieht jede Faser seines Seins, und in England rühmt man ihn bereits als den hervorragendsten jungen Konzertpianisten dieses Jahrhunderts. Frauen kommen scharenweise zu seinen Konzerten und bringen ihn hinterher mit ihren übertriebenen Ovationen und der Bewunderung für sein gutes Aussehen in Verlegenheit.

«Als ob es eine Rolle spielte, wie ich aussehe!» platzte er einmal empört heraus. «Das sollte doch nichts damit zu tun haben, nicht wahr, Papa? Warum können sie nicht einfach der Musik lauschen, ohne wegen meines Gesichts Kuhaugen zu machen?»

Ja, mit dreizehn Jahren betrachtete Charles es als absolute Zumutung, wie ein junger Gott auszusehen.

«Du glaubst doch nicht, daß sie nur kommen, um mich anzusehen?» fragte er entsetzt. Seltsam, wie er immer darauf bestand, mit all seinen Ängsten zu mir zu kommen, immer zu mir statt zu Christine, selbst als er noch sehr klein war und ich nicht das geringste tat, um sein Vertrauen zu erlangen.

Da ich jetzt sehe, daß er ganz in die Musik vertieft ist, lege ich mein Opernglas beiseite und lehne mich mit geschlossenen Augen zurück.

Ich habe kein wirkliches Interesse an *Carmen*, verstehst du?

Vor dem dunklen Hintergrund meiner Lider habe ich schon begonnen, eine persönlichere Oper zu durchleben, die, in der ich einst unwillentlich eine Hauptrolle spielte.

Vor siebzehn Jahren, in der auf keinem Plan verzeichneten Unterwelt dieses Theaters...

Die Hitze in der verspiegelten Kammer hatte sehr schnell ein fast unerträgliches Maß erreicht. Ich schleuderte meine Jacke fort und riß den Halsausschnitt meines Frackhemdes auf, während ich in hilfloser Qual dem Gespräch im Nebenraum zuhörte. Binnen Minuten war ich schweißüberströmt, das steife Hemd war durchweicht, und ständig rannen mir salzige Tropfen in die Augen.

In ohnmächtiger Wut hämmerte ich gegen das dicke Glas, aber es widerstand dem Aufprall meiner nackten Fäuste, und nach einer Weile gab ich auf, wild fluchend und nach Luft ringend. Die Luft schien sehr dünn geworden zu sein. Ich konnte nicht genug davon in meine mühsam arbeitenden Lungen saugen, und schon hatte ich ein Gefühl von Schwindel und Verwirrung. Ich warf mich auf den Boden, wo es sich etwas kühler anfühlte, und strengte mich an, um mich auf die schreckliche Szene zu konzentrieren, die jenseits der Wände meines Gefängnisses eskalierte.

Erik sprach zuerst mit eisigem, kontrolliertem Sarkasmus, aber als ich genau zuhörte, entdeckte ich zunehmende Zeichen von Wahnsinn in seinen Worten und erkannte mit Entsetzen, daß der Mann nun völlig von Sinnen war. Panik ergriff mich, als ich hörte, wie Christine ihn anzuflehen begann und in seiner Stimme plötzlich ein Ton von unmittelbar bevorstehender Gewalttätigkeit erschien. Guter Gott, sie machte ihn wütend, schrecklich wütend. Merkte sie nicht, daß jedes Wort, das sie sprach, seinen Zorn und seine Bitterkeit nur steigerte? Sei still, flehte ich stumm, sag nichts mehr, sonst bringt er dich um!

Ich hörte, wie er sie anschrie und wie dann ein Gegenstand durch den Raum geschleudert wurde. Ich hörte sie fragen, was er wolle, und danach hörte ich nichts mehr. Es gab ein langes, schreckliches Schweigen, das sich immer mehr dehnte bis in die Unendlichkeit, und das Zittern, das mich überkam, raubte mir die letzte Kraft und Hoffnung. Ich nahm an, das Unvermeidliche sei geschehen und er habe sie erwürgt. Wenn sie tot war, kümmerte es mich nicht mehr sonderlich, was aus mir wurde.

Als der Spiegel vor mir sich auf einmal von allein öffnete, bewegte ich mich einen Augenblick lang nicht. Dann, mit seltsamer, gelassener Ruhe, hielt ich inne, um meine Jacke aufzuheben und den schrecklichen Augenblick hinauszuschieben, in dem ich aufblicken und sehen müßte, was er getan hatte. Ich hätte nicht für möglich gehalten, daß man in einen so apathischen Zustand verfallen kann. Ich fühlte mich zerschlagen und sehr, sehr alt, als ich in den Nebenraum taumelte. Mein Gehirn schien überhaupt nicht mehr zu funktionieren, nicht einmal, als ich sie beide dort stehen sah. Im ersten Augenblick konnte ich gar nicht begreifen, daß Christine noch lebte.

Sie standen sehr nahe beieinander, so nahe, daß sie sich fast berührten, und Christine blickte mit einer Intensität zu ihm auf, die mich und alles andere in diesem Raum vollkommen ausschloß. Sie schien nichts wahrzunehmen außer ihm. Ich hätte gesagt, sie sei in Trance, wenn da nicht dieser Blick in ihren Augen gewesen wäre, der nicht von Angst zu künden schien, sondern eher von – *Offenbarung*.

Er war derjenige, der sich zuerst bewegte. Er drehte sich um und ermöglichte mir so einen ersten Blick auf sein entsetzliches Gesicht.

Mein Gott! Sie hatte wirklich nicht gelogen. War es möglich, daß ein lebendes Wesen so aussah?

Er entfernte sich von ihr und kam langsam und mit einem tiefen Seufzer auf mich zu.

«Ziehen Sie Ihre Jacke an, junger Mann, sonst werden Sie sich erkälten», sagte er mit ruhiger Strenge.

Ungläubig und ohne ihn eine Sekunde aus den Augen zu lassen, kämpfte ich mich mühsam in meinen Frack.

«Und jetzt gehen Sie auf einer geraden Linie.»

«Wie bitte?» stammelte ich unsicher.

Wieder seufzte er mit einer Art müder Geduld, als sei ich ein besonders einfältiges Kind.

«Sie werden eine gewisse Strecke im Dunkeln rudern müssen. Ich werde Ihnen nicht gestatten, Christine in diesem Boot mitzunehmen, ehe ich mich nicht Ihrer Kräfte und Ihres Gleichgewichtsgefühls vergewissert habe. Nun, gehen Sie ein paar Schritte.»

Ich durchquerte das Zimmer und kam nach einer Geste von ihm wieder zurück. Christine hatte sich nicht bewegt. Sie erschien wie angefroren und starrte ihn noch immer gebannt an; doch im Augenblick vertrieb mein Staunen jeden Gedanken an ihr seltsames Verhalten aus meinem Kopf.

Er wird uns gehen lassen. Ich glaube wirklich, daß er uns gehen lassen will . . .

«Sie scheinen keinen Schaden genommen zu haben», fuhr Erik ernst fort. «Ich rate zu kleinen Flüssigkeitsmengen in regelmäßigen Abständen während der nächsten zwölf Stunden. Bitte denken Sie daran, zuviel Wasser macht sie krank, Alkohol ebenfalls.»

Ich starrte ihn mißtrauisch und ungläubig an. Dieser Mann, der versucht hatte, mich zu töten, sprach jetzt mit mir, als sei er mein Vater, oder mein Arzt. Vielleicht hatte ich ja doch Halluzinationen.

«Ich möchte, daß Sie sie so schnell wie möglich heiraten», sagte er langsam. «Ich nehme an, daß Sie damit vollkommen einverstanden sind?»

Ich nickte, völlig verblüfft über diese Wendung des Gesprächs.

«Gut. Jetzt werde ich Ihnen eine sehr unverschämte Frage stellen, und ich hätte gern eine ehrliche Antwort darauf. Werden Sie genügend Einkommen haben, um sie zu erhalten, falls Ihre Familie Sie verstößt? Nun, seien Sie nicht so stolz, junger Mann! Sie sind erst zwanzig, Sie sind noch nicht volljährig, und ich möchte Ihnen lieber geben, was immer Sie brauchen, als mein Kind mit einem verarmten Aristokraten verheiratet zu sehen.»

Ich versicherte ihm, daß meine Finanzen in vollkommen befriedigendem Zustand waren. Ich war überzeugt, bloß in einen bizarren Traum geraten zu sein. Jeden Moment würde ich aufwachen, schwach vor Erleichterung.

Er wandte sich Christine zu und winkte mir mit einer kurzen Geste, ihm zu folgen. Aus dem Augenwinkel sah ich, daß der Perser in der Tür zur Folterkammer stand und uns wortlos beobachtete.

Erik ergriff Christines Hand und schaute einen Augenblick auf ihre kleinen Finger in seinen langen, skelettartigen Händen. Sie öffnete den Mund, als wolle sie etwas sagen, aber er legte ihr einen Finger auf die Lippen, um sie zum Schweigen zu bringen.

«Pst, meine Liebe, es gibt jetzt nichts mehr zu sagen. Alles ist arrangiert. Ich kann dich natürlich nicht in der Kirche zum Traualtar geleiten, daher möchte ich es gern jetzt tun ...»

Als er ihre Hand in meine legte, bemerkte ich verlegen, daß Tränen über seine eingesunkenen Wangen strömten.

Tränen tropften auf unsere vereinten Hände. Wie ich sah, waren es nicht nur seine Tränen, denn auch Christine weinte jetzt lautlos.

«Ich weiß, es gehört sich nicht, darum zu bitten, aber ich möchte wirklich sehr gern zu eurer Hochzeit eingeladen werden, handschriftlich und durch Boten; man kann sich auf die Post nicht verlassen, verstehen Sie, nicht hier unten. Werden Sie das also für mich tun, junger Mann? Wollen Sie versprechen, sie am Tag vor der Hochzeit zurückzubringen und mir diese Einladung zu überreichen? Ich verspreche, daß ich Sie nicht lange aufhalten werde, aber ich glaube, an einem solchen Tag wäre es wohl zulässig, die Braut zu küssen, nicht wahr?»

«Ja», sagte ich schwach. Der Mann war verrückt und gefährlich und mußte bei Laune gehalten werden. Trotzdem war es nicht leicht, angesichts so unverhüllter Trauer unbewegt zu bleiben. «Ja, ich werde sie zurückbringen... am Vortag. Was immer Sie wollen.»

Ich glaube, er lächelte, bei seiner Verunstaltung war das schwer zu erkennen.

«Sie werden die Laterne im Boot finden», fuhr er ruhig fort. «Christine kennt den Weg auf die andere Seite.»

Er trat zurück und wies mich mit einer Geste an, ihren Arm zu nehmen. Christine machte eine Bewegung auf ihn zu, aber ich packte ihren Arm und hielt sie mit starkem Griff fest, als Erik uns den Rücken zudrehte und unsicher auf den Perser zuging.

«Mein lieber Freund», sagte er mit plötzlicher, unverkennbarer Zuneigung, die mich erstaunte, «ich hoffe sehr, daß Sie mir die Ehre erweisen werden, im Wohnzimmer Tee zu trinken, bevor Sie gehen.»

Die Antwort des Persers war zu leise, als daß ich sie hätte hören können, aber sie schien zustimmend zu sein, denn nach einem Augenblick des Zögerns gingen die beiden Männer zusammen in einen anderen Raum und schlossen die Tür hinter sich.

Christine starrte die geschlossene Tür ungläubig an, aber als ich sie jetzt am Arm zog, kam sie ohne weiteren Widerstand mit.

Ich versuchte zu übersehen, daß sie noch immer weinte.

2. Kapitel

In den nächsten drei Wochen war ich sehr beschäftigt. Ich eilte durch Paris, um alle Vorkehrungen für eine hastige Hochzeit und eine Überfahrt nach England zu treffen, und zwar so heimlich wie möglich. Wir konnten unmöglich in Frankreich bleiben. Meine Heirat würde als schreckliche *mésalliance* gelten, Familie und Freunde würden die Nase rümpfen, und da sich so viele Türen vor uns verschlossen, wäre es sehr viel angenehmer, an einen Ort zu gehen, wo man uns nicht kannte. Außerdem wurde ich den Gedanken nicht los, daß es ebenso wichtig wäre, eine möglichst große Entfernung zwischen Christine und das Opernhaus zu legen; der Ärmelkanal erschien mir als geeigneter Graben.

Sie äußerte keine Meinung, als ich vorschlug, wir sollten für eine Weile auf die Insel gehen; sie zeigte weder Freude noch Interesse an meinen Vorkehrungen. Ich versuchte, geduldig zu bleiben. Sie hatte eine schreckliche Prüfung durchgemacht und war noch immer in einem Schockzustand. Ich konnte kaum erwarten, daß sie sagen würde: «Gott sei Dank, daß alles vorbei ist!» und sich benähme, als sei nichts geschehen.

Doch als die Tage vergingen, schien sie immer unruhiger und elender zu werden. Die Schatten unter ihren Augen wurden so dunkel, daß sie aussahen wie blaue Flecken, und sie trug nun, wenn sie – selten genug – das Haus verließ, einen Hut mit einem kleinen Schleier. Sich selbst überlassen, neigte sie dazu, sich vor dem Feuer zusammenzukauern, in die glimmenden Kohlen zu starren und rastlos die Perlen ihres Rosenkranzes durch die Finger gleiten zu lassen.

«Gegrüßet seist du, Maria, voll der Gnade, der Herr ist mit dir.
Gebenedeit seist du unter den Weibern ...»

Weiter schien sie nie zu kommen. Ihr Mädchen sagte mir, sie wiederhole diese beiden Zeilen immer wieder, und als ich das hörte, begann sich eine leise Angst in meinen Hinterkopf einzunisten.

Am Tag vor der Hochzeit kam ich mit einem Arm voller Blumen; sie wartete auf mich, eine kleine, goldgerandete Karte in einer Hand. Auf dem Tisch lagen ein riesiger Messingschlüssel und ein kleiner, merkwürdig geformter Gegenstand aus Metall, den ich nicht identifizieren konnte.

«Es ist Zeit, daß wir zurückgehen», sagte sie.

Ich betrachtete die Einladung in gestochen scharfer Handschrift, und etwas in mir schnappte ein. In diesem Augenblick hörte ich auf, der hochgeborene Held unseres kleinen Melodrams zu sein, der perfekte Gentleman und anbetende Liebhaber – all das, was mich zu einem schwachen, leichtgläubigen jungen Mann gemacht hatte, hoffnungslos manipulierbar aufgrund seiner Verliebtheit. Der Zorn und die Angst, die mich seit vielen Wochen gequält hatten, brachen plötzlich hervor. Ich packte sie bei den Schultern und schüttelte sie heftig.

«Wenn du auch nur einen Augenblick glaubst, ich würde dich dorthin zurückbringen, dann mußt du den Verstand verloren haben!»

«Aber du hast es versprochen», keuchte sie, «du hast es ihm versprochen.»

«Natürlich habe ich's versprochen. Ich hätte versprochen, mir ein Bein abzuhacken, um ihm zu entkommen. Der Mann ist *wahnsinnig*. Christine, vollkommen irre ..., und du mußt selbst ziemlich verrückt sein, wenn du glaubst, ich hätte je die Absicht gehabt, dieses Versprechen zu halten.»

Sie riß sich los und sank in den Sessel neben dem Feuer.

«Wenn du mich nicht hinbringst», sagte sie, «dann werde ich allein gehen.»

Ich beugte mich vor, nahm die Einladung aus ihrer zitternden Hand und riß sie in Fetzen.

«Wenn du zu ihm zurückgehst, dann brauchst du das hier nicht mitzunehmen», sagte ich wütend. «Wenn du jetzt zurückgehst, wird es keine Hochzeit *geben*. Verstehst du, was ich sage, Christine?»

Sie nickte dumpf und starrte auf die weißen Papierfetzen, die auf die Kacheln vor dem Kamin gefallen waren.

Ohne ein weiteres Wort stürmte ich aus dem Haus und stieg in die Kutsche, die draußen wartete. Ich blieb fünf Minuten sitzen und hoffte verzweifelt, sie werde mir nachlaufen und mich bitten zu bleiben. Aber sie kam nicht, und als ich aufblickte, sah ich sie auch nicht am Fenster.

Zu Hause angekommen, schockierte ich meinen Diener, indem ich eine Karaffe Cognac auf mein Zimmer bestellte. Nachdem ich dort allein war, begann ich mich sehr schnell und ruhmlos zu betrinken; ich war nicht an starke Getränke gewöhnt. Ich nehme an, daß ich in vieler Hinsicht noch bemerkenswert naiv und unschuldig war – zwanzig Jahre alt und noch Jungfrau. Doch ich hatte nie eine andere gewollt als Christine, und ich konnte mir nicht vorstellen, daß ich je eine andere wollen würde.

Irgendwann während des Abends glaube ich in einem Exzeß von wütendem Selbstmitleid das Glas ins Feuer geschleudert zu haben. Aber am nächsten Morgen, als ich mit bohrenden Kopfschmerzen und lastender Resignation aufwachte, wußte ich, daß ich sie zurückbringen mußte. Ich würde sie dieses eine, letzte Mal zurückbringen, und dann wäre es vielleicht wirklich vorbei, und wir könnten anfangen, zusammen unser eigenes Leben zu leben.

Als ich in ihrer Wohnung ankam, sagte mir ein einfältiges Mädchen, Mademoiselle sei am Vorabend ausgegangen und noch nicht zurückgekehrt. Eine Botschaft für mich hatte sie nicht hinterlassen.

«Monsieur», sagte das kleine Mädchen schüchtern. «Ich fürchte sehr um Mademoiselle. Sie war in den letzten Tagen nicht sie selbst.»

«Ich weiß», sagte ich abwesend und drehte mich um, den Hut in der Hand. «Ich muß verrückt gewesen sein, sie in diesem Zustand allein zu lassen.»

«Wissen Sie vielleicht, wohin sie gegangen sein kann, Monsieur?»

Ich starrte auf die Fußgänger, die sorglos auf den Straßen flanierten, auf Paris, das heiter und unbekümmert seinen Geschäften nachging.

«Ja», sagte ich mit düsterer Resignation, «ich weiß, wo sie ist.»

«Einen Vorschlaghammer?» keuchte mein Kutscher erstaunt. «Verzeihen Sie, Monsieur, sagten Sie Vorschlaghammer?»

«Ja, das sagte ich.»

Ich lehnte mich in der Kutsche zurück und schaute den Mann an; offensichtlich entschloß er sich vernünftigerweise, das Thema nicht weiter zu verfolgen. Er brauchte fast zwei Stunden, aber schließlich erfüllte er meine merkwürdige Forderung und setzte mich, meinen Anweisungen gemäß, vor der Oper ab. Ich sagte ihm, er solle warten, bis ich zurückkäme; er war schon viele Jahre bei meiner Familie, und ich vertraute sowohl seiner Loyalität als auch seiner Diskretion.

Es war kurz nach Mittag, und die große Treppe lag verlassen da, aber ich war ein so bekannter Besucher, daß niemandem meine Anwesenheit im Gebäude aufgefallen wäre, selbst wenn man mich bemerkt hätte. Ich trug den Mantel über dem Arm, den Vorschlaghammer sorgfältig darunter versteckt.

Ich kannte nur eine Möglichkeit, in Eriks Haus einzudringen, und folgte unbeirrt dem Weg, den der Perser mir gezeigt hatte, bis zu dem Stein im dritten Kellergeschoß. Da ich wußte, daß ich so wieder durch die Folterkammer mußte, war ich gerüstet, um mir den Weg durch die dicken Glaswände freizuschlagen. Ich stellte dann jedoch fest, daß meine Vorsichtsmaßnahme ganz unnötig gewesen war: Die verspiegelte Kammer war dunkel, die Tür stand offen, und ich konnte den Nebenraum ohne die geringste Mühe betreten.

Ich war bestürzt über das Bild der Verwüstung, das sich meinen Augen bot. Der Raum war fast bis zur Unkenntlichkeit zerstört; die schwarzen Tapeten heruntergerissen und in Fetzen geschnitten, die prachtvollen Orgelpfeifen von der Wand geholt und zerstört, der dunkelrote Teppich mit zerfetztem Notenpapier übersät. Alles, was er schätzte, alles, was ihm in den Jahren der Einsamkeit teuer gewesen sein mußte, war in einer wahnsinnigen Trauerorgie verstümmelt worden.

Ich starrte auf die Überreste seiner vernichteten Existenz und empfand einen Augenblick lang tiefes Mitleid. Glas knirschte unter meinen Füßen. Ich bückte mich und hob einen zweiteiligen Bilderrahmen auf. Auf einer Seite enthielt er ein verblichenes Porträt eines erstaunlich gutaussehenden Mannes, auf der anderen Seite konnte ich das Bild wegen der Glassplitter nicht genau erkennen ...

Eine Bewegung im Nebenzimmer ließ mich rasch den Bilderrahmen in die Tasche schieben, ehe ich mich umwandte, um mich der unvermeidlichen Herausforderung zu stellen.

Ich erwartete Erik, doch es stand der Perser vor mir.

«Guten Morgen, Monsieur de Chagny», sagte er ruhig in seinem stark akzentuierten Französisch, «oder vielleicht sollte ich besser guten Tag sagen.»

Er steckte seine Uhr wieder in die Brusttasche, sah sich mit stiller Verzweiflung um und wies auf eine schwarze Ledercouch, die die Zerstörung einigermaßen heil überstanden zu haben schien.

«Vielleicht möchten Sie Platz nehmen», fuhr er überaus höflich fort.

Ich rührte mich nicht. «Wo sind sie?» fragte ich. «Wohin hat er sie gebracht?»

Schweigend wies der Perser mit einer Hand auf eine geschlossene Tür, die ich zuvor nicht bemerkt hatte.

«Dort drinnen?» Ich machte eine Bewegung, um an ihm vorbeizugehen, doch seine Hand fiel mit der Autorität des Polizisten schwer auf meinen Arm.

«Bleiben Sie hier! In diesem Raum ist jetzt kein Platz für Sie.»

Ich starrte ihn an. «Ich habe jedes Recht ...»

«In dieser Angelegenheit haben Sie keine Rechte», sagte er entschieden. «Ich möchte keine Gewalt anwenden, aber wenn es sein muß, tue ich es. Sie werden diesen Raum nicht betreten, solange ich hier bin, um es zu verhindern.»

In gespanntem Schweigen starrten wir einander an – plötzlich widerstrebend Feinde, wo wir noch vor wenigen Wochen ungleiche Verbündete gewesen waren. Seine olivfarbene Haut war rund um die müden Augen fleckig und geschwollen, der Mund schmallippig und dünn, als zöge das Gewicht unausgesprochenen Kummers die Mundwinkel nach unten. Dieser strenge, aufrechte, ältliche Orientale, der mich einst mit verzweifelter Dringlichkeit und kaum verhohlenem Zorn in den Untergrund geschleppt hatte, schien viele Stunden lang geweint zu haben. Er sah aus wie ein gebrochener alter Mann, der nicht mehr konnte. Ich hätte ihn leicht überwältigen können, sogar mit einer Hand, und doch hatte ich nicht das Herz dazu.

Ich ging und setzte mich auf die Couch, wie er gesagt hatte. Benommen starrte ich auf die verbogenen Orgelpfeifen und die zerbrochenen schwarzen Kerzen, die zwischen den umgeworfenen Kerzenleuchtern lagen.

«Hat Erik das getan?»

Der Perser nickte ernst.

«Warum?»

«Er hat nicht damit gerechnet, daß sie zurückkäme. Er sagte, er hielte Sie für einen vernünftigen jungen Mann, und verständlicherweise würden Sie es verbieten. Er an Ihrer Stelle, sagte er, hätte genau dasselbe getan. Er wollte, daß nach seinem Tod keine Spur von seinem Dasein bliebe. Das Nebenzimmer, das die Habseligkeiten von Mademoiselle enthält, konnte er nicht zerstören. Er brachte es nicht übers Herz. Nach seinem letzten Anfall gestattete er mir, ihn dorthin zu bringen und ihn aufs Bett zu legen. Er sagte, es sei nur passend, daß er an dem Ort sterbe, wo er geboren worden war. Er wollte mir nicht erlauben, ihm die Maske abzunehmen.»

Ich blickte auf. «Stirbt er wirklich?»

«Ich glaube nicht, daß ihm diese Gnade noch lange verweigert wird.»

«Sie denken, daß er Gnade verdient?» fragte ich kalt.

«Ich verteidige nicht, was er getan hat.»

«Aber Sie verzeihen ihm, nicht wahr?»

«Ja», sagte der Perser leise und wandte sich ab, um ein zerrissenes Manuskriptblatt aufzuheben. «Ich verzeihe ihm.»

Wir schwiegen eine Weile. Der Perser sammelte Papierschnitzel auf und versuchte, sie zusammenzusetzen, bis er das müßige Bemühen mit einem müden Kopfschütteln aufgab.

«Zwanzig Jahre hat er an diesem Stück gearbeitet, Monsieur. Ich bat ihn, es mich mitnehmen zu lassen, aber er sagte, er wolle nicht, daß es jemals öffentlich aufgeführt würde. Es ist eine Tragödie, so viel Genie, das einfach ohne Spuren vom Antlitz der Erde verschwindet.»

«Seit wann ist sie bei ihm?»

«Seit gestern abend. Sie bat, ich solle sie miteinander allein lassen. Natürlich habe ich ihren Wunsch respektiert.»

Er wandte sich so hastig ab, daß ich merkte, daß er etwas verbarg.

«Sagen Sie mir, was Sie sahen, ehe Sie sie verließen.»

«Monsieur ...»

«Sagen Sie es mir!»

Der Perser starrte zu Boden, als könne er sich nicht mehr überwinden, mir in die Augen zu sehen.

«Sie nahm ihm die Maske ab und gab sie mir und bat mich, vor Gott ihr Zeuge zu sein.»

Er hielt einen Augenblick inne, als bitte er innerlich, diese Beichte möge ihm erspart bleiben, aber ich wartete unbewegt, bis er weitersprach.

«Sie küßte seine Stirn, viele Male, als fürchte sie, irgendeine Stelle ungeküßt zu lassen. Sie küßte die geschlossenen Lider und folgte mit den Lippen den Spuren seiner Tränen ...»

Der Perser verstummte plötzlich. Diesmal sprach er nicht weiter, und ich forderte ihn auch nicht dazu auf. Das Schweigen im Raum wurde bedrückend, schien sogar die Luft zwischen uns zu verzehren.

«Was soll ich tun?» fragte ich endlich.

Der Perser seufzte tief.

«Tun Sie, was Erik von Ihnen erwartet hat, mein Freund. Nehmen Sie das Mädchen und lieben und ehren Sie es, bis der Tod Sie trennt. Seine größte Angst war, daß sie allein auf der Welt zurückbleiben könnte. Deshalb schickte er sie mit Ihnen weg, obwohl er wußte, daß sie schließlich bereit war, bei ihm zu bleiben. Monsieur, wenn Ihre Liebe zu ihr so groß ist wie seine, dann wird sie dies alles unverändert überleben.»

Ich saß sehr still unter den mitleidsvollen Blicken des Persers. Im künstlichen Licht verging die Zeit sehr langsam, und als nach ein paar Stunden endlich die Tür zum Nebenzimmer leise geöffnet und geschlossen wurde, wagte ich kaum den Kopf zu heben. Es war der Perser, der aufstand und Christine zu mir geleitete.

Ihre Augen, die in den letzten paar Wochen so gequält gewirkt hatten, blickten jetzt heiter, fast wie aus einer anderen Welt, in ihrem neugefundenen Frieden. Eine seltsame, blaßfarbene Katze ruhte in ihrer Armbeuge, und sie liebkoste mit abwesender Hand ihr glattes Fell.

Ich fühlte mich verloren und unzulänglich, als ich aufstand und ihr unsicher einen Arm um die Schulter legte. Die Katze fauchte mich an, aber Christine schien es nicht zu bemerken.

Ich sah den Perser an, wollte verzweifelt einen Rat, aber er schüttelte nur leicht den Kopf und drückte mit neuer Sympathie und Freundschaft meine Hand.

«Bringen Sie sie nach Hause», sagte er ruhig. «Ich werde mich um alles kümmern, was hier zu tun bleibt.»

Und so ruderte ich zum letzten Mal über die bleiernen Wasser in dem kalten, unterirdischen Gewölbe. Die Katze kam mit uns, aber ich stellte keine Fragen zu ihrer Anwesenheit. Ich wußte, ich hatte das Recht verwirkt, Fragen zu stellen.

Bis auf das Flackern der Laterne am Bug hatten wir kein Licht. Ich kann also nicht sicher sein, ob meine Sinne mich nicht täuschten. Aber als sie die Hand bewegte, um das unruhige Tier zu besänftigen, sah ich kein Glitzern von Diamanten an dem schmalen goldenen Ehering an ihrem Finger.

Es war dunkel, als wir draußen die Straßen erreichten. Unmerklich war der Tag in einer frühen Dämmerung versunken, und als wir mit meiner wartenden Kutsche zu ihrer Wohnung fuhren, blieben ihre Finger meinen Blicken entzogen.

Ich hätte mich jederzeit zu ihr beugen und ihre Hand unter der Decke hervorziehen können, aber ich tat es nicht.

Wenn der Ring, den sie an diesem Abend trug, nicht meiner war, dann wollte ich es nicht wissen.

Sie bestand darauf, die Hochzeit um einen weiteren Monat aufzuschieben. Sie sagte mir, sie wolle mir Zeit zum Nachdenken geben, und ich solle überlegen, ob ich nicht lieber meine Freiheit behalten wolle.

«Ich möchte, daß du sicher bist, Raoul, ganz sicher, daß du mir vorher vergeben kannst», sagte sie. Und gegenüber dieser neuen Christine, so merkwürdig ruhig und entschlossen, gefaßt und erwachsen, äußerte ich nicht den leisesten Protest.

Vier Wochen später gaben wir uns bei einer privaten Zeremonie vor einem Priester das Jawort. Wir hatten keine Gäste; nur ihr Mädchen und mein Kutscher waren als Trauzeugen anwesend.

Am folgenden Tag nahmen wir das Schiff nach England.

3. Kapitel

Mit der Zeit begann ich die Katze zu hassen.

Normalerweise mag ich Tiere recht gern, aber dieses unselige Wesen lernte ich ebensosehr zu hassen, wie es offensichtlich mich haßte.

Einige Wochen lang, bevor wir nach England gingen, war ich ziemlich sicher, die Katze würde sterben. Sie weinte untröstlich und bemitleidenswert, und zwar mit einem gräßlichen Wimmern, das mich unangenehm an ein schwachsinniges Baby erinnerte. Sie wollte nichts fressen, sondern lief unablässig in Christines kleiner Wohnung herum und rief nach ihrem toten Herrn. Ich machte den Vorschlag, es sei gnädiger, sie töten zu lassen, aber der entsetzte Ausdruck auf Christines Gesicht sorgte dafür, daß ich diesen Vorschlag nie wiederholte.

Als die Zeit unserer Abreise gekommen war, schien sich das Tier mit Christines Fürsorge abgefunden zu haben und lief ihr nun mit einer verzweifelten Anhänglichkeit nach, die ich unter anderen Umständen rührend gefunden hätte. Ich konnte mich kaum daran gewöhnen, daß das Tier wirklich eine Katze war – in Aussehen und Verhalten erinnerte es mich mehr an einen Affen – mutwillig, zerstörerisch und seltsam besitzergreifend. Wenn ich ihm zu nahe kam, richtete sich das Fell auf seinem Rücken unheildrohend auf, die blauen Augen verengten sich zu feindseligen Schlitzen, und der Schwanz begann warnend von einer Seite auf die andere zu wedeln. Bis auf den heutigen Tag kann ich keine Siamkatze sehen, ohne Abscheu zu empfinden.

Wir waren etwa zwei Monate in England, als Christine mir sagte, sie erwartete ein Kind. Ich schwang sie in meinen Armen herum, begeistert und erleichtert in dem Wissen, daß wir endlich etwas haben würden, einen kleinen Bereich unseres Lebens, den *er* nicht anrühren konnte.

Ich bestellte Champagner, um die Neuigkeit zu feiern, und als Christine und ich angestoßen hatten, beugte ich mich nieder, um die Katze zu berühren, die wie üblich mit besitzergreifender Miene zusammengerollt auf Christines Schoß lag. Das Gefühl von Wärme und Wohlbefinden, das mich durchströmte, gab mir den Entschluß ein, Frieden zu schließen mit dem Geschöpf.

«Na, wollen wir nun Freunde werden?» bot ich in versöhnlichem Ton an und hielt meine Hand unter die feuchte schwarze Nase, um zu zeigen, daß ich nichts Böses im Sinn hatte.

Die Katze biß mich. Sie schlug ihre Zähne direkt in den Knochen.

«Oh, Raoul», seufzte Christine. «Warum läßt du sie nicht einfach in Ruhe? Du weißt doch, daß sie keine Fremden mag.»

Blut lief über meine Finger, aber ich war an diesem Abend innerlich zu glücklich, um über den verborgenen Sinn nachzugrübeln, den diese Worte vielleicht haben mochten. Ich dachte nicht einmal darüber nach, was es bedeutete, in meinem eigenen Haus als Fremder bezeichnet zu werden, von meiner eigenen Frau!

Christines Schwangerschaft festigte meine Entscheidung, in England zu bleiben. Von Anfang an schien eine Komplikation nach der anderen aufzutreten, und gegen Ende der Schwangerschaft bekam sie Anfälle und mußte ständig Beruhigungsmittel einnehmen.

Wochenlang war das Haus in Stille gehüllt. Christine wurde in einem verdunkelten Zimmer von einer Krankenschwester gepflegt, die Schuhe mit weichen Sohlen und eine ungestärkte Schürze trug; niemand von meinen Mitarbeitern im ersten Stock durfte lauter als im Flüsterton reden. Die Katze heulte ungehört in der Küche der Dienerschaft, und wer sie nach oben entwischen ließ, verlor seine Stellung. Ich war gewarnt worden, daß jede Störung – Lärm, helles Licht oder eine plötzliche Bewegung – einen Anfall auslösen konnte, und je mehr Anfälle auftraten, desto größer war die Gefahr eines Herz- oder Nierenversagens oder einer Hirnblutung. Stundenlang saß ich in dem Zimmer mit den schweren Vorhängen und fürchtete den Augenblick, in dem das weiße Gesicht auf den Kissen beginnen würde, in unkontrollierbaren Krämpfen zu zucken. Christine stand so stark unter Chloral, daß sie meine Anwesenheit die meiste Zeit gar nicht wahrnahm.

Ich hatte drückende Schuldgefühle und stellte fest, daß ich immer wieder an Erik denken mußte. Ich wußte, er hätte mich umgebracht, weil ich «seinem Kind» Schaden zugefügt hatte, und immer, wenn abends ein Lufthauch die dunklen Vorhänge vor dem Fenster bewegte, spürte ich etwas Kaltes im Nacken und wagte nicht, mich umzudrehen. Der Arzt mühte sich mehr als einen Monat lang ab, um Christines Zustand zu stabilisieren, doch dann kam es zu einer plötzlichen, raschen Verschlechterung, die ihn veranlaßte, mich sofort um eine Unterredung in meinem Arbeitszimmer zu bitten. Er war ein geradliniger, entschlossener Mann, der sich sehr deutlich ausdrückte. Christines Zustand war so ernst, daß er glaubte, nur durch eine sofortige Operation ihr Leben retten zu können.

«Operation!» Das Wort hallte in meinem Herzen wider wie das Echo eines Verhängnisses.

«Ein Kaiserschnitt. Eine sehr gefährliche Operation, Monsieur Chagny, das verhehle ich Ihnen nicht. Doch ich denke, ich kann zu Recht sagen, daß es in ganz Europa keinen hervorragenderen Chirurgen gibt als Professor Lister vom King's. Sie haben großes Glück, derzeit in London zu sein, Sir. Noch vor fünf Jahren wurden Listers Lehren in dieser Stadt nicht allgemein akzeptiert. Selbst unsere angesehensten chirurgischen Berater verhöhnten seine antiseptischen Methoden.»

Die Stimme des Arztes summte unverständlich in meinen Ohren; ich konnte mich nicht auf seinen Vortrag über Sepsis konzentrieren. Soweit ich wußte, wurde diese spezielle Operation stets nur als letzter Versuch unternommen, eine sterbende Mutter von einem lebenden Kind zu entbinden.

«Ich werde meine Zustimmung nicht geben», sagte ich düster. «Ich lasse sie nicht zerschneiden zum Wohl eines Kindes, das unmöglich überleben kann, weil sein Geburtstermin erst in zwei Monaten fällig ist.»

Der Doktor sah mich überrascht an.

«Das Kind käme nur einen Monat zu früh, gewiß nicht mehr, das kann ich Ihnen versichern. Bei guter Pflege hat es eine Überlebenschance, aber ich muß Ihnen sehr deutlich sagen, Sir, daß ohne diese Operation Mutter und Kind zweifellos sterben werden.»

Wenn dieser Mann recht hatte – und er mochte sich natürlich irren, denn kein Arzt ist in solchen Dingen unfehlbar –, dann konnte es unmöglich mein Kind sein, das Christine langsam umbrachte.

Ich möchte, daß du vorher sicher bist, Raoul, ganz sicher, daß du mir verzeihst...

Wenn ich meine Zustimmung verweigerte, würden sie beide sterben. Wenn ich einwilligte, könnte Christine natürlich trotzdem sterben, aber das Kind könnte überleben, ein Kind, das vielleicht nicht von mir war.

Ich hatte keine Wahl mehr.

«Wie bald können Sie operieren?» fragte ich in stiller Verzweiflung.

In meiner Erinnerung ist die Geburt von Charles untrennbar mit dem Geruch von Karbolsäure verbunden.

Sie brachten ihn zu mir, sobald er geboren war, und als ich erleichtert das kleine, magere, bläuliche Gesicht betrachtete, das deutlich menschlich war, ließen Tränen meinen Blick verschwimmen. Er war so klein und zerbrechlich mit seinen winzigen Ärmchen und Beinchen. Gewiß hatte der Doktor sich doch geirrt.

Man sagte mir, es sei besser, ihn sofort taufen zu lassen, und da Christine in tiefer Bewußtlosigkeit lag, mußte ich allein den Namen auswählen.

Ich nannte ihn Charles, das schien mir ein ganz normaler, unverfänglicher Name zu sein.

Eine Woche später, als wir einigermaßen sicher sein konnten, daß auch Christine überleben würde, riet Professor Lister mir ernsthaft, dafür zu sorgen, daß keine weiteren Kinder kämen.

«Das ist natürlich ganz Ihrem eigenen Gewissen überlassen, Sir, aber ich fühle mich verpflichtet, Ihnen meine wohl begründete Meinung mitzuteilen. Die Fallgeschichte Ihrer Frau, gepaart mit der Möglichkeit, daß bei einer weiteren Schwangerschaft Narbengewebe reißen könnte...» Er breitete vielsagend die Hände aus. «Es tut mir sehr leid, Mr. de Chagny, ich sage einem jungen Ehemann so etwas nicht gern, aber wenigstens haben Sie Ihren Sohn.»

Ich starrte aus dem Fenster, ohne zu antworten. Lister, der nach einer Weile zweifellos zu dem Schluß kam, mein heißes französisches Blut verwehre mir den üblichen Anstand und die Rücksichtnahme gegenüber meiner Frau, runzelte die Stirn und überließ mich meinen eigenen Gedanken.

Lange Zeit starrte ich aus dem Fenster.

Es gab natürlich Möglichkeiten, seit undenklichen Zeiten hatte es Möglichkeiten gegeben, Möglichkeiten, die gegen die Lehre unserer Kirche verstießen und keineswegs zuverlässig waren.

Es gab nur einen Weg, wirklich sicher zu sein.

Und ich brauchte nicht zu fragen, welche Entscheidung Erik unter diesen Umständen getroffen hätte.

4. Kapitel

Ich schloß einen langen Pachtvertrag für ein Haus in der Nähe der botanischen Gärten ab, engagierte eine der fabelhaften Frauen, die als englische Nannys bekannt sind, und beschloß, mein Los gelassen zu tragen.

Als Christine genesen war, war sie freundlich und liebevoll zu mir, immer bereit, alles beiseite zu legen, was sie gerade tat, und sich meinen Interessen zu widmen. Doch es gab eine Distanz in ihrem Verhalten, eine innere Heiterkeit, die mich immer von ihren eigentlichen Gedanken auszuschließen schien. Je mehr sie sich bemühte, mich glücklich zu machen, desto sicherer wurde ich insgeheim, daß sie Erik weit mehr geliebt hatte, als sie mich jemals lieben würde.

Wir waren nicht unglücklich miteinander, ganz und gar nicht, trotz der schwierigen Umstände, unter denen wir leben mußten. Tatsächlich galten wir bei den Freunden, die wir in England gewannen, mit unserer nach außen hin vollkommenen Ehe und unserem wohlgedeienden Kind als musterhaftes Paar.

Von frühester Jugend an war es offenkundig, daß Charles außergewöhnlich musikalisch werden würde. Sobald er entschlossen auf einem Klavier herumzuklimpern begann, versuchte ich, mich aus seinem Leben fernzuhalten, indem ich mich in mein Studierzimmer oder hinter eine Zeitung zurückzog, wann immer die Nanny ihn zu Besichtigungsbesuchen nach unten brachte. Wahrscheinlich wäre mir das genauso gut wie anscheinend vielen englischen Vätern gelungen, wenn Charles nicht ebenso entschlossen gewesen wäre, sich nicht ausschließen zu lassen. Es war schwer, ein Kind zu ignorieren, das meine Heimkehr stets mit solchem Entzükken begrüßte, das sich jedesmal von der sechsten Treppenstufe stürzte in der fröhlichen Erwartung, von meinen Armen aufgefangen zu werden, das mir Papierdrachen und Spielzeugsoldaten zum Reparieren brachte und mich später bat, seine Konzerte zu besuchen, weil «wieder so viele Damen dasein werden», Christines Hingabe nahm er eher zaghaft und vorsichtig hin, als sei ihre Liebe ein zartes Ornament, das er zu zerbrechen fürchtete. Er schien sich unausgesprochen mit mir verschworen zu haben, ihr alle Sorgen und Schmerzen zu ersparen.

«Sag Mama nichts, ja?» flüsterte er ängstlich, als ich ihn zehn Minuten vor dem ersten öffentlichen Konzert über ein Toilettenbecken hielt. Ich versprach, nichts zu sagen, rieb sein weißes Gesicht mit einem rauhen Handtuch ab, bis ein Hauch von Farbe in seine Wangen zurückkehrte, und erlitt dann Höllenqualen, als er durch den mit Menschen gefüllten Raum ging, um sich an das schrecklich einsame Klavier zu setzen. Er sah so jung und verletzlich aus. Als er meine Blicke traf, nickte ich ihm ermunternd zu, und er lächelte.

Während des ganzen ersten Konzerts hielt Christine meine Hand, und am Ende, als alle Zuhörer aufstanden, um zu applaudieren, drückte ich sehr fest ihre Finger, während unsere Augen ein Wissen teilten, das niemals ausgesprochen werden konnte.

Ironischerweise wurde gerade das, was uns hätte trennen sollen, das Band, das uns zusammenschmiedete. Wieder und wieder dankte ich Gott für Charles, und das nicht immer aus besonders edlen Gründen.

Die Katze – die *verdammte* Katze – gab Christine schließlich auf und schloß sich endgültig Charles an. Sie schlief auf seinem Bett, seit er etwa zwei Jahre alt war, und ich unternahm nicht das Geringste dagegen, trotz der empörten Proteste der Nanny über Ungeziefer.

«Es tut einem Kind gut, ein Haustier zu haben», sagte ich kühl, als ich die Angelegenheit regeln sollte. Die Nanny unterwarf sich in wütendem Schweigen und sagte später im Dienstbotenzimmer zweifellos eine Menge böser Dinge über exzentrische Franzosen, aber das machte mir nichts aus.

Solange das Tier im Kinderzimmer wohnte, konnte es nicht bei meiner Frau sein und sich zwischen uns schieben. Außerdem schien es merkwürdig passend, daß sie da oben in der Kinderstube eine kleine Menagerie bildeten.

Auf seltsame Weise gehörten sie doch zusammen.

Die Katze – und der Kuckuck in einem Nest.

Sie erreichte ein selten hohes Alter, diese Katze, und starb schließlich mit ihrer üblichen Rücksichtslosigkeit frühmorgens an Charles' zwölftem Geburtstag.

Du verdammtes Biest! dachte ich herzlos. Morgen wäre er wieder im Internat gewesen. Hättest du nicht solange warten können?

Ich betrachtete Charles, der niedergeschmettert war, aber mannhaft versuchte, seine Tränen vor mir zurückzuhalten.

«Ich hole eine Kiste», sagte ich.

Als ich wiederkam, stellte ich fest, daß er dem Tier das exotische Halsband abgenommen hatte.

«Ich denke, Mama wird das aufbewahren wollen, nicht wahr?»

«Bestimmt.» Verdammt, verdammt.

Ich sah zu, wie er das steife Tier zärtlich in seine Decke wickelte und widerstrebend in die Kiste legte.

«Irgendwie wirkt es falsch», murmelte er leise, «so eine rohe, einfache Kiste ...»

«Es ist nur eine Katze», sagte ich knapper als beabsichtigt. «Wir können kaum ein Requiem für sie abhalten lassen, weißt du.»

Er sah so verletzt aus, daß ich mich sofort schämte, meinem Groll freien Lauf gelassen zu haben.

«Schau, Charles, sie werden jetzt hier gezüchtet. Wenn du wirklich willst, können wir jederzeit eine andere bekommen.»

Schweigend wandte er sich ab, zweifellos abgestoßen von meinem unsensiblen Vorschlag, und begann die Juwelen auf dem Halsband mit einer Ehrfurcht zu betasten, die normalerweise einem Rosenkranz vorbehalten ist.

«Das sind echte Diamanten, nicht wahr, Papa?»

«Ich glaube schon», sagte ich.

«Es müßten genug sein, um eine Halskette daraus zu machen», fuhr er nachdenklich fort. «Darf ich etwas Geld von meinem Konto abheben und sie für Mama umarbeiten lassen?»

Ich schluckte schwer, während ich mit Entschlossenheit die Kiste zunagelte.

«Es ist dein Geld, Charles», sagte ich ruhig. «Du brauchst mich nicht um Erlaubnis zu bitten, wenn du Gebrauch davon machen willst.»

Seite an Seite gingen wir zum Frühstück nach unten. Wir hatten uns darauf geeinigt, Christine die Nachricht erst am nächsten Tag mitzuteilen, wenn das Tier begraben war und sie nicht darum bitten konnte, es zu sehen.

An diesem besonderen Tag saß sie bereits am Tisch und wartete auf uns. Neben ihrem Teller lag die einzelne rote Rose, die ich ihr an Charles' Geburtstag immer brachte. Ich hatte das für eine romantische Geste gehalten, für das Symbol meiner unwandelbaren Liebe, aber als ich ihr zum ersten Mal eine brachte, hatte sie so heftig geweint, daß ich daran gedacht hatte, die Idee auf der Stelle aufzugeben.

«Wenn es dich aufregt ...»

«Nein», sagte sie hastig. «Es regt mich überhaupt nicht auf, es war ein hübscher Gedanke, Raoul. Es hat mich nur an eine traurige Legende erinnert, die ich einmal hörte.»

«Ach, ich verstehe. Wahrscheinlich an eines der alten Märchen deines Vaters.»

Sie blickte auf die Rose nieder.

«Das stimmt», sagte sie leise und drückte die Blume leicht an ihre Wange, «eine von Vaters Geschichten. Vielleicht werde ich sie dir eines Tages erzählen.»

Ich hatte sie nicht dazu gedrängt und angenommen, sie habe den Vorfall vergessen. Jedenfalls weinte sie nie wieder, wenn ich ihr eine rote Rose schenkte, und so war das im Laufe der Jahre zu einem Ritual zwischen uns geworden. Ich wußte, sie bewahrte die Blütenblätter noch lange auf, wenn die Blume verwelkt war.

Jetzt schaute sie auf, und das Lächeln, das auf ihren Lippen gelegen hatten, verschwand, als sie Charles sah.

«Mein Liebling, deine Augen!»

Mit bewundernswerter Gelassenheit beugte er sich nieder, um ihre Wange zu küssen.

«Es ist nichts», sagte er sorglos. «Ich bin gestern zu lange im Wind geritten, das ist alles. Hast du etwas dagegen, daß ich Räucherfisch esse, Mama? Es ist mein letzter Tag zu Hause, und es ist mein Geburtstag.»

«Ach, Charles!» rief sie mit nachsichtigem, halbherzigen Protest. «Was für schreckliche britische Vorlieben diese Schule dir beibringt!»

Sie setzte sich wieder an den Tisch, amüsiert, liebevoll und geschickt von Fragen abgelenkt, die unangenehm hätten werden können. Ohne den leisesten Verdacht, etwas könne nicht stimmen, sah sie zu, wie er die winzigen Gräten aus dem Fisch zog.

Er muß beinahe erstickt sein an dem Räucherfisch, den er ihr zuliebe aß, aber er zögerte nicht. Er machte sich darüber her wie ein ausgehungerter Schuljunge, der nur seine Geburtstagsgeschenke im Kopf hat.

Ich goß mir eine Tasse Kaffee ein und beobachtete ihn mit stillem Respekt. Nicht zum ersten Mal ging mir durch den Kopf, daß Erik stolz auf ihn gewesen wäre.

Charles war nicht zu Hause, sondern in der Schule, als Christine vier Jahre später starb.

Schon lange hatte sie an einer sie allmählich verzehrenden Krankheit gelitten, die schließlich als Krebs diagnostiziert wurde, aber das Ende kam mit einer unerwarteten Plötzlichkeit, die uns ganz unvorbereitet traf.

Benommen und von dem Schock betäubt, schloß ich die Schublade ihres Nachttischs auf und nahm den Inhalt heraus. Ich hatte ihr versprechen müssen, ihn mit ihr zusammen zu begraben.

Die Schublade war voll mit gepreßten Rosenblüten. Mir kam es so vor, als habe sie für jede rote Rose, die ich ihr je geschenkt hatte, selbst eine weiße hinzugefügt, und die getrockneten Blütenblätter waren untrennbar vermischt. Ein schwacher, anhaltender Duft ging von ihnen aus, als sie in meiner Hand zu Staub zerfielen.

Unter den Blütenblättern lag die Diamanthalskette, die einst das Halsband einer Katze gewesen war; ihr goldener Verschluß ruhte auf einem Ehering. Ich nahm den Ring heraus, um ihn zu untersuchen. Es war ein schlichter Goldreif, der noch genauso neu und ungetragen aussah wie an dem Tag, an dem er vor all den Jahren in Frankreich gekauft worden war. Er war sehr klein, die gleiche Größe wie der Ring, den ich ihr zuvor geschenkt hatte. Er hatte ihr von der Hand geschnitten werden müssen, als ihre Finger während der Schwangerschaft anschwollen.

Auf dem Boden der Schublade lag ein kleines Stück Papier, offenbar aus der Partitur einer Oper ausgeschnitten, die ich schließlich als *Aida* erkannte.

Ahnend im Herzen, daß man dich verdamme,
Hab in die Gruft, die man für dich bereitet,
Ich heimlich mich begeben,
Und hier, von jedem Menschenaug' verborgen,
In deinen Armen sehn ich mich zu sterben ...

Mit dem Papier in der Hand ging ich langsam hinunter in die Bibliothek und nahm Charles' abgenutztes Exemplar der *Faust*-Oper heraus. Ich kannte das Zitat, das ich suchte, ziemlich genau, aber ich wollte ganz sicher sein, es wortgetreu wiederzugeben. Als ich es fand, schrieb ich es sauber auf ein Stück Papier und betrachtete es einen Augenblick.

«Engelschar, Licht bringt ihr der Welt,
führt mich hinauf zum Sternenzelt.»

Ich kehrte in den Wohnraum zurück, wo im düsteren Licht einer einzigen Kerze der offene Sarg stand, steckte den Trauring an ihren kleinen Finger, legte das Halsband um ihren bleichen Hals und schob die beiden Zitate in die glänzenden Satinfalten der Sargauskleidung. Dann streute ich die Reste der Rosenblüten rings um sie.

Als ich fertig war, hatte ich ein merkwürdiges Gefühl von Frieden, als hätte ich den letzten Akt eines lebenslangen Strebens vollendet. Ich hatte sie siebzehn Jahre lang in meiner Obhut gehalten, bis der Tod sie wieder mit dem vereinte, dem sie wirklich angehörte. Ich empfand eine schmerzhafte Trauer, von der ich wußte, daß sie mich nie wieder verlassen würde – und doch auch ein Gefühl von Erleichterung, eine plötzliche Befreiung von Schuld.

Ich legte selbst den Deckel auf den Sarg, damit kein Arbeiter in Versuchung geführt wurde durch das Vermögen an Diamanten, das mit ihr zur Ruhe gebettet werden sollte.

Bei der Beerdigung regnete es heftig, wie es bei solchen Anlässen in England immer der Fall zu sein scheint. Die frischen weißen Rosen waren zerdrückt und schmutzbespritzt, als der Sarg in die gähnende Höhle im Boden gesenkt wurde.

Unter einem schwarzen Regenschirm hielt Charles meinen Arm mit festem, beschützendem Griff, als fürchte er, ich könnte in meiner Trauer etwas Dummes tun. Sein Gesicht war bleich, aber die Augen, die in meine blickten, waren voll von mitleidvollem Verständnis.

Ich erinnere mich, daß er mich nach der Beerdigung sehr vorsichtig zu unserer Kutsche zurückführte, als sei ich ein hinfälliger alter Mann.

Der letzte Vorhang ist gefallen, die Lichter im Zuschauerraum leuchten, und die Menschen stehen von ihren Sitzen auf und recken sich in ihren steifen Anzügen und Abendkleidern. Gleich wird die unziemliche Hast zu Mänteln und Kutschen einsetzen, aber ich, der ich nun an keinen Ort mehr eilen muß, sitze weiter unbeweglich in dem Sessel, in dem einst Erik gesessen haben muß, um zu Christine hinabzuschauen.

Charles beugt sich herüber und legt seine Hand auf meine. Er sagt nichts, denn er weiß instinktiv, daß es Anlässe gibt, bei denen man besser schweigt, daß Mitgefühl sich leichter durch eine Berührung ausdrücken läßt als durch sinnlose Worte. Er wartet mit einer ruhigen Geduld, die gar nicht seinem Alter entspricht, während ich mich allmählich sammle und darauf vorbereite, Loge Fünf zum letzten Mal zu verlassen. Ich werde nicht wieder herkommen. Die Erinnerungen sind zu schmerzlich, und doch bereue ich diese Zeit des Nachdenkens nicht, dieses Ausbrennen einer alten, unverheilten Wunde.

Die Menge auf der großen Treppe zerstreut sich allmählich, und ich sehe, daß Charles sich mit unverhohlener Bewunderung umschaut.

«Was für ein prachtvoller Bau!» sagt er ehrfürchtig, als wir in die kühle Abendluft hinausgehen. «Ich frage mich, ob die Männer, die ihn gebaut haben, noch leben und über ihre große Leistung staunen.»

«Erik ist seit siebzehn Jahren tot», höre ich mich leise murmeln.

«Erik? War er ein Freund von dir, Papa?»

Das eifrige Interesse in seiner Stimme läßt mich die Mundwinkel zu einem traurigen, ironischen Lächeln verziehen.

«Deine Mutter kannte ihn besser als ich.»

«War er Architekt?»

«Architekt, Musiker, Magier, Komponist ... ein Genie auf vielen Gebieten, hat man mir einst gesagt.»

Das Interesse wird zu einem leicht verwirrten Stirnrunzeln.

«Ich frage mich, warum Mama nie von ihm sprach. Es ist schade, daß er gestorben ist. Ich hätte ihn gern gekannt.»

«Ja ...» Unsere Kutsche reiht sich langsam in die überfüllte Straße ein, und als ich hinausschaue, werfe ich einen Blick zurück auf die imponierende Barockfassade der Oper. «Ja, mein lieber Junge, das hättest du sicher.»

Wir schweigen eine Weile, und nach einer von ihm als angemessen erachteten Pause schneidet Charles das Thema an, mit dem ich fast gerechnet hatte. «Dieser Hund, den wir vorhin überfahren haben, ist ein herrenloser Streuner. Können wir ihn mit nach England nehmen und ihm ein Zuhause geben?»

Ich protestiere schwach und erwähne die neuen Einfuhrvorschriften – sechs Monate Quarantäne in einer vom Besitzer zu bezahlenden Unterkunft –, aber Charles hat seinen störrischen Blick, und ich weiß, daß Streiten keinen Sinn hat. In seinen Augen bin ich jetzt auch so etwas wie ein verlorener Hund, etwas, um das man sich kümmern und das man wieder glücklich machen muß. Wie kann ich einem so großmütigen Herzen etwas verweigern?

Die Oper verschwimmt in der Ferne, bis sie im Schatten nicht größer wirkt als ein Puppenhaus, ein verkleinertes verlorenes Königreich, eingehüllt in den dichten Pariser Nebel.

Siebzehn Jahre, Erik – zu lange für Bitterkeit, zu lang für Haß. Dein Genie ist nicht spurlos von dieser Erde verschwunden, und ich habe den Jungen heute nacht hergebracht wie einen jungen Pilger zu einem Schrein, zur endgültigen Begleichung einer lange ausstehenden Schuld.

Ich, der ich so unfreiwillig an deiner Tragödie teilhatte, bin jetzt aufgrund einer ironischen Schicksalswendung allein übrig, um mich in deinem Triumph zu sonnen. Dieser brillante, liebevolle Junge, der mich in seiner Unschuld Vater nennt, hat mich so viele Dinge über die Liebe gelehrt, die ich sonst wohl nie begriffen hätte. Ich sehe die Welt jetzt durch seine Augen, und ich erblicke den mir zugewiesenen Platz in der großen Ordnung der Dinge. Wie ein müder Sperling betrachte ich mit freudigem Stolz den Riesen, den ich als meinen Sohn aufgezogen habe. Meine Federn sind dünn und schäbig geworden bei der schwierigen Aufgabe, doch jetzt wärmt und tröstet mich seine Gegenwart, und ich fürchte den Tag, an dem ich ihn an den Ruhm und Glanz verlieren muß, die zweifellos seiner harren.

Seine Söhne werden die stolze Linie der Chagny fortsetzen, und ich werde mein Geheimnis ohne Groll mit ins Grab nehmen – und nahezu ohne Bedauern.

Der Kuckuck, weißt du ...

Der Kuckuck ist ein schöner Vogel.

ANMERKUNGEN DER AUTORIN

Ich kann dieses Buch nicht beenden ohne dankbare Anerkennung der verschiedenen Quellen, die mich bei der Niederschrift inspiriert haben, von dem wundervollen Musical Andrew Lloyd Webbers bis zum Originalstummfilm. Im Laufe meiner Recherchen habe ich viele verschiedene Phantome entdeckt – Lon Chaney, Claude Rains und Michael Crawford; alle haben einer Figur, die das Publikum schon seit Jahrzehnten fasziniert, ihre eigenen Interpretationen gegeben. Die vielleicht getreueste Wiedergabe von Leroux' ursprünglichem Buch ist der abendfüllende Zeichentrickfilm aus dem Jahre 1967. Diese Adaption, in den letzten Szenen unerwartet bewegend, gewährt dem Phantom wie das Musical von Lloyd Webber jenen entscheidenden Augenblick von Opfer und Erlösung, die andere Versionen ihm immer verweigert haben.

Als ich den Roman von Leroux las und hoffte, mehr über diese außergewöhnliche Gestalt zu erfahren, stellte ich fest, daß das Buch für mich mehr Fragen aufwarf, als es beantwortete. Warum beispielsweise blieb Raoul so eifersüchtig und der Zuneigung Christines unsicher, nachdem er doch die Wahrheit über Eriks schreckliche Entstellung kannte? Warum bestand Christine darauf, manchmal Tage zu Erik zurückzukehren, obwohl Raoul so verzweifelt bemüht war, sie der Gefahr fernzuhalten? Mitleid und Angst scheinen ihr Verhalten kaum angemessen zu erklären. Wäre es möglich, daß Raoul mit seiner ärgerlichen Behauptung, Christines Entsetzen vor dem Phantom sei die exquisiteste Art von Liebe, die Art, die Menschen nicht einmal sich selbst eingestehen, der Wahrheit näher kam, als er ahnte?

Eine der faszinierendsten Gestalten, die ich bei Leroux fand, war der geheimnisvolle Perser, denn auch er warf eine Reihe interessanter Fragen auf. Warum riskierte er seinen eigenen Hals, um das Leben eines Mannes zu retten, den er als Mörder kannte? Auch hier scheint Leroux' Erklärung, Erik habe ihm einige kleine Dienste erwiesen und ihm oft zu herzhaftem Lachen verholfen, kaum hinlänglich dafür, daß er sein eigenes Leben aufs Spiel setzte. Das Mitgefühl und die Toleranz des Persers erscheinen mir als Hinweis auf eine tiefe und dauerhafte Freundschaft, eine Freundschaft, auf die Leroux aufgrund der Zwänge des Genres «Mysterium/ Thriller» nicht näher eingehen konnte.

Das kleine schwarze Buch auf meinem Nachttisch begann zu leben. Wieder und wieder kehrte ich zu den Passagen zurück, die mich fasziniert und verwirrt hatten. Meine Aufmerksamkeit richtete sich immer stärker auf die letzten drei Seiten, auf den kurzen historischen Abriß, in dem Leroux die davor liegende Lebensgeschichte des Phantoms erklärt. Der Hauptteil seines Romans – und sämtliche Film- und Bühnenversionen – befaßte sich nur mit den letzten etwa sechs Monaten im Leben eines Mannes, der um die Fünfzig sein mußte. Ich gewann den Eindruck, die Erzählung, die wir als «Das Phantom der Oper» kennengelernt haben, sei vielleicht nur die prachtvolle Spitze des Eisbergs, und irgendwo darunter läge eine große, menschliche Geschichte, die noch darauf wartete, erzählt zu werden – die Geschichte eines Mannes, der zu vielen schrecklichen Lastern getrieben war und dennoch, wie Leroux es ausdrückt, «ein weltweites Herz» behielt. Die ereignisreiche und aufregende Vergangenheit, die Leroux andeutete, war gewiß angefüllt mit einer Reihe bedeutsamer Beziehungen, vielleicht sogar einer früheren Liebesgeschichte. Das war die Geschichte, die ich lesen wollte, und schließlich begann ich zu verstehen, daß es auch die Geschichte war, die ich schreiben wollte.

Ich nahm das Projekt mit großen Vorbehalten in Angriff. Kein Autor kann an einer bekannten, klassischen Geschichte herumbasteln – vor allem einer, die in verschiedenen Medien so erfolgreich war –, ohne ein unangenehmes Gefühl von Vermessenheit zu empfinden. Und ich war mir durchaus darüber klar, daß es sehr ausgedehnte Recherchen erfordern würde, das Phantom vor den von Leroux gewollten historischen Hintergrund zu stellen – Kenntnisse in Musik, Stimmbildung, Bauchreden, Magie, Zigeunerfolklore, Architektur und Steinmetzkunst, ganz zu schweigen vom historischen und kulturellen Hintergrund von vier verschiedenen Ländern.

Achtzehn Monate später war das Buch fertig. Es hatte mich auf der Suche nach Material nach Rom und Amerika geführt, doch nach der anfänglichen Enttäuschung der ersten Tage ergaben sich aus den Recherchen eine Reihe bemerkenswert glücklicher Funde.

Munro Butler Johnsons *A Trip up the Volga to the Fair of Nijni-Novgorod* lieferte wertvolle Details für Eriks Leben in Rußland. Curzons *Persia and the Persian Question* und Lady Sheils Augenzeugenbericht vom persischen Hofleben in der Mitte des neunzehnten Jahrhunderts versetzten mich in die Lage, Erik in die Angelegenheiten des echten Schahs und seines Großwesirs Mirza Taqui Khan zu verwickeln. Christopher Meads Dissertation über Charles Garnier und den Bau der Pariser Oper fand ich schließlich in Amerika – das einzige abschließende Werk in englischer Sprache, das es gegenwärtig über den Architekten und sein bemerkenswertes Bauwerk gibt.

Das Phantom, das im Laufe dieses Buches auftaucht, hat all den vielen verschiedenen Interpretationen der Gestalt etwas zu verdanken, die es in den letzten paar Jahrzehnten gab, und viel schuldet es natürlich seinem ursprünglichen Schöpfer. Doch es ließ sich nicht vermeiden, es zu verändern und umzuformen, um seine Konturen meiner eigenen Phantasie anzupassen. Die legendäre Figur besitzt eine merkwürdige, zeitlose Faszination, und ich habe keinen Zweifel, daß der Prozeß der Neuinterpretation in den kommenden Jahrzehnten andauern wird.

Susan Kay, 1990